红楼梦探源外编

吴世昌◎著

时代出版传媒股份有限公司
安徽教育出版社

图书在版编目（CIP）数据

红楼梦探源外编 / 吴世昌著. —合肥：
安徽教育出版社，2019
ISBN 978-7-5336-8967-4

Ⅰ.①红… Ⅱ.①吴… Ⅲ.①《红楼梦》研究
Ⅳ.①I207.411

中国版本图书馆 CIP 数据核字（2019）第 162896 号

红楼梦探源外编

HONGLOUMENG TANYUAN WAIBIAN

出 版 人：费世平
质量总监：姚　莉
策划编辑：钱　江
责任编辑：钱　江
装帧设计：陈熙颖
责任印制：王　琳

出版发行：时代出版传媒股份有限公司　安徽教育出版社
地　　址：合肥市经开区繁华大道西路 398 号　邮编：230601
网　　址：http://www.ahep.com.cn
营销电话：(0551)63683012，63683013
排　　版：安徽时代华印出版服务有限责任公司
印　　刷：安徽新华印刷股份有限公司

开　　本：720×1000　1/16
印　　张：30.25
字　　数：450 千字
版　　次：2019 年 10 月第 1 版　2019 年 10 月第 1 次印刷
定　　价：96.00 元

目　录

前　言

这里所收，是我从1962年到1979年间发表于国内外各刊物的若干旧文。内容都与《红楼梦》或曹雪芹有关，是我在英文版的《红楼梦探源》付印之后的剩墨余沈，或因别的研究者讨论此书而引起的意见，故暂名曰《红楼梦探源外编》。在《探源》的中文版发布之前先印此编，似乎有点次序颠倒，但因读者的督促和期望，觉得连此编也不印似乎太不负责。好在集中所收每篇都是可以独立的专题论文，且早已在各有关刊物发表过，集成一册，只为读者检阅方便而已。对于自己来说，我是一向懒得编集的。

集中文章的前后次序，大体上按发表的年月，只有第三篇《郭沫若院长谈曹雪芹卒年问题》是例外。但此文中所据郭老来信写于1963年，原应排在前面，只因文章是郭老去世之后追写的，故发表较晚。其他各篇，有时因性质相近，不免移前挪后（如第七至第十一诸篇），其实无关宏旨，祈阅者谅之。

从1962年到1979年，其中包括从1966年到1976年这一段中国历史上最混乱的十年浩劫时期。在这一时期，除了谁都知道的“四人帮”所犯的种种罪恶外，它和它的爪牙由于痛恨知识分子，竟连类及于他们所学得的知识本身。这类例子，在“四人帮”控制下的宣传工具中随处皆是，当然《红楼梦》研究也不是例外。如果要研究《红楼梦》，你得按照帮刊帮报的钦定范围或暗示，一切离不开“联系当前斗争实际”[①]，“对地主资产阶级新旧‘红学’和修正主义‘红学’……进行旗帜鲜明的批判”。于是“几十

① 引文见《江苏文艺》1975年第4期，66～68页一文，以下引文除另行注明者外，均指此文，不再加注。

条人命”啦，“四大家族的罪恶史”啦，“父系母系的夺权斗争”啦等种种曹雪芹所未写、高鹗所未补的故事，都由“工农兵专业作者”，“做出新的贡献”，使这部“杰出的政治历史小说”更加“杰出”，更加“政治”，更加“历史”！但如果有人考虑到“工农兵专业作者”对于书中诗词不易了解，专心为他们和一般读者注释其中难懂的典故或字句，则不但得不到感谢，反而犯了弥天大罪，先被上海的帮刊《学习与批判》痛斥为“出冷门”，于是这部《〈红楼梦〉诗词选注》，即使远在黑龙江，竟也成为帮刊的猎物：唿哨一响，吠声四起，什么“材料挂帅”、“知识私有”、“烦琐考证”、“钻牛角”，全副棍子都使出来了。但是这种吠声，也恰好暴露了吠者的发昏：人家把“知识”拿出来注释诗词，嘉惠工农兵读者，怎么反而是“私有”？倒是不让别人知道古典作品的难字奥义，才是“知识为公”么？凡是昏虫，必是懒汉。他既没有智力或耐心多看几条考证上的例子或证据，就大叫“烦琐考证”！科学上的研究工作有时需要上千上万个数据才能得出结论，医院里的新药也动不动要经历上千次的试验才能证明有无特效。这种昏虫与懒汉的“革命”口号是无补于“四化”或任何一项科学化的建设的。但在当时，这些昏虫与懒汉的狂吠却起了不少作用。《〈红楼梦〉诗词选注》本来深受读者欢迎，即所谓“冷门册子被一些单位竞相传抄、翻印”，这正可证明群众的眼睛是清明的，他们的判断也是正确的：他们要的是有用的知识，不是空喊的口号。这位“专业作者”气得向“自己人”发脾气道：“我们有些同志非但不予以抵制和批判，反而如获至宝，以为这些东西有‘学术价值’，或者说‘当作资料也是好的’。”于是“四人帮”统治下的教育部只好下令不准翻印传抄，已翻已抄者还要做出检讨。仿佛让《红楼梦》的读者知道了书中诗词的意义，对于“革命”大有损害，或者会使此书变成“修正主义”的“红学”。读者越是不懂或不甚懂书中诗词，则他的马列主义立场越站得稳，越能够“巩固无产阶级专政的现实斗争”。

《学习与批判》首先发难，提出“出冷门”这条“罪状”的“工农兵专业作者”，在“四人帮”被揪出来后曾受到《哈尔滨师范学院学报》的反击，乖乖地缩回去不作声了——听说他还不服气，但全国的大好形势不许他再放肆了。可是受此帮刊启发而接力“向左”赛跑的后起之秀却是“青出于蓝”，认为发表于“某高校”一本内部交流刊物《文教资料简报》上的一篇推测《红楼梦》后半部情节的文稿（见本书第十九篇），触犯了“四人帮”的禁令，是“材料挂帅”、“知识私有”、“烦琐考证”、“测字猜谜”、“钻牛角”、“找冷门”、“唯心论”、“形而上学”、“抽步向后转”、“复活地主资产阶级”、“修正主义红学”……好家伙，这位“工农兵专业作者”的百宝箱中竟有这许多帽子和棍子，我这篇文稿的“罪状”竟如此丰富，实在非我始料所及——说实话，我那篇稿子是在干校劳动之余偶尔想到的笔记，并不是像刊物编者所谓“多年研究成果”。写成以后也不想发表，只因上海一个朋友函询我有无什么近作，我告诉他之后引起了他对于《红楼梦》后半部情节的好奇心，屡次来函索阅，我才誊清寄他。至于他又把此稿寄给他的在南京“某高校”编《文教资料简报》的朋友，则我事前毫无所知，并且当时我并不认识这两位同志。——不消说，“多年研究成果”云云，无非是编者“想当然耳”的谬许。文稿的性质既标明是“推测”，当然不是要读者信为定论；作者既非先知，错误也属难免。“工农兵”什么的作者，或任何读者要批评，提出不同意见当然可以，如果评者还有点真才实学，作者更为欢迎。但是这位评者是用什么态度来讨论学术问题的？只要看他用怎样下流的题目来吸引“工农兵”读者，便可以看透他的品格：

《警惕〈红楼梦〉研究中的沉滓泛起》

原来他把《〈红楼梦〉诗词选注》中所引中国古典文学中的材料、典故、字义解释，以及我那篇推测情节之文中所引用的古籍资料，统统当作“泛起”的“沉滓”，于是他责难刊物的编者道：“你们……究竟是为哪个阶级的斗争服务？看一看拿出的货色，这个问题是不难得到答案的。毫无疑问这正是阶级斗争的表现。”照此逻辑，任何编者都不能触及用古典文学或古史资料作为论证的文稿，如果他这样做，便是同他这个“无产阶级”、“工农兵作者”斗争，换句话说，这个编者便是“阶级敌人”或“反革命分子”。

接着，他像一切伪装的极“左”分子一般，照例要随心所欲地引用一段列宁的话：“被打死的资本主义……包围新鲜的年轻的……东西。”(68页)把中国古典作品中的资料，用列宁的话来比作“被打死的资本主义……腐烂发臭……陈腐死亡的东西……”，这不仅是对于祖国文化的极端仇视，恶毒侮辱，并且是对于列宁的诬蔑侮辱。列宁在什么时候，在哪一卷的集子中把俄国的古典作品或资料比作“泛起”的“沉滓”？比作“腐烂发臭”、“陈腐死亡的东西”？对于有关经典著作的这些问题，这个信口雌黄的评者必须做出严肃端正的回答和检查。这个评者接着还胡说什么“《红楼梦》研究中的沉滓泛起”是“以图挽回地主资产阶级‘红学’的一统天下”，更是昏话。所谓“沉滓泛起”，他是从鲁迅集子中偷来的比喻[他连引号都没有加，表示这是他的“创作”。其实细读鲁迅原文，他的所谓“趁势在表面泛一下”的“沉滓”，共有四种，即“明星”、“文艺家”、“警犬”和“药”。(《鲁迅全集》卷四，314页)用来指“四人帮”倒较为合式，此处不具论]，他既然引用鲁迅的话，应该知道鲁迅曾指出：“地主资产阶级”的红学从来没有“一统天下”。鲁迅举出具体的情况：

> 经学家看见《易》，道学家看见淫，才子看见缠绵，革命家看见排满，流言家看见宫闱秘事。(《鲁迅全集》卷七，419页)

这里所列举的五个“看见”，是“一统天下”吗？《红楼梦》诗词的注释，《红楼梦》后半部情节的推测，是要“挽回”从来不曾有过的“一统天下”吗？“泛起”的“沉滓”，能“以图挽回……一统天下”吗？这种论调，表示论客自己的高烧未退呢，还是他硬要把读者当作白痴来欺骗？用他自己的话来说，“这只能是对读者的戏弄和欺骗”(67页，左，4～5行)。

大家知道，曹雪芹没有写完全书，或已写完而没有定本，未见流传。我们要知道后半部书中情节，最主要的信息和线索是曾经见过批过后半部书的脂砚斋的评语。脂砚斋见过而现已失去的重要故事是“狱神庙”茜雪慰宝玉，在这一故事中小红也要出现。这一部分有“五、六稿”(回?)，脂砚曾见过，但被借者遗失。这些都是脂评明白透露的重要信息。另外一条重要脂评是在第十八回元妃省亲时她所点四出戏中的第一出戏名下。正文说太监出来交出元妃所点戏的名单：第一出“豪宴”，第二出“乞巧”，第三出“仙缘”，第四出“离魂”。

脂评在第一出“豪宴”下说：“《一捧雪》中，伏贾家之败。”第二出“乞巧”下说：“《长生殿》中，伏元妃之死。”第三出“仙缘”下说：“《邯郸梦》中，伏甄宝玉送玉。”第四出“离魂”下说：“《牡丹亭》中，伏黛玉死。所点之戏剧，伏四事，乃通部书之大过节、大关键。”

脂砚斋评第一出说，“伏贾家之败”，当然要联系到宝玉等在后半部书中下狱，小红、茜雪等到“狱神庙”去营救他们出狱。脂评又指出“豪宴”这出戏在《一捧雪》中，而《一捧雪》中相当于茜雪、小红地位的是莫成。我在指出贾家和莫家的相似的案情以后，着重指出：

> 但是，必须指出：茜雪、红玉的探监和莫成的“代主受刑”是不能相提并论的。而且，就脂评所透露的“狱神庙慰宝玉”这一回目的残文看来，似乎茜雪或小红也不可能像莫成那样代主而死。曹雪芹也决不会在全书最后极重要的情节中重复前人已写过的故事。（《文教资料简报》总第23期，45页）

在叙述故事，不能不说到《一捧雪》中“莫成代死”这一情节时，我料到必有一些“魑魅喜人过”的英雄好汉跳出来借题攻击，表示他的“正确”与进步，因此我在第64条注文中特别指出：

> “义仆代死”这种封建社会中压迫奴仆的野蛮道德，是《一捧雪》这类旧戏剧中最恶劣的糟粕，应该严格批判。这里只用以说明问题，并不是要肯定它。（《文教资料简报》总第23期，57页）

但是，尽管预先说明，仍没有用。像《伊索寓言》里的狼一样，既然遇见了羊，存心要吃它，你怎么解说也没有用。请看论客的高论：

> 《一捧雪》是……宣扬孔孟之道和反动透顶的奴才哲学的，这与《红楼梦》批孔反儒的战斗精神是根本对立的，怎么能连到"一类"呢？

别人早已说过"《一捧雪》是旧戏中最恶劣的糟粕"，但不算数，或没有看见，一定要等"我"这个"工农兵"老爷嘴里说出来，才是革命的圣旨。至于这个戏中的情节和《红楼梦》连到一起，乃是雪芹的知己和合作者脂砚斋的评注所指出的。鄙人既不能代他受过，也不能冒他之功。我们的论客要借此入人于罪是徒劳的，不过暴露了他自己品格的真相而已。

但是，论客的手法尚不止此。他还有好些招数。因篇幅有限，姑举其二：一是捏造，二是歪曲。为了要解释《红楼梦》第六十二回香菱说到宝钗的名字见于李义山诗和古代"钗"字的含义，当然要举些具体的例子。不知为什么连这类方便读者的学术常规，竟也触犯了这位论客。他忍不住发作道：

> 单是一个"钗"字，从正文到注释就引证了《论语》、《孟子》、汉魏六朝诗文、唐诗宋词等等近五十条典故和材料，花了一万多字的篇幅，这真叫清代那些"贯群经、本六书"的考据"大师"们望尘莫及！

且不论这段文字在道理上是否讲得过去，单就字面而论，便是谎话撒得愚不可及，捏造编得没有边儿了。《论语》、《孟子》中居然有"钗"字？中国的考古学家真要"望尘莫及"这位论者了。鄙人的文章引用有关"钗"字的文句，没有东汉以前的材料，怎么会从《论语》、《孟子》中找出"钗"字来呢？而且我所引有关宝钗的例句，前后共十六句，详目如下：

1. 东汉秦嘉《赠妇诗》
2. 梁陆罩《闺怨》

3. 唐白居易《长恨歌》

4. 杜牧《送人》

5. 宋王明清《玉照新志》

6. 唐韩偓《寄恨》

7. 无名氏《杂诗》

8. 宋辛弃疾《祝英台近》

9. 晏几道《蝶恋花》

10. 王沂孙《八六子》

11. 何逊《咏镜》

12. 无名氏《杂诗》

13. 同上

14. 许景先《折柳篇》

15. 宋周邦彦《秋蕊香》

16. 李商隐《残花》(至于注⑥所引八个例子,正是要证明与"分钗"无关)(《文教资料简报》总第23期,5～6页)

这一架"撒谎机器"把十六条夸大到"近五十条"[①],他大概以为只有这样做,才符合他的"马克思主义的立场、观点、方法"。这是对马克思主义的尊重、发展、强调,还是歪曲、诬蔑、讥讽?至于我推测有关宝钗在后半部书中遭遇的文字,同时涉及香菱、贾雨村、娇杏诸人,情节相当复杂,但总共也不过七千多字[②],而这架"撒谎机器"却把我所论四个人物的情节,缩小到"单是"测"一个'钗'字",把"篇幅"则夸张到"一万多字"。用这种不正当的手段来捏造别人的"错误",然后加以攻击,这是学术界的什么现象,教育界的什么行为,出版界的什么作风???

这个论客还有一招是毫不掩饰地歪曲事实,赤裸裸地拼改。我这篇推测后半部情节的文稿共分四章:第一章论宝钗,兼论妙玉;第二章论袭

---

① 其实即使为了考证某一比较复杂的情节,引用了五十条、六十条证例,又犯了什么大罪?

② 这一节文字在《文教资料简报》中前后不满十一页,该刊每页26×26=676字。

人——怡红院中两派斗争的主角，王夫人的特务；第三章论麝月——唯心主义的反映；第四章论狱神庙——贾芸、小红、茜雪后传。第一章从第5页到16页，第四章从第33页到45页。我在全文的末了，亦即第四章第44、45两页中推测了贾芸、倪二、倪二的朋友、狱吏、茜雪、小红等设法从狱神庙营救宝玉等越狱出来。从《石头记》第十八回脂评用《一捧雪》为伏线以及其他脂评资料，我们只能说出大概的情形如此，无法杜撰细节。我在全文的最后两行(45页)说：

有这样回肠荡气、动人心魄的故事而又令人无从想象其情节于万一，恨不得起雪芹、脂砚于九泉而问之！

这位论客竟把我这几句话放在他所捏造的"花了一万多字的篇幅"，单是测"一个'钗'字……引证了《论语》、《孟子》……"等谎话之后[①]，故意迷惑读者认为我上文的话不是指复杂的"狱神庙"故事，而是指单是测"一个'钗'字"。在引用了我上述最后两句话之后，他接着说：

这样的考证和猜测只能是对读者的戏弄和欺骗。

这话的后面九个字他说对了，因为这正是他自己的不自觉的招供。他用欺骗手段把我论"狱神庙"故事中营救宝玉的话移作单是测"一个'钗'字"的考证，又欺骗读者说《论语》、《孟子》里有"钗"字，我还"引证"了呢！请读者翻一下我那篇文章中论宝钗的部分，我有没有引证《论语》、《孟子》？也翻一下《论语》、《孟子》，看其中有无可供引证的"钗"字？[②] 这也可以帮助读者解决另外一个问题，即"对读者的戏弄和欺骗"，究竟是谁干的勾当？值得一提的是，这篇文章一开始第一句就着重指出"四人帮"精心策

① 参看原文66页右栏最末十一行。

② 请问这位论客：贵校，南京大学图书馆中藏有什么古本《论语》、《孟子》，里面竟有"钗"字可以引证？

划、针对周总理的所谓“批林批孔运动的推动下”,“联系当前斗争实际”[1]而“进行新的《红楼梦》研究”。因此,他必须在我的文章里找出一个“孔”来作为靶子打。实在找不出,就捏造说,我“引证了《论语》、《孟子》”。但这一下也露出了他的老底:这位大学中文系的教师,在“批林批孔运动”中,连他所批的对象《论语》都没有翻过,以为这书中竟有“钗”字可供考证。

这篇“沉滓”文章中其他滓论还有不少,但为免得把秽气传给读者,就此“带住”。论客对于他这篇杰作,显然很得意,因为他不久又把此文交他本校的所谓“《学报》”发表。两个文本基本相同,只是《学报》比那本多了几条注,其中最长的第一条是对于我的人身攻击。他先假定“有人以为这就是‘功夫’、‘学问’”,然后他用鄙夷的口气回答道:

> 其实这些东西只要翻一下《佩文韵府》之类的工具书,大都可以找到,并没有什么真功夫,如这篇烦琐考证的长文中对“钗”字的考证,有些就是这样来的,哪里是什么“多年研究的成果”。我们并不想故意出作者的洋相,而是想借此告诉人们,见了那些看来头头是道,渊博得可怕的烦琐考证,不要迷信……(116页)

不幸,寒斋无此“狼犺”大书,鄙人也从未抄过此书,所以也不知此书佳韵“钗”字条下有没有《论语》、《孟子》的材料,看来这位论客是以为有的,所以说我用以引证“钗”字。承蒙这位论客的盛情,“并不想故意出”鄙人的“洋相”。不幸,他在指导他的读者从“《佩文韵府》之类的工具书”中引证《论语》、《孟子》中用“钗”字的材料时,不自觉地出尽了他自己的洋相。这些当然只是小问题,不过读者如未受欺,也可以看清论客的品格。

由于这位论客的提醒,我也不得不到图书馆中去查一下《佩文韵府》,看看其中“钗”字部分有几条和我所举的例子雷同,以致引起他的鄙视。

① 这是“四人帮”的黑话,意即“现在正是向当代的孔老二(即周总理)发动攻击的紧急关头”。

查阅结果，此书“钗”字条下引的与此字有关的例子倒也不少，除毫不相干的不必滥引者外，我随手录下三十多条。为节省篇幅，下面只举包含“钗”字的小标题及诗文的出处或作者，而略去文句、诗句本身：

1. 买钗；2. 钿钗；3. 花钗——《唐书·车服志》；4. 货钗——《唐书·柳玭传》；5. 攫钗——《宋史·李及传》；6. 盗钗——《宋史·刘宰传》；7. 凤钗——于濆、李洞诗；（下例省“诗”字）8. 银钗——李建勋，杜甫《负薪行》；9. 翠钗——《幽怪录》；10. 折钗——韩偓；11. 双钗——《名山记》；12. 坠钗——司空图；13. 宝钗——秦嘉《与妇书》；14. 挂钗——谢朓；15. 桂钗——王融；16. 悬钗——梁简文帝；17. 正钗——同上；18. 安钗——庾肩吾；19. 低钗——刘孝仪；20. 垂钗——刘孝绰；21. 回钗——刘孝威；22. 简钗——王训；23. 堕钗——王建；24. 舍钗——同上；25. 抽钗——韩愈；26. 斜钗——李贺；27. 鸳钗——元稹；28. 舞钗——白居易；29. 旧钗——陈陶；30. 断钗——傅若金；31. 短钗——高启；32. 倒钗——韩偓；33. 雕钗——王珪；34. 秦钗——韩偓。

上文所举三十多个例子中，有哪几条来自《论语》、《孟子》而被我抄来表示“渊博”的？和我文中所举的十六个例句相比，除秦嘉一例为古诗中最早说到“钗”字，韩偓一例仍用“秦钗”这典故外，我所举有关分离的例子如陆罩的“分钗”，杜牧、白居易的“钗一股”，以及其他“折钗”、“分钗”、“断钗”、“擘钗”等十多个例子，《佩文韵府》中竟一个也没收。这位论客是不是又在他本校的图书馆中找到一部“秘本”《佩文韵府》，其中“钗”字条下尽收我的十多个例子？鄙人在解放以前曾在该校的前身——重庆和南京的中央大学滥竽充数做过四年教授，却不知道这个“南雍”中秘，竟庋藏过有“钗”字的《论语》、《孟子》，还有收录我在拙文中所举“折钗”、“擘钗”等十多个例子的《佩文韵府》，而该校《学报》编辑部的“博学之士”，见此狂妄捏造的“站稳马列主义立场”，“运用马列主义观点、方法”的伟大论文，竟也欣然同意这种文章出现于《学报》之上，甚至连《论语》、《孟子》中有无“钗”字这种最基本的常识都没有，而且连翻都不屑去翻一下这些最普通的书，对于自己的《学报》不负责任到如此地步，岂非咄咄怪事？该校《学报》编辑部的老爷们的中文程度，有没有封建时代私塾中十几岁学童的水平？把传授我国古代文化遗产的重大责任，把教育这一代青年的严肃任务，交托给如此这般的学者教授，能使我们放心吗？

而尤其可恶的是，这些假“左”派不管捏造了多少谎话，施展了多少下流手段，只要把“马克思主义”的什么什么，“无产阶级”的什么什么往身上一盖，便可以使刊物的编辑不敢不登。马克思绝没有想到，到这些“同志”手里，他竟变成了“百无禁忌”的姜太公了。经过了用“文化大革命”作为大旗的十年浩劫，怎不令人有“马列、马列，天下多少谎话，皆假汝之名以行”的痛切感叹！

在重印这些有关《红楼梦》的旧文时，回顾一下当年初发表时它们的遭遇，也是颇堪寻味的：有的赢得了不虞之誉，有的招来了无赖的咒骂。集中第一篇《我怎样写〈红楼梦探源〉》是一位在新加坡的老同学约我写的。但我没想到（也没看到），此文在《南洋商报》上一发表，香港、北京各地报刊多次摘录转载，也招来了一些批评或谩骂，使我不得不浪费回答的笔墨。《新华月报》的全文转载是使我颇为意外的，因该报从来不转载国外报刊的论文①。而且不论转载或批评，我在事前往往毫无所知，事后也常常无从回答，只是在回国以后，才托人弄到一些剪报。

集中有些文章是被人督促而挤出来的，而且有时指定要写得合乎某刊的需要或宗旨，这就不免有“书被催成墨未浓”，或“画虎不成反类犬”的遗憾。我自以为较有心得或创见的文字，有的编者怕引起争论，不敢发表；或积重难返，见一新说不合时宜，反而不受欢迎。而陈陈相因，或早已发表过的旧说，竟蒙编者青睐，变形重见。甚至明目张胆剽窃别人研究成

① 近年与外界交往较密，且因统战政策，国内刊物（包括《新华月报》）有时转载海外华侨刊物文章，在60年代是罕有此举的。

果而写成的“论文”，编辑部为了某种原因，也乐于照登。即使有人去信揭发，则不但不予刊载，反而登出盲目吹捧的阿谀信件。学风如此，连刊物的名誉也不要了。这种情形，自不利于百家争鸣；或争矣而不能有所提高，有所前进，甚至反而造成思想上的混乱，或无意义的起哄。如某屋为雪芹故居，某园为“大观园”旧址。一个抄本，明明其中有 1767（丁亥）乃至 1774（甲午）的年份，却硬要维持 1754（甲戌）本的伪称；明明其中有 1767 的年份，却硬要称它为 1760（庚辰）本，这是什么道理，实在令人难解。要认识一条真理，竟是这样苦痛么？至于由于版本名称与其年代的矛盾而造成的混乱与误解，例如冯其庸同志《论庚辰本》一书中对我所论年代的异见，本想也在这里分辩一下，但因说来话长，而此“前言”已写了不少，故拟另作专论。本来，我以为我的《论〈脂砚斋重评石头记〉（七十八回本）的构成、年代和评语》（第九篇）一文中对于脂京本年代的考订并无歧异，此文本身即可回答冯君之论。但有的同志仍对我说，需要澄清若干疑点，所以我准备较详细地回答冯君的异议，不在这里增加篇幅了。

同样，在陈毓罴、刘世德、邓绍基三君合著的《红楼梦论丛》之《曹雪芹卒年问题的再商榷》一文中，有许多点是和我辩论的。至于最后一篇则完全对我而作。当他将此文发表于 1964 年 3 月号《新建设》时，虽觉其中有许多点是错误的或非常错误的，但因彼时对曹雪芹卒年问题的辩论已近尾声，我写了文章印出来时将成为明日黄花，而且有些辩论会流于无意义的扯皮，因此虽有人促我答辩，《新建设》还为我留下篇幅，但我始终不再论这问题，把时间精力留作别用。现在陈君又把这些旧文再一次编集问世，即使在礼貌上我也得在这里说几句。但我仍觉浪费时间于这种辩论，除非另有目的，有点可惜，也有点近乎无聊。我在这里只想指出一点：在讨论卒年问题时，陈君反对我所指出脂砚斋为雪芹之叔的说法（其实这不是我发明或考证出来的，这是裕瑞听他舅父明义或明琳说的，而二明都是雪芹好友）。陈君在《再商榷》一文中“推翻了吴世昌先生的根本论点——脂砚斋是曹雪芹的叔父”（《论丛》272 页，11～12 行），但就在下一页，陈君说：“他们（脂、芹）两人的关系的确相当特殊：既是亲属，又是知己。”我不得不指出，陈君在1962年6月10日发表于《光明日报》“文学遗产”418期的原文是“既是叔侄，又是知己”——现在收入《论丛》，把此文的“叔侄”改为“亲属”，原来陈君自己也相信脂芹是叔侄关系，因为要“推翻”“吴世昌先生的根本论点”，害得他自己的根本论点也连带“推翻”了。甚至祸延二百年前的裕瑞，以及他的消息来源的舅父，明琳或明义。但改为“亲属”，只是一种遮眼法，陈君如需辩论，仍可以说：“叔侄也是亲属啊！”但若追问是何亲属，则仍须说明是叔侄，不能改口为“伯侄”或“兄弟”。看来陈君改“叔侄”为“亲属”，只为“推翻”吴世昌……，不是为相信真理。如果陈君真的觉得脂、芹关系需要改变，他有此自由，可以堂堂正正这样说。但是陈君一次改动文字还不够，又在“后记”里说：“这四篇文章（按：指末四篇论卒年之文）未作修改，以存当时（按：指1962年辩论卒年问题时）的原貌。”（300页，7～8行）明明把“叔侄”修改为“亲属”了，却要特别声明“未作修改”，这是学术研究中的什么态度？这叫读者还能相信你说的话、你引的证据吗？

从1962年到1980年这十八年中，中国和世界起了不少变化，即在小小的《红楼梦》研究的范围内，也出现了一些材料。遗憾的是有些人对这些材料一眼也不看就先武断为“假的”，然后千方百计找“证据”来证明其“伪”，至于所谓“证据”是真是假，当然是另一问题。也有人只要看见材料与“曹”字、“芹”字、“贾”字挂着一点丝儿就立即认为是真的——如河南俞楚江的画像、西城恭王府的花园，等等。其不肯作客观、科学、冷静地研究，则二者皆同。有的研究不是为了真理，而是为了证明“我”比你强，或打倒你“我”来。这些情况，我们希望，即使不能马上根除，至少不要再任其滋长。

在这十八年中新出的材料，较重要而与这部小说直接有关者，莫过于南京靖本的批语。许多同志在研究工作中已经引用它的一些评语作为证据。我则从来还没有引用过。这倒并不是因为我不相信这个遗失了的本子的真实性，我相信这个本子是根据脂评本过录的早期抄本，许多评语也可确信为脂评。但我不引用它，因为我有一点很重要的保留。

这本子最初是南京毛国瑶先生传出来的，我一见到这些评语，既信其本身可靠，也立即发现其中有许多可疑之点，曾去函南京毛先生请他澄清。毛国瑶先生于1965年11月5日来信说：

> 据已发见各抄本来看，批语此有彼无，详略互异。靖本尤为复杂：错乱、颠倒、删并、增益之处颇多，是否即为本来面目，殊亦难定；故在若干问题之讨论中宜有分歧。

上述四种情形，只要有一于此，其评语的可靠性、可信性、可用性便相形见绌了。至于"增益"一项，则明明是作伪，而且比一望而知的作伪还要坏，因为增伪评于真评之中，连真评也被弄得不可信了（例如"凤姐点戏，脂砚执笔"这一条，即被"增益"得面目全非，是非"颠倒"了）。而删并之可恶，也不在"增益"之下。所以这批材料，除孤立独有的一些较短评语（如"遗簪"、"更衣"之文）外，许多长评竟不可用。

靖本评语初传出时，最兴头的是周汝昌。他在别人尚未注意之前，立即为文寄香港《大公报》发表。后来周汝昌又为文在国内刊物介绍此靖本及其评语，并加臆说，如以"杏斋"为"松斋"，等等。但事隔八年，他才发现这些评语大有问题。他于1973年6月20日来函说：

> 弟近忽于靖本颇自质疑，最要者有四点：
>
> 一、凡批语讹乱，乃常情，但亦有其致乱之由，即有规律可寻（如串行错简之类）。今靖批乃常是逐字颠倒，几如故意拆散而重排之者，此何理耶？良不可解。
>
> 二、即令错乱自有其故矣，而凡属不见于他本之重要处，则又概无讹乱，一一清楚，一似特意留此为后人解纷者，此又何理耶？
>
> 三、凡较他本多出之重要文字，皆寥寥数言，若云他本皆遗之，何以抄手独遗此数字？盖若繁文，犹有图省之理，今则寥寥数字，独不

见录于别本,此又何故耶?

四、凡多出之数字之所关系者,常是研究诸家意见不同之处,一如卒年也,脂、笏一人二人也,等等,又殊似预为后人论证增添佐据,有利于某一说而不利于对立说者,此又甚可异也。(中央之夕葵残页,形式亦觉不伦不类)(下略)

所谓“夕葵残页”,俞平伯先生曾据以为文,涉及雪芹卒年问题,见《红楼梦研究集刊》第1期(1979年第一辑),这些问题这里不便详论,但可指出一点,即有些“涂改”,据毛国瑶来信所述,乃出于近人之手,则周氏之疑亦非无中生有也。这些都是大可研究的问题。因为常有人问起我对于靖本的看法,故趁此机缘,略陈鄙见如上。

1980年7月,吴世昌记于北京

我怎样写《红楼梦探源》

一　引言

在西欧，从来最畅销的书是《新旧约圣经》；在中国，自 18 世纪末年以后，最畅销的书(除了《时宪书》——即日历，和幼童教本如《百家姓》、《千字文》之外)，要算是《红楼梦》。把《圣经》来比言情小说，似乎有点不伦不类。那么，我们可以说：中国的《红楼梦》，大致相当于英国的莎士比亚作品。但莎翁作品在英国一向被尊为文学宝典，是学校中主要课本，而《红楼梦》则在近年以前，常被中国道学先生认为"闲书"，不宜给学生看的，虽然道学先生们自己，往往躲起来偷看。莎翁和曹雪芹在他们的作品中都创造了四百多个人物，但莎翁的人物，分配在三十多个剧本中，而且许多王、侯、侍从、男女仆人，性格大致相类；在不同的剧本中"跑龙套"的人物，原不必有多大区别。而曹雪芹的四百多个人物，却严密地组织在一个大单位中，各人的面目、性格、身份、语言，都不相同；不可互易，也不能弄错。这部小说，即使放在全世界最伟大的十部名著之中，也会突出地站在前面。

英国学童从十一二岁即开始读莎翁剧本，直到中学毕业会考，几本重要作品，至少要"读"十来次，还有在戏台上、在无线电广播和电视中"看"和"听"的机会。但在中国，至少在我的学生时代，从小学至大学研究院，《红楼梦》这书名从未列入课程表中。我第一次看《红楼梦》是在初中三年级，有一次生病，无法上学，才把它当"闲书"看着消遣的。至于研究《红楼梦》，说来惭愧，虽然也看过别人写的有关此书的论著，自己在出国以前，从未下过功夫。抗战时期，许多在昆明和重庆的朋友，在"莫谈国事"的大前提之下，觉得谈"红学"最妥当，最"卫生"，于是谈得很起劲。可是我那时在桂林，不但听不到，连“红学”的文字也看不到。倒是来到英国之后，因为有的学生研究《红楼梦》，由我指导，使我不得不对此书前后两部分的作者、著作过程和版本年代这些问题重新加以考虑。接着，从 1954 年起，国内由李希凡、蓝翎等讨论《红楼梦》问题所引起的大辩论，受到了国际的注意。北京及各地报刊大量登载辩论的文章，“讨论集”由一册出至四册，而尤其重要的，是一部七十八回的《脂砚斋重评石头记》抄本，即高鹗未改以前的曹雪芹原稿抄本，在 1955 年由北京文学古籍刊行社用朱墨二色套版照相影印出版，牛津大学买到一部。同时，由巴黎、海牙联合出版的《汉学要籍纲目》(Revue Bibliographique de Sinologie)的编者，要我为此书作提要。我于是把这部曹雪芹的原著和脂砚斋的数千条评语，仔细研究了一下。可是“提要”限制字数甚严，没甚可说，而从这抄本中所发现的问题，繁多而且复杂。既已发现，便不能丢开；既然复杂，就需要清理。一清理，牵连的问题就更多了。许多前人以为已解决了的，新的证据证明并未解决，或解错了。许多前人从未发现的问题，陆续出现，需要解决，等到一批问题解决了，连带的又引出另一批以前未曾注意的问题。这样，我觉得非把一切有关《红楼梦》及其作者可能得到的全部材料收集起来，加以彻底的、全面的研究，否则无法完成这两份工作。我于是开始收集材料。

我应该感谢的是国内近年大批出版这些材料。上述七十八回抄本，其实在 1933 年即在北京发现[胡适曾有一跋文，却把它误称为“庚辰(1760)”本，正如同把他自己在 1927 年买到的十六回残本误称为“甲戌(1754)”本一样，这两个误称到现在还被沿用着]。可是这些“珍本”，过去是私人的“枕中鸿宝”，是“学者”们的“血本”。“良工不示人以璞”，如果印出来，阿猫阿狗也可以研究，红学专家们便不能长久“专”下去了。说也奇怪，据说“破坏中国文化”的北京市人民政府，却鼓励这个古本公开发行，连欧美的学者，也可以看到了。不但此也，胡适私人藏了三十三年(1927—1960)不公开的十六回残本，即所谓“甲戌”本，其中有许多脂砚斋评语(曾由他的学生录出)，连同别的抄本的脂评，也一起由俞平伯编为《脂砚斋红楼梦辑评》，在 1954 年年底出版。此外，有许多曹雪芹友好的诗文集，如敦诚的《四松堂集》，敦敏的《懋斋诗钞》，明义的《绿烟琐窗集》，张宜泉的《春柳堂诗稿》，裕瑞的《枣窗闲笔》，等等，有些是连以前的红学专家都未见到的材料，现在都影印出版了。如果没有这些材料的公开，我的工作是无法开始的。此外，尚须提到一部重要著作，即周汝昌的《红楼梦新证》。周君书中有许多主要的结论是错的（例如脂砚斋，又署"畸笏叟"，他以为即是"史湘云"，简直是匪夷所思）。但他书中搜罗了许多不易经见的材料，对于曹氏家世的研究是非常重要的。许多人对此书批评很苛，只是评他的文学观点。但如把它当作一部史料书来看，是有价值的。"采葑采菲，无以下体"。我倒受了周君不少帮助，应该感谢他的劳绩。

二 《红楼梦探源》的主旨和步骤

我写这书，本来不是批评《红楼梦》的文学价值，所以谈不到什么理论观点，也不是研究此书的"微言大义"或社会问题。这些当然都是非常重要、值得郑重研究的。而在这方面，近年国内已有许多研究论文出版，其中颇有精彩之作。但我觉得在研究这些问题之前，尚须先弄清楚若干基本问题。例如，在全书一百二十回中，哪一部分是曹氏的作品，哪一部分是高氏续作？在曹氏作品中，哪些部分是他的真正原作，哪些部分曾经高氏删改？在高氏续作中，有无曹氏原稿材料在内？如果不把这些问题弄清楚，则在批评曹雪芹思想时，会把高鹗的思想算在他的账上；在研究曹氏的文艺造就时，也会把经高鹗删改的结果，归诸雪芹。如果不先弄清楚脂砚斋是男是女，他和曹家关系如何，便不能确定他的数千条评语有何价值。在研究他的评语时，如果不能鉴定哪些评语出于脂砚斋之手，哪些是别人写的，也就无法判断这些评语有多少价值，对于了解雪芹的身世和《红楼梦》成书过程有何帮助。在鉴定了脂评以后，如果不能区别各期评语的写作年份，也就不能看出某些评语和作者生活及小说内容有何关系。但是，尤其重要的，尤其基本的，是判断分析几个重要抄本的年代。这是过去中国经学大师在校勘学和考证学上最注意的初步基本问题。不把这个基础打得正确坚实，则修造在这基础上的上层建筑，是很容易东倒西歪，甚至于垮下来的。不幸这两个抄本一出现，立刻被“有历史癖”的胡适博士加上了违反历史的名称。他那十六回残本是一个过录脂评本，并非脂砚手批本。在这过录本的底本中，明明有脂砚斋乾隆甲午（1774）八月的评语，而胡博士却硬把它叫作“甲戌（1754）”本。后来在徐星署家中发现的七十八回抄本，又是一个用四个不同底本拼凑起来的过录本，其原底本中即有乾隆丁亥（1767）的评语，而胡博士又硬把它叫作“庚辰（1760）”本。这种时代错误，不合科学的说法，使《红楼梦》考证在近三十年中，长久停留在粗疏幼稚的阶段，无法走上科学的道路。胡博士所定的这两个名称颇有催眠作用，近人许多考据文字，都盲目地沿用“甲戌”本、“庚辰”本这些名称，使读者在看到原抄本之前，已造成了“先入为主”的成见，这是任何科学性的研究所不该有的。所以在开始考察这些抄本的年代时，第一步，我首先抛弃这两个引入迷途的名称，姑且把这两个抄本称为“脂评甲本”和“脂评丙本”（另有一个次要的所谓“己卯”本则改称为“脂评乙本”）。庄子说：“名者实之宾。”用惯了错误的名称，脑筋养成了“条件反射”，则对于一切有关抄本和脂评年代的判断，都会失去标准尺度，陷入错误（现在“甲本”改称脂残本，“丙本”改称脂京本）。

至于脂砚斋，周汝昌君认为是“史湘云”，固然是错的；有人把他定为作者曹雪芹自己，亦即书中的“宝玉”，就是“那块爱吃胭脂的顽石”，则尤其荒谬。评语中有许多称赞《红楼梦》的优点和作者的天才，指出描写如何新雅，故事如何别致，古今无比，等等。如果评者即作者，那就等于说，曹雪芹在替自己肉麻地做广告。我想，曹雪芹没有在美国大学中学过广告术，大概不会有这套本领。这且不说。更重要的是，在十六回残本第一回“满纸荒唐言，一把辛酸泪”这首诗上面的眉批明明说：

> 能解者方有辛酸之泪，哭成此书。壬午（1763）除夕，书未成，芹为泪尽而逝。余尝哭芹，泪亦待尽……今而后惟愿造化主再出一芹一脂，是书何本（幸），余二人亦大快遂心于九泉矣。甲午（1774）八月

泪笔。

如果脂砚即雪芹，则他不但有耶稣复活的神通，而且有孙行者化身的本领：壬午除夕死了，“隔了十年又是一条好汉”，摇身一变，变成“脂砚斋”，洒着一把眼泪在替自己的书写评！不料乾、嘉大师所建立的科学的考据学，在一百多年以后，反而退步到变成了神话了。

所以，我的第二步主要工作，是要考出：脂砚斋到底是谁？他和曹雪芹有何关系？这关系是朋友，还是亲戚？他为什么要评《红楼梦》，从1754年以前，一直评到1774年？他和《红楼梦》的背景有无关系？他是曹雪芹的什么人？他的年龄比曹雪芹大或小若干岁？他为什么为《红楼梦》一书这样伤感，批评得眼泪都要流尽了？他一共写了几次评语？每次是在哪一年写的？

在求出了上述各种问题的答案以后，可以帮助我们了解有关作者曹雪芹的许多问题。例如作者的生卒年，就有许多不同的说法，迄无定论。作者的家世，与小说内容有密切关系，也有充分阐明的必要。作者何时开始写此书？那时他几岁？作者的生平事迹、朋友交往，我们也要知道得更详细些，可以帮助了解他著书的经过。要了解这些问题，主要材料依然是脂评和作者朋友们的诗文集，这是第三步工作。

其次，就要考察《红楼梦》成书的过程。作者在第一回中自己说：“曹雪芹于悼红轩中披阅十载，增删五次。”这十载在他生命中占哪一段时间？在未删改以前，这部书的初稿是什么情形？在历次的增删中，主要故事有无改变？文字细节如何更动？《红楼梦》书中故事的背景，有的说在南京，有的说在北京，历来聚讼纷纭，迄无定论。袁枚在《随园诗话》中说，书中“大观园者，即余之随园也”。此话的根据是什么？这根据的来源是否可靠？作者既说“披阅十载，增删五次”，显然他的初稿已成全书，才能“披阅”；他所“增删”的，也应该是指全书而言。然则何以《石头记》只有八十回抄本？（七十八回本至第八十回止，但其中缺第六十四、六十七两回。）如果初稿已有全书后半部的故事，这些故事内容是怎样的？其中主要人物，如黛玉、宝玉、宝钗、王熙凤等，如何下场？是否和现存高氏所补后四十回内容相符？如有不同，其差异若何？要解决这一大串问题，主要的要凭原本前八十回线索。这是最可靠的内证。其次是脂评中所说到的后半部内容，这也是极可靠的同时人的证见。脂评对于《红楼梦》研究最重要的贡献，除了供给我们关于作者生平家世的材料外，要算这些有关初稿的消息，尤其是原稿后半部故事的轮廓，最为重要。因为，只有知道了雪芹全部原稿的内容——哪怕只是一个大概，我们才算看见了他的思想的全部，而不是把三分之二（八十回）的雪芹思想、三分之一（四十回）的高鹗思想混在一起，当作雪芹的全部思想，张冠李戴，叫他代人受过或无功受禄。根据现在材料，推求雪芹原稿中后半部故事的内容，是我所承担的第四步工作。

三　关于后四十回

以上都是关于《红楼梦》原作的抄本、评者和原稿的许多问题。但是我们现在一般读者所看的，是一百二十回的《红楼梦》，不是前八十回的《石头记》。这一百二十回中的最后四十回是高鹗的补作。关于此点，当时著名的诗人张问陶（字船山，1764—1814）在他送给高氏的诗中说得很明白。他的《赠高兰墅鹗同年》一诗题下自注说："《红楼梦》八十回以后俱兰墅所补。"此诗第二联云："侠气君能空紫塞，艳情人自说'红楼'。"高鹗是张问陶的妹夫，张氏的话当然可靠。另外还有许多清人的著作，如震钧的《天咫偶闻》、俞樾的《小浮梅闲话》、李放的《八旗画录》、恩华的《八旗艺文编目》，对此点都说得很清楚。但是刊行一百二十回本《红楼梦》的程伟元，在乾隆辛亥（1791）版的序文中，说他曾多年收集作者（雪芹）的残稿，请人拼凑编辑起来，才有后四十回。而高鹗在他的序文中，也说程伟元把一些残稿请他整理编写，才能使全书一百二十回合成全璧。这些话，过去的红学家认为，都是程氏撒谎，因为他说曾见一百二十回的回目，而现在《红楼梦》后四十回的回目，与前八十回中故事所透露的后半部内容不符。

这一点很对，程氏确在造谎。他说收集了近四十回的曹氏残稿，当然也不是真话，因为后四十回故事的内容与前半部的计划和线索不符。但我们不妨追问一下，是不是可能他确曾得到少许残稿？高氏续作，有没有采用或根据这些残稿，这是一层；其次，高氏后四十回故事既与前八十回原作的计划和线索不符，则他即使见到残稿，自必经他改写过。既经改写，则必与前八十回有出入之处，则他在编合前八十回时，自不免也要东改西抹，以便和他自写的故事大致相符。这倒是他自已和程氏在引言中承认了的："书中前八十回……其间或有增损数字处。"他们说得那么轻描淡写，似乎不会有大出入，因此从来没有人认真把曹氏原文和高氏改本对照过。可是不对则已，一对问题就多了。不是间或"增损数字"，而是整段整页数百字地删削！而且在1791年冬天排印的"程甲本"中改得还少，到次年春天重排的那个宝贝的"程乙本"中，真是大刀阔斧，横砍竖劈，不但改动许多重要故事，而且一有机会，就加入一些对"当今皇上"颂圣的阿谀。在短短的三个月内，高鹗为什么匆匆忙忙要干这勾当，他的动机是什么？程伟元老板，为什么不惜工本，在三个月内又把这部大书重排一次？这是在考察今本《红楼梦》全书时，不可避免的最后一步的工作。

四　初步工作的次序

上述五步工作，构成为《红楼梦探源》的五卷。我说"五步"，而不说"五部分"或"五大门"，乃是因为这些都是研究《红楼梦》思想内容的初步工作，还没有跨进研究思想问题或文学批评的大门，更不必说登堂入室了。但这五步，却是研究思想或文学批评的奠基工作。我自知不是建筑师，只能把修造上层建筑这份工作让给比我高明的人去担承。我只是一个小工，把基石从山坳水崖找得来，放得平正，已算尽了我的能力。但我知道，修盖在这上面的雄壮的殿堂，却非要有坚实的基础不可。建立这基础也有一定的步骤，不能躐等。所以这五步的次序是：(一)"抄本探源"，(二)"评者探源"，(三)"作者探源"，(四)"本书探源"，(五)"续书探源"。

卷首是一章简述"《红楼梦》研究的历史背景",卷末是一章"提要与结论"。另有一些次要问题的讨论,则作为四章附录(已出版的英文本只有三章附录,正在准备中的中文版加一章"作者的友好及其著作",附在第二卷末),分别以类相从,附在各卷之末。

这个次序有它的必要。因为如果不先说明各个脂评抄本的内容,评语分类和性质,则读者不知"脂评"究竟是什么。如果不先分析各抄本所根据的原底本,即不能判断任何一个抄本本身的年代,也不能推测脂砚斋当年用了几个本子来写他的评语。如果不分析脂砚所写各期评语的年份,便无法把评中所指之事,和雪芹实际生活中的事迹联系起来。胡适在《新材料》一文中,因未能考定评语的年代,在应用时只好"折中假定"某评在某年。评语有朱笔的,有墨笔的;有些署"脂砚斋"、"脂砚",有些署"畸笏"、"畸笏叟"、"畸笏老人";有的插在正文之中,用双行小字,如古书的注解,有的写在眉端,有的夹在行间,有的用大字抄在回前或回后;有的有年月,有的无年月;也有署别人的名字,如"松斋"、"梅溪"、"绮园"之类。这三千多条评语,五花八门的复杂情形,以及在同一回中,脂残本和脂京本的评语多少不同,各条评语长短不同,都需要彻底整理:分别评者,辨析性质,统计条数,排比年月。这是一份繁重细致的工作。但是把这些复杂情况清理出眉目以后,对于解决以下各卷中的许多问题,却有无穷的帮助,以下各卷的论据,全靠这一卷的结论。这是基本的基本,所以是第一步工作。

从评语的整理中,对照两个抄本,我们知道同一条评语此详彼略,一本署"脂砚",一本署"畸笏",故知二者是一人化名。从脂砚斋评语中说到他自己亲见"南巡",而康熙最末一次南巡在四十六年丁亥(1707),则知他至迟生于康熙三十五六年左右,要比雪芹大到二十岁左右。所以周汝昌君以作者为"宝玉",比"宝玉"小一岁的"史湘云"为脂砚斋,是根本不可能的。周氏的说法先有两个假定:一是"自传说",所以作者曹雪芹即书中"贾宝玉";二是"史湘云"后来与"宝玉"结婚。但这两个假设都全无根据。其一,书中少年时代的"贾宝玉"的模特儿另有其人,并不是作者自己,这一点以后要证明。其二，“宝湘结婚”之说，出于一本冒称“旧时真本”的后人续作，其荒唐与别的续作中宝玉、黛玉又投胎再生结婚相同。据脂京本第二十一回评语，宝玉出家为僧时，其妻仍是宝钗，并不是湘云。故宝玉、湘云结婚说全不可靠。这两个前提的假设既全是错的，脂砚又及见康熙南巡，比作者大了二十岁左右，则脂砚斋即“史湘云”说，全是空想，毫不可信。林语堂在某刊物发表《平心论高鹗》一文，痛骂周汝昌，连为周书写跋文的其兄周缉堂，以及他们已死的父母，都不饶过。但对于周氏那个错误的结论，“脂砚即湘云”，林博士却深信不疑。从这种论学的方法与态度，很可以看出一个人的智力与品德。

五　棠村序文的发现

《红楼梦》第一回前有一段引言说：

> 此开卷第一回也。作者自云曾经历过一番“梦幻”之后，故将真事隐去，而借“通灵”说此《石头记》一书也。故曰“甄士隐……”云云……自己又云……故曰“贾雨村……”云云。更于篇中用“梦”、“幻”等字，却是此书本旨，兼寓提醒阅者之意。

这段文字，向来被人认为是曹雪芹自己作的引言。其实这种看法是错的。既说“作者自云”，便是第三者口气。文中所引“甄士隐”、“贾雨村”、“梦幻”、“通灵”等字，都是第一回回目中所用的字眼。这分明是一段解释回目意义的序言。在脂残本、脂京本和有正书局的八十回本《石头记》中，第二回之前也有类似的一段用大字抄的文字说：

> 此回亦非正文本旨。只在“冷子兴”一人……其“演说荣国府”一篇者，盖因族大人多……此一回〔文〕则是虚敲旁击之文，笔则是反逆隐曲之笔。

此外，在上述两个抄本中，许多回之前尚有类似的文字。在脂京本中，这些回前附文，都用另一页纸单独分抄，字体大小与正文完全一样，但低一格抄。前人都以为这是脂砚斋的“总评”或总批，其实是猜想之词，脂砚在十六回残本第一回楔子的末了“东鲁孔梅溪则题曰《风月宝鉴》”一句话上面，有朱笔眉批说：

> 雪芹旧有《风月宝鉴》之书，乃其弟棠村序也。今棠村已逝，余睹“新”怀“旧”，故仍因之。

胡适在《考证红楼梦的新材料》一文中只说：“据此《风月宝鉴》乃是雪芹作《红楼梦》的初稿，有其弟棠村作序。”他只看懂了上一句，却没有看懂下文“睹‘新’怀‘旧’，故仍因之”是什么意思。他不知道“新”是指“增删五次”后的新稿，“旧”正是上文所说“旧有《风月宝鉴》”之“旧”稿。由于没有看懂这四个字，他便无法知道“故仍因之”一句话中“之”字正指上文棠村所写的“序”。“因”是“因袭”、“沿用”之意(《明杂剧》三集《中郎女》第一出：“章程制度，因者因，创者创，已略略可观。”正是如此用法)。知道了《脂评石头记》因袭了棠村为《风月宝鉴》所作之序，便可以认清楚在《石头记》中许多回前的短文，包括第一回前的引言，其实都是棠村的旧序，是脂砚为纪念棠村之死而保存下来的，并不是脂砚自己的“总评”。但《石头记》中并不是每一回之前都有序，这种情况正可说明：(一)旧稿《风月宝鉴》的回数与“增删”后《石头记》新稿的回数不同；(二)“增删”之后有些回中故事内容不同了，旧序便不适用，不能再因袭下去了，只好割爱；(三)棠村也许还没有回回作序；(四)在雪芹历次修改的过程中，一些有序的原稿也可能失去。

也许有人怀疑，一部书普通只在前面有一两篇序，怎么每回之前都会有序呢？其实古典文学中常有这现象，不足为奇的。《诗经》和《尚书》每篇之前都有后人作的小序。这是大家知道的。《汉书》每卷都有序，是班固自己作的，不过合在一起放在书末，称为“序传”，所以有人也许不注意。弥尔顿(Milton)的史诗《失乐园》(Paradise Lost)，每卷前面有说明性质的大纲(Argument)，斐尔定(Fielding)的小说《汤姆·琼斯》(Tom Jones)，每卷之前也有一小段扼要评语，也是作者自己写的。

在《脂评石头记》中发现雪芹之弟棠村的小序，把它从脂砚的评语中区别出来，对于研究《红楼梦》成书的过程和此书早期抄本的年代，有重要的作用。例如现在《石头记》中有序的各回，我们可以推想，其内容大致与《风月宝鉴》旧稿无甚出入。因此，根据棠村小序存于《石头记》中的情形，我们可以约略推知雪芹初稿的情况。并且由序文的内容，可以判断修改时各本分回的情形。一个抄本中所保存的小序较多，则其正文底本的年代必较早。现有四个脂评抄本，一个有正翻印抄本的石印本，保存小序的多寡不等；而最后的全书《红楼梦》，却只有在第一回之前尚保存一篇棠村小序。而且这还是因为后人把它误认为雪芹作的“引言”，才能保留到现在。可是，如果把《红楼梦》和《脂评石头记》抄本一对照，便可知道这唯一保存在《红楼梦》中的小序，也已经被高鹗删改了。

脂砚斋因为评了《石头记》多年，把此书称为《脂砚斋重评石头记》，而其中有许多回前的小序却不是他作的。他不愿掠人之美，又怀念去世了的棠村，所以在第一回评中即声明：他保存了棠村的旧序，免得读者误会，以为这是他的“总评”。但不幸连一些“红学专家”，还是这样误会了。因为研究脂评，发现了雪芹那位早死的弟弟所写的许多小序，可以说是意外的收获，对于《红楼梦》成书过程的了解是有所帮助的。

六　脂砚斋是谁

脂评既然这样重要，大家当然急于要知道脂砚斋究竟是谁。要解决这问题，只好仍从脂评入手。历来研究脂砚者都不问他的年龄，只好胡猜。所以我的工作是从他的年龄入手。在脂京本中四十三条壬午年(1762)的评语里，他有时已署名“畸笏老人”，那时雪芹还只四十多岁。上文说到他曾见康熙末次南巡(1707),假定其时他十岁左右(再小便记不清),则他生于1697年左右,到壬午已六十五岁左右,可以自称"老人"了。他比雪芹,可能大到十八至二十岁左右。康熙南巡由雪芹的承继祖父曹寅接驾,康熙即住在曹寅的江宁织造府中,府中事前修盖了行宫花园。脂砚这十岁上下的小孩子既然见到家人接驾,他也必是曹家的孩子。《红楼梦》小说中的人物,脂砚在评中透露,有许多他是认识的;其中故事,有许多是他亲自知道的。例如王熙凤在尼姑庵中受了三千两银子的贿赂,害死了一对青年男女,还说她不信什么阴司地狱。脂评说:"批书人深知卿有是心。叹叹!"又如第二十二回宝钗生日唱戏,贾母命凤姐点戏,脂评说:"凤姐点戏,脂砚执笔事,今知者聊聊(寥寥),矣(奚)不悲夫!"第二十五回马道婆向贾母骗钱,满口胡说,脂砚在评中说:"一段无伦无理信口开河的混说,却句句都是耳闻目睹者,并非杜撰而有,作者与余,实实经过。"此外,书中人物谈话,脂评常说"亲见"、"亲闻"、"有是人"、"有是语"等等,有时他说明某事发生在"二十年前"、"三十五年前"等等。他和雪芹的关系密切,也可以从评中看出:有时他和作者开玩笑,有时自称"老朽",命他改写故事(如秦可卿之死),雪芹写完了一部分,便送给他看,请他批评。有时他的批评倚老卖老,俨然是长辈的口气。例如第五回警幻仙子出场时,作者仿《洛神赋》体描写她的美,脂评说:"此赋则不见长,然亦不可无者也。"由上种种证据,脂砚无疑是曹家人,是雪芹的长辈,而且深悉书中故事的背景。

七　脂砚斋是"宝玉"的模特儿
——是曹雪芹的叔父

当然,只靠脂评来考察问题是不够的,还须要有别的客观证据互证对勘,才能求出真相。因为对于同一脂评的解释,可能有歧异,有了别的证据,可以把某种解释否定或肯定。

根据清代史料,如曹寅奏折等文件,我们知道曹寅长女嫁于镶黄旗讷尔苏郡王，所以她是贾"妃"，事在康熙四十五年十月二十六日(1706年11月30日)，次年即康熙最后一次南巡。脂残本第十六回记贾妃元春省亲事，棠村的序说："借省亲事写南巡，出脱心中多少忆昔感今！"胡适看见这条，大为高兴，说："这一条便证实了我的假设。"什么假设？即是他著名的"自传说"。在《红楼梦考证》中，他有关于"著者"的六条结论，最后一条说："《红楼梦》是一部隐去真事的自叙。"是不是雪芹自叙曹家接驾，给这条"借省亲写南巡"的评语证实了？这位自称有"历史癖"和"考据癖"的胡博士，可惜忘记了年代。那时离雪芹出世，还有八九年哩！他有什么"昔"可"忆"？省亲故事是曹寅长女(即雪芹姑母)出嫁与康熙南巡的合写。"元春"出嫁和"南巡"二事，雪芹均未亲见，决不能想象当时堂皇气象来写省亲故事，则其材料必有个来源。脂砚亲见南巡，也见得到曹寅长女的出嫁；且嫁与郡王，其场面也必相当可观。追忆记录并供给这些场面的材料除脂砚外，当无别人。"元春"省亲时不过二十多岁，入宫以前教过"宝玉"读书，所以"怜爱宝玉与诸弟不同"[①]。这个"宝玉"是"自传说"中的曹雪芹吗？我们且看脂砚在这段文字旁的批语：

> 批书人领至(到)此教，故批至此，竟放声大哭：俺先姊先(仙)逝太早，不然，余何得为废人耶！(脂京本十七回，三八七页)

原来"元春"是批书人脂砚斋的"先姊"，这里的"宝玉"是批书人脂砚自己！请普天下一切"自传说"的拥护者来看此批。第十六回提到为省亲要建大观园事，脂评说："大观园用省亲事出题，是大关键处，方见大手笔行文之意。"这是说，雪芹用南巡资料，移花接木，用来写省亲，造别墅，好让宝玉和姐妹们以后住在里面，展开活动，这是文艺创造的杰作，但与自传无关。

少年时代的"宝玉"用脂砚为模特儿(那时雪芹尚未生)，除上条批语

---

① 贾珠早已夭亡，除宝玉外元春何尝又有"诸弟"可与宝玉比较？这证明当脂砚记录素材时，他正想到曹宣有四子，故曰"诸弟"。

已由脂砚自己承认外，尚有不少的证据。第二回智通寺门口有一副对联："身后有余忘缩手，眼前无路想回头。"脂评说："先为宁、荣诸人当头一喝，却是为余一喝。"可见脂砚在小说中是一个主要人物；在小说的背景（曹家）中，也颇有地位。下联中的"无路回头"，正和雪芹原稿末回的"悬崖撒手"（即宝玉出家）是前后映带的一对。

第三回黛玉初到荣府，作者从她眼中描写宝玉，说他"面若中秋之月，色若春晓之花"。脂评说："'少年色嫩不坚牢'，以及'非夭即贫'之语，余犹在心。今阅至此，放声一哭。"则此回所写宝玉的形貌，正是脂砚幼时情况，所以一提起来他就伤心。

第九回宝玉要去上学，"忽想起未辞黛玉，因又忙至黛玉房中来作辞"。这本是极寻常的礼貌，原没有什么可批的。但脂砚却郑重其事地批道："妙极，何顿挫之至。余已忘却。至此心神一畅，一丝不走。"若依自传说，宝玉是雪芹，为什么脂砚一见此句，把忘却之事又记起来，"一丝不走"，而且那样高兴？

上文说到一条评语说宝钗做生日"凤姐点戏，脂砚执笔"。那次看戏的都是女客，只有宝玉是男的，则为凤姐执笔的正是宝玉。

脂残本第五回第十一页下《红楼梦序曲》"开辟鸿蒙"演唱时，警幻云，"若非个中人不知其中之妙"。脂评曰："三字要紧，不知谁是个中人？宝玉即个中人乎？然则石头亦个中人乎？作者亦系个中人乎？观者亦个中人乎？"先云"宝玉即个中人乎"，下文则将石头与作者分别言之，知石头非作者，而独不言批者，则因批者即宝玉，故不必重复。

下页曲文中"谁为情种"一句旁脂评云："非作者为谁？余又曰：亦非作者，乃石头耳。"按此条极为重要，"亦非作者，乃石头耳"，则石头与作者正是二人，石头即宝玉，亦即批书人脂砚也。

又脂京本第二十一回评云"谓余何人耶，敢续《庄子》"一条，续《庄子》者乃宝玉，而曰"谓余何人"，则批者之"余"即宝玉。

这样的证据，在评语中还有许多，在这里无须多举，只要说明两点就够了。一、"宝玉"不是雪芹自叙，作者用少年时代的脂砚为模特儿；二、脂砚呼曹寅长女(书中“元春”)为“先姊”,而雪芹为曹寅之孙,则脂砚是雪芹的叔辈。[①]

这两条结论是从脂砚的评语中得到的。我们还要看看有无别的证据可以确定这些结论。清室豫良亲王修龄的次子裕瑞(字思元,1771—1838),在其所著《枣窗闲笔》中说:“《风月宝鉴》一书,又名《石头记》……曾见抄本卷额,本本有其叔脂砚斋之批语,引其当年事甚确。”又说:“闻其所谓‘宝玉’者,尚系指其叔辈某人,非自己写照也。所谓元(春)迎(春)探(春)惜(春)者,隐寓‘原’、‘应’、‘叹’、‘息’四字,皆诸姑辈也。”裕瑞的消息,据他自己说是从“前辈姻戚有与之(雪芹)交好者”得来的。他所指“前辈姻戚”,是他的舅父明义(我斋)和明琳。明义的《绿烟琐窗集》中,有《题红楼梦》绝句二十首,他看到的是雪芹给他的一个抄本。明琳也是雪芹的一个交好,《懋斋诗钞》中有一首诗说雪芹在明琳的养石轩中高声谈笑。裕瑞所说“元、迎、探、惜”四“春”是“原、应、叹、息”四字的谐声,现存脂残本第二回评注中。但裕瑞并未指出雪芹“叔辈某人”的“宝玉”,即是写批语的“其叔脂砚斋”,可见他的消息另有来源,倒并不是研究了评语以后所得结论。他从他的舅父明义和明琳所得有关雪芹及《红楼梦》的事迹,和一些评语的内容完全符合。

八　曹氏家世和脂砚斋

雪芹的祖父曹寅,幼时曾伴康熙读书,后为康熙侍卫,历任苏州及江宁织造。他的文化修养很高,喜欢收藏古书,能诗,善画,爱好音乐、戏剧,也写过传奇剧本,刊过善本书。著名的《全唐诗》,清廷即命他主持校勘。因此,他是当时江南文人学士的领袖,彼时许多著名文人,都是他的朋友。他有两个儿子,其一叫“珍儿”的,早殇;另一个叫“连生”,名颙,在寅死

---

① 若谓脂砚(曹硕? 竹磵)乃曹宣之子,而书中元春乃曹寅之女,并非亲姊弟而为堂姊弟,故与书中宝玉与元春不尽相符,则须知书中宝玉与元春亦非嫡亲胞姊胞弟。第二十八回宝玉对黛玉云:“我又没有亲兄弟亲姊妹:虽然有两个(指探春、贾环),你难道不知道是和我隔母的?”(校本二八六页)可知元春与宝玉亦非同父或同母,但小说中假定二人为同父耳。

(1712)后继任织造，三年后也死了。曹寅有一个双生的兄弟曹宣，早死，其子女由他教养。曹宣有四个儿子：曹頫，即雪芹之父；曹颀，即曹寅诗中所指“三侄”；另有一“四侄”字竹磵，却不知其名。曹颀幼时即善画梅，曹寅给他的画题了许多诗。曹寅的《楝亭诗钞》卷六有“和竹磵侄上巳韵”，此时他只有十四五岁，已能诗，而且他伯父竟和他的韵，可见他的诗作得很好。这和宝玉十三四岁就能作诗也相像。曹家两代取名字都用《诗》、《书》成语，如曹寅字子清即用《舜典》：“夙夜惟寅，直哉惟清。”曹宣字子猷，用《大雅・桑柔》：“秉心宣犹（即猷），考慎其相。”颙字见《小雅・六月》：“其大有颙。”颀字见《齐风・猗嗟》：“颀而长兮。”“竹磵”之“磵”字不见于六经，始见于《玉篇》。据《正字通》，是“涧”字或体。《卫风・考槃》说：“考槃在涧，硕人之宽。”则竹磵之名当是“硕”字。颙、颀、硕、頫，同辈之名都用同一偏旁“页”。“硕”和脂砚之“砚”，篆文相似。二字都从“石”，所以“宝玉”的故事，即“石头”的故事。雪芹题此书为《红楼梦》，而脂砚却坚持要用《石头记》。如上述推论不误，则脂砚斋是曹宣第四子，名硕，字竹磵，从小即会作诗。大概是宣子中最小而最聪明的，深为曹寅所爱。

曹寅死后，由其子曹颙继任织造，但颙任职三年后，在 1715 年又死了。曹寅更无他子，康熙命曹宣长子頫承继曹寅为嗣子，使他继任江宁织造之职。所以曹頫的儿子曹霑（字雪芹）成为曹寅的孙子，而脂砚斋却是他的亲叔父。曹頫任织造到雍正五年（1727）冬，被免职，次年曹氏被抄家，曹頫等迁往北京。

九　曹雪芹的生卒年

解决“脂砚斋是谁”这个大问题，对于雪芹身世和《红楼梦》书中许多问题，都有很大帮助。其次要考察的，是雪芹的生卒年。他的卒年有两种说法：一说“壬午除夕”，一说“癸未除夕”。第一说根据 1774 年一条脂评，说他“壬午除夕泪尽而逝”（引见前）。壬午除夕是 1763 年 2 月 12 日。但雪芹好友敦敏诗集有一首诗中说请他在癸未上巳前三日（1763 年 4 月 12

日)去喝酒,可见他没有死。敦诚挽雪芹的诗是甲申年(1764)初作的,诗中自注说,"前数月,伊子殇,因感伤成疾"。可见雪芹的儿子在上年(癸未,1763)秋冬之际死去,雪芹在上年得病数月,除夕去世。这个"除夕"是癸未除夕(1764年2月1日),不是壬午除夕。甲申春,敦敏也有一首吊雪芹的诗。周汝昌断定脂评中的"壬午"是误记,这是对的。照我的推算,脂砚在1774年已经八十多岁,记忆也不大好了,容易把干支的推算弄错,但"除夕"却不会弄错。胡适根据脂评,硬说敦诚的诗是隔了一年多才做的,他说:"怪不得诗中有'絮酒生刍上旧坰'的话了。"胡适不认得"坰"字,他望文生义,以为即是"坟墓"。"坰"字其实只有一个意义,即《尔雅·释地》所释:"林外谓之坰。""旧坰"是说"乡下那个老地方"。因为雪芹住在郊外,死在郊外。胡适也不懂得这句诗中的两个主要典故,"絮酒"、"生刍",都是指新丧的吊唁(见《后汉书》卷八十三《徐穉传》李贤注引谢承《后汉书》),这且不说。敦诚甲申年的吊诗自注明明说"(雪芹)前数月……感伤成疾",怎么一个人在"前数月"得病,一年多前已死了?

确知雪芹卒年以后,则其生年可以用他卒时的年龄推算。敦诚的吊诗说他"四十年华付杳冥",因此周汝昌认为他死时四十岁,生于雍正二年甲辰(1724)。如依此说,则曹家1728年被抄后迁至北京时,他只有四岁。脂砚在甲戌(1754)抄阅再评《石头记》,他只三十岁。脂砚共评此书八次以上,每次隔两三年(从第三次起,每次隔三年,即:丙子—己卯—壬午—乙酉)。依此推算至第六次。再评在1754年,则初评在1751年或1752年。彼时雪芹已"披阅十载,增删五次",则十年以前雪芹开始写此书只有十八岁,似乎不可能。这并不是说雪芹没有这样的早慧和天才,而是书中所表现的作者的饱学,绝不是一个二十岁以下的青年所能有的。从许多脂评,也可以证明这年龄是不可能的。例如第三十八回宝玉听说林黛玉要喝烧酒,"便令将那合欢花浸的酒烫一壶来"。一条1754年或更早的脂评说:"伤哉!作者犹记矮𫠆舫前以合欢花酿酒乎?屈指二十年矣。"如曹雪芹生于1724年,则二十多年前他还不到十岁,大概不会酿酒;即使会,也是儿戏,不至于用在宴会上。又如第十三回秦可卿死时托梦给凤姐,有

“树倒猢狲散”之语。脂砚在1762年一条评中说:“‘树倒猢狲散’之说,今犹在耳。屈指三十五年矣。哀哉,伤哉!宁不痛杀!”这一句成语,是曹寅活着时常说的,后来变成了谶语。他的文友施瑮在他死后怀念他的一首诗中说:“廿年‘树倒’西堂闭,不待西州泪万行。”自注说:“曹楝亭公时拈佛语对坐客云‘树倒猢狲散’,今忆斯言,车轮腹转……楝亭、西堂,皆署中斋名。”(《隋村先生遗集》卷六,第一六页)脂评说三十五年前是1727年,即雍正五年,正是曹频被黜之年,此时曹寅已死了十五年了,但其当年“对客佛语”,竟成谶语:这年曹频免职“树倒”,次年春天被抄,“猢狲散”了。雪芹生于曹寅死后,当然没有亲闻曹寅此语,必是他父亲被黜时觉得奇祸将临,才又重复说着此语,他才听到。但如依周说,他生于1724年,则其时他才三岁多,决不能了解此语所含惨痛的意义。再看敦敏送雪芹的诗:“燕市狂歌悲遇合,秦淮旧梦忆繁华。”又,明义的《读红楼梦》诗的序文:“曹子雪芹出所撰《红楼梦》一部,备记风月繁华之盛。盖其先人为江宁织府。其所谓‘大观园’者,即今随园故址。”亦指雪芹所记为南京事。如果他在1728年被抄家后到北京时才三四岁,则决不能记得在南京时的什么“风月繁华”。可见敦诚诗中所谓“四十年华”,只举成数。事实上在诗中也不可能说明确数。我们可以推想雪芹离开南京时,年龄至少已十多岁,但不知确数。幸而在张宜泉的《春柳堂诗稿》中,有《伤芹溪居士》一首七律。题下自注说:“其人素性放达,好饮,又善诗画。年未五旬而卒。”据此,我们可以推定他卒时大概是四十八九岁,但仍不能定为四十八或四十九。

我以为他卒时年四十九,所以生于康熙五十四年(1715)。这一年曹寅的独子曹颙死了,曹寅更无他子可以继袭织造之任。曹家因历年招待康熙南巡,亏空很大,如无人继袭织造一职,势必破产。所以康熙命曹宣之子曹频承继曹寅为嗣子,俾能继袭织造之职。雪芹名霑,是一个不常用的字。此字最初见于《小雅·信南山》:“既霑既足,生我百谷”,是指上天的恩泽。扬雄《长杨赋》:“盖闻圣主之养民也,仁霑而恩洽。”则引申为皇上的天恩。后来这个字几乎只有这个狭义的用法。如唐李邕被任为淄州令后的《谢上表》说："雨露恩深，霑霈及于萧艾。"从雪芹命名为"霑"，我们推想和这一年康熙敕令其父曹𫖯为曹寅嗣子，因而得袭此织造肥缺有关。其唯一解释，即雪芹之生，正在康熙敕令来到的前后，为了表示感谢皇上的恩泽，曹𫖯把他的新生儿子命名为"霑"。

十　结束语

在这篇短文中，我只能约略谈一谈我怎样解决有关《红楼梦》的几个基本问题，已经用起了这许多篇幅，而且每一问题牵涉的方面这样多。我虽然力求叙述得简单，但仍旧是头绪纷繁，十分复杂。许多方面，自然说得不够，读者如果仍有不明白的地方，较细的解释只好看我的原书。而且很抱歉，在中文本出版以前，此时只有一个英文本可参考。至于有关曹雪芹原稿中许多问题，如他的早期稿本中故事与《石头记》有何不同，其未完成原稿中主要及次要人物的下场与高氏后四十回有何不同，等等，只好从略。此处只能说，黛玉病死，宝钗与宝玉成婚，宝玉后来出家，大致如此，但其中有袭人婚后来侍候宝钗，蒋玉菡供奉宝玉，宝玉"解放"所有丫头，等等。最后贾家败落极惨，不但抄家，而且宝玉、王熙凤等都被捕下狱，后来由红玉（即小红）、茜雪两个丫环设法帮助救出。贾琏把凤姐休了（离婚），她回娘家，死在南京。巧姐被卖为娼，由刘姥姥救出，嫁与板儿为妻，自食其力。末了一场大火，把宁荣两府、大观园，烧得精光，"落了片白茫茫大地真干净"！全家人口四散，有的到乡下坟地边种地。只有贾兰用功读书，谋得官职。但其母李纨不久即亡。这样一个惊天动地的大悲剧，其伟大壮美，真可以比古希腊的任何大悲剧而无愧，与高氏续作的什么"沐皇恩"、"延世泽"，连杀了两个人的恶霸薛蟠也居然用钱向官府赎了出来，贪赃枉法的贾雨村也居然逍遥自在，完全不同。

在我写作此书三年的过程中，承国内、英国及国际间许多朋友的帮忙。有的绝版了的书，承他们把自己的藏书送给我。自然，英国朋友帮助最多，他们替我看稿子，提意见，安排出版步骤，还有一位留英的日本太太替我打字，我永远感谢他们。

1961年12月3日夜，英国牛津大学

（原载1962年6月《新华月报》）

再论脂砚斋与曹氏家世

——答朱南铣先生,兼论某些考证方法与态度

一 引言

《光明日报》4月14日所载拙文《脂砚斋是谁》,在文末编者已注明:"摘录《我怎样写〈红楼梦探源〉》"。既是摘录,即非全文。且仅就从所摘之文题,也可看出,即使是原作全文,也仍只是从另一书所选出来的某些提要,加以简略说明而已。在未见此原书,甚至原文之前,只凭略之又略的提要性的摘录,立即加以批评,这种争鸣,勇则勇矣,但恐不易得出全面性的结论。至于这样的争法是否公平,我想还是让读者判断。

但我欢迎朱南铣先生批评我的文章(见《光明日报》5月10日),因为他提供了与曹竹磵有关的新材料:例如吴贯勉的《绿意词》,便是久居海外、孤陋寡闻如某也者所不能见到的(可惜他虽说到,却未引录为证)。拙文结论共分三部分:(一)决定脂砚斋为雪芹叔辈;(二)证明脂砚斋是"宝玉"少年时代的模特儿;(三)假定脂砚斋为曹寅之侄竹磵,可能名硕。前两点较为重要,有书中及评中的内证,也有作者同时人(如裕瑞之舅父明义和明琳)的外证,所以是确定的。末一点是次要的,乃推论而得;如有其他较好证据,自然应该修正。朱先生对于前两点无异议,专对末一点提出怀疑,这态度大体上是正确的。

我在论脂砚斋的真姓名时,最后说:"如上述推论不误,则脂砚斋……名硕,字竹磵。"这是有条件的假定。读者可以看出,我这种审慎的说法,和朱先生在文中责备我的话:"指名道姓,言之凿凿"、"不根据材料说话,愈猜愈奇,愈扯愈远",二者之间,似乎略有分别。并且,诚如一位读者来信所指出,既想试图考证古人,而又不许"指名道姓",那该怎么办呢?难

道应该说"此人姓 X,名 Y,字 Z",才不至于"言之凿凿","愈扯愈远"么?当然,朱君如有确实证据,可以断定脂砚斋不是曹竹礀,或能提出新证据,建立他所认为可靠的脂砚斋真姓名,我一定第一个支持他。我考出脂砚斋为雪芹之叔,曹宣之子。而曹寅之弟名宣字子猷,乃周汝昌先生早年所考出。朱先生为了要否认我的论证,认为"不可靠",因此又须连带痛斥周汝昌先生所考证的曹寅之弟子猷是曹宣的说法,而他自己却并不能提出较好证据,有所建树,足以取信读者,这样的批评,至多只是消极性的。

二　推论有时可正记录之误

朱先生反对周汝昌先生定曹寅之弟"子猷"之名为"宣",因为他认为周说仅据《书》、《诗》成语,和古人"名、字关合"的原则推论而得,并无直接明文证据,不如"曹荃"一名之见于记录,即《八旗满洲氏族通谱》。但我们知道此书所记曹家人名既并不全,已录之名又多错误(说详后),而欲以"荃"比附"子猷",尤为扞格不可通。另一方面,在学术研究上有时确有这样的情况:见于记录者未必无错误,未见于记录者,反可以用科学方法,推论得之(其实科学上许多新发明,都是未见记录的,否则不是"新"发明了)。今且举一个类似的例子,以证明正确的推论,反而可以纠正记录上的错误。

今本《尚书·尧典》有"光被四表"一语,隶定已历二千年。汉、唐以来大师,莫不视为定本,神圣不可侵犯。其实"光被"二字,照字面讲(如宋儒蔡沈说"光,显也"),是讲不通的。清代一位唯物主义的思想家戴震,因不信"文献有征"的"光被"二字是正确的原文,却从"出魏、晋间手"的伪《孔传》中,找出"光,充也"一个"愈扯愈远"的解释,又在《尔雅》和《说文》中发现了"不见于《六经》"的一个"桄"字,也解为"充也";在《礼记》的《乐记》和《孔子闲居》两篇中,发现了郑玄注"横"字,也用"充也"之说。就凭训诂学上这些字义"关合",他断定"光"字乃"桄"字的"脱误",而"桄"字又是"横"字在汉代的"转写"(简笔字)。因此他竟"言之凿凿"地说:"《尧典》古本必有作'横'被四表者。横被，广被也。"[①]后来他的朋友钱大昕告诉他在《后汉书》中有"横被四表"一语，戴震自己查出此语在《冯异传》永初六年(112)安帝诏书中。其后姚鼐又在班固《西都赋》中找出了"横被六合"一语。但直到七年以后他的族弟戴受堂在《汉书・王莽传》中找出了"昔唐尧'横'被四表"一语，才完全证明戴震所推论的汉代《尧典》古本，正作"'横'被四表"。可见"横被"这一古代成语，虽然在传世《尧典》中被误作"光被"已历二千年，而其正确的原文，还是可以用训诂学上的"文义关合"原则，推求出来的。朱先生不必把《八旗通谱》看得比传世的《尧典》更神圣，也不必太鄙视周先生的"名、字关合"推论方法。

三 "荃"、"宣"二名致误之由

周汝昌先生在《红楼梦新证》中据古人名、字互训原则，纠正李放《八旗画录》中"曹宜字子猷，号筠石"之误。这一纠正既然是对的，就应该加以肯定，似不必直到今天，还要以讽嘲口气，指为"翻案文章"。周先生因曹寅字子清，出于《舜典》，依此线索，推求"子猷"名"宣"。但彼时尚未发现满文白本档中的"曹荃有四子"之说，所以他不能说"荃"为"宣"字之误。此刻即便更无其他直接证据，至少我们可以说，满文档奏折中拼音的"荃"字，不会比传世已二千年的定本《尧典》中的"光"字更少错误的可能。试述其理由如下。

满文是拼音文字。其对音汉字，由笔帖式(官名，即"译员")译来译去，常有错误。甚至堂堂诰命，尚且误曹玺为"曹熙"。《八旗通谱》一类书，又误曹世选为"曹锡远"，不但声误，且有形讹。此皆朱先生所详知者。"荃"、"宣"二音如用字母拼出，其差别只在音首的半个子音字母。我们知道从"全"之字，常有"宣"音。如鲁迅先生小说《药》中的华老栓之"栓"，即有两个读法：1. "趋宣切"，则与"荃"同音；2. "疏专切"，旧为"先"韵，今读

① 《清经解》第七十九种，《戴东原集》卷一，《与王内翰凤喈书》。

如“鞋楦头”之“楦”而平声。如以英文字母拼之，则前者为 chuan，后者为 shuan。我不懂满文，据习满文者见告，“荃”、“宣”二音在满文中拼音字母全同，其区别即在读时一为吐气，一为不吐气，仅用一小圈为音符以别之。当时的笔帖式据白本档中满文拼音，要找一个音近的汉字，因见《八旗通谱》曹家人名中只有“荃”字音近，遂把它顶替此满文，以致有“荃有四子”之说。此种情形，倒完全是讲得通的。

四　曹“荃”非子猷，亦非寅弟

朱先生即据《八旗通谱》及白本档中李煦、赫齐奏折中由满文对音的汉字（朱先生自己承认未对满文原件），认为曹寅之弟，字“子猷”，而“有四子”者，即是“曹荃”。凡不同意他这一说法的，即是“比附名、字”的“扩而大之，变本加厉”，“充满了主观空想的成分”。在这里，我希望朱先生能平心静气考虑三点：

1. 曹寅字子清，乃用《舜典》成语，这是朱先生所承认的。然则“荃”字“子猷”，究竟何所取义？出自何典？

2. 寅与宜是堂兄弟，其名尚且均从同一偏旁“宀”；其下一代颙、頫、颀诸人也是堂兄弟，其名也用同一偏旁“页”。可见在曹氏宗谱中，至少此两代之名均有定规；虽堂兄弟，亦严守此规（《红楼梦》中人名亦然），何以寅之亲兄弟，反而用从“艸”的“荃”为名，完全破坏族谱成规？

3. 朱先生既已明知记录“曹荃”的《八旗通谱》，于曹氏一家至少有三个人名与诰命不符，而又坚持说：“说子猷就是‘曹荃’，完全讲得通。”这种议论，是否合乎逻辑？

上述三点，犹可说限于纯粹推理范畴之内。现在再来看史料上的事实。仍以朱君所据《八旗通谱》而论：该书卷七十四在“曹锡远”（诰命作“曹世选”）条下列“曾孙”三人：曹寅、曹宜、曹荃，每人之下均注明“原任”职衔：寅为通政使，宜为护军参领兼佐领，荃为司库。曹宜已是曹寅堂兄弟，故列在寅后；而曹荃更在曹宜之后，可见房次更远。曹寅与其堂弟宜之间，并无其亲弟(即字“子猷”者)之名，这显然是遗漏，并不能证明寅无亲弟。曹寅好友尤侗在其所作《曹太夫人六十寿序》[①]中，说寅之胞弟子猷官职是“侍卫”，而不说他是“司库”。可证子猷乃另一人，与排在曹宜之后的“司库曹荃”无关。

“曹荃”是曹家什么人呢？原来《八旗通谱》在曹锡远之“孙”一代中，把曹玺[②]列在前面，曹尔正列在后面。下面“曾孙”一代中，把同一偏旁的曹寅和他的堂弟曹宜列在前面，曹荃列在最后。再下“玄孙”一代中，又把同一偏旁的嫡堂兄弟颙、頫、颀列在前面，另一异名天祐列在最后。可见《八旗通谱》的编者排列曹家世系、房次，有很明显的条理，不可能把“曹荃”越次提到前面，作为曹玺之子，曹寅之弟。朱先生说《通谱》的排列“原不一定依照亲疏、长幼的次序”，不知何所据而云然。如果族谱可以“不按亲疏、长幼的次序”排列，则日历也可以不按月份和日子的次序排列了，天下有这样的族谱或日历么？《通谱》的材料来源，当然是八旗各大家自己的宗谱，其亲疏、长幼次序，在曹氏宗谱中自极显然，为什么《八旗通谱》的编者不怕麻烦，故意要和曹家捣乱，把他们原有的亲疏、长幼次序弄乱？《通谱》成书在乾隆十年乙丑(1745)年初，当时曹家至頫一代的人还在北京活着，宗谱次序如有错乱，编者很容易一问曹家的人，予以改正。朱先生为要否定周汝昌先生和我的说法，不惜颠倒《通谱》中曹家人名次序。这正是“不根据材料说话”之一例。

总之，“荃”与“寅”、“宜”，在曹氏家谱中，其房次排列，既不相当，其命名所从偏旁，又完全不同。“司库”、“侍卫”，在文献史料中原任职衔既不相同，“荃”和“子猷”，在训诂文义上尤全不相干，甚至丝毫不能“关合”，则“子猷就是曹荃”之说，实在讲不通。至于“如说曹宜与曹荃是一人”，则除朱先生本人外，似尚无人作此假定，故不必深论。

---

① 《艮斋倦稿》卷四，二六页，《红楼梦新证》58页引。

② 曹玺原名尔玉，因诏书笔误，并成一字。

五　曹家诸名俱见于经传

关于曹家两代取名用《诗》、《书》成语，朱先生认为现既不知曹颙、曹颀之字，而“见于《六经》中的单字那么多，单说他们是用《诗》、《书》成语，就没有什么直接意义”。他用这一理论否认脂砚斋之名也用《诗》、《书》成语，还有力地加一句道：“何况曹頫的‘頫’并不见于《六经》。”其实，所谓单字，也有个区别，不能笼统言之。“之、乎、者、也”、“天、地、日、月”这类习用之字，虽亦常见于《诗》、《书》，自不能特别指为《诗》、《书》中语。至若“颙”、“颀”等字，则《六经》以外用者不多；即使用，也还是从这些古书中来的。如此，则推究其朔（即所谓“原始材料”），仍应算作《诗》、《书》中语。

至于所谓“不见于《六经》”的“頫”字，《周礼·大行人》有“三岁遍頫”；《小行人》有“存、頫、省、聘、问，臣之礼也”。《考工记·玉人》有“頫聘”之语；《左传》昭公五年薳启彊楚子说：“朝聘有珪，享頫有璋。”此外，《齐语》及《管子·小匡》，也有些用法。在这些经籍中，頫字大都和“覜”字通用。自贾谊《过秦论》一篇有“頫首系颈”一语，注疏家始读頫为“俯”[①]。以后《上林赋》、《西京赋》也如此用法，《说文》遂以“頫”为“俯”字。所以现在习惯上读頫为“俯”。但如有人据《周礼》、《左传》的用法，把它读为“覜”，我们也没有绝对的理由，说他读错了。因此，也就不能十分肯定地说，“頫”字“不见于《六经》”。

据此，就目前材料而论，曹氏颙、頫一代诸人之名都见于《六经》，亦无可疑。朱先生欲以“颙”、“颀”单字不算数，“頫”字不见于《六经》为理由，证明脂砚名“硕”之不可能，似乎十分牵强。当然，将来也可能有别的材料，证明脂砚之名不是“硕”，但即使彼时有此情况，目前朱先生所提出的理由对于曹氏家世的研究，还是没有什么帮助。

---

① 《过秦论》在刻本《贾太傅新书》中无注，但此篇为班固用作《汉书》卷三十一《陈胜、项籍传》的赞语前段，邓展始以“俯”音“頫”，颜注遂以为“古俯字”。又《辞海》引此句，指在《汉书·贾谊传》，殊误。谊传不引此篇，班固盖意在避复。

六 “荃有四子”说及其他

在《关于脂砚斋的真姓名》一文中，尚有牵涉到曹氏家世的其他各点，作者对周汝昌先生及我的论据提出质疑，现亦只能简单解答如下：

1. 从“曹荃有四子”出发，朱先生把曹寅诗中“能画长干”的“三侄”曹颀，定为“荃”之第三子，以曹頫为“荃”之第四子，于是提出这样的质问：“哪里还有一个所谓‘曹硕’的四侄存在的余地?”但此说亦仍有不少矛盾。且不必说颀、頫原非曹荃之子，已如上述；即就这一辈的排行而论，朱先生也没有交代，曹寅的长侄、二侄是谁？都到哪儿去了？且他所谓把“四侄曹頫，从小带在江南抚养长大”的情况，也未有合理的解释。为父者照例爱幼子，尤其是“期望甚高”的幼子。“曹荃”好好的在京做司库，为什么不能自己“抚养”，要把最幼而又“期望甚高”的儿子“頫”送走？周先生定颀等为曹宣之子，宣(子猷)死后其遗孤由最亲近的伯父寅抚养，则是入情入理之事。拙文定脂砚斋为子猷幼子，因据脂评他在南京及见康熙末次南巡(1707)，知其必在曹寅织府，故为宣之遗孤而由寅抚养长大。

2. 关于曹颙、曹頫二人年龄孰长孰幼，非片言可析。我在《红楼梦探源》(英文本，第 98～100 页)中已有较详讨论，这里只能简单解释一下：曹頫在康熙五十四年(1715)三月初七日奏折有“伏蒙万岁天高地厚洪恩，特命奴才承袭‘父’、‘兄’职衔”一语，称曹颙为“兄”，因此有人认定颙长于頫。其实此语不能证明颙长于頫，正如頫在同一句中称寅为“父”，不能证明頫为曹寅所生。此乃谢恩折，只好顺着康熙诏书中语措辞，不便明文抵牾，故不得不这样说。且中国数千年的世袭承继制度，承继者只能视其前任为长辈，不能自视为长于前任。民间又有“死者为大”的习俗，在措辞上頫之奏折亦绝不能说“承继‘父’、‘弟’职衔”。若这样说，不特甚为不辞，甚至可说文理不通。因为“承继”二字含义，即为后辈、年幼者接受前辈、年长者之事，即使在事实上有例外，在措辞上仍须依此习惯。故对此“兄”字，不必拘泥。如果要这样咬文嚼字，则旧时朋友通信常互称“兄”，若即以此字考订彼此年龄的长幼，岂非笑话？

3. 曹竹磵究竟是曹寅之侄，或只是朱先生所“怀疑”，“也是一个姓曹的友人之子”，被曹寅“硬”称为侄？对这问题自有待于将来更可靠的材料加以证明。朱先生反对我用《诗》、《书》成语中“名、字关合”的推论方法，但他自己所提出的两点：(一)曹寅和竹磵侄诗“未追念胞弟”；(二)吴贯勉赠竹磵两词，“照词意判断，曹竹磵大概是汉人”，作为推论“竹磵非曹寅之侄”的证据，似乎更显得薄弱。第一，试问一个伯父偶然高兴，和一个侄儿的春感或咏花之诗，为什么一定要这样杀风景，提起这个侄儿的亡父？今按《和竹磵侄上巳韵》一首五律，中有“丽人”、“桃花”、“红桥”、“游骑”之语。另一首七律《赋得“桃花红近竹林边”和竹涧侄韵》[1]，更为轻艳，如何能把“追念胞弟”的话硬插进去？朱君不妨自己做首五律，把上述诸语用进去，同时又“追念胞弟”，看会写成什么样的好诗。读者不必看诗，即此诗题，也能“追念胞弟”么？这样的理由，也能拿来作为“竹磵非曹寅之侄”的证据么？第二，用诗词中的“词意判断”法来证明作者，甚至作者所赠词的对方，为汉人抑为满人，也不见得可靠。我且举一首前人咏《岳少保》的诗：

拐子军残虏气颓，书生扣马不教回。千年遗恨黄龙府，未与诸君痛饮来。

若只凭“词意判断”，此诗作者是汉人还是满人？我想许多人会说，“大概是汉人”，否则不会对满人的祖先金人敌忾这样深，斥之为“虏”，又这样为汉人的英雄岳飞抱不平，还想直捣“黄龙府”，“与诸君痛饮”。而其实，这首诗是努尔哈赤第十二子英亲王阿济格的后裔，雪芹的好友敦诚做的[2]。可见这种“词意判断”法，有时也不免有些“主观空想的成分”，“是不足为训的”。

---

① 此“涧”字不作“磵”，似更可证我所推论“竹涧”之“涧”乃从“考槃在涧，硕人之宽”一语而来。

② 见《鹪鹩庵杂诗》，录自《有关曹雪芹八种》，19页。

七　结语

关于曹雪芹家世，我们现在所知仍苦不多。在未发现更直接的材料——如曹氏宗谱或墓碑之类之前，只能凭现有零星材料，仔细推求，试图找出已失去的材料，或用重建方法试求复原。在这研究过程中，凭某种论据创一新说，也许可成立，也许要修正，也许不能成立，但或因之引起别的研究而得出较好结论。但总之，能创新说，无论如何，总比“不着一字，尽得风流”，对学术更有些益处。十多年以前一位青年学者周汝昌试图考证曹氏家世，是当时一个新课题。他的说法有些部分要大加修正，但我认为他用《诗》、《书》成语，推出“子猷”名“宣”，完全可信——当然，我们还希望有更好的证据加以肯定；也可能有相反的证据，加以否定——但在沉寂了十多年以后，仅能提出一些不能自圆其说的什么“子猷即曹荃”，“荃有四子，曹頫最幼”，等等，似尚不足以推翻或代替周说。我在1956年夏起草《红楼梦探源》时，即指出周氏考出曹寅之弟子猷为曹宣而非曹宜，而雪芹之父曹頫乃曹宣之子，而非曹寅之子，为研究曹氏家世之重要贡献（英文本，第115页）。本刊前些时也有人讨论我国古代有“人之彦圣，若己有之”的优良传统，唐代也有“平生不解藏人善，到处逢人说项斯”的佳话。我以为要学术进步，应该提倡此种风气，而不是见人立一新说，在未能贡献更好的理论以代替它之前，先行加以攻击。这样，只能使人不敢创立新说，使学术停滞不进。在自然科学方面，我们很难想象有这样的情形：一位专家对于某一种新学说，在未读其全部材料、证据和理论之前，立即提笔加以批驳。但在社会科学方面，偶尔仍有此现象。可见二者之间的治学态度，尚有距离。如何缩短乃至取消这段距离，是当前学术建设的基本课题之一。在取消这段距离之后，百家争鸣的成果必将更为灿烂光辉。

（原载1962年8月9日、11日《光明日报》）

郭沫若院长谈曹雪芹卒年问题

前日听见郭老逝世的不幸消息，深感哀痛。今日检点郭老平日与我通信的旧札，发现 1963 年 7 月 25 日的一函，谈到曹雪芹的卒年问题，谨录存于下，并加说明，不仅重其一言九鼎，且以寄我无穷哀思也。

世昌谨识　1978 年 6 月 15 日

中国科学院郭沫若院长来函

世昌先生：

您寄来的文章，拜读了。我近来也翻阅了您以前寄我的文章，颇觉癸未说的证据要充实些，壬午说不免有孤证单行之嫌。昨天到文华殿看展览，注意到十六回脂评本中问题的那一条，关键的“壬午”二字，字迹较小而不贯行，颇致疑虑。可惜原本在台湾，无从检验。我同时想到一点，癸未年的大事不知在八十回本中有无文字上的反映。如有同志肯耐心考察一下，或不失为一个线索也。敬礼！

郭沫若　七、廿五

（参看图版壹、贰）

据以上郭老函中的指示，我再复查脂残本中这一条眉批，可以看出“字迹较小而不贯行”的这“壬午”二字，所占位置只有上面“书”字一个字位置的大小，显然在原抄此眉批时为干支年份预留了空白，而又留得不够两个字的位置。如果要填入“癸未”二字，简直填不下去。其实这条眉批只指第一首标题诗中“一把辛酸泪”、“谁解其中味”两句，故曰“能解者方有辛酸之泪哭成此诗”。这条眉批文义自足，已不必有下文。但批者哀思未尽，他接下去又写两条批语，一条即："□□除夕，书未成，芹为泪尽而逝。余尝哭芹，泪亦待尽。每意觅青埂峰再问石兄，余(奈)不遇獭(癞)头和尚何！怅怅!"后面一条眉批说："今而后惟愿造化主再出(生)一芹一脂，〔则〕是书何本(幸)，余二人亦大快遂心于九泉矣。甲午八月泪笔。"这些批语都不是批者亲笔写下，而是抄手辗转过录，讹脱在所不免(如"奈"讹为"余"，"癞"讹为"獭"，"生"讹为"出"，漏去"则"字，"幸"讹为"本")。"除夕"前面的干支年份，批者在雪芹逝世二十年后追记此批，可能已记不清，只好姑且空着，而空的位置又不够二字，故后来补入的"壬午"二字，正如郭老所指出的，"字迹较小而不贯行"。究竟壬午二字是批者原文，抑后人代为推算补入，亦无从断定。我意倾向于后者。因若为批者原文，则批时即不必空出；若因临时记不起来而姑且空着，则所空位置亦不必这样小。正因这一条批过录时尚空此位置，抄者无知，遂把所空位置挤得小了。至于"壬午"二字乃在批文抄完之后所补填，则是即使现在也仍可看得出来的。

再说这三条批语的原来位置，既是批五言绝句，即"第一首标题诗"的，则理应写在此标题诗的上面眉端，即脂残本第一回第八页下右侧眉端。且诗句上下都有空处可写。今把第一条眉批抄在此页靠近书边的左侧眉端，离所批的诗句很远。第二条批则大部分抄到下页去了，第三条批全部抄在下页右侧。可见抄手无知，全不管批语与正文的关联，当然更谈不到对于批语内容的理解了。

郭老信中谈到的"壬午说"与"癸未说"，须要解释一下。1962 年春，因为筹备纪念曹雪芹逝世二百周年，需要确定其卒年。当时有两种说法：有的同志据上述脂批，认为曹雪芹卒于"壬午除夕"(1763 年 2 月 12 日)；有的同志据另外一些材料，证明他卒于癸未除夕(1764 年 2 月 1 日)。所以他的卒年有"壬午"、"癸未"二说。癸未说者所据理由，比较重要的有三条。一、敦诚挽雪芹诗是他甲申年诗第一首，诗中内容说的是雪芹初丧，可证雪芹卒于上年(癸未)除夕。因挽诗都是死后不久就做，不会等了一年再挽的。二、癸未二月下旬，敦敏以"小诗代简"邀请雪芹在"上巳前三日”(1764 年 4 月 12 日)到他家去喝酒,因为这天是敦诚的三十岁生日。敦敏的“小诗”中说到当时杏花已谢,这正是清明(4 月 5 日)后一星期的时令物候,壬午说者以为此诗写于“壬午”,那是不可能的,因为壬午的“上巳前三日”是阳历 3 月 24 日,是清明节前十二天,杏花尚未含苞,敦敏绝不会在诗中说:“东风吹杏雨,又早落花辰。”既然癸未春敦敏还请雪芹去喝敦诚的寿酒,可见雪芹上年壬午除夕未死。三、敦诚甲申年初挽雪芹诗中有自注说:“前数月,伊子殇,因感伤成疾。”癸未年秋冬之际,北京有严重的痘疫,儿童死者数万(参看蒋士铨《忠雅堂诗集》卷十一,癸未下,《痘殇叹》)。敦敏家中死了五个男女孩子,雪芹另一好友张宜泉的一子一女,也染痘而死。这两家平日都与雪芹有来往,其子之死必然也是染了痘疫。孩子死在秋冬之际,正是敦诚挽诗自注所谓“前数月”。二敦自己家中死了五个孩子,悲伤忙乱可想而知,自然没有工夫去照顾雪芹的病,所以敦诚的挽诗用抱歉的口气说:“一病无医竟负君。”这些事实都证明雪芹不可能卒于“壬午”除夕。脂批中“壬午”二字显然是填这二字所留空白时,后人把干支计算错了。主张壬午说者只有上述脂批这一条“证据”。所以郭老信中说,“颇觉癸未说的证据要充实些,壬午说不免有孤证单行之嫌”。郭老又根据这条脂批的具体情况,指出其中关键性的“壬午”二字根本有问题,则壬午说的唯一“证据”即不能成立,可证雪芹卒于癸未除夕,即1764 年 2 月 1 日。

(原载《社会科学战线》1978 年第 3 期)

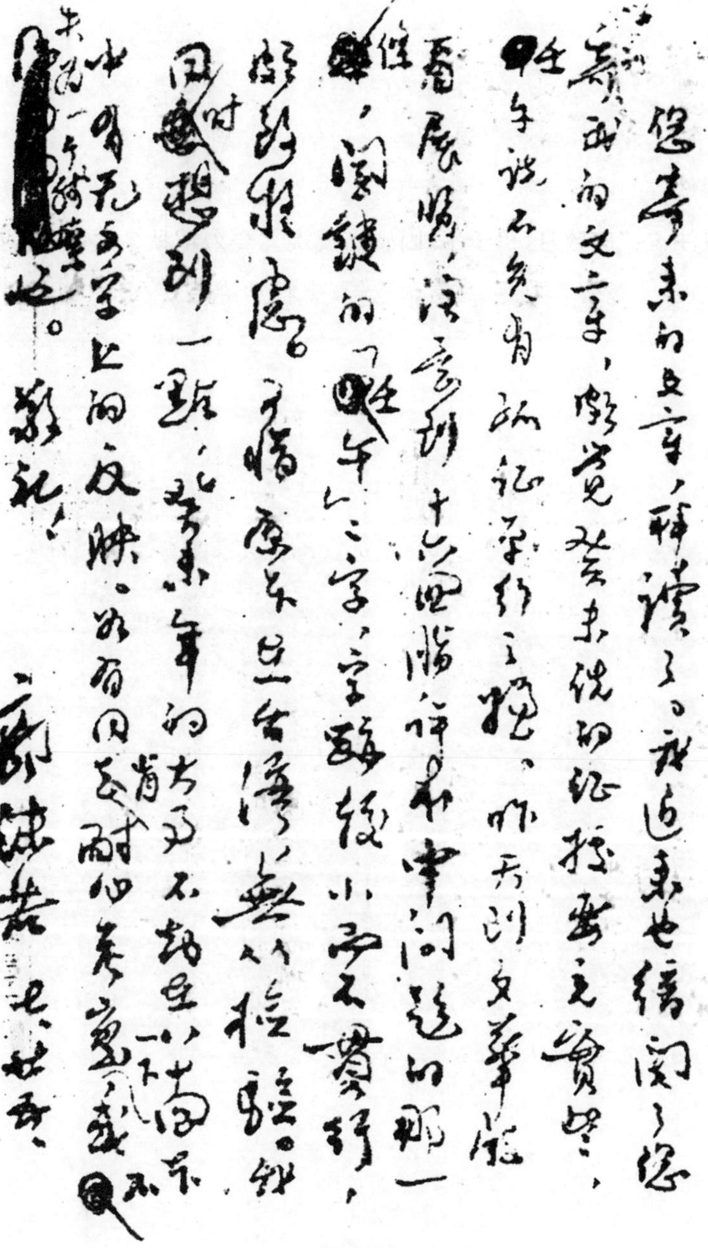

壹　郭老来信照片

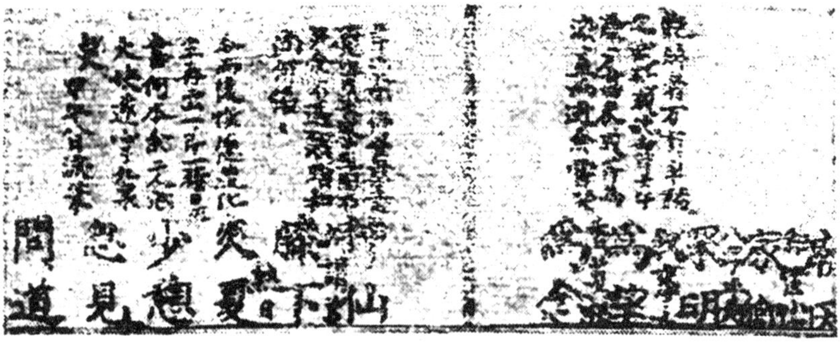

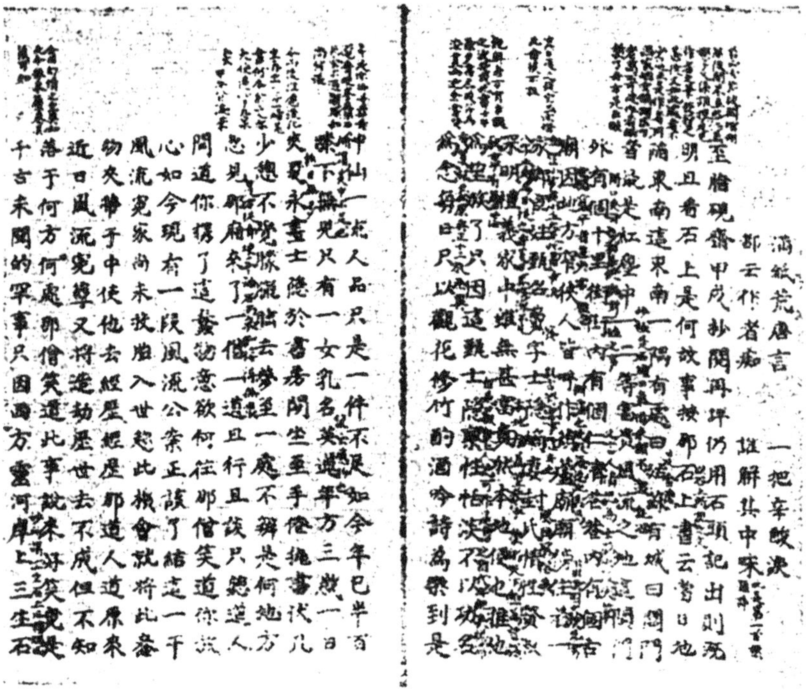

贰　脂残本第一回第八～九页

敦诚挽曹雪芹诗笺释

关于曹雪芹的卒年，历来有两种说法：一为卒于“壬午除夕”（1763年2月12日）；一为卒于“癸未除夕”（1764年2月1日）。前一说根据“1774年8月”的一条脂评，说雪芹在“壬午除夕泪尽而逝”。但雪芹的朋友敦诚在甲申（1764）年初有挽雪芹诗，诗中自注说：“前数月，伊子殇，因感伤成疾”，可见雪芹在上年（癸未，1763）秋冬之际得病，除夕去世。脂砚以八十老翁记十多年前之事，计算干支错了一年，但“除夕”这节日不会弄错，且极易记得，正如同凡读过《史记》者都记得孟尝君是端午生的。故可相信雪芹卒于癸未除夕。

敦诚挽雪芹诗流传最广者为录自《四松堂集》稿本中那首注明“甲申”（1764）年初所做七律。但据吴恩裕先生所见张次溪藏《鷦鷯庵杂诗》中，存有敦诚挽雪芹诗两首，其第一首似为流传挽诗之初稿，颇有异文。因此二诗不常见，而其中又有颇可借以考雪芹卒年者，故照录如下：

> 四十萧然太瘦生，晓风昨日拂铭旌。肠回故垅孤儿泣（前数月，伊子殇，雪芹因感伤成疾），泪迸荒天寡妇声。牛鬼遗文悲李贺，鹿车荷锸葬刘伶。故人欲有生刍吊，何处招魂赋楚蘅？

> 开箧犹存冰雪文，故交零落散如云。三年下第曾怜我，一病无医竟负君。邺下才人应有恨，山阳残笛不堪闻。他时瘦马西州路，宿草寒烟对落曛。①

---

① 录自吴恩裕《有关曹雪芹八种》，第17、31页亦载此二诗，其第一首“原注”中多“雪芹”二字，17页则无此二字，疑以有为是，盖原有而后删。

上引第一首比较《四松堂诗钞》中改后之诗，只有第三联（第五、六两句）相同，其余全不相同，几乎是重作。五、六两句极好，且必不可易（说详下），但出了韵。此诗全用"八庚"，而"伶"字属"九青"韵，故不得不改。但既欲保存此用"九青"韵之一联，则非全改其余各韵为"九青"不可。改后纯用"九青"韵脚之诗如下：

> 四十年华付杳冥，哀旌一片阿谁铭？孤儿渺漠魂应逐（前数月，伊子殇，因感伤成疾），新妇飘零目岂瞑？牛鬼遗文悲李贺，鹿军（车？）荷锸葬刘伶。故人惟有青山泪，絮酒生刍上旧坰。

敦诚这一大改，不啻多做了一首，因此给我们又添了好些有关雪芹之卒的材料。但首先应该指出的，是两首共有、丝毫未改的第三联。敦诚为了这两句，宁可牺牲其余的六句，而不肯改此出了韵的一联，因为第六句传达了一个有关雪芹之丧的重要消息：是敦诚为雪芹经营了葬事。

这一联上句指对方（雪芹），意义明显，无须多说，下句指自己（敦诚），略需解释。刘伶生前常乘鹿车载酒而行，命仆人荷锸相随，曰："死便埋我"（《晋书》卷四九，本传）。敦诚用此典，把自己放在雪芹的仆人的地位，才不显得他为雪芹营葬是"善举"或"施财"①。所以"刘伶"之典虽在原诗中出了韵，却决不可改。

原诗第二句云："晓风昨日拂铭旌"。"铭旌"即"明旌"，是标明灵柩的旗帜，后世称"灵幡"（如《红楼梦》十三回）。《周礼》说："大丧共铭旌"（《春官·司常》）。据《仪礼·士丧礼》解释"为铭"说，"旌"用一尺长的缁布，二尺长、三寸宽的浅赤布（䞓）做成下半截（末），然后"书铭于末曰：'某氏某之柩'"。这样的"旌"挂在"长三尺"的"竹杠"上，"置于宇西阶上"。胡培翚的《仪礼正义》说："铭所以必置于西阶上者，以铭所以表柩，柩在西阶上故也。此时尸未殓于柩，盖预书以表之。"可见"书铭于旌"是初丧之事，决

① 胡适最早买到抄本《四松堂集》，发现敦诚挽诗，但对于"鹿车荷锸葬刘伶"一句，始终无解释。

无人死了一年多，再为亡者的灵柩制旌题铭之理。此种礼俗，由《红楼梦》十四回可卿之丧，亦可见之。可见敦诚此诗初稿中，尚有记雪芹死时丧礼情况。此句后改定为："哀旌一片阿谁铭?"有问而无答。实则雪芹卒时幼子已殇，只剩下一个"泪迸荒天"的寡妇，则铭此哀旌者，亦正是为之营葬之人，此诚不便明说，故只能虚设此问耳。

改后之诗第四句说："新妇飘零目岂瞑?"照旧时俗语，如说某人死得"瞑目"与否，通常指其死时情景。若一人已死了一年多，还有什么"瞑目""不瞑目"可说的？如果依某些人之说，雪芹死了一年多，敦诚始做此挽诗，则彼时雪芹的遗妻甚至已不能称为"新"寡，如何还能称她为"新妇"?一个寡妇的原夫已死了一年多，还能称她为这个亡夫的"新妇"吗？我以为要考证一首诗的年代，必须研究本诗的内容，这种考证才有意义。

我在《曹雪芹的生卒年》一文中，曾指出胡适不懂敦诚挽诗中"絮酒"、"生刍"二典俱指新丧。但因彼时行文简略，仅指《后汉书·徐稺传》及李贤注引谢承《后汉书》，而未征引原文。按谢承所记如下：

> 稺诸公所辟，虽不就，有死丧负笈赴吊。常于家豫炙鸡一只，以一两绵絮渍酒中，暴干，以裹鸡。径到所起冢隧外，以水渍绵，使有酒气。斗米饭，白茅为藉，以鸡置前，醊酒毕，留谒(名片)则(即)去，不见丧主。

又《后汉书》本传正文说：

> 及林宗有母忧，稺往吊之，置生刍一束于庐前而去。众怪，不知其故。林宗曰："此必南州高士徐孺子也。《诗》不云乎：'生刍一束，其人如玉。'吾无德以堪之。"

观此二事，"絮酒"、"生刍"都是在初丧时赴吊的典故，绝不是墓已变"旧"的"一周年纪念祭"。"絮酒"、"斗饭"放在"冢隧外"，其时墓道尚未填土，故可见“隧”。“生刍”置于“庐前”，正指丧庐。徐稺不会等郭林宗的母亲死了一年多才去吊丧，敦诚也不会等雪芹死了一年多才做挽诗。

敦诚挽诗之二，说雪芹的“故交零落散如云”，竟是慨叹没有几个人来吊丧。下文“一病无医竟负君”一句，亦绝不可能解释为雪芹死了一年多，敦诚才忽然想起他病时没有帮他请医生，以致不治，遂觉心中负疚起来。大概雪芹初病时，敦诚以为无甚要紧，及闻其死，遂大为惊痛懊悔。这种痛悔之感，绝不可能叫它“延期”到雪芹死后一年多才发生。

第二首挽诗的末联，尤为确指朋友初丧的典故。晋时羊昙在他的知己的舅父谢安死后，不忍重经谢安病时所经的西州路有一年多（见《晋书·谢安传》）。敦诚书中“他时瘦马西州路”的“他时”，乃预想将来一年后的情形，故下句有“宿草”之语。[①] 若此诗是雪芹卒后一年多所写，则当时情景已成陈迹，岂有再作“预言”之理？即使真的再经“西州路”，也只能直说“此时”，更不能预言“他时”了。

综上所述，敦诚的两首挽诗（加重写一首，共三首）中无一句不证明其为雪芹初葬时送葬之作。诗中叙雪芹，从其因殇子得病，病中无医，以致死后安慰其寡妻，检点其遗稿，料理其丧葬，甚至预想将来到郊外时追忆亡友的哀戚，颇为详细。律诗本不宜于叙事，而这几首却能透露这许多消息，可谓难得。

【后记】 1962年春，国内讨论曹雪芹卒年问题颇为热烈。我其时尚未回国，正在英国牛津郊外斯赖德医院养病。当时附刊于《光明日报》的《文学遗产》编辑部不远万里，飞函到英，征询我对于这个问题的意见，要我参加该刊的讨论。在医院中图书寂寞，笔札不便，但因感念国内刊物的殷切期望，我力疾写了一篇有关雪芹卒年的比较详尽的文字，寄回国内。但当此文在《文学遗产》刊出时（6月17日《光明日报》），只有其中的一段与读者相见，即这篇《敦诚挽曹雪芹诗笺释》，约为全文的四分之一；其余

① 《礼记·檀弓》：“朋友之墓，有宿草而不哭焉。”疏谓“宿草，陈根也，草经一年而根陈”。此谓朋友死后一年则不哭，即上句一年后再经“西州路”可不哭之意。

的四分之三，不言而喻，已被送进该刊编辑部废纸篓了。回国以后我读了许多讨论雪芹卒年问题的文章，其中颇有“非常奇怪”、可喜可愕之论。（如“上巳”这个节日可以搬到农历三月中旬，丈夫死了二十七年的寡妇可以称为“新妇”，等等。）因而想到我当时为《文学遗产》所写旧稿的资料中，颇有一些可以供研究雪芹卒年问题者参考。我就把这些材料稍加整理，并补充一些以后见到的有关资料，写成下面的《综论曹雪芹卒年问题》一文，刊于《新建设》月刊。既称“综论”，则理应求备，所以把本文材料也提要写入。为使读者理解为什么此文与《综论》的第六节内容有重复之处，故特说明如上。

1974 年 6 月 10 日记

（原载 1962 年 6 月 17 日《光明日报·文学遗产》）

综论曹雪芹卒年问题

一　问题之再提出

关于曹雪芹卒年，向有“壬午除夕”（1763 年 2 月 12 日）和“癸未除夕”（1764 年 2 月 1 日）二说。《光明日报》摘刊拙作《曹雪芹的生卒年》一文[①]，其中已略述“壬午”之说乃脂砚斋年老误记。依敦敏癸未（1763）年的《小诗代简寄曹雪芹》约他去饮酒，及敦诚甲申（1764）年春挽雪芹诗，则以雪芹卒于癸未除夕为是。但我此文写于 1961 年冬，它在《光明日报》刊出时，虽较吴恩裕、陈毓罴两先生之文[②]为迟，而在写作时实未尝见吴、陈二位的新观点。陈先生在文中先提出“脂评之可信”和《懋斋诗钞》中存诗的“编年有问题”两点，而后者尤为重要。因为如果陈氏之说可信，则可以根本否定《小诗代简》作于癸未，从而取消“壬午除夕”雪芹未死这一有力证据。陈先生在这里提出的是考证学上的一个根本问题，不可忽视。我们必须加以仔细考察。此外，在敦诚挽雪芹诗中尚有若干与其卒年有关之点，亦有加以阐明的必要。

二　脂评可信，但非绝对无误

陈氏之文，乃针对吴恩裕氏一文而作。因欲推崇“壬午除夕”说，他一开始即着重论述脂评之可信，仿佛凡信“癸未除夕”说者，即为不信脂评。其实第一个提出“癸未除夕”说的周汝昌先生及最近重提此说的吴恩裕先

---

① 见《光明日报》1962 年 4 月 21 日《东风》。

② 吴文指《曹雪芹的卒年问题》，刊《光明日报》1962 年 3 月 10 日《东风》。陈文指《有关曹雪芹卒年问题的商榷》，刊 1962 年 4 月 8 日《文学遗产》第 409 期。

生，都早已指出脂评的重要性[①]。但看重脂评，并不是说脂砚斋的话决不会错；更不是说他的记忆是照相机式或录音机式的正确，他的笔记是打字机式或印刷机式的复制，绝不舛误。如果这样的迷信脂评，那就不是把它当作史料研究，而是把它当作什么《圣经》了。那显然不是科学的研究态度。

陈先生看重脂评，在引了脂砚甲午(1774)八月那一条伤感的评语之后，接着就用许多感叹词和惊叹号表示对他同情，加以赞叹："多么重大的打击！""心灵上的创痕多么深！""何等的激动！"等等。因此他结论说：脂砚之评此书，"是认真严肃的工作"，决非"游戏笔墨"。这些话都令人同意，但不能同时证明脂砚的"严肃工作"中绝对没有疏忽或错误。我们即使再多用几个惊叹号，也不能证明他的一生记忆，自幼至老，绝对正确，无丝毫之误。因为脂评的价值在史料方面，而不在感情方面，所以要理解和利用脂评，必先考订评者的年龄、辈分，及其评语的次数、年代等与史料有关的问题，而不是研究他在写评语时感情"何等的激动"一类问题。一个人太"激动"时，反而容易记错事情的。我在《脂砚斋是谁》一文中[②]指出他在甲午年写此评时年已八十以上。以如此高龄，记十余年前之事(雪芹之卒)，偶尔排错了一个干支是毫不足怪的事。关于此点，周汝昌和吴恩裕两位说得都很通达合理[③]。至于卒于"除夕"这个节日当然容易记得。例如我们很少记得古人的生日，但读过《史记》的都容易记得孟尝君的生日。并不是因为我们和孟尝君关系特别亲切，而是因为他生于"端午"这节日，不容易记错[④]。但若问孟尝君生于哪一年的端午，却连战国史专家也不易记清；如再要排出那一年的干支，就更不简单。陈先生说，因"民间

---

① 周著《红楼梦新证》有专章论"脂砚斋"(第533～583页)，全书引脂评不可胜计。吴著《有关曹雪芹八种》亦指出脂评的重要，而致慨于研究者之少(第121页)。

② 见《光明日报》1962年4月14日；《新华月报》1962年6月号。

③ 见周氏《新证》第168页，吴文见《光明日报》1962年3月10日《东风》。

④ 关于古人生卒月日之适逢节日，或易记者，还可以举许多，例如汉窦婴死于十二月晦(被弃市渭城)，南唐后主生于七月七日，南宋贾似道和清初黄宗羲均生于八月八日。即以《红楼梦》中人物而论，元春生于元旦，巧姐生于七夕，这些日子都易记难忘，但是谁记得了这些人生卒年的干支？

流行'鼠儿年'、'牛儿年'……的讲法",所以干支反而容易记。殊不知凡易记的干支纪年,必因此年有重大的社会事件,为人所共知,常常说到如"中日甲午之战"、"戊戌政变"、"辛亥革命",或某地的水旱之灾,某年特别丰收之类。若在私人,则生年的干支易记,因本人可以常说到"某是'×儿年'生的";卒年的干支不易记,因死者不会自道卒年。所以民间只有"生肖"(即生于"鼠儿年"或"牛儿年"之肖)而无"死肖"。旧俗家祭每年举行,故必须记得祖先卒时月日(即所谓"忌辰");但并不举行五周年或十周年的特别纪念,故祖先卒年的干支,却往往须查历本才能弄清。陈先生欲以民间"鼠儿年"、"牛儿年"……的讲法,来间接证明脂砚不会记错雪芹卒年的干支,也不能令人信服。

三　《懋斋诗钞》编年不误——《四松堂集》的"付刻底本"并不"严格编年"

雪芹的卒年既与敦敏(1728—1796以后)、敦诚(1734—1791)兄弟的赠诗有关,我们就有必要把现已影印的他们的诗集简单地说明一下。敦敏的《懋斋诗钞》是旧抄本,据我在北京图书馆所见原本的情形如下:此本抄者不详,但有作者亲笔加抄的三首诗贴在末页。抄本的眉端又有其弟敦诚亲笔批示"抄"、"选"、"入"、"选入"、"选抄"、"选一"等语;又有一些评赞,如"感慨系之矣"(第二八页),"婉而多风"(第三〇页),"恰是村柳,移他处不得"(第三一页),"不必细细刻划而自佳"(第三六页),"得琴中趣"(第四一页),"真见得身外长物,悉可弃捐"(第九二页),等等。此外,有二首题为《戏赠敬亭山居》(敬亭为敦诚之字),上有眉批云"谑我亦佳"(第七六页),其草书字迹与其他眉端评赞及圈"选"批示相同,故知这些眉批是敦诚所写,而且是写给他老兄敦敏看的。诗句旁的圈点,与眉批相应,也是敦诚所加,可知此抄本原为敦敏请乃弟敦诚评选之本。据此情形,则陈毓罴先生认为此本"很有可能是在作者死后由他的亲属或朋友加以剪贴"云云,殊不可信。陈先生忘了敦诚死在敦敏之前。如果《懋斋诗钞》是在敦敏死后剪贴而成,敦诚如何能加眉批、圈选?近人王佩璋君因此稿有剪贴痕迹,颇疑其编年次序是否正确。其实所谓“剪贴”,只是用一些小纸片,贴盖一些抄错之字,加以改正,全书共贴十四片,共三十七字。抄时凡在手稿中原有而未抄入者,则留下空白,自数行至一二页不等,全书共二十八处。陈氏在文中说有五十多处,不确。后来胡适在其重印十六回残本《脂评石头记》的跋文中,对雪芹卒年的说法,作第三次的反复,又说他卒于“壬午”除夕,即袭用王氏误说,并没有什么新证据。

《懋斋诗钞》在一些页上虽有剪贴迹象,但并不足以减少其版本价值。因此书既为作者及其弟用作“抄选”的底本,当然要比他人或后人的编抄本或刻本如《四松堂集》更可靠,更真实。并且,清代抄本的文集中有些剪剪贴贴,是极平常的现象,毫不足奇。(清代殿试进士,也准许与试者把剪刀浆糊带上文华殿,可以剪贴改动文字的。)只有平常很少见到有剪贴情况的抄本的人,偶见这样一个本子,才会大惊小怪,替那个本子造出许多奇妙的说法。下文要说到所谓“付刻底本”的《四松堂集》抄本,其剪贴情况,远较《懋斋诗钞》为甚。却有人要用后人编的《四松堂集》,来纠正作者兄弟自批自“选”的《懋斋诗钞》中的“错误”!

为什么对《懋斋诗钞》这样不满?因为这书中有癸未(1763)年春天敦敏请雪芹喝酒的诗,使雪芹在上年(“壬午除夕”)死不了,这是“壬午”说者最大的头痛。陈氏之文,目的即在说明《懋斋诗钞》中的编年有问题,用以间接证明雪芹不是卒于“癸未”除夕而卒于“壬午”除夕。但他又不得不承认:“《懋斋诗钞》……现在看来,诗的排列次序是按春夏秋冬,可以承认它大致是编年。”但因它犯了“剪贴”的错误,因此陈氏认为书中凡与雪芹卒年有关之诗,其编年均可疑。[①] 他举出“三处显著的错误”:两处“误差一年”,“一处错排了好几年”。但用什么尺度来衡量《懋斋诗钞》的编年有无错误呢?陈先生即用他所认为“严格编年”的《四松堂集》。

陈先生举《懋斋诗钞》中“误差一年”之例,断定其中列入癸未(1763)的《题画四首》,乃敦敏“壬午”(1762)之诗,理由是敦诚所作同题之诗,在

① 奇怪的是,凡与雪芹卒年无关之诗,陈先生即不认为其编年可疑了。仿佛当时他们哥儿俩故意和二百年后的“壬午”说者捣乱,把与雪芹卒年有关之诗编错年代。

《四松堂集》中编在“壬午”。但我们看到的影印的《四松堂集》嘉庆刻本，各诗并未注明年份。陈先生又何以知道敦诚哪首诗作于“壬午”呢？他说，“据付刻底本”。

我在考察了各种情形之后，现在不得不告诉读者：(1)陈先生实际上并没有看到那个“付刻底本”；(2)他所用的是另外一个本子；(3)在这两个抄本中，在敦诚那首题画诗下都没有注明“壬午”这年份。

所谓“付刻底本”，一般指北大所藏《四松堂集》抄本。此本前面有胡适1922年4月25日的一篇序，说它是《四松堂集》“当时付刻的底本”，因其中凡诗题上有“刻”字墨印者，即见于蔡元培先生借给他的《四松堂集》刻本。我曾把此本和文学研究所所藏另一早年抄本及影印的《四松堂集》参互校对，不仅是逐首逐篇对过，而且是逐字逐笔对过。现在先简要地说明我考察的结果三点：

(一)因为此抄本已有嘉庆丙辰(1796)的纪昀序文及同一年的敦敏所作《敬亭小传》，所以其年代远在《懋斋诗钞》之后。因《诗钞》有敦诚生前手批(如“谑我亦佳”)，而此“付刻底本”则最早在敦诚死(1791)后五六年才抄集的。

(二)这个本子大量剪贴和涂改的情形，远较《懋斋诗钞》为甚[①]。而过去辩论雪芹卒年问题者，自王佩璋起，一味拿“剪贴”问题来贬损《懋斋诗钞》的史料价值，而只字不提这个抄本的大量剪贴涂改情况，这种隐瞒证据的办法是不应该的。我在这里还须指出诗题之中加注一事，以见此“付刻底本”剪贴以外，又有涂改到什么程度。在我约略统计的大部分诗题和一些诗文中的四十八条小注中，有二百五十七字是后加的，大都挤在行边的栏线上，有些是剪贴上去的。

(三)但是最重要的，也是最令人惊诧的，是陈先生所谓敦诚题画诗《东轩雅集……》在“付刻底本”中编在“壬午”年，事实真相是，不但这首诗

① 据我初步约略统计，《懋斋诗钞》贴纸十四小片，其中两片无字，十二片有三十七字，末页的三首题画诗从作者亲笔原稿剪下，每行分贴，连题共六十六字。《四松堂集》底本上二卷“诗”部分共贴三十三片，上有三百二十七字，被贴盖的有二百一十字，另有一页半，无法计字数。

题下根本没有“壬午”二字，在整部诗卷中，即使从封面查到封底，也没有“壬午”这条“严格编年”的注文！

原来陈先生所见到的，并不是北大藏的那个所谓“付刻底本”，而是文学研究所藏的另一抄本。此本第十六页下有一首七律，题为《住“移情泉石”堂，拙庵伯父命为小诗，走笔却呈》，下注“壬午”。此诗在题画诗之前第七首。陈先生既把这个残抄本说成是“付刻底本”（仿佛即是北大藏本），又假定它是“严格编年”。其实，两者都不是的。第一，刻本诗有二百八十一首，此残本连剪贴后补的也只共有二百五十八首。其中有些诗为刻本所无，但有更多为刻本所有而抄本所无的。第二，刻本中诗题下和一些诗文之中的小注，在这个抄本中根本没有。第三，两本诗文的字句也有些出入，抄本尤多误字，其中眉批也不见于刻本。第四，残抄本只有诗，没有刻本上的文和《笔麈》。这当然不是什么“付刻底本”。

再说，北大藏本也不是全本。在诗的部分，它的末一首是《六月下浣同人集松堂池上，次谦斋韵》，而刻本在此首以后还有《元日试笔题老僧携童图》等三十一首。此外，抄本前面还有嵩山永恚的“乾隆强圉协洽（丁未，1787）清和月望后一日”的序文，和刘大观的“乾隆壬子（1792）闰四月中浣”的序文，均不见于刻本。再以此本诗题中的注文多系后加而论，是此抄本也另有较详的底本。那才是刻本的最后来源。

其次，陈先生所见的抄本是否“严格编年”呢？这在抄本中有许多证据说明并不如此，但下面的一例比较突出。

这个本子第五十五页下至第五十六页上有诗题《荇庄过草堂命酒联句……》，下注“庚子”（1780）；第五十八页下有一首五古，题为《佩斋墓上同人哭酹》。若依“严格编年”说，佩斋至迟死于庚子，可能更早些，但在第六十五页上，有《癸卯正月初十日乾清宫预宴恭纪二首》，下面一首七绝，题为《三月十四日夜与佩斋、松溪、瑞庵、雨亭至黑山饮西廊看月》。这当然也是癸卯（1783）之诗。诗中第二句云“四十八年三月游”，而癸卯正是乾隆四十八年。抄本第六十八页下，有《上巳后一日同佩斋、瑞庵、雨亭饮钓台》一诗，题下注明“甲辰”（1784）。怎么 1783 年和 1784 年还同敦诚、瑞庵等朋友饮酒看月、登台吊古的佩斋，四年之前敦诚和他的“同人”已经到他“墓上哭酹”去了?！陈先生所据“付刻底本”、“严格编年”的说法是否能成立，现在只好请他自己回答了。

因此，我们认为这个抄本中某些诗题下所注年份，只指被注那首的作年，例如第二十四页下《挽曹雪芹》一诗下注“甲申”(1764)，可以确定此挽诗为1764年所写。至于那些不注年份的诗，却不能以“严格编年”说类推或排比出来。可能有些诗是顺次编的，但也不能以偏概全。倒是在《四松堂集》刻本中，《佩斋墓上同人哭酹》一诗(影印本第一一九页)远远编在《上巳后一日同佩斋、瑞庵、雨亭饮钓鱼台》(多一“鱼”字)一诗(第一一二页)之后，证明佩斋死在甲辰上巳与敦诚等游赏之后，也可见刻本编时是经过一番审查年份的工作的，则刻本的编年比陈氏所见抄本正确。而且刻本中许多敦诚自加之注，如“时随先大人司榷山海关”，“乾隆壬寅冬宗室无职者蒙特恩均赏戴四品冠顶”，以及某人是他什么亲戚，等等(当然是从另外一个底本补抄来的)，为陈先生所见的“付刻底本”所无者，都可以证明刻本比那抄本不但好，而且史料价值更高。可见即使在版本问题上，一味厚古薄今也是不妥当的。陈先生要据“严格编年”的所谓“付刻底本”来证明《懋斋诗钞》的编年有问题，不料所得的是相反的结果：即《懋斋诗钞》没有编错，而《四松堂诗钞》抄本却错了。由此而欲转弯抹角地旁证曹雪芹不卒于“癸未”除夕而卒于“壬午”除夕，自然全无是处。

陈先生用以攻击《懋斋诗钞》最有力的证据，即他认为“排错了好多年”的例子，“要算壬午年所作”的那首《小雨访天元上人》诗(影印本第七七页)。陈先生说：

> 实际情况却表明这位天元上人早在己卯年已经去世了。《四松堂集》在己卯年的编年下收有一首诗，题目是《一月中闻罗介昌(即西园)李迂甫(情)两先生、天元上人，皆作古人，感而有作》。(影印本第

三二页)[1]

陈先生肯定说此诗在《四松堂集》中编在己卯(1759),故认为天元上人己卯年已死,遂判定在《懋斋诗钞》中敦敏《访天元上人》之诗编在壬午(1762)是"排错了好多年"。我必须在这里着重指出:北京大学藏《四松堂集》的"付刻底本"中,在《一月中闻罗介昌李迂甫两先生天元上人皆作古人感而有作》和《东轩雅集主人出所藏旧画数十轴同人分题得四首》两个诗题之下,都没有注明年份。

在图版肆吊诗之前的《送易堂南归》一诗题下原注"己卯",已被贴去。因为诗中的"江天一雁迟"是秋景,而下首吊诗有"初逢寒食"、"棠梨春雨"之句,是春景。若如陈先生所谓"严格编年",则己卯年先秋后春,矛盾太大了。故即使认为《送易堂南归》一诗的"己卯"编年不误,也不能证明下一首也作于同一年。至于那四首题画诗,在它前面的任何一诗题下也没有注明"壬午"年份。

陈先生径说这首吊诗在《四松堂集》(甚至不说是抄本)中编在"己卯",全非事实。他甚至于用这个自己推论出来的"己卯"年为根据,断定了《懋斋诗钞》的"编年错误",于是把敦敏嘲笑一顿说:"他弟弟早为死者写了挽诗[2],他还去访什么呢?这岂不太可笑了吗?……他在那里和这位和尚谈得很投机。"就这样,陈先生把这位只活了二十多岁的天元上人,又减了四年寿命。

原来这位天元上人之死,敦诚在《鹪鹩庵笔麈》中说得很清楚:

> 姑苏天元上人年二十余,颀然鹤骨,工诗解禅。记戊寅(1758)夜宿法公禅房,与上人联床茶话,彻夜不寐。其秀淡清臞,令人对之尘心俱尽。癸未(1763)再过禅房,而上人示寂矣!(影印本《四松堂集》第二九二页)

---

① 重点是我加的,下同。

② 其实敦诚那首纪念三个亡友之诗,不是"挽"诗。古时挽诗与平常哀悼诗有别,详见第六节。

我们且不说“示寂”是“示现圆寂”的省文（“圆寂”是“涅槃”的意译），故有文法上现在式的意义。即以此条全文而论，敦诚自从戊寅（1758）年和他别后，有五年未见到他。直到癸未（1763）年而再过禅房去访他，才发现他

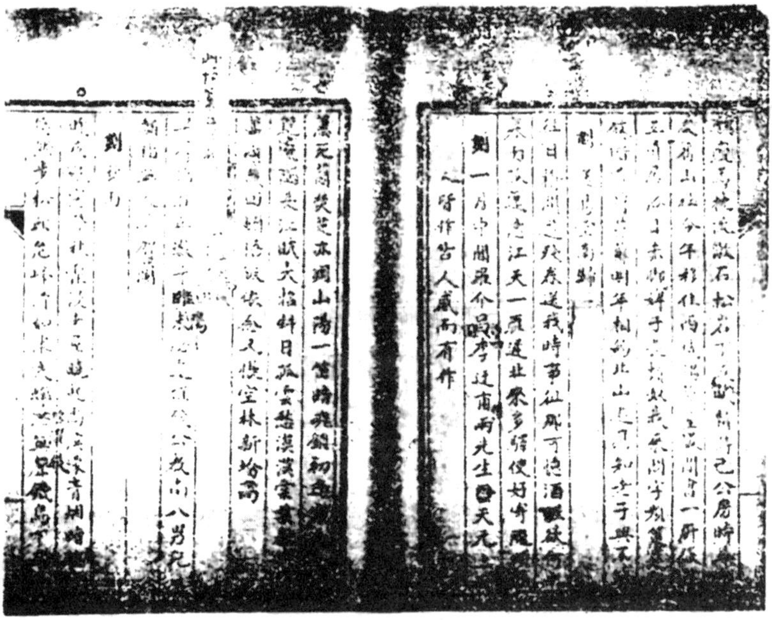

叁　《四松堂集》付刻底本书影之一

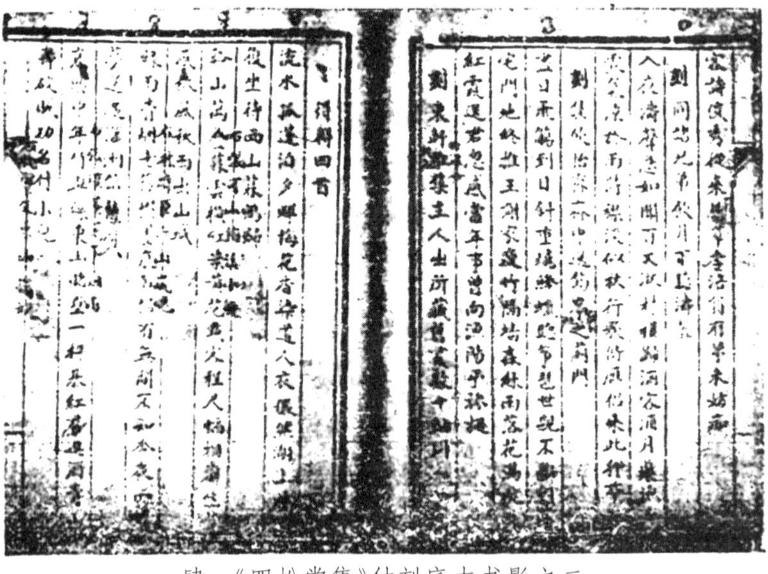

肆　《四松堂集》付刻底本书影之二

已示寂，怎么在四年前“己卯”已经替他预做了“挽诗”？反过来说，如果他在“己卯”年已经和罗介昌、李迂甫在一个月中同时死了，敦诚还替他们三人做了悼诗，怎么四年以后，敦诚又用惊讶的口气，发现他在禅房“示寂”了？敦诚如在四年之前早知他已死，还要“再过禅房”去访他，大惊说“而上人示寂矣”吗？敦诚自己告诉读者，他发现天元上人卒于癸未(1763)，则《懋斋诗钞》中敦敏访上人之诗排在上一年壬午，根本没有错。“实际情况”是，敦诚悼念罗、李及天元上人之诗在现有各种抄本、刻本的《四松堂集》中均未注明年代，但它绝不能早于癸未(1763)，即上人“示寂”之年。我相信陈先生大概没有注意这一条《笔麈》，而不是已见此条因不合己说而故意不提它。但我们必须注意一点：天元上人的卒年，应以敦诚自己的记录为准。不能根据自己或别人排错了的年份，来证明《懋斋诗钞》中某些诗编年错误，更不能用类推方法，间接证明敦敏的另一首诗《小诗代简寄曹雪芹》编在癸未也是错的。退一步说，即使那首《访天元上人》诗编错了，也不能用“连坐法”证明另一首《小诗代简》必然同时编错，何况那首访上人之诗根本没有编错！我用各种《四松堂集》的本子及《笔麈》对勘了《懋斋诗钞》，证明其中与雪芹卒年有关之诗，其编年不误。故知敦敏请雪芹喝酒确在癸未上巳前三日，则卒于“壬午除夕”说根本不能成立。

怀疑《懋斋诗钞》编年的正确性者，不止陈先生一个人。邓允建先生在《再谈曹雪芹的卒年问题》中即举了三个错误的例子，我们不能在这里复述，只须看他第一个例子就够了：

> 例一，《懋斋诗钞》四三页有一首诗，题为《上元夜同人集子谦潇洒轩征歌，回忆丙子上元同秋园徐先生、妹倩以宁饮潇洒轩，迄今已五阅岁矣……》，按古人对“五阅岁”的算法，这诗应作于庚辰，但被抄入辛巳。[1]

① 《光明日报》1962年6月10日《文学遗产》第418期。

让我们来算一下，从丙子起：一阅岁，丁丑；二阅岁，戊寅；三阅岁，己卯；四阅岁，庚辰；五阅岁，辛巳。邓先生要从《诗钞》中找内证来证明它排错了年份，结果证明了错的不是《诗钞》，而是邓先生自己。这个典型的例子，又做出了另外一种证明：邓先生只排“五阅岁”的干支，尚且排错了一年，怎么脂砚斋在十年以后排十年以上的干支，偶然排错一年，便认为“不可想象”，而要写几万字的文章来剌剌辩论？我们既知《懋斋诗钞》编年不误，则《小诗代简》作于癸未确切不可移。而脂砚误记一年，也只与邓君误记一年一样，其事极平常，正不必大惊小怪。

四　刻本《四松堂集》中各诗的年份

敦诚的《四松堂集》，吴、陈二氏均以为“严格编年”。据我所知，以刻本而论，此集中的三部分——诗、文、笔麈，只有诗大体上编年；文则以类（如论、序、跋……哀辞、祭文）相次，并不能破类而“严格编年”。《笔麈》八十一则，其编年也不严格[①]。诗虽编年而集，但也并未在每个题下系年。我将同年之诗依次列于某年的总标年干支之下，今为考证其诗中与雪芹有关各首的确实年份，不得不分别列出敦诚在雪芹生前及死后所作各诗年份之确实可考者。刻本《四松堂集》中注明年份之诗虽甚少，但我们可兼用内证和外证方法，由某些诗的内容或别的相关材料考出。此集第一卷诗断至甲午（1774）年止，已在雪芹死后十年，所以我们不必进入第二卷。第一卷中各诗年份确切可考者如表（见下页）。

该表选列九首诗（据影印本页数）。其中（2）《寄怀曹雪芹》一诗，据敦敏所作《敬亭小传》：“丁丑（1757）二月，随先大人榷（管税务）山海，住喜峰口。有《松亭纪游》一卷。”而敦诚在诗中自注“时余在喜峰口”，诗末有“黄叶村”之语，可知此诗为丁丑秋冬之际所作。敦诚于是年十二月至一片石，而此诗排在（3）《一片石》之诗之前，亦可证其为腊前之作。吴恩裕氏

① 如本集末所附手稿前封面上有致“桂圃弟”一札，说：“此册数条系末年所作也。”但在刻本中此数条却排在前半部，即第二十五至三十四各则，而又删去其中三条。

《有关曹雪芹八种》定此诗为“乾隆二十七年(1762)秋……敦诚在喜峰口……寄给曹雪芹”的一首诗(第三七页),殆未对勘《敬亭小传》,以致错算了五年。又如上文已由《笔麈》考出(4)诗中之“天元上人”卒于癸未,故其后之(5)题画诗四首,经陈先生断为“壬午”,而指《懋斋诗钞》为排错年份者,其实不能早于癸未,从而证明敦敏之题画诗在《懋斋》中编年亦不误。

	页数	诗题	年份	证据
(1)	二一	《朝阳洞》	丁丑(1757)春	题下自注及《敬亭小传》。
(2)	二二	《寄怀曹雪芹》	丁丑(1757)秋	诗中自注:“时余在喜峰口。”参看《敬亭小传》。
(3)	二七	《腊月二十五日夜宿一片石》	丁丑(1757)冬	本集第二八七页“一片石”条。
(4)	三二—三三	《一月中闻罗介昌(即西园)李迂甫(情)两先生天元上人皆作古人感而有作》	癸未(1763)春	本集第二九二页《笔麈》“姑苏天元上人”条。本诗有“寒食”、“春雨”、“新塔”诸语。
(5)	四三—四四	《东轩雅集主人出所藏旧画数十轴同人分题得四首》	癸未(1763)夏	此二首均在上列悼诗之后,必在本年或下年。但雪芹已卒于是年除夕,故不可能在下年。
(6)	四七	《佩刀质酒歌》(有序,赠答雪芹)	癸未(1763)秋	
(7)	五七	《秋日卧病止酒》	壬辰(1772)秋	本诗:“我亦忽忽三十九。”
(8)	六六	《秋晚过嵩山蕉石庵同周立翁》	癸巳(1773)秋	本诗:“去年卧病如囚绁。”
(9)	六九	《宜闲馆落成上巳日同人集饮其中抵暮小雨分得绘字》	甲午(1774)春	本诗:“岁甲午暮春……小筑初落成。”

五　雪芹卒年的新证据

上表所透露的最重要事实，当然是(6)《佩刀质酒歌》的著作年份。此诗原序云："秋晓遇雪芹于槐园，风雨淋涔，朝寒袭袂。时主人（敦敏）未出，雪芹酒渴如狂，余因解佩刀沽酒而饮之。雪芹欢甚，作长歌以谢余。余亦作此答之。"自胡适于1921年从铁保的《熙朝雅颂集》中录出此诗后，引用者虽多，却从无人查考其著作年份。胡适在其《红楼梦考证》中引此诗时，排在《寄怀曹雪芹》一诗之前，[①]可见他对于此二诗之年份，全无所知。我在1956年起草《红楼梦探源》一书时，推定此诗作于壬午(1762)秋[②]，实误早了一年。今因考知天元上人在癸未(1763)示寂，则敦诚悼念上人之诗不能早于癸未，而此诗在集中编于悼念上人诗之后，则绝不可能作于癸未之前。然亦不可能作于癸未之后，故只能定为癸未年之诗。

有人认为雪芹若果卒于癸未除夕，而其得病又由于悲痛子殇，似不可能在秋天还那样高兴，饮酒作歌。但第一，我们不能确定此诗必作于子殇之后。第二，即使假定如此，又安知雪芹之"酒渴如狂"，不正是因子殇悲痛，而进城找朋友遣闷，借酒浇愁？第三，即使雪芹痛惜子殇，但在碰到老友，而又为他解刀买酒的情况之下，倏尔开颜，放怀痛饮，也并非不可能，而且是很可以理解的。所以二者并无矛盾。

既知《四松堂集》中敦诚答谢雪芹原作的《佩刀质酒歌》作于癸未，则除了《懋斋诗钞》中敦敏约雪芹在癸未上巳前饮酒的《小诗代简》外，我们又多了一条有关雪芹卒年的新证据。既然癸未秋天雪芹尚在太平湖侧敦敏的槐园中"度假期"，敦诚为他解刀买饮，互相唱和，则即使这年上巳敦敏没有约他喝酒——换句话说，即使《懋斋诗钞》中那首《小诗代简》排错了年份，不能算作癸未，雪芹也决不会在上年"壬午除夕"已经"泪尽而逝"。敦诚此诗，可证雪芹之卒不能早于癸未(1763)秋季。敦诚甲申(1764)年初的挽雪芹诗，可证雪芹之卒不能迟于甲申年初。二者之间，

① 《胡适文存》第一集，第三卷，上海亚东书局1925年版，第214页。

② 《红楼梦探源》，英文本，第128页。

"癸未除夕"是唯一可信的日期。

六　敦诚挽诗笺释[①]

上文已说到，由敦诚《挽曹雪芹》一诗下的小注"甲申"，可以确定此诗作于是年(1764)春，因此亦可证明雪芹卒于上年癸未除夕(1764 年 2 月 1 日)。但持"壬午"说者不是说此诗在雪芹死后一年多才作(胡适)，便说他死后隔年而葬(陈毓罴)。这些说法，完全不管本诗的内容；有的把"垧"字读成"坟"字，有的硬冤枉敦诚用错了典故，以证明"我"说之正确。因此，简单地说一下挽诗中一些证明雪芹卒于癸未除夕的重要证据，还是必要的。

挽雪芹诗共三首，除见于北大藏抄本的那首七律外，另有《鷦鷯庵杂诗》中两首七律[②]，其中第一首之第三联与抄本七律第三联相同。这些诗中内证可以证明其在雪芹初丧时所写者如下：

1. 有两首诗中均有注说："前数月，伊子殇，雪芹因感伤成疾。"这"前数月"是绝对时间，即甲申作挽诗前数月，并不是指雪芹"死前数月"的相对时间。在行文或对话中，若是指相对时间，则必须说出相对之事，如"死前数月"，"战后三年"。这是基本常识。

2. 挽诗说："新妇飘零目岂瞑?"若雪芹已死了一年，则其遗妻甚至已不能称为"新寡"，如何还能称"新妇"？有人强辩说，《世说新语》中也有久婚之妻可称"新妇"之例。殊不知王浑之妻钟琰自称"新妇"乃是开玩笑时自谦之称[③]。敦诚在挽诗中，难道也开玩笑，也在自称？周绍良先生在《关于曹雪芹的卒年》一文[④]中说，对这首诗的"文字作最后的润饰"，应在

① 此节作为一单篇，已刊《文学遗产》(1962 年 6 月 17 日《光明日报》)，此处只略述要点。

② 参看吴氏《八种》第 17 页所录《鷦鷯庵杂诗》中这两首挽诗。第 31 页亦载此二首，其第一首"原注"中多"雪芹"二字。

③ 参看《晋书》卷九六《列女传 · 钟琰传》，《世说新语》卷下，"排调"第二十五。许允妻自称"新妇"见《魏志》卷，又东汉称儿媳为"新妇"，见《后汉书》卷一一四《周郁妻传》及《孔雀东南飞》，亦与敦诚诗中文义无关。

④ 上海《文汇报》，1962 年 3 月 14 日。

“乾隆三十九年(1774)以后,直到五十六年(1791)敦诚卒之间”。彼时已在雪芹卒后十年至二十七年,他的寡妇还可以称为“新妇”吗?

3. 挽诗说“絮酒”、“生刍”,二典俱出《后汉书·徐稺传》及李贤注引谢承《后汉书》,皆指初丧之吊,均不可强解为一年以后的挽诗。(挽诗根本不能在一年以后补作,说详下。)

4. 挽诗中说:“晓风昨日拂铭旌。”据胡培翚《仪礼正义》解释《士丧礼》“为铭”一条,说写旌文时“尸未殓于柩,盖预书以表之”。《红楼梦》第十四回秦可卿出丧时,也有“一班六十四名青衣请灵,前面铭旌上大书,‘……贾门秦氏宜人之灵柩’”。可见“铭旌”至迟在殓时即已写好,为初丧所用,自汉至清,此风未变。挽诗中说到“昨日”,难道也是“去年的昨日”?假使这个“昨日”不是“去年的昨日”的相对时间,为什么同一首诗中的作者自注“前数月”,变成了“雪芹上一年死‘前数月’”的相对时间?这样强词夺理的说法,也算是研究学问的态度么?

5. 上述两诗相同的一联,“牛鬼遗文悲李贺,鹿车荷锸葬刘伶”[①],“伶”字“九青”韵,在第一诗中与其余四个“八庚”韵不合。但敦诚为保存这两句,宁可牺牲其余六句而另作一首,却不肯牺牲这两句;因为此联下句说明是他为雪芹营葬。他故意用刘伶之仆荷锸葬伶的典故,自谦为雪芹之仆,以减少“布施”、“善举”的印象。敦诚念念不忘这两句,又引在《鹪鹩庵笔麈》中(影印本第二八五页),表示他不愿掩没为雪芹营葬之事。

6. 挽诗说:“故交零落散如云。”从敦诚诗集看来,当时与敦诚、雪芹同时的朋友,并未散亡,故知此语只是感叹没有几个人来吊丧,这自然也是指初丧。

7. 挽诗说:“一病无医竟负君。”决不能解释为雪芹死了一年多,敦诚才忽然想起他病时没有帮他请医生,以致不治,才觉心中负疚起来。大概雪芹初病,敦诚以为无甚要紧;及闻其死,心中才大为痛悼后悔,故曰“竟负君”。这种痛悔之情,和开会或请客不同,决不能叫它“延期”到一年以

① 胡适最早买到《四松堂集》抄本,发现敦诚挽诗,但对于“鹿车荷锸葬刘伶”一句,始终不得其解,亦无评述。

后才开始。

8. 挽诗之二的末联说："他时瘦马西州路，宿草寒烟对落曛。"尤为确指初丧之典。《晋书·谢安传》说安死后，外甥羊昙不忍重经谢安病舆所经的"西州路"有一年多。敦诚说"他时"，乃预想将来一年后的情形，故下句有"宿草"[①]之句。若此诗是雪芹卒后一年多所写，则在那时雪芹去世的情景早已成陈迹，坟上早已有宿草，岂有再作"预言"之理？即使真的再经"西州路"，也只能直说"此时"，更不能预言"他时"了。

以上随便从敦诚挽诗中检出八条证据，无一不指明此诗乃初丧时所写。"壬午"说者考证这些诗的年代可以写到上万字，却不屑看一看这些诗的内容。如果看了内容，发现它与"我的说法"不合，便说古人用错了字句或典故。但又苦于没有直接证据来证明古人之误，于是只好借用另一古人的错误来证明这一古人也必然犯同一错误。这等于说，既然某甲可以杀人，某乙当然也可以杀人了，因此便证明了某乙杀人。按照这个巧妙的考证法，因为某一古人误把"絮酒"、"生刍"用在追念亡故已久的朋友的诗中，所以敦诚也必须犯同样的错误。他如果没有用错这两个典故，那就太可恶，因为他违反了"我"的"壬午说"。

胡适在 1928 年《考证红楼梦的新材料》一文中，因信雪芹卒于"壬午除夕"，硬说"敦诚的挽诗作于一年多以后"[②]，其后因周汝昌氏指出敦敏癸未所作《小诗代简》，他已承认"壬午除夕"雪芹未死，到 1961 年他为影印脂残本写跋文时又反复了，说"雪芹已死了近两个月了"，可能"敦敏兄弟都还不知道"[③]。但雪芹在癸未秋还在敦敏的槐园中写《佩刀质酒歌》，是不是"死了十个月"又复活了？胡适以为敦诚甲申年的挽诗乃雪芹死了一年多后所写，最为荒谬，而三十多年来竟无人予以驳斥。绩溪胡氏世以《三礼》名家[④]，而诸胡之后有胡适者竟不知道"挽诗"之"挽"原是丧礼中

---

① 《礼记·檀弓》："朋友之墓，有宿草而不哭焉。"孔疏谓："宿草，陈根也，草经一年而根陈。"此谓朋友死后一年则不哭，即上句预计一年后再经"西州路"可不哭之意。

② 《胡适文存》第三集，第五卷，第 570 页。

③ 影印十六回残本《脂评石头记》胡适跋文第 3 页。

④ 上引作《仪礼正义》的胡培翚，即为绩溪胡氏先人。

“执绋者”挽柩之“挽”，“挽歌”乃用于“送终之礼”①，而竟以为可以在人死了一年多之后才开始给他“送终”，为他写“铭旌”，作“挽诗”。而且，据说连雪芹已“死了两个月”“还不知道”消息的敦诚，竟能写出“晓风昨日拂铭旌”的句子。胡适一生所自夸的“历史癖”、“考据癖”、“教人一个思想的方法”，大抵如此！

七 总结

要考证曹雪芹的卒年及其病死前后家属状况、丧葬情形，目前最正确而比较详备的材料，是敦诚的挽诗。此诗无论在胡适早年所得的《四松堂集》抄本中，或在吴恩裕氏1956年所发现的《四松堂诗钞》抄本（即文学研究所藏残抄本）中，均确切注明作于甲申（1764）。吴氏在1957年发现的《鹪鹩庵杂诗》中二首挽雪芹诗初稿②，提供了更多的消息。这些诗的内容，不论其用典、叙事、抒情、预言，句句都指明新丧送葬的情景，故可确定为敦诚葬雪芹的挽诗。“挽”即“送葬”。此诗敦诚自注中说到雪芹得病的“前数月”，乃指从当时算起的上几个月，不能曲解为“一年多前雪芹死之前的‘前数月’”。挽诗既为甲申年初所写，则雪芹之卒在癸未除夕而非“壬午除夕”。

敦诚《鹪鹩庵笔麈》明说天元上人死于癸未（1763），而《四松堂集》中悼念天元上人之诗（第三二～三三页）排在《佩刀质酒歌》（第四七页）之前，则后者亦为癸未年之诗。敦诚此诗乃是年秋天在槐园中为雪芹买醉，答其原题之作，故雪芹不可能卒于上年“壬午除夕”。

由于考出刻本《四松堂集》编年诗中悼念天元上人及题画诗（第四三～四四页）之真实年代，知在《懋斋诗钞》中同类之诗，其编年均正确不误。据此则《小诗代简寄曹雪芹》一诗确为癸未上巳前所作，故雪芹不可

① 参看《晋书》卷二〇《礼志中》，“惠帝太安元年”条下引汉魏故事。

② 参看吴氏《八种》第17页所录《鹪鹩庵杂诗》中这二首挽诗。

能卒于上年“壬午除夕”。至于《懋斋诗钞》一书在别的地方有没有经作者自己或别人粘贴过一些个别字句，或剪接残页，并不影响《小诗代简寄曹雪芹》一诗的著作年份。因为标明“癸未”之诗《古刹小憩》就在上页（影印本第九〇页），而两页之间的诗题和诗文内容衔接，并无剪接粘贴情形。

脂砚甲午（1774）八月写评语时已是八旬老人，且当时“激动”太过，把干支计算错了一年，是极平常、极可理解之事。承认脂评偶尔有错，正如同承认我们自己的写作偶尔有错一样，并不是说脂砚的工作不严肃认真，或其评语不可信或无价值。不肯承认脂砚偶尔记错或误排了一个干支，反而要抹杀十多条客观的坚证，硬说那个本子编错了年代，或某些诗句用错了典故，以支持“壬午”说，则是主观的、不科学的考据。因此，我们不如老老实实承认雪芹卒于癸未除夕，即1764年2月1日。不必再作无谓的争辩。

【后记】 1962年4月底我接《文学遗产》编辑同志来信，征询关于雪芹卒年问题的意见，我正因病在近郊医院疗养中。当时勉为此文，其中涉及脂砚斋的年龄及其他问题。但在起草过程中，先后得见《光明日报·东风》已摘刊拙作《脂砚斋是谁》及《曹雪芹的生卒年》两短篇，则有关脂砚的许多话已不必再说，故原稿大删两次，再行重写如上。近闻周汝昌先生在上海《文汇报》亦有长篇论雪芹卒年，原作未见，故不知此文有无与之雷同之处。海外图书寂寞，见闻寡陋，但凭有限材料，苦思力索而成此文。诚知不免错误，请读者及专家指正。

吴世昌记于英国牛津大学，1962年5月17日

跋文

此文于1962年5月17日自英国牛津寄至《文学遗产》编辑部后，因故未能刊出全文，只摘载其中第六节《敦诚挽曹雪芹诗笺释》，作为一单篇刊出（1962年6月17日）。我在9月底回国后，承一些同志们告知《四松堂集》另有“付刻底本”，其中材料可能对此文内容有益，参考后或须删补

此文。我很感谢这些指教。最近我把北大藏的《四松堂集》抄本，和另一个只有诗的残抄本，对照影印的刻本《四松堂集》详校几次后，在第三节中增写了“所谓‘付刻底本’”以下十小段文字，把旧稿作了一些删削，并在第三节题下增加一条次题：《四松堂集》的“付刻底本”并不“严格编年”。其他古本如《懋斋诗钞》等，我也在北京图书馆查对了原文，对此文作了些必要的补正。

近几个月中我也曾多次和各专家商讨曹雪芹的卒年问题，领教不少。但持“壬午”说者，其论据仍未能使我信服。前些时又读了一些资料，其中有曾次亮先生在1954年即已发表的一篇虽然短，然而极端重要的科学性论文：《曹雪芹卒年问题的商讨》①。他在文中用天文和气象学上的证据，证明《懋斋诗钞》中《小诗代简寄曹雪芹》一诗，不可能作于“壬午”，确定作于癸未。其说大要如下：

敦敏原诗约雪芹于“上巳前三日”（即二月底）去喝酒，上巳是三月三日，则此诗必作于农历二月底之前数日，姑假定为二月二十五日。但此诗一开始就说，“东风吹杏雨，又早落花辰”，则其时已是“落花时节近清明”。乾隆壬午（1762）二月小，二月廿五日春分；三月大，三月十二日清明。癸未年则二月小，二月二十二日清明。故写此诗时杏花已落，只能在癸未二月二十五日，即清明后三日。若在壬午二月二十五日作此诗，则在春分这一天，其时北京冰雪未融，杏花未开，怎能有“落花”？此诗既为癸未二月下旬所作，则雪芹“壬午”除夕去世之说，完全不可信。

这样坚强的天文学上的证据，应该可以使任何一个相信科学的学者信服。过去帝国主义者因为自己的文化历史短，不肯相信中国有久远的文化，说中国的一些古史都是假造的。但当他们看到《诗经》和《春秋》中关于日食、月蚀及其他天文现象的记载，用现代天文学上的表格来核对无误，也只好承认中国的文化久远，古史可信。但持“壬午”说者，连曾先生的天文学上的证据也不肯相信，而发出了这样的妙论：

---

① 《光明日报》1954年4月26日《文学遗产》。

> 按照字面解释，“上巳”一词是指三月里第一个“巳”日，根据时宪历的推算，壬午年三月初一是甲午，癸未年三月初一是戊午，这两年第一个“巳”日都在十二那天……敦敏的“上巳前三日”，应为三月初九[①]。

如果真的要“按照字面解释”，“阳”应解释为“九”，则“端阳”应该是五月初九，而不是五月初五！我们知道，从古以来，“上巳”一直是农历三月初三日，与正月初一的“元旦”，五月初五的“端阳”，七月初七的“七夕”，九月初九的“重阳”一样，从来没有什么专家把它搬过家。现在却变成了“三月十二日”，而且可能上年与下年不同。这真是研究曹雪芹卒年问题中意外的“收获”！事实是这样的吗？我们且看文献上的证据：

1.《周礼·春官·女巫》条下说“掌岁时祓除衅浴”，郑玄注：“岁时祓除，如今三月上巳如水上之类。”[②]贾公彦疏：“今三月三日水上戒浴是也。”[③]

2.《晋书》卷二一《礼志下》，引《汉仪》：“季春上巳，官及百姓皆禊于东流上，洗濯祓除去宿垢。”下文说：“自魏以后，但用三日。”下文又说：“赵王伦篡位，三日会天泉池。”

3.同书卷五一，《束皙传》：“武帝尝问挚虞三日曲水之义。虞对曰：‘汉章帝时，平原徐肇以三月初生三女，至三日俱亡，村人以为怪，乃招携之水滨洗祓，遂因水以泛觞[④]。其义起此。’帝曰：‘必如所谈，便非好事。’皙进曰：‘虞小生，不足以知，臣请言之。昔周公成洛邑，因流水以泛酒，故逸诗云：羽觞随波。又秦昭王以三日置酒河曲，见金人奉水心之剑。’”挚虞和束皙对于上巳风俗起源的解说虽未必对，但上巳是三月三日之风起源甚古，则无可疑。

---

① 上海《文汇报》1962年3月14日，《关于曹雪芹的卒年》。

② 《四部备要》本，卷二六，第六页。

③ 《周礼注疏》卷二六。

④ 按《后汉书》卷一四《礼仪志》上，李贤注则作：“后汉郭虞三月上巳产二女，二日中并不育……”

4. 魏晋以来文人集子中常有些上巳诗，又称为“三日”诗。《文选》中即有颜延年和沈休文的“曲水”诗和“三月三日”诗。即使懒得查上列各书，那位《文汇报》的投稿者至少总应该记得王羲之的《兰亭集序》中有“暮春之初”一句话，“暮春”是三月，“之初”决不会是指中旬的“十二”。

上列四条证据，大概很可以说明至少“自魏以后”，“上巳”这个节日不曾离开过它的农历三月三日的“岗位”。即使某先生现在要把它改成“三月十二日”，也不能跳到二百年前去改动它，则敦敏请雪芹喝酒之诗，还是癸未(1763)二月下旬写的。“壬午”说者如果还要坚持雪芹卒于“壬午除夕”，那就不但要有“燮理阴阳”的本领，还要使“时光倒流”二百年，才有可能。

持“壬午”说者对于上述的各种理由，除了采取视而不见的“不承认主义”外，他们又同时不准和他们持不同意见的人用“癸未除夕”的说法。他们说，这是“东拼西凑，折中为癸未除夕”，因此“这新说便站不住了”[①]。仿佛“除夕”二字，是“壬午”说者的“专利品”，你们“癸未”说者要么就全部承认“壬午除夕”说，要么就在癸未年另定一个日子，不能用“我们”的“除夕”二字来“凑成”“癸未除夕”。甚至说，用“癸未除夕”的说法是对“壬午除夕”一语“割裂文义”。这使我不能不指出，对于我国文化遗产应该批判地继承这一重要原则，在一切研究工作中都不可忘记。在上文第二节中我们已说过，“除夕”这个日子不易忘记，也不会弄错；因此，我们不怀疑脂砚斋说雪芹死于除夕这个日子。而且，敦诚甲申年第一首诗即是《挽曹雪芹》，也证明雪芹死于年底，不致有误，不必为雪芹“另选”死期。另一方面，谁也不能把“除夕”作为“专利品”或“注册商标”，不准别人在考证时批判地接受它。再者，“壬午”是干支年份，“除夕”是节日，二者本非一词，怎么相信“除夕”不误，便说是“割裂文义”？我曾在别处指出，即使是同一个词，例如《尧典》中“光被四表”一语中的“光被”，戴震也可用科学的考证法，只认“被”字是对的，断定并证明“光”字乃“横”字之误[②]。若是对于古

① 《红楼梦参考资料》第50页，上海华东作家协会1954年版。

② 参看《光明日报》1962年8月9日《东风》所刊拙文。

籍中的记载或字句的订误、补阙、判断是非这些工作都说成是“割裂文义”，则在我们看来，清代学者运用科学方法较有成绩的几部大著作，如《读书杂志》、《经义述闻》、《诸子平议》等等，都要被指为“割裂文义”的作品了。

我们研究脂评，正如同研究别的史料一样，必须先冷静地做好订误、补阙、判断是非等基本工作，然后再研究其内容，得出结论。我们既不因脂砚“感情激动”而自己也激动起来，用惊叹号代替说理，也不把它当作《圣经》或法典，不敢怀疑其中的片言只语。我们说雪芹卒于“癸未除夕”，乃是一方面批判地接受了脂砚斋评语，一方面详细查考了敦敏、敦诚兄弟每一首有关雪芹的诗，这些诗的年代，和诗中每一句的内容文义，并结合当时的客观情况而得出的结论。我们欢迎百家争鸣，但同时认为争鸣的方法，必须遵循科学的轨道，严守逻辑的规律，并须维持一定的学术道德，如不掩没相反的证据，不厚诬古人，不捏造日期，不否认对方的理由，等等。如果连这些最低限度的条件都不能遵守，那样的争鸣是不会得出可靠的结论的。

自1927年发现在十六回残本《石头记》中的那条脂评之后，三十六年以来，“壬午”说者在积极方面，尚未提出半个字的新证据来，只能扣住这脂评中的四个字不放；在消极方面，用以反驳癸未说的理由，不是与事实不符，就是牵强附会。当然，他们如能提出新的证据，写出科学性的、足以说服人的论文，则主“癸未”说者自当择善而从。否则，仅就现有证据而论，我们只能认为雪芹卒于癸未除夕，即1764年2月1日。到明年2月1日是他逝世二百周年纪念日。

1963年3月9日

附录

关于曹雪芹的卒年，近又得新证二则，原为曾次亮先生和周汝昌先生所提出。因本文既为综论，谨一并录下，略加疏证，以供参考。

在一次讨论曹雪芹卒年的座谈会中，范宁先生提出了一个很好的意见。他说据敦诚《挽曹雪芹》诗自注，雪芹既因子殇感伤得病数月而死，则如能考出其丧子之年，即可知雪芹之卒年。

雪芹何年丧子，至今尚未发现任何直接记录。但曾次亮先生曾指出雪芹好友敦敏、敦诚兄弟和张宜泉的家中，在一次痘疫中死亡幼儿很多。如《懋斋诗钞》第一〇六页有《哭小女四首》，其第四首云："汝弟才亡未十日，汝姑先去只三朝。夜台相见须相护，莫似生前太恃骄。"此诗即在癸未年《小诗代简寄曹雪芹》一首后面，排在两首"九日"诗之后，一首在他的生日《十月二十日谒先慈墓感赋》诗之前。此诗第一句说"古稀岁月半相侵"，说明是年他正满三十五岁，按敦敏生于雍正六年戊申(1728)，则此年正是癸未(1763)。又诗中第五句"七年哀隔松邱冷"自注："先慈丁丑见弃，迄今七载。"按敦敏为其弟所作《敬亭小传》，他们的母亲死于丁丑(1757)二月，至癸未(1763)十月二十日为七年差三个多月，诗句只能举成数，故说"七年"。则此诗正是癸未年作，可知其丧女亦在癸未。

敦诚《四松堂集》卷四，第二五四～二五五页有《哭妹、侄、侄女文》，其中"妹"即《懋斋》哭女诗中的"汝姑"(据此文她死时仅四岁)，"侄女"即敦敏之女，其"侄"则名阿卓，即敦敏之子。三个孩子均在旬日内死去。此篇下文说："初，阿卓患痘，余往视之。途次见负稚子小棺者，奔走如织，即恶之。而三人竟罹此厄：阿卓先，妹次之，侄女继之。"但二敦家中死者尚不止此三人。此文之前尚有一篇《哭芸儿文》说："会汝病之先，燕中痘疹流疫，小儿殇此者几半城，棺盛、帛裹、肩者、负者，奔走道左无虚日。而一门内如汝姑、汝叔、汝姊、汝兄，相继而殇。"则此次痘疫他们家中共死五人("汝姊"、"汝兄"，似即指敦敏之女及阿卓)。

雪芹另一好友张宜泉的《春柳堂诗稿》第六三页有《哭子女并丧》诗，自注云："余生二女一子，因出痘仅存一焉。"张诗以分类编排，无法定其年份。但其子女亦出痘致亡，则此次痘疫情况之严重可知。

关于此疫年份，周先生曾提出一条确证：

蒋士铨(1725—1785)的《忠雅堂诗集》(存仁堂刻本)卷一一"癸未"

下，第二页上有一篇《痘殇叹》说："三四月交十月间[1]，九门出儿万七千。郊关痘殇莫计数，十家襁褓一二全。"《忠雅堂诗集》才真是"严格编年"的，每卷卷数的后面即是编年行，其年份干支用大字刻一专行，比所有诗题提高一格；诗多者其干支下面又注明"上"或"下"，以区别上半年或下半年的诗。

由蒋士铨之诗，更可证明痘疫确在癸未十月，与《懋斋》哭女之诗排在癸未十月二十日之前，若合符节。据蒋诗，城内小儿死一万七千，而郊区城关外则更多。以人口密度而论，当时城内人口何止郊区的十倍；而郊区儿童死者比城内反而更多，死了十分之八九。可见郊区痘疫之严重普遍，十倍于城中还不止，而雪芹一家则不幸正住在郊外。据此，我们虽然不知曹雪芹的幼子确实死于何年，但如认为即死于这次广泛流行而郊区又特别严重的痘疫中，即癸未(1763)十月上下，其可能性比任何一年为大。这不仅因为在逻辑上，此种客观情况所造成的盖然性已接近必然性，也因为他既和敦氏兄弟及张宜泉交好，则他们的孩子在一起玩，自然容易传染痘疫。此外，由于敦敏哭女诗在《懋斋》中的编排，亦可兼证其前面春天所作《小诗代简寄曹雪芹》，决为癸未年之诗，则雪芹不可能已在"壬午"除夕去世。

至于那首《小诗代简》，据周先生最近考证，也不是随便约雪芹喝酒消遣之诗，而是敦敏为乃弟敦诚祝寿的一个请帖。据《爱新觉罗总谱》，敦诚为英亲王阿济格五世孙，雍正十二年甲寅(1734)三月初一日生。至乾隆癸未适为三十初度(虚岁)。敦敏故意"以诗代"请帖("简")约雪芹喝酒，仿佛请他来及时赏花，实则意在避免说到乃弟生辰，省得客人知道了送礼。此番原是寿辰家宴，也请至好参加。《忠雅堂诗集》卷一六第一〇页《天镜楼家宴》一诗中，即有"寿觞举处慈颜悦"之句，可知清初风气，家宴即寿筵。此由敦诚的年龄及生辰，证明敦敏的《小诗代简寄曹雪芹》在《懋

---

[1] 此句意义不明，似谓此年三四月间及十月有两次痘疫，"三四月交"之"交"字，谓"日交食"，按汉成帝河平元年四月己亥晦，日有食之，刘向对曰"四月交于五月，月同孝惠，日同孝昭，其占恐害继嗣"，胡注《通鉴》云："孝惠七年五月丁卯，先晦一日，日食，今四月己亥晦而日食，故曰'四月交于五月，月同孝惠'。孝昭元年七月己亥晦，日食，故曰'日同孝昭'，二帝寻皆晏驾而无嗣。"

斋诗钞》编在癸未年，本来不误。周氏此说，我也为他找到一条佐证：即在《小诗代简》后第三首五古中，此诗长题为《饮集敬亭（敦诚）松堂（四松堂）同墨香叔汝猷、贻谋二弟暨朱大川、汪易堂即席以杜句蓬门今始为君开分韵得蓬字》，诗中有“阿弟开家宴，樽喜北海融……中和连上巳，花柳烟蒙蒙”，更可证《小诗代简》正是请雪芹赴敦诚寿辰“家宴”，敦诚不便自请雪芹来贺寿，故由其兄“代简”，且不说明是寿筵，敦诚寿辰实际上是“上巳前二日”，但寿酒却早一天就开始，喝到第二天正式寿辰。所以这诗末联说“卜昼更卜夜，拟宿松堂中”。但诗中没有提及雪芹，可知他没有去，大概他知道敦诚寿筵，也许他送不起礼物，或许他不愿意作应酬的寿诗，因为雪芹虽喜喝酒，但作寿诗是有点无聊的。

由上面提出的两项新证据，其一，即雪芹之子死于癸未十月之痘疫，则雪芹不可能死于“壬午”除夕，而敦诚挽诗中“一病无医竟负君”一语，亦可理解：即雪芹因子殇悲痛成疾，而敦诚家中也死了弟、妹、儿子、侄儿、侄女一大堆，悲伤得自顾不暇，自然没工夫去替朋友请医生买药；其二，是年二月下旬敦敏以诗约雪芹于上巳前喝酒，既为敦诚寿辰之宴，则此诗即不可能写于“壬午”或任何别的年份。再结合上文所引曾次亮先生所提供的天文学上证据，只有在癸未年（1763）上巳之前杏花已谢，则《小诗代简》自必作于癸未。何况此诗上页所注“癸未”二字，据专家审定确为敦诚亲笔，则一切客观证据皆证明雪芹卒于癸未除夕，即 1764 年 2 月 1 日，绝无可疑。

（原载《新建设》1963 年 6 月号）

曹雪芹与《红楼梦》的创作

一　不平凡的经历使他深识“世人真面目”

鲁迅先生在《呐喊》的自序中说：“有谁从小康人家而坠入困顿的么？我以为在这途路中，大概可以看见世人的真面目。”

文艺创造的主要条件之一是认识“世人的真面目”。然而这种经验，只有通过对比，而且往往是痛苦的对比，才能深切地体会到。有了这种体会，才能理解生活，乃至进一步理解造成这种生活的社会因素。对比不外两种：由盛到衰，或由坏到好。“从小康坠入困顿”，是一个家庭没落的过程；但家庭只是社会组织中的一个细胞，不能孤立存在，所以这过程必然显示出社会的变动。如果这家庭在它的社会中是有代表性的，则它的没落正表示这个社会的衰退。对个人来说，盛衰越悬殊，对比越强烈，则他所见到的“世人的真面目”越显著，他的感受也越敏锐，越深刻。

《红楼梦》的作者曹雪芹生长在号称盛世的清代早期，而实际上已是“水旱不收，鼠盗蜂起，无非抢田夺地，民不安生”（《红楼梦》第一回）的时代，而他自己“赫赫扬扬”的家族，也已经到了“末世”。在少年时即遭到抄没家产，“历尽离合悲欢，炎凉世态”。若以“对比”而论，则他所感受的生活上的盛衰悬殊，远较“从小康坠入困顿”的经验为显著。他少年时代尚未没落的家庭，代表当时典型的封建官僚社会，尤为突出。因此，我们可以想象，当他的家庭不久衰败以后，从惨痛的切身经验中体会到“世人的真面目”，以及造成这些痛苦的各种社会因素，用文艺方式表达出来，自然也是十分深刻的。

为了更好地了解构成曹雪芹文艺思想的生活背景，我们有必要简述一下他的家世。

曹家上世住在辽东，满人入关时以汉军旗身份同时进来，即所谓“从龙”人物。曹雪芹的承继祖父曹寅（1658—1712）和清帝康熙（1654—1722）年龄相差不远，幼时曾伴康熙读书，又做过康熙的侍卫，因此康熙对他很信任，命他继任苏州和江宁（南京）织造的肥缺，有时又兼任更肥的两淮巡盐御史。康熙五次南巡，有四次到南京时住在曹寅的织造府中。他平时又是康熙派在南京的情报人员——从当地官吏的好坏到每月天气的晴雨，苏、扬粮价的涨落，都得经常向康熙密奏。因为他为人也还正直，例如他不惜忤江苏总督满人阿山及太子允礽，冒险救护一个平日与他不和，然而清廉爱民，反对加税的江宁知府湘人陈鹏年，因此颇得清廷及地方人士的敬仰。曹家素有文化修养。曹寅自己能诗能画，爱好戏剧，也写过传奇剧本，收藏善本书和字画，精刻罕见的书籍；除了他自刻的《楝亭十二种》以外，著名的《全唐诗》，清廷即命他主持校勘。由于上述种种原因，他隐然成为当时江南文人的领袖，一时名士如诗人陈维崧、朱彝尊，剧作家尤侗，乃至山西的考据家阎若璩等，都是他的朋友。曹寅的长女嫁与平郡王讷尔苏，次女嫁与康熙的一个侍卫，后来也袭了王爵。这样的富贵家庭自极豪华奢侈，一方面既有高度文化修养的良好传统，另一方面又过着极端荒淫放荡的腐败生活，而供给这一大家族浪费挥霍的，自然是靠对于民间的剥削：“江宁织造”这官衔，用现在的话说，是南京全市丝织厂的总经理，受他剥削的大部分是女工。曹雪芹在十四岁以前尚在南京，有机会看到丝织厂中的劳动妇女，他小说中特别同情女孩子，很可能是由他儿童时的实际生活中的体验而来。曹家也是大地主，在后来雍正把他们抄家的单子上，他们有田十九顷多，房四百八十三间。

曹雪芹的少年时代，就是生长在这样一个既有高度文化修养，又极端荒淫腐败的家庭之中。曹寅死后不久，寅子曹颙也死了，雪芹的父亲曹頫由康熙敕命承继曹寅为嗣子，以袭织造之职。雍正即位后五年（1727），曹頫被免去任职十三年的织造，次年春天被抄家，大部分财产籍没，曹家便移住北京。后来曹雪芹在北京以贡生出身，曾任右翼宗学的“司业”（又称瑟夫，大概是教员）。宗学是专教清宗室子弟的学校，因此雪芹在那里认识了宗室诗人敦敏、敦诚兄弟。后来他穷了，住在北京西郊村子中写《红楼梦》，二敦兄弟还常去看他，并且接济他。

从这些简略的事迹，可以看出雪芹一生的经历是极不平凡的。可以说，历史上很少有这样的作家，亲历过从极盛到极衰的生活。雪芹虽未及见其嗣祖曹寅，但他的流风余韵在曹氏家族中影响很大很久；而雪芹尤其深受此影响，则可以从许多方面看出来。就他的一生经验而论，一个祖上曾接驾四次，皇帝常去做客的煊赫家庭，突然坠入困顿，甚至于穷到“满径蓬蒿老不华，举家食粥酒常赊”的地步，而就在此时，他的近亲如表兄福彭（讷尔苏之子，1726 年袭平郡王），表叔昌龄（曹寅之甥，傅鼐之子），依然是王公贵族，则他所看到的“世人的真面目”，是十分清楚的。一部《红楼梦》，正是凭他独有的极不平凡的人生经验，从他祖父的藏书所获得的渊博的知识和文艺修养，用他卓越的艺术天才所写出来的封建时代的“世人的真面目”。

二　前八十回与后四十回

根据上述曹雪芹的家庭背景和生活经验，如果《红楼梦》真是他凭这些背景和经验写出来的，则和现在我们看到的一百二十回本小说内容应该很不相同，这就很自然地要引起两个问题。第一，我们知道现有百二十回本中的后四十回是高鹗补作的，因此前后并无明显的盛衰“对比”。如果按曹雪芹原来的意思，则全书是否应有这样的“对比”？第二，如果上面问题的答案是肯定的，则此书是否有自传的性质？

关于第一个问题，我们现在根据脂砚斋的评语，知道高氏所补的后四十回内容，与雪芹原来的全书计划和他后三十回原稿中的一些故事，颇有不同。具体说来，只有黛玉之死，宝玉被迫与宝钗结婚这个主要故事，与原稿大致相符，并且我们有理由相信这一部分故事是高鹗根据曹雪芹原稿零札改写而成。但宝玉二次入学，贾政升官为粮道，宝玉中举，“沐皇恩”，“延世泽”，等等，则显然非雪芹原意。照脂砚斋所见原稿，贾氏被抄家后，有许多人，包括贾赦、宝玉、王熙凤等，都被捕下狱，以前怡红院中的两个丫头，小红和茜雪，到狱神庙中去安慰宝玉，可能也是她们设法营救宝玉和王熙凤出狱。袭人嫁与蒋玉菡是在宝玉出家之前，且得宝玉的同意，同时他还解放了所有的丫环，因袭人的苦劝，才留下麝月一人。他们后来穷得“寒冬噎酸齑，雪夜围破毡”（十九回脂评），倒是蒋玉菡和袭人来“供奉”他们。宝玉最后出家，雪芹称之为“悬崖撒手”。书末警幻仙子又再度出现，并且她公布了《金陵十二钗》正册、副册、再副、三副、四副共六十名书中女子的名单，却以宝玉为“贯”，称为“警幻情榜”。

至于书中别人的结局，也有许多与高氏续作不同。最重要者是作恶多端的王熙凤，她后来被原先惧内的丈夫贬为妾妇。虽然从原稿后文的一联回目“薛宝钗借词含讽谏，王熙凤知命强英雄”（二十一回脂评），可以推知她还努力挣扎了一阵，但贾琏终于把她休了，她哭哭啼啼回到金陵娘家，不久就死了——可能是横死的。她的女儿巧姐被“狠舅奸兄”卖了，“流落在烟花巷”，被刘姥姥碰着救出，与她的外孙板儿为妻。

最后，一场大火把大观园和宁荣两府烧光，“落了片白茫茫大地真干净”。当然是“家亡人散各奔腾”，正应了曹寅常说的禅语：“树倒猢狲散”。

这样的一个与高氏续书大不相同的结局，其悲惨情况，正好和前半部的“风月繁华”，形成强烈的“对比”。

关于第二个问题，我们现在可以指出，曹雪芹在原来的计划中尽管把贾家从极盛写到家败人散，房屋烧光，却并不足以证明《红楼梦》是他的自传或曹家的真实故事。首先，我们知道这毕竟是小说而不是曹氏家传或历史。作者在第一回中所用人名，即已显示他把“真事隐”去，只把“假语存”[①]下，我们不必强作聪明，以为小说所记全是真事。其次，我在别的地方早已指出，贾宝玉并不是作者自己的写照，而是以其叔父脂砚斋为模特儿[②]。因为脂砚斋在他的评语中屡次公开承认“批书人”即书中宝玉，我

① 第一回前面的棠村小序把贾雨村说成“假语村言”，是不正确的。贾雨村与甄士隐为对，“隐”为动词，则“村”乃“存”的谐音，亦为动词。

② 见牛津大学版英文本《红楼梦探源》，第89～97页。

们也有许多证据，知道有关贾宝玉的许多故事的素材，其发生的时间远在曹雪芹生前七八年。而这些素材，有极大可能是脂砚斋记录下来供给作者的。最后，也是最重要的，应该指出，写故事并不是作者的最后目的。书中有些故事即使以曹家旧事作为背景，如用康熙南巡来写“元妃省亲”的场面，然其目的仍只是借此缘由修造大观园，作为宝玉及其中主要女子展开活动的舞台，借以描写人物的个性，叙述故事的发展。而整部书中的主要故事，却又服从于作者在思想意识上和艺术创造上的更高要求，即既要暴露封建社会中荒淫、腐化、虚伪、残忍的大家庭生活，又要创造出在作者理想中高尚、优美、真诚、纯洁的爱情。这两种思想上的“对比”，较之由盛到衰的物质上的“对比”，更为显著，其矛盾也更深。而作为封建社会道德台柱的旧礼教，则当然要庇护那种腐败、虚伪的大家庭，来摧残有高尚理想而不肯向它低头的青年男女。作者在原著中又巧妙地把封建社会中荒淫、腐败、贪污、残忍种种罪恶变成了自毁自灭的种子，变成了由盛到衰的主要原因。在破坏了宝玉和黛玉的爱情，黛玉病死以后，即在“吃人的礼教”暂时得胜，吃掉了黛玉，伤害了宝玉以后，由它自己孕育出来的封建社会中必然有的上述种种罪恶，终于也毁灭了这大家庭本身，甚至于当年“风月繁华”的世界，也给一把无情火烧得精光。这些轮廓，以及由之而重建起来的曹雪芹的思想体系，在高鹗所补的“沐皇恩”、“延世泽”的后四十回中是看不出来的。在前八十回中，为了要适应后四十回中他自己写的某些故事，高鹗也作了若干删改。

三　“披阅十载，增删五次”

上文既已约略谈到《红楼梦》高鹗所补后四十回内容与作者原稿不同，因此其所透露的作者思想也自不同，而我们今日所有关于曹雪芹原作后半部的内容，又只能从脂砚斋的评语中钩沉而得，则对于雪芹前后两部分的原稿，还须略作介绍，以免和今日一般读者所常见的高鹗全部修改过的百二十回《红楼梦》相混淆。

我们现在所能看到，最接近于曹雪芹手稿的部分，只有前八十回的抄本，它们流行于1791年程伟元刻行高氏改补的百二十回本之前，其中有脂砚斋的好几次的评语，故即名为《脂砚斋重评石头记》。在现有的四个脂评抄本中，最重要也是最早的，是北京大学藏七十八回本（下简称脂京本），其次是胡适旧藏的十六回残本（下简称脂残本）。从各抄本中的各种脂砚斋评语，和脂砚斋所保存下来的雪芹之弟曹棠村为旧稿《风月宝鉴》所写的若干小序看来，我们知道雪芹写此书用了十多年时间，改易了好几次稿子，而直到他癸未除夕去世时，还没有把全书改完毕，只有前八十回经脂砚斋评过“对清”，以抄本方式流传。

先说雪芹著作此书的大略过程。此书第一回“楔子”末了，各本都说：“曹雪芹于悼红轩中，披阅十载，增删五次，纂成目录，分出章回，则题曰《金陵十二钗》。”据此，则雪芹似乎是根据别人的稿子来加工的。但脂残本在这段文字上面有一条眉批说：“若云‘雪芹披阅增删’，然后（则）开卷至此这一篇‘楔子’又系谁撰？足见作者之笔狡猾之甚……观者万不可被作者瞒弊（蔽）了去，方是巨眼。”但据我看来，既然书中有些故事的素材发生在雪芹生前的曹家，由脂砚记录，则单就那些故事而论，若说雪芹在这稿子上作了些“披阅增删”的加工，是与事实相符的。当然，并不是全书都有成稿，雪芹仅作加工，所以脂砚这条眉批，警告读者不要误会，也是必要的。据我最近的看法，《石头记》前二十多回中有些回可能原出于脂砚的初稿，其中还有些夹文夹白的写法，未经雪芹删净。例如在脂残本第十六回前有一段棠村的小序说，“借‘省亲’事写‘南巡’，出脱心中多少忆昔感今”。康熙最后一次南巡在1707年，即雪芹生前八年，他当然不能“忆”南巡之“昔”，故此文必为脂砚所写。这个初稿，也还是第一回“楔子”中空空道人向石头说的：

石兄，你这一段故事，据你自己说，有些趣味，故编写在此，意欲问世传奇。

今既知"石兄"即书中宝玉，而其模特儿则为"批书人"脂砚，则在雪芹未增删改写以前的一些原稿出于"石兄"脂砚之手，自极可能。但雪芹对石兄所写的这些材料，又何至要"披阅十年"之久，"增删五次"之多？这就可见他并不仅仅是加工，而是几乎全部改写，并且从二十几回中间以后，就全部是雪芹的创作了。

上文说"披阅十载"，这可以假定为雪芹工作的第一段时间。脂残本在下文五言诗后有一条被抄手误作正文的脂评说："至脂砚斋甲戌抄阅再评，仍名《石头记》。"我们从北大藏七十八回脂评本中各期评语的年份（丙子1756—己卯1759—壬午1762—乙酉1765—丁亥1767）看来，脂砚大约每隔三年写一期评语，如假定曹雪芹在"增删五次"完工后脂砚斋立即写初评，而再评则在初评三年后所写，则可推知雪芹开始工作在甲戌（1754）之前十三年，即1741年（乾隆六年辛酉），那时雪芹约二十六岁。

事实上，这部大书的创作过程要比上述情形复杂得多。在残本的第一回"东鲁孔梅溪则题曰《风月宝鉴》"这一异名上端，有一条眉批说：

> 雪芹旧有《风月宝鉴》之书，乃其弟棠村序也。今棠村已逝，余睹"新"怀"旧"，故仍因之。

这一条批说明：（一）"孔梅溪"实即雪芹之弟曹棠村化名；（二）棠村不但为雪芹之"旧"稿题名为《风月宝鉴》，且为它写了些小序；（三）棠村早死。脂砚为纪念他，特保存他为《风月宝鉴》"旧"稿所写的一些序，如现有各本的第一回前引言，各脂本第二回前小序，北大藏本有些回前附页上用大字抄的短文都是。[①] 由此可知《风月宝鉴》是雪芹的一本"旧"稿，改后的《石头记》或《金陵十二钗》（这个名称始终未用）则是他的"新"稿。实则雪芹不止有一次"旧"稿。他在"楔子"中已明明说"增删五次"，同时，又提出了五

---

① 这里不能详述有关棠村所写小序的各种问题，读者可参看英文本《探源》第63～71页。日人伊藤漱平在"《东京支那学报》"（1962年6月号）著文论《红楼梦回前冒头的作者》，对拙著有所辩驳，我已另文辨之，刊于"《东京支那学报》"1964年第10号，兹不赘。

个不同的书名：《石头记》、《情僧录》、《红楼梦》[①]、《风月宝鉴》、《金陵十二钗》——至甲戌年脂砚斋仍用最早的《石头记》之名，实即与《金陵十二钗》同为在雪芹生前此书所用的最后之名。因此，我们不妨假定这五个书名即暗示雪芹在"增删五次"的过程中五个不同的稿本。其最初的《石头记》中则有一部分是脂砚斋所写的素材。因脂砚自己即是宝玉幼时的模特儿，所以他坚持要把雪芹最后改定的本子仍名为《石头记》。

四　既非"情场忏悔"，也不是"自然主义的杰作"

曹雪芹的一个朋友明义在其《绿烟琐窗集》中，有二十首《题红楼梦》七言绝句。诗前的序文说雪芹给他一个抄本，他的诗即题书中人物。这些诗透露出明义在这个稿本中所读到的故事，虽然大部分在今本《石头记》中可以查对出来，如宝钗扑蝶、玉钏尝羹等，但细按其内容，又似与今本不尽相符；有的故事则很不相同，甚至有在现存任何本子中都没有的故事。[②] 而就这二十首诗的全部而论，可以推断明义所见者是内容不尽相同而全书故事完整的一个早期稿本。这个本子，按上文所排见于脂残本楔子中的五个不同书名的次序，要比《风月宝鉴》更早，但它已称为《红楼梦》，而不是《金陵十二钗》或别的异名。明义在第十九首诗中说：

> 石归山下无灵气，总(纵)使能言亦枉然。

据此，我们一方面可见故事中的宝玉已回到太虚幻境中的青埂峰下，全书已有结束；另一方面，明义公然用"石""能言"三字，看似平常，却是着重地

---

① 据脂残本第一回："至吴玉峰，题曰《红楼梦》。"有人以为脂砚斋即吴玉峰，其说不确。脂砚斋在本回"楔子"之末已明明说"至脂砚斋甲戌抄阅再评，仍名《石头记》"，为什么又要化名"吴玉峰"，又主张用《红楼梦》这名称？在短短数十字内，矛盾如此，可知上文"至脂砚斋甲戌抄阅再评"云云，决非雪芹书中原文，乃脂评被误抄入正文。

② 如第六首云："晚归薄醉帽颜欹，错认猧儿唤玉狸。忽向内房闻语笑，强来灯下一回嬉。"第七首所咏故事亦不尽与今本相同，第八首中说宝玉为之梳头的是小红，今本则为麝月。

指出了这书的思想性。此典见于《左传》昭公八年：

> 春，石言于晋魏榆。晋侯问于师旷曰："石何故（一作"能"）言？"对曰："石不能言，或冯（凭）焉；不然，民听滥也。抑臣又闻之曰：作事不时，怨讟动于民，则有非言之物而言。今宫室崇侈，民力雕尽，怨讟并作，莫保其性（生），石言，不亦宜乎？！"于是晋侯方筑虒祁之宫。

唐人用此典者：（一）李商隐《明神》："莫为无人欺一物，他时须虑石能言。"（二）白居易《青石》："青石出自蓝田山，兼车运载来长安，工人磨琢欲何用，石不能言我代言。"可见"石兄"之言，其意义正如师旷之谏。这个典故，清初诗人是常用的。例如陈维崧（其年）序董元恺的《苍梧词》也说："石何言于晋国？鹤无语于尧年。"赵翼《闻心余京邸病风却寄》之二："木有文章原是病，石能言语果为灾。"明义用这个典故来评宝玉故事的结束，可见他完全了解雪芹之作此书，并不如后人所说的什么"自传性"的"自然主义的杰作"，也不是什么"感叹身世"、"情场忏悔"的"演色空"的小说，而是有它深刻的批判社会的意义的。其实这一点在《脂评石头记》中也还很清楚。例如在第一回"楔子"中，各脂评本均有石头对空空道人解说为什么在它上面所记的不是一本正经的"理朝廷治风俗"之书，而是小说：

> 市井俗人喜看"理""治"之书者甚少，爱看适趣闲文者特多……今之人贫者日为衣食所累，富者又怀不足之心；纵一时稍闲，又有贪淫、恋色、好货、寻愁之事，那里去有工夫看那理治之书！所以我这一段事，也不愿世人称奇道妙；也不定要世人喜悦检读……（据脂评残本第一回，通行百二十回本中已被删去。）

下文空空道人又说："因见上面虽有些指奸、责佞、贬恶、诛邪之语，亦非伤时骂世之旨。"其实既是"指奸、责佞、贬恶、诛邪之语"，当然是"伤时骂世"，否则程伟元和高鹗在他们重编的百二十回本中，也不会连上面石头所说的话都删光了。由程、高之大删此书，亦可见得他们也知道这在当时是一部包含危险思想的书。在随时可以兴文字狱的乾隆朝，如果不删去书中的“违碍”字句，连他们也要倒霉的。因此高氏不但在书中大加删改，并且特别将原本第一回“楔子”中说石上所记乃“历尽离合悲欢、炎凉世态的一段故事”，改成“携入红尘，引登彼岸的一块顽石”。又在第一百二十回末了说此书“既是假语村言”，自然也“不过是游戏笔墨，陶情适性而已”。这样，便把《红楼梦》说成是一部与“理”“治”无关，完全是“适趣的闲文”之书。在脂评本未发现之前，一百多年以来大部分读者既然看的完全是高鹗修改过的百二十回本，则其思想自然也不免要受高鹗改本的支配，不易看出其中“理”“治”的意义。有些读者如王梦阮、蔡元培等，虽知其中必有社会意义，但因彼时没有可靠的材料，于是推测它是记清帝顺治“出家为僧”之事。或谓此书有“反满”的意义，又以书中人物比附康乾时代的文士、政客。那些说法都已证明是错的。但他们能看出此书不是纯粹言情，其中也有社会意义这一点，仍不失为有眼光的。我们现在既有许多脂评本和别的材料，又有正确的文艺思想作为研究的指南针，因此，对于《红楼梦》一书思想内容的了解，自然比前人更加正确、清楚了。

（此文原为北京中国新闻社为海外华侨刊物组稿而作，刊于香港《文艺世纪》及建文书局1963年10月版《散论红楼梦》。1974年11月扬州师范学院中文系评红小组资料室编《红楼梦研究参考资料选编》收此文。）

《红楼梦稿》的成分及其年代

一　引言

中国科学院文学研究所藏一百二十回抄本《红楼梦稿》，现在已由中华书局影印出版，定名为《乾隆抄本百二十回红楼梦稿》，书末附有范宁跋文。以前发现的早期抄本，都是《脂砚斋重评石头记》或“脂评系统”的本子，从未超过八十回。因此，这个抄本的出现，在《红楼梦》的版本历史上是一件重要的事。其所以重要，因为它提供了有关后四十回的研究资料和这部小说在早期的演变历史。

此书初发现于1959年春。当时我在英国，曾得北京友人剪寄《北京晚报》上的消息。1959年7月，北京《新观察》第14期，刊有范宁先生写的有关此抄本的一篇短文，并附照片两帧。我就范先生文中材料，曾于同年9月9日在英国剑桥大学唐宁学院举行的第十二届青年汉学会中作一有关此书的报告[①]。我又在正由牛津大学出版社排印中的拙著《红楼梦探源》的《附录叁:有关高鹗续作的其他问题》中，加了三页，说明了我初步分析这个抄本所据底本的情况（英文本，第319～321页）。我去秋回国后，即在文学研究所看到原抄本。今年又买到了影印的本子，得以作更进一步的研究。现在先略述当时分析的结果，再就今所见原本情形，较全面地考察这个本子的构成分子及其来源，并约略推测其年代。

① 见《第十二届青年汉学会报告》，吴世昌《红楼梦的若干问题》，第1～9页。英国剑桥大学1959年印本。

二　本书所据底本的初步分析

因为这个抄本的前八十回未改以前的原文是根据脂评本的《石头记》过录而来，而用墨笔删改后的文字却与程高刊行的百二十回本相同，所以我认为据以删改的底本应该是一个经高鹗删改过的脂本，例如在山西发现的梦觉主人[①]序本（即所谓“甲辰”本）。至于后四十回，其未改前的原文系从高氏一个初稿本抄来，以后又用一个高氏的修改本校改。但这个修订本，仍非高氏最后付刻的定本，故其中有一部分文字与程伟元的刊本不同。

据此，这个百二十回本的《红楼梦稿》至少是从四个底本抄集校改而成，即：

（甲）一个脂评《石头记》抄本，据以过录未改前的第一至第八十回正文。这是最初用的“底本甲”。

（乙）一个高氏修改过的《石头记》抄本，据以校改从“底本甲”过录来的前八十回正文。这是“底本乙”。

（丙）一个高氏后四十回的初稿本，据以过录未改前的后四十回文字。这是“底本丙”。

（丁）一个经过高氏修订的后四十回本，据以校改从“底本丙”过录来的后四十回文字。这是“底本丁”。

根据上面的分析，我推测在乾隆壬子（1792）年程乙本付刊之前，《红楼梦》的后四十回至少也有四个稿本，即上述的“底本丙”和“底本丁”，程甲本据以付刊的底本，和程乙本据以付刊的最后修改本。这四个稿本中，“底本丙”最为简短，缺少后几本中较为详细的叙述和描写，故可假定它是高氏续书的初稿。

这些情况，都可以说明高鹗之写此后四十回续书，正如他的前辈曹雪芹一样，也是屡次增删修订而成，不是像以前有些人设想的，以为是他在

---

① “梦觉主人”我认为即是“红楼外史”高鹗的化名。说详拙著英文本《红楼梦探源》第317～319页。兹不赘。

中举(乾隆戊申,1788)以后“闲且惫矣”,和辛亥(1791)冬天以前这三年中写成的。我在别处曾说高氏计划写后四十回应该在乾隆甲辰(1784)之前,亦即他化名“梦觉主人”,为经他自己删改的《石头记》写序,改题为《红楼梦》之前[①]。今就《红楼梦稿》所据各底本分析结果,可与我此说相印证。

据此,这部百二十回本《红楼梦稿》,可以定为乾隆辛亥(1791)以前的本子,亦即程伟元在这一年付排百二十回《红楼梦》全书以前的抄本。现在我们知道,在1791年以前即已有抄本百二十回《红楼梦》全书流传,远至福建。周春在《阅红楼梦随笔》中说:

> 乾隆庚戌(1790)秋,杨畹耕语余云:“雁隅以重价购抄本两部:一为《石头记》八十回,一为《红楼梦》一百二十回,微有异同。爱不释手,监临省试,必携带入闱。闽中传为佳话。”

在1790年此书已传到福建,亦可证甲辰(1784)以后数年内北京已有百二十回的全书流传,其中后四十回可能为初稿本,正如这个《红楼梦稿》后四十回未改前的原文。因此,它的“底本乙”的年代约在1784年左右,即“梦觉主人”序本《石头记》也正在此时被删去脂评,并且正文也被做了与此本同样的删改。“底本丙”和“底本丁”的年代,则可以定为大约在1785至1790年间。

三　前八十回底本的特点

以上是我在四年多以前未见此本时所做的初步分析和结论,自然不很全面,但大体无甚错误,现在既已很欣幸地看到了原书,研究的材料增

① 详见拙著英文本《红楼梦探源》,第311～318页,关于高鹗的生卒年,详拙著《从高鹗生平论其作品思想》一文,《文史》第四辑,1965年,北京。根据他的《砚香词》和《月小山房遗稿》,考定其中举时已五十岁左右,则他续作后四十回,也是五十岁以后的工作。(参看本书《从高鹗生平论其作品思想》一文。)

加,范围也扩大了。首先,必须指出,这百二十回本的《红楼梦稿》,在杨继振(字又云)道光己丑(1829)年收藏时,已是一个残本。他在卷首扉页上自己说:"内阙四十一至五十十卷,据摆字本抄足。"这是说,他收藏时此书短了第五册一本。如以此第五册手抄者熟练而相当好的行书笔迹为标准,比较其他各册,可知原稿破失者尚不止第五册,其他残缺部分尚多。即如前面第十回的后两页和第十一回的前两页,第二十二回一整回,即是后来补抄的(说详下)。又如第四册末的第四十回,最后一页(两面)也丢了,补抄的字较大,占了一页又半面。第六册的开始第五十一回,前三页和半面也是补抄的。以字形大小比例来推算,原稿缺前面的二页半(即五面)。其他类此缺页(包括后四十回)补抄者甚多,不必详记。总之,这是一个抄配本,不要以为我们现在有了一整部百二十回《红楼梦稿》的乾隆抄本,那是错觉。

其次,必须指出,此书最初只有前八十回,后四十回是以后加抄配足的。而且前八十回原名《石头记》。此可由下列"版式"和行款两点证明:

(甲)前八十回每面十四行,字较小。后四十回每面十二行[①],字略大。

(乙)前八十回每回第一面首行的回次数字之上没有加书名,仅作"第××回"。后四十回则每回首行标出书名,作"红楼梦第××回"。今按十六回脂评残本《石头记》[②]每回之前也只标回次数字,不标书名。北京大学藏七十八回《脂评石头记》[③]回次数字占一行,书名标题占另一行。据此式,可知前八十回原为《石头记》的"版式"。

此书《石头记》部分的内容,有些要点可简述如下:

(一)残留脂评:前八十回未改前的正文大体同脂评《石头记》,早已有人指出。不但如此,在第一回第一页上原有脂评五条,但均已被勾去。在第六回第四页上,记刘姥姥在凤姐屋内,尚有一条被勾去的评语:"批:小

① 只有第九十一回和第一百十一回是例外,每面十六行。

② 以下简称脂残本。胡适称它为"甲戌"本,年代错误。

③ 以下简称脂京本。称它为"庚辰"本者,其误同上。

家气象，不免东张西望。”此最后六字在脂残本中是正文：“不免东瞧西望。”（第九页下，第九行）脂京本也是正文，作“不免东瞧西望的”（影印本一四五页，第一行）。在此本第七回还保存了七条较长的脂评：第一页，上一条，下三条；第二页，上二条，下一条。第七十回宝钗的《柳絮词》下片第二句下有评语，被误抄作正文，又用笔涂去。

（二）保存棠序：在第二回前保存了曹棠村的小序[①]，和雪芹自己的一首七绝题诗。这篇小序和题诗，亦见于脂残本、脂京本和脂戚本，但在程甲、程乙百二十回本中悉被删去。

（三）原有题诗：在一些回前和回后，和别的脂评本一样，还保存了题诗和诗对。其中第四回前的一首五绝，为别的脂本所无，也许是因为它讽刺太辛辣而被删去。原诗讥贾雨村，但可作为一般封建官僚的写照：

捐躯报国恩，未报身犹在。眼底物多情，君恩或可待。

第五回前的那首七绝，虽见于脂戚本，但为脂残本和脂京本所无。第六回前的五绝，也不见于脂京本。凡此皆足证明此书的底本颇早。

（四）回目异同：有些回目联语和今本百二十回《红楼梦》回目不同，但和脂京本或脂戚本相同，如第三、第四、第八、第九、第七十四各回。又有与各本皆不同者，如第十七、第十八、第三十一、第三十九各回。尤可注意者：第七回无回目。第三十回附抄了一个旧有的七言回目联语：“讯宝玉借扇生风，逐金钏因丹受气。”后来又把此联涂去。今按：今本宝玉挨打在第三十三回，金钏被逐跳井在第三十二回。据此旧目，可知在《风月宝鉴》旧稿中，此二事均在第三十回。再按脂京本第四十二回前附页上所存棠村小序云：“今书至三十八回时，已过三分之一有余。”则可推知今之第三十二、三十三回在旧稿中为第三十回。又，第八十回的回目也是七言：“懦

① 参看本书《我怎样写〈红楼梦探源〉》第五节。

迎春肠回九曲，姣香菱病入膏肓。”[①]这些七言回目，和脂砚斋在脂京本第二十回眉批中引到后半部原稿中“袭人正文标目”是“花袭人有始有终”，也是七言，可知雪芹初稿中颇有七言回目，以后定稿时才一律改为八言。

至于第三十回所保存的旧回目，又透露出雪芹初稿《风月宝鉴》的分回及故事内容，和脂本《石头记》已有所不同。而第七回之无回目，也证明我在别处所讨论过的一些看法[②]，即今本第六、第七、第八这三回中的故事在《风月宝鉴》中尚未扩充到三回之多，所以第六回一则棠村的小序说：“借刘妪入阿凤正文，送宫花写‘金、玉初聚’为引。”这两句话中所指刘姥姥入荣府在今本第六回，送宫花在第七回，“金、玉初聚”即宝玉到梨香院看宝钗病，比看通灵玉和金锁在第八回。可证棠村此序所概括的三个故事，在《风月宝鉴》旧稿中均在第六回一回之中。脂残本将此序抄在第六回末当作“总批”，正因序中所说兼及第七回之事，所以把它放在第六和第七回之间，实已不知此原为棠村给第六回旧稿所写小序。现在这个抄本第七回无目，亦可见今本第七回之目是后加的，所以脂戚本、脂京本、脂残本都互相不同。

（五）内容更改：上文（四）所引第三十回的旧回目为“讯宝玉借扇生风，逐金钏因丹受气”。可知在《风月宝鉴》旧稿中，宝玉被讯在前，金钏被逐在后，其故事发生的次序与今本《石头记》内容不同。今本宝玉之被毒打，乃因贾环诬告宝玉强奸母婢不遂，金钏因此自杀。贾政不察真情，遂毒打宝玉。据旧本七言回目，似在《风月宝鉴》中宝玉被讯只为蒋玉菡一事，亦可能因被讯又牵连到金钏与宝玉调情，故有下半回金钏被逐之事。以故事发展之顺序而论，金钏先因被逐而自杀，引起贾环诬告，以致宝玉被毒打，自较合乎情理。旧目中“借扇生风”之语，亦可能指讯宝玉时兼问贾环，贾环乘机捏造宝玉与金钏有奸。“因丹受气”当即指今本第三十回中宝玉给金钏香雪润津丹事。唯今本此事甚简，旧本可能更有故事。由

① 脂京本第八十回无回目，可能因此七言回目与全书其他各回不同，宁可不用。脂戚本作“懦弱迎春肠回九曲，娇怯香菱病入膏肓”，总算硬凑成为八言。

② 见本书《论〈脂砚斋重评石头记〉（七十八回本）的构成、年代和评语》。

此旧目，可以推知二本故事不独繁简次序不同，且主要内容亦异。

(六)底本年代：此本第十七、十八两回已分回，且有两个回目，措辞和别的本子都不同。因此范宁先生在《跋》中说此本是在“庚辰”本之后。但我在英文本《探源》中已指出，所谓“庚辰”本乃由四个本子合抄的配本，其前四十回墨抄正文第二十二回之末已有畸笏叟丁亥(1767)的附记，则其正文年代亦未可确指，但绝不会是“庚辰”(1760)，则可知也。

此本第七十五回已用了脂砚斋在乾隆二十一年(1756)“对清”时所提议的回目(见影印脂京本一七九九页)，故可确知是1756年以后的底本。

四　前八十回底本正文的一些情况

最后，关于这前八十回的文，在未改动以前的原文中，也有许多值得注意之点。

(一)作者行文炼字之工：第三回描写黛玉之美，脂京本只说：“两湾半蹙鹅(应作‘蛾’)眉，一对多情杏眼。”(第七四页)脂残本作：“两湾似蹙非蹙笼(原作‘眉’，后改)烟眉，一双似喜(原作‘虚’，后改)非喜□□□(后补‘含情目’)。”(第一四页上)而此本作：“两湾似蹙非蹙冒烟眉。”(下同)乃因眉字重复而改。“冒烟眉”当然非改不可。但这显然是抄手之误，但从这个“冒”字，可悟出雪芹原文是“罥”字。[①] 鲍照《芜城赋》：“泽葵依井，荒葛罥涂。”李善注：“罥，犹绾也。”“冒烟眉”令人看了冒火，“笼烟眉”好多了，但“罥烟眉”[②]更好，可见雪芹炼字之工。

(二)底本文字比脂残本正确：第四回《护官符》中四大家族的排列，脂残本作贾、史、薛、王，脂京本作贾、史、王、薛，脂戚本、程本同。此本同脂

① 俞平伯《影印〈脂砚斋重评石头记〉十六回记》(七)引“己卯”本正作“罥烟眉”，而脂戚本作“罩烟眉”，显系“罥”字之讹。俞又云，“‘甲戌’本所涂去者原为‘罥’字”。今按原为“眉”字，盖残本之原底本本作“两湾似蹙非蹙眉，一双似虚非虚目”，后又在原本上将上句改为“似蹙非蹙笼烟眉”，而下句末三字则尚未改好，及至过录时，觉得上句既为九字，下句亦应骈俪，故又加□□□，以待补足。

② 按宇文氏《妆台记》记五代宫中画眉：“八曰涵烟眉，九曰拂云眉，又名横烟眉……”东坡诗：“成都画手开十眉，‘横烟’、‘却月’争新奇。”“罥烟”之名当由“涵烟”、“横烟”悟出。

京本，但每家之下多了注文。脂残本中的注文用朱笔写在旁边，但和此本对照之后，才知道脂残本的朱批不但有错，且不全。如第一条贾家，残本注："宁国荣国二公之后，共十二房分：除宁荣亲派八房在都外，现原籍住者十二房。"这个数字是不对的，此本作"共二十房"，才对。王家一条残本朱批为："都太尉统制县伯王公之后，共十二房：都中二房，余（下缺）。"此本作"……王公之后，共十二房：都中现住五房，原籍七房"。可见此本所据脂评底本，比脂残本的底本有些部分更正确。

（三）曲子题前有次序号码，第五回《红楼梦曲子》，每支前面均有次序号码，如"第一［红楼梦引］，第二［终身误］………""第十四［飞鸟各投林］"。这和脂残本、脂戚本相同，脂京本则无次序号码。

（四）校正残本脂评位置之误：第七回薛宝钗讲冷香丸的来历，引和尚的话，"他说，'发了时吃一丸就好'。到也奇怪，这到效验些"。脂残本此下有双行朱笔评注说：

> 卿不知"从那里弄来"，余则深知，是从放春山采来，以灌愁海水和成，烦广寒玉兔捣碎，在太虚幻境空灵殿上炮制配合者也。（页二上行一〇）

这是把评语放错了位置。在此本残存的脂评中，这条评语用双行抄在上文"不知是那里弄来的"一句之下，可以校正脂残本之误。

（五）整回失去补抄的情况：第二十二回末，按脂京本所附畸笏叟丁亥（1767）夏的附记，雪芹未写完此回末段，直到死时仍未补足，但此本已补得很好，并且删去惜春之谜，把宝钗更香之谜归诸黛玉，另为宝钗撰竹夫人之谜。如此看来，这个本子的底本显然在丁亥（1767）之后，比脂京本第二十二回正文的底本晚多了。但仔细考察此第二十二回，其抄手字迹与第二十一回和第二十三回都不同，而且这回全文没有改动，很干净，不像第二十一回和第二十三回，满纸改得乱糟糟。再把此回全文与脂京本和程本参互对勘，才知此回全据程本照抄，与脂京本很不同，分明是后来补抄的。范君跋文第五段据此回末谜语，判断全书抄于"'庚辰'本与'甲辰'本之间"，是错的，范先生显然没有对勘此回的笔迹和文字的异同。因为此点关系此本年代，颇为重要，故不得不指出，以祛读者之疑。

（六）底本诗韵比他本正确：第二十六回末有一首诗："颦儿才貌世应希，独抱幽芳出绣闱。呜咽一声犹未了，落花满地鸟惊飞。"第二句韵脚此本作"闱"；脂京本、脂残本和脂戚本均作"闺"。按"希"、"闱"、"飞"，均在五微韵，"闺"则在八齐韵，与上下句韵脚不协，可知作"闱"是原文，作"闺"乃抄者笔误或他人所改。此亦足以证明此本底本较脂京、脂残、脂戚各本为早，且为雪芹原文。

（七）脂砚未删的原稿残文：此本第三十四回第五页上，黛玉在两块帕子上题诗之后，下文云：

> 黛玉还要往下写时，怎奈两块帕子都写满了，方搁下笔。觉得浑身火热，面上作烧……

但修改者已经把有重点的十四字涂去。脂京本和脂戚本也都没有这十四字，不会是抄漏，显然是因为所据底本即已删去此十四字。可见此书的"底本甲"的一部分可能比脂戚本的底本和脂京本的底本还要早些。我以为原文中有此十四字是对的，说明黛玉作诗时很兴奋，不觉得自己已在发烧。本欲再写下去，但因已经"写满了"方搁笔，搁下笔才觉得发热。可是由脂京本和脂戚本之无此两句十四字，我们知道这不是后来高鹗删的，而是脂砚斋在"编辑"他的重评《石头记》时，已经把它删去了，脂砚为什么要删此二句？问题就在"写满了"一语。两块帕子上写三首绝句，如果一块上已写了二首，则另一块上写一首是写不满的；也不可能把第二首分写在两块上面，则至少须有四首才能写满。可是雪芹只替黛玉作了三首，也许他本意至少要替黛玉作四首甚至六首，但作诗没有写小说容易，因此他时常搁下来，如第二十二回的诗谜，第七十五回的中秋诗之类。脂砚觉得三首七绝不能"写满"两块手帕，因此索性把这两句删了。但由此，可以证明保存此两句的底本之早。这些情形，由下面的例子更可证明。

（八）保留未改前的原文：此本第三十七回未改前的原文是这样开头的：

> 却说宝玉每日在园中任意纵横，光阴虚度。这日正无聊之际，见翠墨进来，手里拿着一副花笺，送与宝玉……

但是脂京本和脂戚本都不同，两本都是这样开始：

> 这年贾政又点了学差，择于八月二十日起身。是日拜过宗祠及贾母起身。诸事[就绪?]，宝玉、诸子弟等送至洒泪亭。却说贾政出门去后，外面诸事不能多记。单表宝玉每日在园中任意纵性的旷荡，真把光阴虚度，岁月空添。这日正无聊之际，只见翠墨进来……

上引之文除“单表宝玉”以前的冒头外，下文凡加重点之字，都与此本改后之文相同。但此本又将“这日正无聊之际”改添为“这日甚觉无聊，便往贾母、王夫人处来混了一混，仍进园来了。刚换了衣裳，只见翠墨进来……”多了四句二十三字，连另外加添的共多二十六字。这些添改部分，都与后来的程本相同。在本回的开头“却说宝玉”四字，则被涂去，可知另有添改的首段文字，以本回下文及别回的修改情形推测，可以断定此添改之首段必与程本相同。在这回的回目右侧杨继振用朱笔记下一行：“此处旧有一纸附粘，今逸去。又云记。”这里所“逸”的，正是程本中开始两段文字。第一段云：

> 话说史湘云回家后，宝玉等仍不过在园中嬉游吟咏不提……

第二段则是雪芹从来所不写的肉麻不堪的颂圣谀辞：

且说贾政自元妃归省之后，居官更加勤慎，以期仰答皇恩。皇上……特将他点了学差，也无非是选拔真才之意。这贾政只得奉了旨，择于八月二十日起身……①

尽管脂京本和脂戚本加上贾政外任学差，文义较备，与后文更有照应，可能系作者自己所加，但可以证明没有这一段的“底本甲”，却是一个较早的抄本。至于高本的不必要的颂圣，无须多说了。

（九）原本文字远胜改本：此本第七十一回第二页下第三至四行记贾母寿辰演戏，南安太妃和北静王妃点了戏之后，原文接着说：

少时，菜已四献，汤始一道。跟来的人拿出赏来，各家放了赏……

这是说南、北二妃等家的跟班管家的人们拿出他们的主子所预备好的赏物，发放给演戏的人。这段文义确实明白，绝不可，也不必修改。但竟被人将上引有重点的六个字涂去，改成“跟来各家的放了赏”，以致完全不成文理，且无意义。“跟来各家的”一语，可谓不通已极。在别的本子中，脂戚本与此本原文相同，脂京本却与改后的文字相同，程本当然更是如此。脂京本如此，可能为当时抄手误脱。但此本的修订者据以删改本来不误的原文，则是全无见识。其实狄楚青在脂戚本（有正小字本）第七十一回页二上第三行上端眉批就说：“今本删‘的人拿出赏来’六字，不妥。”可惜今日流传各本，仍有按照“不妥”的删本排印的。②

本节总结：从以上所提出的各项正文内证，特别是上引（二）、（四）、

---

① 据人民文学出版社1957年版《红楼梦》，第379页。

② 连《红楼梦八十回校本》竟亦作“跟来各家的放了赏”（792页）。《校本》第三册《红楼梦校字记》549页，“跟来各家的”条下，注明“从庚，晋，甲；原‘跟来的人拿出赏来，各家’”。如此校字，不免令人想起段玉裁所谓“校书之难，非照本改字，不讹不漏之难也。定其是非之难！”（《经韵楼集》卷六，《与诸同志书论校书之难》）可见乾、嘉大师治经的方法，在今日仍可借鉴。人民文学出版社本据程乙本，也是如此（787页）。

(六)、(七)、(八)、(九)六条证例,都可以充分证明此本所用"底本甲"是一个较脂京本的底本可能更早的脂评本。再结合第三节中关于回目联语、回前题诗、回末诗对各种情况,更可证实此本的"底本甲"是一个早期的脂评本。并且有雪芹旧稿《风月宝鉴》的一些残迹遗留在内,可以帮助我们了解雪芹创作的过程。至于它的确切年代,则由上文第三节第(六)证,可知其上限在乾隆二十一年(1756)"对清"之后;又据上文第四节第(二)证,《护官符》中四大家族的注文,较脂残本为正确全备,可知其下限应在脂评最后一年甲午(1774)之前。

这个本子的前八十回虽然有些部分已是晚补本,原抄本又被涂改得一塌糊涂,大体上又没有脂评,但其底本却是"脂本系统"中最早的抄本之一,而且还保存了雪芹旧稿的一些痕迹,实在应该算作脂本中一个极重要的正文本,是研究《红楼梦》成书过程的重要资料。

五　后四十回的成分

上文第二节中已说到此本后四十回的初抄原文是高氏续书的初稿,改文是从高氏一个修订后的续书本子来的。但是这后四十回的抄本,显然也不是一个来源。例如从第八十一回至八十五回纸张较旧,笔迹也要好些,但是涂改得很厉害。第八十六、第八十七回却很干净,几乎没有改动。第八十八至第九十回又改添很多。从第九十一回至第九十五回,又是没有改动的干净篇幅。第九十六至第九十八回,又是改添很多。从第九十九到第一百零五回又是干净篇幅。第一百零六、第一百零七回又有些改动,但不如以前之甚。第一百零八到第一百十二回,又很干净(只有第一百零八回第四页添了两行,似为抄漏者)。第一百十三回有些改动,第一百十四、第一百十五两回全部未改,第一百十六至第一百二十这五回又有许多改动增添文字。

据此情形,可知这后四十回并非全是上述的两个稿本来源。其中一干二净未予改动的几回(校正抄错之字不算改动),显然已是誊清部分。

只要把这些干净的几回对一下程本，便可证明此点。又从这些誊清的各回看，其字迹大小，乃至行款复有不同，可知非一人一时所抄。这些誊清各回到杨继振手中时又已有损坏，如第一百回只有三页(六面)，杨氏在损坏处盖了两个骑缝章；第四、五两面又补抄，字迹和第四十一至第五十回补抄者完全相同，可知是道光年间所补抄。

六　"兰墅阅过"与续书的作者问题

这个本子中最有关的问题是：这是不是高鹗的手订本？根据第七十八回末朱笔写的"兰墅阅过"四字，杨继振在内封面上大书道：

> 兰墅太史手定《红楼梦稿》百二十卷。内阙四十一至五十十卷，据摆字本抄足。继振记。

范君跋文把杨氏题字中"手定《红楼梦稿》"讹为"手订"，遂推衍此二字，解为"不是最后的定稿"。今姑且不去推究杨氏意指最后或不是最后定稿，但仅凭"兰墅阅过"四字，绝不能证明是他"手定"之稿。正相反，"阅过"只能证明是别人的东西请他审阅过，他看了才这样说，若是"手定"，为什么不明说手定，而要说"阅过"？一幅字或画上如有"某人阅过"的跋文或图章，只能证明他看过此字或画，决不能证明他是此幅的书家或画家。相反的，倒可证明这画不是他画的。稿本也是一样，自己写的、编的、修改的，或"手定"、"手订"的稿子上，绝不会写上"某人阅过"字样。因此，我们应该感谢"兰墅阅过"这四个字，因为这句话排除了，不是证明了，这是高氏所修改的稿本的可能性。

上文第二节已经分析过此书所据底本，即高氏的改本前八十回和续书的 1791 年以前的改本。因此它的改后文字当然"百分之九十九和刻本一致"。但我们不能因此说它即是"程高改本"。范先生在跋中又说，若认为此书收藏者据刻本以改原抄本，也不可能。因此稿与刻本仍有不同之处,“既然是照改,又故意改得不忠实,未免不合情理”。但可以有这样的情形:虽然照改,却有遗漏、讹误(这是连抄书也常有的事),并非“故意改得不忠实”,因此也不能说“不合情理”。但我也并非认为此本即据刻本而改,具见前文。

最后,要说到一个更重要的问题,即后四十回是否高鹗所补。此点我在拙作《探源》第五卷已详细讨论,这里不必复述。但范先生谈到所谓“近年来许多新的材料发现”,指“甲辰梦觉主人序抄本”中已补写了脂京本中第二十二回末的残缺部分。他又说:“这个底稿的写作时间应在乾隆甲辰以前”,所以是另一人写的,从而结论到“张问陶所说的‘补’只是‘修补’而已”。但是,即使承认范先生所定底稿的时代,“乾隆甲辰以前”为什么别人能写,唯独高鹗就不能写呢?其实,这个“梦觉主人”即是“红楼外史”高兰墅太史,已详上文。范先生因认为“梦觉主人”是另一人,他已先高氏而补完第二十二回的缺文,因此后四十回也可能已有别人在高氏之前补作了。我看不出这里面有什么逻辑上的必然性,很抱歉。就算第二十二回的缺文是另一人补的,为什么高鹗不能补作后四十回呢?为什么别人补了第二十二回的缺文,便排除了高鹗续作后四十回的可能性?我也不认为高氏的妻兄张问陶(他和高氏感情并不好)所说后四十回乃兰墅所补,只是说他“修补”而非补作。

七 说“补”

说到“补”字是“修补”或是“补作”这问题,其实范宁先生是采用了林语堂的说法。林语堂于1958年在台北“中央研究院”某刊物发表《平心论高鹗》一文,认为“补”只是“修补”而不是补作,所以《红楼梦》后四十回也是曹雪芹所作,高鹗不过加以“修补”而已。对于这一谬论,我在英文本

《红楼梦探源》中已予驳斥。[1] 若说"修补"，当然，高氏修补得最厉害、最多的是前八十回而不是后四十回，整部《红楼梦稿》便是铁证！为什么张问陶偏偏说，"《红楼梦》八十回以后皆兰墅所补"？而且，高氏在程乙本的《弁言》中早已自认他修补了前八十回，为什么张问陶反避而不说，故意扯到"八十回以后"上面，这倒真有点"未免不近情理"。对于这个"补"字的了解，清代倪鸿的《桐阴清话》在引了《樗散轩丛谈》中"《红楼梦》……后四十回，不知何人所续"一段文字后，加以解释道："按《红楼梦》八十回以后，皆高兰墅鹗所补，见船山诗注。"他把"所续"和"所补"等同起来，认为补即是续作。鲁迅先生对于古书的考订文字之了解，不可谓不透彻。他在引了俞樾之说以后，讨论此书后四十回时说："是以续书虽亦悲凉，而贾氏终于兰桂齐芳……"[2]他也没有认为"补"不是续作而是"修补"。再早一些，唐人小说《补江总白猿传》，难道不是创作而是"修补"陈朝江总的一篇作品么？再后一些，南潜的《西游补》，难道不是他借《西游记》中人物来自写故事，而是"修补"吴承恩的作品么？《平妖传》原本只有二十回，后来印本多至四十回。张无咎的《序》说是多出来的二十回乃"龙子犹所补"，难道也是说他"修补"原有的二十回么？仍以《红楼梦》而论，归锄子的四十八回《红楼补》，上接程本第九十七回；嫏嬛山樵的《补红楼梦》又是接第一百二十回，难道他们不是续作，而是"修补"曹、高的作品么？我们还可以举中国文献中另外一些例子：较早的如褚少孙补《史记》的《滑稽列传》和《龟策列传》，司马贞补《三皇本纪》，难道是褚少孙"修补"了司马迁原著的淳于髡、优孟等传，而不是另写西门豹、东方朔、宋元王、卫平的传记吗？难道是因为司马迁自己已有《三皇本纪》写得不好或残缺了，才由司马贞加以"修补"吗？又如洪兴祖的《楚辞补注》，难道是"修补"王逸、朱熹之注，而不是洪兴祖自己的著作吗？此外如《新妇谱补》、《新妇补谱》等书，难道

---

① 参看 On The Red Chamber Dream，356～357 页。其实把"补"字说成"修补"或"补订"，也不是林语堂的创见，他也是偷了别人的说法。早在 1935 年，宋孔显在《青年界》七卷五号发表《红楼梦一百二十回均曹雪芹作》一文，即如此主张，林语堂不过承袭宋说而加以恶性膨胀而已。

② 《鲁迅全集》，卷八，第 199 页，人民文学出版社 1959 年版。

只是《新妇谱》的"修补"而不是全新的增益吗?

我自愧寡陋,尚没有发现在中国文学、史学,或训诂考订学资料中有把"补书"之"补"解作"修补"之意。如有人能在别的书中举出这么一些例子来,则对于《红楼梦》后四十回作者的研究,当不无小"补"。

因此,我想,现在要做"高鹗不续后四十回"的翻案文章,似乎还没有充分的证据,也没有合乎逻辑的理由。我们既没有理由证明张问陶是撒谎,就也不必忙于剥夺高鹗的后四十回《红楼梦》的著作权。

1963 年 11 月 3 日于北京

(原刊《图书馆》季刊,1963 年第 4 期,北京)

残本脂评《石头记》的底本及其年代[①]

一　引言

在乾隆五十六年(1791)一百二十回的《红楼梦》排印本出现之前,只有八十回的抄本流传于此书的读者之间。这些抄本题作《脂砚斋重评石头记》,有时也以高价在庙市中发卖。在现存的这类抄本中,有两部过录了较多的脂砚斋评语,所以比较重要。一部为七十八回本,自第一至第八十回,只缺第六十四、六十七两回,现藏北京大学图书馆。另一部为十六回残本(第一至第八回、第十三至第十六回、第二十五至第二十八回),于1927年在上海发现,当时为胡适买去,被他独占了三十多年没有公开。前者我们姑且称为脂京本,后者称为脂残本[②]。

胡适在买到此残本后,因见第一回中有"至脂砚斋甲戌(1754)抄阅再评"之语,便把它定名为"甲戌"本,并且说:"此本是海内最古的《石头记》抄本"[③]。后来他在徐星署家见到另一脂评本,因为后四册封面有"庚辰秋月定本"的签条,遂把它称为《乾隆"庚辰"本脂砚斋重评石头记》[④]。从此这两个名称——"甲戌"本和"庚辰"本,便叫开了,直到现在还被一些人沿用着。但甲戌是1754年,庚辰是1760年,依此称谓,人们自然会认为"甲戌"本早于"庚辰"本。其实这两个干支不但不能代表这两个抄本的年份,甚至不能代表它们的底本的年份。尤其荒谬、幼稚得可笑的是,胡适

---

① 这是作者探讨《红楼梦》的古抄本来源问题的一组三篇论文之一。其余两篇是《论〈脂砚斋重评石头记〉(七十八回本)的构成、年代和评语》和《〈红楼梦稿〉的成分及其年代》,均见本书。

② 这两个本子,在拙著《红楼梦探源》英文本中称为 Version 3,Version 1,译作"脂丙本","脂甲本",乃依各本讨论次序排列,但已引起误会,以为我依各抄本年代而定次序,故现在改称脂京本和脂残本。

③ 参看《胡适文存》第三集,第五卷,第565页。

④ 见《胡适论学近著》第一集,下册,第403页。

竟把有正书局石印的戚蓼生序本，定名为“己丑”本；这倒并不是因为这个本子中有什么“己丑”年份，而是因为戚蓼生是乾隆己丑(1769)年的进士[①]！胡适爱用这种怪名，只能表明这个自夸有“考据癖”和“历史癖”的洋博士既不懂得考据，又缺乏最基本的历史观念。因为上述两个抄本中有许多脂评，很可借以钩沉曹雪芹的家世和《红楼梦》的创作背景，我们有必要知道其中有史料价值的评语的年份，以便核对有关雪芹生活的资料。因此，对于这两个抄本的来源、底本及其年代，必须加以分析查考，免得因为弄错了年代和史料，得出错误的结论。而在过去的《红楼梦》研究中，由于这两个反科学的名称所导致的错误结论，也已数见不鲜了。

关于构成七十八回脂京本(即所谓“庚辰”本)的一些底本及其年代，我已在别处加以分析，证明其来源至少有四个底本，每个底本的年代不同[②]，不必在此复述。关于脂残本的底本及其年代，我以前在《红楼梦探源》的英文本中讨论此书时，因当时未见原书，亦无影印本可资参考，仅凭俞平伯氏所辑《脂砚斋红楼梦辑评》中的材料和胡适 1928 年的《考证红楼梦的新材料》一文为根据，试图推测这个残本的底本是什么情况。对于脂残本本身的年代，则因脂评中分明有丁亥(1767)和甲午(1774)两个年份[③]，故认为不能早于 1774 年，即脂评最后的年份；不能迟于 1863 年，即收藏者刘铨福得到此本之年。如把它和别的抄本比较，我认为它不一定比脂京本更早，甚至不一定比有正本的原抄本更早。我批判了胡适把它称为“甲戌”(1754)本的说法，是时代错误的、不科学的夸张；并指出他这种谬说已引起《红楼梦》版本学研究上的混乱。例如以前美国哥伦比亚大学教授王际真在他的 1929 年英译本《红楼梦》的“引言”中，即错误地认为

① 见《影印〈乾隆“甲戌”脂砚斋重评石头记〉的缘起》。如果他查不出戚蓼生中进士的年份，而只发现戚氏为他丈母娘作的寿诗，胡适大概会用戚蓼生丈母娘的生年作为有正本的干支定名，这是“实验主义”的考证法！

② 见拙著《红楼梦探源》英文本第一卷，第四章，第 25～33 页。参看《中华文史论丛》第六辑，第 224～236 页。

③ 见《探源》英文本第一卷，第四章，第 19～20 页。当时引用俞平伯氏《脂砚斋红楼梦辑评》(1954 年版)第 46、41 页材料。

"此本乃 1754 年脂砚斋所抄录"①。直至最近,还有人认为"'甲戌'本是抄本中较早的,较为接近原稿"②。

但是,我当时对于这个残本,因为未见原书,也曾错误地作了一些过高的估计。首先,我假定这个残本的正文和评语都是从一个底本过录而来,认为它只有一个底本。其次,我以为虽然其底本的墨抄正文部分是从作者的一个稿本过录下来,而其朱笔评语部分却出于脂砚斋手批。第三,关于其底本的年代,我假定脂砚斋在这个底本上时时加批,一直保存到 1774 年以后,即比脂京本的那个朱批底本至少要迟七年,因为那个底本中的脂评最晚年份是丁亥(1767)③。总之,我虽然在大体上否定了胡适把这个残本称为"'甲戌'本"的谬说,但对于它的底本的种种推测,因为未能在见到这十六回影印本之后再加考察,所以我的旧说不是完全正确的。

我在拙著《红楼梦探源》的英文本中,曾指责胡适把《脂砚斋重评石头记》十六回残本长期占为己有、不予公开印行是独霸材料、阻碍学术研究的行为(第 7、12 页)。当时英、美刊物对于拙著的评论,也注意到这一点,但认为我批评胡适太尖锐了。例如伦敦《泰晤士报文学副刊》一方面承认拙著是"《红楼梦》研究中的'大跃进'",另一方面则不赞成我"在批判别人的说法时未能避免思想斗争(最重的打击落在胡适博士身上)"(1961 年 8 月 4 日,第 486 页)。又如《美国东方学会学报》对拙著的书评则指出,因胡适占有的残本尚未印行,"吴先生迫不得已,只好根据俞平伯氏的《脂砚斋红楼梦辑评》以及胡氏文中所述有关十六回残本的消息,以建立其底本的情况"。"吴先生是第一个指出这种令人不满和恼火的情形(指胡适扣留此残本)。"(1962 年第 1 期,第 127 页)因此,我在《红楼梦探源》的英文本中论到这个残本的有关版本和评语的若干问题时,有不甚正确、不够全面的说法,在当时是无可避免之事。

---

① 《探源》英文本第一卷,第二章,第 12 页,第一章,第 7 页,参看王译本伦敦版,"引言"XIX 页。

② 见《北京大学学报》(人文科学)1963 年第 4 期,赵齐平:《关于〈红楼梦〉的成书过程》,第 10 页,第 35 行。

③ 见《探源》英文本,第 20～21 页。

在拙著出版半年以后，十六回残本《脂砚斋重评石头记》的影印本在香港发行。承当地友人寄赠一部到英国牛津，我在十月初收到后检阅一过，曾作若干笔记。当时本拟写一篇较为详细的论文，进一步批判胡适早年及在此本中的许多荒谬的说法，以免贻误后人。但因我自己正准备回国事项，因循未果。现在把这些笔记重加整理，并参考回国以后所见到的有关《红楼梦》专题研究的材料，详加分析，重新考定这个残本的底本及其年代，以就正于国内《红楼梦》研究的专家。

二　此本的行款、版式和各种评语

对于此本所据以过录的各个底本及其年代等研究，必须凭此抄本本身的情形来考察。不幸自1927年发现此书后，尚没有人把此书的物质情形作出有系统的精密说明，以致研究者在引用它时颇多不便。胡适占有此书三十多年，但他所写有关文字，如《考证红楼梦的新材料》等，虽然透露一些此书内容，却只是东摭西拾的一些零碎材料，只能说明他自己有兴趣的一些问题。而对于所引材料的理解，既不透彻，又多错误[①]，甚至有些明显的讹字误字都没有看出来[②]。又因为急于要夸示他得到了“海内最古的《石头记》抄本”，便一口咬定第一回中“甲戌再评”四字，硬说这是“甲戌”本，意谓这是乾隆甲戌（1754）年的抄本，所以“最古”。从这个神话，又造出了“曹雪芹在甲戌年写定的稿本止有这十六回”的绝对荒谬的说法。为了维持这些谬说，他可以完全不管这个本子中有丁亥（1767）和甲午（1774）年的脂评，脂评中又早已引述后数十回的故事如晴雯补裘、香

① 例如第一回脂评中说到雪芹之弟棠村为“旧”稿《风月宝鉴》写序，脂砚因“棠村已逝”而保留其序文，胡适却以为是雪芹写了十六回之后，保留了《风月宝鉴》这个“书名”。（见影印所谓乾隆“甲戌”本的胡适跋文，第7页上。）

② 例如《胡适文存》第572页，引脂评“全犹在耳”，为“今犹在耳”之误；“曲指三十五年矣”，为“屈指”之误；“令余想恸”为“悲恸”之误；第575页“嫡真实事，非妄拥也”为“的真实事，非妄拟也”之误。（脂砚常用“妄拟”二字，参看第六回，第一一页上双行评：“这一句是天然（造）地设，非杜撰妄拟者。”）上述讹字笔误，胡适均未看出。

菱学诗等[①]。他这种故意隐瞒证据，大言欺人的考证方法，已有人指出[②]。但是他这些谬论最根本的症结，即所谓“甲戌”本这个神话，却仍有一些人不知不觉地沿用着。

为了充分了解这个残本的性质，有必要把它的一些基本情况做出正确的说明。

(一)墨抄部分

先说正文。这是用墨笔大字正楷抄写的，每面十二行，每行十八字。因为字大，每行占字太少，以致八言十六字的回目联语，上低二格，即抄不下，只好把每句的末二字改为小字并占一格。正文之前的情况，各回也不全同。普通是回次(如“第一回”、“第二回”等)顶格自占一行，次行即为回目联语，第三行即为正文(如第一、第三、第四、第二十六、第二十七、第二十八，共六回)。此书原是每四回装成一册，故在每四回之首，在“回次”以前多一条标题《脂砚斋重评石头记》，也是顶格抄写，占一行。香港的影印本合订为两册，但第一、第五、第十三、第二十五回之前，均有此标题，可证原订为四册。第一回前因有“凡例”，故标题在“凡例”之前，亦占一行。在“凡例”之后，却紧接着在其他各本中列于回目之后、正文之前的那一段“引言”[③]，即“此开卷第一回也。作者自云……”。既已把它移录在第一回回目之前、“凡例”之后，便像是全书的“引言”，因此竟把首句改成“此书开卷第一回也”，反而弄得文理不通了。又把别的脂评本(例如脂京本)所有的“引言”第二段“此回中凡用‘梦’、用‘幻’等字，是提醒阅者眼目，亦是此书立意本旨”二十五字删去，也是因为此段开始即标明“此回”，又特为点出第一回回目中独有的“梦”、“幻”字样，不能当作全书的“引言”，故不如删去此段，反而可以把前段冒充全书的“引言”。下面横标“诗曰”二字，

---

① 见上引胡适跋文第 7 页上。胡适早在 1928 年即说雪芹在甲戌只写成二十八回。我在《探源》英文本，第 23 页即引第一回脂评提到第四十八回回目“慕雅女雅集苦吟诗”以证胡说之妄。

② 参看俞平伯：《影印〈脂砚斋重评石头记〉十六回后记》，“[乙]‘甲戌’本应当不止十六回”。俞氏也引用脂评中“慕雅女”回目以驳胡氏之说。

③ 其实这不是什么“引言”，姑用此名以便说明，下文当再论述。

而那首“浮生着甚苦奔忙”的七律，却又不抄在“诗曰”之下，而是抄在后面。以文义而论，此诗显然是为全书而作的题咏。这些回前的“凡例”、“引言”和题诗，字迹大小全与正文相同，但均低两格抄。凡此种种安排，包括删去“引言”末段二十五字，都是此本(或其底本)的书主故意这样抄，要给读者一种印象:第一回回前文字统摄全书，与第一回本身无关。这是有意迷惑读者，很不应该。

但是第二回正文之前也有两段解释回目文字、论述本回故事的“引言”，却又抄在回次和回目之后，正文之前，而且只低一格抄(见图版陆右)。“引言”之后一首七绝，则又低两格抄。这就使第一、第二两回前面的“引言”的行款、版式，并不统一。此外，如第六回前的两段“引言”、一首五绝，也在回目之后、正文之前低一格抄，“引言”中也说到“此回”如何，“下回”如何。第七回的回目之后、正文之前则只有一首七绝，抄在低一格的横标目“题曰”(不作“诗曰”)之下。第八回正文之前也是一首七绝，款式与第七回同。

第十三回原是第四本的首回，故首行有《脂砚斋重评石头记》标题，第二行是回次“第十三回”，也是顶格抄，占一行。第三行起低一格抄“引言”，共三段，但下半沿斜对角被撕去，故只有第一、第二两段文字可以由脂京本同回的眉批大体校补，其第三段则只有此页下面的一行半文字仍被保存。后面又有横标“诗云”的地位，却没有诗。但此诗却保存在脂京本的第十一回朱批中。关于这些问题，下文当分别论及。这一回把回目抄在“引言”之后，使回次与回目远远地分离，其款式又和第二、第六、第七、第八各回抄法不同。第十四回的回次与回目之间，也夹杂一页多的“引言”(其实又是从脂京本抄来的眉批)，有横标“诗云”而无诗。以下第十五、第十六两回，也都把回次和回目分开，中间插入一页多的低一格抄的“引言”和“诗云”或“诗曰”横标而无诗。这四回(十三至十六)原为一册，故其回前款式，虽与前二册不同，在本册之内倒是一致的。

从第二十五回到第二十八回，原书又是一册，故第二十五回的回次之前又有书名标题独占一行，和第五、第十三回前一样。但此四回均无“引言”，故回次、回目行后紧接正文，款式也是一致的。

其次，要说一下正文后面的情况。第一册中第一至第三回回末正文后并无“附加品”，第四回末页后半残缺，但从别的脂本，亦可推知此回也和前三回一样，不但无“附加品”，连回末的俗套“欲知后事如何，且听下回分解”也省去了。第五回末也是如此。但在第六回末，正文之后多了“正是”二字提联，下接另行低二格抄的一对并列的诗联：

得意浓时易接济
受恩深处胜亲朋①

下面是两段所谓“回末总批”的文字，也是一律低一格抄。第七回末也有“正是”提联而无“总批”，而诗联本身却并不并列，只是低二格抄成一行：

不因俊俏难为友　正为风流始读书

第八回末也只有诗联而无“总批”。抄式与第七回相同：

正是
早知日后闲争气　岂肯今朝错读书

第十三回末也是诗对一幅：

正是
金紫万千谁治国　裙钗一二可齐家

① 参看《清平山堂话本·张子房慕道记》，张良辞驾出朝，吟诗一首，其第二联云：“受恩深处宜先退，得意浓时便可休。”又《醒世恒言》第三二卷：“休言事急且相随，受恩深处亲骨肉。”（人民文学出版社 1957 年版，第 684 页。）

第十四、第十五、第十六回后面都无诗对或“总批”，但在正文末了加了些套语，如“又是怎样，下回便知”、“后文再见”、“下回分解”。

从第二十五回到二十八回，即在残本第四册的各回，回前均无“引言”或题诗。但那些“引言”似乎都跑到回末充当“总批”去了。这四回回末均有“总批”（第二十八回又作“总评”），行款也抄得一样，即每条首行低一格，次行以下低二格抄，极为醒目。但这些“总批”的来源颇为复杂：有的见于脂京本同回的回前附页墨抄文字，有的是脂京本的朱笔行间夹批，有的抄自脂京本的朱笔眉批或墨笔眉批，而把它们“调充”“总批”时，又多删节归并，割去年月、署名（证例详后）。另有一些不见于脂京本的“总评”，显系别有来源。

关于此本的墨抄部分，即正文及回前回后的附加文字，可说明者具如上述。此外尚有三点也可以说一说：第一，此本自第六回至第八回，第十五、十六、二十五、二十六这七回，正文抄时预留了写评语的空白；这些空白随后即用朱笔填入双行小字评语。

第二，此本每页折叠的骑缝马口上，顶三字为“石头记”，底三字为“脂砚斋”，上端的卷次数字，完全与回次数字相合。每回都是如此，绝无例外。如第四回每页骑缝上均写“卷四”，不作“卷一”。第八回则写明“卷八”，不作“卷二”。第十三回则写明“卷十三”，不作“卷四”，从不以册数作为卷数。故在计算“卷数”时，每卷即一回（见图版陆）。据此则刘铨福在同治癸亥（1863）五月二十七日所作跋文说，“惜止存八卷”，实为二册八回，其中一册是第二十五至二十八回，故跋文在第二十八回末。后来他大概又得到了两册八回，故在五年之后“戊辰秋”（1868）他又写了一则跋文。所以残本今有十六回。俞平伯先生认为四回一册应作一卷，刘氏原藏八册共三十二回，现已失去第三册（九至十二回）、第五册（十七至二十回）、第六册（二十一至二十四回）和第八册（二十九至三十二回）。但此说无法解决一个矛盾，即刘氏跋文应在第八册第三十二回末，此册既已失去，如何跋文反保存在第七册第二十八回之末？俞氏解释为跋文可能写在第一册前面，后来装订在第七册末，已在第八册失去之后[①]。此说曲折太多，又无佐证，且不能解释书版马口上卷数与回数相合现象，和刘氏五年后又写一跋之原因。故不如认为刘氏先于1863年得"八卷"即八回，后又得二册八回，可以解除许多矛盾。

第三，此本和它所根据的墨抄底本的"版式"是否一致问题。

俞先生据第十三回脂评"此回只十页，因删'天香楼'一节，少却四五页也"，认为：

> 这十页正指"甲戌"本说的，若照"庚辰"本，第十三回只有八页，可见此本的行款、格式还保存脂砚斋加评时的旧样子。(《中华文史论丛》第一辑，第301～302页)

今按脂评所谓"十页"、"四五页"皆为约数，并非精确计算。即以此本而论，第十三回也不是"十页"，而是"十一页"(二十二面)只缺两行。至于"脂砚斋加评时的旧样子"究竟如何，我们只能说："未见真切，不曾记得；此系疑案，不敢纂创。"但是此本所据以过录的底本的"版式"，如要知道却并无困难。原来此书第二回回前"引言"的第二段，在过录时抄胥不小心，多抄了两行衍文(见图版伍)。这两行恰好是第二段的头两行，共三十八字，可见在底本中是每行十九字。若底本的"引言"也像此本一样，比正文低一格抄，则其正文为每行二十字。今此本每行正文只有十八字，可见"版式"与底本不同。底本如每单页也是十二行，则每单页共二百四十字，而此本则为二百十六字，其差额为二十四字。脂砚所谓"十页"乃双页(即两面)，应有四百八十字。今此本第十三回十一双页缺二行，共计：

$$(216\times2\times11)-(18\times2)=4716(字)$$

以底本每双页四百八十字计之，正为"十页"缺八十四字。故脂砚所谓"此回只十页"，乃指一个每行二十字的抄本，不是这个每行十八字的"甲戌"

① 参看《中华文史论丛》第一辑，第306～307页；第三辑，第294页。

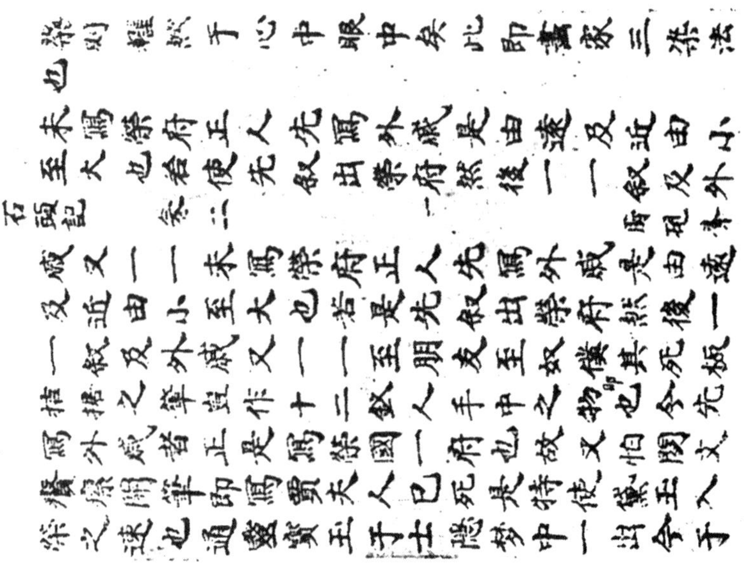

染則耀然于心中眼中矣此即畫家三染法
也
未寫榮府正人先寫外戚是由遠及近由小
至大也若使先叙出榮府然後一一叙及外
石頭記　卷二　一　脂硯齋
戚又一一未寫榮府正人先寫外戚是由遠
及近由小至大也若是先叙出榮府然後一
一叙及外戚又一一至朋友至奴僕其死板
拮据之筆豈作十二釵人手中之物也今先
寫外戚者正是寫榮國一府也故又怕閒文
贅瘰開筆即寫賈夫人已死是特使黛玉入
榮之速也通靈寶玉于士隱夢中一出今于

伍　脂残本第二回棠村序文

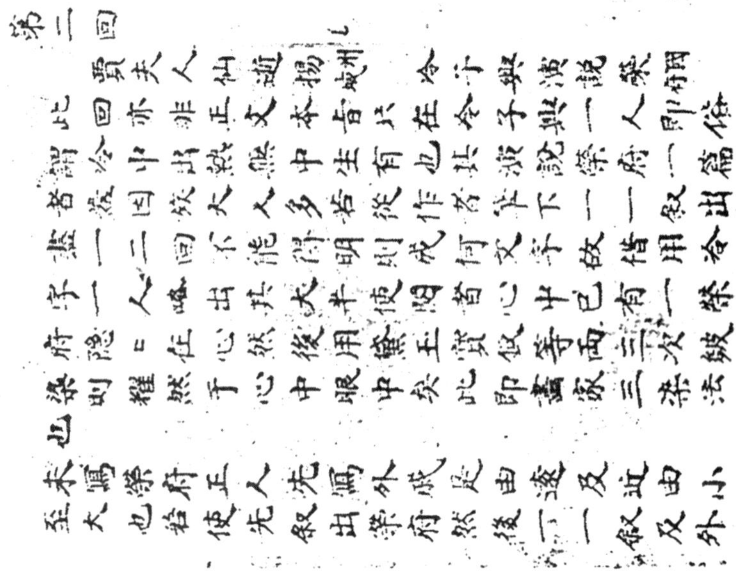

第二回
賈夫人仙逝揚州城　冷子興演說榮國
此回亦非正文本旨只在冷子興一人即俗
謂冷中出熱無中生有也其演說榮府一篇
者蓋因族大人多若從作者筆下一一叙出
盡一二回不能得明則成何文字故借用冷
字一人略出其大半使閱者心中已有一榮
府隱隱在心然後用黛玉寶釵等兩三次皴
染則耀然于心中眼中矣此即畫家三染法
也
未寫榮府正人先寫外戚是由遠及近由小
至大也若使先叙出榮府然後一一叙及外

陆　脂残本第二回棠村序文

本。因此，所谓“此本的行款、格式还保存脂砚斋加评时的旧样子”之说，不能成立。我们可以说，此本和它的底本“版式”确实不同，倒是有客观的证据的。

(二)朱评部分

此本朱评可分四类：(1)行间夹评，专评某字某句，或某小段，即写在此句、此段的右边。故虽夹在两行之间，却只评左边这一行，与右边无关。(2)眉批，即在所评一段的上端。或因行间已满，无从再插笔，或因所批为大段文字，不妨写在各行之顶。(3)双行小字评，即抄在正文中所预留的空白地位，盖原为夹评，誊清时在正文留空以便填入者。故可以表示这些评语较在其他地位的评语早些。(4)回末总评，这倒真是脂砚斋的总评，与墨抄的“总评”不同。

以上四种朱评中，(1)每回都有；(2)除第十五回外，每回都有；(3)只七回(六至八，十五，十六，二十五，二十六回)有①；(4)只一回(十三)有②。

此外，还有一些后人的墨笔眉批，见于第三至第八回，第十四、二十五、二十六、二十八回。第三回第二页下的一条有年月款识，是“同治丙寅(1866)年季冬月左绵(四川绵州)痴道人(孙桐生)记”。凭此条的笔迹，知道有许多墨笔眉批都是出于孙桐生之手。有时他也在行间加墨笔的夹批③。这些后加的评语，都与脂评无关，不须多说。

此本中原有在每回前后的大字墨笔“总评”和各种朱评，乍看是朱、墨分明，条理井然，最易给粗心的读者一种错觉：以为这是脂砚斋编的原本如此，所以是“海内最古的《石头记》抄本”④，“是抄本中较早的，较为接近原稿”⑤。其实即以所谓“总评”和朱批而论，不但在抄本中不是“较早”，而可能是最晚(这其实也不是缺点，不必厚古薄今)，而且把脂评删去年、

---

① 第五回中有些诗句、联语之下有空白地位，也写着双行小字朱评。但这些空白原是抄诗、联时款式如此，和在正文中算好字数、预留空白以便抄评语者不同。

② 这条其实不能算作评语，乃脂砚解释第十三回减少页数的原因，是他劝雪芹删去天香楼一段文字。参看前引俞氏之文。

③ 如第七回第一五页下，在“爬灰的爬灰”旁批“珍哥儿”，“养小叔子的……”旁批“宝兄在内”。

④ 胡适语。

⑤ 见本书第 93 页，注②所引文。

月、款识，改变地位、笔色和字体大小的比例，随意删并评语——种种混乱情形，只要与脂京本对勘一下，即可知此本系从较晚的、不止一个底本过录而来。至其墨抄正文，既然夹在回前回后的“总评”之中，当然是与“总评”同时过录；则在鉴定这些“总评”的年份以后，正文本的抄录年份的上限也随之决定。这样，即使我们仍不能确切判断正文抄于何年，至少可知它不能早于某年。至其下限，则由刘铨福之跋文所附年月，知其不能迟于同治癸亥(1863)。

三　关于各回前后的附加文字

以过录次序而论，当然是墨笔正文先抄，然后加抄朱笔评语。但这并不是说，抄正文时脂砚尚未写评，或抄者未见评语，或其正文底本上尚无评语。故正文先抄这一事实，并不能证明它的底本一定比评语的底本更早。此本从第六回起在抄正文时即随时预留空白，以便填入双行小字评语，可知这一部分的正文底本上大概已有评语。但此底本上的评语未必已经插入正文中作为双行小字，可能仍在“眉批”或“行间夹评”状态，此可由所留空白有时留错了位置而推知之(说详下)。在用墨笔抄正文时，其回前的附加文字当然又是先抄，其次才是正文。这些附加文字，一般称为“总评”或“总批”。在第二节中，我们因为说到第一回前的“引言”，也暂用此名称指第二回和以后各回前面的文字。其实这些名称都是不对的。如称“总评”，则既在脂评本中，便令人误会这当然是脂砚斋的“总评”。比较起来，还是“引言”好些，因为像第一回之前的附加文字，无论如何不能算作什么“总评”，倒是近乎“引言”的性质。

这些回前附加文字之所以被人认为“总评”，也是由于本书过录的款式，引起误会。例如第二十五回回末所附加的，即写明是“总批”，第二十八回回末则写明是“总评”，而这些文字的内容，则颇为简短零碎，和第六回前后，第十四回、十五回、十六回回前所附加的各条相类似，且在这些回前所附加的文字中，确有录自他本的脂评，混杂在别的文字中。故除第

一、第二两回前所附显似"引言"外，自第六回起，其回前所附加者，初看颇似"总评"，连当时的抄者，也是把它们当"总评"抄存的。但和别的脂评本比较之后，可以校出此本各回前后的附加文字中，有许多条本来是别本中的眉批，或夹批，被移抄作"总评"。其中也有非脂评的文字。凡是脂评倒比较简单，而非脂评的内容却大有研究余地。

(一)棠村小序的残文

根据此本第一回"楔子"中的脂砚斋眉批：

> 雪芹"旧"有《风月宝鉴》之书，乃其弟棠村序也。今棠村已逝，余睹"新"怀"旧"，故仍因之。

我曾考出各脂评本中第一、第二两回回前的"引言"，和脂京本其他各回前附页上所录存的文字，以及此本各回前后有些附加文字，其实皆是脂砚所保存的棠村为《风月宝鉴》"旧"稿所作序文[①]。在此本中，棠村序文的录存情形比较复杂。其中第一、第二两回前面的文字段落较长，内容也易于看出是写给读者的"本回解题"，原该较易认出。但第一回前的"引言"被录在四条所谓"凡例"之后，又在第一句加一"书"字，改成"此书开卷第一回也"。其目的正要使读者误认为这是全书的"凡例"，可见这是书贾要的花招(说详下)，兹不细论。比较复杂的是第六回的回前两段和回后两段。细加考察，可知此四段本是一篇序文，被拆成两半，分别录在本回的前后。为什么要割裂此序？初看似为使本回前后均有"总评"，以壮观瞻。实则此序末段文字所述故事，在今本《石头记》中已不在第六回中，故只好移在第六回后。此段原文如下：

> 借刘妪入阿凤正文，"送宫花"写"金玉初聚"为引(似应作"送宫花

① 见拙文《我怎样写〈红楼梦探源〉》第五节，载《新华月报》1962 年 6 月号，第 122～123 页。较详的专论，见拙作《论〈石头记〉中的棠村序文——答伊藤漱平助教授》，载日本东京大学"《东京支那学报》"第 10 期，1964 年 6 月。见本书第十篇。

为下文写金玉初聚作引")。作者真笔似游龙,变幻难测。非细究至再三、再四、不记数,那能领会也。叹叹。

这位棠村先生的文字不大通顺,远不如乃叔脂砚,这且不去管他。重要的是这段短文中所提到的三件故事——刘姥姥一进荣府,周瑞家的送宫花,宝玉到梨香院看宝钗病,比看通灵玉和金锁(金玉初聚)——在"新"稿《石头记》中分隶于第六、第七、第八这三回之中,而棠村序文则在一段文字中概括了三个故事。由此可以推知在《风月宝鉴》"旧"稿中,这三个故事原在第六回一回之中。棠村此序既为第六回而写,自可将三事一并论及。后来雪芹在"新"稿《石头记》中把这三个故事扩充到三回之多,遂有人觉得此段序文放在第六回之前已不合适。但它又不能算是第七回之序,不便移至下一回,故只好用"折中"办法,把它放在第六回末,使它"兼差"照顾第六回以后的文字。但一经这样割裂,看来倒很像是"总评"而不是序文了。不过如果真的认为此段是脂砚为《石头记》写的"总评",便讲不通。因为此三事在书中既已分属三回之中,脂砚为什么要不分青红皂白地把它们拉在一起?只有认为此三事原在旧稿一回之中,而棠村的小序正是为各回写的阅读指南之类,才能解释为什么这段文字用这种概括的说法。

此外,我们从第七、第八两回在各脂本中的回目之不同,也可以证明这两回是后来扩充而成的:

脂京本:送宫花贾琏戏熙凤　宴宁府宝玉会秦钟
脂残本:送宫花周瑞叹英莲　谈肄业秦钟结宝玉
脂戚本:尤氏女独请王熙凤　贾宝玉初会秦鲸卿

——以上第七回

脂京本:比通灵金莺微露意　探宝钗黛玉半含酸
脂残本:薛宝钗小恙梨香院　贾宝玉大醉绛芸轩
脂戚本:拦酒兴李奶母讨厌　掷茶杯贾公子生嗔

——以上第八回

另有乾隆抄本百二十回《红楼梦稿》，其前八十回未改前的底本也是一个脂评本[①]，其中第七回竟无回目。现有的各种抄本和刻本中的前八十回回目，只有这第七、第八两回差异最大[②]，而《红楼梦稿》之缺第七回回目，程刻本的第八回回目又全不同于任何抄本，都可以证明这两回是从《风月宝鉴》第六回故事扩充以后分出来的。有些早期抄本中此两回尚无回目，经雪芹自己或脂砚斋、松斋之流暂拟补入[③]，以致现存各抄本所据底本的回目互不相同。脂砚斋在评语中曾引用“小恙梨香院”这一回目[④]，可知此本第八回回目可能是脂砚斋所拟（正如在脂京本中他拟第七十五回回目），或其所用抄本上已有此回目。

1. 由棠村小序考见《风月宝鉴》的内容

再就故事内容而论，“旧”稿《风月宝鉴》第六回中即已包括“贾琏戏熙凤”故事，故棠村为第六回所写的小序第一段，上文论“宝玉袭人”私情，下文即说到“阿凤正传”：

> 此回借刘妪，却是写“阿凤正传”，并非泛文。且伏二递（进）、三递（进）及巧姐之归着。

此序第三段在残本中已被移在第六回回末，但文义仍和第一段相连属：

> 借刘妪入阿凤正文，“送宫花”写“金玉初聚”为引……

---

① 参看本书《〈红楼梦稿〉的成分及其年代》一文。

② 其他回目有较大的不同者为第三回和第五回，但不如第七、第八回之甚。如第三回脂京本同《红楼梦稿》，脂戚本则与程本大致相同。第五回脂京本、脂戚本和《红楼梦稿》相同，与程本亦有一半相同。

③ 脂砚斋曾建议雪芹所未拟回目的用词，见脂京本第七十五回前的附页上“乾隆二十一年五月初七日对清”札记。

④ 见脂京本第十九回，第四三八页，朱笔眉批。但“小恙梨香院”五字不见于脂京本而见于脂残本，可知脂京本此回回目乃原稿扩充为六、七、八三回之后他人所拟加。

所谓“阿凤正传”、“阿凤正文”，即指“贾琏戏熙凤”一事，现在都在第七回中部。脂砚在此事下有双行长评，点明这是写凤姐“着意于风月”的文字。但据棠村的序文看来，此事本与“宝玉袭人”之事写于一回，正是《风月宝鉴》中的“正文”。其后雪芹“增删”旧稿，加入尤氏请客，引出“宝玉会秦钟”一段故事(可能周瑞家的碰见香菱，周瑞女婿冷子兴与别人吃官司等零碎故事，也是后来添进去的)，遂将第六回截断，把“送宫花”一事另立新回，故《红楼梦稿》所据底本中此回尚无回目，而残本的回目竟把“周瑞家的”简化成“周瑞”，以致男女不分，而“叹英莲”云云，又不甚切题，显然是后来加的权宜回目。脂京本的回目上句所指二事也毫无连属关系。有正本回目则根本不提“送宫花”及“阿凤正文”。这也是从棠村序文的残留片段，可以考见《风月宝鉴》“旧”稿中一些内容的例子。

此本第十三回前面所附文字，其首页上半已被撕去斜角半页。其第一条残余的文字解释为什么贾珍为可卿之丧敢于大事铺张：

> 贾珍尚奢，岂有不请父命之理？因敬[老求道]要紧，不问家事，故得姿(恣)意放为。

这其实是棠村为第十一回所写序文的残余。在脂京本中，这一段用朱笔补抄在第十一回之前，文字略有不同。原文如下：

> 荣宁世家，未有不尊(遵)家训者。虽贾珍当(尚)奢，岂明逆父哉？故写敬老不管，然后姿(恣)意。方见笔笔周到。

但此本第十三回前附加文字的第二条：“若明指一州名，似落《西游》之套……”则完全与脂京本第十三回(第二八三页)朱笔眉批相同。残本此页虽已撕去一半以上，却完全可以用脂京本的眉批，依此本的版式行款逐字校补。此本只删去眉批首二字“奇文”，和把“礼义之乡矣”的“矣”改为“也”。此段在脂京本专评秦可卿之丧中僧、道榜文上“四大部州，至中之地”二句，决不可移作回首“总评”。可见此本的底本抄者即已分不清何者为棠村序文，何者为脂砚评语，一味乱凑，只求回前的“总评”多多益善。又第四条文字末句说，“隐去‘天香楼’一节，是不忍下笔也”。可以证明这是在雪芹遵脂砚之劝，删去“天香楼”一段文字以后所写。若此第三条亦为棠村序文之残余，则删天香楼之举，尚在棠村死前，大概为“甲戌(1754)再评”以前不久。

2.“《风月鉴》”中的回前题诗

在这四条评语之后，第十三回回目之前，尚有横标题“诗云”二字，但标题下却并没有诗，只留下两行空白。既没有诗，为什么要白白地标出“诗云”二字？若本来有诗，为什么又不抄入？是不是将来要在这回之前写诗，故预留此空白，以便以后补诗？如果这样，为什么有的回前有“诗云”或“诗曰”横标，留下两行空白(如第十三回至十六回)，有的回前却并无横标和空白(如第三回至第五回、第二十五回至第二十八回)？

对于这些问题，脂京本也有足供解答的材料，上文已引录在它的第十一回之前用朱笔补抄的一段附加文字，已被移录在此本的第十三回之前。在那段短文之后，脂京本还附有一首五绝如下：

诗曰：一步行来错　回头已百年
　　　古今《风月鉴》　多少泣黄泉

既然那一段短文被移录在此本第十三回之前，且文中所说贾珍为可卿办丧事“恣意放为”，与第十三回故事内容相符，则原在一处的这首五绝，也该同时移录。但此诗内容却与今本第十三回中可卿病死的故事不符，乃指未改以前可卿的死法，当然不适用了，所以只好“割爱”。

这里又有一个连带的问题。为什么此文此诗，在脂京本中不录在第十三回之前而在第十一回之前？上文已说到此文本是棠村为第十一回所写小序的一部分，这首五绝，也是未改以前第十一回的题诗。在“旧”稿《风月宝鉴》中，可卿之死原是“一失足成千古恨，再回头已百年身”。这首题诗的前两句，正用此联之意。上句“一步行来错”，说可卿之死因，下句“回头已百年”，说其行错之结果。第三句且点明“《风月鉴》”这书名，更为“旧”稿题诗之铁证。“新”稿《石头记》第十三回既已把可卿改为病死，而不是按第五回警幻册子中“高楼（天香楼）大厦有一美人悬梁自缢”的死法，则此诗自然不适用了。因此，在此本第十三回的“总评”之后、正文之前，只留下“诗云”标题，高悬在两行寂寞的空白之上，成为《红楼梦》演变史上残留的化石。但诗前的那段短文只谈贾珍为可卿之丧铺张浪费，而不涉及可卿的死状，所以仍可适用，遂被抄作“总评”。至于回次问题，则上文已说到在“旧”稿中第六回即已包括今本第七回中“送宫花”和第八回中“金玉初聚”的故事，“新”稿扩充后正多两回，则今本第十三回在“旧”稿中正是第十一回。脂京本把棠村原序和《风月鉴》中的题诗补抄在第十一回之前，显然是根据一个比此本的底本更早的底本。此本回前“总评”的末一条说“隐去‘天香楼’一节，是不忍下笔也”，与回末脂砚斋的评语“因命芹溪删去”“天香楼”故事有矛盾：其实并不是雪芹“不忍下笔”，他早已“下笔”了“四五页”，乃是后来奉命删去。由此亦可知“不忍下笔”云云，似乎也是棠村后加之语。

由“旧”稿中遗留下来的“诗云”标题，可以推知凡有此标题而无诗者，其原因显然和“旧”稿第十一回的题诗在此本中被删相同，即原有题诗所咏内容，因“新”稿《石头记》有所增删而已变成不适用，只好割爱。脂京本中那首五绝之所以不能抄在第十三回之前，而只好补抄在第十一回之前，也有了合理的解释。准上所说，则此本第十三回至第十六回前有标题“诗云”或“诗曰”，表示此四回在“旧”稿中均已有题诗，并非预留空白，以待将来补诗。此本第二十五回至第二十八回等没有横标“诗云”，也未留下空白，可知本来无诗，也没有预留空白以便将来作了诗再补抄进去。又如第四回之前在《红楼梦稿》中有五绝一首、第五回有七绝一首（亦见于脂戚本）题诗，在本书所据的底本中此两回题诗均已被删，此本即不加横标，不留空白。此种情形，皆可旁证回前凡标“诗曰”并留空白者，皆“旧”稿有诗，且其底本尚有横标痕迹，故此本照抄。据此，则第十四回回前所留“诗云”下面两行空白，表示在“旧”稿中原有题诗，可能也说到秦氏之死，与今本内容不同，故也已删去。但也许由于底本破损而失去。

第十四回回前附加的文字有长短九条，短者每条只一句。但其内容则颇为复杂，其中指此回主要故事者有两条。即第七条“昭儿回并非林文、琏文，是黛玉正文”，和第九条“路谒北静王是宝玉正文”。此两条指出本回主题在写书中女主角与男主角二人从此可以常在一起：前者说明林如海之死、贾琏之回来都是从属于林黛玉今后可以常居荣国府这一主要发展；后者则说明北静王器重宝玉，是作者正面抬举男主角的地位。这两条二十四字，可定为棠村小序的残文，其文体也和脂京本别的棠序相同。此外则最长的第八条：“‘牛’，丑也；‘清’，属水，‘子’也；‘柳’折(拆)‘卯’字，‘彪’折(拆)‘虎’字，‘寅’字寓焉……”把一些来吊可卿之丧的宾客姓名配合“十二支”，在脂京本中是用朱笔写在吊客名单上端作为眉批的(第三〇二～三〇三页)。自第二条至第六条：“写凤姐之珍贵。写凤姐之英气。……写凤姐之骄大。”在脂京本中也是朱笔眉批，评凤姐协理可卿丧事时作威作福的细节。但此本多一条“写凤姐之声势”，而删去眉批的总结语“如此写得可叹可笑”(第二九三页)。这些都是脂批，不应与棠村序文相混。

3. 雪芹所删的旧稿异文

但是第十四回回前“总批”中最有问题的是第一条：“凤姐用彩明，因自〔己〕识字不多。且彩明系未冠之童。”这分明不是什么“总批”，而是辩答别人的批评。此回第二页上有朱笔眉批说：

> 宁府如此大家，阿凤如此身分，岂有使贴身丫头与家里男人答话交事之理呢？此作者忽略之处。
>
> ——亦见脂京本，第二九〇页

这条眉批本身就可怪。今本正文中只有凤姐“命彩明定造簿册”，向“来升媳妇要家口花名册来查看”，并无“使贴身丫头与家里男人答话交事”的故事，因此，乍看上文眉批似乎是无的放矢。但既然脂京本也有此批，且接着又有墨笔眉批驳斥此批说："彩明系未冠小童，阿凤便于出入使令者。老兄并未前后看明是男是女，乱加批驳，可笑。"这是第三者的口气，可能是后来加的。但后面接着又有一条写明"壬午春"的朱笔眉批说"且明写阿凤不识字之故"，则显系脂批，而口气直接补充上文墨批，则可知此墨批也颇早，至迟在"壬午春"之前。再就此残本第十四回已把类此的答辩抄作第一条回前"总评"，则原来说"作者忽略"的眉批实在很早，且非脂砚之批。这条眉批中说到"贴身丫头"与男人答话云云，凤姐的贴身丫头是平儿与丰儿。今脂本正文中均无平儿或丰儿随凤姐到宁府来侍候她的故事，脂京本第二九四页记凤姐来宁府时，"下了车，一手扶着丰儿"，但下文即不再见丰儿之名。则从这条批语可以推知雪芹原来稿子中凤姐曾带平儿或丰儿来宁府，有过与彩明"答话交事"之事，雪芹可能因见此批后，把这故事删了。而为雪芹辩护者，如墨笔的眉批人，写"壬午春"眉批的脂砚，乃至此本第十四回回前"总评"的作者，似均知彩明其人。这条短短的答辩至少说明了三个问题：

(1)所谓脂评本中很早就有别人的评语，亦即脂砚在此本第二回中所谓"诸公之批，自是诸公眼界"(第二二页下眉批)的"诸公"。

(2)第十四回故事中本来有平儿或丰儿与彩明"答话交事"的叙述。(实则平儿在第七回周瑞家的送宫花时，即曾"拿出两支来，先叫彩明来〔分〕付他，'送到那边府里，给小蓉大奶奶带去'"。故"贴身丫头与男人答话交事"，并不忌讳。)

(3)尽管如此，雪芹对于别人的批评却很重视。为免得别的读者也有此误会，他看了那批语后索性把平儿与彩明在宁府"答话交事"那一节删了。故今本正文已经和早期眉批所指的正文不同了。

第十五回前面的六条附加短文，均可定为棠村为此回所写小序的原文，但末一条似未抄完，谅系抄者遗漏或底本破损。若系破损，则后面的题诗亦可能因此失去。此最后一条引本回正文"此系疑案，不敢纂创"(第一五九页下)，竟讹脱成"此系疑案纂创"，全不可通，可见抄胥本人无甚知识。因此可知把眉批移作"总批"这些要花招的办法,若非其底本即已如此,则为书主命他如此抄写,并非误录。

4. 棠村和脂砚在思想上的分歧

从这些短文的内容,也可以看出它们不可能是脂砚的"回首总批"。例如可卿出殡,宝玉随凤姐在一个农村中歇息,一见了锹、锄、镢、犁等农具,便向人询问它们的名称和用途。这一段的脂评说:"凡膏粱子弟,齐来着眼!"宝玉知道了这些农具的用处之后,点头叹道:"怪道古人诗上说,'谁知盘中餐,粒粒皆辛苦'。正为此也。"对于此句,脂砚初评云:"聪明人自是一喝即悟。"壬午季春,脂砚又在这段文字上端加一条眉批说:"写玉兄正文,总于此等处。作者〔用心〕良苦。"这是说,脂砚了解雪芹所要塑造的宝玉,不是一味在女孩子队中厮混的花花公子,而是"一喝即悟"劳动人民怎样辛苦生产的少年。脂砚认为这才是雪芹所要写的"玉兄正文",并且号召读者中的"膏粱子弟齐来着眼"这一段文字,向"玉兄"看齐,理解粮食是怎样生产的。看了脂砚这几条评语,才知下文雪芹写宝玉看村女纺纱,临行时又"恨不得下车跟了他(她)去",并不是又爱上了这个村女,而是后来宝玉曾有一时生活在农村[①]的伏笔,所以脂砚又有"又伏下一段后文"之评。脂砚显然已看到在八十回以后雪芹原稿中有宝玉下乡再遇此村女的故事,故能作此肯定的预告。但是此回棠村小序的第四条竟说:"凤姐中火,写纺线村姑,是宝玉闲花野景一得情趣。"这种庸俗、轻薄的看法和脂砚的思想相差多远!棠村不但不了解书中宝玉的性格,甚至不了解雪芹所以写这段文字的"良苦"的用意,不知这是"玉兄正文"[②]。不过,我们如果记得棠村所序者为未改前的《风月宝鉴》(所以他的着眼之点,离不开一个"情"字),则也有可能雪芹在"旧"稿中所塑造的宝玉,尚未发展到后来比较进步的性格,即脂砚所认识的"玉兄正文"。但是,如果仍有人认为此本第十五回前面的附加文字是脂砚的"总评",则显然是只看表面

---

① 以上所举各条脂评,见脂京本第三一一～三一二页,脂残本第一三〇～一三一页。

② 棠村的见解远不如脂砚,由于两人的思想有距离。这不过是许多证例之一。近人常有引棠村序文作为批判脂砚的根据,这是对于原始材料没有弄清楚。所以分别棠序和脂评,是极为必要的基本工作,且对于研究雪芹历次改稿的情形,有重要意义。

的抄式，而不看文字内容的肤浅说法。因为如果他比较一下上面所引正文中的脂评和回前的文字，就会看出二者之间的矛盾非常显著，决非出于一人之笔。

第十六回之前的六条附加文字中，有两条是从正文中脂评抄来的。第三条“赵妪讨情闲文……”凡一百三十三字，实抄自脂京本的双行小字评语，仅删去文首“一段”二字（第三三四页）。原评在凤姐问贾琏说“才刚老爷叫你作什么”一句下，指上文赵嬷嬷为儿子求事引出元春省亲的重要文字，故用“一段”二字确定所评段落。抄者硬要把它改成回前“总评”，便不能凭空再用“一段”二字，只好删去。可见抄脂评以冒充回前“总评”者，也颇费了一些如何改头换面的歪心思。第四条“大观园用省亲事出题……”二十四字，则是脂京本中署名“畸笏”的朱笔眉批（第三三五页）。剩下来的前后四条，可定为棠村序文的残余。如第一条说，“幼儿小女之死（指守备之子和张金哥），得情之正气”。既要谈情，又不免迂腐。下文说，“又为痴贪辈一针疚（灸）”，则又指责上文的死者，几乎是《太上感应篇》的口气，完全不是雪芹暴露凤姐贪贿弄权，害死张金哥及其未婚夫的本意，也和脂砚对此事的评语大有分歧（见脂京本，第三二三～三二四页）。但棠村此语，却也许正合乎《风月宝鉴》这一个惩劝书名的“格言”。

（二）回后“总批”的内容

从第二十五回到第二十八回原为第四本，其中各回附加文字均抄在每回之后，且在第二十五回末标明“总批”。其抄式也不同：每条第一行低一格，第二行以下低二格，较为醒目。但就其内容而论，又是把一些棠村序文中的段落和脂砚在正文中的评语移于回末作为“总批”。兹将各回所附各条，略为疏证如下：

1. 棠序残文和脂批合文的杂糅

第二十五回末所附四条“总批”，都可定为棠村序文的残存。其所以抄在回末，盖因它的底本的抄者在抄正文时不记得先抄另纸录存的序文，故只好补抄在回末正文后的空白纸上，当作“总批”。以下各回，即依此回抄式，故一律附在回末。此本移录时，原底本或已残缺，抄时依样画葫芦，自然一律当作回末"总批"。盖在这些抄本过录时，人们早已不知道有棠村序文这回事了。

第二十六回正文后面所附八条"总批"，除首二条及末一条外，其中较长之五条，都是脂京本的眉批，被略加删改或归并，录在回末冒充"总批"。如第三条"'凤尾森森，龙吟细细'八字……"为脂京本（第五九八页）朱笔眉批；又在"仙音妙音"下删去"来"字。末二句"非纯化工夫之笔不能，可见行文之难"，则被改为"俱纯化工夫之笔"，删去末一句。第四条"二玉这文字……"原为脂京本朱笔眉批，原作"二玉这回文字……"（第五九九页）。第五条"收拾二玉文字，写颦无非哭玉再哭恸哭，玉只以陪事小心……"在脂京本的眉批是这样开头的："若无如此文字（指薛蟠以贾政名义骗宝玉出去）收拾二玉，写颦无非至再哭恸笑（哭），玉只以陪尽小心……"下文"故险语结住"，"各怀以惊心意"，脂京本作"用险句"，"一惊"，也较正确。此朱笔眉批原有"壬午孟夏雨窗，畸笏"的年月署名，也被删去。第六条说倪二等"四样侠文"和迷失了的"卫若兰射圃文字"，在脂京本中是两条墨笔眉批，而且每条后面都有"丁亥(1767)夏，畸笏叟"的年份款识（第六〇三～六〇四页）。第七条说"晴雯迁怒"原是朱笔眉批，也有"丁亥夏，畸笏叟"（在此本中均已被删）。但脂京本少"打平儿"三字。

从上引六、七两条"总批"，可知它的底本的墨笔正文部分，至早也在丁亥(1767)年以后所抄，这个本子本身当然抄得更后。

第二十七回末有六条"总批"，占十四行。回末第十三页前半正文只占九行，尚有三行空余。若照上两回的抄法，"总批"紧接正文，则本回十四行"总批"正好抄在第十三页剩下的前后面，无须添页。但在第十三页前半的三行空白上用朱笔抄了三行字迹较小的脂砚斋对《葬花吟》的评语（这在脂京本为朱笔眉批）。因此，只剩下后半页十二行，抄不下这十四行"总批"，只好为多余的两行添加一页。据此情形，可以推想此回过录时，墨笔正文、"总批"和朱笔各种评语同时誊抄。因为如果此回把正文和"总批"一起抄完之后再加抄朱笔评语，则此十四行的"总批"自应接连正文抄下去，正好抄满第十三页，尚留一行空白。而脂砚对《葬花吟》的朱笔评语，仍可像脂京本一样抄成眉批，无须占行。但因墨笔抄完正文后即被朱笔的抄者把《葬花吟》评语占了三行，墨笔的抄者只好从第十三页后半面抄起，遂不得不添页。这种朱墨二色同时过录的情形，可以说明这个残本中有些墨笔正文部分的过录，也在第一回朱笔眉批所记甲午（1774）年以后，比上文所说的丁亥还要迟七年。

再说这六条“总批”内容，其中第四、第五两条又是抄自脂京本的朱笔眉批，前者末了有“己卯（1759）冬夜”年份（第六二三～六二四页），后者末了尚有“《石头记》无闲文闲字正此。丁亥夏，畸笏叟”十六字（第六二七页），在此本中均已被删。其余第一、第二、第三、第六这四条，可信为棠村序文的残余。在脂京本中此回回前附页上尚录存棠序残文两条，其第二条即此本回末“总批”第一条，而文字略异：“饯花日不论其典与不典，只取其韵耳。”其第一条则与此本回末之第六条亦大同小异。此本多出第二、第三两条，为脂京本所无，自系别有底本。第二条说：“池边戏蝶，偶尔适兴；亭外〔金蝉〕（原脱，依文义校补），急智脱壳；明写宝钗非拘拘然一迂女夫子。”脂京本在正文朱笔夹批中对宝钗有相类的讽刺：“可是一味知书识理女夫子行止？写宝钗无不相宜。”下句评语，一直贯注到下文宝钗故意装作寻黛玉，将偷听红玉的私情话一事推在黛玉身上，使红玉以后忌恨黛玉，此在雪芹后半部原稿中必有照应。脂砚说宝钗“无不相宜”，正是说奸诈、嫁祸、诬人这套本领，写作她的本性，也是相宜的。所以在脂京本中另有一则朱笔眉批说：“此节实借红玉反写宝钗也。勿得认错作者章法。”（第六一五页）

2.小红的故事与蘡儿药方

比较重要的是此本第二十七回末的“总评”第三条：

> 凤姐用小红（红玉），可知晴雯等理（埋）没其人久矣，无怪〔其〕有私心私情。且红玉后有宝玉大得力处，此于千里外伏线也。

所谓“宝玉大得力处”，指脂京本丁亥夏畸笏叟眉批中所谓“狱神庙回有茜雪、红玉一大回文字”(第五九〇页),而此“抄没”、“狱神庙慰宝玉”等誊清了的“五、六稿”,在丁亥(1767)年即已“被借阅者迷失”(第四四四页)。若上举第三条为棠村序文,则《风月宝鉴》中即已有未誊清的红玉在“狱神庙慰宝玉”的初稿。但脂砚在己卯(1759)冬为第二十七回小红愿跟凤姐一事写眉批时,尚未见雪芹稿子中抄没、狱神庙诸事,故斥红玉为“奸邪婢”。至丁亥夏始见此二故事(第六二二页)。而此本第二十七回对于小红愿跟凤姐一事,有夹批说,“且系本心本意,‘狱神庙’回内〔方见〕”(第二一八页)[①],则可据以考知此回夹批,也有迟至丁亥才写的,在“甲戌再评”之后十三年。综合上列各项事实,可以推知:(1)雪芹初稿中早已有狱神庙故事,但誊清较晚;(2)棠村见此故事较脂砚为早,故在为《风月宝鉴》所写序文中,已知“红玉后有宝玉大得力处”,而脂砚则直到己卯以后才读到那五六回稿子;(3)若上引第三条不是棠村小序的残文,而是抄自别个底本的脂砚评语,则它又是在“丁亥夏”或更后所写。我以为(3)的可能性比(1)、(2)要大些。

第二十八回后所附加的五条“总评”,其中最长的第三条是脂京本的朱笔眉批,并有“己卯冬夜”年份(第六三九～六四〇页)。第一、第二两条,亦见于脂京本此回前面的附页上,为棠村序中原文无疑。第二条说:“自‘闻曲回’以后回回写药方,是白描颦儿添病也。”按“闻曲回”是指第二十三回,算至第二十八回共有五回,这五回中只有第二十八回写黛玉的“药方”,前四回都没有写。这里说“回回写药方”,可见得是棠村所见“旧”稿《风月宝鉴》中的故事,在增删后的“新”稿《石头记》中雪芹已把这些再三重复的“药方”删去,这也等于删去了“颦儿添病”的“白描”,使黛玉的生命延长,在下文四五十回中从事结社作诗一类文化活动,不至显得她是勉强扶病应酬,自较合理。这一段棠村序文,使我们知道未改前的《风月宝鉴》中有关黛玉的故事是怎样写的。脂砚斋保存这些棠村旧序只是为纪

① 按《胡适文存》第三集,第五卷,第604页引此评下句为“狱神庙回内方见”。但影印残本第二一八页下少“方见”二字,显系石印漏去,又按俞氏《辑评》第450页录此条,亦有“方见”二字,足证原本如此。

念逝者，而我们却可因之而推知《红楼梦》稿本的演变过程。但若有人认为这又是脂砚斋自己的什么“总评”，那就变成“评不对题”，完全失去了意义。至于最后两条，就内容及文体而论，也可认为是棠村序文的一部分。

（三）回前题诗的作者

这一问题比较复杂，因为我们既不能随便假定这些题诗皆作者自作，又很少证据可以说明每首的作者是谁。但根据脂评，也多少可以找到一些线索。例如此本第一回前那首七律，“浮生着甚苦奔忙……”，因为在正文中“满纸荒唐言”一诗下面有脂评说，“此是第一首标题诗”，故知前乎此五绝者非作者自撰的“标题诗”，而是别人的题咏。胡适把七律中的末联“字字看来皆是血，十年辛苦不寻常”，在他的影印本中写成扉页，题作“甲戌本曹雪芹自题诗”，是完全不看脂评凭空捏造的胡说。第二回前的那首七绝“一局输嬴（赢）料不真”，则根据诗下脂评，知是雪芹自作[①]。其他各回前面题诗，很难臆断是谁所作，但第八回前面的七绝，可以考出为脂砚所作。原诗云：

古鼎新烹凤髓香，那堪翠斝贮琼浆。
莫言绮縠无风韵，试看金娃对玉郎。

第八回的主要内容是宝玉到梨香院看宝钗的病，宝钗看了宝玉的佩玉，宝玉也看了她的金锁，即所谓“金玉初聚”。这是后文“和尚说的”金配玉这一预言和钗、玉婚姻的伏线。此诗末句“金娃对玉郎”，即指此事。首二句则指薛姨妈留宝玉“吃茶”、“吃酒”[②]，这些都很明白。最不好懂是第三句，这“绮縠”又是指谁？与此回主要故事“金娃对玉郎”有何关系？周缉堂先生认为这是“畸笏”二字的谐音，但他又说：“他用‘绮縠’二字描写富门闺媛。”[③]上一句话他说对了，下一句却是从周汝昌先生的脂砚斋即史

① 这条脂评说：“只此一诗便妙极。此等才情，自是雪芹所长。”

② 此回各脂本原文均作“吃茶”、“吃酒”（“吃”或作“喫”），这是南方话。但在程本中，大都已被改为“喝茶”、“喝酒”。

③ 见《红楼梦新证》，第564页引述。

湘云之说引申出来的。今按脂砚在评语中好用谐音解释，如把第一回中的“十里街”解为“势利街”，“仁清巷”为“人情巷”，“封肃”为“风俗”，贾雨村本名“贾化”，谐为“假话”，其籍贯“湖州”为“胡诌”；又如在第八回中，“银库房的总领吴新登”，谐为“五星戥”，“仓上头目戴良”谐为“大量”，其他如元、迎、探、惜四春，谐“原应叹息”等，不一而足。则此诗中以“绮縠”谐“畸笏”，完全可信。但“畸笏”乃脂砚晚年所署别号，而脂砚斋并非周先生所谓即史湘云①，则“富门闺媛”之说，即无根据。我们现在既已知道书中宝玉的模特儿即是少年时代的脂砚斋②，后来他又改署畸笏③，而“绮縠”既为“畸笏”之谐音，则“莫言绮縠无风韵”，正是说今日的畸笏虽已“老朽”，当年却颇有风韵（不如后来“先姊仙逝”，成为“废人”）④，所以金娃（宝钗）愿对玉郎（宝玉）——这个“对”字，是“成双作对”之对，也是“对亲”之对，“门当户对”之“对”。

据现有材料，我们知道脂砚用“畸笏”之号为时较晚，始见于壬午（1762）年的眉批。则他用“畸笏”的谐声字入诗，亦必在壬午年左右。脂京本中第八回无此题诗，可知其底本较此本正文的底本为早。在此本所存五首回前题诗中，我们能确知作者的，只有这两首。而第一回前的七律，只知其非雪芹所作，但不能确定是出于脂砚或棠村之手。

四　关于朱笔脂评

朱评可就其所写地位，分为四种：1. 正文中的双行小字评语；2. 行间夹批；3. 眉批；4. 回末总评。由其所写地位之不同，亦可借以推知这些评语的前后次序。

（一）双行小字评语和眉批的年代

① 详见《探源》英文本，第55～59页，参看《新华月报》，1962年6月号，第119、123～125页。

② 详见《探源》英文本，第89～97页，参看《新华月报》，1962年6月号，第123～125页。

③ 关于脂砚即畸笏之证明，另详拙作《重印〈脂砚斋重评石头记〉七十八回本跋文》，第四节，乙。兹不赘。

④ 脂京本第十七、第十八回，第三八七页，朱笔行间夹批。

正文中双行评语，显然是最早的。可以想象：雪芹的原稿或其抄本当然是没有评语的[①]。脂砚最初评某句某段，即写在所评文句的右侧，夹在两行之间，正如现有的“行间夹评”。在这样一个评本重新过录或誊清时，这些早期评语即用双行小字嵌在所评字句之下，正如古书中的注疏。如用这样的誊清本作为底本，再过录成另一个抄本，则可用两种办法：其一，即将大字正文和双行小字评语一起用墨笔由一个抄胥过录，如脂京本第十二回以后的墨抄部分便是；其二，先由一人用墨笔只抄正文，如遇有插入正文中的双行小字评语，便照小字所占格数，留下空白，以后再由另一人用朱笔将这些双行小注嵌抄在空白之中，以表示这是脂砚斋原评笔色。本书第六回至第八回，第十五、第十六、第二十五、第二十六这七回的正文抄时，便预留空白，后来用朱笔把双行小字评语嵌抄在内。因此，凡各脂评本中双行小字插评，都可认为是较早的脂评。即如此本第十六回一些双行小字朱评，在脂京本是双行小字墨评，原有“脂研”款识，在此本中则已被删去[②]。这些署名“脂研”的小字评语，都是甲戌(1754)以前的初评，脂京本双行小字墨评中尚有署“脂砚斋再笔”或“再笔”的，则可定为他在甲戌再评时所写。准此，在本书中凡是嵌入正文的双行小字朱评，可断为脂砚斋的初、再两次评语[③]。但必须指出，这并不是说，在正文中未留空白的其余九回(一至五、十三、十四、二十七、二十八回)中即没有脂砚的最初二期评语。若墨笔的抄者未留空白，则最早的脂评也只好仍旧抄在两行之间。即使在已留空白的各回之中，仍有可能在抄正文时忘记留空，以致初期脂评仍只好抄成行间夹批形式。在此本第十六回中即有五条这样的证例：在脂京本中原是双行小字墨评，并有“脂砚”署名，但在此本中则

① 胡适以为有些评语是雪芹自写，最为荒谬；拙著中已予驳斥，参看《探源》英文本，第59页。

② 读者可对照各条在此本总页和在脂京本中的页数如下：一六二/三二四：“一段收拾阿凤……”；一六六下/三三〇：“垂涎如见……”；一六九下/三三五：“问得珍重……”；同上：“于闺阁中……”。

③ 此本第十三、十四两回没有预留空白的双行小字评语，大概因此两回为可卿死事经修改后，其初期评语已不适用，故为脂砚删去，只有较晚各期评语被录入。果尔则改第十三回乃在脂砚初评以后，即甲戌之前不久。

是行间朱笔夹批，且无署名①。

一个已将初期脂评用小字嵌抄在正文中的誊清本中，脂砚如再在这上面写评，则他仍旧如初评时一样，先写在所评文句的右侧，夹在两行之间。脂京本自第十二回至第二十八回，到处即是这样的例子；此本预留空白的七回中，有许多行间夹批也是后来的评语。如果行间已写满，或所评者不是个别字句而是整段整页的故事，则改写在正文上端，即成眉批。上端空白较多，故眉批可以容年月及署名。再从所附年月，亦可知眉批往往是较晚的脂评。可惜此本朱评被过录时，往往将年月及款识删去，以致各期批语的年份，没有像脂京本眉批那样清楚，只有在第一回的行间夹批中还保存“丁亥(1767)春”一个年份(第一一页)，眉批中还保存“甲午(1774)八月”这一年月(第一〇页)。由此年月，可知此书的朱批部分最早也是在1774年以后过录的。而胡适直到1961年影印此书时，还把它题作“乾隆‘甲戌’(1754)《脂砚斋重评石头记》”，还说“这个甲戌本还是世间最古……的《红楼梦》写本”(见其“影印……缘起”)。可谓自欺欺人，达于极点。

关于此本朱批中的“回末总评”，其实只有一条，即第十三回末自称“老朽”的评者“命芹溪删去”“秦可卿淫丧天香楼”那一节，以致减去这回原稿三分之一。此外，第八回末的一行半朱评专评回末诗对，与整回正文无关；第二十七回末三行朱评看似总评，实则此条在脂京本是专评《葬花吟》的眉批，也不是对全回的评语。

(二)朱评资料的来源问题

关于这些朱批，在未说到它们与《红楼梦》本身内容有关的问题之前，尚有若干属于资料来源的基本问题，先须弄清楚，否则会由于材料的不可靠而影响到结论的正确性。

第一，此本所据以过录的脂砚自己的朱评，其来源似不止一个底本。

---

① 此本和脂京本对照页数如下：一六五下/三二九：“独这一句不假”；一七三上/三四〇：“再不略让一步……”；同上：“写贾蔷乖处”；一七三下/三四一：“阿凤欺人……”；一七六下/三四六：“调侃宝玉……”。

第二，此本包含一些早期(假定为乾隆年间)对于脂评不满的评语和别人仿脂砚的评语。

第三，此本有后人(同治年间)加添的评语，也用朱笔抄入，应与脂评区别。

第四，此本墨抄正文的底本和朱评的底本不是一个来源。朱评的过录在墨抄以后。

以下依次讨论这四点。

1. 来源不止一个

脂砚在此本第一回楔子末段自己说“甲戌再评”，则在甲戌(1754)前即已写初评，而其最后一次评语可考者为“甲午(1774)八月”，则其前后评此书历二十多年，所用的批本也不止一个抄本[①]。即如此本和脂京本的同一评语，文字也常有出入，可以看出其异文非抄胥笔误，实系来自不同的底本[②]。此本与脂京本相同的几回，如第十三回以后八回，其朱笔评语有的与脂京本相同，有的为脂京本所无，这也可以证明朱评来源有两个底本。

一个突出的例子是第一回第十六页下面的两条朱评：一为眉批，一为夹批。所评为甄士隐的“岳丈名唤封肃，本贯大如州人氏”一句。在这一行的上端，眉批说：“托言大概如此之风俗也。”但在两行以后，又有一条夹批说：“所以大概之人情如是，风俗如是也。”这很可能是由于两个本子上的脂评写在不同地位，文字小异，遂被一并录入此本。(此本中常有将脂评录在远离所评文句的地位，说详下。)又如第六回第八页下，写周瑞家的告诉刘姥姥凤姐的忙碌情形，有一条双行小字朱评说，“写出阿凤勤劳冗杂，并骄矜珍贵等事来”。下一行上端的眉批说，“写阿凤勤劳等事，然却是虚笔，故于后文不犯”。这两条显然是脂砚写于两个本子上的，故大同小异，抄者兼收并蓄。

---

① 我在《探源》中考出他至少用了六个本子写历次的评语。见英文本第37页。

② 为简便计，读者可参考俞氏《辑评》中两本均有评语的各回，即第十三回至第十六回，第二十五回至第二十八回，比较其评语中大体相同而文字略有出入者。

2. 脂砚以外的评者

关于批评脂评的评语，现可确知者至少有两条，均在第一回。第八页下脂砚在楔子中石头对空空道人解说此书宗旨这一段上面有眉批云："开卷一篇立意真打破历来小说窠臼。阅其笔则是《庄子》、《离骚》之亚。"在这后面有一条也是用朱笔抄的批语说："斯亦太过。"第九页后面正文说葫芦庙"因地方窄狭"一句旁有行间夹批："世路宽平者甚少。亦凿。"今按脂评只有前七字。"亦凿"二字，正是上面说"斯亦太过"的那个不满于脂砚的评者所评，说这句脂评也是穿凿附会。但因这些后加之评与脂评同样用朱笔过录，字迹和所录地位都是相同的，读者简直无从区别。这两句因内容太明显，故可看出是"评语的评语"。其他评语中亦必有这位评脂砚者的评语，不易辨出来。由此亦可知这个残本的朱评底本，已非脂砚斋所用原本，而是一个《某氏批脂评石头记》的抄本[①]。但此本的抄者已不能辨别何者为脂评，何者非脂评，一律用朱笔连脂评一起照抄，可知其中颇有别人的评语。脂砚写最后评语时是甲午(1774)八月，此后他可能又保存此书一些时，则《某氏批脂评石头记》又必在1774年以后若干时日。此本又从"某氏"的抄本过录，其距脂砚最后写评之时可能很久。在此种种情形之下，还说这是"海内最古的《石头记》抄本"，若非自欺欺人是不能得出这样的结论的。

3. 后加评语

上述别人的评语是底本原有，与脂评同时由同一抄胥过录入此本，故为期较早，可能在甲午以后不太久。另有一些评语虽也是用朱笔写的，其笔迹不同，可知为更后的人直接写在这个残本上的。而如第一回第十五页下竟将一条脂砚的夹批也用朱笔划去，又在下面用朱笔草书批道："此语批得谬"，则由此批者的许多墨笔眉批的字迹，知道他是咸、同之间(19世纪中叶)的孙桐生，即刘铨福在跋文中所说的"绵州孙小峰太守"——刘氏在"丁卯(1867)夏"曾将此批本借与孙氏，故知其批语即写于丁卯年或

---

① 我写《探源》时，此残本尚未影印，只凭间接材料，误以为此本朱评部分乃直接抄自脂砚手批本。现在应即更正。

略后。例如第二回第六页上(总第二六页)一条眉批:“同姓即同宗出,可发一笑。”又如第七回第十四页下至十五页上(总第一一〇～一一一页),在焦大每骂一人时,夹批“来了”,共有四处。十五页下十六页上又有夹批“是极”,“问得妙”,“答得妙”,“哄得妙”,十五页下又有眉批:“一部《红楼》淫邪之处,恰在焦大口中揭明。”这些虽都是用朱笔写的,但笔迹迥异原抄脂评,却与孙桐生的墨笔眉批相同,故可定为孙氏所批。至于第二回第十一页上,有朱笔夹批“恭敬”、“罪过”,则又是另一个临过魏碑的笔迹,既非原抄脂评,又非孙桐生所添。

综上所述,即以“朱评”而论,至少有五个评者,即:一、第十四回第二页上眉批,说阿凤不该“使丫头与男人答话”的那个评者;二、脂砚斋;三、批评脂评“斯亦太过”、“亦凿”的那个评者;四、孙桐生太守;五、那个临过魏碑的评者。其中第一个评者与脂砚同时;第三个评者在脂砚之后;第四个评于同治丁卯(1867),比脂砚在丁亥夏的许多评语整整迟一百年;第五个评者无法推知其年代。

4.墨本与朱评的不同来源

此本的墨抄正文底本上没有朱评,朱评另有来源,是后来抄上去的。至于其中有七回在抄正文时已预留空白以准备用朱笔嵌抄评语,也不能证明其底本中已有嵌抄的朱评。预留空白有三种可能:(1)正文中已插入双行小字评语,但是用墨笔一起抄的,如脂京本第十二回以后的情况。但此本抄时故意将评注不抄,留空以待朱笔。(2)最初所得到的底本是无评的“白文本”,如脂京本的第一至第十一回,也如这个本子未抄朱评以前的第一至第五回。在抄完第五回时已弄到了一个有朱评的本子,于是命抄胥从第六回起,凡句旁有夹批者,即在句下预留相当于双行小字数的空白。(3)原有底本即已把一些朱评嵌抄在墨本正文之中。此本过录时依样画葫芦,悉照底本版式笔色。

上述三种可能性,第(3)种最小,甚至于不可能,因墨抄部分此本与其底本版式不同,已详上文第二节论第二回“引言”的衍文。再者,如果底本即已在墨抄正文中预留空白以嵌入朱评,何以不是从第一回开始而从第六回开始？何以在第二十七回和第二十八回正文中，又不留空白了？若此本依其底本原来版式照抄，则所据者显然不止一个底本：即有的底本留空录朱，有的不留；有的底本每行十八字，故此本亦十八字；有的底本每行二十字（据上文所述第二回衍文），此本抄时改为十八字。这种离奇的情形，决非事实。故上述三种可能中，其第(3)种可以除去。剩下的两种可能性中，第(2)种较大些。因为若照第(1)种可能性，即在底本中已把评语用双行小字插入正文一起抄，也要发生何以不从第一回起就这样办，而要等到第六回才改变版式这一问题。就现有这种不统一的抄录规格而论，只有第(2)种可能性最能合理地解释一切，尤其是下文所要说到的在正文中留错了评语的位置，把眉批放在远离所评文字的地位，把夹批抄在别的行间等等混乱情形——这些情形，也说明了朱评是从另一底本过录到早已抄好的正文本上去的。

(三)朱评中有关校勘的问题

朱评中还有许多文字上的问题，除上述的留空留错地位，评语远离所评正文之外，还有脱字、脱句、讹字、空字等校勘学上常遇到的问题。本文不能详举，只示例若干如下。

正文中留错空白地位者，如第六回第九页上（总第八九页）一条双行评云“六字尽矣，如何想来”，指刘姥姥的“点头咂嘴念佛”，却抄在“而已”之下。这还算离所评之句不太远。第七回第二页上（总第九八页）正文“这到效验些”之下有双行小字长评云：“卿不知从那里弄来，余则深知：是从放春山采来……”这分明是评上二行正文宝钗说“异香异气的，不知是那里弄来的”一句。《红楼梦稿》此回有残留的脂评，这一条评正插在正文“不知是那里弄来的”一句之下[①]。

眉批抄错地位者，如第一回第八页下（总第九页）评五言绝句“满纸荒唐言，一把辛酸泪”一条很长的眉批，“能解者方有辛酸之泪……”却抄在离正文原诗十行之远的左端，甚至于大部抄到第九页上去了。这一情况，

① 参看《图书馆》季刊 1963 年第 4 期，第 48 页。

表示朱笔眉批另有来源，并非原在这个墨抄的正文本上。若正文本上已有行间夹批，则夹批与眉批乃来自两个底本。因眉批是在另一本上，故不在此本五绝地位的上端，抄胥过录朱评时又毫无计划，遂将眉批抄在远离所评的五绝的地位。同页右面的眉批："若云雪芹'披阅'、'增删'，然后（则）开卷至此这一篇楔子又系谁撰?"其所评正文"后因曹雪芹于悼红轩中披阅十载，增删五次"云云，在这一页的前一面。这也说明此批也是从另一本子抄来，故与此本正文地位又不相当。又如第三回第八页上（总第四一页）有一条眉批说："余久不作此语矣，见此语未免一醒。"在此批下的正文中并无对话，甚至于在整页的正文中也找不到可以承受这条眉批所指的"此语"。正不知何处批语，被误移在此①。这也可以证明此批不在此本正文的底本中。

至于行间夹批抄错位置者，如第三回第四页上（总第三七页）夹批"真有是事"是评上一行"刚才老太太还念呢"一句，不是评"打起帘栊"一句，此本抄过了一行。又第十五页上（总第四八页）评宝玉摔玉一句"试问玉兄此一摔……"误抄在前一行之右。第十六页下（总第四九页）评关于袭人的性格描写，"只如此写又好极……"应在"心中眼中，又只有个宝玉"一句之下，却误抄在两行之前。第五回第四页下（总第六六页）夹批"千古未闻之奇称"指宝玉称警幻为"神仙姐姐"，在下一页。第二十六回第八页上（总第二〇二页）第一条夹批说，"玉兄毫无一正事，只知安富尊荣"，这是评贾兰所说"二叔在家里呢，我只当出门去了"二语，但却抄在贾兰自称"演习骑射"一句之旁。

这种舛误，还是可以看出来的。最严重的误抄是第一回末甄士隐给《好了歌》的注解中的逐句夹批。因为此解和第五回的《红楼梦曲子》一样，其中有后半部书中一些重要人物的下场的线索。如果批错了，可以严重地影响对于《红楼梦》后半部雪芹原稿内容的探索。例如第八句"如何

① 俞氏《辑评》把此批录在贾赦说"见了姑娘彼此伤心"一句下（第八二页）。但这句与批语"余久不作此语矣"意义不合，否则这位批者又是书中贾赦的模特儿了。并且贾赦之语与眉批地位相隔两行。

两鬓又成霜”，夹批注释为“贷(黛)玉、晴雯一干人”。她们是大观园里最短命的两个美人，晴雯在八十回前已死，不到二十岁；黛玉之死即在原稿中也不会在八十回以后太久，她们二人如何会“两鬓成霜”？但这样的错误倒是显而易见的。更糟的是“训有方，保不定日后作强梁”，夹批说，“言父母死后之日，柳湘莲一干人”。柳湘莲在尤三姐自刎后早已出家，从此书中再不见他，怎么又会“还俗”去“作强梁”(土匪)？而且我们并不知道他有无父母，他们何时死去，更说不上他父母对他“训有方”或无方。其实“训有方”是讽刺贾政的话，见第四回末：“虽说贾政训子有方，治家有法……一则……二则……三则……且素性……不以俗务为要……所以这些子弟们竟可以放意畅怀的闹。”在“训有方”之后“作强梁”的，当然是贾家的子弟，如贾环之流，与柳湘莲无关。所以这些夹批如出于脂砚之手，则其所批正文位置大有问题。可能这些批语乃自作聪明的妄人所加，与脂砚无关。

至于讹误脱漏的情形，更是不胜枚举。本文不是校勘记，只能举几个显著的例子。如第一回第一页上夹批“甚哉人生不能〔不〕学也”，脱“不”字。第五页下，“妙极。〔今〕之‘金玉其外，败絮其中’者”，脱“今”字。第三回第十页下(总第四三页)“诗云子曰”，误作“诸之子曰”。第八回第十一页下(总第一二三页)眉批“开门见山”，误作“词幻见山”。这还是显而易见的。但如第三回第十四页下(总第四七页)一条夹批说“妙极奇语。全作如是等语，怪人谓曰痴狂”。“全”为“今”之误，可由“全(今)犹在耳”证之。“怪”字上脱“焉得”二字，可从下页两条夹批“焉得怪彼世人谓之怪”、“焉得怪人目为怪哉”二语证之[1]。朱批的抄者虽楷书端正，但其知识似乎不高，这可由上述各种讹误讹脱的情况看出来。有时他不认得底本中的草书，就老老实实留下空白。如第六回，十四页下(总第九四页)眉批：“王夫人数语，令余几□哭出。”所缺为“欲”字。第七回，六页上(总第一〇二页)双行评“一人不落，一□不忽”，所缺为“事”字(有正本不缺)。

① 《辑评》定此句为“全作如是等语(焉)，怪人谓之痴狂”(第九二页)。仍不可解。

第八回六页下（总第一一八页）夹批："岔开文字，□繁章法，妙极妙极。""繁"前所缺为"避"字。[参看第三回，七页上（总第四〇页）"是本意避繁也"。第二十五回，十三页上（总第一九〇页）"写外戚亦避正文之繁"。]由这些简单的、很容易从文义推知的字抄者尚不认得，可知其人水平之低。若有人从"甲戌"这观念出发，认为这些朱评即是脂砚斋甲戌年的生产品，则看了上述讹脱缺字的情形，可以爽然若失地大有裨益。此外，也有用朱笔时忘抄的评语，后来又用墨笔补抄的。如第二十六回，八页下（总第二〇二页）的最后一条墨笔夹批，"余代答云，来看看妹妹……"这是因全条忘抄，容易看出来，故已补入。也有一条抄了上半，忘了下半，便没有补齐。如下页宝玉对紫鹃说话时引《西厢记》"若共你多情小姐……"一句旁有夹批说，"真正无意忘情"。但此句未完，在脂京本是"真正无意忘情冲口而出之语"。要全部校正这些讹、误、衍、脱的字句，有时也许得用前人校《淮南子》和《墨经》的功夫。我们指出这些脂评中的舛误、讹伪、衍文、别文，并不是要证明这些评语无价值，不过要说明这是一个很晚的过录本，其底本尚不是脂砚的手批本，使一些迷信它是"甲戌"本的朋友多知道一些这个本子的真相；也使利用这些脂评以作研究的人，在应用时先下一番审察校勘的工夫，以免将错就错，自误误人①。

① 这里试再举几个此本脂评中讹误的例子。第一回第五页上夹批："况世人之偿乎？""债"误作"偿"。第五页下："一日卖了三千假，三日卖不出一个真"，应作"三个假"。第八页下："以石上所记之文"，应作"以下石上……"。第九页上："设云'应伶'也"，"憐"简作"怜"，误作"伶"。第三回第二页上："写如海实不写政老"，应作"实系写"。第五页下眉批："或恐观者惑略"，应作"忽略"。又夹批："此等非仙助即非神助，从何而得此机括耶？"应为："此等文字，非仙助耶？非神助耶？从何而得此机括耶？"第六页下："写阿凤全部转神第一笔也"，应为"写阿凤全部，传神第一笔也"。第一〇页下"混（世）魔王"一句旁夹批："占绛洞花王为对看。""占"为简笔"与"字之讹，"花王"为"花主"之讹。第一一页上眉批："黛玉心中，已毕有一宝玉矣"，"早"讹作"毕"。第一二页下眉批："不无荣婢所诮乎？"应作"不为"。第一三页上夹批："想必有灵河岸上、三生石畔曾见过"，"在"误作"有"。第一四页上眉批："黛玉之居止容貌"，应作"举止"。第一六页上夹批："杂雅不落套"，"新"误作"杂"。上举各例，有的在俞氏《辑评》中已校出，但大部分未校出。

五　关于此本的若干特点

此本有许多特点。所谓特点，通常指其异于他本者而言，包括优点和缺点。但优点和缺点是相对的观念，往往要看在用辩证观点去理解它们在研究上的功用而定。例如正文或评语中有讹字、脱文或衍文，这是缺点。但可凭这些缺点，由其致误的原因或情况，推知其底本的情状，则对于《红楼梦》早期稿本的研究大有帮助，缺点反而变成优点了。关于这类的例子，上文讨论个别问题时已举了一些，如因第二回棠村小序的衍文，可以推知此本墨抄底本的版式行款；又如由于若干回前有"诗云"横标而无诗，可以推知原先为《风月宝鉴》所写之诗已因故事改变或回次不同而不复适用。上文论各种评语已多，下文将着重论正文方面的若干特点。

（一）正文开始的安排

首先，此本第一回正文一开始即是"列位看官，你道此书从何而来？……原来女娲氏炼石补天之时……"，而不是那一篇"此开卷第一回也。作者自云……"的棠村序文。这样的安排足见此本的"编者"（不是脂砚斋，可能是书店老板）很清楚地知道此书正文从何处开始，断然认为前面"此开卷第一回也"一篇文字与小说本身无关，认为是别人的文字而非作者自写。但他又并不把它和第二回前也是别人所写的附加文字一般处理，即把它低一格抄在回目之后，正文之前，而把它提到第一回回目之前，作为"凡例"的第五则；又像全书的"总评"。在把它与前四则"凡例"合并时，他明知"此开卷第一回也"只指本回，不能冒充全书的提纲文字，只好偷偷塞进一个字去，改此句为"此书开卷第一回也"。又在末尾加上"开卷即云'风尘怀闺秀'，则知作者本意原为记述当时闺友闺情，并非怨世骂时之书矣……"一段六十字，使全文更像为整部书而作之"总评"或引言。实则此文的编抄者杜撰前四则"凡例"，又把第一回的棠村小序加以窜改增删，充作第五则"凡例"。这些都是当时的书贾要的花样，而自胡适误认为这些"凡例"和后面的那首七律都是作者自写之后，有不少人不加深考，也跟着胡适认为这是雪芹自作的文和诗。陈毓罴君认为这五则"凡例"是脂砚斋所作，因之“很有参考价值，等于一把钥匙”[①]。但这些“凡例”又称“《红楼梦》旨义”，而脂砚斋从来不同意用《红楼梦》之名，并在第一回中正式申明：“仍用《石头记》”（第八页下）。为什么他不把“凡例”称为“《石头记》旨义”而改称“《红楼梦》旨义”呢？

（二）论第一回楔子中多出的文字

其次，此本第一回楔子中比别本多出四百二十一字[②]。历来研究《石头记》版本者，因别的脂本无此一段，认为已被删去；独此本未删，故是较早的抄本。但若以删节与否为标准以定抄本的迟早，则此本也删去脂京本第一回棠村序文的第二段：“此回中凡用‘梦’用‘幻’等字，是提醒读者眼目，亦是此书立意本旨。”则亦可认为残本既已删此段，自必较脂京本为晚。但这种理论方法是不妥当的。严格说来，这是逻辑上的丐辞：某甲可以说，多一段的本子较早，删去此段的本子较晚；某乙也可以说，没有这一段的本子较早，加添这一段的本子较晚。这种两面可用的证据是没有科学价值的。若以脂评的数量而论，倒是后来的评语如“壬午春”、“丁亥夏”，或“丁亥春”、“甲午八月”越多，则可以肯定说这个本子越晚。脂戚本中有双行小注的脂砚初期评语而无壬午或丁亥、甲午的眉批，可知脂戚本的底本中尚无此种评语，所以较早，决非故意删去那些壬午、丁亥的评语[③]。至于正文方面，抄本《红楼梦稿》的后四十回正好证明其原抄文字简短者，则其稿本较早；加添的细节叙述或描写倒是根据后来的本子增补的。此本第一回中多出的四百二十一字，别的脂本都没有，其上下文只用七个字接合。以文义而论，无此四百多字者意思不甚连贯，有此四百多字则内容较为充实。雪芹对此书原已“增”删五次之多，安知这四百多字不是他后来所增？单就此四百多字而论，在未有直接证据以前，我们既不能用以作为“他本已删”之证，以证此残本之较早，也不能用以作为“他本未

---

① 见《文史》1963年10月第三辑，第336～337页。

② 胡适在影印本第4页下有眉批云，“此下四百二十四……”不确。此本每行十八字，此段文字计二十三行，加前二字，后五字。

③ 有正书局印行此本时，唯恐评语不够多，除狄楚青自己添了许多眉批及词曲外，还登广告征求读者寄评语去，可知原有评语，决无被删之理。

增"之证，以证此残本之较晚。这个残本的年代，我们上文已引证在脂评中可以确知的绝对年份如"丁亥"(1767)、"甲午"(1774)等加以论述了。

(三)关于本书卷首"凡例"

与这第一回中多出来的四百多字一样被人提到，认为是此本较别的脂评本为早的另一证据是此本正文前有"凡例"，"凡例"下第一小标题即为"《红楼梦》旨义"，接着说："此书题名极〔多，一曰《红楼〕梦》[①]，是总其全部之名也。又曰《风月宝鉴》，是戒妄动风月之情。又曰《石头记》，是自譬石头所记之事也……"下文又说到《金陵十二钗》之名。但这些名称，都是本书第一回楔子末段中所提到的，而此本之异于其他脂本者，为多"至吴玉峰题曰《红楼梦》"九字。这九字倒像是后加的。因为若雪芹原本早有此句，则其他脂本没有理由要把它删去。此本定名明明是《石头记》，而"凡例"却标作"《红楼梦》旨义"，显然有矛盾。"凡例"第一则末段讨论《金陵十二钗》之名，如云"然通部细搜检去，上中下女子岂止十二人哉"？不特文义幼稚肤浅，且与下文自相矛盾。下文说，"若云其中自有十二个，则又未尝指明白"。这又和第五回《金陵十二钗正册》和十二支曲确切指明白十二钗相矛盾。此第一则"凡例"末了又似文义未完。其第二则说："凡愚夫妇儿女子家常口角则曰'中京'"。但此本中并无"中京"之称，不知此则有何必要。胡适初发现此本时，引"凡例"中第一则和第三则说："作者明明说此书是'自譬石头所记之事'，'此书只是着意于闺中'。"[②]认为这些"凡例"都是作者曹雪芹自撰。若是作者自撰，何至于第一则内容自相矛盾，末了又是文义不全？何至于第二则所说到的"中京"，根本不见于书中？再者，如此本果是"海内最古"的乾隆"甲戌"抄本，则别的较后的脂本从此本传抄，也应有此"凡例"，何以反都没有？别的脂本为什么要删去这些作者自撰的"凡例"？我相信这几条"凡例"，不但与作者曹雪芹无关，甚至和评者脂砚斋、序者曹棠村也无关，只是1774年以后准备在"庙市中得

① 按此本首页左下被撕去一角，下端第一行原缺五字。已有人校补为"多，□□红楼"，按所空未补二字为"一曰"，此可以下文"又曰风月宝鉴……又曰石头记……又曰曰金陵十二钗"各语证之。

② 见《胡适文存》第三集，第五卷，第583页。

数十金”的书贾过录此本时杜撰的半通不通的文字，以表示此本比他本为备。故既称“凡例”，又曰“旨义”，明明书名《石头记》，却又标称“《红楼梦》旨义”。其时已在雍、乾两朝几次文字狱的大案之后，故不但在“凡例”中一再说“不敢干涉朝廷”，“不敢……唐突朝廷之上”（“唐突”后加“之上”，不通），又在第一回的棠村小序第一段末了加上“作者本意原为记述当日闺友闺情，并非怨世骂时之书矣”。这些话都是别的脂本所无。据我看，与其认为这是“古本”中原有的话，为别的脂评本所删去，（有何必要删此数句？）不如认为在1774年以后乾隆文字狱的恐怖未除，所以“庙市”的书贾小心翼翼地加上这些为此书辩解的话以防惹祸，较为合理。

（四）所谓“最初稿本的原样子”

胡适因为一开始即错认此残本为“甲戌”本，日久养成了“条件反射”，处处从“甲戌”出发，以为此本中的“凡例”、“总评”、朱批等，都比别的脂本更古更早更有价值，出于雪芹或脂砚之手。由此发展下去，他竟在影印本的跋文中“进一步”认为雪芹直到甲戌（1754）年“虽然已说‘披阅十载，增删五次’，其实止写成了十六回……故我这个‘甲戌’本真可以说是雪芹最初稿本的原样子”（第四页下）。说完这话，他用了三面以上的大量篇幅来叙述雪芹如何把“甲戌以前的最初稿本”（第六页下，第十三行）中的“秦可卿淫丧天香楼”大加删改，把回目改成“秦可卿死封龙禁尉”。这样说来，雪芹竟有了两个“最初稿本”：一个是他自己的“甲戌”本，一个是他所谓“甲戌以前的最初稿本”。究竟哪一个是真正的“最初稿本”，或最初的“最初稿本”呢？而且，此本第十三回末的脂评已明说此回删去了原稿四五页（十面左右），怎么这个“甲戌”本还是“最初稿本的原样子”呢？这些问题，恐怕连杜威的“实验主义”也不能帮他解决。其实，“甲戌”本来是“脂砚斋抄阅再评”之年，不能与雪芹著书之年相混。既曰“抄阅再评”，则甲戌以前早已经过一次“初评”。依脂京本中朱笔眉批所记年份，如：己卯（1759）—壬午（1762）—乙酉（1765）—丁亥（1767），通常每隔三年或两年评一次，甲戌（1754）至己卯则隔五年。如以平均每隔三年为准，则“初评”应在辛未（1751）。据此，可以说明两个问题：其一，远在辛未年，《石头记》

的八十回初稿已大致写好，故脂砚得在此稿本上写评语，其第一回评语中且已引及后文第四十八回“慕雅女”回目，则初评之稿即已不止胡适所谓“仅此十六回”。其次，脂砚斋初评时当然也有抄本，那个抄本的第一回楔子大概也已经说曹雪芹“披阅十载”或“增删五次”，不会说“批阅七载”（因为较后的本子也没有改成“披阅十载”或“十五载”等）。故若以十载为雪芹写作年数，应当从脂砚斋抄阅初评时算起，即从1751年左右算起，则雪芹开始写作时应为1741年，即乾隆六年辛酉左右。以我考证雪芹生于1715年，则其开始写作此书在二十六岁左右。我在《探源》英文本中假定雪芹1744年开始写作，乃从甲戌算起。现应改正。

（五）论《风月宝鉴》与《石头记》的关系

胡适另一谬论说，“《风月宝鉴》是曹雪芹写的一本短篇旧稿”，“是一本幼稚的《石头记》”。今按《风月宝鉴》之名，见于第一回楔子，乃此书五个异名之一，若依楔子的异名次序，则它尚在《石头记》、《情僧录》、《红楼梦》之后。唯因脂砚在此本眉批中说：“雪芹旧有《风月宝鉴》之书，乃其弟棠村序也。今棠村已逝，余睹新怀旧，故仍因之。”我们乃知《风月宝鉴》是“雪芹旧有”之稿，而脂砚所评所编的《石头记》，乃是雪芹改后新稿。胡适解释上述脂砚眉批说：“雪芹在甲戌年写成十六回的小说初稿的时候，他‘睹新怀旧’，就把《风月宝鉴》的旧名保留作《石头记》许多名字的一个。”[①]这里胡适竟以为“睹新怀旧”者不是自称“余”的评者而是曹雪芹自己，所“保留”的不是已逝的棠村所写之序，而是《风月宝鉴》这“名字”！他把脂评中的“雪芹”和评者第一身称“余”等同起来，又凭空捏造出脂评中根本没有说的“旧名”或“名字”，以为被“雪芹”（不是评者脂砚斋）“保留”了。而对于脂评所说到的棠村的序文，却无法交代。下文胡适又说雪芹为了要捏造秦氏的病情，“于是他很潦草的采用了他的《风月宝鉴》旧稿来填满那缺卷的一部分”（指第九回至第十二回）。照这个说法，在甲戌年雪芹已写了两部小说：一部是《石头记》，只有十六回；一部《风月宝鉴》，是

① 见胡适跋文第七页，第13～14行。

“幼稚的《石头记》”，“小型的《红楼梦》”，“一本短篇”。而且，已写成的《石头记》中原有“秦可卿淫丧天香楼”文字，被脂砚劝告，删去此段四五页后，正好《风月宝鉴》中已有预先准备好的“秦氏的病情”，雪芹就“采用……来填满那缺卷的一部分”。原来雪芹在一部小说中写秦氏“淫丧”，另一部小说中写她“病死”。等到有人反对“淫丧”时，他就拿出“病死”来“填满”。天下竟有这样的奇事，也真难为这位洋博士替雪芹想得周到！其实，从上文所引脂京本第十一回前题诗“一步行来错，回头已百年。古今《风月鉴》，多少泣黄泉”，正好证明《风月宝鉴》所写秦氏之死是自杀而非病死。胡适是没有看见此诗，还是看不懂诗中的意义？还是看见了，也看懂了，却故意装傻，硬欺骗读者？

不错，《风月宝鉴》是雪芹的旧稿，但并非“小型”，更不是“短篇”，也难证明是“幼稚的《石头记》”。脂评中所谓“保留”（“仍因”）的，不是什么“旧名”，什么“许多名字的一个”（楔子中保留了所有五个“名字”，并不止“一个”，也不须脂评来逐一说明），而是棠村为“旧”稿所写的许多回前小“序”。由这些保存的“序”，我们知道这部“旧”稿《风月宝鉴》是“百回之大书”。即如脂京本第四十二回前的那篇序文说：“今书至三十八回时，已过三分之一有余，故写是回……”可知这是棠村为《风月宝鉴》第三十九回写的小序。而且《风月宝鉴》的三十八回已过三分之一，则全书至少有百回以上。这段序文还说到后半部有“黛玉逝后宝钗之文字”，这怎么能说是一本“小型”短篇？从《风月宝鉴》到《石头记》，中间所经过的修改过程，即是雪芹“增删五次”这一工作的一部分。这一工作在脂砚甲戌再评前八十回时雪芹已大体完成（否则不会把“增删五次”这句话写入楔子），并不是在甲戌以后他才“很潦草的”把“短篇”《风月宝鉴》“填满那缺卷”。关于《风月宝鉴》的内容和分回情况，我们根据脂评和棠序已经知道一些，例如上文第三节所引此本第六回末的“总评”，即透露《石头记》第六至第八这三回的故事，在《风月宝鉴》中全在第六回内。又如由《红楼梦稿》第三十回已被涂去的七言旧回目，“讯宝玉借扇生风，逐金钏因丹受气”，可知《石头记》第三十二回金钏被逐，第三十三回宝玉挨打等事，在《风月宝鉴》中都在第三十回内，各事所发生的次序也有所不同(但金钏是否终于跳井，宝玉是否被打得那么重，则不可知)。凭我们现有的有关《风月宝鉴》的知识，它确是《红楼梦》早年的一个异名，原是曹雪芹的一部旧稿，全书在百回以上，规模是相当大的，并不是胡适所想象的雪芹“从前写的”另“一本幼稚的”“短篇”故事。

六 总结

现存《红楼梦》古抄本中两个比较重要的《脂砚斋重评石头记》，即此十六回残本和七十八回的脂京本，都是18世纪晚期的过录本：脂京本过录在乾隆丁亥(1767)以后，此本过录在乾隆甲午(1774)以后。这两个年份，都是书中脂评所附年月，是最可靠的内证。这两个年份，也是迄今为止所发现的脂评最后的年份，也即是过录这些本子最早可能的年份。胡适把这个本子定为“甲戌”(1754)本，系根据此本第一回楔子中有“至脂砚斋甲戌抄阅再评，仍用《石头记》”一语。这话只表示此书(不是此本)在写作、定名、编抄、评阅等一系列工作过程中，某人曾在某年对此书做何加工，并不表示此书内容与此年有何关系，更不表示此本与“甲戌”这干支有何关系。即以此书而论，我们也没有证据可以证明曹雪芹在甲戌以后即不再作“增删”修订的工作。就脂京本中的第二十二回至作者之死尚未写完、第七十五回至乾隆二十一年(1756)脂砚尚在等雪芹的中秋诗这些事实看来，倒可以认为雪芹自甲戌至他逝世以前，依然在做修订的工作。再以上述此本中脂评的年月而论，则此本的过录最早也不能在1774年以前。由于此本所录存的朱笔眉批中已有对评者脂砚斋不满的批评，可知此本的朱评底本已是1774年以后的一本“某氏评《脂砚斋重评石头记》”，则此本从那底本过录时自然更晚。

为“甲戌”本这名称辩护的人也许要说：此本朱评部分虽然是甲午以后才过录，但其墨抄部分的正文仍可能是脂砚的“甲戌抄本”过录来的。则我们可以指出，与正文同时过录的回前回后“总评”、“总批”之中，即有许多改头换面的脂京本中“丁亥”(1767)年的眉批。可知此本的墨抄部分的底本,最早也是一个1767年以后的抄本,如何够得上称“甲戌”(1754)本?并且,从第六回起在抄正文时预留嵌抄双行评语的空白,在第二十七回末把眉批抄成朱笔总批,以致挤去墨笔“总批”的位置,由这种种迹象来看,抄墨本时也已有了朱评本,这就可见墨本之过录,可能也已在甲午(1774)年以后。此本所据墨抄底本,由于第二回前棠村小序抄时误衍第二段的首二行三十八字,知其款式为序文每行十九字,如与此本同样比正文低一格,则正文为每行二十字,较此本多二字。再由此本的朱笔眉批、夹批常有抄在离所评文句甚远之处,乃至正文中预留空白也有留错地位的,可知其所据朱评本与墨抄不是一本。至于朱笔的评者,如把同治年间的绵州孙桐生太守也算在内,至少有五个。朱评中最早的是嵌入正文的双行小字评注。如果把它们同脂京本各同回中的墨笔双行小字评注对照一下,可知有许多是脂砚斋最初的评语(即1751年和1754年两期),但此本的抄者已把脂京本所有的“脂砚斋”、“脂研”或“脂砚斋再笔”、“再笔”等款识删去,正如同他把一些脂京本中的眉批删并为回末“总批”时,把“己卯”、“丁亥”等年份和“畸笏叟”的款识删去一样。但此本中有些朱评与脂京本相同,有些则为脂京本所无,故知其底本又和脂京本的底本不同,显然录自两个朱评底本,或其底本即录自两个脂砚手批本。

此本每回前后的所谓“总批”或“总评”,乃是把棠村为《风月宝鉴》各回所写小序和一些脂砚的夹批、眉批杂凑起来的。在脂京本中,棠村的序文——即使是很少的残余,都是单独抄在附加的另页上,置于有序的各回之前。就此抄式而论,脂京本也要比此本早些。此外,这个残本的卷首比别本多“凡例”五则,又把第一回前的棠村序文加以窜改增删,作为“凡例”的第五则。又统称为“红楼梦旨义”。此外,在第一回楔子中讨论此书各异名,又多了“至吴玉峰题曰红楼梦”九字,第一回楔子的神话中,又比其他脂本多了四百多字,这些情况,使一些人以为都是此本较早的证据。实则此书在未有刻本以前(即从1760至1790年左右这三十年中)习惯上称为《石头记》,至甲辰(1784)梦觉主人(即高鹗)[①]为《石头记》所写的序文中,才开始用《红楼梦》之名,则"《红楼梦》旨义"这名词,很可能是在1784年以后才有的。这五条"凡例"(即《红楼梦》旨义)文义肤浅、矛盾,又一再解释此书与政治无关,乃是牟利的书贾在乾隆年间几次惨酷的文字狱以后所添加。胡适以为这是雪芹原文,其实他全无佐证,纯是臆说。凡稍有常识,或曾写过有系统的大部著作者,都知道一部大书的"凡例"或"序例",必在全书完成以后才能归纳出来[②],曹雪芹在去世时尚未把后四十回写好,如何能先写全书的"凡例"[③]? 故可断言这五条"凡例"包括它后面所附棠村为第一回所写序文,以及末段辩解此书"并非怨世骂时之书"等语,都是后人擅加的。

到现在为止,我们尚未发现脂砚斋亲笔的评本。这个本子的祖本不仅为脂砚的评本,而且是他的编辑本(脂京本的祖本是他1756年的"对清本")。因为由他编辑,所以他可以加入一些字句,例如第一回楔子中"至脂砚斋甲戌抄阅再评,仍作《石头记》"十五字,显系编者脂砚斋所添入,决非雪芹之语。因为历来作家,决不会把别人"抄阅批评"他的小说这回事写入小说的正文中。别的脂评本(如脂京本、有正本)均无此语,而此本墨笔部分的过录至早已在丁亥(1767)年以后,即雪芹死后的第三年,可知雪芹生前所订各本均无此语,此十五字乃为脂砚所后加。

胡适因误认此语为雪芹原稿所有,又不能辨别脂砚在甲戌年"抄阅再评"不等于雪芹在此年著作某回,竟以为直至甲戌年雪芹只写了此十六回,又说他的旧稿《风月宝鉴》乃是一个"小型""短篇",都是毫无根据的空话。这些空话都围绕在此残本是"甲戌"本这一神话上面。上文既已证明此本墨、朱两部分的底本在1767和1774年之后,甚至可能都在1774年

---

① 参看《探源》英文本,第318、321页。

② 胡适的几集《文存》,都是杂凑起来的零碎文章,他一生没有写过一部完整的书。他的《中国哲学史》只写了先秦部分;《白话文学史》是一部杂凑的讲稿,而且只写了上卷,还把汉以前的中国文学腰斩了。所以他根本不知道一部大书的"凡例"是应该怎么写,应该在什么时候写的。

③ 按照胡适自己的说法,甲戌本抄成时曹雪芹只写成了十六回,如何已写了全书的"凡例"?

之后,“甲戌”本这个肥皂泡破裂了,则他的整个理论系统便全部垮下来了。

为要摧毁“甲戌”本、“庚辰”本等不正确的说法,我在写英文本《红楼梦探源》时曾改用 Version 1 和 Version 3 这些名称,译作“脂甲本”、“脂丙本”等。这些名称虽不用记年的干支,也仍有缺点,因为“甲”、“乙”、“丙”这些序数字毕竟仍有前后次序。既有次序,便有人误认为前者年代较早,后者较迟。俞平伯先生在《影印〈脂砚斋重评石头记〉十六回后记》一文中对我的批评(见原文第 2 页注三),即由此误会而起。但经他这一批评,我认识到在这类问题上,连序数字也用不得,因此我现在连“脂甲”、“脂丙”这些名称也一概抛弃,改脂残本、脂京本这些绝无前后次序的名称。这倒是在争鸣的辩驳中逼人思考、推人进步的一个例子。但这种进步也得有个先决条件,即必须有随时改正错误、放弃旧说的勇气,不论那个错误的说法已有多久,那个旧说的支持者有多少人。许多人对“甲戌”本、“庚辰”本这些明显的误称一时不能改正过来,也许就因为它们已经被用得太久,支持者太多。我们现在既有确凿的内证,知道这个残本的底本尚且是最早在丁亥(1767)和甲午(1774)年以后抄的,则放弃“甲戌”本这一说法,不必再有什么顾虑了。

1964 年 3 月 5 日写毕于北京

(原载《文学研究集刊》1964 年第 1 期)

论《脂砚斋重评石头记》(七十八回本)的构成、年代和评语

一　引言：抄本的年代与名称

《红楼梦》在乾隆辛亥(1791)以前流行的本子是八十回抄本，一般称为《石头记》。因其中有或多或少的评语，抄本的全名是《脂砚斋重评石头记》(以下简称“脂评本”)。这些旧抄本，保存到现在的共有四个，其中三个是不全的。另外有一个清末有正书局翻印的戚蓼生序本，其中一些评语基本上和抄本中的评语相同，故知它也是脂评系统的本子。因此，这五个本子，都可以称为“脂评本”。

这四个抄本中，最先发现的是一个十六回残本，于1927年为胡适买得，他把它称为“甲戌”(1754)本。另一个脂评的七十八回本《石头记》，于1933年在北京出现，今藏北京大学，即此本，胡适曾称它为“庚辰”(1760)本。此外有一个三十八回本，抄配成四十回，一般称为“己卯”(1759)本。另一个在山西发现的八十回本，因有梦觉主人序文，系年“乾隆甲辰”(1784)，即被称为“甲辰”本。我们必须在这里郑重地指出，胡适首先以干支年份定各本名称的办法，完全违反事实，已经造成了考订各本年代的严重混乱。先以他的所谓“甲戌”本而论，其所根据的底本中，即有丁亥(1767，见第一回第十页后夹评)和甲午(1774，同上第九页前眉批)两个年份，前者比“甲戌”晚十三年，后者晚二十年。这是指朱批，还可说是后来抄上去的。至其墨笔正文的前面，也用墨笔大字抄的所谓“总评”，其抄时当然在每回正文之先，但如第十三回回目后题前的三条“总评”，其第二条虽已残缺，仍可对出即是此本同回眉批(第二八三页)而截去句首“奇文”二字。第十四回前的各条“总评”，也是此本同回眉批。第十六回前“总

评”第三条乃此本同回双行小字评语(第三三四页),第四条为此本眉批,并有“畸笏”署名(第三三五页)。又如第二十六回后的“总批”八条,除首二条及末一条外,其中最长的五条,都是这个本子的同回眉批。其第六条末原有“丁亥夏,畸笏叟”(第六〇三页),则可知这个残本的墨书正文部分,至早也在丁亥(1767)以后所过录。胡适直至1961年影印此残本时,仍把它称为“乾隆甲戌《脂砚斋重评石头记》”,以维持他的“海内最古的《石头记》抄本”的神话。对于此本有“甲戌”以后十三年(丁亥)乃至二十年(甲午)的脂评这一事实,他全不管,可谓自欺欺人,达于极点。

至于胡适把本书称为“乾隆庚辰本《脂砚斋重评石头记》”(见其1933年跋文),则无非借以陪衬他的“甲戌”本的神话。实则本书乃合几个底本抄配而成,其各底本之年代,有的在庚辰(1760)以后,有的则在丁亥(1767)以后。但由于本书中的丁亥朱笔眉批在十六回残本中和正文一样用墨笔大字被抄作“总批”,可以断言残本的年代远在本书之后,即所谓“甲戌”本,并非“世间最古写本”。并且由于脂评中既有“丁亥”这年份,则本书也就不能笼统地称为“庚辰本”。

这些“甲戌本”、“庚辰本”以及后起仿效的“己卯本”、“甲辰本”,都是一些传抄的本子。连它们的底本,也不是什么“甲戌”年、“庚辰”年抄的。采用这些时代错误、违反史实的夸张名称,只能增加考订年代的困难,造成思想混乱。抛弃了这些名称,我们不会损失什么,却可以使自己再严肃地考虑一下:这些本子以及它们的底本,究竟是什么时候抄的。

因此,在下文提到这些本子的地方,我们一律不用这些干支为代称,免得使读者因这些干支所代表的年份而误信某本即为该年所抄。我们把现藏北京大学的七十八回脂评本,姑定名为脂京本,十六回残本则称为脂残本,由三十八回抄配成四十回的残本(即所谓“己卯”本)则称为“脂配本”,在山西发现的八十回本(即所谓“甲辰”本)则称为“脂晋本”[①]。这

① 在拙著《红楼梦探源》(指英文本,下简称《探源》)中,我曾把最先发现的十六回脂评残本假定为“第一本(Version 1,简称 v. 1)”,北大藏本为“第三本”,但已经引起误解,以为我把它的年代定在十六回残本之后。在《我怎样写〈红楼梦探源〉》一文中,我把“第一本”译作“脂甲本”,“第三本”译作“脂丙本”。现在一律不用任何数字或序数词,以免再有误会。

样，即使某本的年代现尚不能考定，或考定以后可能因发现新材料而仍须加以修改，至少不至于把武断的年代名称加在任何一个抄本上了。

在上述五个本子中，保存曹雪芹的原文和脂砚斋的评语最多，也是传世各种本子中其底本的年代最早的，要算是北京大学所藏七十八回的《脂砚斋重评石头记》抄本，即脂京本。此本虽在1933年即已发现，但直至解放后始由北京文学古籍刊行社于1955年用朱墨两色套版影印发行。这为国内外《红楼梦》的研究者和爱好者提供了重要的新资料（下文页码即指此本）。

二　本书中各种评语的情况

这个七十八回抄本中的评语用朱墨二色，写在不同的位置。其中墨笔评语可分三种：

（一）双行小字评注：专评某字、某句或某段，抄时插在正文中，和其他经籍中的注语一样安排。有这样的评语者凡五十八回：第十二至二十六、第三十三至五十八、第六十至六十三、第六十五至六十六、第七十至八十回。

（二）所谓“总评”[①]：常对各回中某些故事加以解释或评赞，写在回前的附页上，用墨笔抄得与正文一样大，但比正文低一格。这样的文字出现在下列十八回之前：第十七、第二十一[②]、第二十四、第二十七至三十二、第三十六至三十八、第四十一至四十二、第四十六、第四十八至四十九、第七十五回。

（三）回末评语：用大字写在正文后面的空白地位，或另加的附页上。见于下列五回：第二十至二十二、第三十一、第四十七回。

朱笔评语也有三种不同的位置：

① 其实这些绝大多数不是“总评”，而是雪芹之弟棠村的序文或序文的片段。详下第五节。因以前讨论脂评者都称之为“总评”，现在姑暂借用此名，下文再加分辨。

② 在1955年出版的影印本中此附页（第四五九、四六〇页）订在第二册第二十回末。就文义内容而论，此页应在第三册第二十一回之前。

(四)行间夹评:显系后来加添在抄本上的。写在正文行间的空隙,评论正文中某字、某句或某段,即写在该字、句或段的右边。这些因为是后加的评语,在底本中却来不及在过录正文时把它们缩成双行小字,插入所评的字句之下,只好仍用朱笔录在行间,因此保存了"朱评"的形式。书中十七回有此类评语:第十二至二十八回。

(五)眉批:也是后加的评语。因行间的空隙不够,或因所批非大段文字即为整个故事,不宜加在某两行之间,故写在眉端,以总摄下文各行。因眉端空地较多,评者常顺便记上年份和款识。此类眉批亦见于十七回中,同(四)。

(六)总批:评论各回中主要故事,写在回末正文后的空白地位。见于下列六回:第十二、第十三[①]、第十四、第二十三至二十五回。

墨色评注是此本各部分的抄书人和正文一起抄录的[②]。正文和评注的字迹相同,但不很好,常有错字。注文抄得错字更多。各部分抄录时期,显然有先后。朱笔评语的抄者书法较好[③],但也有误字。

下文依次论述这六种不同的评语:

(一)在双行小字评语中,有些在句末署"脂砚"(或"脂研")[④]、"脂砚斋"[⑤]、"脂砚斋再笔",或仅作"再笔"[⑥]。从评语的内容和抄录的情形来看,可知这些都是脂砚斋第一和第二两期的评语,作于甲戌(1754)之前和

---

① 在此本中现抄在第十一回之前,但所评为今本第十三回之事,故俞氏《脂砚斋红楼梦辑评》把此条录在第十三回前。这其实是棠村为《风月宝鉴》第十一回所写序文。说详下第五节(三)【证五】,本书第183~184页。

② 此本抄者不止一人,可由其不同的笔迹知之。

③ 第二十六回,第五九〇页两条眉批、第六〇三页一条眉批是墨笔,但字迹与朱笔同,知为一人所抄。第二十七回,第六一五页有一条行间批也用墨笔,字迹亦同朱笔。此皆用朱笔过录者抄时遗漏,后用墨笔补抄。

④ 见第三二三、三二四、三二九、三三〇、三三〇、三三五、三三五、三四〇、三四〇、三四一、三四六、三四六、四一一、四一三、四一三、四二六、四二六、五四〇、一一四一、一一八八、一二二四、一二三九页。每一页码代表一条,共廿二条。

⑤ 见第四二八、一〇五四、一〇六六、一一一〇、一一一二、一一二七、一一四一、一一四五页。共八条。

⑥ 见第四九九、五九五页。

甲戌这一年[①]。这是最早两期的评语,故此抄本的底本在抄录时即已把原来写在行间或眉端的朱笔评语缩成双行小字插在所评的正文之下。这些双行小字评语只有一小部分署名,原因有二:第一,脂砚斋本来没有全部署名,如现有朱笔行间夹评即大都不署名;第二,可能抄者删去或遗漏,如"有正本"即将脂评署名全删去。据此,可知双行评语中"再笔"之少,并不表示除了两三条之外,其余全是脂砚第一期的评语。实际情况,恐怕倒是这样:除了一二处以外,脂砚从来就懒得写明"再笔"。这是因为他的评语在原底本上本来都写在行间或眉端,到再评时已很少空间容他署名了。后来他又在原评较少的各回中续写第三、第四、第五各期评语,也从不注明"三评"、"四评"等语,虽然在后来的评语中,他常说到"余前批"、"前批"、"余言"、"余批"等语[②],而所谓"前批",则指某次评语的上一期。

在各回中脂评的分布是极不平均的。只要一看俞氏的《辑评》,从第十二到二十八回这十七回书中,各个脂评本的评语共占了二百七十九页,从第二十九到第六十二回这三十四回书中的评语,却只有八十四页[③]。在若干回中,每回只有一条短评[④]。

从第三十三回起,双行小字评语突然减少。而在以前几回中,竟全无评语。这是由于抄书人的删削,还是缺评的几回是从别的底本抄来的呢?这问题下文要论到,这里只需指出一点:脂砚原来的评语,也许比后面各回的情形所暗示的要多些。在某些回中,抄者奉雇主之命,把双行小字删去。例如第六十六回首页下角,另一人的笔迹写着一条指示:"以后小字

---

① 脂残本第一回楔子末段说:"至脂砚斋甲戌抄阅再评,仍用《石头记》。"可知只署"脂砚斋"者为初评,作于甲戌以前;署"再笔"者为再评,作于甲戌年。

② 见第四七六、四九二、五五八、五六二、五九四、六一二、六二二、六四三页。亦见影印残本第二回,第二页下眉批,俞氏《辑评》第 57 至 58 页。(指 1954 年上海文艺联合出版社印本,下同。)

③ 《辑评》第一九二至四七〇,第四七一至五五四页。

④ 见此书第三十三回,第七六四页;第三十四回,第七八二页;第五十四回,第一二六六页;第六十一回,第一四三三页。

删去。"[①]这也许是经济的打算，因为抄这样一部大书是很费钱的[②]。有的遗漏是由于抄者的疏忽，或不愿抄太小的字[③]，或不认得底本中的草书[④]。

（二）回前的所谓"总评"，和（三）回末后加批语，大都没有日期或署名，只有两条例外，一条在第二十二回后所加附页上："此回未成而芹逝矣，叹叹！丁亥（1767）夏，畸笏叟。"另一条在第七十五回前附页上："乾隆二十一年五月初七日（1756年6月4日）对清。缺中秋诗，俟雪芹。"由于第二十二回附页上的墨笔大字与正文完全为一人同时所抄，可知此正文的底本尚在乾隆三十二年丁亥（1767）以后所录。胡适在1933年为此本写跋，称之为"乾隆庚辰（1760）本《脂砚斋重评石头记》抄本"[⑤]，未免年代错误，不合历史事实。

关于朱笔评语，（四）夹评，（五）眉批，（六）总批，可以综述如下。它们的位置、写法、字体大小虽各有不同，但不论是楷书、行书或草书，其风格一致，显然出于一人之手。此人练过字，写得有功力，但似乎学识很差，也不大认得脂砚斋的草书，常有可笑的错字。有的错得令人乍看不知所云，例如把"前处"错成"树处"（第三八一页），"绛芸轩"错成"峰芒轩"（第四一六页）[⑥]，"正文标目曰"错成"正文标昌"（第四四四页），"寥寥"错成"聊聊"（第四九一页）；甚至连计年的干支都会写错，把"壬午季春"弄成"王文

① 事实上，第六十三回中的全部小字，第六十六回中的一部分小字，虽已抄入，却又用笔勾销。见第一四九二、一五〇七、一五一一、一五一五、一五一八、一五二一、一五七〇、一五八三、一五九〇页。又因第六十六回回首的指示，抄者把第六十八、六十九两回中双行小字全删，第七十回中除三条（第一六七〇、一六七八页）外，全删。

② 程伟元辛亥（1791）年序："好事者每传抄一部，置庙市中，昂其值，得数十金。"则抄价当亦不小。

③ 试比较《辑评》所录各本评语，往往详略互见，此有彼无。

④ 除因误认草书而抄错者外，抄者有时老老实实把不认得的字不抄，留下空白。如第二十六回，第五九六页后所留空白，后来为另一人用抄眉批的朱笔补上，计双行十三字："原非书中正文之人，写来润色耳。"

⑤ 《胡适论学近著》，第403页。

⑥ 按俞氏《辑评》第304页改"峰"为"峯"，又注（锋）字，"芒"字断句，皆误。其原文为"袭卿有意微露绛芸轩中隐事也"。依俞氏则成"微露锋芒，轩中隐事也"。殊不可通。参看本书第四四七页行间朱评："虽谑语亦少（稍）露怡红细事。"又第八回，第一九六页正文："黛玉仰头看里间门斗上新贴了三个字，写着绛云轩。"脂残本第八回，第一一页下正作"绛芸轩"，"有正本"同。又此本第三十六回回目，亦作"绛芸轩"。

季春”（第三〇八页）。假使不是这些古怪的错误，读者可能会误认这些字迹很好的朱笔出于脂砚亲笔[①]，因而把此抄本当作脂砚自用的评本。在这一点意义上，我们应该感谢这些错字，因为它们使我们多一项判断此本的底本情况的绝好标准，把坏事变成了好事。

朱评中比较重要的是眉批，因其中大部分有年月或署名，或二者兼有，可据以考见《红楼梦》书中某些故事的背景与雪芹生活的时间关系，从而推知其发生时间及作者年龄。现在把脂砚各期评语及其年份可知者，列表如下：

表一　本书所存各期脂评年份表

<table>
<tr><th>期数</th><th>年份</th><th>回次</th><th>评注情况</th><th>署名及年月</th></tr>
<tr><td>第一期</td><td>乾隆甲戌以前</td><td rowspan="2">第十二至二十六回、第三十三至五十八回、第六十至六十三回、第六十五回、第六十六回、第七十至八十回</td><td rowspan="2">双行小字墨评</td><td>“脂研”、“脂砚”、“脂砚斋”、“脂砚斋评”</td></tr>
<tr><td>第二期</td><td>甲戌（1754）</td><td>“脂砚斋再笔”、“再笔”</td></tr>
<tr><td>第三期</td><td>丙子（1756）</td><td>第十二至二十八回、第七十五回</td><td>行间朱评、墨评（第二十七、二十八回）
回前附页墨笔“对清”札记（第七十五回）</td><td>“脂砚斋”（第十六回），“对清”日期：“乾隆二十一年五月初七日”</td></tr>
</table>

① 吴恩裕氏《考稗小记》：“曹𫖯奏折，必出己手。可注意者，曹𫖯此折之小楷，酷似‘庚辰’本《红楼梦》脂砚斋批中之若干条。”（《有关曹雪芹八种》，第100页）即误以此本朱批为脂砚亲笔，而又疑脂砚即曹𫖯。实则此本脂评被抄手笔误者极为荒谬可笑，如“开门见山”误为“词幻见山”，“壬午正月”误为“王文正月”，如是之类，不一而足，曹𫖯或脂砚之不通，竟如是乎？

第四期	己卯(1759)	第十二至二十八回	朱笔眉批,其中一条用墨笔抄(第二十六回)	一条署"脂砚",各条均有"己卯冬"
第五期	壬午(1762)	第十二至二十八回	朱笔眉批	"畸笏"、"畸笏老人","壬午春"、"季春"、"孟夏"、"九月"
第六期	乙酉(1765)	第二十五回	朱笔眉批	"畸笏老人","乙酉冬"
第七期	丁亥(1767)	第十六回、第十八至二十八回	朱笔眉批(中有三条用墨笔抄)墨笔附记(第二十二回末,与正文同抄)	"畸笏"、"畸笏叟","丁亥春"、"丁亥夏"
附录				
最后一期	甲午(1774)	脂残本第一回第九页	朱笔眉批	评中"脂"字,"甲午八月"

附记:俞氏《辑评》在引言附表中"庚辰"本一栏内所注"眉批",未分朱笔或墨笔,或是否脂评,如第二十八回后之墨笔眉批,皆为后人所加,与脂评无涉。

上列己卯年评语,除第五四四页一条有"冬夜,脂砚"字样外,均未署名。壬午年四十三条评语中,有十条署"畸笏",两条署"畸笏老人"。乙酉年一条署"畸笏老人"。丁亥年二十六条中有二十四条署名,其中四条署"畸笏",二十条署"畸笏叟"。另有十一条署"畸笏",但无年月,可定为乙酉年所批。此外有两条:一署"梅溪",一署"松斋"。剩下来的朱笔眉批共六十四条(见表二),均无年月署名;但就其内容、词句、作风看来,无疑出于同一批者手笔。

表二　本书中不记年月朱笔眉批表

回次	眉批数目	回次	眉批数目
第十二回	八条	第二十一回	一条
第十三回	九条	第二十二回	三条
第十四回	六条	第二十四回	一条
第十五回	三条	第二十五回	二条
第十六回	九条	第二十六回	三条
第十七、十八回	十条	第二十七回	四条
第十九回	二条	第二十八回	三条
共计六十四条,不计鉴堂、绮园等后人批语。			

关于行间朱笔夹评,除第十六回(第三四二页)有一条署"脂砚斋"外,均未署名。附在回末的朱笔总批,除第十三回末(第二八八页)有"壬午春"三字外,均无年月署名。

除了"脂砚"("脂砚斋")和"畸笏"(或"畸笏老人"、"畸笏叟")之外,由同一抄者用朱笔记录的评语有下款的,尚有"梅溪"[①]和"松斋"[②]二人。他们对于曹雪芹书中的背景似乎也知道得很清楚。此外还有些七零八落的墨笔眉批,大概是这个抄本的收藏者或读者后加的。有二十条署名"鉴堂"[③],九条署名"绮园",也有不署名的批者反对朱评的意见。在第十九回末另一批者署"玉蓝坡",显系满洲人名。这些后加的墨笔批语,字迹互异,也和朱笔批语的抄录者笔迹不同,应该绝对分开,不能和此本抄时就有的墨评和朱评混在一起。这些后加的批语和《红楼梦》的作者家世及作品背景毫不相关,无甚研究价值。其存在只表示这个本子曾经他们收藏或评阅而已。

① 梅溪即棠村,说详下第五节。
② 松斋即白筠,白潢之孙。说详下。
③ 鉴堂即李秉衡,说详下。

三　本书的构成及其底本之年代

在上文引言中我们已说过，这个脂京本乃现存各本中其底本年代为较早者[①]。其实这是一个在不同时间内用若干底本拼凑起来的合抄本。就其各底本中可考的年代而论，除了在许多朱评中已注明"己卯冬"、"壬午春或夏"、"乙酉"、"丁亥夏"(即1759、1762、1765、1767)等年份外，上文已指出，其中第二十二回末一条附记中既有"丁亥夏"年份，与墨本正文为一人同时所抄，则其底本且尚在丁亥(1767)以后，如何能称此书为"庚辰"(1760)本？这个名称的起源，是因为在后四册的题页上，每页"《石头记》"题名之下写着"庚辰秋月定本"。但由上述第二十二回后附记中有"丁亥"年份这一事实而论，则此后四册的题签，至多只能认为这四册的底本是"庚辰定本"，而此抄本何时过录，仍不可知。而且这后四册的签条，也不能以偏概全，把丁亥(1767)以后所过录的前数十回，也笼统称为"庚辰"本。遗憾的是，近来仍有人对胡适所定"甲戌"本、"庚辰"本等名称沿用不疑，这种治学方法若不改正，会影响到对于各抄本年代判断的正确性。

不但后四册书题上"庚辰秋月定本"这签条有它的限制性，不能以偏概全，连全书每一册上《石头记》题下"脂砚斋凡四阅评过"这条小字签注，也是从另一个不相干的底本上抄袭来硬加上的。因为，第一，如果此条为正文底本所原有，则既称"四阅评过"，何以第一册中的前十回，第二册中的第十一回，全无评注[②]？这十一回，分明是从一个连"一次"也没有"评过"的白文本抄来的，怎能充作"四阅评本"？第二，全书各回的首页在回目右上方均有书题"脂砚斋重评《石头记》卷之……"，可见此书原名为"重评"本，不是"四阅评"本。"重"只泛指"重复"，不必限于"再评"或"四评"。第三，若以书中可考的评语而论，则又不止"四阅评过"而已。除甲戌以前和甲戌"再笔"的两阅评语而外，尚有"己卯"、"壬午"、"乙酉"、"丁亥"这些年份，又有"乾隆二十一年(丙子，1756)五月初七日对清"的日期。可见脂

---

① 胡适妄言其十六回脂残本为乾隆甲戌本，又称"海内最古的写本"，皆非。说详下。

② 第十一回前的朱笔过录诗文指第十三回事，参看本书第140页注①。

砚斋至少“评”“阅”了六次，校对（可能又评阅）了一次。把它仅仅称为“四阅评过”的本子，也是不对的[①]。总之，这些藏主或书贾加上去的签条名称，和“有正本”的书题上所标的“国初抄本”一样，必须严予考察，再定取舍（如认“国初抄本”为可靠，则《红楼梦》的著作年代将上推至顺治年间），不应当无批判地人云亦云，造成研究工作上的混乱现象。

（一）本书的底本之壹

我们从脂残本，知道在早年《石头记》抄本中，其前二十八回独多朱笔评语。但这个脂京本的前十一回却全是白文，无一句评语。这只有一个解释：此书原主人在过录时所找到的一个脂评本，缺前十一回，只好用一个无评的白文本来抄配。我们现在把这前十一回的底本称为“脂京本的底本之壹”，简称为“脂京底壹”或“底壹”。从字迹判断，这十一回和以后各回乃一人一时所抄。“脂京底壹”的年代不易确定，但把这十一回和别的本子中同回比较起来，则可以看出下列许多特点，足证其底本为无评的早期抄本之一。

1. 第二回之前，也和第一回一样，有一篇类似引言的短文，其体裁文笔也和第一回引言首段相同，但比第一回前面的首段更像序文。此小序长三百六十一字，末附一首檃括全回的标题诗。这篇小序和七绝，抄得和正文格式大小完全相同，而又出现于一个绝无评注的底本之中，可知决非脂砚斋的评语[②]。

---

① “四阅评过”这签条，显然是从另一个本子上过录来的，和书中脂评的实际情况全不相干。又如“脂配本”（即所谓“己卯”本）的第二、第三册目录页上，也有“脂砚斋凡四阅评过”的签注，第二册在此签注下还有“己卯冬月定本”一行小字。由于此本和“脂配本”的字迹完全相同，出于一人之手，可知这些本子系一个书贾所雇的抄者所过录。从此本第二十二回末附记，可知其过录时间均在丁亥之后。“四阅评过”、“某年某月定本”云云，都是随意加上，是以“昂其值”于“庙市”的花招。虽其底本也许确是某年所定，但这些年份绝不能认为即此现存抄本的年份。

② 胡适把它称为“总评”，意谓脂砚斋所评（见《胡适文存》第三集，第 590～591 页），是大错的。说详后。《辑评》不录此文，可见俞氏也没有把它当作脂评。日本伊藤漱平在《关于〈红楼梦〉首回冒头部分执笔者的疑问（续）》（见“《东京支那学报》”八，1962 年 6 月）一文中，指首两回“冒头”皆为脂评，实袭用胡适旧说，而反驳我所引脂砚自认保存棠村序文之评语，可谓颠倒事实。伊藤所据为拙作英文本《探源》，因其英文阅读能力低劣，故对拙著颇多看不懂及误解之处，我已另为文驳之，见“《东京支那学报》”十，1964 年 6 月，兹不赘。

2.第三、第五、第八、第九各回的回目和后来的“程本”不同，其中第三、第八两回全异，第五、第九两回回目首句全异，次句一部分不同。这很可注意。因为在此本中，从第十一回以后所有的回目，只有第十四、二十五、四十一、七十四各回稍有不同，其余大体上全同“程本”[①]。两部分回目不同的比例如下，前十一回：十一分之四；后六十七回：六十七分之四。

3.第五、六、七、八各回之末有诗联一对，或檃括本回内容，或暗示本回中所隐去的故事或后文的伏线。从第十一回以后，只有第十三、二十一、二十三各回后有诗联，和第十七回前有五绝一首。两部分回末诗联的比例如下，前十一回：十一分之四；后六十七回：六十七分之三。

4.第一册的头十回，每回之前附加了一张标题页。除第一回之前所附者兼作目录页，在上一面抄着书题“石头记”与全册十回的回目联语（但无回次）外，第二回至第十回之前所附的都是空白题页：每页上一面只在左侧题“石头记”三个大字，其下靠右题“第×回”三个小字，下一面则完全留作空白（见本书第三一、三二、五三、五四、八一、八二、一〇一、一〇二、一三一、一三二、一五五、一五六、一七九、一八〇、二〇一、二〇二、二二一、二二二各页）。但从第二册第十二回起，在每回之前便不再附标题页了（第二册第十一回、第三册第二十一回等之前所附也都是本册的目录页）。尤可注意者，各册的目录页在书题“石头记”下左侧写着“脂砚斋凡四阅评过”八字；第五册至第八册的目录页书题下则又多添了“庚辰秋月定本”六字。但在第一册各回之前的空白题页上，都没有“脂砚斋凡四阅评过”字样。由此更可证实：（1）前十一回是从另一个早期的、每回附有题页而无脂评的白文抄本过录来的；（2）“脂砚斋凡四阅评过”这个不合事实的签条，乃是从别的一个与此本文字无涉的本子上抄来的；（3）此书后半部，即第五至第八册，又是另一来源。

这些情况，显然都表示“脂京底壹”是一个较早的本子。同时也证明在那时也流通着一些无脂评的白文本子。

① 不算没有回目的第十八、第十九、第八十这三回，和原缺的第六十四、第六十七两回。

(二)本书的底本之贰

从第十二回起,双行小字的评注突然大量出现,显示抄者用了另外一个底本——脂砚斋"重评"本。这个脂京本的底本之贰,我们把它简称"脂京底贰"。在这里脂砚斋的头两期评语(本来最初是用朱笔写在行间和眉端的),都被缩成小字,用墨笔写成双行,插入正文之间。这个"脂京底贰"是一部分的脂京本、"脂配本"、"脂晋本"和"戚序本"的共同祖本,因为所有脂京本中的双行小字评注,在上述其他各脂评本中大体上也都有,而且也已抄成双行小字。各本评注的文字稍有出入;但可注意的倒不是那些小异,而是它们的大同。

脂京本中的双行小字评语,在脂残本所存的相同的几回中也都有,但大部分用朱笔写在行间作夹评,小部分是朱笔眉批,有的则在正文中预留的空间,用朱色的双行小字填入(见第六至第八回、第十五至第十六回、第二十五至第二十六回)。同样是头两期的脂评,而在脂残本和别的本子中处理得如此不同,可见脂砚评此书,本来是用朱笔写在行间和眉端的(即后来的几次评语也一律如此),只有在把评本誊清时,才把评语抄成双行小字,插在所评正文之下。但此现象仍只限于第一、第二两期评语,可见凡有双行小注的本子,均为1754年以后誊清的过录本。但也有藏书家或书贾为了要"存真"或别的原因,把底本中已经缩成小字、插入正文的评语,反而用朱笔录在原有地位,甚至于将别本中的双行小字评语和朱笔眉批,竟也用墨笔抄成大字,冒充"总评"、"总批",放在各回前后,如脂残本[①]。这种做法,自然要扰乱对于那个本子年代的判断。所以脂评的朱墨之分,就评语内容而论,无关大旨。只有在辨别这些评语的分期、判断各期的年月、分析某一抄本的不同底本和考察各抄本的年代这些问题上,方有它决定性的意义。

从第十二回开始的双行小字评语,止于第二十六回。这十五回在脂

---

① 残本的抄者把此本的眉批及双行小注改为墨笔大字"总评",抄在每回正文之前,已详上文引言。残本第十四回前"总评"第一条,乃答复后人对脂评之批评者,亦见于此本第二九〇页,竟也被充作"总评",尤为可笑。此亦可证残本抄录之晚。

京本中评语最多,包括许多后加的朱笔评语。从第二十七回到第三十二回,双行小字的评注又完全不见了。是不是可以认为这六回也是从一个无评的底本——例如"脂京底壹"——抄来的?可是情形并不如此的简单。第一,这六回在每回之前都有一张附页,上面抄着一些"总评";在第三十一回之末,又有一附页,所抄评语是指本回末一段湘云拾得金麒麟的故事,虽用墨笔大字抄写,却不是什么"总评"。这其实应该是那段故事下的双行评注,误抄作"总评"了①。第二,不但这六回无双行小字评语,即以下的第三十三、三十四回,每回也只有一条短评,第三十五回也只有一长一短两条评注。第三,在"脂配本"(即所谓"己卯"本)中,第三十一至第三十二回②也无评注,第三十三、三十四回各只一条,第三十五回只两条,情形也正相同。"戚序本"也是如此,即自二十七回至三十二回这六回无双行评注,以下的三回每回只一两条评语。由此看来,这六回中无双行评注,显与前十一回完全无评的情况不同,因其他各脂评本前十一回均有评注,只有脂京本是例外;而这六回则各本皆无评语,并非此本独缺。因此,我们认为这六回虽无双行评注,仍是"脂京底贰"的一部分。其所以无评,大概因为这几回在甲戌(1754)以后又经雪芹改写,故脂砚在甲戌以前原稿上的评语已不适用,或未过录在改后新稿上。这六回的旧稿曾经雪芹改写,其证有四:(1)脂残本自第六回至第二十六回正文抄时预留空白以填双行朱评(即脂砚最初两期评语),只有第十三、第十四两回因作者改写可卿之丧,故未留朱评空白。可证第二十七、二十八两回(脂残本缺以下各回)之不留空白,也是因为改写了原稿。(2)此本第二十八回残存的棠村小序说到第二十三回以后每回写黛玉的药方,即第二十七、二十八两回也应有药方,但今本只有第二十八回宝玉说起一个要花"三百六十两银子"配制的一料丸药,且写此方只为宝玉、宝钗、黛玉之间闹小别扭的资料而不是认真为黛玉配药,可见这二回已经修改。(3)第二十七回有《葬花

① 评语说:"后数十回若兰在射圃所佩之麒麟,正此麒麟也。"可见此评实应作双行小字,插入回末正文史湘云问"你瞧瞧是这个不是"之下。"正此麒麟也",即答复上引史湘云的问话。

② 此本原缺正文第二十一回至第三十回。

吟》长诗，第二十八回有许多曲子酒令。证以此本第二十二回和第七十五回情形，雪芹至死尚未把诗谜和中秋诗补齐，可知有诗各回定稿较晚，因为须经多次修改。(4)据抄本《红楼梦稿》第三十回旧回目“讯宝玉借扇生风，逐金钏因丹受气”，可知今之第三十二回、第三十三回是把旧稿第三十回扩充后分出来的。《红楼梦稿》的第三十一回回目“撕扇子公子追欢笑，拾麒麟侍儿论阴阳”，不谈什么“伏白首双星”。可知“白首双星”的下文是雪芹后来想到或拟就了下文，才改正前面的回目，预作“伏”笔。亦可见第三十一回也是被上下各回牵连而经过改写的。这些问题，在别处还要详细论到。在这里不过要说明这几回之所以无双行小字评语，乃因初评之稿又经作者改写而被弃。现有的各脂评本第二十七、二十八两回朱笔评语均在眉端和行间，系年多为已卯、壬午、丁亥，且脂京本与脂残本的评语详略互异、此有彼无，即可知这些后加的朱评中大部分是从作者改后的“重评”本上抄来，有些是旧评重录，其中有一些评者过录时又随手添减些字句，故两本文字时有出入。但就此本墨抄部分的底本而论，在未能提出反证以前，我们只能假定脂京本从第十二回到四十回是一个来源，即“脂京底贰”。这个底本的年代，据第二十二回末附记，应在丁亥(1767)以后。

(三)本书的底本之叁

但是，为什么这一部分底本的下限是第四十回呢？这是因为在后半部四册(第四十一回至八十回，中缺第六十四、六十七两回)的题页上，有“庚辰秋月定本”一行副标题，而在前半部的四册上没有，这正表示从第四十一回起是另外一个来源，亦即“脂京本的底本之叁”(简称为“脂京底叁”)。从这个底本上抄下来的年月“庚辰秋月”是有根据的，因为在第七十五回前的附页(第一七九九页)上有一条和正文同时抄下来的附记说：“乾隆二十一年(丙子)五月初七日(1756年6月4日)对清。缺中秋诗，俟雪芹。”从“对清”到“定本”，相隔四年，完全可信。同页另一附记透露出一条消息，使我们知道作者在那时尚未“纂成”这一回的回目，脂砚斋暂时建议用“□□□”、“开夜宴”、“发悲音”、“□□□”、“赏中秋”，“得佳谶”这些字句。这建议后来被采用，编成“开夜宴异兆发悲音，赏中秋新词得佳谶”,就作为这个“定本”第七十五回的回目。这两条简短的附记,提供了好几点重要事实。第一,虽然在1754年脂砚已“再评”此书,但迟至1756年,雪芹还没有完全写成第七十五回——可能还有第七十五回以下的几回,有的还在修改、加工,有的回目还没有编好。事实上,直到1760(庚辰)年成为“定本”时,第八十回的回目还是空着。第二,脂砚和作者,经常保持密切合作。他不但帮作者清对抄本,并且提醒他书中未完部分,还帮着他想回目。第三,从丙子到庚辰(1756—1760)整整过了四年,才把这个抄本——“脂京底叁”——算作“定本”。在这期间,脂砚大概还在等作者的继续修改,或者在等借阅者把迷失了的稿子找回来[①]。所以在1756年把第七十五回抄上“脂京底叁”,“对清”之后,又过四年,全部稿子才算收集齐了,作为“定本”,实在是很自然的情况。最后,必须着重指出,这个“脂京底叁”,又是从脂砚斋自用的一个本子抄下来的。因为如果它本身即是脂砚自用手批的本子,则其中的朱笔评语或附记,在过录到脂京本时,也必用朱笔抄在相当于底本中原来的位置,正如同第十三回前朱笔总评(即录在第十一回前者,第二四〇页),第二十二回末写在眉端的朱笔附记(第五一〇页:“此后破失俟再补”),以及其他各回用朱笔过录的眉批或夹评一样。这个“底叁”虽然比“底贰”至少要早七年,而且是“定本”,可是当年这个抄本的主人宁可用“底贰”来抄第四十一回以前的部分。这也许因为那时“底叁”只剩下了三十八回(即后四十回缺两回),或者因为“底贰”是“最新”的本子,其中包括脂砚斋最近(例如丁亥年)的评注。

脂京本从第四十一回以后,其底本来源和前面的二十九回(即从第十二回至第四十回)不同,已如上述。但也许有人要问,除了后四册上有“庚辰秋月定本”这行小字外,还有什么证据?其实第二十二回末附页上的年月“丁亥(1767)夏”,便是很好的证据。因为这条附记是一个人用墨笔与正文同时过录,可知在底本中原已如此,也就清楚地证明:第二十二回和这一部分的其他各回的底本是丁亥(1767)年以后才抄的。

---

① 作者原稿被借阅者“迷失”,在脂评中曾屡次提到,见此本第四四四、五一〇、五九〇、六〇四页眉批。

但更重要的是正文中的内证，即在第四十回和第四十一回之间，有一条素不为人注意的分界线。我们知道旧小说每回之末，常来一下“惊人之笔”，让故事有了新发展，便戛然而止：“欲知后事如何（或‘端的’），且听下回分解。”在第四十回末了，刘姥姥的“假语村言”正哄得众人大笑的时候，“只听得外面乱嚷”[①]。但第四十一回开始时，大家依然行令喝酒，再不提起外面的“乱嚷”。这个小矛盾的造成，只有一个可能的解释：在1756年以前的稿本中，这两回上下连接谈笑喝酒本不间断。但在较后的稿本中，作者觉得这样行令喝酒太单调，要插入一个小小的惊人故事，暂时改变一下气氛，亦即脂评中常说到的“横云断岭”法。但第四十一回既抄自“庚辰”（1760）所“定”的旧“本”，即“底叁”，则对于丁亥（1767）以后的改本——即“底贰”——中的“乱嚷”，当然无法交代，没有下文。这个未改前的“庚辰秋月定本”似乎是后来许多本子的共同祖先，所以直到现在，始终没有人知道“外面乱嚷”些什么[②]。

这个“脂京底叁”的年代，根据第七十五回前面附页所记年月和“庚辰秋月定本”的签题，可信为庚辰（1760）或略后的抄本，但断不可误以为本书的后半部即是庚辰（1760）年所抄。

（四）本书的底本之肆——朱评的来源

上文既将各种墨笔所抄的正文和评注的底本加以分析，现在可以进一步探讨朱评的来源。这个抄本的原主人（不论为收藏家或书贾），既已从“脂京底壹”（第一至十一回）、“脂京底贰”（第十二至四十回）、“脂京底叁”（第四十一至八十回）抄成了这部“三位一体”的配合本以后，他又得到了一个十七回（第十二至二十八回）的残本，眉端行间，写满了朱笔的评语。这个本子——脂京本的底本之肆（以下简称“脂京底肆”），保存了比

① 人民文学出版社据“程乙本”排印《红楼梦》，把“乱嚷”改成“乱嚷嚷的”，意义便完全不同：“乱嚷”指有惊骇之事发生，“乱嚷嚷的”只指通常人多口杂，不必指有临时发生特别可惊之事。排印本回末又多加了两句：“不知何事，且听下回分解。”但下回仍未“分解”。《红楼梦八十回校本》据“有正本”重印，也加了一句“且听下回分解”。

② 关于八十回本《石头记》前后两半来自两个不同的底本，还有一个证据，即“戚本”从第四十一回起即无双行小字评注，只有他本所缺的第六十四回中，反而有一条，参看《辑评》第25～28页、501页以下。

他所见的任何本子更多的评语。为了收集最大数量的脂评，并且力求保存原状，他把这些朱评[①]，仔仔细细照原样加抄在他的本子中——自然也是用朱笔[②]。在本书的各个底本中，现在我们所能追迹的，只有这个“脂京底肆”可能是脂砚亲自手批的一个残本。朱评中最早年份为己卯(1759)，最晚为丁亥(1767)，可知这个“底肆”在脂砚手中大约有近十年。但当这些朱评过录到脂京本时，已残缺得只剩下十七回了。可知它的被过录时代远在1767年之后。

也许有人要疑心这些朱评可能原在“脂京底贰”上面，是和墨笔的正文与小字评注同时抄下的。不合这个可能性的最明显的理由是：如果这些评语原在“底贰”，则当初过录到脂京本时早已像别的脂评一样用墨笔过录，如第十七、二十一、二十四、二十七各回前的“总评”，或第二十、二十一、二十二各回末的评语。这当然只是一个消极的理由。证明这些朱评不在“脂京底贰”最有力的理由是正文中和脂评本身的许多内证。

1. 第十四回评可卿之丧，有一条朱笔眉批说：“‘兆年不易之朝，永治太平之国。’奇甚！妙甚！”(第三〇二页)评中所引骈句是可卿灵前铭旌上的原文。可是在脂京本中这页上的正文，却只说：“前面铭旌上大书：‘奉天洪建兆年不易之朝，诰封一等宁国公冢孙妇……’”并没有“永治太平之国”这一句。由此可证上述朱笔眉批原在另一本上，在那个本子的正文中，这两句骈文铭词是全的，所以和脂京本的正文不同[③]。

2. 第二十六回正文：“……回来找红玉，不在话下。”(第五九六页)下面有一条双行评语，但墨笔的小字只有“至此一顿，狡猾之甚”八字，留下一段空白，却被后人用朱笔补上“原非书中正文之人，写来润色耳”二句。可以证明在这回书中这条评语下半截或系原缺，留着空白，或系草书，墨笔的抄者不认得，才留下空白。但幸而在另一本子(即“脂京底肆”)中有

① 除了那些已经抄成双行小字评注或回前回后评语以外。

② 只有四条眉批是墨笔抄的，见第五九〇、六〇三、六〇四页。但书法笔迹，与朱笔完全相同。

③ 俞先生也指出，这条眉批是从另一个本子上抄来的(《辑评》第222页)。但他似未觉察此本中所有朱评，均属另一底本。因此他说：“夹批眉批，有些系底本原附，有些后来从别处过录的。”(第15页)他没有说明何以知道“有些系底本原附”。

这一条评语，且是朱笔写的，所以过录朱评的人就顺手加抄在上面，弥补了空白的难堪。

3. 与上列相类而尤其显著的证据，是第十六回中关于元春省亲的一条评语。此本（第三三五页）正文“如今又说省亲，到底是怎么个原故”下面，有一条墨笔双行小字评注“补近日之事，启下回之”九字，文义当然未完。其中最后五字写作小字一行，留下左边一半空白。紧接着这未完的句子，在“之”字下另一人用朱笔在行间补抄“大观园一篇大文……”等六十三字，使墨笔评注的下句成为“启下回之大观园一篇大文”。此条评语全文共七十二字，但在“脂配本”中也和墨本的“脂京底贰”一样，只有双行评注九个小字，缺下六十三字，而在“戚序本”中则原是七十二字一整条，在脂残本中则作两条①。我们就此本中这一条被切断而又分成朱墨两色的评注看来，可知第一段不全的双行小字墨笔评注九个字，是“脂京底贰”原有的，这是一个来源。其余补足此评的朱笔行间夹评六十三字，是另一个来源，即“脂京底肆”。

由于这些无可否认的内证，我们决不能认为朱评和墨本的正文和评注来自同一底本。也没有任何迹象可以证明有些眉批“系底本原附，有些后来从别处过录的”②。

现在把这个现已抄配补足八十回的《脂砚斋重评石头记》的正文和评注构成情况，用简单的算式总括如下：

$$\text{脂京本}=\underbrace{\frac{\text{1至11回}}{\text{脂京底壹}}+\frac{\text{12至40回}}{\text{脂京底贰}}+\frac{\text{（12至28回）}}{\text{脂京底肆}}}_{\text{前四十回}}+\underbrace{\frac{\text{41至80回}-\text{64，67回}}{\text{脂京底叁}}+\frac{\text{64，67回}}{\text{脂配本}}}_{\text{后四十回}}$$

算式中括弧内回数表示只算其中朱评，不计正文。横分线表示线上者为

① 脂残本上条作“补近日之事，启下回之文”，显系后来补一“文”字，使文义可通。但脂评原文，“启下回之”当紧接“大观园一篇大文……”等六十三字，不宜中断，令人认为两条。残本又把末句“便省却多少赘瘤笔墨，此是避难法”中的最后九字移至下一行中段，仿佛又是另一条夹评（第九页下），足见这条长评在脂砚原批本中写成三行夹批，第一行九字，第二行五十四字，第三行九字，而其上有若干字写后涂去，抄者抄至末行依样画葫芦，遂将此九字抄在次行中段，上面空了八个字的地位。参看《辑评》第 244 页。

② 参看本书第 155 页注③。

线下底本的“分子”，而以底本为其“分母”。

以上分析这个本子的内容成分及讨论各底本的年代竟。下文要说到评者(脂砚、畸笏诸名)、评语成分和保存在本书中的曹雪芹之弟棠村为《风月宝鉴》所作小序，以及由序文内容推测曹雪芹把《风月宝鉴》发展为《石头记》的写作过程等一些比较不为人注意的问题。

四　脂砚斋、畸笏叟及其他评者

本书题为“脂砚斋重评《石头记》”，顾名思义，其评者既用脂于砚，则笔底应是朱色，款识应是脂砚斋。但书中所有朱批之中，只有一条行间夹批署“脂砚斋”(第十六回)，一条“己卯冬夜”的眉批署“脂砚”(第二十四回)。而大多数朱笔眉批，署名多为“畸笏”、“畸笏老人”或“畸笏叟”。墨评署“脂砚”、“脂研”或“脂砚斋”者较多，散见于正文的双行小字评注中[①]。另一些署“脂砚斋再笔”或仅作“再笔”[②]。这些双行评注，都是脂砚斋最初的两期评语，与正文同时过录。因为评语中脂砚斋和畸笏叟这两个署名出现次数较多，有人即认为是两个人的名字。例如：

1. 胡适在《跋乾隆庚辰本脂砚斋重评石头记抄本》一文中，即将脂砚与畸笏、梅溪、松斋分列为四人。又说：“脂砚斋即是《红楼梦》主人，也即是他的作者曹雪芹。”[③]

2. 俞平伯氏在《脂砚斋红楼梦辑评》一书的“引言”中说：“畸笏却至少有数十条之多(指评语)。他是一个大评家，与脂砚可以匹敌的。”下文又说：“脂砚跟畸笏是一是二？……既有两个名字，我们并没有什么证据看得出他们是一个人，那么就当他们两个人好了。”[④]

---

① 见第十六、第十九、第四十六、第四十八、第四十九、第五十一至五十三各回。

② 参看本书第140页注⑥，141页注①、②。

③ 见《胡适论学近著》，第407～408页。胡适在1961年《跋乾隆甲戌脂砚斋重评石头记影印本》一文中，又回到他早年论脂评残本的结论，即认为脂砚斋是曹雪芹的“亲信朋友”，不再坚持雪芹即脂砚之说。但对于脂砚和畸笏是一人还是二人之名这一问题，则避而不谈。

④ 《辑评》，第12～13页。

3. 陈毓罴氏在《曹雪芹卒年问题再商榷》一文中，则认为脂砚斋年龄与曹雪芹差不多，“畸笏叟的年纪倒是大得多”[①]。这样的论调当然也把它们认为是二人之名。

俞平伯氏在《影印脂砚斋重评石头记十六回后记》一文中，不再谈脂砚与畸笏是一是二这问题，而只在〔丙〕节第(五)项论十二钗正、副等册时注文〔二〇〕中引“庚辰”本“畸笏壬午岁朱批”[②]。看来他仍以为畸笏是另一人。但他既已看到了所谓“甲戌”本，又把它与本书作了比较，则也自必见到这个号称“最早”脂评本中的许多墨笔大字“总评”，其实即是本书中署名畸笏的眉批[③]，不知他如何决定这些“总评”的作者是谁。如果因为“脂砚”或“脂砚斋”的款识只出现在墨笔抄本的双行小注之末，而“畸笏”或“畸笏叟”的款识大都见于后加的朱笔眉批中，遂以朱、墨二色区别畸笏与脂砚为二人之评，那也有问题。盖上文已指出，在后加的朱笔评语中至少有两条署名“脂砚”，而与正文同时墨抄的第二十二回末附页上已有“丁亥夏，畸笏叟”的款识。并且因这条附记暂记宝钗的谜语，又说：“此回未成而芹逝矣，叹叹！”可以由此推断第七十五回前墨抄附页上所记“缺中秋诗，俟雪芹”和暂时提议的此回回目联语中词句，亦出于畸笏叟之笔。因此，以笔色区分评者的假设也不能成立。

笔色既不能作为判断“脂砚”、“畸笏”是一人或二人的标准，则只有从内证与外证来加以考察。内证指评语内容——如思想、观念，和评语体裁——如措辞、语气、称谓等。外证指评者的年龄及其与作者的关系一类问题。在解决了“脂砚”与“畸笏”是一是二这问题以后，还可以进一步追究一下，在所有早期的评语中，包括回前、回末的所谓“总评”，是否尚有他人的作品？

当然，我们也可以采取俞先生的态度，认为“既有两个名字……就当他们两个人好了”。可是这种看法虽然省事，却不很妥当。例如清末的梁

① 《光明日报·文学遗产》第418期，1962年6月10日。

② 参看《中华文史论丛》第一辑，第316、332页。

③ 见上文引言第二段和下文第五节(一)，正文及第175页注①、②、③。

鼎芬共有八十六个斋名别号①，是不是"就算他们八十六个人好了"呢？当然，俞先生的看法，也有他的理由的，即他所谓"我们并没有什么证据看得出他们是一个人"。因此，问题的关键，即在于是真的没有证据，还是没有去找证据？是已经发现的证据不够充分、坚强，还是对于它们估计不足、没有正确的理解？其实证据倒是有的——尤其是上文说到的内证，早已有人指出。只因有些人对于这些证据的认识和估计都不足，遂不敢认为脂砚与畸笏是一人化名。

(一)两个抄本中评语的比较

当1928年出现十六回残本《脂砚斋重评石头记》引起注意、讨论以后，一般都认为，除了其中两条评语标明为松斋和梅溪以外，其余所有评注均为脂砚斋所写。这一看法大体上并没有错。而且，在脂评本中既有两条标明为别人之评，则不标明者当然为脂砚自己的评语。换句话说，脂砚既不肯掩没松斋和梅溪二人之评，则如果更有他人之评在这本子中，他也自必照样标明，断无掠取别人意见以为己有之理。脂评残本中所有评语，虽在每条之末未署"脂砚"之名，但有许多内证，可以充分证明确为脂砚之评，如用此本与脂残本比较，则此本中有许多与正文一起过录的双行小字评注，都有"脂研"或"脂砚"款识的，在残本中全被删去。以第十六回而论，被删的共有十二条的署名。我们不能因此十二条在残本中无署名，便疑其非脂砚之评。又如此本第二十六回第五九五页有一条小字评语署名"脂砚斋再笔"，而在所谓"甲戌再评"的残本中，却偏偏删去这"再评"的款识。有的评语在末了虽未署名，但在评文中已记录了评者之名，例如在第一回"满纸荒唐言"一诗后面的眉批中即包含"脂砚"之"脂"字：

> 今而后惟愿造化主再出(生?)一芹一脂，〔则〕是书何本(幸)，余二人亦大快遂心于九泉矣。甲午(1774)八月泪笔。(影印本第九页前)

---

① 见杨敬安辑《节庵先生遗稿》卷五，第一四八页。

此评写于作者死后十年余,评者自己"泪亦待尽",所评为书中"第一首标题诗"(脂评中语),可能是他最后的一条评语。又如在第二回中有一眉批说"诸公之批,自是诸公眼界,脂斋之批,亦有脂斋取乐处"(第二页后),也在评文之中记下了评者的名字。可知在"脂评本"中,凡未署名的评语,无疑都是"脂斋之批",不是"诸公"(如松斋、梅溪)之批。

可是自从发现了这个七十八回脂评本以后,出现了一种新的情况:除了在与正文同抄的墨笔双行小字评注之末常见的"脂砚"、"脂砚斋"、"脂砚斋再笔"等款识外,又有在朱笔眉批下的"畸笏"、"畸笏老人"、"畸笏叟"的款识及一些年月。其年份均在甲戌以后,可知是"再评"以后所加添的评语。如果详审这两个抄本中的评语,便可看出署名畸笏的那些眉批,不论在文体、措辞、语调、情绪各方面,都和脂砚的评语完全一致。例如上引第一回中确知为脂评的眉批前一段说:

> 能解者方有辛酸之泪,哭成此书。壬午[①]除夕,书未成,芹为泪尽而逝。

这和此书第二十二回末附页"丁亥(1767)夏,畸笏叟"的那条附记"此回未成而芹逝矣,叹叹",完全是一个人所写,尤可注意者,这两条相隔七年多,而口气、笔调、称呼、情绪,竟完全一样。这是评语内证之一例。再就畸笏与作者和本书的关系而论,他对雪芹的生平行谊、家庭背景和原书计划,其了解之深切、周详,又完全与脂砚斋相同。畸笏对于书中人物的称呼,如"颦儿"、"袭卿"、"阿凤"、"石兄",又全部和脂砚评语所用的相同。似乎不可能有这样的各种条件同时辐辏的巧合:有两个评者,一名脂砚,一名畸笏,和作者有同样的亲属关系,和书中一些人物的模特儿有同样密切的关系和了解,对于作者的私人生活有同样的熟悉和同情,在一个长时期内同评《石头记》,评语用同样的风格、文体、措辞、语调来表达同样的思想和

① 按此干支乃脂砚误排,说详拙作《综论曹雪芹的卒年问题》,《新建设》1963 年 6 月号。参看本书第三篇:《郭沫若院长谈曹雪芹卒年问题》。

情绪。根据上述一些理由，周汝昌先生曾指出，畸笏叟是脂砚斋的另一笔名[①]。在这里，我们还可能指出许多尤可注意的事实：畸笏对于本书的关切，例如修补残稿，对清底本，记录作者预拟而未写入正文的诗谜，代拟回目，提醒作者未写的中秋诗——这一系列使《石头记》成为"定本"的"编辑"工作，他也和那位"泪亦待尽"的脂砚斋一样努力。有了上述种种辐辏的巧合，再加上这些客观情况，就显得脂砚与畸笏不可能是两个人了。

（二）以评语内证证脂砚斋和畸笏叟为一人

在此本的墨抄双行小注中有许多条署名"脂砚"或"脂砚斋"，既可确定为脂砚之评，而周氏又在署名畸笏并有年月的朱笔眉批中找到两个例子，一条在批文中指上页的双行小注说："前（原误作'树'）处引'十二钗'，总未的确，皆系漫拟也。……"另一条承认他前一眉批错了，因为那时"未见'抄没'（周误作'后'）、'狱神庙'诸事"。周氏引此二例后说：

> 以上二例皆是这位畸笏论及脂砚的批。但，注意二文口气，皆系一人前后自注说明，而并非二人彼此驳辩攻击[②]。

周氏由此推论脂砚、畸笏为一人，当然是对的。但还有别的更好的证例他没有举。那些例子，只要看懂了它们的含义，便可以证明畸笏即是脂砚，绝不可能是另外一个人。例如：

1."脂评残本"第二十五回有一条眉批透露出作者后半部的计划，为脂砚所知而尚未写出者："叹不得见玉兄'悬崖撒手'文字为恨。"（第十六页下）此即指宝玉后来出家事。"悬崖撒手"是脂评的术语，也可能是他所见到的雪芹原稿末回回目中的话，早在第一回的脂评中已用过："'走罢'二字，真'悬崖撒手'，若个能行？"这是眉批回末甄士隐注完了《好了歌》，笑说一声"走罢"与疯道人飘然而逝的故事。第一回的甄士隐与末回的贾

① 参看《红楼梦新证》，第 544 页。
② 参看《红楼梦新证》，第 545 页。所引例见此书第 381、622 页。

宝玉同一“悬崖撒手”，正是前后对照。这两条都是《脂砚斋重评石头记》中的“脂笔”眉批，从来没有人怀疑过这不是脂砚斋的话，但在这个本子第二十五回那条“脂笔”眉批，全文为：“叹不能得见宝玉‘悬崖撒于(手)’文字为恨。丁亥(1767)夏，畸笏叟。”(第五八五页)可证甲戌初评的脂砚斋即是丁亥改署的畸笏叟。

2. 残本第二十六回红玉(小红)与佳蕙一段对话上端有两条合在一起的“脂笔”眉批说：

> 红玉一腔委曲怨愤，系身在怡红，不能遂志，看官勿错认为芸儿害相思也。
>
> “狱神庙”红玉、茜雪一大回文字，惜迷失无稿①。

这当然也是脂砚斋之评。但在此本中，这是相隔八年的两条评语，第一条有“己卯(1759)冬”年份，第二条从“狱神庙”起，“茜雪”在前，“红玉”在后，末了多“叹叹！丁亥夏，畸笏叟”八字。两条都是墨笔过录的眉批(第五九〇页)。

3. 残本第二十六回末有一条墨抄大字的“总批”说：

> 前回倪二、紫英、湘莲、玉菡四样侠文皆得传真写照之笔。惜卫若兰“射圃”文字迷失无稿，叹叹！(第一五页后)

但在此本中，这又是两条眉批，分在两页。其第一条说：“写倪二、英(漏‘紫’字)、湘莲、玉菡侠文，皆各得传真写照之笔。丁亥夏，畸笏叟。”其第二条从“惜卫若兰”起，文字全同，但末了又多“丁亥夏，畸笏叟”六字。这两条也是用墨笔过录的(第六〇三、六〇四页)。

上举三例，共五条评语，在十六回残本中都是不署名的，但从来没有

---

① 残本第二十六回，第三页上。参看《辑评》，第424页。

人否认其为脂砚斋的评语。因如果要否认这两条,则残本中每一条评语皆可被否认,亦即整个脂砚斋评本可以根本被否定,则"脂评《石头记》"云云,即根本不存在了。但脂评残本中这些不署名的评语,在这个本子中则都署"畸笏叟",且有不同年月。只有第二例的第一条未署名,则因此本中己卯年的所有评语,除一条署"脂砚"外,其余都未署名。但此本虽有这许多畸笏叟的评语,包括第二十二回末附页上墨抄的附记,也仍称《脂砚斋重评石头记》,从未有人称之为"畸笏叟评《石头记》"。

4. 此本第十六回关于秦钟之病有一条"脂笔"眉批说:

> 偏于极热闹处,写出大不得意之文,却无丝毫缝强,且有许多令人笑不了、哭不了、叹不了、悔不了,唯以大白酬我作者。壬午(1762)季春,畸笏。(有重点者为异文)

"脂评残本"亦有此条,但无年月款识[①]。

5. 此本第二十六回薛蟠把唐寅读作"庚黄",有一条"脂笔"眉批说:"闲事顺笔,将骂死不学之纨袴。壬午雨窗,畸笏。"残本也有此条,但无年月署名[②]。

6. 此本第二十六回晴雯和碧纹拌嘴,迁怒宝钗,有一条"脂笔"眉批:

> 晴雯遣(迁)怒是常事耳。写〔于〕钗、颦二卿身上,与踢袭人之文,令人于何处设想着笔。丁亥夏,畸笏叟。(第六〇六页)

此条在残本中移在回末作"总评",删去年月款识,"迁怒"和"写于"均无讹脱,"袭人"下多"打平儿"三字[③]。

7. 此本第二十七回宝玉兜了落花到埋香冢一节,有朱笔眉批:

---

① 残本第十六回,第十五页前,"极"作"大",无"出"字,"缝"误作"绛","唯"作"惟"。

② 此本第六〇二页,残本第二十六回第一页下,无"将"字,末了多"叹叹"。按"叹叹"二字于此全不适当。

③ 残本本回第十五页下至十六页上。《辑评》第438页,但未注明此条在残本为回末"总评"。

不因见落花，宝玉如何突至埋香冢？不至埋香冢，如何写《葬花吟》？《石头记》无闲文闲字正此。丁亥夏，畸笏叟。（第六二七页）

残本也有此条，但是移在回末作“总评”，又删去末句“《石头记》无闲文闲字正此”及年月款识。

8. 脂残本在第二十七回末《葬花词》上端有“脂笔”眉批说：

开生面，立新场，是书多多矣。惟此回处（更）生更新。非颦儿无是佳吟，非石兄断无是情聆。难为了作者了，故留数字以慰之。（第一二页前）

这分明是写给作者看的。在残本的底本上写此条时他尚未采用“畸笏”之名，但这一条在此本中，大意虽同而语气则大殊：删去“难为了作者了，故留数字以慰之”二句，就完全变成写给读者看了：

开生面，立新场，是书不止《红楼梦》一回。惟是回更生更新。且读去非阿颦无是且（佳）吟，非石兄断无是〔情聆〕。章法行文，愧杀古今小说家也。畸笏。（第六二七页）

“畸笏”这款识最多用于“壬午春”的眉批中，故知此本中这条眉批，显然是把前引残本之批在壬午春改写的[①]。而脂残本中这一条批却是从另一底本中抄下。我们没有理由认为这两条大同小异的眉批的评者不是一人，也不能说改写者不是脂砚自己。上文已引许多条在残本中不署名的评语在此本中原来都有年月款识的。我们也可以说，在某一个底本中本来署

① 脂砚写给作者看的评语，虽可假定为年份较早，但壬午（1762）雪芹尚在世，而此本眉批语气已改为对读者而言，则可能此本的底本（即“脂京底肆”）原为别人定抄的一个本子，是专为收藏家或读者而抄，故改写“留”“慰”“作者”的语气。

名的评语,被过录到脂残本时,把年月、款识,甚至评文末了的“叹叹”都给删去了。

像上面所举的例子,还可以举出许多,但已引的八例已经足够说明二者是一人。假使如某些人所相信,畸笏是另外一个评者,则在脂残本中,凡属畸笏之评,脂砚一定会在每一条下面注明,正如他在两个本子中都注明了松斋和梅溪这两个名字。如果说,脂砚在脂残本和此本的两个底本中,连松斋和梅溪的两条孤零零的短评,尚且不惮烦地分别记下他们的名字,而在题作《脂砚斋重评石头记》的脂残本的底本中,反而把数百条畸笏的重要评语一律删去原名,占为己有,那是很难使人信服的假设。在从前,曾有文人把自己的东西题上古人名字以博读者的重视,却很少见小说家或评者把别人的作品明目张胆地占为己有。脂砚斋连自己的姓名都讳莫如深,不愿人知,又何至于掠人之美以沽其不愿为人知之名,而钓“脂砚斋重评”之誉呢?

如果还有人不相信脂砚斋就是畸笏叟,下面的证据可以澄清一切疑惑。

此本中丁亥(1767)年的二十六条评语中,有二十条署名“畸笏叟”,四条署名“畸笏”。其他未署名的两条,一条在第十八回(第三九九页),完全是因为已写到眉端的边缘,再也写不下,连年月都挤到正文下面去了。另外一条在第二十二回,虽在评语之末无年月和署名,但二者实已包括在评语之中。为了与所评内容有关,评者在这条里不自称为“畸笏叟”而自称为“朽物”,毫无疑问,这“朽物”即是在同一年所写的其余二十四条的“畸笏叟”。在前半页,有一条“脂笔”眉批写到本页,评贾母命凤姐点戏一事:

凤姐点戏,脂砚执笔事,今知者聊聊(寥寥),矣(奚)不怨(悲)夫!(第四九一、四九二页)

前批书〔知〕者聊聊(寥寥),今丁亥夏,只剩“朽物”一枚,宁不痛乎!

按本书所有“丁亥夏”的二十六条眉批中,有二十条署“畸笏叟”,四条署“畸笏”,连第二十二回之末大字墨抄的附记也署“畸笏叟”,而无一条署脂砚者。在这一条也是“丁亥夏”的眉批中,畸笏叟自称“朽物”,明白承认“前批”中“执笔”的脂砚就是他自己[①]。这是一条结论性的证据。并且这里的“朽物”也就是脂残本第十三回末命芹溪删去秦可卿“天香楼”一节四五页文字的“老朽”——当然也就是脂砚斋。

从现有材料,我们可知脂砚在初评时(1754以前),署名只用“脂砚”或“脂砚斋”,此可从此本的双行小注墨评见之。但这些初评在过录到脂残本或其底本时,即被删去款识,已详上文。他在再评(甲戌,1754)中即不甚署名,有时只用“再笔”。而这些再评的款识过录到残本时亦被删去。乾隆二十一年(丙子,1756)夏天,他把八十回《石头记》清对一次,可能也写了些评语。在己卯(1759)年那一期评语中,二十四条里只有一条署“脂砚”。在壬午(1762)一期中,他放弃了“脂砚”这一笔名,改用“畸笏”。在此期四十三条评语里,十二条用“畸笏”,有两条用“畸笏老人”。在乙酉(1765)一期他续用“畸笏老人”。从丁亥(1767)起,自称“畸笏叟”。在他晚年,在评末加年月和款识的习惯较为认真。但这些评语在过录到脂残本时,其年月款识又往往被删去,有的评语则被简化归并,甚至被移至回前或回末当作“总评”,以致不易见到一些原评的本来面目,造成研究脂评工作上的混乱。在这方面,脂残本的缺点是很严重的。这对于迷信它是“海内最古”的抄本,而坚持要称它为“甲戌”本者,实在是一种无情的讽刺。

(三)脂砚斋是作者之叔

在证明了脂砚和畸笏是一人的化名以后,周氏更进一步以求脂砚与雪芹的关系,而认为即书中的“史湘云”,为宝玉的续妻,亦即作者雪芹的续妻。周氏主要根据评注中的“语调”,如“惟愿造化主再出一芹一脂……余二人亦大快遂心于九泉矣”,“回思将余比作钗、颦等,乃一知己,余何幸

---

① 周汝昌先生亦引此条,但解释稍有不同,兹不赘述。参看《新证》,第546页。

也”(此书第五九四页)等语,以为评者与作者极亲密,又显系女性,故必为其妻。脂砚斋与作者亲密是事实,但作者把他比书中女子,并不能证其为女性。因脂评中也说作者把宝玉描写得“真似一个守礼待嫁的女儿一般……一个极清俊羞怯的女儿”,又说“茗烟则极乖觉可人之丫环(鬟)也”(第一〇〇二页)。评者又自述他广交“梨园子弟”的经历,说他“领略过乃事,迷陷过乃情”(第四〇三页)。又说他“三十年来得遇〔醉〕金刚之样”的流氓不少,甚至有不如金刚的也不少(第五四六页)。侯门小姐史湘云,大概不会自夸有这类结交优伶和认识流氓的经验。并且史湘云为宝玉续妻之说则根本不可信,因脂评明白而肯定地叙述他所见雪芹原稿的后文,说宝玉弃“宝钗之妻,麝目(月)之婢”而为僧(第四七二页),则其出家时妻为宝钗而非湘云。宝玉也决不会像葫芦庙中的小沙弥一样,出了家又还俗,再与湘云结婚。“宝玉续妻湘云”这一假设既不能成立,则根据自传说比附而得的“评者即作者的续室史湘云”之说也当然不能成立。

关于脂砚斋的年龄、他和作者曹雪芹的亲属关系及其在曹家的地位,我曾根据脂评中自认元春为其“先姊”,及其曾见康熙末次南巡(1707)诸事,结合曹氏家世、曹寅的《楝亭诗集》中材料和清人记载,推断脂砚要比雪芹大十八至二十岁,证实了裕瑞所得之于他舅父明义、明琳的消息:脂砚为雪芹之叔。并考出他是曹宣[①]第四子,字竹磵,可能名硕。又因评者屡次自认或暗示他是书中主角,证明雪芹写书,即以他为模特儿,此点亦与裕瑞所闻者相符。又因有关曹家的若干史实,如康熙南巡时住在曹寅织造府中、曹寅嫁女与讷尔苏郡王为妃,皆发生于雪芹出生七八年之前,而其事则成为《红楼梦》中修造“大观园”、“元春省亲”等故事的“蓝本”,则其材料必有来源,我推断即系由脂砚供给作者。这一系列问题我已另有文论及[②],不必在此复述。

脂砚斋是雪芹之叔一说,现在大家都无异议。但陈毓罴先生则以为

① 在满文白本档中,因“宣”字与康熙之名玄烨之“玄”同音避讳,改为“荃”音,因此由满文译成汉文的一些文件,亦写作曹荃。

② 见拙文《我怎样写〈红梦楼探源〉》,《新华月报》1962 年 6 月号;《再论脂砚斋与曹氏家世》,《光明日报》1962 年 8 月 9 日、11 日;详见拙著英文本《红楼梦探源》第八章。

他“和雪芹年龄差不多”，因此认为“甲午(1774)时他只有六十岁左右。”[1]但此说矛盾颇多，很难令人信服，兹简单论析如下：

1. 叔侄年龄相近当然是有的，但必须长兄与幼弟相差二十岁左右，则长兄之子与幼弟之年龄才能相近。就现有材料（如《八旗氏族通谱》、《楝亭诗集》、曹寅友好的文集和最近发现的《辽宁曹氏族谱》）而论，我们很难在曹家替雪芹找到这样一个叔叔。

2. 陈先生自己也承认雪芹之叔脂砚斋为书中宝玉的“原型”。但我在1956年考出脂砚为宝玉少年时代的模特儿，乃根据脂砚斋在评中自认元春为其“先姊”。书中宝玉曾受出嫁以前的元春教他认字读书，脂砚承认“批书人领至(到)此教，故批至此，竟放声大哭”(第三八七页)。按曹寅嫁女(元春)与讷尔苏郡王为妃在康熙四十五年(1706)，则“元春”嫁前教“宝玉”(即“批书人”脂砚)读书之事，尚在雪芹生前十来年，则他决不能如陈先生所谓“和雪芹年龄差不多”。

3. 如依陈先生所定脂砚年龄(即与生于1715年的雪芹相近)，则他不但(1)看不到康熙的末次南巡(1707)；(2)“领”不到他的“先姊”(元春)“此教”；(3)听不到曹寅常说的禅语“树倒猢狲散”；甚至于(4)大部分早期脂评，必须取消脂砚斋的著作权，才讲得通。例如“凤姐点戏，脂砚执笔”这个故事，发生在“元春省亲”以后半个月之内。而作者既“借省亲写南巡”(残本第十六回回前“总评”)，则就书中素材的发生时间而论，也在1707年或以后不久。我们既不能取消脂砚在“凤姐点戏”时的“执笔”权，则只能承认他那时至少已会用笔写字。彼时离雪芹出世尚有八年左右，则他决不会与雪芹年龄相近。

4. 陈先生知道有这些年代上的困难，所以他想出了一个解决的办法，即认为有两个批者。一个是脂砚斋，一个是畸笏叟(其实此即胡适之说，

---

① 见《光明日报·文学遗产》第418期，1962年6月10日。作者先已在其文中“推翻了吴世昌先生的根本论点——脂砚斋是曹雪芹的叔父”，但在下一段文中又说他们二人“既是叔侄，又是知己”。陈君下文又说“脂砚斋是宝玉原型之一”，则即袭用鄙说“宝玉不是雪芹自叙，作者用少年时代的脂砚为模特儿”(见拙文《脂砚斋是谁》，《光明日报》1962年4月14日)，仅把“模特儿”修改为“原型”而已。

已见上引)。他对于周汝昌先生早在十多年前即已证明脂砚即畸笏的许多证据,和我在《红楼梦探源》中所提出的若干补充证据,既未能否认,遂只好置而不问,或视而不见。他巧妙地把年长而见到南巡者当作畸笏叟而非脂砚斋。但如上述"凤姐点戏,脂砚执笔"这一条,既不能改为"畸笏执笔",则无论如何不能算在"畸笏叟"(假使他是另一个人)账上。我们即使不用见到"南巡"这一条证据,而只用为凤姐"执笔"这一条,也可充分证明脂砚这个叔叔要比雪芹年长二十岁上下。又如"领到""先姊""此教"的那个"批书人",陈先生认为是畸笏叟还是脂砚斋呢?若认为脂砚斋,则又与陈先生所定年龄不符;若认为是"另一人"畸笏叟,则是不是曹雪芹家里又跑出另外一个"批书"的"叔叔"来了?而且这个"叔叔"比脂砚叔叔大了二十岁左右?并且,是不是贾宝玉又多了"另外一个""原型"?陈先生这些想法,除非有确凿的证据,否则是难于令人信服的。

5. 我们知道脂砚斋最早的两期评语,在此本中均已与正文一起过录,抄作双行小字。第十七、十八合回记元春省亲时点戏一事,有一条双行长评说当时旧家蓄养优伶的陋习,和评者自己与"梨园子弟"结交的广泛经验,说到"与余三十年前目赌(睹)身亲之人,现形于纸上"。又说他自己"领略过乃事,迷陷过乃情"。即使假定此条为较晚之"再评",写于甲戌(1754),则"三十年前"为1724年(或更早),曹雪芹尚在南京[1]。若评者与雪芹年岁相近,则彼时他只有八九岁,如何能结交优伶,且"领略过乃事,迷陷过乃情"?发生这些事情,一般以在二十至三十岁之间,较为合理。则"三十年"后写此评时评者必已在五十岁以上,可能近六十岁。脂评残本第一回正文既云"至脂砚斋甲戌再评",而不言"畸笏叟"甲戌再评,则此条当然是脂砚斋之评,而非"另一人"畸笏叟之评。由这条早期脂评所包含的年代,可证脂砚绝不可能与雪芹年岁相近,而与我所考他在甲午(1774)年已八旬左右相符。

以上论脂砚斋与畸笏叟为一人二名,为书中宝玉少年时代的模特儿。

---

① 若评中"三十年"一语仅举成数,实际上为三十多年,则自然要更早几年。这个可能性要比"整三十年"大些。

他是雪芹的叔父，其年龄亦较雪芹长十余至二十岁。

（四）其他评者

此本中尚有其他批书者多人，其中时代较早，与脂砚同时而相识者有松斋和梅溪；较后而与本书作者、曹家背景无关者则有玉蓝坡、绮园和鉴堂。

松斋有批两条，见于第十三回。其一评秦可卿死时托梦与王熙凤，劝她预置祭田、设义学，为将来败落后给子孙留下耕读余地，以免后悔不及。此段上有眉批云：

> 语语见道，字字伤心。读此一段，几不知此身为何物矣。松斋。

另一条说："松斋云：好笔力，此方是文字佳处。"[①]似乎他的感慨也颇深，非泛泛读者之评。松斋是谁？胡适以为"脂砚斋……大概是雪芹的嫡堂弟兄或从堂弟兄……松斋似是他的表字，脂砚斋是他的别号"[②]。看来脂砚的字汇相当贫乏，"表字"、"别号"，只好共此"斋"字。而尤其奇怪的是，脂砚忽然在他的评本中自变体例，自己引自己的话，竟说，"松斋云……"胡适这个"假设"，确乎很"大胆"。俞平伯先生则谓"松斋或即脂斋，从松脂连想的。……有正本第四十一回总评为一诗，下署'立松轩'，不知即松斋否"[③]。

今按松斋是白筠，汉军镶白旗人，他是白潢（1660—1737）之孙。白潢在康熙时曾任贵州、江西巡抚，雍正时任协办大学士、兵部尚书[④]。白筠和雪芹的好友敦敏、敦诚等也相识。敦诚有一篇《潞河游记》，松斋也在同游者之内。他们还到"其先相国白公潢之别墅"去游览。敦诚描写白园的景况说："楼台瓦砾，池沼荆榛。惟松数十株，尚苍然挺秀于荒冈残石间，

① 此书第二七五、二七六页，残本第十三回第三页前，但无另一条眉批"松斋云：好笔力……"。
② 《胡适文存》第三集，第五卷，第 572～573 页。
③ 《辑评》，第 12 页。
④ 参看《清史稿》卷二九五，第八页下，《国朝耆献类征》卷十五，第二十一页下。

其下为老圃矣。”[1]这很像一个残破了的大观园。和雪芹一样，白筠也眼看他祖上赫赫扬扬的家世衰败下来[2]，没有“祭田”、“义学”可供耕读，只剩下“荒冈残石”下的老圃可以种菜为生。怪不得他在《石头记》中读到秦可卿的忠告，伤心得“不知此身为何物”了。

关于别的评者，梅溪即雪芹之弟曹棠村，说详下节。玉蓝坡和绮园不详。鉴堂有眉批十六则[3]，他是清末山东巡抚（1894—1897）李秉衡（1830—1900），奉天海城人。八国联军入侵时，他曾率军抗战，其部下败退，他在通州吞金自杀，谥忠节（《清史稿》卷二五四，本传）。光绪十一年（1885）他在广西按察使任内，法帝国主义者侵略越南时，他曾与冯子材参与抗战。光绪十二年在广西“龙州防次”跋《聊斋词》，据说是蒲松龄裔孙的一个朋友孙席珍送给他这个词集的抄本[4]，可见他也是一个古典作品的收藏者。李秉衡在这个《石头记》抄本中的眉批均无年月，但他卒于光绪二十六年，则此书在上世纪末尚在李氏收藏中。1931 至 1933 年此书已归徐星署[5]。徐得此书于北京琉璃厂书肆，据说是从端方（1861—1911）家中卖出来的。则此书在徐以前的两个收藏者是李秉衡和端方。

---

① 见《四松堂集》卷四，影印本第二一七页。

② 白潢的祖父白承举，清初自辽阳随顺治入关，定居北京，也是“从龙”人物，和曹家上世的情况相似。白潢于雍正二年病免不久，即被劾在江西巡抚任内代商民纳税银一千三百两，是欺上市恩，被褫夺官衔顶戴，家即中落。我在 1956 年考出松斋即白筠（见英文本《探源》第 62～63 页），但拙著到 1961 年 2 月才出版。1962 年 9 月回国后，始知吴恩裕先生亦已考出松斋家世，颇为详赡。见《〈红楼梦〉脂批中的松斋是谁》，上海《文汇报》1962 年 2 月 25 日。

③ 见脂京本第十二、第十八、第十九、第三十九、第四十、第五十一、第五十二各回。

④ 见《蒲松龄集》上册，第七二八～七二九页。中华书局 1962 年版。

⑤ 一粟氏编《红楼梦书录》第 7 页云：“此本徐郙旧藏。”盖沿李寿民《还珠楼丛谈》之误。日本伊藤漱平氏《关于脂砚斋与脂砚斋评本》（《人文研究》第十二卷第九号第 63 页，1961 年 10 月）以此本为“徐郙（星曙）之藏”，则又沿《书录》之误。今按徐星署名祯祥，乃徐郙之子（郙为光绪时副都御史。康有为戊戌上书，先送察院，被郙驳回，以康为工部主事，饬令由工部递呈）。李寿民之文（载 1947 年 2 月《茶话》第九期）竟谓胡适“撰《红楼梦考证》即据此本，且为长跋。今原书及跋均藏徐氏”。其误有三：其一，胡适《考证》作于 1921 年 3 月 27 日，改定于同年 11 月 12 日。十一年多以后胡适才得知徐氏有此书，其“长跋”作于 1933 年 1 月 22 日，乃在作《考证》之后近十二年，而李竟谓胡据此书以作《考证》。一粟引录李文，亦不辨其年代颠倒，且胡《跋》本作徐星署，一粟引李文，反误作徐郙。其二，李氏作《丛谈》时，其书已归前燕京大学。其三，胡《跋》但云徐星署，不言徐郙，署亦不作“曙”（上引《书录》，指 1958 年上海版）。

五 曹棠村的小序

此书名为《脂砚斋重评石头记》，则其绝大多数评语出于脂砚之手，自无可疑。但上文已说到早期评语中除脂评外，尚有松斋及梅溪二名。前者已考出为白筠，后者之名始见于正文第一回楔子末所引此书异名之一："东鲁孔梅溪则题曰《风月宝鉴》"。脂残本在此句上端有一条眉批说：

> 雪芹旧有《风月宝鉴》之书，乃其弟棠村序也。今棠村已逝，余睹"新"怀"旧"，故仍因之。

顾颉刚先生以为第一回"楔子"中的"孔梅溪"即第十三回在眉端批"不必看完，见此二句，即欲堕泪"的梅溪。胡适以为棠村即梅溪。雪芹号芹溪，与其弟棠村之号梅溪，正同行列①。但对于此眉批本身，他只说："据此，《风月宝鉴》乃是雪芹作《红楼梦》的初稿，有其弟棠村作序。"显得他仅仅看懂了上一句，却不懂得下文"睹'新'怀'旧'，故仍因之"是什么意思。1961年他在影印十六回脂评残本的跋文中说：

> 雪芹在甲戌年……他"睹新怀旧"，就把《风月宝鉴》的旧名保留作《石头记》许多名字的一个②。

其实，在残本第一回"楔子"的下文紧接着就说脂砚斋甲戌再评之后坚持"仍用《石头记》"这书名，正说明他对于上列"《情僧录》"等四个异名一个也不用，也就是说，一个也不"保留"，如何说他保留此名？如果说"楔子"中列举的各异名中有"《风月宝鉴》"一名，即系保留，则"楔子"末列举各名，实际上已"保留"了一切异名，非只"保留"棠村所序《风月宝鉴》一个异

---

① 《胡适文存》第三集，第五卷，第571页。

② 见原书跋文第7页前。今按：以为脂砚所保存者是《风月宝鉴》这一书名，乃周汝昌先生之说，见《红楼梦新证》第51～52页。而周说实误，说详下。胡适抄袭周说，不言出处，而又含糊其词，仿佛"保留"《风月宝鉴》旧名者是雪芹自己，其误更甚。

名。难道因为那些异名的提议者(包括作者曹雪芹自己)都“已逝”,脂砚睹一“新”而怀四“旧”,才统统“保留”这些异名么?果真如此,他为什么要单为棠村一个特别写一条眉批?

今按脂砚眉批中末句“故仍因之”的“因”是因袭、沿用之意①,“之”即指上文棠村所作之序。“仍因”是“仍旧保存”上文所述棠村为“旧”稿《风月宝鉴》所作之序,而《风月宝鉴》,也是棠村为雪芹的“旧”稿所题之名,而经雪芹屡次增删后的《石头记》则是“新”稿。脂砚在评《石头记》新稿时,想起了《风月宝鉴》这部旧稿,联想到棠村为此“旧”稿所写序文。为纪念已死的序文作者,故把他的遗著旧序“因”袭在脂评《石头记》的新稿中。这是上引脂砚眉批的正确意义。

(一)序文和作者原文的区别

我们知道,在通行的《红楼梦》本子中,第一回正文之前有一段引言,说到作者著书之由。各本文字略有出入,但大意相同。如此本云:

> 此开卷第一回也。作者自云:“因曾历过一番‘梦’、‘幻’之后,故将真事隐去,而借‘通灵’之说,撰此《石头记》一书也。”故曰“甄士隐”云云(十六回残本作:故曰“甄士隐梦幻识通灵”,为回目首句全文)。但书中所记何事、何人?自又云:“今风尘碌碌,一事无成……又何妨用假语村言,敷演出一段故事来……”故曰“贾雨村”云云(残本作:故曰“风尘怀闺秀”,用回目下句,略去“贾雨村”三字)。
>
> 此回中凡用“梦”用“幻”等字,是提醒阅者眼目,亦是此书立意本旨。

① “因袭”是“保存续用”;“因革”即“沿革”,“沿”亦“仍旧”之意,“革”即“改去”。参看明人《杂剧三集》中《中郎女》第一出:“章程制度,因者因,创者创,已略略可观。”这里“因”即沿用旧章,“创”即创立新制。脂评在别处也有此用法,如第二回评元春入宫一句:“因汉以前例,妙。”(残本第一二页前)

历来读者向以为这是作者所写全书的自序或引言①。也正是由于这样的了解,此文才被保存在后世的各种本子中。但这是一种误会。第一,如果此为作者自序或自写的引言,则文中第二句不应该又引作者之言。既说"作者自云",便是第三者口气,乃此文作者引述此书作者之言。第二,文中所引"甄士隐"、"梦"、"幻"、"通灵"、"贾雨村"等字样,皆是第一回回目中所用字眼,这分明是一段解释第一回回目意义的小序,而非全书的总序。第三,此文一则曰"此开卷第一回",再则曰"此回中",可知此文只是为第一回而作。虽然也说到"书中所记"和"此书立意",也只是因为和第一回回目的意义有关而不得不顺便提到,不能误解为是总括全书之语。第四,此序在各个本子中均放在回目之后,正文"楔子"之前②,可见只是序第一回之事,与其他各回无涉。

在此本和脂残本、有正本《石头记》以及百廿回本《红楼梦稿》中,第二回回目之后、正文题诗之前也有类似的一段引言,共三百六十一字:

> 此回亦非正文本旨,只在冷子兴一人,即俗语所谓冷中出热、无中生有也。其"演说荣府"一篇者,盖因族大人多……开笔即写"贾夫人"已死,是特使黛玉入荣府之速也。……观其后文可知。
>
> 此一回〔文〕则是虚敲傍击之文,笔则是反逆隐曲之笔。

① 前人怀疑此文非雪芹自写者,只有以前浙江大学故教授张荫麟氏一人。他说:"曹雪芹的原本是带着评语的。这些评语也许就出作者手笔而托于他人。……也许完全是其相知的友朋所为。上说的一段,就是这些评语的总序或首节。原与原文分开,或用小字,或低一格……而传抄者误与正文相混,相沿至今。"见《跋今本红楼梦第一回》,署名素痴,载1934年3月10日天津《大公报·图书副刊》。张氏揣测评语也许为作者自写,乃受胡适谬说的影响。但他指出此段也许是作者"相知的友朋"所写的评语总序之类,不应与正文相混,则颇具卓识,为前人所未道。

② 只有在脂残本中,此序例外地被放在第一回回目之前,又将首句改为"此书开卷第一回也"。衍一"书"字,文义遂不可通。又删去末段"此回中凡用'梦'字'幻'字……"这样就更像是全书的总序。这是残本的书主故意命抄者这样改的,正如在若干回中把一些在此本正文中的双行脂评和眉批故意用墨笔大字抄在回末,当作"总评"(例见下引)。这些,都证明残本传抄的年代远较此本为晚,原本的文字在残本中已被窜改和移动。

此段文字中解释为什么要由“冷子兴”来“演说荣府”，为什么要先写“贾夫人”之死，也都是第二回回目中语，正如第一回前引言中的“甄士隐”、“贾雨村”，亦为回目中语。故此篇全文是第二回的解题，其性质和第一回正文前的引言完全相同。尤可注意者，这两篇引言都是文言，和正文的口语全不相同。

但前人对于此两篇文字的看法却又不同。在第一回前那一篇，大都以为作者之序，例如高鹗在百二十回本中删去《石头记》中一切脂评、题诗和所谓“总评”，而独不删此文，当然以为此是作者原文。胡适的《红楼梦考证》引此文自“作者自云”至“以告天下”一大段，郑重其事地结论道：“这话说的何等明白！《红楼梦》明明是一部‘将真事隐去’的自叙的书”[①]。俞平伯先生在论“作者的态度”一章中说：“雪芹自序的话，我们再不信，那么还有什么较可信的证据？”又引此篇中“更于书中间用‘梦’‘幻’等字，都是此书本旨，兼寓提醒阅者之意”等语，以为雪芹自序之证[②]。

至于第二回前面那篇文字，在高鹗续作本子中也和脂评一样全被删去，可见高氏以为此文不出于作者之手。胡适把它含糊地称为“总评”[③]，俞氏《辑评》根本不辑此文，大概他不认为这是脂砚斋的“总评”，而认为这和第一回前的“引言”一样，是作者自己的文字。

其实这两篇“引言”都不是作者自写的文字。就其内容而论，都是写给读者看的“本回解题”或“阅读指南”一类文字。我们知道，在十六回残本中，头几回中脂砚的评语最密，有些页上几乎每句都有评。但这两篇“引言”，虽然和正文一样用大字抄写，却没有脂砚的只字评语。很显然，脂砚不评，正因为这不是雪芹的文字。这两篇“引言”其实都是棠村为雪芹“旧”稿《风月宝鉴》所写的小序。脂砚斋编辑雪芹改后的“新”稿时，为了纪念“已逝”的棠村，才把这些小序“仍”旧“因”袭下来。但因此书已改名《脂砚斋重评石头记》，所以他觉得有必要在评语中加以说明，免得后人

---

① 《胡适文存》第一集，第三卷，第218～219页。重点原有。

② 《红楼梦研究》第105、107页。按俞氏所引为高鹗改后的本子。

③ 《胡适文存》第三集，第590～591页。

误会这是作者的自序或脂砚的评语。但不幸脂砚没有在他的评本中逐回之前标明“棠村序”一类字样,以致误会依然难免①。过去的“红学家”都没有理解脂砚这条评语,因此也没有发现棠村的序文。脂砚没有在每篇序文之前特为标明棠村之名,我们不能怪他。因为棠村写序时原未署名,脂砚写评时也未署真姓名,甚至雪芹自己也未署作者之名,只有“楔子”中的末段含糊地带上一笔:“后因曹雪芹于悼红轩中披阅十载……”脂砚盖以为写序、写评,乃曹氏一家之事,无须铺张其事。后因棠村逝世,才在评中顺便说到,以示不敢掠美,且不欲埋没序文作者之名。

把棠村的序文误认为是脂砚斋的回前“总评”,远在十六回残本(即所谓“甲戌”本)过录时即有此情况。又如残本第十三回回前第二段:“若明指一州名,似落《西游》之套……”和此本第十三回脂砚对秦氏之丧的眉批相同,但删去句首“奇文”二字②。第十四回回前的九段文字,倒有六段和本书的眉批相同③。第十六回回前六段文字,其最长的第三段一百三十三字,亦即此本正文中墨笔双行小字评注④,第四段则为本书朱笔眉批,且有“畸笏”款识(第三三五页)。这些情形都证明残本最初时书主或抄者根本不知第一、第二、第六及以后各回前的文字是棠村小序,误以为这些都是脂砚的“总评”(《辑评》标为“开始总批”),所以看到第十三、第十四各回之前“总评”太少,便把底本中别处的朱笔眉批也抄些进去充数,“以壮观瞻”而增市价。残本在一些回末的“总评”中,也有许多把此本的眉批抄进去充数的情形。

(二)本书中所保存的棠村序文

---

① 例如上文第173页注①引张荫麟语,又如胡适即以为第二回及以后一些回前小序是“总评”,并且说:“原本不但有评注,还有许多回有‘总评’,写在每回正文之前,与这第一回的序例相像,大概也是作者自己作的。”(《胡适文存》第三集,第590页)其他相信“总评”说者尚有人,不必详举了。

② 见此本第二八三页。但此本“似落”误作“似若”。又,残本回前之页下半被毁,其缺文可据此本补入。

③ 对看此本第二九〇、二九一、二九三、三〇二~三〇三页,残本所抄第一段不全,以下五段每段只一句。文字次序亦有所不同。

④ 见第三三四页,但删去首二字“一段”。

在本书中，除上述首二回外，另有一些回前都加了一张附页。每页右上角均抄录书题《脂砚斋重评石头记》(但下面没有某些回目页上的“卷之”二字)。接着低二格(或一格)用大字抄着一些短段的文字，其内容也是解释本回中故事的意义或指南。有的极短、极零碎、每一段只是一单句，有的所指内容乃别回的故事。这些，我认为都是脂砚“仍因”下来的棠村旧序。其所以不是每回都有序，而有的序又极短，或竟序及别回之事，且题签之末不用“卷之”回次，则正可以说明下列情况：一、“旧”稿《风月宝鉴》的回数、回次和分回段落与“增删”后的《石头记》“新”稿不同；二、“增删”之后有些回中故事内容不同了，“旧”序已完全不适用，不能再因袭下去了，只好割爱；三、棠村逝世时也许没有完成他计划中的工作，有些回还来不及作序；四、在雪芹屡次删改的过程中，一些有序的旧稿可能失去，连“旧”序也没有留下。——这些可能性，在下面我们讨论到一些序文的具体内容和抄存回次时，可以确实证明。

此本现在所保存的棠村小序，除第一、第二两回外，其见于回前附页，而与正文同用墨笔抄存者，有下列十七回：即第十七、二十一、二十四、二十七至三十一、三十六至三十八、四十一、四十二、四十六、四十八、四十九、五十四回；第二十二回前所附则为只有标题的空白页。不加附页，即用墨笔抄于回末正文之后空白者，则有第二十回。不加附页而用朱笔抄于回后空白者，则有第十二、十四、二十五各回；第十三回之序原在“旧”稿第十一回，故抄在第二册目录页后面，第十一回之前。第二十三回之序则抄在回末。以上用墨笔和朱笔抄的棠村小序，连同紧抄在正文之前的第一、第二两回前者，共计二十五回。但后面各回的小序文字残缺，有的只剩下两三句。可知即使保存在此本中的，有许多篇序文是不全的。

在脂评《石头记》中发现雪芹之弟棠村的旧序，把他们从脂砚的评语中区别出来，对于研究《红楼梦》成书的过程和早期抄本的年代，有重要的作用。例如现在《石头记》中有序的各回，我们可以推想，其内容大致与《风月宝鉴》无甚出入，也是全书中较早写成的部分。因此，根据棠村小序存于《石头记》中的情形，我们可以约略推知雪芹初稿的情况，亦即《风月宝鉴》的梗概。根据序文的内容，及其所在今本《石头记》中的回次，对勘其所序各回之内容故事，可以判断雪芹修改时各本分回的情形。

现在各个抄本脂评《石头记》中，所保存的序文多寡不等。因此可以设想：(1)其中保存小序较多者，则其正文底本的年代必较早；(2)如果序文中被羼入脂砚后期的评语，则其底本必迟于那些评语的年代；(3)如果一些序文已被删改或割裂，则其底本亦必较晚。上述(2)、(3)两种情况，都表示当时的书主或抄书者已不知道回前各段文字是棠村的序文而不是脂砚的评语。现有的四个抄本和有正石印本中均保存了些序文，而百二十回刊本的《红楼梦》中，则只有第一回之前尚保存棠村的小序，而且还是因为当时误信这是作者自写的“引言”，才被保存下来。但就以这一篇小序而论，如果我们比较程本和传世各抄本，已可看出不少删改的痕迹。

(三)棠村小序并非脂评的内证——从小序推测《风月宝鉴》的分回

我在 1956 年最初提出脂评本一些回前短文是棠村小序这一说法时，所据材料除本书外，仅有俞平伯氏《脂砚斋红楼梦辑评》一书所录其他脂本的评语。因当时胡适的脂残本尚未影印，而俞氏又仅能据另一过录本辗转抄集，讹误在所不免。最显著者，如残本第二十七回和第二十八回的回末“总评”，《辑评》均误作“开始总批”(第四四一、四五六页)，但此本中各回前附页上所保存的小段文字，除第二十一回前[①]附页上所录包括一首七律的长文外，可以认为都是棠村的小序。这些短文以及在脂残本回前回后的一些片断，一向被人误认为脂砚斋的“总评”[②]。但我们只需提出若干本书的内证，即可完全证明“总评”说并无证据，只是由于思想上的惰性，对于过去错误的看法未加深考，便无批判地接受而已。

【证一】本书第四十二回前附页上的一段文字说：

钗、玉名虽二个，人却一身。此幻笔也。今书至三十八回时，已

---

① 此本 1955 年的影印本把此页装订在第二十回末，即第四五九、四六〇页。参看本书第 139 页注②。

② 伊藤漱平即以为这些都是脂砚斋的“总评”，参看本书第 147 页注②。

过三分之一有余，故写是回，使二人合而为一。……

我曾在拙著中指出此为棠村之序，原在旧稿《风月宝鉴》第三十九回之前，故曰“今书至三十八回”。却有人认为这是脂砚的“总评”。可是，第一，此回在本书后四册之内，即经脂砚自己在乾隆二十一年“对清”的“庚辰秋月定本”后半部中。如果这是他自己的“总评”，为什么还把第三十九回之评放在第四十二回之前，而没有“对清”出来？第二，文中说：“故写是回，使二人（指宝钗、黛玉）合而为一。”但在现存一切脂评本或别的早期抄本中，不论在第三十九回，第四十二回，或任何一回中，都没有“使二人合而为一”的故事。脂砚为什么要把根本与事实不符的“总评”保存在他的重评本中，以证明他自己错误？正惟因为此乃棠村为《风月宝鉴》所作旧序，而序者本人已死，无法改正；而脂砚则在第一回眉批中早已说明：为了纪念作序的逝者，故此序内容虽已不合改后《石头记》“新”稿，但他仍予保存（“故仍因之”）。第三，序中说“钗、玉名虽二个，人却一身”，完全与现有抄本内容不符：不但与雪芹思想不符，且与脂砚斋在全体评语中所表现的思想也不符。但棠村这些奇怪的说法，却指示在“旧”稿《风月宝鉴》中可能曾有此写法，只是在《石头记》中已经给雪芹完全删改了。我们应该感谢脂砚斋为后来的读者保存了这篇看似荒诞的棠村短序，使我们可以知道《风月宝鉴》的“旧”稿和《石头记》“新”稿怎样的不同。这“旧”稿和“新”稿的不同，也正反映雪芹创作过程中从幻想的浪漫主义跃进到批判的现实主义的写法。

【证二】脂残本第六回回末“总评”第二条说：

借刘妪入阿凤正文。送宫花写“‘金’‘玉’初聚”为引。……①

但在此本及其他抄本《石头记》正文中，刘姥姥进荣国府在第六回，周瑞家

① 此条下文义欠明，似应为“送宫花为下文写‘金’‘玉’初聚作引”。又：“送宫花”既为第七回回目中语，则“金玉初聚”亦可能在旧稿中是回目的一部分。

的“送宫花”在第七回，宝玉到梨香院访宝钗，二人互看“金”锁和佩“玉”（即所谓“金玉初聚”）在第八回。此条短文所述既包括了今本中三回之事，可以推知此三事在雪芹“旧”稿《风月宝鉴》中原在一回之内，而此条短文实为棠村写在“旧”稿第六回前小序之一部分。后因这三个故事在扩充以后的“新”稿《石头记》中分别隶属于第六、第七、第八这三回之中，以致棠村的原序无所附丽，只好移置于第六回与第七回之间，过录时遂把它作为第六回回末的一条“总评”。这一则短文如认为是脂砚的“总评”，则在《石头记》中不但无甚意义，且因与故事所隶回次不合，反易引起混乱。但如知其原为《风月宝鉴》小序之一部分，则它透露了雪芹“旧”稿的情况，颇为重要。因其总括三回之事，可为“旧”稿原序之铁证。若仍有人认为这是脂评，则试想此寥寥十余字的两句话，既与《石头记》第六回内容已因修改而不尽相符，脂砚诚何爱于此两句而不肯改正，却要故意留此矛盾，以迷惑读者？正唯因为这是棠村原文，故脂砚虽知与改后的《石头记》内容有出入，亦不加更正，以存原序之真，而志其“怀旧”之情。

关于第六、第七、第八这三回在“新”稿和“旧”稿中繁、简、分、合的情形，还可以用别的早期抄本来作证。此本第七回回目为：

送宫花贾琏戏熙凤　宴宁府宝玉会秦钟

十六回残本作：

送宫花周瑞叹英莲　谈肄业秦钟结宝玉

有正翻印的戚蓼生序本作：

尤氏女独请王熙凤　贾宝玉初会秦鲸卿

而以脂砚评本为前八十回正文底本的《红楼梦稿》抄本，则在全书一百二十回中只有第七回没有回目！至于第八回的回目，各本的措辞差异更利害。此本作[1]：

比通灵金莺微露意　探宝钗黛玉半含酸

残本作：

薛宝钗小恙梨香院　贾宝玉大醉绛芸轩

有正本作：

拦酒兴李奶母讨厌　掷茶杯贾公子生嗔

为什么第六回回目各本一律相同，而第七、第八两回各本这样不同，而且在《红楼梦稿》的底本中第七回竟没有回目？这种情形，正可以佐证上文所说在《风月宝鉴》中刘姥姥进荣国府、周瑞家的送宫花、宝玉宝钗互看“金”“玉”，均在第六回一回之中，到《石头记》中才发展成为三回，而第七、第八的两回回目原缺，由别人拟补，故各本不同。我们可以推知：正因为在《风月宝鉴》“旧”稿中，第六回已包括“贾琏戏熙凤”的故事，所以棠村序中说，“借刘妪入阿凤正文”[2]。下文是从周瑞家的送宫花最后送到黛玉，接入宝玉去探宝钗之病，故曰：“‘送宫花’写‘金玉初聚’为引。”其后雪芹扩充此稿，加入尤氏请客，引出宝玉会秦钟一段故事，遂将第六回截断，将送宫花一事另立新回，所以有的抄本第七回没有回目，有的如“周瑞叹英

---

① 《红楼梦稿》和此本相同。

② 在脂残本中脂砚在这段“阿凤正文”之下有双行朱批，又有眉批。前者说：“阿凤之为人，岂有不着意于‘风月’二字之理哉？……若不写之又万万不可，故只用‘柳藏鹦鹉语方知’之法，略一皴染。……”（第六页后）眉批说：“余素所藏仇十洲‘幽窗听莺’暗春图，其心思笔墨，已是无双。今见此阿凤一传，则觉画工太板。”（同上，参看《辑评》第 151 页）则点明“贾琏戏熙凤”正是“阿凤一传”，亦即棠村所谓“阿凤正文”也。

莲”(残本)，不但不切题，且把女人(周瑞家的)改为男人(周瑞)，可谓阴错阳差，荒唐之至。不独雪芹，即脂砚亦断不至于如此不通，可以断言这是后人乱加的回目。这也可以旁证脂残本之晚出。至于此本回目“贾琏戏熙凤”虽已指明为“阿凤正传”的故事，但与送宫花也不相干，仍不很连贯。——这是从棠村序文的残文中，可以约略考见《风月宝鉴》“旧”稿内容的一斑。

再从回次数字来推算：上文【证一】已指出今本《石头记》的第四十二回相当于《风月宝鉴》的第三十九回，即在全书第一个“三分之一”部分，“新”稿比“旧”稿增加了三回。这一情况，还可以用乾隆本百二十回《红楼梦稿》所保存的第三十回旧有回目来加以证明。这一回在今本的八言回目之下又多抄了一联七言回目(但又用笔涂去)：

讯宝玉借扇生风　逐金钏因丹受气

今本中宝玉被贾政讯问痛打在第三十三回，金钏被逐跳井则在第三十二回。由《红楼梦稿》所存旧回目，可知：(1)《风月宝鉴》“旧”稿中原有回目不一定一律是八言的，和《金瓶梅词话》一样，其中也有七言的。如脂砚斋在本书第二十回眉批引后半部原稿中“袭人正文标目”，作“花袭人有始有终”，即为七言；《红楼梦稿》第八十回的回目，也是七言。(2)更重要的是：“新”稿中第三十二回逐金钏，第三十三回讯宝玉的故事，在“旧”稿中均在第三十回，且二事发生的次第也不同。换言之，扩充后的“新”稿比“旧”稿多了三回。这一点和上引棠村序言所透露的情况，即本书第四十二回在“旧”稿中为第三十九回，若合符节。据此，则在第六回之后“新”稿比“旧”稿增加两回，正合情理。

【证三】本书第二十八回回前附页上有一条短文说：

自“闻曲”回以后，回回写药方，是白描颦儿添病也[①]。

今按“闻曲”在第二十三回，至第二十八回共有五回，只有在第二十八回一回中写药方，其余四回都没有写药方，而文中却明明说“回回写药方”，这些“药方”都跑到哪儿去了？如果这两句话又被认作脂砚的“总评”，为什么这样与故事不符的评语，还要用大字抄在回前？

对于这些矛盾，只有一个解释：这当然又是棠村旧序原文。根据这条棠序的残文，我们又可以看出雪芹修改此书的过程。“旧”稿既早在第二十三回（即“闻曲”回）起即“回回写药方”，“白描颦儿添病”，则在《风月宝鉴》中黛玉之死即不会太迟。如此则下文许多故事即无从发展，尤其是用以表现她的才能和刻画她的个性的许多诗词就无所附丽，则黛玉绝不会像现在书中所描写的那样可爱。“新”稿大加扩充，遂不得不删去原有“回回写药方”及“颦儿添病”情形，使黛玉的生命延长到合乎创作的需要，使她在全书中部（第三十七回至七十六回）可以充分表现其才能。在这里不妨顺便提到脂砚在本书第七十一回说到“江南甄家”时的一条双行小字评语说：“好一提甄事。盖真（原误作‘直’）事欲显，假事将尽。”（第一七〇七页）可知这书的中部大都是雪芹在写作过程中的艺术创造，尤其是在把“旧”稿屡次加工改造时，扩充和发展了中部的故事。这条脂评对于相信自传说者也可以有些消毒作用。

【证四】本书第四十八回前附页上的短文，第一句便说：

题曰“柳湘莲走他乡”，必谓写湘莲如何走。今却不写，反细写阿呆兄之游艺。

上半句说“柳湘莲走他乡”是第四十七回回目的下句（今本不作“柳湘莲”而作“冷郎君”），而下半句“写阿呆兄（薛蟠）之游艺”则指第四十八回中之

① 这一段棠村小序的残文在十六回残本中又被抄在回末充作“总评”。

事。若这也是脂砚"总评",何以在他自己的"定本"中还是这样"评不对题",又把两回之事都缠夹在一起？这算是第四十七回的"总评"呢,还是第四十八回的"总评"？还是"总"两回之"评"？这也只能有一个解释:正惟因为这些都是死了的棠村留在"旧"稿中的序文,脂砚斋既要"仍因"其原文,自不能替他改作。故其内容虽与"新"稿《石头记》回次不合,也只好"仍"旧"因"袭下来。此序在《风月宝鉴》旧稿中,以回次计算,应在第四十四回之前。

【证五】此本前十一回系从无评白文本过录而来,已如上述。但在第二册目录页后面,即第十一回之前,却用朱笔抄了两段短文,一首五绝[①]。按其内容,是关于秦可卿之丧,应该放在今本第十三回之前。这首五言诗是和别的回前标题诗一样抄法：

诗曰：一步行来错　回头已百年
古今《风月鉴》　多少泣黄泉

此诗本身很平常,首二句只略略修改一下"一失足成千古恨,再回头已百年身"两句成语,却透露出其所咏故事与今本《石头记》第十三回中可卿之病死不同,而与第五回中《金陵十二钗》正册所绘可卿之图及题咏相符。尤可注意者,诗中第三句公然点明这是《风月鉴》中故事,可以证明此诗是棠村为《风月宝鉴》旧稿中叙述可卿失足而自杀这一回书所作的题咏。但是,在此本中可卿之死在第十三回,而十三回之前也有一整页空白,为什么不把此诗录在第十三回前而偏要录在第十一回前？上文【证二】已说到脂残本第六回末的一条"总评"说"借刘妪入阿凤正文。送宫花写'金玉初聚'为引",可知这条原是棠村为《风月宝鉴》第六回所写小序中文字,证明在"旧"稿此三事正是第六回一回内之事,而扩充后的《石头记》则已将这些故事分配在第六、第七、第八这三回之中。据此回次推算,则今本第十

① 在残本中第二条的一部分录在第十三回之前作为该回"总评",但未录此五言绝句。理由很明显,因五绝所咏已非此残本《石头记》中可卿死去的故事。

三回中的故事，在《风月宝鉴》正应在第十一回中。此五绝原为棠村题咏《风月鉴》中第十一回可卿之死，而在《石头记》誊清时不特她的"死法"已不一样，而且她的"死所"已从第十一回搬到第十三回。这首诗弃之可惜，放在第十三回前又不合适，所以脂砚仍把它录在第十一回之前，虽已有点像"告朔之饩羊"，却是保存在《风月鉴》中的原位。且原先过录第十三回时未加附页，可知本不欲录存此诗，后来脂砚续写评语时，才想到或见到此诗，为了怀旧，又把它顺便用朱笔抄在"脂京底肆"第十一回前，遂过录在此本中。此诗第三句既已点明为《风月鉴》而作，则决非脂砚或别人为《金陵十二钗》或《石头记》所作题咏。这是一条有结论性的内证。

【证六】上文所举，都是本书内证，证明这些每回附页上短文都是棠村为《风月宝鉴》所写小序的残文，绝无可疑。这些附页，照例在每回之前，而且在每页右上侧有一短行的书名标题：《脂砚斋重评石头记》。可注意的是第二十二回：回前回后均有附页，而回后附页上是评者的附记，末了有年月款识"丁亥夏，畸笏叟"，但右上侧无标题。回前附页上虽有一行标题，但剩下的是一整页空白。我们既认为回前附页是脂砚为保存棠村序文而添设，则无序的第二十二回，为什么也要添此一页？其实这正可以证明在"旧"稿中此回之前是有序的，但在"新"稿中此序已全不适用，或脂砚知有此序而一时找不到，故留此空白以待日后补抄。

但也许有人对于上文所举前四证，认为可能是脂砚一时疏忽，把早些时候他自己评雪芹"旧"稿的文字误抄在不适当的各回之前。这种情形，在他自己"对清"的"定本"中是不会有的。并且他所评的是《石头记》，并不是雪芹的另一名称的"旧"稿，如果他早已评过"旧"稿，在评中自然也会说到，没有理由要"瞒过看官"。但最重要的是：脂砚评书的工作态度很认真，很负责，即使偶尔有疏忽小误，发现之后他立即用自我批评的方式改正过来，以免遗误读者。此类例子在脂评中甚多，且举三个：

1. 此本第二十七回有一条"己卯冬夜"的眉批指红玉（小红）为"奸邪婢"，接着又有一条"丁亥夏，畸笏"的眉批用认过的口气说："此系未见'抄没'、'狱神庙'诸事，故有是批。"（第六二二页）这是因为他后来见了雪芹后半部原稿中有“狱神庙红玉慰宝玉”的故事，故承认他自己前条指红玉为“奸邪婢”是批错了。

2.第十七、十八合回中妙玉第一次出场，脂砚在早期（1754 年或以前）的双行墨评中列举正、副册中“十二钗”之名（第三八〇页）。在下页的朱笔“壬午季春，畸笏”眉批却说：“前处引‘十二钗’，总未的确，皆系漫拟也。至末回‘警幻《情榜》’，方知正、副、再副及三、四副芳讳。”此可证自甲戌（1754）年或更早脂砚批此段后，到壬午（1762）年方见雪芹原稿末回有《情榜》上六十个女子的全部名单，故又作此眉批，以订正前批。

3.《石头记》“新”稿中秦可卿在第十三回中病死，与第五回册子中“有一美人悬梁自缢”的故事不合，这本来是正文以内之差异，对于一般读者而论，原与评者无涉。但脂砚却特别为此事在残本第十三回末写一长评说明此故事删改经过，以祛读者之疑。

由此证例，可知脂砚对于自己的评语，虽小误亦必更正，甚至如“十二钗”的副册、又副册名单，读者根本不知，亦无法核对他的初评所举人名有无错误，但他仍引用《情榜》，承认自己的前批“总未的确”。并且，连作者正文内因改动而前后不符的故事，他也特别说明删改的经过，以免读者误会作者前后的矛盾。我们不能想象，对自己的评语这样负责的评者，怎么会写一些与故事不符的“总评”，又把它们放在错误的回次之前？怎么会在评中引用不同的回目句子，把两回乃至三回当作一回评论？怎么会评及早已不存在的故事，乃至写下与正文内容及其他评语都有矛盾的“总评”，以增加读者莫须有的迷惑？我们只有承认这些回前附页上的短文，连同第一回前的“引言”，都是脂砚斋明白告诉我们的棠村为《风月宝鉴》所作小序，而非脂砚的“总评”，才能把上述各种看似荒诞的矛盾现象以及别的种种疑点，解释清楚。

六　总结

在现有的脂评抄本中，本书是评语最多、最完备，也是最早的一个本子。但这并不是说，它是一整部最早抄成的全书。和别的本子一样，这是一个过录本；而且，全书虽有七十八回之多(不算后来抄配的第六十四、六十七两回)，却不是从一个底本一口气抄下来的。它的年代，只能从它所据以过录的几个底本的年代推知；而其底本的年代，则又只能从其中所包含的评语、附记等材料所附年份推知。因此，我们只能确定它的年代的上限说：这个本子不能早于某年。但就其下限而论，究竟迟至哪一年才抄成，却不好推定。

至于本书的底本，由书中内证，如题签同异、评语有无、回目措辞、附记日期、眉批年份等情况加以分析，可以推知有四个：(1)从第一至第十一回，是一个早期无评本，但保存了第一和第二回的棠村小序，和一些回末的诗对，这是底本之壹。(2)从第十二至第四十回，其中包括脂砚斋的最初两期评语，已用墨笔抄成双行小字，插入正文之中。这些评语和“脂残本”、“脂配本”、“戚序本”中残存的双行评注都是从一个祖本来的。但在第二十二回末附页上畸笏叟的附记中既有“丁亥”(1767)这年份，则此底本显然是丁亥以后的抄本。这是底本之贰。(3)从第四十一至第八十回(中缺第六十四、六十七两回)是庚辰年以后的抄本。这个底本在乾隆二十一年丙子(1756)“对清”时，尚缺第七十五回回目。四年以后，在庚辰(1760)被当作“定本”时，已把第七十五回的回目补上，但仍缺第八十回回目。这个八十回的后半部是底本之叁。(4)从第十二回至第二十八回，添了许多署名畸笏(或畸笏老人、畸笏叟)，系年己卯、壬午、乙酉、丁亥的眉批和不署名的行间夹批[①]，两者都是用朱笔过录[②]。在此本中，朱笔评语是在墨笔正文及双行小字评注抄定以后再添上去的，显系从另一有朱评的底本过录来的。这是底本之肆，其抄录年代，当在丁亥(1767)以后。

据上分析，如再加上后抄的第六十四、六十七两回，可见本书是用五个底本凑合抄配的，即使不是“百衲本”，至少是个“集锦本”。因为各底本

---

① 只有一条夹批署“脂砚斋”，见第十六回，第三四二页。一条眉批有“己卯冬夜脂砚”款识，见第二十四回，第五四四页。另一条眉批中包括“脂砚”之名，见第二十二回，第四九一页。

② 脂京本第五九〇、六〇三、六〇四页，有四条眉批用墨笔过录，其笔迹与朱笔抄者相同。在其底本中当是一律朱笔。

的年代不同，而抄配则显在丁亥以后，所以胡适把它称为“庚辰”本是错的。

本书名为《脂砚斋重评石头记》，但“重评”并不表明只评了两次，评者也不仅仅用脂砚斋一个笔名。此本中除最初两期双行小字的墨评署名“脂砚”、“脂研”或“脂砚斋”，注明“脂砚斋再笔”或“再笔”，可以从脂残本第一回“楔子”知为甲戌以前及甲戌两次评语外，其余的朱笔眉批另有己卯、壬午、乙酉、丁亥四个年份，而与正文同抄的附页上也有丁亥和乾隆二十一年（丙子）的年份，则可知这个本子中至少有六次，可能有七次评语，从而证明每册目录页上所题“脂砚斋凡四阅评过”这签条也是从不相干的别的本子上抄来，放在本书上是不合适的。朱笔眉批中又有许多条的署名是“畸笏”、“畸笏老人”或“畸笏叟”。由评语本身所包含的内证，知道畸笏是脂砚晚年的笔名，并不是脂评本中另有一个主要评者名畸笏。

脂砚斋是曹寅之弟曹宣（因满语避同音讳作“荃”）的幼子，字竹磵，故为雪芹的叔辈，其年龄较雪芹大二十岁左右。脂评中自认“批书人”即宝玉，呼元春为“先姊”，可知雪芹在创作时把他当作宝玉幼时的模特儿。此点和裕瑞从他的舅父明义、明琳那里得知的消息，即脂砚斋为雪芹之叔，元春等姊妹为雪芹诸姑之说，完全相符。明义、明琳都是雪芹好友，故知他们的话是雪芹自己说出来的。这是否定“自传说”的最坚强的证据[①]。

本书的其他评者现在可考者共三人。松斋即白筠，为兵部尚书白潢之孙。他和雪芹、敦诚等相知。梅溪即雪芹之弟棠村。鉴堂为清末的藏书家、山东巡抚李秉衡，死于义和团之役。

据脂评，知道棠村曾为雪芹的“旧”稿《风月宝鉴》写序。棠村死后，脂砚为了纪念他，在脂评《石头记》的“新”稿中保存了这些旧序。其中只有第一回的序因为一向被误认为作者的“引言”，故得保存在以后的刊印本中。在此抄本中则一共保存了二十五回的小序，其中有许多篇只剩下了两三句的残文，因此很早就被误认为是脂砚的“总评”，以致在各脂评本中

① 但近来竟有人因为我曾考出脂砚为雪芹之叔，又为书中宝玉的模特儿，反而说我的说法助长了“自传说”云云。

引起许多不必要的混乱。例如在脂残本中这些棠序的残文和脂评中的一些眉批被混杂地抄在回后作为“总批”[①]。有正本的“编者”又胡乱加些似通非通的骈文批语进去,使这些“总评”更为混杂。只有此本所保存的棠序,虽多残缺,却未被羼入别的东西,最为真实可靠。这些序文中所说到的故事或与今本不同,或为今本所无,或与今本所隶回次不同,故可据以推测雪芹“旧”稿《风月宝鉴》的分回情形,以及“旧”稿中某些故事的删改或扩充的情形。现在可以由棠村序文和《红楼梦稿》残存的第三十回旧回目而确切推知“旧”稿《风月宝鉴》的回次,有五处和“新”稿《石头记》对比起来完全接榫:(1)“旧”稿第六回因扩充而把“金玉初聚”推至“新”稿第八回;(2)“旧”稿第十一回依次下推两回,故可卿之死已在“新”稿第十三回;(3)“旧”稿第三十回依次应推至第三十二回,但因把金钏被逐及宝玉被讯等事发展为两回,故在“新”稿中宝玉挨打已被推至第三十三回;(4)因此,“旧”稿第三十九回前的棠序已被放在“新”稿第四十二回之前;(5)依此次序“旧”稿第四十四回中柳湘莲出走和薛蟠“游艺”应该被推至第四十七回,而此回在“新”稿中又被扩充,故薛蟠之事已被推至第四十八回。从《风月宝鉴》第六回至第四十四回,逐渐增加了四回,即《石头记》中的第七、第八、第三十三、第四十八回。由于上述五处接榫之点,亦可以反证这些回前附页上的短文,决非脂砚斋为《石头记》所写的什么“总评”,而确实是棠村为较短的“旧”稿《风月宝鉴》所写小序的残文。至于第二十二回前所附的空白题页,乍看似无意义;但如知别的回前附页都是为棠村序文而设,则此空白页也正是序文页,因“旧”序内容已不适于改后“新”稿,故只好割爱。但正因有此空白页,使我们知道第二十二回原来有序,且其内容与今本大为不同。

1963 年 3 月写完前三节,10 月写四、五两节,
11 月全文修改写毕于北京

① 见第二十五至二十八回。第二十五回后题为“总批”,第二十八回后则题为“总评”。

论《石头记》中的棠村序文
——答伊藤漱平助教授

一 引言

英国牛津大学出版社在1961年2月出版了我的英文本《红楼梦探源》。我在此书中考出，各本脂砚斋评《石头记》中有些素被认为回前“总评”的短文其实是曹雪芹之弟棠村所写的小“序”。这是根据脂砚自己在脂评《石头记》十六回残抄本（下简称“残本”，以前称“甲戌本”，年代错误）第一回的眉批，并研究了那些序文本身的内容而得出的结论（见拙著第63～71页，指英文本，下同）。其后，我在新加坡《南洋商报》1962年《元旦特刊》《我怎样写〈红楼梦探源〉》一长篇论文中，亦有专节论“棠村序文的发现”（全文并载同年6月号北京《新华月报》），可供不读英文本者之参考。

最近看到“《东京支那学报》”1962年第8号伊藤漱平助教授一篇《论〈红楼梦〉首回冒头作者》之文，他认为那些回前短文都是脂砚斋的“总评”。这本来是以前中国“红学家”的旧说（例如胡适在其有关各文中即屡次这样说），并非伊藤氏的创见。伊藤此文似专为胡适辩护而驳斥拙著者，故即以《红楼梦探源》的英文本为攻击对象。但奇怪的是：他一方面并没有承认此为胡适旧说，另一方面他所用以攻击我的方法是完全不讲理乃至不诚实的。甚至于我在拙著中说得明明白白的话，他竟装作没有看见；我没有说过的话他却硬说是我说的，以便造成攻击我的借口。最突出的例子是，关于脂评《石头记》第二十一回回前附页上的短文和诗。我在拙著的正文和底注中再三说明这是脂砚斋的评和诗，并将原诗的五行译成英文，以证明脂砚为宝玉的模特儿（《探源》第69页，注一；第93～95

页)。不料伊藤氏论此文时,竟说"吴氏亦以为出于棠村之笔"(第53页,指"《东京支那学报》",下同)。于是,用许多理由说此文此诗皆为脂砚所作,以证吴氏之误。而按其所持理由,即改头换面袭用拙著之说。这种行为,在国际学术界是罕有的骇人听闻之事,实已超出学术讨论的范围,而成为出版界的一个法律问题。我在下文,只先就他的谬说及其捏造证据以攻击我之点加以揭发和驳正,以祛读者之疑。

二　伊藤氏的误解与谬论

我考出传世脂评《石头记》中有脂砚斋所保存的、棠村为《风月宝鉴》"旧"稿所作小序,其主要证据为脂砚斋在第一回"楔子"末段论此书各个异名的眉批:

> 雪芹旧有《风月宝鉴》之书,乃其弟棠村序也。今棠村已逝,余睹"新"怀"旧",故仍因之。(残本第一回第八页上)

我在上引《我怎样写〈红楼梦探源〉》一文中已说明:此评中"新"字即指雪芹改后之《石头记》新稿,"旧"指其旧稿《风月宝鉴》,"因"乃"因袭"、"沿用"之意,"之"即指上文棠村之"序"。

"楔子"正文举了五个异名,其次序为:一、《石头记》,二、《情僧录》,三、《红楼梦》,四、《风月宝鉴》,五、《金陵十二钗》。此眉批则特为第四个异名《风月宝鉴》而写。《金陵十二钗》为雪芹自己提出的异名。但脂砚斋在其所编的"重评本"中不用此名而"仍用""《石头记》"这一最初之名(残本第八页下)。

伊藤氏以为《金陵十二钗》是曹雪芹在《石头记》以前所写的一个稿本。这表示他完全没有看懂"楔子"原文。"楔子"明明说,《金陵十二钗》不过是各人所提议的许多异名之一,而后来脂砚所"仍用"的《石头记》则是恢复此书最初的本名。由于误解"楔子"的意义,伊藤氏竟以为曹雪芹在写了《风月宝鉴》之后，又写了一部《金陵十二钗》，最后又把《金陵十二钗》改成《石头记》，而那些"总评"，据他说，乃是脂砚为《石头记》以前的《金陵十二钗》写的。这些说法，与"楔子"原文和一些"总评"(其实是棠村序文)内容都不相符。

我们知道在上述五个异名中，只有《红楼梦》和《石头记》二名流传下来。其余的三个则没有被采用。在雪芹生时，他给明义看的一个内容较为简单而又微异的"抄本"，即名为《红楼梦》①。而后来较详的改本"新"稿，则由脂砚加评，称为《脂砚斋重评石头记》。我们今日之所以知此书"旧"稿曾一度名为《风月宝鉴》，也仍是根据脂砚的报告(即上引眉批)。此外，《情僧录》和《金陵十二钗》也只是两个异名，并无任何证据可以证明曹雪芹又另外写了两部小说：一名《情僧录》，一名《金陵十二钗》。要是这样穿凿附会起来，雪芹非写五部小说不可。这种考证，全无是处。至于由此而推论说，雪芹在写了《风月宝鉴》之后，又写《金陵十二钗》；脂砚在未评《石头记》之前，早已评过《金陵十二钗》，则完全是想象，并无佐证。并且，脂砚眉批中说到的他所保存的棠村之"序"，究竟是哪些？都到哪儿去了？对于这些重要问题，伊藤氏完全没有交代。

伊藤助教授为什么要创立曹雪芹在《石头记》之前已写一部《金陵十二钗》之说呢？因为他既要证明"回前冒头"皆为脂砚"总评"，而又不能解释何以有些"总评"放在与《石头记》回目次序不符的"回首"。又因为拙著早已指出：这些参差现象，乃由于许多原序系棠村为"旧"稿《风月宝鉴》所写，故其书分回与今本不同(第 69 页)。他就根据鄙说，巧妙地把《风月宝鉴》改为《金陵十二钗》，把"棠村序文"改为"脂砚总评"，又举第二回"总评"中"岂作十二钗人手中之物也"一句为证。实则《金陵十二钗》既为此书异名之一，本可随意引用。若伊藤认为《金陵十二钗》乃《石头记》以前的旧稿，代表雪芹著作此书之一个较早时期，则又显然与他自己所引以为证的"楔子"不合。因"楔子"原文说雪芹题此书为《金陵十二钗》之后，下

① 参看《绿烟琐窗集》第一〇七页；《探源》附录二，第 221～227 页。

文并没有说他再改写为《石头记》,可知此二名实指一书,又何能有分回次序不同,以致与“总评”内容不符(如第四十二回、四十八回)之事?

至于第二回“冒头”中说到“十二钗”,乃因此回第一次向读者介绍林黛玉及贾氏诸姊妹,即所谓“十二钗”中的主要人物,故即指雪芹为“作十二钗人”,自极确当。并非谓在雪芹著作过程中,另有一个“十二钗时期”。若以此为例,则二十一回脂评中说到宝玉弃宝钗、麝月“而为僧”,岂可即指此评乃“《情僧录》时期”所写?其实只要略加思考,即可知此总括性的介绍人物之第二回,正是此书较早的提纲,而不是在五个异名中最末一名“《金陵十二钗》时期”才写成的稿本。

伊藤文中最无理者,竟谓因脂评残本(即所谓“甲戌”本)第一回“凡例”低二格抄,所以别的回前也低二格的文字不应该是棠村的序文,而只能是脂砚的“总评”(第 51 页)。这是什么逻辑?是谁在 18 世纪定出这样的规则:只许把脂砚为《金陵十二钗》写的评语用大字低二格抄,不许把棠村为《风月宝鉴》写的序文用大字低二格抄?这样武断的话,也算是科学的考证吗?其实以现有别的抄本的抄式而论(例如所谓“庚辰”本),脂砚的评注倒往往用小字行书抄在正文之下、行间或眉端。而用墨笔楷书大字和正文一般抄在回前的,其性质显然与脂评不同。如第十七回回前的诗用大字抄,诗下又有小字评语。评语既为脂砚所加,则其诗即非脂砚所作。如果他略略看过一些中国别的古书,也会知道凡序文都是用与正文一样的大字(例如《尚书》和《诗经》每篇前面之序),而评语则照例是用小字的。

三　伊藤氏所采攻击我的方法之一

在伊藤氏的全文中,表面上似乎很正当,而其实最无理的论点,要算他所采用的以逐回考察“总评”的方法,来驳我的说法。他举出:(1)第十四回回前“甲戌”本[①]的“总评”中之一则,与“庚辰”本朱笔“壬午春”眉批相同;(2)第十六回回前“总评”之一则,与“庚辰”本“畸笏叟”眉批全同;(3)第二十五回回末“总评”中,包含“庚辰”本“壬午孟夏”眉批;(4)第二十六回回末“总评”八则中,有二则与“庚辰”本眉批相同;(5)第二十七回回末“总评”中,有二则与“庚辰”本眉批相同;(6)第二十八回回末“总评”中,也有二则与“庚辰”本眉批相同。

伊藤氏举这些例子,其主要目的在于给读者这样一种印象:“吴世昌氏”把这些“庚辰”本的眉批(或“总评”)都当作棠村序文,全是错的,现在由他来一一纠正。

我必须坦白地指出,伊藤氏这种深文周内、颠倒是非的手法,用在学术讨论上是很不应该的。我写英文本《红楼梦探源》时(首二卷成于1956年),虽然胡适的十六回残本尚未影印出来,而我所根据的俞氏《脂砚斋红楼梦辑评》又把第二十七回和第二十八回的回末“总评”误作“开始总批”(441～456页),但我却从来没有把任何一条“庚辰”本的眉批当作棠村的序文,为什么要劳伊藤助教授的大驾来一一指出辩正?这不是无的放矢吗?

我在拙著中讨论棠村序文之存于现有各脂评本者(69～70页),每一句有关的正文都有底注:不但注明每一序文在各本中的段数和字数,且标明影印脂评本(即所谓“庚辰”本)和俞氏《辑评》的页数(拙著第68页,注1、2、3;第69页,注2、3、4、;第70页,注1、2、3)以便读者查对核算。这样详细的记录,岂能一笔抹杀?伊藤氏如能读英文,岂不能查出我在拙著正文和注文中从没有把任何一条眉批当作棠村的序文?

伊藤氏举完了上述的例子,便说“在‘甲戌’本中,尤其是第十三至十六回,第二十五至二十八回中,可以肯定有己卯到丁亥年的脂砚斋(即畸笏)的‘总评’”。伊藤助教授只会跟着胡适乱用错误的年代,他不肯先排一下干支,然后再想一想:既然是“甲戌”(1754)本,怎么里面会“有己卯

① 这个名称与下文“庚辰”本都是时代错误的名称,说详拙著。但因引用伊藤氏原文,姑暂用之。

(1759)和丁亥(1767)的脂砚斋'总评'"?

其次,"甲戌"本回末各条短文,伊藤氏自己先已指出,系录自"庚辰"本的眉批,怎么还能兼差作"脂砚斋的'总评'"?

最后,还须指出,上述伊藤氏所举的例子和说明,有许多是错的:(1)残本(即所谓"甲戌"本,下同)第十四回回前"总评"之与另一脂评本(即所谓"庚辰"本,下同)眉批相同者,不是伊藤所说的"一则",而是五则,另有一则则部分相同(见影印脂本第二九〇、二九三、三〇二、三〇三页)。(2)第十六回回前"总评"与"庚辰"本中脂评相同者,也不止一则,其中最长的一条"赵妪讨情闲文……"(共一百三十三字)是脂评本正文中双行小字评注(第三三四页)而删去首二字。(3)第二十五回回末"总评"之一则,也不是"包含'壬午孟夏'一则眉批",而是把"壬午"、"丁亥"相隔五年的两条眉批合并删改而成(第五八四～五八五页)。(4)第二十六回回末"总评"八则中,也不是伊藤所谓"有二则与'庚辰'本眉批相同",而是有五则之多(第五九八、六〇〇、六〇三、六〇六页)。(5)第二十八回回末"总评"中,不是有二则与"庚辰"本眉批相同,而只有一则相同。伊藤氏从六回中举例来证别人之误,他自己倒把五回的例子弄错了。

这些,以及尚有许多伊藤氏未举的例子,只能证明他相信的所谓"甲戌"(1754)本,远比所谓"庚辰"(1760)本抄得晚。因此抄者把别的底本中的眉批或双行小字评注乱并、乱删、乱改,又用大字抄成"总评"模样,放在回首或回末。伊藤氏对于这些最基本的现象都没有看清楚,却想用这些例子来诬谤我把眉批当作了棠村的序文,这是学术界罕见的怪事。

伊藤氏又说:"吴氏认为'庚辰'本(拙著从不用此名称)第二十七回的'总评'都是曹棠村之作。"其实此本第二十七回回前附页上只有一条短文:"葬花吟[①]……只取其韵耳。"既然只有一条,怎么能说"吴氏认为……都是……"? 于是伊藤又故意把所谓"甲戌"本的回末"总评"[②]拿来比附,

① 见影印脂评本第六〇九页。参看拙著第 69 页。俞氏《辑评》第 441 页亦以此为一条"开始总批"。

② 实即抄自另一脂评本的眉批。

说"这些脂评,很难想象其中混进了棠村的序"。(第53页)这只能证明伊藤上了胡适的当,迷信这个抄于甲午(1774)年以后的残本,真是"海内最古"的"甲戌"(1754)本,因此他要以"甲戌"本为标准,来判断"庚辰"本中的序文,认为它们不可能"混进""甲戌"本的"总评"中去。这是年代错误、因果倒置的考证法。在七十八回脂评本中,棠序是棠序,眉批是眉批:前者墨笔大字,抄在回前附页上,与正文一般而低两格;后者朱笔行书,乃墨本抄完后装订好了,才加抄于正文的眉端[①],二者完全不同。在俞氏《辑评》中,所录"开始总批"也剔去其中互见于他本眉批之文。只有那个晚抄的残本,即伊藤相信的那个"甲戌"本,才贪多务得,把别本上后加的眉批,也用墨笔大字抄成"总评",分列在回前和回后,"以壮观瞻"而增市价。而伊藤助教授居然把这个晚抄的本子中的杂凑"总评",当作判断脂评或棠序的标准。这当然不是什么棠序"混进"脂评的问题,而是这个本子的抄者要增加"总评"的数量,把另一底本中的眉批和棠序一起抄了进去"混"充"总评"。

四　伊藤氏所采攻击我的方法之二

上述各点犹可说也许由于伊藤氏误解拙著。尤其严重的是:他竟凭空造出我所没有说过的话,作为攻击我的借口。他说:

> 第二十回回末之总评四则,俞平伯氏指为原应在第二十一回回首而误装在此者……吴氏亦以为出于棠村之笔。(第53页)

于是他大放厥词,说此评及其中所附之"怪诗"皆脂砚所作。并且装模作样分析诗中各句,以证明其说。若不是伊藤氏根本看不懂英文,我可以说,他先则对我横肆诬蔑,接着又袭取鄙说,攘为己有。我在英文本中说:

① 参看拙著第31～32页。

> 另有十六回(第十七、第二十四、二十七至三十二、三十六至三十八、四十一、四十二、四十六、四十九、五十各回)在此本(V3)中,在每回之前也各有附加的题页,上面的文字也用墨笔与正文一般抄写。凡此皆棠村序文而非脂砚之评,可由下列事实证之……(第69页,第二至六行)

在这里,我举了"第十七回"之后即举"第二十四回",除去第十八至二十三回这六回,并未将"第二十回"包括在内,当然没有把"第二十回回末之总评四则"列为棠村序文。但我犹恐读者误会,特别在上引第一句末加一条底注1,说:

> 并不是每一张回前附页上所抄的都是棠村的序文。例如:第二十一回前的大段文字[脂评《石头记》影印本(第四五九～四六〇页装在二十回末)],即无可错认地是脂砚之评,并且其文体与别的序文也大不相同……。(参看第八章,第93～94页)

这样明白的正文和注文,伊藤助教授竟有胆量向读者隐瞒,并且欺骗读者,说这条包含一首七律的脂评,"吴氏亦以为出于棠村之笔"。于是发表他的"创见",认为诗中第二联和末联乃脂砚自称。而事实上他的这一"创见",正是从拙著中抄袭出来的。我在书中第93页正好把此诗第二、三两联译成英文。我在"茜纱公子"的译文后加一括弧,注明:"(宝玉)"(第十一行)。在"脂砚先生"的英文译名后也加一括弧,注明:"(即脂砚斋)"(第十三行)。而伊藤助教授却不声不响地抄了我这两个解释,改头换面地作为他自己的"创见",说:

> "茜纱公子"即指作中人物贾宝玉,相配的"脂砚先生"自然指脂砚斋。(第53页,第十六、十七行)

他用了我的说法，却反咬我一口，说我错了，真理在他那儿。

我和伊藤素昧平生，彼此无恩无怨，真不知道他何以要这样和我过不去。

我在此诗的英文译文下面接着说：

> 脂砚在其评中佯称此诗为无名氏所作，其人"深知拟书底里"，故"凡是书题者，不可(不以)此为绝调"。很清楚，这是他自己的诗。

下文我说：

> 此诗末句"情不情兮奈我何"中"情不情"三字，乃作者原稿末回"警幻《情榜》"中对宝玉的考语。把"茜纱公子"和"脂砚先生"放在一联之中，脂砚又在此评与此诗之中把自己和书中的主人翁(宝玉)证明为一个人。此即评中所谓"拟书底里"的真意。

伊藤也许根本看不懂我这一段英文原文，也许故意装作没有看见，却发表他的高见说：

> 诗中之"我"乃顽石之自称，也就是"怪诗"的作者"客"之自称，即曹霑自比为一块石头。(第54页，第一、二行)

这是拾胡适"自传说"的牙慧。实则胡适谬说早在1954年已被彻底驳斥，在中国《红楼梦》问题的专家中已没有一人相信此说。我在英文本《探源》中曾有专章(第八章)论书中贾宝玉的模特儿为脂砚而非作者，以书中内证和脂评本身，结合清代档案及清人著作(如《枣窗闲笔》)，完全证明脂砚为作者曹雪芹之叔，书中"元春"之弟，即宝玉的模特儿[1]。但伊藤助教授

---

① 参看拙文《脂砚斋是谁》(《光明日报》1962年4月14日、香港《大公报》同年5月13日)，《再论脂砚斋与曹氏家世》(《光明日报》同年8月9日、11日，香港《大公报》同年8月5日)。

却根据“自传说”，在漫游了一顿“太虚幻境”、“青埂峰”之后，结论说：“这一首怪诗应是（作者）酬答脂砚斋之诗，与棠村无关。”请问伊藤，除了他自己，谁曾说过“此诗与棠村有关”？根据上述他所捏造的“吴氏亦以为出于棠村之笔”之说，他显然又在暗示“吴氏又错认此为棠村之诗”。这种层出不穷的旁敲侧击，其目的何在，任何一个读者都可以看得清楚的。

五　否定伊藤氏之说的内证

伊藤氏把许多棠村为《风月宝鉴》所作的序文当作脂砚为《金陵十二钗》所作的“总评”，是完全只凭空想，不考察原文内容的说法。因此，只需指出文中一些内证，他的说法便立即破灭。

第一，我指出脂评本第四十二回前附页上一段文字说：“钗、玉名虽二个，人却一身，此幻笔也。今书至三十八回时，已过三分之一有余，故写是回，使二人合而为一……”证明此为棠村之序，原在《风月宝鉴》第三十九回之前，故曰“今书至三十八回”。但伊藤氏却以为这又是脂砚为《金陵十二钗》写的“总评”。他当然知道，此第四十二回是在乾隆二十一年（1756）经脂砚自己“对清”的“庚辰秋月定本”后四册之内。如果此为脂砚自己的“总评”，为什么还把第三十九回的评语放在第四十二回之前而没有“对清”出来？若已经对出，为何仍不加以改正？其次，文中说：“故写是回，使二人（指宝钗、黛玉）合而为一。”但在现有一切脂评本中，不论在第三十九回、第四十二回，或任何一回中，都没有“使二人合而为一”的故事。脂砚有什么理由，要把根本与事实不符的“总评”保存下来，以证明自己的错误？正因为此乃棠村为《风月宝鉴》所作旧序，作序者本人已死，无法改正；而脂砚在第一回眉批中已说明：为了纪念逝者，故此序内容虽已不合改后的《石头记》“新”稿，但他仍予保存（“故仍因之”）。今按序中所说“钗、玉名虽二个，人却一身”，完全与现存抄本内容不符，不但与曹雪芹的思想不符，且与其他脂评也不符。棠村这些说法，只能说明在旧稿《风月宝鉴》中可能有此写法，但已经雪芹完全删去。伊藤氏既要考证“总评”的执笔人，至少也该看看“评”文的内容。但即使他的中文程度不够，看不出此文与别的脂评思想上的矛盾，他只要用小学校的算术来算一算也可知道：如果“钗、玉”真是“一身”，那就只是“《金陵十一钗》”了，怎么还能把此文当作“《金陵十二钗》的‘总评’”？

第二，脂残本第六回回末“总评”第二条说“借刘妪入阿凤正文。‘送宫花’写‘金’‘玉’初聚为引……”[①]。但在抄本《石头记》正文中，刘姥姥进荣国府在第六回，周瑞家的送宫花在第七回，宝玉到梨香院访宝钗、两人互看佩“玉”和“金”锁在第八回。此条短文所述既为三回之事，可见此三事（或前二事）在雪芹旧稿《风月宝鉴》中原为一回内之事，而此条实为棠村写在旧稿中第六回前小序之一部分，后来这三个故事在扩充以后的“新”稿《石头记》中分别隶属于三回之中，以致棠村的原序无附丽，只好移置于第六回与第七回之间，过录者遂把它作为第六回回末的一条“总评”。这一则短文如认为是脂砚的“总评”，则不但无甚意义，且因与故事所隶回次不合，反易引起混乱，但如知其原为《风月宝鉴》小序之一部分，则它透露了雪芹旧稿情形，颇为重要。因其总括“新”稿中三回之事，可为旧稿中棠村原序之铁证。且可据以证实别的回末“总评”中，亦有棠村序中文字；只因后来分回情况改变，序文与所序的故事变得不符了，不宜再附于所序本回之前，故只好移作回末“总评”。退一步说，若此真是脂砚所写，或如伊藤氏所想象的，是他为一部较早的《金陵十二钗》稿本所写，则寥寥十余字的两句话，既与《石头记》第六回内容已因修改而不尽相符，脂砚诚何爱于此两句而不肯改正，却要故意留此矛盾以迷惑读者？正惟因为这是棠村原文，故脂砚虽知与改后之《石头记》内容有出入，亦不加更正，以志其“怀旧”之情。如果一个人既要做考证工作，而又不肯考察他所要考证的材料本身的内容，这样的考证本身又有什么内容或科学价值？

第三，脂评本第二十八回回前附页上有一条短文说：“自‘闻曲’回以后，回回写药方，是白描颦儿添病也。”今按“闻曲”在第二十三回，至第二

① 此条下句文义欠明，似应为“送宫花为下文写‘金玉初聚’作引”。又：“送宫花”既为第七回目之一部分，则“金玉初聚”亦可能在旧稿中为回目中文字。

十八回共有六回；只有在第二十八回一回中写药方，其余五回都没有写药方，而文中却说“回回写药方”。这当然是棠村的旧序原文[①]。若是脂砚的“总评”，为什么这样与故事不符的评语，还要用大写字抄在回前？

第四，第四十八回前附页上的短文，第一句便说“题曰‘柳湘莲走他乡’，必谓写湘莲如何走。今却不写，反细写阿呆兄之游艺”。上半句说“柳湘莲走他乡”是第四十七回回目的下句(今本不作“柳湘莲”而作“冷郎君”)，而下半句“写阿呆兄(薛蟠)之游艺”则指四十八回中之事。若这也是脂砚的“总评”，为何在他的“定本”中还是这样“评不对题”，又把两回之事纠缠在一起？试问伊藤氏，这是第四十七回的“总评”，还是第四十八回的“总评”？还是“总”两回之“评”？为什么脂砚在已经“对清”的定本中，仍有连回次都没有“定”的“总评”？正惟因为这些都是死了的棠村在“旧”稿中的序文，脂砚既要“因”袭原文，自不能替他改作；故其内容虽与改后的“新”稿《石头记》回次不合，也只好“仍”旧“因”袭下来。

我们知道，凡是脂砚自己的评语，若先写者因未见书中后文而偶有小误，他必在后写的评中加以说明或更正。此类例子甚多，且举两个：

(1)脂评本第二十七回有一条“己卯冬夜”的眉批指红玉为“奸邪婢”。接着又有一条“丁亥夏，畸笏”的眉批，用认过的口气说：“此系未见‘抄没’、‘狱神庙’诸事，故有是批。”(第六二二页)这是因为他后来见了雪芹原稿中有“狱神庙红玉慰宝玉”的故事，故说前条指红玉为“奸邪婢”是批错了。

(2)第十七、十八合回中妙玉第一次出场，脂砚在早期(1754年或以前)的双行墨评中列举正、副册中“十二钗”之名(第三八〇页)。在下页的朱笔“壬午季春，畸笏”眉批却说：“前(误作‘树’)处引‘十二钗’，总未的确，皆系漫拟也。至末回‘警幻《情榜》’，方知正、副、再副及三、四副芳

---

① 据此序，知旧稿既在第二十三回起即“回回写药方”、“白描颦儿添病”，则在《风月宝鉴》中黛玉之死不会太迟。如此则下文许多故事及诗词等即无法充分描写。新稿大加扩充，故不得不删去原有“回回写药方”及“颦儿添病”情形，使黛玉的生命延长，在全书中部可以充分表现其才能。幸有此棠村小序，可以推知新旧两稿的主要不同之点。又，此序在残本中又抄在回末作为“总评”，可证残本抄者之妄移。

讳。"此可证自甲戌(1754)年或更早脂砚批段后,到壬午(1762)年方见雪芹原稿中末回有《情榜》上六十个女子的全部名单。故又作此眉批,以订正前批。

由此可知,脂砚对自己的评语,虽小误亦必更正——甚至如"十二钗"的副册、又副册名单,读者根本不知,亦无法核对他的初评所举有无错误;但他仍引用《情榜》,承认自己的前批"总未的确"。我们不能想象,对自己的评语这样负责的评者,怎么会把自己的"总评"放在错误的回次前面,引用不同回目的句子,把两三回当作一回评论,评及早已不存在的故事,乃至写出与正文内容及其他评语都有矛盾的"总评"!

最后,伊藤氏必须记得:脂砚只说他因棠村去世,才为他保存《风月宝鉴》中的旧序。他并没有说也为他自己保存了《金陵十二钗》的"总评"。如果他真有那些与正文矛盾、回次不合的"总评",他也不会保存下来,造成无谓的混乱。试想他因正文中秦可卿之病死与第五回中册子上"有一美人悬梁自缢"的故事不符,还特别在第十三回末(残本)写一长评说明此故事删改经过,以祛读者之疑,何至于他自己反把一些与故事不符的"总评"加在里面,以增加读者的迷惑?并且,残本中第十三回回末那一条长评,倒是真正脂砚的总评;但它却是用朱笔密书,和回前一些墨笔大字的棠村序文的抄法不同。

有关秦可卿之死的故事,可以证明棠村不但为《风月宝鉴》的"旧"稿写小序,他也曾写了一些题诗,可惜现在大多数失传了。例如十六回残本中的第十三回至第十六回,每回正文之前有"诗云"二字,但下面只留两行空白。并无题诗,再看此残本的第三回至第五回及第二十五回至第二十八回这七回,正文前无题诗,亦即无"诗云"二字,也不留空白。由此可以推证第十三回至第十六回正文前既有"诗云"字样,并且留了空白,必系原来有诗,其后因故删去。然则其故维何?我的解说是:此四回之前原有为"旧"稿《风月宝鉴》所题之诗,后因不适于题咏改后"新"稿《石头记》中的故事,故只好割爱。此可以由七十八回脂评本证之:此本第十三回至第十六回前也都没有题诗,但在第十一回之前的一页空白纸上,用朱笔大字补抄了两条短文和一首五绝：

诗曰：　一步行来错　回头已百年
　　　　古今《风月鉴》　多少泣黄泉

这两条短文的第二条有一部分被录在十六回残本的第十三回前面作为第一条“总评”，但未录这首五绝。此诗明指可卿之死因及死状，按照今本《石头记》回次，自应放在第十三回前面。此诗本身很平常——首两句只略略修改一下“一失足成千古恨，再回头已百年身”两句谚语——却透露出其所咏故事与今本《石头记》中可卿之病死不同，而与第五回中《金陵十二钗》正册所绘可卿之图及题咏相符。尤可注意者，诗中第三句公然点明此是“《风月鉴》”中故事，可见此诗实即棠村为“旧”稿《风月宝鉴》叙述可卿自杀这一回书的题咏。但在录存此诗的脂评本第十三回之前也有一整页空白，为什么这两条短文及此诗不抄在第十三回前的空白页上而抄在第十一回之前？我在上文已说到，十六回残本第六回回末的一条“总评”说：“借刘妪入阿凤正文。‘送宫花’写‘金玉初聚’为引”，实关涉改后的《石头记》中第六、第七、第八这三回之事。可见那一则“总评”本是棠村为《风月宝鉴》第六回所写序文的一部分。故此段文字在十六回残本中仍作为第六回之“总评”。可知在“旧”稿中此三事（即刘姥姥入荣国府，周瑞家的送宫花，“金玉初聚”）尚写在第六回一回之内，而改后的《石头记》“新”稿则已扩充到第七回和第八回中。依此推算各回次序，则今本《石头记》第十三回，在《风月宝鉴》旧稿中正是第十一回。这就可以证明在此脂评本所据底本中，上述短文及五绝也正补抄在第十一回之前——因为它们本来是《风月宝鉴》第十一回前面的棠村序文（可能不全）及题诗——故在过录到此七十八回脂评本时，也就照样抄在第十一回前面的空白地位。但如果像伊藤氏所说，这些都是“总评”，而“总评”均出于脂砚之笔，而题诗则雪芹自作，则脂砚早该把此“评”此诗，一并录在第十三回前，何至于把“评”文既放错了回次，又把早已和故事不符的题诗放在错误的一回之前？且诗中既已点明《风月鉴》，则此诗当然不是为改后的《石头记》或“《金陵十二钗》”而作。如果对于这样坚强的内证还不肯承认，硬要把棠村给“《风月鉴》”写的序文和题诗作为脂砚为“《金陵十二钗》”写的“总评”和雪芹自写的题诗，则一切考证都是浪费笔墨了。

综合以上一切理由，我们只能把脂评本各回前某些短文，断为《风月宝鉴》“旧”稿中的棠村序文。并且也只能是棠村序文，才能解除上列各种矛盾。至于某一脂评本哪些回前保存棠序，我在拙著《红楼梦探源》中已大略说到，在这里不必赘言。由于脂评十六回残本的影印，有些原来根据俞氏《辑评》中不正确的记录①而得出的结论，自须加以修改。但这是极小部分的情形，并不影响拙著中论“棠村序文的发现”这一主题。

六　余论——第一回前七律的作者

最后，我说脂残本第一回回前那首七律不是曹雪芹所作，乃根据脂砚在第一回那首五绝下面的双行朱批：“此是第一首标题诗。”则在此首以前者，即非作者的标题诗，而是别人的题咏。伊藤氏却引了一些别的回前之诗来做陪客，并据第二回回前标题诗下的脂评，证明此第二回之诗乃雪芹所作。但这并不能证明诗前的序文也是雪芹所作（伊藤自己即承认此非雪芹所作），更不能证明第一回中“第一首标题诗”以前之诗仍是雪芹所作。伊藤氏之说，其实即抄袭胡适。胡适在其影印残本的扉页上写了此诗的末联，并注明“曹雪芹自题诗”。胡适在所谓“庚辰”本的跋文中曾说脂砚即雪芹，脂评即作者自写。他以为雪芹和他一样善于替自己做广告，不但写评语自赞，还作诗自称“十年辛苦不寻常”。不幸伊藤助教授有与胡适博士思想相通之处，竟也认为曹雪芹会这样自吹自擂。对于这首诗，我们没有理由，一方面否认第一回中的五绝为雪芹“第一首标题诗”这条脂评，另一方面又冤枉雪芹作此诗以自赞。因为此诗若为别人题咏，尚不

---

① 例如《辑评》所录第二十七、二十八两回的“开始总批”，实际是在残本中各回之末。

失为言之有物的好诗，若算作雪芹自作，则竟是既自负多情，又自炫“不寻常”的夸张之诗，不独有点无聊，且与书中别的诗全不相称。但可惜这些道理，像胡适或伊藤之流，大概是不会了解的。

1963 年春写于北京

［原载日本“《东京支那学报》”第十号，1964 年 6 月。1975 年 7 月扬州师范学院中文系编《红楼梦研究参考资料选编》(补辑)转载。］

《风月宝鉴》的棠村序文钩沉与研究[①]

——对于《红楼梦》成书过程的初步探讨

一　棠村序文的来由

《脂砚斋重评石头记》十六回残本第一回（八页上），在正文“东鲁孔梅溪则题曰《风月宝鉴》”一句上端，有脂砚眉批说：

> 雪芹旧有《风月宝鉴》之书，乃其弟棠村序也。今棠村已逝，余睹“新”怀“旧”，故仍因之。（图版柒）

由此可知传世“新”稿《石头记》抄本中，凡有脂砚评语者，也必有他所仍旧因袭（保存）下来的棠村为“旧”稿《风月宝鉴》所写序文：棠村的序文不是一篇放在全书卷首的洋洋大文，而是写在有些回前的“阅读指南”一类短文，很有点像《尚书》或《诗经》每篇之前的小序。现存传世的旧抄本中，脂京本、脂残本和戚本（即有正本）都保存若干棠村序文或其残文：脂京本用另一纸抄在一些回前的附页上，与正文一样大字，但每行低一格或两格；除书名《脂砚斋重评石头记》外，不加任何标题（图版捌）。脂残本抄录时间较晚，一些棠村序文被误题或冒充为“总评”，又混杂着一些从脂京本抄来的眉批或双行小字评语，颇不易辨别（图版叁～陆）。残本的“编者”爱耍花招，不但把第一回的棠村序文改头换面去冒充全书“凡例”第五条，甚

① 关于棠村序文的发现及其论证，早在 1961 年 2 月我在英国出版的《红楼梦探源》（英文本）第六章已提出（63～72 页）；1962 年的六月号《新华月刊》刊载拙作《我怎样写〈红楼梦探源〉》，其中第五节即专论“棠村序文的发现”。其他拙文中论及此事较详者，有（一）《残本脂评〈石头记〉的底本及其年代》第三节，（二）《论〈脂砚斋重评石头记〉（七十八回本）的构成、年代和评语》第五节，（三）《论〈石头记〉中的棠村序文——答伊藤漱平助教授》。

至于把第六回的一篇序文加以割裂，分抄在回前回后，以增加“总评”的条数（说详下文）。幸而脂京本中的序文（除极少数后来补录者外），一律用大字楷书抄在附页上（见图版捌），与脂评不相混杂，较易辨别。脂残本中虽已把脂京本的一些眉批、夹评抄在回前回后冒充“总评”，也可以用脂京本校对出来。除了图版叁至图版陆所对比的残本“总评”即袭用脂京本眉批和双行评外，又如残本第二十五回回末的一条“总评”，是把脂京本的“壬午”、“丁亥”两条相隔五年的眉批删改合并而成。脂残本第二十六回回末的八条“总评”中有五条抄自脂京本的眉批（五九八、六〇〇、六〇三、六〇六页，页码指1995年影印本，下同，不再注）。但残本中这些混杂情形，不必影响我们的研究工作。只要把两本互勘，不难把棠序残文钩沉辑录出来，作为研究《红楼梦》成书过程的重要资料。此外脂戚本也保存了少数序文，但大部分已被删去，又添入许多酸腐不堪的教训文字，以及庸俗恶劣、似通非通的诗词骈文，作为回前回后的“总评”，极为可厌。

这些棠村序文在“旧”稿《风月宝鉴》中所隶回次，除第一、第二回外，显然与“新”稿《石头记》所隶回次不同。我们在辑录时也只能依《石头记》抄本的回次。至其在“旧”稿中原隶回次，有的可以从故事内容推测而得，我在别的文章中具体讨论这些棠序时已有说明，这里不再重复了。

至于如何辨认这些序文，以及有关棠序的其他具体问题，可参看上文底注所引各文，这里也不必复重了。但这些文中虽也引用了棠序原文作为论据，却并没有把现存所有或全或残的序文统统钩沉录出，使读者一览无余。因此，如果要对这些序文作全面的研究，仍感不便。幸而上述保存棠村的几个本子（脂京、脂残、脂戚）现在都有了影印本；但对于一般读者，恐怕仍不易见到，或虽能见到而由于各本保存棠序的情况不同，一时仍不易辨别认清。为了便于研究起见，现在把上述三本中可以初步确定是棠村为雪芹“旧”稿《风月宝鉴》所作序文，钩沉辑录于后，其中文字有讹伪遗漏者，则以各本互校订正。

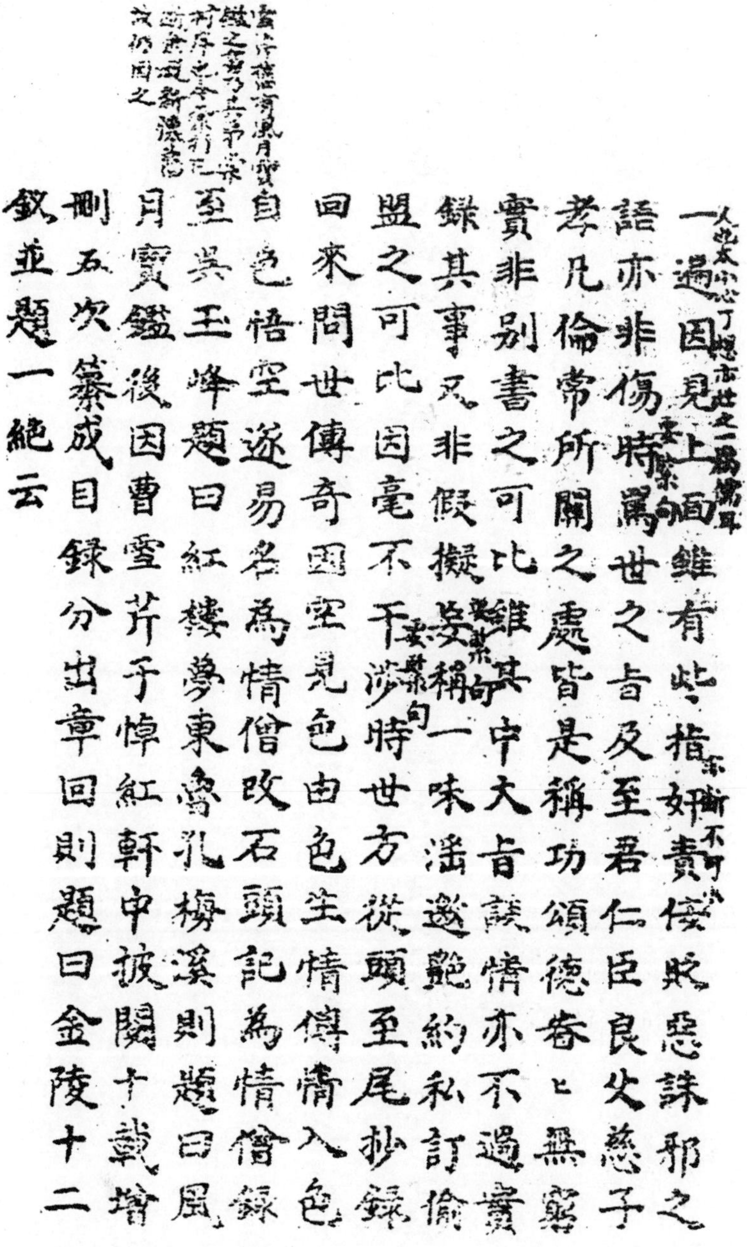

雪芹舊有風月寶鑑之書乃其弟棠村序也今棠村已逝余睹新懷舊故仍因之

一過因見上面雖有些指奸責佞貶惡誅邪之
語亦非傷時罵世之旨及至君仁臣良父慈子
孝凡倫常所關之處皆是稱功頌德眷眷無窮
實非別書之可比雖其中大旨談情亦不過實
錄其事又非假擬妄稱一味淫邀艷約私訂偷
盟之可比因毫不干涉時世方從頭至尾抄錄
回來問世傳奇因空見色由色生情傳情入色
自色悟空遂易名為情僧改石頭記為情僧錄
至吳玉峰題曰紅樓夢東魯孔梅溪則題曰風
月寶鑑後因曹雪芹于悼紅軒中披閱十載增
刪五次纂成目錄分出章回則題曰金陵十二
釵並題一絕云

柒　脂残本第一回第八页上

脂硯齋重評石頭記

釵玉名雖二个人却一身此幻筆也今書至三十八回時已過三分之一有
餘故寫是回使二人合而為一請看代玉逝後寶釵之文字便知余言不謬
矣

捌　脂京本第四十二回棠村小序

寫鳳之心机

寫鳳之珍貴

寫鳳之[illegible]

寫鳳之驕大

如此寫得可嘆可笑

又過于悲哀不大進飲食自己每日從那府中煎了各樣細粥精緻小菜命人
送來勸食賈珍也另外吩咐每日送上等菜到抱厦内單與鳳姐那鳳姐不畏
勤勞天々于卯正二刻．過來點卯理事獨在抱厦内起坐不與衆妯娌合群
便有堂客來往也不迎會這日乃五七正五日上那應佛僧正開方破獄傳燈
照亡參閻君拘都鬼筵請地藏王開金橋引幢幡那道士們正伏章申表朝三
清叩玉帝禪僧們行香放燄口拜水懺又有十三衆尼僧搭繡衣靸紅鞋在靈
前默誦接引諸咒十分熱鬧那鳳姐必知今日人客不少在家中歇宿一夜至
寅正平兒便請起來梳洗及收拾完備更衣盥手吃了兩口奶子糖粳米粥漱
口已畢已是卯正二刻了來旺媳婦率領諸人伺候已久鳳姐出至廳前上了
車前面打了一對明角燈大書榮國府三個大字欵々來至寧府大門上門燈

一四四

玖　脂京本第十四回眉批被脂残本窃去冒充“总评”

第十四回

鳳姐用彩明因自識字不多且彩明係未冠之童

寫鳳姐之珍貴

寫鳳姐之英氣

寫鳳姐之聲勢

寫鳳姐之心機

寫鳳姐之驕大

昭兒回並非林文璉文是黛玉正文

牛丑也清屬水子也柳折卯字彪折虎子寅字寓爲陳即辰翼火爲蛇巳字寓焉馬午也魁折鬼鬼金羊未字寓爲侯猴同音申也曉

拾　脂残本第十四回剽窃来的“总评”

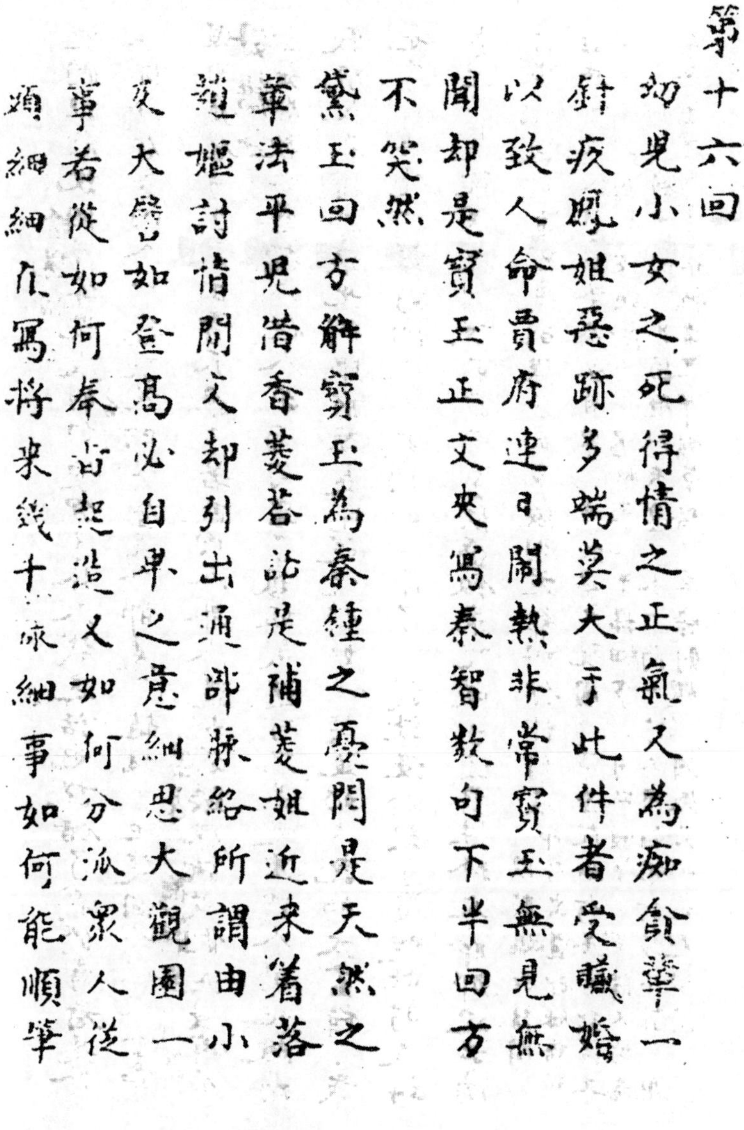

第十六回
幼兒小女之死得情之正氣又為痴貪輩一
針疚鳳姐惡跡多端莫大于此件者受贜婚
以致人命賈府連日鬧熱非常寶玉無見無
聞却是寶玉正文夾寫秦智数句下半回方
不笑然
黛玉回方解寶玉為秦鐘之憂悶是天然之
章法平兒借香菱答話是補菱姐近来着落
趙嫗討情閑文却引出通部脉絡所謂由小
及大譬如登高必自卑之意細思大觀園一
事若從如何奉旨起造又如何分派衆人從
頭細細直寫将来幾十樣細事如何能順筆

拾壹　脂残本第十六回前窃来的“总评”

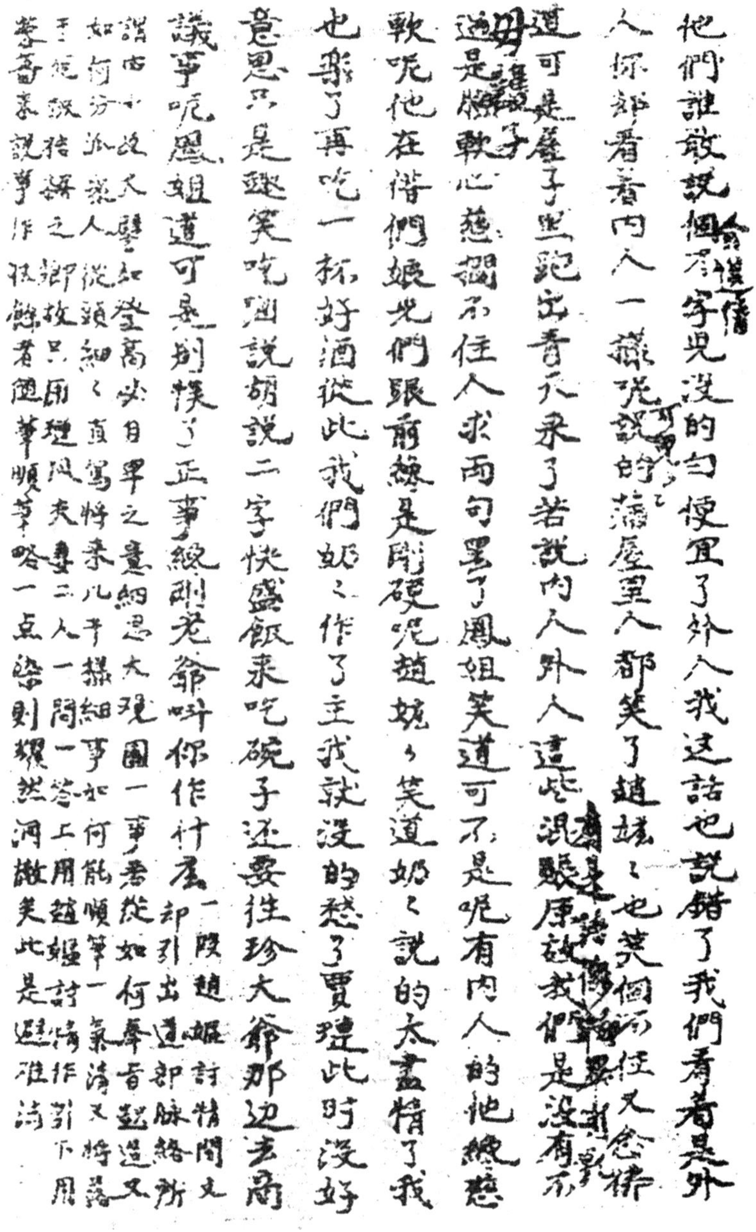

他們誰敢說個不字兒沒的白便宜了外人我這話也說錯了我們看着是外人你卻看着內人一樣呢說的滿屋里人都笑了趙嬤嬤也笑個不住又念佛道可是屋子里跑出青天來了若說內人外人這些混賬原故我們是沒有不是臉軟心慈擱不住人求兩句罷了鳳姐笑道可不是呢有內人的他總慈軟呢他在咱們娘兒們跟前纔是剛硬呢趙嬤嬤笑道奶奶說的太盡情了我也樂了再吃一杯好酒從此我們奶奶作了主我就沒的愁了賈璉此時沒好意思只是訕笑吃酒說胡說二字快盛飯來吃碗子還要往珍大爺那边去商議事呢鳳姐道可是別悮了正事纔剛老爺叫你作什麼一段趙嫗討情閑文却引出通部脉絡所謂由小及大譬如登高必自卑之意細思大觀園一事若從如何奉旨起造又如何分派衆人從頭細細直寫將來幾千樣細事如何能順筆一氣寫又將落于死板拮据之鄉故只用璉鳳夫妻二人一問一答上用趙嫗討情作引下用蓉薔來說事作收煞着筆順筆略一點染則耀然洞徹矣此是避難法

拾贰　脂京本第十六回双行小注被脂残本窃作“总评”

二 《风月宝鉴》旧稿曹棠村小序辑录

第一回 （据脂京本。脂残本删改此序，移作"凡例"第五条。）

此开卷第一回也。作者自云："因曾历过一番梦幻之后，故将真事隐去，而借'通灵'之说，撰此《石头记》[①]一书也。"故曰"甄士隐〔梦幻识通灵〕"[②]。但书中所记，何事何人？自又云："今风尘碌碌，一事无成，忽念及当日所有之女子，一一细考较去，觉其行止见识，皆出于我之上。何我堂堂须眉，诚不若〔彼〕裙钗哉？实愧则有余，悔又无益之大无可如何之日也。当此则自欲将已往所赖天恩祖德，锦衣纨袴之时，饫甘餍肥之日，背父兄教育之恩，负师友规谈之德，以致今日一技无成，半生潦倒之罪，编述一集，以告天下人：我之罪固不免，然闺阁中本自历历有人，万不可因我之不肖，自护己短，一并使其泯灭也。虽今日之茆椽蓬牖，瓦灶绳床，其晨夕风露，阶柳庭花，亦未有防（妨）我之襟怀笔墨。虽我未学，下笔无文，又何妨用假语村言，敷演出一段故事来，亦可使闺阁昭传，复可悦世〔人〕之目，破人愁闷，不亦宜乎？"故曰"贾雨村〔风尘怀闺秀〕"[③]。

此回中凡用"梦"用"幻"等字，是提醒阅者眼目，亦是此书立意本旨[④]。

为了比较，我不妨把脂残本的所谓"凡例"第五条也附录于此，看看这个本

---

① 此书名乃脂砚斋所坚持，故移录此序文时，改用《石头记》之名。棠村原文当为《风月宝鉴》。

② 此句过录时将"梦幻识通灵"五字省作"云云"，残本不省，以下凡方括号〔 〕内为补正之文，圆括号（ ）内为校正或注解之文。

③ 此句抄胥省作"贾雨村云云"。按棠村此序为本回解题，故序文均切回目对联中语，省作"云云"，殊违作序者原意。

④ 残本删去"此回中凡用'梦'用'幻'……"至"立意本旨"二十五字，又删去上文"亦可使闺阁昭传……不亦宜乎"一句。下文改为"故曰'风尘怀闺秀'，乃是第一回题纲正义也。开卷即云'风尘怀闺秀'，则知作者本意……阅者切记之"。戚本亦无"此回中……立意本旨"二十五字，其他文字亦有歧异。

子的“编者”怎样删改这篇重要的序文：不但有许多地方文字被改成不通，而且在末了还拖了一个摇尾乞怜的尾巴，完全歪曲了作者的原意。

此书开卷第一回也。作者自云，因曾历过一番梦幻之后，故将真事隐去而撰此石头记一书也，故曰：“甄士隐梦幻识通灵。”但书中所记何事？又因何而撰是书哉？自云：“今风尘碌碌，一事无成，忽念及当日所有之女子，一一细推了去，觉其行止见识，皆出于我之上，何堂堂之须眉，诚不若彼一干裙钗？实愧则有余，悔则无益之大无可奈何之日也。当此时则自欲将已往所赖上赖天恩，下承祖德，锦衣纨袴之时，饫甘餍美之日，背父母教育之恩，负师兄规训之德，已致今日一事无成，半生潦倒之罪，编述一记，以告普天下人：虽我之罪固不能免，然闺阁中本自历历有人，万不可因我不肖，则一并使其泯灭也。虽今日之茆椽蓬牖，瓦灶绳床，其风晨月夕，阶柳庭花，亦未有伤于我之襟怀笔墨者，何为不用假语村言敷演出一段故事来，以悦人之耳目哉？”故曰：“风尘怀闺秀”，乃是第一回题纲正义也。开卷即云“风尘怀闺秀”，则知作者本意，原为记述当日闺友闺情，并非怨世骂时之书矣。虽一时有涉于世态，然亦不得不叙者，但非其本旨耳，阅者切记之。（以上凡加点者，是残本多出或改后文字。另有六十多字被删去，无法标出，读者可核对上面脂京本序文。此序本是棠村为第一回而作，故原序第一句是“此开卷第一回也”。残本“编者”妄将此序移作全书“凡例”，故将第一句改为“此书开卷第一回也”。添一“书”字，文义便不通。下文又增“又因何而撰是书哉”一句，亦在欺骗读者，使人误认此序为全书“凡例”。）

第二回 （据脂京本，与残本、戚本互校错漏之字。）

此回亦非正文本旨，只在“冷子兴”一人，即俗谓“冷中出热、无中生有”也。其“演说荣〔国〕府”一篇者，盖因族大人多，若从作者笔下一一叙出，尽一二回不能得明，则成何文字！故借用冷子〔兴〕一人，略出其文(大)半,使阅者心中已有一荣府隐隐在心。然后用黛玉、宝钗等两三次皴染,则耀然于心中眼中矣,此即画家"三染法"也。

未写荣府正人,先写外戚,是由远及近,由小至大也。若使先叙出荣府,然后一一叙及外戚,又一一至朋友,至奴仆,其死板拮据之笔,岂作《十二钗》人手中之物也?今先写外戚者,正是写荣国一府也。故又怕闲文赘瘰。开笔即写贾夫人已死,是特使黛玉入荣府之速也。

通灵宝玉于士隐梦中一出,今又于子兴口中一出,阅者已洞然矣。然后于黛玉、宝钗二人目中极精极细一描,则是文章锁合处。盖不肯一笔直下,有若放闸之水,然信之爆,使其精华一泄而无余也。究竟此玉原应出自钗、黛目中,方有照应。今预从子兴口中说出,实虽写而却未写。观其后文可知。

此一回〔文〕[①]则是虚敲旁击之文,笔则是反逆隐曲之笔[②]。

第六回 (据指残本,各本中只有残本存此序,又分列于回前回后。)

宝玉、袭人亦大家常事耳,写得是已全领警幻"意淫"之训。(此段原与下文为一段,今按文义内容析出。)

此回借刘妪,却是写阿凤正传,并非泛文;且伏二递(进)三递(进)及巧姐之归着。

此〔回〕刘妪"一进荣国府",用周瑞家的,又过下回无痕,是无一笔〔只〕写一人文字之笔。

题曰[③]:

朝叩富儿门　富儿犹未足

虽无千金酬　嗟彼胜骨肉

——以上在回前

---

① 原漏"文"字,据下句语法校补。

② 此下有七绝一首:"一局输赢料不真……",脂砚评语指为雪芹所作,与棠村无关,故不录。此序脂京、脂戚不分段,脂残分两段。兹据文义内容分为四段。

③ 凡回前序后题诗,脂评未指出作者是谁,姑录存以备参考。下同。

“一进荣府”一回，曲折顿挫，笔如游龙，且将豪华举止，令观者已得大概，想作者应是心花欲开之候。

借刘妪入阿凤正文。“送宫花”写“金玉初聚”为引。作者真笔似游龙，变幻难测。非细究至再三、再四、不记数，那能领会也。叹叹。

——以上在回后

第十一回 （据脂京本，朱笔过录于十一回前空白页。残本录此序残文于十三回前。由此亦可证残本过录时，远在脂京底本之后。）

此回“可卿梦阿凤”，盖作者大有深意存焉。可惜生不逢时，奈何奈何！然必写出，自可卿之意也。则又有他意寓焉。

荣宁世家，未有不尊（遵）家训者。虽贾珍当（尚）奢[①]，岂明逆父哉？故写敬老不管，然后姿（恣）意，方见笔笔周到。

诗曰：一步行来错　回头已百年
　　　古今《风月鉴》　多少泣黄泉

第十二回 （据脂京本，朱笔录于回末空白页上。）

此回忽遣代（黛）玉去者，正为下回可儿之文也。若不遣去，只写可儿阿凤等人，却置代（黛）玉于荣府，成何文哉！固（故）必遣去，方好放笔写秦，方不脱发。况玉乃书中正人，秦为陪客，岂因陪而失正耶？后大观园方是宝玉、宝钗、代（黛）玉等正紧（经）文字，前皆系陪衬之文也。

第十四回 （据脂京本、脂残本。）

① “尚”字据脂残本第十三回前半页残文“贾珍尚奢，岂有不请父母命之理”一语校正。“尚奢”用陆机《文赋》：“故夫夸目者尚奢。”因贾珍对凤姐说：“别存心替我省钱，要好看为上。”这就是“夸目”。

此回将大家丧事详细剔尽，如见其气概，如闻其声音，丝毫不错，作者不负大家后裔。

写秦死之盛，贾珍之奢，实是却写得一个凤姐。

——以上脂京本

昭儿回并非林文、琏文，是黛玉正文。

“路谒北静王”是宝玉正文。

——以上脂残本

第十五回　（据脂残本。）

宝玉谒北静王辞对神色，方露出本来面目，迥非在闺阁中之形景。

北静王问：“玉上字果验否?”政老对以“未曾试过”。是隐却多少捕风捉影闲文。

北静王论聪明伶俐，又年幼时为溺爱所累，亦大得病源之语。

凤姐中火（伙），写纺线村姑，是宝玉闲花野景一得情趣。

凤姐另住，明明系秦、玉、智能幽〔情〕事，却是为净虚攒营凤姐大大一件事作引。

秦、智幽情，忽写宝、秦事云，“不知算何账目，未见真切，不曾记得，此系疑案，〔不敢〕蓁（纂）创”，是不落套中，且省却多少累赘笔墨。昔安南国使有题“一丈红”句云：“五尺墙头遮不得，留将一半与人看。”

诗云[①]

第十六回　（据脂残本回前“总评”，其中第三、第四两条抄自京本脂评，不录。）

① 凡棠村序后有“诗云”或“诗曰”标题而无诗者，证明本来有诗，或已失去，或因故删除。下同，不再注。

幼儿小女之死，得情之正气，又为痴贪辈一针疚（灸）。凤姐恶迹多端，莫大于此件者。受赃〔逼〕婚，以致人命。

贾府连日闹热非常，宝玉无见无闻，却是宝玉正文。夹写秦、智数句，下半回方不突然。

黛玉回，方解宝玉为秦钟之忧闷。是天然之章法。平儿借香菱答话，是补菱姐近来着落。

借"省亲"事写南巡，出脱心中多少忆惜（昔）感今！

极热闹极忙中写秦钟"夭逝"，可知除"情"字俱非宝玉正文。

大鬼小〔鬼〕论势利兴衰，骂侭（尽）攒炎附势之辈。

诗曰

第十七回　（据脂京本，戚本同，首句作"诸艳之冠"。）

宝玉系诸艳之贯，故"大观园对额"必得玉兄题跋。且暂题灯匾联上，再请赐题，此千妥万当之章法[①]。

诗曰：豪华虽足羡　离别却难堪
　　　博得虚名在　谁人识苦甘

第二十回　（据脂京本回末墨抄。戚本同，文字略异。）[②]

此回文字，重作轻抹：得力处是凤姐拉李嬷嬷去；借环哥弹压赵姨。细致处〔是〕宝钗为李嬷劝宝玉，安慰环哥，断喝莺儿。至急为难处是宝颦论心。无可奈何处是"就拿今日天气比"；湘云冷笑道："我

① 此回附页上尚有"此回宜分二回方妥"一语，是向作者建议的意见，或后人所加评语，不能认为是棠村序文。

② 这回的棠序被录在本回正文后面的空白纸上。回后附页上有脂砚为二十一回写的长评及七律。但末一条似系棠村为二十一回写的小序的残文。

当谁,原来是他”[1]。冷眼最好看处是宝钗、代(黛)玉看凤姐拉李嬷云:“这一阵风”;玉、麝一节;湘云到,宝玉就走;宝钗笑说等着;湘云大笑大说;颦儿学咬舌;湘云念佛跑了。——〔此〕数节可使看官于纸上能耳闻目睹其音其形之文。

第二十一回 (据脂京本回前墨抄,戚本。)

此回袭人“三大功”,直与宝玉一生三大病映射。(“三大功”戚本误作“之大功”。)

第二十三回 (据脂京本回末朱笔抄存。)

〔此回〕前以《会真记》文,后以《牡丹亭》曲,加以有情有景,消魂落魄诗词,总是争于令颦儿种病根也。看其一路不迹(即)不离,曲曲折折写来,令观者亦技〔痒〕难持,况瘦怯怯之弱女乎!

第二十四回 (据脂京本回前附页,戚本文字略异。)

夹写“醉金刚”一回,是处(剧)中之大净场[2],聊醉(醒)看官倦眼耳。然亦书中必不可少之文,必不可少之人;今写在市井俗人身上,又加一“侠”字,则大有深意存焉。

---

① 按正文是“黛玉冷笑道……”,脂京本所录序文以此话归之湘云,似系笔误。戚本已改正为“黛玉冷笑道”。

② 脂京本原文作“处中之大净场”,殊不可通。有正书局印戚本,妄改为“书中之大文字”。俞氏《辑评》改为“书中之大净场”,皆不可通。今按:“处”字繁体草书作“處”,原文乃“劇”字,缺其右侧偏旁,抄者以为“處”字草书,遂简写为“处”。原文“剧中之大净场”,正谓此回醉金刚倪二在旧剧中应饰净角(大花脸),故其戏为“大净场”。参看各脂本第一回楔子:“假拟出男女二人名姓,又必傍出一小人其间拨乱,亦如剧中之小丑然。”

第二十五回　（据脂京本回末朱笔抄存，残本回末“总评”。）

此回书因才干乖觉太露，引出事来。作者颇（婆）心，为世之乖觉人为鉴。

——以上脂京本

先写红玉数行引接正文，是不作开门见山文字。

灯油引大光明普照菩萨。大光明普照菩萨引五鬼“魇魔法”，是一线贯成。

此回本意是为禁三姑六婆进门之害，难以防范。

——以上脂残本

第二十六回　（据脂残本回末“总评”，剔去从脂京抄来脂评。）

此回乃鞶儿正文，故借小红许多曲折琐琐之笔作引。

怡红院见贾芸，宝玉心内似有如无，贾芸眼中应接不暇。

黛玉望怡红之泣，是“每日家情思睡昏昏”上来。

第二十七回　（据脂京本、脂残本，戚本同脂京。）

《葬花吟》是大观园“诸艳之归源”小引，故用在饯花日诸艳毕集之期。

饯花日不论其典与不典，只取其韵耳①。

——以上脂京本

池边戏蝶，偶尔适兴；亭外〔金蝉〕②，急智脱壳；明写宝钗非拘拘然一迂女夫子。

---

① 戚本此段与上段相连，不分开。残本无上一段，此段删“其”字。“日”作“辰”。末句为“只取其韵致生趣耳”，多三字。

② 原漏“金蝉”二字，按上下文体例及文义校补，参看下文第三十回棠村序文：“是写宝钗金蝉脱壳”。

凤姐用小红，可知晴雯等理(埋)没其人久矣，无怪〔其〕有私心私情。且红玉后有宝玉大得力处，此于千里外伏线也。

埋香冢葬花乃"诸艳归源"，《葬花吟》又系诸艳一偈也。

——以上脂残本

第二十八回 （据脂京本、脂残本，戚本同脂京。）

"茜香罗"、"红麝串"写于一回。盖琪官虽系优人，后回与袭人供奉玉兄宝卿，得同终始者，非泛泛之文也。

自"闻曲"回以后，回回写药方，是白描颦儿添病也。

——以上脂京、脂残两本同

宝玉忘情露于宝钗，是后回累累(屡屡)忘情之引。

茜香罗暗系于袭人腰中，系伏线之文。

——以上脂残本

第二十九回 （据脂京本。戚本"少"下多一"小"字。）

清虚观贾母、凤姐原意大适意、大快乐，偏写出多少不适意事来。此亦天然至情至理必有之事。

二玉心事此回大书，是难了割。却用太君一言以定。是道(透?)悉通部书之大旨。

第三十回 （据脂京本，戚本同。）

"借扇敲双玉"是写宝钗金蝉脱壳。

银钗画"蔷"字是〔写〕痴女梦中说梦。

脚踢袭人是断无是理，竟有是事①。

---

① 脂京"借"讹作"指"，"敲"误作"槁"，"字"误作"学"，"痴"上脱"写"。据戚本校正。

第三十一回　（据脂京本，末条补抄于回后附页上。戚本同，但断句分段错误。）

“撕扇子”是以不知情之物供姣嗔不知情时之人一笑，所谓“情不情”[①]。

金玉姻缘已定，又写一金麒麟，是间色法也。何颦儿为其所惑？故颦儿谓“情情”。

后数十回若兰在射圃所佩之麒麟，正此麒麟也。提纲伏于此回中。所谓草蛇灰线，在千里之外。

第三十六回　（据脂京本。戚本末句漏“不”字。）

“绛芸轩梦兆”是金针暗度法。夹写月钱是为袭人渐入金屋步位。“梨香院”是明写大家蓄戏，不免奸淫之陋（累？），可不[②]慎哉！慎哉！

第三十七回　（据脂京本，戚本同。[③]）

美人用别号，亦新奇花样，且韵且雅，呼去觉满口生香。起社出自探春意，作者已伏下回“兴利除弊”之文也。

此回才放笔写诗、写词、作扎。看他诗复诗，词复词，扎又扎，总不相犯。

湘云诗客也。前回写之。其今才起社后，用不寂（即）不离闲人数语数折，仍归社中，何巧活之笔如此。

---

① “情不情”和“情情”是末回警幻《情榜》中对榜上女子的评语。

② 陈庆浩《脂评辑校》以有正本为主，附“己卯”、“庚辰”于下，而竟未校出戚本漏“不”字（香港版，400页）。参看第四十一回棠村序言末句。

③ 有正翻印戚本将此序误入第三十八回首页。首二段不分，“不寂”作“不即”。末句删“何”字。

第三十八回　(据脂京本。)

题曰《菊花诗》、《螃蟹咏》，伪自[1]太君前阿凤若许诙谐中不失体。鸳鸯、平儿宠婢中多少放肆之迎合取乐，写来似难入题，却轻轻用弄水戏鱼之(与?)看花等游玩事，及王夫人云，“这里风大”一句收住入题，并无纤毫牵强。此“重作轻抹”法也。妙极，好看煞！

第三十九回　(据戚本，脂京所无。因文体近是，姑录于此。)

此回第一写势利之好财，第二写穷苦趋势之求财。且文章不得雷同：先既有诗社，而今不得不用套(套用?)坡公听鬼之遗事，以振其余响，即此以点染宝玉之痴。其文真如环转，无端倪可指。

第四十一回　(据脂京本。)

此回“栊翠品茶”、“怡红遇劫”。盖妙玉虽以清净无为自守，而怪洁之癖，未免有过。老妪只污得一杯，见而勿用。岂似玉兄日享洪福，竟至无以复加而不自知。故老妪眠其床，卧其席，酒屁熏其屋，却被人袭(袭人)遮过，则仍用其床、其席、其屋。亦作者特为“转眼不知身后事”写来作戒。纨袴公子，可不慎哉！

第四十二回　(据脂京本，见图版捌。)

钗、玉名虽二个，人却一身，此幻笔也。今书至三十八回时，已过

---

[1] 此处及下文“之看花”前似均有脱文。俞氏《辑评》(新二版，431页)改“伪自”为“偏在”，盖据脂配本(旧称“己卯”本)校改。径删“之”字，不作校记。又云：“有正开始总批已改录在前回之末”。按有正本无此文。“录在前回之末”者即“美人用别号”等三则，仍误题作“第三十八回”，放在第三十七回与第三十八回之间空白页上(影印本一三九三页)。

三分之一有余，故写是回，使二人合而为一。请看黛玉逝后宝钗之文字，便知余言不谬矣。

第四十六回 （据脂京本。）

此回亦有本而笔，非泛泛之笔也。

只看他题纲用“尴尬”二字于邢夫人，可知包藏含蓄。文字之中，莫能量也。

第四十八回 （据脂京本。）

题曰“柳湘莲走他乡”，必谓写湘莲如何走。今却不写，反细写阿呆兄之游艺了心。却（恰？）湘莲之分内〔应〕走者而不细写其走，反写阿呆不应走而写其走。文牵岐（**章歧**）[①]路，令人不识者如此。

至“情小妹”回申（**中**）方写湘莲文字，真神化之笔[②]。

第四十九回 （据脂京本。）

此回系大观园集十二正钗之文。

第五十四回 （据脂京本。）

首回楔子内云“古今小说，千部共成一套”云云，犹未泄真。今借老太君一写，是劝后来胸中无机轴[③]之诸君子不可动笔作书。

---

① “文章歧路”是评者习用语。“章”误作“牵”，“歧”误作“岐”，皆形近而讹，参看脂京本第五十回开始一段评语误抄入正文：“一定要按次序，恰（却）又不按次序，似脱落处而不脱落。文章歧路如此。”

② 此页半边的棠村序文似已被删去，所余不足一半。

③ “机轴”应作“杼轴”，谓构思措辞。陆机《文赋》：“虽杼轴于予怀，怵他人之我先。”

凤姐乃太君之要紧陪堂，今题“斑衣戏彩”[1]，是作者酬我阿凤之劳，特贬贾珍、琏辈之无能耳。

第六十四回 （据戚本，脂京缺此回。苏联列宁格勒藏抄本末句多“风流”二字，据补。）

此一回紧接贾敬灵柩进城，原当铺叙宁府丧仪之盛。但上回秦氏病故，熙凤理丧，已描写殆尽。若仍极力写去，不过加倍热闹而已，故书中于迎灵送殡极忙乱处，却只闲闲数笔带过。忽挥（插）入钗、玉评诗，琏、尤赠佩一段闲雅〔风流〕文字来，正所谓急脉缓受也。

统计上文，各脂评本保存棠村小序的情况如下：

1. 脂京本：保存棠村小序的全文或残文最多，共二十五回，即：第一、第二、第十一、第十二、第十四、第十七、第二十、第二十一、第二十三、第二十四、第二十五、第二十七、第二十八、第二十九、第三十、第三十一、第三十六、第三十七、第三十八、第四十一、第四十二、第四十六、第四十八、第四十九、第五十四回。

2. 脂残本保存棠村序文共十一回，即：第一、第二、第六、第十三、第十四、第十五、第十六、第二十五、第二十六、第二十七、第二十八回。

3. 脂戚本保存棠村序文共十五回，即：第一、第二、第十七、第二十、第二十一、第二十四、第二十七、第二十八、第二十九、第三十、第三十一、第三十六、第三十七、第三十九、第六十四回。

从上面的统计可以看出：除第一、第二两回外，各本所保存的棠村序文此有彼无，情况不同。其中第二十七、二十八两回各本都有，但详略不一。戚本所存大都与京本重复，残本与京本同有者共七回，但文字有歧

① 按脂京本及戚本第五十四回回目下句均作“王熙凤效戏彩斑衣”，可知“斑衣戏彩”乃《风月宝鉴》回目中语。

异。此有彼无的情况，可以用各本单独保存的情况表示之：

脂京本单独保存的棠村序文共九回，即：第十二、第二十三、第三十八、第四十一、第四十二、第四十六、第四十八、第四十九、第五十四回。

脂残本单独保存的棠村序文共四回，即：第六、第十五、第十六、第二十六回。

戚本单独保存棠村序文者共两回：第三十九回和第六十四回。

凡非单独保存者，即两本并有或三本共有。其文字虽偶有歧异，但基本相同，所异者只是抄时笔误，非内容有异。由于这些共有的序文，可以看出棠村文体和内容的一致性，把它作为一种尺度，用以衡量别人的文体，区别棠村和后人的作品。这在判断有正印的戚本中的一些“总评”时尤为需要。在有正本中，棠村序文和后人的评语一例称为“总评”，混杂不分。但从其文体内容，也可辨别。如比较上面从脂京、脂残两本中钩沉出来的序文和有正本各回之前一些酸腐做作的“总评”，便可以看出两者之间的区别是很明显的。因此，在戚本中有许多回前的“总评”乍看似乎像棠村序文，但经不起推敲，就可以看出是后人的仿作。当然，也可能有些真是棠村序文或其残文，在钩沉时被遗漏了，或者有的评者把棠序的残文加以补充、引申，以增篇幅。如有这种情况，也只能在将来有新发现的材料时再加更正了。但读者更迫切需要知道的是怎样辨别棠村序文和脂评。

三　棠村序文与脂砚评语的区别

自从脂残本的“编者”把这些棠村的序文和若干脂砚的评语改称“总评”或冒充“凡例”，编在回前回后以来，抄本的读者即无法辨认它们其实是棠村为《风月宝鉴》写的小序。脂京本过录时的版式和抄法虽然安排得比较合理，但因也没有标出“棠村序文”字样，读者在没有见到这一条有关棠村的脂评以前，也根本不知有棠村其人其序，自然也决不会想到那些所谓“总评”，不是脂评的一部分。

现在我们既从脂评中得知脂砚斋在他的重评《石头记》中保存了棠村为旧稿《风月宝鉴》所作序文，再来仔细考察脂京本中有些回前附页上的短序或残文和脂残本回前回后的一些所谓"总评"，再把它们和脂评本身细加比较，便可看出脂评和棠序有一些显著的区别。

（一）凡是脂评，不论写在什么地方——回前、回后、眉端、行间，其评语的内容都有所指，例如本回本页某行某句所说的具体情节或措辞文笔；绝没有所评之事之文在书中并不存在，以致评语成为无的放矢。

（二）棠村序文的情况却不同。它既是为旧稿《风月宝鉴》而作，有的情节故事在新稿《石头记》中已被雪芹在"增删五次"的过程中删去或重新改写，以致棠村为旧稿而写的序文所述及的内容情节已在现存抄本《石头记》中找不到了；或虽有而因故事的繁简不同，发生的次序不同，因之所隶的回次也不同了。最明显的例子如：

(1)第六回最后一条棠序残文："借刘妪入阿凤正文。'送宫花'写'金玉初聚'为引。"这一句话包括现存《石头记》第六、第七、第八三回中的故事（刘姥姥一进荣国府，周瑞家的送宫花，宝玉去探宝钗病，比看金锁、佩玉），可见在棠村所见的旧稿中都在一回之内，所以序文只用一句话概括。

(2)第十一回前的题诗"一步行来错，回头已百年……"，指秦可卿不是病死，其死时也不在第十三回内，而是早在第十一回。

(3)第二十八回棠序有一条说："自'闻曲'回以后，回回写药方，是白描颦儿添病也。"黛玉听《牡丹亭》曲子在今本《石头记》第二十三回。自第二十四回到第二十八回这五回中一张药方也没有写，黛玉也没有添什么病。

(4)第四十二回的序文说："钗、玉名虽二个，人却一身……故写是回，使二人合而为一。"这一奇怪荒唐的情节，新稿《石头记》中根本没有，早已被雪芹删去了[1]。这回序文说："今书至三十八回时，已过三分之一有

---

[1] 俞平伯《红楼梦研究》以此序为脂评，认为是"作者要把两美合而为一"，又引第五回警幻说其妹"乳名兼美"，进一步说"也就是三美合一"（213页）。可见对于脂评和棠序的混杂不分，会引到错误的结论上去。

余。”则可知此序原为第三十九回而写，今已移至第四十二回，可见故事扩充，全书至此已增写了三回。这话又说明《风月宝鉴》全书少于（38×3）回，即大约110回。

（5）第四十八回前面的序文所指的两个故事：“柳湘莲走他乡”，“薛蟠（阿呆兄）游艺了心”，今本《石头记》中分属于第四十七、第四十八两回。

（6）第四十九回前的序文只短短一句：“此回系大观园集十二正钗之文。”按第五回警幻册子和《红楼梦曲子》中的“十二正钗”，有元春、秦可卿、妙玉、巧姐在内。这一回新来了李纹、李绮、薛宝琴、邢岫烟，配上原有的黛、钗、湘、迎、探、惜、纨、凤，虽然也可凑足十二人，但这十二人和第五回中雪芹所定名单毕竟不同，且十二正钗中决不能没有元春、妙玉等人。是不是旧稿《风月宝鉴》中的十二正钗都是大观园内能诗的才女，故以二李、琴、岫代替早死的可卿、进宫的元春和不会作诗的凤姐、巧姐？果尔则二李、琴、岫应有较详的故事，不会像现在这样，除宝琴外，其余三人简直是可有可无的人物了。

这些歧异足以证明棠村所序的《风月宝鉴》旧稿有许多故事情节与改后的《石头记》很不同。

（三）棠村序文的性质是各回的“阅读指南”或“本回解题”之类，所以其用语措辞也和脂评不尽相同。在每篇序文开始时，或其中某一段开始时，经常用“此回”或“是回”作为冒头。如第一、第二、第六、第十一、第十二、第十四、第二十、第二十一、第二十五、第二十六、第二十九、第三十七、第四十一、第四十二、第四十六、第四十九各回。有的为了联系前后故事情节，也常用“下回”、“前回”、“后回”、“一回”、“回回”、“某回”（如“闻曲回”、“情小妹回”）字样。序文中也常引用回目联语中的文字，如第一、第二、第六、第十一、第十四、第十六、第二十三、第二十四、第二十五、第三十、第三十一、第三十六、第三十八、第四十六、第四十八、第五十四各回序文。又常说某一故事情节是某人“正传”、“正文”或“正经文字”；某一故事是另一重要故事的“小引”，或某事以某事“为引”，为某事“作引”。这些都是“解题”的术语。

（四）脂评内容大都具体而切题，有时联系到作者家世及幼年生活经验。虽然偶尔也有说到全回情节的，但大多数评语都针对各个故事，某些章节、文句，以及后文伏线，等等。脂砚也不是有计划地批评逐回内容，只是兴到笔随，有话即长。所以有些回中脂评极多，有时则接连许多回一条评语也没有（如第二十九至三十二回、第六十七至六十九回），或只有一条短评（如第三十三至三十四回、五十四回、六十一回、六十二回）。

（五）棠村序文的思想内容，比较庸俗幼稚，不但远不如曹雪芹，甚至比不上脂砚斋。如第十五回宝玉在农村休息时，要知道各种农具的用处，叹息农业生产劳动的艰苦，向村女学纺纱。脂评说这是“玉兄正文”，并称赞作者写这些故事用心“良苦”。而棠村的序文竟说这是“宝玉闲花野景一得情趣”。这是把他自己庸俗不堪的心情强加于宝玉。由此可见脂评和棠序在思想上有很大的距离。无视了这一距离，把这些棠村的话当作脂砚的“总评”，那就会丧失辨别材料的能力，把别人的错误记在脂砚的账上，再据以评价脂砚，当然不能得到正确的结论了[①]。又如第十五至第十六回王熙凤在馒头庵贪贿三千两银子，害死一对青年男女，脂砚斋在署名“脂研”的双行小字夹评中痛斥王熙凤，说她与贾雨村是一对“乱世之奸雄”。棠村序文一开始却说：“幼儿小女之死，得情之正气，又为贪痴辈一针疚（灸）。”不但冬烘荒谬，教条可厌，而且把读者对王熙凤与恶尼的痛恨和对死者的同情转移到空洞的封建教条方面去了。并且后半部书中凤姐被贾琏休弃，当然也和此事有关（因凤姐贪贿害死人是冒用贾琏之名）。棠村序文没有联系到后文，而先称赞“幼儿小女之死”是大谬的。其他类此的教条，不必多举了。

（六）上文（二）（3）（4）两条说到有的棠村序文中所指故事已因旧稿被删改而不复存在，但脂砚因怀念逝者而仍保留其序。也有旧稿中未删去的重要故事，棠村例应有序，而传世《石头记》中反而不见者。如第十二回贾瑞正照“风月宝鉴”而死，在此书中正是所谓“点睛”的故事，棠村当然有

① 参看本书227页注①。

序文论述，现在却不见了。又如第四十九回序文只残存一句，却把李纹、李绮、薛宝琴、邢岫烟都算在“十二正钗”之内。棠序原文恐怕上下还有许多文章，也不知何故被删除或失去了。

（七）最后，关于脂评和棠序的过录和笔色问题，也可以简略谈谈。

据脂砚自己在其评语中透露，棠村小序的写成远在脂评之前，所以在过录时序文可以和正文同时抄录，一律用墨笔大字抄在各回之前的附页上，如脂京本即是如此。脂残本则因其“编者”割裂棠序中文句作为回前回后的“总评”，令人误认为这些也是脂评。其实残本中的脂评多用朱笔过录；甚至在第六、第七、第八、第十五、第十六、第二十五、第二十六这七回中，连许多双行小字评语都是在正文抄时预留空白，然后用朱笔嵌抄进去的。但残本的“总评”有许多是从脂京本眉批或夹批中抄来的。而脂砚在早期抄本上补抄棠序时，有时也用朱笔（如脂京本第十一回前、第十二回后等处）[①]，故不能用朱墨二色的区别来确定何者为脂评，何者为棠序。现在只能说：脂京本回前附页上的大字墨抄短文（除第二十回末的脂评及诗外）大都可定为棠序。脂残本“总评”中剔除了从脂京本抄来的脂评以后，从文体和内容方面比较已知的棠序，也可以辨认出一些棠序或其残文。上文钩沉所得，尚有待于更直接的证据加以肯定或否定。

四　棠村序文与《红楼梦》成书过程

曹棠村为《风月宝鉴》所写的序文为《红楼梦》成书过程的探索提供了重要证据。从现在所能辨认的棠序或其残文，已可考见从旧稿《风月宝鉴》到新稿《石头记》的演变中所透露的一些重要事实，如：

（1）故事的改写与扩充，因而引起

（2）回数的增加与旧有回目联语的改写，

① 但不要误会以为脂京本即是脂砚斋用以加批的底本。脂京本是从更早的抄本过录而来，其所据底本且不止一个。详本书《论脂砚斋重评〈石头记〉七十八回本的构成、年代和评语》。兹不赘。

(3)"增删"之前原有故事的大概轮廓,以及

(4)后半部书中的一些重要情节。

最后一条是对于脂评所透露的后半部书中的情节的重要补充。例如第二十七回棠村的序虽然只剩下两句残文:"《葬花吟》是大观园诸艳之归源小引"、"埋香冢葬花乃'诸艳归源'",却可以从这里看出:在旧稿中将来十二正钗都要同归于尽。很可能"诸艳归源"是旧稿回目中的联语文句。

棠村在序文中所表现的思想有时不免庸俗,已如上述。但他解释每回故事的命意所在,布局结构,和上下文的联系,作为后回故事的脉络,乃至何人为正,何人为陪,某事为主,某事为次——这些解说,显然是得作者同意的,也可能是从作者那里得这些指示,写入序中的。具体的例子如第一回序中他两次直接引作者之言:"作者自云……""自又云……"序文末了又说到"此书立意本旨",当然也是作者告知他的,否则他何能从第一回就知道别人全部书中的"立意本旨"? 再从现存棠村序文看,他的文字有时是不大通顺的[①]。但他对于每回故事的分析与评论,却颇有见地。这也可以暗示他从雪芹或脂砚那里得到启发,把他们的意见写入序中。好在他也并没有在序文上签他自己的名,所以也不发生猎取别人意见以为己有的问题。

过去《红楼梦》的研究者因为把这些棠村的序文当作脂评的一部分(第一回的序文甚至被误认为作者自写的引言),没有充分认识这批材料的重要性,甚至于它没有得到"红学家"应有的注意,因此它所透露、所暗示的许多重要问题都被忽视了。除了上文在比较它和脂评不同之点时已提及者外,棠序在透露旧稿《风月宝鉴》中的故事情节方面,它填补了脂评的空白;在暗示后半部书中的故事发展方面,它补充了脂评的不足。并

① 如第六回序:"是无一笔写一人文字之笔。"又:"'送宫花'写'金玉初聚'为引。"第二十五回序:"作者颇心为世之乖觉人为鉴。"第三十七回序:"用不寂不离闲人数语数折仍归社中。"第三十八回序:"伪自太君前阿凤若许诙谐中不失体。"第四十六回序:"可知包藏含蓄文字之中,莫能量也。"第四十八回序:"反写阿呆不应走而写其走。"这些文字原文未加标点,断句时更不好懂。标点后意思是可以懂了,毕竟还不大通顺。但这一点倒也可以作为区别脂评和棠序的一种指标。

且,如果把棠序当作脂评,有些问题就无法认清,更谈不到解决了。例如十六回的一条棠序残文说:

借"省亲"事写南巡,出脱心中多少忆惜(昔)感今!

如果把这条当作脂砚为《石头记》写的"总评",则评者脂砚是在说雪芹"借'省亲'事写南巡";是在说雪芹"出脱心中多少忆昔感今"。但康熙末次南巡驻跸曹家织造府中是在四十六年丁亥(1707),即雪芹生前八年,他怎么能"忆"他自己生前之"昔"?这条残文的内容不但证明它本身不是脂砚所写,而且还证明它所指的"省亲"故事也不可能是雪芹所写。它证明"忆昔感今"者不是雪芹,而是亲眼目睹昔年康熙"南巡"驻跸曹家的脂砚斋。所以由此棠序残文,可以弄清楚两点重要事实:

(一)"省亲"故事既以南巡故事为蓝本,则写此故事的蓝本者必亲见南巡,即不可能是雪芹。就现有材料看来,省亲故事的作者非脂砚莫属,雪芹至多只是做了些文字上的加工,亦即第一回"楔子"所谓"披阅十载,增删五次"的"增删"工作。

(二)"借'省亲'事写南巡"这句话,因为下文说到作者由此而"忆昔感今",故知是第三者的客观叙述,而非作者(脂砚)本人的自白。这第三者即是棠村。故知此条是他的小序而非脂砚的"总评"。这一条重要消息是脂砚无法或不便透露的,故由棠村在序中说出。这也是脂砚要把棠村序文保存下来("故仍因之")的一个重要理由,并不是单单为了纪念"逝者"才保存这些残文。棠村比雪芹还小,当然也没有见到南巡。他的这条消息,当然也还是听别人说的。这个"别人",最大可能就是脂砚。

第二十六回前面一大半篇幅是叙小红与贾芸的故事,后面只有一页叙述宝玉去访黛玉,不到全回十分之一。但棠村的小序却说:

此回乃颦儿正文,故借小红许多曲折琐琐之笔作引。

小红与黛玉素无关系，而且她不久即被凤姐要了去，从此不但与黛玉无接触，甚至与宝玉也断了联系。怎么黛玉正文，却要"借小红"的故事"作引"？其实小红与黛玉之间，倒有一件事暗中有牵连，但这件事黛玉自己不但不知道，甚至是万万想不到的。而且做成这件事的，使黛玉的正文与小红有牵连的，不是别人，正是后来送黛玉燕窝，表示十分关心，使她感激不尽的宝钗。就在下一回，宝钗因扑蝶到滴翠亭边，亭里面小红与坠儿正在密谈贾芸拾了小红的手帕，要通过坠儿向她索谢的事。小红推窗，发现宝钗已偷听了她们的私情话。宝钗却嫁祸于黛玉，还撒谎说，方才黛玉蹲在亭边弄水。又故意问小红："把林姑娘藏在那儿了？"把小红、坠儿吓得"半日不言语"，还说，"倘或（林姑娘）走漏了风声怎么样呢"？小红后来变成了王熙凤的得力助手。在下半部书中商议宝玉的婚事时，凤姐当然参与大计。在决定黛、钗二人的选择上，如果由于小红平时说到黛玉的一言半语，很可能在不知不觉中影响凤姐，因而间接地起了决定的作用。棠村在序中说"颦儿正文"要"借小红……之笔作引"，可见他是看到后半部书中小红有影响到"颦儿正文"的作用；而追溯其源，却是由于宝钗向小红诬告黛玉偷听了她们的私情话，以掩饰她自己的偷听。所以决定黛玉一生命运的"正文"其实根源于宝钗，小红在二十六回中的故事不过借以"作引"而已。关于这一点，脂砚在一条眉批中也特别唤起读者的注意："此节实借红玉（即小红）反写宝钗也，勿得认错作者章法。"（第六一五页）

第二十七回棠序说黛玉在埋香冢葬花乃"诸艳归源"，又说"《葬花吟》又系诸艳一偈"，"《葬花吟》是大观园'诸艳之归源'小引"[①]。这些话，总而言之，无非是说，大观园中这些美人，正如落花一般，不免要"零落归山丘"，同归于尽。《葬花吟》既然只是一个"小引"，则后面当然还有"诸艳归

① "引"是乐府诗歌的一种，如石崇的《思归引》，杜甫的《丹青引》，词调中的《江梅引》、《清波引》。"小引"即是"前言"或"序诗"，亦即吴歌中"前有艳，后有趋"之"艳"，如《三妇艳》。"引"、"艳"盖一声之转。（字亦假借作"焰"，如《焰段》；或"盐"，如《昔昔盐》、《突厥盐》；后世或作"炎"，如《黄帝炎》。参看《梦溪笔谈》及《姜白石词序》。）散文序亦可称"引"，如苏洵《送石昌言使北引》。旧戏台上角色出场时先唱一段，谓之"引子"，其义本此。如《琵琶记》第二出，生唱正宫引子《瑞鹤仙》；《长生殿》第一出末上，唱南吕引子《满江红》等（皮黄戏有时为道白）。

源”的正文。这也可以证明棠村是见到这些美人在旧稿中的最后结果的：都像落花之归于埋香冢，“一堆净土掩风流”。又如第三十一回序文引警幻《情榜》上晴雯的评语“情不情”和黛玉的评语“情情”，也可以证明棠村也已见到末回的警幻《情榜》，可知旧稿《风月宝鉴》即已写到了末回。更可证明胡适说雪芹写“甲戌”本时只完成了十六回[①]，是荒谬绝伦的胡诌。

棠村的序文有的可与脂评互相补充。脂评虽有许多回说到警幻《情榜》[②]，但只引述宝玉的评语是“情不情”，黛玉的是“情情”，没有提到副册中女子的评语。棠村序文透露晴雯的评语也是“情不情”，可知在《情榜》上，副册、又副册，乃至三副、四副册中女子均有评语，而晴雯则与宝玉同属于一类（或一格）。又如第二十八回序文说，后回有琪官（即蒋玉菡）“与袭人供奉玉兄、宝卿，得同始终”。脂砚在脂京本第二十回的眉批引后文的回目说，“袭人正文标昌（目曰）：‘花袭人有始有终’”，即指此事。

亦有棠村所见旧稿中原有的情节，今本中已删去者。如能考出其删去的原因，也许可见作者的全部计划。第二十九回棠村序文说：“二玉心事……是难了割，却用太君一言以定。”今本《石头记》写这一回宝玉和黛玉吵嘴，贾母知道了只说：“我这老冤家……偏生遇见了这么两个不省事的小冤家……不是冤家不聚头。”这些话能说是“一言以定”“二玉心事”吗？所谓心事，当然是指二人心中念念不忘的终身大事。则所谓“一言以定”者，也正是指二人的婚事。可见棠村所见旧稿中，必有此“一言”，而且这是“通部书之大旨”。可知旧稿在宝玉的婚事上，贾母是早已选“定”了黛玉的。但第三十一回棠序又说，“金玉姻缘已定”。这就怪了！读者不禁要问：这是怎么回事？是谁“定”的？怎么“定”的？怎么太君已定“二玉心事”，这儿又有谁来定“金玉姻缘”？传世《石头记》中并无此事，可见这又是棠村所见旧稿《风月宝鉴》中的情节。但这两“定”之间的矛盾太明显

---

① 见影印脂残本（香港 1961 年版）胡适跋文第四页。

② 见脂京本第十八回，第三八〇页眉批：“至末回警幻《情榜》，方知正、副、再副，及三、四副芳讳。”第十九回，第四二一页：“后观《情榜》评曰：‘宝玉，情不情’，‘黛玉，情情’，此二评自在评‘痴’之上。”第二十二回，第五〇六页：“宝钗……宝玉……始终跌不出警幻《幻（情）榜》中。”又脂残本第八回，第一二页下：“按警幻《情讲（榜）》，宝玉系情不情。”

了，因为太君所“定”的既是“二玉心事”，显然不会是“金玉姻缘”。

为了解决这一矛盾，旧稿似乎用“使(钗黛)二人合而为一”这一奇怪的写法[①]。又使黛玉早死，所以棠村又有“请看黛玉逝后宝钗之文字，便知余言不谬矣”的辩解。棠村也知道“使二人合而为一”这种说法是大“谬”的，所以他要求读者看“黛玉逝后宝钗之文字”，以证明他这话“不谬矣”。

旧稿既然要写黛玉早死，就得让她多病。因此，在第二十三回“‘闻曲’回以后”要“回回写药方”，“白描鞶儿添病”(二十八回序文)。但这样一来，矛盾解决得并不妥当，读者仍会觉得“二人合而为一”这种写法是颇“谬”的。雪芹认为这些情节都不妥，不如统统删去。雪芹为了使黛玉的生命延长，以便在大观园中充分表现她的智慧和诗才，尤其必须删去“回回写”的重复可厌的“药方”，不致使她无故添病或无病服药。——旧稿中这些不合理的情节我一直疑心不是出于雪芹之笔，而是脂砚的文字。但此事说来话长，这里无法详谈。我们现在就事论事，只能把话题限于论棠村的序文。

这些幸而残存的短序，虽然有的只剩下一言半语，又似乎前言不接后语，但如果把它们放在恰当的位置里，和另外一些看似无关而其实暗通脉络的文句联系起来看，仍可以隐隐约约看出旧稿《风月宝鉴》的一些原形。这也如同古生物学家发现史前兽类化石的一个牙齿、一段脊椎或一根脚趾，可以据以推算它的食料是什么，它的躯干有多长，从而还原复制这一动物的本来形体。我们从棠村的序文得知某些《风月宝鉴》旧稿的故事内容，尽管只是一鳞半爪，也可用以推测这些故事的可能作者，这位作者的思想见解，并用以比较雪芹在“悼红轩中披阅十载，增删五次”以后的《石头记》。虽然我们凭现有材料，仍无法比较新旧两稿在文字描写方面的优

① 第四十二回棠村序文中语，见图版捌。

劣[①]，但仅就现在所知的少许故事情节而论，新稿《石头记》比旧稿《风月宝鉴》显然要胜过许多倍。这也能帮助我们更好地认识和欣赏雪芹在文艺创作方面的天才和学识。这对于古典文学的研究和欣赏，或创作方面的借鉴与参考，都是有益的。我们据棠村序文以研究《红楼梦》的成书过程，也不是仅仅为了考证史实的兴趣，而是要实践毛泽东同志教导我们古为今用的原则，从研究所得的成果中理解一部伟大作品是经过了多少次苦心经营、精益求精的加工修改而完成的。要从这一过程中学习伟大作家创作的可贵经验，使现在的作家和研究工作者得到益处，能更好地为社会主义建设做出贡献，为广大群众生产更好的作品。

1977 年 8 月 16 日写于北京小汤山，10 月 7 日改定

（原载《郑州大学学报》1977 年第 4 期）

【补记】 按脂京本第二十四回末页空白处附录两条文字，均用朱笔。第一条字较小，专评回末红玉之梦。第二条大字评红玉处境："红玉在怡红院为诸嬛所掩，亦可谓生不遇时。但看后四章供阿凤驱使可知。"按今本《石头记》只有第二十七回有凤姐驱使红玉一事，并无"后四章"驱使红玉情节，这大概又是旧稿《风月宝鉴》未改前的情节，则上面一段文字可能是棠村序文中语。回前附页上抄时遗漏，脂砚补录于此，正如第二十三回棠村之序，亦用朱笔补录于回末页上空白处也。

1980 年 4 月 6 日校后记

① 第五十四回棠村序文引首回楔子中语云："古今小说，千部共成一套。"抄本《石头记》把此句改为"至若佳人才子等书，则又千部共出一套。"这似乎是雪芹改后文字。但可惜只此一句。今按："古今小说"包括历史演义、公案朴刀、佛道宣传、烟粉灵怪，等等，说它们"千部共成一套"是不符合事实的。改为"才子佳人等书"，则指与《红楼梦》同类之书，自较妥当。下句改"成"为"出"，也较好。"共成一套"，可能被误解为千部合成一套大书。改为"共出"，则是说它们都从一套模式出来，内容相似。

从高鹗生平论其作品思想

一 前言

《红楼梦》百二十回，前三分之二为曹雪芹原作，后三分之一为高鹗补作。雪芹除此小说外，其他作品绝少传世，而论曹之文之书层出不穷。高鹗则有诗集、词集、制艺等作，而迄今尚无人为专文论之者，并其生卒年亦不详。近来甚至有人怀疑《红楼梦》后四十回是否为高鹗所作。如果不知其人的生平事迹、行谊思想，如何能论其作品？我们既要批评作品，自必先有“论证”，可知无“证”则其“论”必空。但如对其作者了无所知或所知不足，则又以何为“证”？故作此文，为研究或评论后四十回《红楼梦》者奠一基础。

在解放以前，有关这位《红楼梦》后四十回的作者一般读者只知道下列一些简略事实：

1. 他是汉军旗人，字兰墅，原籍奉天（辽宁）铁岭，隶内务府镶黄旗。

2. 乾隆五十三年戊申（1788）他考中了顺天（北京区）乡试举人，乾隆六十年乙卯（1795）中三甲一名进士。

3. 曾任嘉庆六年（1801）顺天乡试同考官、内阁侍读、刑科给事中等官职。

4. 他娶诗人张问陶（1764—1814）之妹为妻，张问陶是他戊申同科的举人（旧时称为“同年”）。他和张又是嘉庆六年的同闱考官。

5. 他著有《高兰墅集》和《吏治辑要》（有汉、满、蒙三种文字本，故又称《三合吏治辑要》），但二书均未见流传。

6. 他补作后四十回《红楼梦》，据一百二十回刻本程伟元序及高序，知在乾隆辛亥（1791）以前，程氏说他“闲且惫矣”。

但除了这几点以外，我们连他的生卒年份都茫无所知，因此便无法知道他几岁中举，几岁娶张氏，几岁写作《红楼梦》后四十回。至于其他情况，更不了解。

解放后，有关《红楼梦》及其作者的材料陆续刊布，对于这方面的研究提供了前所未有的方便。1955 年北京文学古籍刊行社影印的《高兰墅集》是一个辑本，其中包含一些前此未见流传的诗、词、文。当时我在英国未能买到此书，故在写拙著《红楼梦探源》时未能利用其中材料。但直到现在，由于我们尚不知他的生卒年，以致凡与高鹗年龄有关的一些重要问题，依然无法解决。这对于《红楼梦》后四十回的研究是一个不小的障碍。

1962 年我回国以后，见到一些前所未见的材料。其中比较重要的为《高兰墅集》中的《砚香词》四十四首和高鹗的诗集刻本《月小山房遗稿》[①]。这批材料中都有些零碎记录的年份干支，可借以考出高氏一部分的行谊，推知他的某些事迹发生时的约略年龄，因而可以对于高氏之为人有比较详细的了解，得以试从前人所不注意的角度来考察他补作《红楼梦》后四十回的某些问题。这样得出的结论，也许要比全凭推测的说法可靠些。下文将先探索高鹗的生卒年，然后说明他的生活概况、家庭背景，并试图由他的诗词作品进而论其为人品质和思想。

二　高鹗的生卒年

《月小山房遗稿》有高鹗的学生“长白觉罗增龄”的序文，系年“嘉庆丙子(1816)春三月”。序中说到高氏卒后由序者之弟少峰手抄乃师“遗诗一帙，将付梓人”。由此可知高氏至迟死于嘉庆二十一年丙子之前一两年，即 1815 年或 1814 年。

《遗稿》所辑各诗乃按体分编：首五律（一至七页）、次七律（一至五

---

① 下文简称《遗稿》。“月小山房”隐“高”字，盖用苏轼《后赤壁赋》“山高月小，水落石出”二语，又按《清史稿》卷四九〇《文苑传》二，《李锴传》附高鹗传，说他有《兰墅诗抄》，但未见他书著录。《遗稿》为高卒后其学生华龄所辑录（详下文），若其生前已有诗抄，不应在《遗稿》序中绝不提及。故《清史稿》所云，未知所据。

页)、次七截(绝)(一至八页)、末试帖(一至六页)。故如诗题下无干支,即不易定其年代。各体之中,唯七截有一些年月可考,如第二页上有《庚戌三月寓斋枕上闻风雨声》一题,知为乾隆五十五年(1790)作。这时他已中举二年,但《红楼梦》刻本尚未付印。第二页下有《送张竹雪归皖江》,诗云:

灵和殿角旧容仪,皎皎临风玉一枝。三十年来浑未见,逢君翻是送君时[①]。

此诗紧接上一首"庚戌三月"之诗,当即做于是年或庚戌以后不久。第四页又有送张诗,全题云:"张竹雪来都,出其别后所著《沧波词》,感旧怀人,凄然欲绝。闻又将行矣,赋此赠之。"共二首,其第二首末联云:

屈指春风销五度,人生禁得几分离!

诗末自注云:"竹雪自辛亥旋里,至是五年矣。"故知上引第一首送张诗作于乾隆辛亥(1791),而此第二次送张诗则做于五年后之嘉庆元年丙辰(1796)[②]。在两次送张诗之间,第三页上,有《重订〈红楼梦〉小说既竣题》,为辛亥送张诗后的第三首,当为次年壬子(1792)程乙本删改毕后所作。送张诗以后的第六题是《灯下阅卷呈那绎堂[③]诸同年》。按嘉庆六年辛酉(1801)顺天乡试高为同考官,则《灯下阅卷》诗亦作于1801年。由此数例,亦可以推知各体诗在每一类中大约仍以年代相次。

由辛亥(1791)送张诗第三句"三十年来浑未见",知高、张二人相识,

① 张竹雪,名不详。据《遗稿》七截卷,第二页下、第四页上,他著有《撷芳诗》、《沧波词》。

② 高鹗于上年乙卯中进士,旋授侍读。故下一首《直夜》即在内阁中书任内所作,有"五云高处看三台"之句。

③ "绎堂"是那彦成的号。他姓章佳氏,字韶九,一字东甫(1764—1833)。他和高氏都是戊申举人,故为"同年"。那彦成次年即中进士,在嘉庆四年(1799)已任工部尚书,次年因在陕西镇压白莲教无功,奏对失旨,降为翰林院编修。高鹗呈那氏诗,当在此时。

迄辛亥年止,至少已有三十年。由高鹗在两首诗的题中、注中都直呼其字,知高之辈齿大概较张为长。自辛亥上溯三十年为乾隆二十六年辛巳(1761)。高氏诗中第二句乃用杜甫《饮中八仙歌》中指崔宗之之语,则三十年前的张竹雪已是所谓“潇洒美少年”,至少必已在弱冠之年,即二十岁左右。高氏可能较张大几岁。即使假定二人年龄相若,则高在辛亥作此诗时至少也已有五十岁。高鹗到乾隆戊申(1788)才中举,其时至少已有四十七岁。若高比张大三四岁,即三十年前二人在“灵和殿角”相遇时高已在二十以上,则他中举已在五十以后。如假定高在五十岁中举,则其在壬子(1792)年为《红楼梦》程乙本作“序言”时已五十四岁。今观其在这一年所作《重订〈红楼梦〉小说既竣题》一诗云:

> 老去风情减昔年,万花丛里日高眠。昨宵偶抱嫦娥月,悟得光明自在禅。

从第一句,我们甚至可以认为他作此诗时可能已不止五十四岁了。

他的《砚香词》共四十四首,词名之下有次题《簏存草》,并有自注:“自甲午(1774)迄戊申(1788)。”据此,可知这是他中举以前到中举之年共十四年中的作品,平均每年约得三首。如以上述他的中举的最可能的年龄五十岁为准,则《砚香词》做于他三十六至五十岁之间。从作品内容,也约略可以考见作者的年龄,例如词中《声声慢》下片云:

> 记起少年酒伴,费金丸买破,杏怨梨愁。趁蝶随蜂,浪赢两袖香留。今日鬓丝憔悴,任闲情都付秦讴。……

这是一首追忆少年冶游之词,作时已自称“鬓丝憔悴”(“丝”比白发),则显然不是四十岁以前的光景。但此词在长调中编在辛丑(1781)以前第五首,如假定为辛丑前二年所作,作时年四十一,则其中举之年也正是五十。

《高兰墅集》又收高鹗为麟见亭的母亲恽珠[①]的《红香馆诗草》所作序文,系年“甲戌之秋,八月既望”[②],是嘉庆十九年(1814)。序中有“披读一过,老眼顿明”之语。上文所引增龄为《月小山房遗稿》写序在嘉庆丙子(1816)三月,彼时高氏已卒,其弟华龄(即少峰)并已收集和手抄了高氏之诗。故由此二序,确知高鹗卒于1816年春天以前,1814年“八月既望”之后。高鹗卒于何处,现亦无从确知。但卒于刑科给事中任内,最大可能是北京。而增龄为《遗稿》所作序文,却写于“荆南道署”,其弟少峰,当时也同在荆南(湖北宜昌)他们父亲善怡庵的道署中。故在增龄兄弟得知乃师高鹗的讣闻以后,华龄才开始收集其遗诗,编排手抄,完了又请其兄作序,这一段时间可能不止三个月,则假定高鹗卒于上年乙亥(1815),较为合理。当然,也可以说,高氏在甲戌中秋的次日写完《红香馆诗草》的序文以后不久就死去,则时间可以即在甲戌年。但《遗稿》只有一百二十一个诗题,一百四十一首诗[③],华龄收辑、编抄这个集子,大概不至于要花一年以上的时间。故在未有其他确切的证据以前,不妨暂时假定高鹗卒于嘉庆二十年乙亥(1815)。雪芹之生与高鹗之卒,中间正好相隔百年。

再依上文推定他五十岁中举,时在乾隆戊申(1788),则可能生于乾隆三年戊午(1738)或略早。由这两个生卒年看来,高鹗享年七十七岁左右。

三　从现有材料看高鹗生平

关于高鹗生平的现有材料,以其诗集《月小山房遗稿》和《砚香词》为主。但《遗稿》为高氏死后其学生所编,包括高氏晚年的作品。《砚香词》则为其戊申(1783)冬天自编之集,虽为数不多,然较诗集为早,无戊申以

---

① 麟庆(1791—1846),字振祥,一字伯余,号见亭,姓完颜,是金世宗第二十四世孙。他的母亲恽珠(1771—1833),字星联,一字珍浦,是清初阳湖画家恽寿平(南田)的后人。恽寿平是曹寅的朋友。麟庆后任河道总督,著有《河工器具图说》(四卷)、《凝香室诗文偶存》等书。

② 这二句又是套《赤壁赋》成语。

③ 计五律四十五题,五十一首;七律十七题,二十一首;七截四十题,五十首;试帖十九题,十九首。

后作品，故先论其词。

作为文学作品而论，《砚香词》之浅薄无聊，与《兰墅十艺》中的八股文真堪伯仲。上文已说到这四十四首词作于他三十六至五十岁之间。一个三四十岁的人竟写出这样幼稚、轻佻、恶劣的东西，尤其令人惊异。但因其中保存一些年月和高氏家庭生活的资料，故不失为有史料价值。如和《遗稿》对勘，颇可考见高氏生平一些事迹。如再结合别的有关资料来看，则我们虽不能知他的详细历史，但对于他的为人、思想、交游等，至少可以得到一个大概轮廓。在理解了高氏生活情况以后再来看《红楼梦》后四十回的补作情况、内容评价，乃至是否为高氏补作这些问题，也许可以提供一些前人所不曾注意的证据。

《砚香词》依词调的长短分类抄集[①]，因此不能认为是编年的，须凭个别词调下所注干支及有关内容而定其年代。但在各类之中，似乎仍依年编次，而不是严格地按照每调字数多寡排列[②]。即如小令二十一首中，前数首极为浅薄幼稚，一看便知是初学词者所作；其开始二首及第七、第十一至十三首，已为批阅者所勾去。而末第三首《南乡子》下系年“戊申”(1788)，知为本集中最后一年，即高鹗中举这一年的作品。这个词稿，据书末“校记”，被最后一首《惜余春慢》词单页所掩盖的原稿上有“戊申季冬订”五字，知为高氏中举这年年底收集起来的。由此我们可以从《砚香词》所透露的一鳞半爪，推知高氏中举以前的一些生活片段。戊申以后不再有词，也许高老先生从此要“结束铅华归少作，摒除丝竹入中年”了罢？但他此时早已过了中年，而在他的《遗稿》里，中举以后的近体诗中仍有不少侧艳之篇[③]。所以不如认为此公的词实在太不高明，可能是他自己知难

① 计小令二十一首，中调十五、长调八，共四十四首(卷末所记中调“十四”是误计)。每首眉端注明“小”、“中”、“长”等字。但分类并不准确，如《青玉案》六十七字，双调《江城子》七十字，算入小令，而六十字的《唐多令》反抄在后面，算入中调。

② 如第二七页的《荷叶杯》(二十六字)即编在《采桑子》(四十八字)之后；第二八页的《如梦令》(三十三字)又在《卖花声》(五十四字)和《菩萨蛮》(四十四字)之后；第三一页另一首《菩萨蛮》则又在《南乡子》(五十六字)之后。

③ 例如七截《寄怀》、《小游仙》、《有赠》等，均为庚戌(1790)以后作。其前一首《感旧诗为英二竺乔赋》，可能为庚戌所作。

而退。只要看词稿中那位不知名的批阅者的删改评语，也就够他受的了。但我们现在不是要评他的词而是要从这些词中考知他的生平事迹。

上引《遗稿》序文的作者增龄说到他和他的“诸弟”称高鹗为“夫子”，在他跟前“侍坐有年”，似乎高鹗在做官以前曾设馆授徒，或为某姓延至家塾教其子弟。《砚香词》有《如梦令》(影印本，第二八页)，小题为“塾斋初秋”，词中有“人静北窗闲，暂学征君高卧”之句，证明他在中举前曾设塾授徒。词中又有《好女儿》、《锦帐春》、《怨东风》、《酷相思》四首，在第一首《好女儿》下自注云：“本意四阕，为李氏女作。”四词分咏此女十四岁上学，十九岁出嫁，其夫病死，女欲自杀殉夫等事，每首下均详注本事。其第一首调下注云：“女十四，从兄入家塾，学执笔，而性极慧，善解人意。”词中有“班管初拈，道字娇嫌，那惯人前频问对。……宛是生前杜丽：心儿小，性儿甜。问若个先生消受得……”[①]他把李氏女比作《牡丹亭》中的杜丽娘，他俨然以女学生的“先生”自居。据此则《如梦令》词调下所注“塾斋”，可能即李氏家塾。高鹗在中举以前，正如当时许多秀才一样，以授徒为生，殆无可疑。但是否即在李家，或他自己也设过私塾，则不可知。当时一般情形，某家延师课子，等到孩子长大，考上秀才，即不须再教。故为人家塾师，少则三五年，多则十来年，便须另换一家。高鹗在戊申以前可以有二十年以上的时间做塾师。《遗稿》的序者增龄、编者华龄及其诸弟都是高氏弟子，大概也在戊申以前。《遗稿》七截卷第二页上有《庚戌三月寓斋枕上闻风雨声》诗题。庚戌为1790年，已在他中举后二年，他的住处已不是《砚香词》中所谓“塾斋”而改称“寓斋”，可见他已不再是塾师，故在《红楼梦》序中程伟元说他“闲且惫矣”。

高鹗既为增龄、华龄等兄弟之业师，则他们的父亲善怡庵是高氏当塾师时的东家。《遗稿》五律卷，第五页下有诗题云：《善怡庵招同桂香岩诸公小集，赋赠怡庵》，在第五句“竞赏梅花卷”下自注云：“予以介庵梅花诗卷赠令嗣增松崖。”故知为《遗稿》作序之增龄松崖的父亲即善怡庵。同卷

---

① 对于一个已死的女学生用这样轻佻的口气，高氏人品可见一斑。至于词的内容肤浅、贫乏，更不必说。

第七页上有《赠别及门华少峰省侍之楚》三首，知《遗稿》的校刻者觉罗华龄字少峰，即增龄“序”中所谓“偕少峰诸弟侍坐有年”、“少峰手抄遗诗一帙”的“少峰”。此诗第二首末联云“遥思彩衣列，玉树映高堂”，知其时华龄的父亲和兄弟均已在“荆南道署”，华龄去探亲，当在增龄作序(1816)之前不久，则此诗乃高氏晚年所作。增龄是嘉庆庚午(1810)举人，官山东临清州知州，著有《蜂吟小筑文集》[①]。其序高鹗《遗稿》已在中举之后，写于“荆南道署”，盖在任知州以前。善怡庵官至荆南道，大概由侍读出任。《遗稿》七截卷，第六页有《答善怡庵侍读》云：

> 渭滨淮水两渔竿，别有清风七里滩。不是严光太高尚，受恩深处报恩难。

诗意莫知所指，后二句尤不伦不类。但末句显然套用脂评《石头记》第六回回末的诗联下句“受恩深处胜亲朋”，而此句则又从《清平山堂话本·张子房慕道记》“受恩深处宜先退”，及《醒世恒言》卷三十二“受恩深处亲骨肉”等语套来，可知高氏平日也看一些话本小说。

在高鹗的交游中，尚有一位诗人冷村，著有《操缦堂诗稿》。高鹗为他写“跋”，说：“冷村五古，颇近韩、柳。……古人所谓‘木叶尽脱，石气自清’，冷村五律，其庶几乎！”[②]杨钟羲说“冷村布衣瑞昌，爱耽山水，有《操缦堂诗稿》，高兰墅跋”，并引其五言三联：“烟霞方外物，诗酒客中身。”“寒生深树里，秋到万山中。”“青山千叠翠，黄叶一林秋。”[③]高氏《遗稿》七律卷有《秋日同兆挹波、王冷村登蓟门亭》，知冷村姓王，名瑞昌[④]。“兆挹

---

① 参看恩华《八旗艺文编目》“别集三”，第六二页上。

② 见盛昱、杨钟羲所编《八旗文经》卷二三，第一四页。影印本《高兰墅集》第二一页录此跋全文。

③ 《雪桥诗话》初集卷九，第六七页上。按《熙朝雅颂集》卷一〇五录瑞昌五律三、七律一、七绝一。杨氏所引各句，即录自五律。

④ 恩华说，“瑞昌字继龄，又字冷村”。见《八旗艺文编目》“别集三”，第七二页上。恩华此说，亦引自《熙朝雅颂集》，原有“满洲人”，未言何旗。但杨、恩二氏似均不知其姓王，盖皆未见《月小山房遗稿》。今知瑞昌既有汉姓，当为汉军旗人。

波”为满人，名、字连称（如“麟见亭”之类）。《砚香词》中《荷叶杯》下次题云“闻挹波谈秋隽事，戏书”，当即此人。此“跋”高氏系年“乾隆四十七年壬寅（1782）小阳月”，为其在中举前六年所作。“跋”中论冷村诗，引唐人除韩、柳外，只白居易（《长庆集》）一人，随即说到明朝的“凤洲（王世贞）、沧溟（李攀龙）七子（指后七子）”。最后说，“惜不得令南施（闰章，1619—1683）北宋（琬，1614—1673）见此也”。这些话虽是对朋友作品照例的赞语，但也可借此以见高氏平日所熟悉的古人诗集。当时考举人要做试帖诗，所以高鹗对诗还下过一番功夫，不像《砚香词》那样薄劣。即便是艳体，诗也比词好得多。现从《遗稿》七律中选录较好的一首，并借以说明另一问题。

> 荀令衣香去尚留，明河长夜阻牵牛。便归碧落天应老，仅隔红墙月亦愁。万里龙城追梦幻，千张凤纸记绸缪。麻姑见惯沧桑景，不省人间有白头。（第四页上，《无题》二首之一）

此诗学李义山，虽得貌遗神，但尚不恶滥。作诗年份不详。但编在《看放榜归感书》之前第二首，而《看放榜》一诗则可考知作于乾隆丙午（1786，详下文），则此诗当亦作于是年或更早。张问陶辛酉（1801）赠高诗有“侠气君能空紫塞，艳情人自说《红楼》”一联（《船山诗钞》卷十六辛癸集）。下句因有张自注说“传奇《红楼梦》八十回以后，俱兰墅所补”一句，故意义明确；上句则历来无人能解。今观此诗有“万里龙城追梦幻”之句，五律《寒夜》之二有“壮怀漂泊尽，何必定殊方”（第二页下）之句，《看榜》诗之二末联有云“料应别有钧天曲，苏、李归来费揣摩”（第四页下），则高鹗在乾隆丙午以前显然到过边疆。张诗“侠气”、“紫塞”之句[①]，似乎说明高鹗曾在边疆做过幕僚之类。高鹗又说他自己“壮怀漂泊尽”，大概是不满于他在边塞的生活，所以回京坚持继续应举子业。乾隆丙午那年他大概刚从边地回京就应考，又没有考中。他把这次失败，归咎于他从边地回来，对于当时京师所流行的八股作风和政治气候，还没有弄清楚，所以说，“苏、李归来费揣摩”。而对于那些考中的卷子，则用讥讽的口气，说是“钧天曲”。

高鹗和麟庆认识，是在内阁侍读任内。麟庆于嘉庆己巳(1809)中进士，年仅十九。他的《鸿雪因缘图记》有三条提到高鹗。第一条在第一集上第三十图，“凤阁吟花”，说他官内阁中书时兼任文渊阁检阅、国史馆分校，在宫内典籍厅办事。壬申(1812)四月，厅前已枯芍药重开，他和高鹗等五人赋诗咏此花，在“高兰墅侍读”下自注云：“名鹗，汉军进士，后官给事中。”奉宽的《〈兰墅文存〉与〈石头记〉》[②]一文中说高鹗于乾隆六十年中乙卯科进士，“授内阁中书，擢侍读”以后，直至“嘉庆十八年”(壬申，1812)才“升刑科给事中”，与《鸿雪因缘》所记相符。高鹗升给事中在这年四月以后，他已七十多岁，三年后即死去，他在给事中任内只两三年。他为恽珠的《红香馆诗草》写序在甲戌(1814)之秋，时与麟庆相识至多也只四五年(可能只有两三年，因麟庆授官十天即南下娶妻，至庚午或辛未才回京)。两人年龄相差五十来岁，故恽珠在《国朝闺秀正始集》卷二十《高仪凤传》说高鹗“与大儿麟庆同官中书，为忘年交”。高送给麟庆的诗说，“愧

---

① “紫塞”始见于鲍照《芜城赋》：“北走紫塞雁门。”《文选》注引《古今注》谓“秦筑长城，土色紫，汉塞亦然”，则泛指边塞。按：清初吴颢《杭郡诗辑》记顺治十四年丁澎因科场案谪戍奉天，说他“躬自饭牛，与牧竖同卧起，暇则乘牛行紫塞中，作《辽海杂诗》”(见孟森《心史丛刊》一集，第53～54页引)。又：潘耒《吴圣玉归自辽左志喜》：“梦想流人紫塞边，每依候雁祝南旋。”则清初人亦泛指东北长城以外为“紫塞”。高鹗可能即在其家乡铁岭供职，张诗亦可指为“紫塞”也。地名“龙城”者有三：(1)《汉书·匈奴传》所谓匈奴于每年“五月大会龙城”以祭天之地，传说在今塔米尔河岸，《史记·卫青传》说青“击匈奴出上谷茏城”，当即其地。上谷在今怀来。(2)今河北长垣县南。(3)今东北朝阳县治。一般诗中的“龙城”通常指(1)，如王昌龄《出塞》“但使龙城飞将在”，即其例。但上文紫塞既指东北，则龙城当指朝阳。晋成帝咸康七年(341)正月，燕王慕容皝使唐国内史阳裕等筑城于柳城之北，龙山之西，立宗庙宫阙，名曰龙城。(《资治通鉴》卷九六，第二一页)胡注：“由此改柳城为龙城县。”按其故城即今辽宁省朝阳县。高鹗所谓龙城当即指此。

② 原载1931年3月《北大学生》第一卷第四期。据《〈红楼梦〉研究参考资料》(四)第66页。

我头颁鬓已霜”;《红香馆诗》“序”说,“然披读一过,老眼顿明”,都与上文考定的年龄相符。高鹗赠麟庆的诗未见收入华龄所编《月小山房遗稿》,但保存在上述恽珠的《高仪凤传》中:

> 高仪凤,字秀芝,汉军人,给事中鹗女。按鹗字兰墅,别号“红楼外史”,乾隆乙卯进士,与大儿麟庆同官中书,为忘年交。赠句有云:“终、贾暂教迟侍从,‘丝纶’原不负文章。《真灵位业》依然在,愧我头颁鬓已霜。”嘉庆甲戌大儿为余刻《红香馆集》,兰墅曾制序焉。(红香馆本《正始集》卷二十,三页上)

此传作于甲戌(1814)以后,可能已在高鹗卒后。高赠麟庆之诗,自然是在与麟庆同官相识以后所作。其时高鹗已年逾七十,但这诗却作得真不高明。盖因麟庆当时是二十多岁的青年,高鹗第一句就用汉代的青年才子终军和贾谊来相比。但终军二十多岁出使南越时,在吕嘉发动的一次政变中被杀害;贾谊谪长沙,死时也只三十三岁。麟庆好好地做着京官,既未出使,也非遣谪,怎么用两个客死异乡的短命古人来和他相比[①]?“恽珍浦太夫人”录存此诗,无非要表示她的儿子少年时即得老辈器重赠诗,其实对于诗句内容,未暇深思。但也幸而如此,否则我们便不知道《遗稿》以外尚有此逸诗。

《鸿雪因缘图记》一集下,“红桥探春”条[②]记于癸未(道光三年,1823)二月麟庆游扬州以后,追记他在内阁中书任内高兰墅送给他一把扇子,上绘王渔洋“官扬州司李(推官,1661—1665),邀诸名士红桥修禊,赋冶春词故事”。后来他在扬州见到实地风景,“与扇头风景无二”,遂把扇上之图

---

① 第二句以“丝纶”代诏书,又以诏书代中书省职务,尤为牵强。其实他把白居易的内直诗“丝纶阁下文章静”套用了,又从白诗的末句“紫薇花对紫薇郎”联想到“仙曹”,恰巧他见过袁枚诗中有“家居盘谷泛杯湖,便是《真灵位业图》”二句(《小仓山房诗集》卷二六,《遣兴一首学皮陆体》),他就索性搬出道教的神仙职官表《真灵位业图》来硬凑。全诗其实不甚通顺。(《真灵位业图》是一部极荒谬的书,参看王士禛《渔洋书跋》本条。)

② 此条及下条均承周汝昌先生检得告知。

移作书中“红桥探春”图。高鹗送给麟庆这扇子，显然是当年参与“红桥修禊”的画家所绘写实的景象，不能指为高鹗所绘。现有材料中，也未发现高鹗善画或到过扬州的迹象①。麟庆记此条，已在高鹗卒后八年。

同书第三集上，“仙桥敷土”条记作者有一次和瑞生培斋在酒仙桥，培斋出一句“跨鹤酒仙应入座”让他对。麟庆见有人骑驴而来，便对“骑驴诗客或题桥”。不意来者正是高鹗，三人相见大笑。这幅图上有高鹗骑驴自西来，正上小桥。这可能是现存唯一有高鹗的一幅图。但此条记于麟庆葬母以后十年，即道光二十三年癸卯（1843），其时已在高卒后二十五年。所记之事，当在二十五至三十年之前，其图亦全凭想象。这些材料，只能当作谈助，却无甚史料价值。

四　高鹗的家庭状况

对于高鹗的上世，我们现在尚无所知。康熙、雍正间有指画家高其佩（？—1734），曾任雍正元年至六年刑部侍郎，也是汉军人，原籍也是奉天铁岭，也隶内务府镶黄旗，不知是否为高鹗先人或亲属。

高鹗的父亲在乾隆辛丑（1781）死去，依上文所考，他这年可能已四十三岁，下距他的中举尚有七年。这一年他的前妻也死了。在《满江红》词调下他自注说：

> 辛丑中秋。是岁五月，丁先府君忧。六月内人病，至是濒危。草土余生，神魂颠倒，援笔制此，亦长歌当哭之意耳。（影印本，第四二页）

① 按：汪初（问樵，1777—1808）的《沧江虹月词》卷三，第一四页下《临江仙》序云：“重过广陵，兰墅兄招游篠园，看芍药，小饮花下，即席赋此。”此词作于甲子（嘉庆九年，1804），其时高已中进士，任内阁侍读，年六十五左右，而汪初是二十多岁的少年，似不可能称他为“兄”。故疑此“兰墅”为另一同名者，不能遽指为即高鹗。高鹗后来考选江南道御史，任刑科给事中，已在汪初死后一年（1809）。

词殊劣[①]，且哀毁和悼亡同词，"堂上"与"房中"对举，即以封建时代的文艺标准来衡量，也算是绝无仅有的。但由此可知他在乾隆五十年乙巳(1785)娶的诗人张问陶之妹张筠(1768—1787)至少是续妻(可能是再续)。此时高鹗的大儿子玉枢当已结婚，还有其他的前妻子女，而且高鹗又有别的情妇(俱详下)。张筠以十八岁的少女，嫁给这么一个在家已儿女成行、在外又拈花惹草的半老秀才，她的处境和心情，可想而知是不好受的。

高鹗的母亲比他父亲寿长，至少到乾隆丙午(1786)还活着。这一年他又去考了一次举人，又没有考中，作了两首下第诗，但他讳言"下第"(考不中)，美其名曰《看放榜归感书》，其第一首云：

> 又看群仙上大罗[②]，归来抱膝且吟哦。无情白发骎骎长，有路青云望望过。"君子不忧"乃所愿，"小人有母"谓之何。休疑尘世浮名感，五载生徒废《蓼莪》[③]。(第四页下)

由末句，知道此诗做于其父死后五年。据上引《满江红》自注，知其父卒于辛丑(1781)，则此诗作于乾隆丙午(1786)。同时也证实了他中举以前授徒为生。此时他已"白发骎骎"，也和上文所考他后来中举时(1788)年已五十左右相符。从这首诗可见他屡次应举失败的苦闷心情。"青云有路"，可是他有了白发还是爬不上去。对于那些中了举的，他望之如"群仙"之"上大罗"天。他把继续去应试的理由说成是为了养母。而对于"尘

---

① 词中竟有"莪蓼枝延荒冢草，杜鹃血印香罗帕"这样硬凑的恶句。而且为了平仄，竟把《诗经》的篇名"蓼莪"颠倒成"莪蓼"。下片又有"堂上酒，红珠泻；房中宴，春酥炙"等语。

② 高鹗此诗以中举为"上大罗"天，又用错了典故。唐人称进士榜曰"蕊榜"，是比拟于"大罗天放榜于蕊珠宫"，则举人的榜不能用此名称，也就不能说中举是"上大罗"天。参看杨慎《艺林伐山》卷十"蕊榜"条。

③ 诗中"君子不忧"，截取《论语·颜渊》"司马牛问君子，子曰：'君子不忧不惧'"一语。"小人有母"乃用《左传》隐公元年颍考叔对郑庄公语："小人有母……未尝君之羹。"末句是当时一个滥熟的典故。晋代王裒因父亲王仪直言而为曹丕所斩，每读《诗经·小雅·蓼莪》至"哀哀父母，生我劬劳"二句，"未尝不三复流涕"，以致他的学生只好废此篇而不读。高鹗这样生吞活剥地用经籍中语来作诗，真可以和《儒林外史》中的一些人物媲美。

世浮名”的歆羡，他也直言不讳。

高鹗的前妻大概有好几个儿女。《遗稿》五律卷（第六页上）有《为长子玉枢娶妇》诗，末联云：“向平婚嫁始，未敢学聋痴。”可见他的儿女不少。《八旗文经》卷五十九，作者考丙，第七页下，“高鹗”条下又列举“高玥乘亭、高瑛东冈、高芬芸圃，均有集”[①]。诸高不知是否即鹗之子侄。玉枢如为其长子之字，则其名亦必为偏旁从玉之字，与玥、瑛同列。《遗稿》五律中又有《娇女》诗，未知是否即后来恽珠为之作传的高仪凤[②]。北京首都图书馆藏高鹗手抄《唐陆鲁望诗抄》，首数页据传是其小女所抄，亦不知是否即仪凤抑另一女儿。

高鹗在戊申中举之前似乎还有一妾（？）和他离异，自去念佛修行。《砚香词》的末一首《惜余春慢》显然即指此事。原词曾有涂改，照录如下：

> 春色阑珊，东风飘泊，忍见名花无主。钗头凤拆，镜里鸾孤，谁画小奁眉妩？曾说前生后生，梵呗清禅，只侬（原作“共谁”，后改）挥麈。恰盈盈刚有，半窗灯火，照人凄楚。　那便向粥鼓钟鱼，妙莲台畔，领取（原作“消受”）蒲团花雨？兰芽忒（原作“太”）小，萱草都衰，担尽一身甘苦。漫恨天心不平，从古佳人（原作“红颜”），总归黄土。更饶（原作“纵凭”）伊槌（原作“打”）破虚空，也只问天无语。（影印本，第四五页）

此妾大概原为乐户或女伶（“名花”），在高家还生下了孩子（“兰芽忒小”），又要侍候高鹗的衰迈老母（“萱草都衰”），大概也是受不了痛苦（“担尽一身甘苦”）才离开他的。据本书末所附的《砚香词校记》，知《惜余春慢》词

① 按《熙朝雅颂集》卷八八收高玥诗三十五首，小传云：“玥字乘亭，汉军人。官浙江湖州府同知。有《苕溪宦游草》，徐琨序云：‘苍老不及杜而妩媚过于香山’。”（第七页上）；卷一零三收高瑛诗十七首，传云：“瑛字季华，一字东冈，汉军人。贡生，累官四川石砫厅同知。有《味蔬草堂存稿》。”（第一〇页）同卷收高芬诗七首。传云：“芬字芸圃，一字香岩，晚号巢壶老农，汉军人。监生，官辽阳州吏目。有《巢壶老农诗钞》。”（第一三页下）

② 《古典文学资料汇编·〈红楼梦〉卷》第25页，录杨钟羲《雪桥诗话》三集，卷五，所引“怕看春草当窗绿，别后珠帘尽日垂”，一粟以为即高仪凤诗。似为另一满洲女子顾塔哈所作，与高无关。参看杨氏原书三集，卷五，第四九页下。

下原有标题"畹君话旧,作此唁之",知此女名畹君,与高鹗结识已久。离异以后,他还常去找她。集中有一首《唐多令》的小题是"题畹君画箑",其下片全是调笑之词。又称她为"女元龙",则畹君大概姓陈。另有一首《金缕曲》,原稿上有被重抄此词的纸片所掩盖的题记:

> 不见畹君三年矣。戊申秋隽,把晤灯前,浑疑梦幻。归来欲作数语,辄怔忡而止。十月旬日,灯下独酌,忍酸制此,不复计工拙也[①]。

词中说畹君是他"故人",呼她为"卿卿"。又说,"一部相思难说起,尽低鬟默坐空长叹。追往事,寸肠断"。下片似乎说畹君要他"重践旧盟",使他十分为难,以致回家以后,还在"怔忡"。另有一首《南乡子》,题为"戊申秋隽喜晤故人",中有"今日方教花并蒂,迟迟"等语,即指《金缕曲》中与畹君相晤之事。又有《临江仙》,题为"饮故人处",也是艳情,则此"故人"亦即畹君。《遗稿》七律《幽兰有赠》:"九畹仙人竟体芳,托根祇合傍沅湘",似亦赠畹君[②]。另外还有些艳语,如《浣溪沙》之二,《南歌子》、《声声慢》、《满庭芳》、《念奴娇》等,都是些拈花惹草的冶游之词。有的轻佻得近乎下流,如《菩萨蛮》咏"梅花刻底鞵",充分表现了封建时代无聊文人的恶劣品质。

高鹗在中举以前的家庭状况、生活情形和个人品质,略如上述。而张问陶的四妹张筠却正在这时(1785)嫁给这位短视(《〈百字令〉自注》)而好色的白发秀才作为续弦。仅仅两年,就把一个颇有诗才的少女磨折死了。

---

① 影印本《高兰墅集》第四三页末行仅余首二十二字,此据书末"校记"补足。《关于高鹗的一些材料》文中引此题记前数句后,接着说"调寄'念奴娇'一词"(《文学研究》1957年第1期第167页),殊误,盖未细审各词内容。清人称中举为"获隽","戊申秋隽"谓是年秋闱中举,而《念奴娇》一词所咏为"暮春亭馆,尽莺儿燕子,流连长昼",与秋隽无关;与作词的日期"十月旬日"亦显然不符。其下片所咏女子,也不像是题记中所说的畹君。

② "兰"、"畹"意义相关,系从《离骚》"余既滋兰之九畹兮"一语而来。

据张问陶的四首哭妹诗，张筠死于丁未(1787)，年仅二十[①]。张问陶比张筠大四岁。他和高鹗是戊申(1788)同科举人(旧称"同年")，又二年庚戌，他中进士，哭妹诗即作于是年，原题为《冬日将谋乞假，出齐化门哭四妹筠墓》，原注"妹适汉军高氏，丁未卒于京师"，作诗时已在其死后三年。这四首诗不仅是奉宽所谓"惨切不忍卒读"，而且毫不掩饰他对于高鹗的愤怒，直斥高为"罗刹"(恶魔)。又说张筠生前"宛转从夫"，死后连侍婢都"扪心暗断肠"。从诗中又知道张筠并未生孩子("拜墓无儿")，则高鹗子女皆前妻所出。张筠能诗，据哭妹诗第二首所引她的《江上对月》诗句"窈窕云扶月上迟"[②]，在高鹗的《遗稿》中就找不出这样幽美的句子。震钧说："张船山有妹嫁汉军高兰墅鹗，以抑郁而卒。……兰墅能诗，而船山集中绝少唱和，可知其妹饮恨而终也。"可与哭妹诗互相印证[③]。张诗第四首云："我正东游汝北征，五年前事尚分明。"则张筠于乾隆乙巳(1785)北上。但《船山诗草》卷二有《乙巳八月出都感事》、《金陵阻风即日》等诗，知其在北京别妹东游在这年八月以前，亦即张筠在八月之前到京，嫁与高氏。

今既知张筠嫁高为续弦，且其时他已四十多岁，家中子女成行，上有老母，而高鹗本人也只是个秀才塾师，人们不免要问：为什么张家要把一个有才学的十八岁女儿嫁与这么一个人？哭妹诗第三首说：

> 一曲《桃夭》泪数行，残衫破镜不成妆。穷愁嫁女难为礼，宛转从

---

① 原诗见《船山诗草》卷五"松筠集"，第一四页，编于庚戌。上引奉宽之文录四律全文。李勺洋《十二笔舫杂录》卷十记此事云："船山四妹名筠，适汉军高氏子，年二十，遽卒。尝有《江上对月》句云'窈窕云扶月上迟'，剧佳。"(此条周汝昌先生录寄)。按李历乾、嘉、道三朝，知当时人事。但此条似即据张之哭妹诗，无所增益。唯震钧的《天咫偶闻》卷三记此事，指明"汉军高氏"即"高兰墅鹗"，余详下。

② 按张筠此句，乃从《牡丹亭》第二十七出《魂游》之《太平令》"一片彩云扶月上"一句化出。惜不见筠诗前后各句。

③ 按张问陶在其妹死之次年，即已有哀悼她的诗，即《戊申岁腊寓外舅赞善公宅感事有作》三首之三。其第一首哀悼其前妻周氏及殇女，第二首怀念其兄亥白，第三首末自注云："四妹归汉军高氏，早殁。"其第三联云："咏絮乍惊微雪夜，'结荷'永废《大雷书》。"以谢道韫、鲍令晖比其妹，着重说明她是才女。(按：谢氏《咏絮》诗人所习知。鲍照《登大雷岸与妹书》有句云："栈石星饭，结荷水宿。")

夫亦可伤。人到自怜天亦悔，生无多日死偏长。未知绵惙留何语，侍婢扪心暗断肠。

首二句说张筠嫁时就伤心，没有陪嫁的妆奁。第三句说因为家里穷，无法顾及礼节，也说明没有嫁妆的原因，所以在夫家受欺侮，只能“宛转从夫”。张家此时穷是实情，并非诗人故意夸大，以博读者同情。张问陶又有《咏怀旧游》十首之六云：“残衫破帽凭君笑，廉吏儿孙不讳穷。”[①]船山有诗题自述他幼时贫苦的情形说，“少与亥白[②]流寓汉阳，奔走衣食，饥寒中时时离别。……”诗中有“饥寒不死悲江上”之语(卷五，第三〇页)。又有《除夕怀人》诗，其八首之二怀“汉阳卖饼李叟”，自注云：“辛丑癸卯(1781—1783)之间，全家流寓汉阳，恒数日不举火。叟怜之，时时以饼来馈问。与之值，必强之乃受。八口饥寒，至今无恙，叟与有功焉。”这首诗写得相当动人，值得一读：

曾赊饼饵当饔飧，何止淮阴一饭恩。此日扪心犹有泪，当时乞食竟无门。十年绕梦悲江汉，三策留书告子孙。为讯衰翁今健否？因君不忍啖鸡豚。(卷五，第二二页)

把这诗和高鹗的《看放榜》诗对阅，可以看出二人品格的高下。张问陶的八首《怀人》诗所怀者不是什么达官贵人，而是老兵、卖饼叟、舟师、作诗奴、书商、佃农、妓女、舆夫，都是在旧社会中被人压迫、贱视的人。他的父亲张顾鉴曾任九年山东馆陶知县(乾隆庚辰至己丑，1760—1769)，而卸任后穷困如此，则他自称“廉吏儿孙”，大概也是真情。为他诗集写序的遂宁和尚道嵘也说他“人实贫羸，而文采高丽”，可见他的贫困为人所共知。他初娶周氏，死后，第二个妻子林颀(字佩环，一字韵徵)是成都知县林西崖的女儿。西崖因爱他的诗，才把女儿配给他，但并不是“嫁”给他，而是他

① 《船山诗草》卷四，第二一页下。此诗作于庚戌夏末。后文引张诗不再注书名，但记卷页。

② 亥白为其兄张问安之号，问安字季门，与问陶是戊申同科举人，著有《小琅嬛诗集》。

“赘其家”[①]。从他别的诗中，知林氏常住成都娘家，而他的父母及季弟则在遂宁原籍。他又另有“四兄”，则连张问陶至少已有兄弟及妹七人以上（因筠为四妹，他还有一姊或妹嫁与无锡丁氏[②]）。张顾鉴家中儿女多而家贫，故不惜让儿子入赘他家，把女儿嫁给高鹗做继室，以省一副嫁妆[③]。

高鹗可能还有一个弟兄名高鹭。据《国朝峡山寺题咏》（卷下，第二四～二五页）录存铁岭高鹭七律一首，题为《次吴观察俊题峡山寺韵》。此书有乾隆壬子（1792）序，大约即编于是年。以时代、籍贯、名字偏旁考之，高鹭可能为高鹗的昆仲辈。但《八旗文经》、《熙朝雅颂集》、《八旗艺文编目》各书均无其名，只好存疑。

五　高鹗与八股文

现在流传的高鹗的作品中，《砚香词》只是一个涂改的稿本，《月小山房遗稿》也是他卒后学生所编刻，二书在高氏生前均未刻行。高鹗所最得意的，除补作的《红楼梦》后四十回外，即是制艺（八股文）。他自编的《兰墅文存》和《兰墅十艺》，收录八股文二十七篇，虽也未刻行，但他已遍征题咏，又自加按语，其沾沾自喜之情，与友人的溢美之词，前后映辉，蔚为奇观。《高兰墅集》辑本虽只收三篇，但已颇足说明他对八股文的爱好，这才是他真正的本行业务！即以第一篇《麻冕礼也今也纯》而论，下注“戊午”，这是嘉庆三年（1798）。他早已在十年前中了举，三年前中了进士，而对于这块“敲门砖”犹不肯放下者，因为还有人向他请教，他得现身说法，写些示范的样本。即如此篇后面他的“自记”说：“此满洲科试题。针对下节，须在用笔浅深、一重一掩之间。诸生论题，为拟此艺。”他有时既须为考

---

① 见该书《出山小草》卷四，第三〇页，《砚缘诗》长题。

② 见邓之诚《骨董琐记》卷七，第二四四页“女冠韵香”条引《藕香簃别钞》：“无锡女子丁采芝，号芝润，船山太守外甥也。撰怀人诗，皆闺房清友，末即双修庵女道士韵香，诗云（下略）。”据此，知张问陶的丁氏外甥女也能诗，大概是她母亲教的。可见张氏一门兄弟姊妹皆是诗人。

③ 在封建时代嫁女时置备嫁妆是一笔大开支，常有父母买不起嫁妆，只好把女儿嫁与人做继室的情况。

官，不免仍得注意考生文字。至于他自己的得意之作，自然更要保存。如乙卯“钦取第二名”的卷子[①]，《子曰赐也贤乎哉夫我则不暇》，更要夸示朋友，垂教后世。凡此种种，在知道了他的生平以后，便易于了解。

以一般情形而论，过去知识分子做八股文，目的是为“应举”，而应举又只是走上官僚之路的“进身之阶”。所以八股文被称为“敲门砖”，意谓门一敲开，砖便可以丢掉，这是过去文人对于八股文的相当现实的估价。一般秀才都在三十岁以前考上举人，若至三十乃至四十仍未考上，便改变方向，别求谋生之道，也即是放弃举业和做官的念头。——所谓：“人生……四十未仕，不应再仕。”若在三十以前中了举，又考中进士，步步高升为封建统治阶级的一分子，他当然不再搞这“劳什子”的八股文。若当闲散的京官，如翰林院散馆各职，稍有志气者也不屑再弄八股文而研究一些当时认为有益的学问，如经、史、诸子、小学、音韵、地理之类。爱好文艺的人便向诗、词、戏曲或绘画方面发展。高鹗在中举以前一段长时期内也曾作诗、填词，爱好话本小说，补作和修改了《红楼梦》。但他并不甘心放弃举业，虽屡试屡蹶，却屡蹶屡试！直到“白发骎骎”，还惦记着“尘世浮名”。所以他于垂老之年考中了举人，其快意大概和《儒林外史》里的范进差不多。他的词集中有三次谈到“秋隽”。小令《荷叶杯》调下次题说：“闻挹波谈秋隽事戏书”，其词云：

> 盼断嫦娥佳信，更尽[②]。小玉忽惊人，门外传来一纸新。真么？真！真么？真！

这是在中举以后和一个朋友又谈到此事，他回忆当初得喜报时那种将信将疑、又喜又惊的心情，真是别人描摹不到的活现景象。在“戊申秋隽喜晤故人”而写的《南乡子》一词中，也流露了这种心情，甚至于说他和她“同

---

① 此处所谓“钦取第二名”，似指会试放榜的名次。

② 前人称“中举”为“蟾宫折桂”，蟾宫即月宫，所以中举是“嫦娥佳信”。报喜又在清早，故曰“更尽”。

到花前携手拜，孜孜。谢了杨枝（指观音菩萨）谢桂枝（指嫦娥）”。另一首《念奴娇》的次题是“不见畹君三年矣戊申秋隽把晤灯前……”已见前引（畹君即《南乡子》中的“故人”，在本词中也有“故人亲见”之语）。《砚香词》为戊申中举后年底所编，在甲午到戊申中举这十四年中只有四十一首，而这年中举以后到“季冬”的三个月中，专谈到“秋隽”的就有三首，可见他对于中举的重视。事实上，这也确是他一生中的转折点：在这以前，他大部分生命花在“塾斋”中，怀才不遇[①]；中举以后虽然又过了七年才中进士，入内阁，但毕竟从此做了“老爷”，用当时流行话说，是天上“文曲星”下降；用他自己的话说，是加入了“群仙”的队伍，也“上大罗”天了。这为他铺平了做官的道路，也打开了结识达官贵人的门径。他在中进士以后任内阁侍读，虽非肥缺，却有机会结交权贵，如“牧亭贝子”之类（见《遗稿》七截卷，第六页下），可以爬上“青云”之路了。

高鹗编集《兰墅十艺》，请人评赞题咏，已在中进士以后十多年。薛玉堂的二诗一评，都写于嘉庆丁卯（1807）十二月中。薛玉堂称他为“年兄”，诗中说，“相与十三年，论文惬素心”，可知二人是乾隆乙卯进士同年，因此而相识的。薛诗又说，“不数《石头记》，能收焦尾琴（自注谓汪小竹）”[②]。薛氏的评语又说：“兰墅之传不在此，而此亦足以传矣。”“此”指《兰墅十艺》，“兰墅之传”则明指高鹗所续的《红楼梦》后四十回。这句评语似扬而实抑，在上文称赞了一顿他制艺以后，忽然来这一下“曲终奏雅”，说穿了，是：“你的八股文并没有小说价值高。”这让中举二十年后还念念不忘八股文的“兰墅年兄大人”，实在有点难堪。这位薛玉堂不但有骨气[③]，也有点

---

① 《看放榜归感书》之二第二联说：“卞和玉璞谁重赏？管辂金钱事总讹。”上句用卞和献璞被刖故事，下句大概说卜筮无准。《魏志·管辂传》说辂善卜多验，但无涉及“金钱”之事。高鹗常用错典故，如《红楼梦》第三十七回“古人说的‘蕉叶覆鹿’”，见《列子》，而他误改为“庄子说的”。

② 关于汪小竹事，参看《文学研究》1957 年第 1 期第 169～170 页。今按：谭献《复堂日记》壬申年记“嘉庆时，孙月坡选《七家词》，首为厉樊榭，六为汪小竹”，则汪与当时的填词家齐名。参看谭选《箧中词》评语。

③ 《无锡金匮县志》（光绪辛巳）卷二二《文苑》说薛玉堂是乾隆乙卯进士，“历官庆阳知府，以疾归。载书数千卷，闭门却扫，足迹不入城市，年七十九卒”。旧书中所谓“足迹不入城市”，意谓不去勾结官绅而在乡里为非作歹。

眼光。

知道了高鹗对于八股文这样有兴趣，这样自负，再来看他所续的《红楼梦》，所删改的《石头记》中有关八股的曹雪芹原文，便更可以了解这绝不是偶然的，也不是另一位删改者和续作者恰好是高年兄的同道。高氏在续书中硬要宝玉“中第七名举人”（第一百十九回）①，这是大家知道的，也是续书常受批评的焦点。但宝玉中举，也非突然而来。要把一个平日痛骂八股、举业的青年改造为愿意去应考，在故事中需要长期的、令人信服的转变，也需要删去在曹氏原书中与此矛盾的部分。而且还得把“素来不讲这些混账话”的林妹妹也变为琼闺绣阁中的“禄蠹”之流，才有可能。对于这些工作，高鹗都做了精心的安排。要宝玉应举先得逼他念八股，这个逼他的人必须是贾政。但在脂评系统的《石头记》第七十八回中，贾政早已放弃了逼宝玉作举业的主意。在他召集宝玉等三人作《姽婳词》时，有一大段关系曹氏后半部原著故事的重要无比的文字，全被高鹗大力删去，适应他自己改造的宝玉故事。雪芹原文如下：

> 说话间贾环叔侄亦来了。……他两个虽能诗，较腹中之虚实，虽也去宝玉不远；但第一件，他两个终是别路，若论举业一道，似高过宝玉，若论杂学，则远不能及。第二件，他二人心思滞钝，不及宝玉空灵娟逸，每作诗亦如八股之法，未免拘板庸涩。……近日贾政年迈，名利大灰。然起初天性，也是个诗酒放诞之人。因在子侄辈中，少不得规以正路。近见宝玉虽不读书（指八股文），竟颇能解此（指诗词），细评起来，也还不算十分玷辱了祖宗。就思及祖宗们各各亦皆如此。虽有精深举业的，也不曾发迹过一个。看来此亦贾门之数，况母亲溺爱，遂也不强以举业逼他了。所以近日只是这等待他。又要环、兰二人举业之余，怎得亦能同宝玉才好。……②

① 高鹗自己中的第几名举人，不详。但《儒林外史》中的范进却也是“高中广东乡试第七名亚元”（第三回）。

② 参看影印北大藏本七十八回脂评《石头记》，第一九四五至一九四七页，《红楼梦八十回校本》，第八九三至八九四页。比较《红楼梦》，北京人民文学出版社本，第八八三页。

此段连我引时节略的共四百四十二字，全被高鹗删去。这里有些话，如“每作诗亦如八股之法”，说到“举业一道，似高过宝玉”的人之中有那个下流的贾环，又说“虽有精深举业的，也不曾发迹过一个”，在高鹗看来都是刺心之语。至于贾政“不强以举业逼他了”，则和高鹗所要写的后半部的主要故事宝玉中举完全相反，他更不能不删。否则续书的开宗明义第一回（即第八十一回）贾政就要宝玉“两番入家塾”，竟是自相矛盾。请看高鹗塞在贾政嘴里的话，与上文所引可有共同之处：

> ……就是做得几句诗词，也并不怎么样，有什么希罕处？比如应试、选举，到底以文章（指八股）为主。你这上头倒没有一点儿工夫。我可嘱咐你：自今日起再不许做诗做对的了，单要学习八股文章。限你一年，若毫无长进，你也不用念书了，我也不愿有你这样的儿子了。

但如果贾政不这样“强以举业逼他”，在下一回中又怎能借贾代儒之口来大显高鹗在八股文方面的专业本领呢？高鹗在这回里从“节旨”、“句子”到“串讲”解说“后生可畏”这一章说：“‘不足畏’是使人料得定，方与‘焉知’的‘知’字对针，不是‘怕’的字眼。”这和《兰墅十艺》中的《麻冕礼也今也纯》篇末“自记”说，“针对下节，须在用笔浅深……”同一语气。贾代儒的结论说，“要从这里看出方能入细”。这和高鹗在《德者本也财者末也》的篇末“自记”“须要说得融圆方为圆相”，又何其相似①！

不但此也，在未见代儒之前，高鹗还请黛玉给宝玉先做好了“思想准备”：

> 黛玉道：“我们女孩儿家虽然不要这个，但小时跟你们雨村先生念书，也曾看过。内中也有近情近理的，也有清微淡远的。那时候虽

① 参看《红楼梦》第八十二回，第九二一页（同上版）。影印《高兰墅集》第六五，七三至七四页。重点是我加的。

不大懂，也觉得好，不可一概抹杀。况且你要取功名，这个也清贵些。"①

宝玉本来可以问黛玉："怎么雨村也给你看八股？我多早晚说'要取功名'来着？"但是高鹗不许他问，只让他心里觉得黛玉"势欲熏心"，又"在鼻子眼里笑了一声"。这段文字的主要目的，当然是要借重林黛玉这样高雅的小姐来称颂八股文"近情近理"，"清微淡远"，连"虽不大懂"的人"也觉得好，不可一概抹杀"。若非像高鹗这样对八股有兴趣的专家，恐怕谁也写不出这样的故事。

除了八股和当时考试所必读的四书五经外，高鹗还看些什么书，也可以约略探讨一下。上面一条注文中指出高鹗把《红楼梦》第三十七回一个出于《列子》的典故误改为"庄子说的"。他很爱卖弄他的《庄子》，动不动就把别的书中的话归诸《庄子》。例如他自己补的第一百十三回，宝玉听说妙玉遭劫，就"想到《庄子》上的话：虚无缥缈，人生在世，难免风流云散"。这些其实都不是《庄子》上的话。第一句是从白居易的《长恨歌》"山在虚无缥缈间"一句中割裂出来的。（他在第一百零九回中已引用过《长恨歌》："悠悠生死别经年，魂魄不曾来入梦。"用这一联来描写婚后的宝玉悼念黛玉，以前者比唐玄宗，后者比杨贵妃，更是不伦不类。）至于"风流云散"，则是王粲《赠蔡子笃》诗中的句子，后来变成了口头成语。高鹗并不知此语的出处，也把它归诸《庄子》。高鹗在他的《月小山房遗稿》的试帖诗中，也夹些《庄子》上的话。如第二页上："旁通开混沌"（《应帝王》），"搜求象罔输"（《天地》）。第四页："本向环中索，偏遗象外窥。"（《齐物论》，按此联是套用司空图《诗品》："超以象外，得其环中。"）又是什么"真人心如珠，存处即真吾。"（《天下》）都是摘取《庄子》中语，生吞活剥，硬凑杂拌而成。又有"意会描摹外，神来缥缈端"之语，大概他始终认为"缥缈"是《庄子》中语。连他化名"梦觉主人"的那篇用八股章法写的《石头记序》，也说

① 参看《红楼梦》第八十二回，第九一九页（同上版）。

"悟幻庄周，梦归蝴蝶"。又说"虚无缥缈中出是书也"。这篇序文又说"红楼富女，诗证香山"，即用白居易《秦中吟》"红楼富家女，金缕绣罗襦"一联，推陈而未能出新。看来高鹗最喜欢的两部书是《庄子》和《白氏长庆集》。

六　高鹗与后四十回《红楼梦》

关于高鹗的材料，我们现在所能掌握者仍然太少，尤其是有关他补写后四十回《红楼梦》的情况，以及他所根据的原稿[①]与补作部分的比例，还无从知道。我们只能就《红楼梦》书中内证，测定其中某些故事为雪芹原有，某些可能原有，经高鹗改写，某些则完全为高所补作，且大反雪芹原意[②]。但从他自己的诗、词、文稿中，可以考见有关他本人的一些事实。例如他的卒年(1815)，大致上已可确定。他的生年可以从他写某些作品的岁数约略推知，其误差约在三年之内。现知他中举之年(1788)约为五十岁，其写作后四十回《红楼梦》在中举之前，已四十多岁。但在全书付刻(1791)之前，他也仍在时时修改中。中国科学院文学研究所所藏抄本《红楼梦稿》的后四十回，原抄部分比较简单，后来又加以添改，当即据不同的后四十回补作稿本为底本，先抄的底本较简，后来又据添改本，补入改后之文[③]。

关于高鹗的一生事迹及其家庭生活，我们已探索一个简略的轮廓。由于他在中举以前长久以授徒为生，而所教的内容经常是八股文，又加上他自己也"揣摩"了几十年八股以准备应举，这就局限了他的思想和作品。不但他的诗生吞活剥地用《论语》、《左传》一类字句进去，而且往往用八股章法来部署庸俗的思想。在不能用八股章法的《砚香词》中各调，就显得

① 后四十回中有若干内证，说明高鹗确有雪芹的一些后半部的残稿，我另有专文论此事，兹不赘。

② 参看拙著《红楼梦探源》(英文本)第五卷，第十八章。具体例子见第240～258，275，285，287～296页。

③ 参看拙作《〈红楼梦稿〉的成分及其年代》，《图书馆》季刊，1963年12月号。本书第七篇。

十分浅薄、幼稚。从他的诗、词看他为人，似乎品格不高，热中利禄。

上文曾引用《遗稿》中《重订〈红楼梦〉小说既竣题》一诗首句："老去风情减昔年。"据百二十回《红楼梦》程乙本弁言，知此书"重订"功竣，在壬子(1792)花朝。由此可推知下列三点：

(1)在高鹗"风情未减"以前之"昔年"，他对于这部小说所下的功夫，绝不止于修订，而实为续作后四十回。只有在风情已减以后，才只能做些"重订"的工作。

(2)既云"昔年"，可知不是去年或前年。续书之作乃在风情未减之昔年，亦即远在中举(1788)之前。减去风情，意味着一个人从中年进入老境。这样的转变可不是三四年内之事。

(3)续作既非成于去年或前年，则程伟元于乾隆辛亥(1791)在程甲本的"序"中所谓"鼓担"收购，请友人(指高鹗)襄助修辑之说，即不可信。因为如果仅为修辑成稿，则不消一两年即可完工。这样，高诗就不应该称"昔年"。一个人若在上年修辑一书，次年又"重订"一番，重订完了赋诗纪其事，不能指这修辑工作乃在"昔年"风情未减时所为，以致回顾今日"重订"时，人已"老去"。大概一个人自"昔"至"今"，减却风情，为时须七八年或十来年。

以上三点，可以解释历来无法解决的关于百二十回《红楼梦》的一些疑题。其一，乾隆间周春的《阅〈红楼梦〉随笔》说，他在乾隆庚戌(1790)即在南方买到百二十回本《红楼梦》。这是未有程伟元活字本以前的抄本。其二，所谓"甲辰"(1784)梦觉主人序本中的前八十回正文文字，有的已同程甲本，而和脂评《石头记》不同。其三，吴晓铃先生藏乾隆残抄本的舒元炜"序"中，已说到八十回是"有二于三分"，又说"数尚缺夫'秦关'"①。这三点都指明在未有程刻本以前已有百二十回本《红楼梦》。因此，就有人以为：既然后四十回早已存在，可能不是高鹗所作。但这想法其实不合逻辑。为什么在未有程刻本以前，别人可以续作后四十回，唯独高鹗不能续

① "秦关百二"见《史记》及《汉书·高祖本纪》汉六年纪，历来以"百二"为"一百二十"，但此解释于书无据，兹不详论。

作？有此想法者，其实受了胡适的影响。胡适武断地认为高鹗续作后四十回是在他中举（1788）以后，即在程乙本付刻（1792）以前不久[①]。这些只是揣想，毫无事实根据。今由分析高氏《重订〈红楼梦〉小说既竣题》一诗，知其续作后四十回乃在风情未减之“昔年”，即在1788年中举以前，则在1790年周春在浙买到百二十回本《红楼梦》抄本，便毫不足怪。高鹗既早已补作后四十回，则凡前八十回中的文字有与其补作部分矛盾者，自必加以删改。故梦觉主人序本的底本若据高氏改本过录，当然与同为高氏改本的程甲本相同。而舒元炜仅仅听说此书有一百二十回，尤为平常。这些理由，只能证明高鹗补作远在程刻本之前，只能证明胡适妄说之误，却丝毫不能证明后四十回不是高鹗续作的。更由乾隆抄本《红楼梦稿》的后四十回原抄文字较为简单，后来又另据他本添改得和程甲本差不多这一事实，可证原抄未改部分乃据高氏初稿本，后添部分则为高氏增订本。可见高氏续作也像曹雪芹一样时时增删，历有年所，并不是像有些人以为一气呵成的。

也有人认为后四十回的续作者可能不是高鹗，他也许真如程伟元“序”中所谓只是帮着老程做些整理稿子的工作而已。这一说的主要根据，是对于张问陶赠高诗中自注的不同解释。张氏说：“传奇《红楼梦》八十回以后，俱兰墅所补。”他们认为张氏所谓“补”是“修补”之意。我在上引《图书馆》季刊中论《红楼梦稿》一文中曾指出高氏在《红楼梦》中“修补”得最多的是前八十回，且程、高二人在他们的“弁言”中也直认不讳；而张问陶却特别指出高氏所补者乃“八十回以后”，可知张氏所谓“补”，决非“修补”之意。我又列举自唐代小说《补江总白猿传》以至元、明、清以来各种小说如《西游补》、《红楼梦补》等许多证例，凡言“补”者都指补作，亦即续作，从无解为“修补”者（第50～51页）。我又举清代倪鸿论张氏注中“所补”二字，意即“所续”，而鲁迅先生在《中国小说史略》中亦称后四十回为高氏“续书”，则他也不认为此“补”字作“修补”解。最后我说：“我们既

① 《胡适文存》第一集，第三卷，第241页《高鹗年谱》，第三条。

没有理由证明张问陶是撒谎，也就不必忙于剥夺高鹗的后四十回《红楼梦》的著作权。"范宁先生在《图书馆》季刊1964年第1期的"信箱"栏质问我道：

> 为什么"没有理由证明张问陶是撒谎"，而有理由诬蔑程、高本人是撒谎？

这一问问得好厉害！"诬蔑"人可不是小事。但可惜这一质问其实是无的放矢，因为我在论《〈红楼梦稿〉的成分及其年代》一文中并没有说"程、高本人是撒谎"。倒是范宁先生自己诬蔑了我"诬蔑程、高本人是撒谎"①。但即使假定我说了程、高撒谎云云，倒也是事实，并非如范宁先生所谓"诬蔑"他们。原来程伟元在程甲本"序"中说，"原本目录一百二十卷。……不佞以是书既有百二十回之目，岂无全璧？"以下就说他历年收集，最后在鼓担上买来十余回，凑足一百二十回，正合"原本目录"之数。这岂不是想以"百二十回目录"来骗读者，说他陆续收买来的后四十回正是按目无误的雪芹原稿吗？但是脂砚斋评语中所引述的雪芹后三十回原稿中的好些回目，没有一句和程本后四十回的回目相同，范宁先生能说程伟元"序"中所谓"原本目录"，"既有百二十卷之目"，不是谎话吗？高鹗在他的序中附和程氏，说他"以其所购全书见示"，这不是帮他圆谎吗？谎是撒不得的。脂砚斋在十六回残本《石头记》第一回第五页上评道："谚云：'一日卖了三个假，三日卖不出一个真'，信哉！"我在上文第四节曾把高鹗和张问陶二人的品质略作比较，孰优孰劣，读者可以自己得出结论。张问陶为他的四妹在高家夭折，对高鹗如此不满，难道他还要把高鹗所未写的作品归功于他吗？以前文人互相标榜是有的，但张问陶却绝无理由要标榜一个害死他妹妹的"罗刹"。

① 奇怪的是，《图书馆》季刊的编辑部收到这封"读者来信"后，竟没有查对一下我在该刊上一期的文章中有没有说"程、高本人是撒谎"这句话，就把此人凭空捏造出来的对我的诬蔑，刊登在该刊为捏造者特辟的"信箱"里！

最后，还须说明一下关于“补”字的解释。近来有人把它解作“修补”或“补订”而非补作，其实这并不是什么“新”说。早在 1935 年，《青年界》七卷五号所载宋孔显的《〈红楼梦〉一百二十回均曹雪芹作》一文中，即主张此说。1958 年林语堂在伪中央研究院某刊物所发表的《平心论高鹗》一文，即抄袭宋说，而加以推衍。次年潘重规在新加坡出版《红楼梦新解》一书，对于后四十回的作者问题又抄袭前人之说，认为高氏之“补”乃“修补”而非补作(第六四页)。近来主张这一“补”字是“修补”的议论虽多，但我却未见有谁提出任何新论据或新意义。这些号称“新”说，而其实是辗转抄袭、陈陈相因的旧说，对于严肃的学术研究不会有何好处。

1964 年 7 月 31 日写毕，8 月 7 日修改于黄山疗养院

【附记】 近见《文学遗产》第 507 期(1965 年 5 月 2 日)《关于高鹗的〈月小山房遗稿〉》一文，考出高鹗卒年，认为“他死于嘉庆二十年(1815)的可能性最大”。其所据材料与本文大致相同，其结论虽较简略，也和鄙说相符。文中又引高鹗《重订〈红楼梦〉小说既竣题》七言绝句，以为题名“重订”，而不说“补作”，“似乎就是前面所说‘整理’的意思”，则显系误解。既曰“重订”，即将先作之稿再次改订之意，但不能因此即证明他以前未作此稿。任何人“重订”自己的稿子，别人如何能凭他“重订”二字，取消他原来的著作权呢？如果这位作者明年“重订”一下《关于高鹗的〈月小山房遗稿〉》一文，我们能否定他今年此文的著作权吗？至于高鹗诗中自己说他“老去风情减昔年”，正说明他之补作后四十回乃在“风情未减”之“昔年”，则已详上文。

1965 年 5 月 13 日校后记

(原载《文史》第四辑，1965 年)

《红楼梦》的西文译本和论文

关于《红楼梦》的西文译著，周汝昌先生的《红楼梦新证》（三版正文第3页）和一粟先生的《红楼梦书录》（第83～84页）均有著录。前者举英文七种，德文一种，“其余未闻”。后者举英文六种，德文、法文各一种（另有蒙文、锡伯文、日文共五种）。近年我在欧洲各国见闻所及，在英、俄、法、德、意五种文字中，得四十一种：计译文十七，论著二十四，但仍不敢说完备。本文原为西文目录，现在译成中文，并加简略说明。但不论译音或译意，均可能有歧异，故仍只好附原文中的主要名词，否则读者很难凭想象去查对原书，则此目便无参考价值。有些中国人名，其拼法特异者，也附原有拼音，以免查阅困难。早年在华外人原有中文姓名者，概用原名；新见人名则译音。

《红楼梦》不但是祖国文化遗产中最伟大的小说，现在已成为国际公认的世界巨制之一。从下面的书目中，可以看到，它很早就被介绍给西文的读者。而且到现在为止，据我寡陋所知，它仍是所有中国小说在西文中译本最多、论述最广的一部。其他中国经典著作，除了《道德经》据说有五十多种的译本外[①]，只有《诗经》和《论语》有同样多的译本和论著。在上世纪末年英人翟理斯所著《中国文学史》[②]中，说到儒家的“五经”只有二十页（原书第7～26页），但讲到《红楼梦》一书却有三十页（第355～384页）。可见一部世界巨制，稍具文学常识者，都能认识其伟大与重要。因此，《红楼梦》在欧美各种文字中有多少译本和有关的论著，我们应该摸一摸底。

---

① 这是因为《道德经》作为一本独立的书是最短的，其中文字含义又可能有各种不同的解释，所以不断有人重译。

② 此书1901年出版，1900年序文，实作于19世纪末年。参看本目22。

到目前为止，在西文中此书的全译本只有俄文。英文译本现在流行的有三种，都是节译。上一世纪有人试为全译，但不幸因译者去世而中止；而且译文非常别扭，连英国人都看来不大好懂。法文现在有了全译，但尚未出版。其他德文、法文、意大利文的现行译本，也都是删节本。

最早(1842)介绍此书与西文读者的是汤姆[①]。他只选几段译成英文，目的在于便利在华洋人学习中文。同时有郭实猎(1803—1851)介绍此书，但此人把宝玉当作“一个性情暴躁的女子”，称他为“宝玉夫人”(The Lady Pauyu)，说这书全是些“琐屑无聊之谈”；总之，“毫无趣味”。稍后，在中国海关供职的波拉[②]曾从前八回译出若干故事(1862)。从1892年到1893年，英国驻澳门副领事裘里，印出其所译五十六回，但至今英文仍无全译本。俄国学者伐西立也夫在其所著《中国文学史纲要》(1880)中，对《红楼梦》有很高的评价(原书第159～160页)。中华人民共和国成立后不久就出版了巴那苏克的全部俄文译本。

在西欧文字的译本中最令人遗憾的是书中女子名字的错乱。在早期的译文中，男女名字本来都是译音的。1929年王际真的英文节译本先后在美国和英国出版。为了迎合洋人口味，他用“双重标准”的办法：男名译音，女名译意，以致非常混乱，几致不可认对。事实上他并不在“译”，而在任意注解。例如袭人，他“译”作“Pervading Fragrance”。如果把这名字还原成中文，应该是“流芳”、“散馨”之类。麦克休姊妹的译本则采用德人库恩的译名：因为袭人原名“珍珠”，把它译为“Pearl”，这是美国女子常用之名。在保守的英国和西欧各国，则用此名的希腊文原字“马格丽特”。如果要把袭人彻底欧化，应该把它译成“Margaret”，和法国的茶花女、英国的公主同名才好。要是那样，洋味果然是十足了，但谁能认出这是原文中袭人的名字呢？王氏把“袭人”译成“Pervading Fragrance”，还可以说与原名在意义上有相通之处。但把鸳鸯“译”成“Faith”(忠信)，平儿“译”成“Patience”(耐心)，宝钗“译”成“Precious Virtue”(宝德)，令人觉得她

①② 西文原名及书名，附见下文目录。余同此。

们不是《红楼梦》里漂亮的少女，而是《天路历程》一类"圣书"中的虔诚的基督教徒！而尤其荒谬的是他竟把黛玉"译"成"Black Jade"。我们知道，"黛"字在中国文学中形容眉色，也是"眉妩"的替代词，而"黛眉"又可以作为美女的替代词。"黛"并不是黑色（除非半文盲，只认得这字的下半个），而是淡青略带黑色，例如徐陵的《玉台新咏序》："南都石黛，最发双蛾；北地燕支（胭脂），偏开两靥。"这里用淡青的黛色，对比淡红的胭脂。韩愈《送李愿归盘谷序》"粉白黛绿者……"，白居易新乐府《上阳人》"青黛点眉眉细长"，更明显地标出"黛"是绿色或青色。古人又以"远山黛"比眉色（见《西京杂记》"卓文君"条），也指淡青色。至于英文"Jade"一字，虽常用以译中文"玉"字，但也只有在意义明确的字句中才用，绝不可随便用来译女子的名字。"Jade"一字有许多意义，但如用来指女子，它的确切的含义是："不名誉的女子，荡妇"（a disreputable woman，a wench）（美国韦氏学院字典），或"一个斥骂妇女的名词"（牛津字典）。另一常用意义是："下贱的马，驽骀"。在"Jade"的前面，再加上"black"，这把"黛玉"译成了什么？用中文来说，Black Jade 是"黑荡妇"，"黑驽"。王际真这样的译法，证明他不但缺乏中国古典文学的基本常识，并且他的一般英文的水平也很低[①]。他在 1958 年出版的增订译本中，仍用这些极不通的译名。尽管这样照顾外国读者，可是他们并不见情。例如伦敦《泰晤士报》的《文学副刊》（1959 年 10 月 9 日，第 582 页）评论他的新译本说，这种乱七八糟的译名使读者"极难认对"原文。自从他开了"意译"人名之例以后，1932 年德人库恩在莱比锡出版的德文节译本，即用此法，把黛玉译为"Blaujuwel"（青玉）。但因在德文中"Blau"有黛色的含义，"juwel"是珍珠宝石的通称，也绝不能作"坏女人"或"驽骀"解，所以较好。（Juwel 一字在德文土话中有时有"小家碧玉"的意思，引申为"女仆"、"丫环"。这对于黛玉也很不合适，但总比"黑荡妇"好些。）而美国人麦克休姊妹据德文转译的英文本，却依照王际真的办法，把黛玉译成"黑荡妇"。（麦氏姊妹不懂中文，自

① 参看 18 世纪英国散文作家艾迪孙（J. Addison）对此字的用法："Being marry'd to an expensive Jade of a wife."（娶了一个费钱的浪货妻子。）见《旁观报》1712 年第 343 期，第七段。

然以为哥伦比亚大学中文教授的中文程度一定很好。)此外,根据库恩的德译本转译的法文和意文本,也都把女子名字译意而不译音。只有苏联巴那苏克的全文俄译本,全用音译,把黛玉译为 Дай-Юй。这是恰当的译法。

各种译本中当然还不免有许多误译或曲解原文之处,但此文并非书评,姑且不谈。至于《红楼梦》这书名,因为西文在习惯上常需用介词,所以大致分两种译法:(1)"红楼之梦",(2)"梦在红楼"。前者较为通行,但容易被误解为"梦"者不是人而是"楼"。远在 1885 年,翟理斯即指出,这个译名"全不正确"①。后者较好,但我以为仍不如依字直译,不加任何介词(当然也要看所用是何种西文而定),反而可以使读者有想象的余地。在下面的目录中,我仍把西文的介词译出;非敢立异,但求正确而便查对。至于"楼"字也有许多不同的译法。看下文,可知俄文的"Tepeме"较为正确,法文的"Pavillon"次之,法文的"Chambre",英文的"Chamber",德文的"Kammer",意文的"Camera",语根既同,意义相似,都是"房间"或"厅",未免格局太小。但英文译名在目前已有"约定俗成"之势,大概不会再改了。

译本及论文目录

(数字之后,凡不加引号者是书名,加引号者是单篇论文的题名。博士论文印成书本,作为书计。)

Ⅰ.译文之部

(以时代先后为次,并区别各国文字)

(一)英文

1.《红楼之梦》:汤姆译(The Dreams of the Red Chamber: tr. by R. Thom),载《中国话》(The Chinese Speaker),第 62~89 页,1842 年,宁波

① 见本目 21。

版。此为外人习华语之课本,非为研究中国文学而译。

2.《红楼之梦》:波拉译(The Dream of the Red Chamber: tr. by Edward Charles Bowra),载《中国杂志》(The China Magazine)1868年圣诞节号,第1、3、33、65、97、129页;又1869卷,第1、3、65页,上海版,从前八回中译出。

3.《红楼梦》;或《红楼之梦》,中国小说:裘里译(Hung Lou Meng; or The Dream of the Red Chamber, A Chinese Novel: tr. by H. Bencraft Joly),第一册:378页,有1891年自序,凯来·华希公司1892年香港版;第二册:538页,商务排印局1893年澳门版。二册共译出五十六回,译者不知《红楼梦》的作者是谁。

4.《红楼之梦》:王际真译(1)(Dream of the Red Chamber) XXIII+371页,有英人卫莱(Arthur Waley)序及译者引言。乔治·路脱来奇公司1929年伦敦版。节译本,后半部故事有提要式的叙述。

5. 同上(2):XXIV+574页。有美国人马克·范·多伦(Mark van Doren)序,吐温出版社1958年纽约版。增订节译本,仍不全。

6.《红楼梦》,断鸿零雁记选:袁家骅、石明辑译并注,中英对照,北新书局1933年上海版。在《英译中国文学选辑》第二辑中。

7.《红楼之梦》:麦克休姊妹译(The Dream of the Red Chamber: Florence and Isabel McHugh),XXI+582页,潘蒂昂公司1957年纽约版。从库恩的德译本转译。库恩在序中说,约为原文的五分之四,实际上不到一半。

(二)俄文

8.《梦在红楼》:巴那苏克译(Сонв Красном Тереме: В. А. Панасюка),有费德林(Н. Т. Федоренко)导言17页,附改琦绣像宝玉及黛玉图二页,分置于上、下册正文之前;上册877页,下册863页。国家出版局1958年莫斯科版。此书为目前一切西文中唯一的全译本,由中文原作译出,据"程乙本",书中人名皆译音,末附贾氏世系"谱树"。

9.《梦在红楼》:路德门(В. Г. Рудман)译,在马玛也娃(Р. М.

Мамаева）所编的《中国文学读本》（Китайская Литература, Хрестоматия）第一册第656～683页。所译为第一、二回，译文前有马玛也娃引言，介绍曹雪芹，教育书籍出版社1959年莫斯科版。按路德门于1958年去世，不知他的译文是否只有这两回，或者是还有别的部分未出版。

（三）德文

10.《红楼梦小说》：丁文渊译（Aus dem Roman Hung Lou Mong, "Der Traum des Roten Schlosses"：W. Y. Ting），载《中国学》（Sinica）卷四，第83～89、130～135页，1928年福兰克富大城（Frankfurt-am-Main）版，从原书第二十一、二十二两回中节译，文前有介绍曹雪芹的序言。

11.《红楼梦小说中之一回，第十五回》：库恩译（Ein Kapitel aus Roman Hung Lou Mong, Fünfzehntes Kapitel：Franz Kuhn），载《中国学》卷七，第178～186页，1932年版。按所译故事为原书第十八回元春省亲一段，此云"第十五回"，乃指在其所准备出版之节译本中为"第十五章"。其中如译贾蔷为"Chia Sie"，乃误读为"贾啬"。

12.《红楼之梦》：前人译（Der Traum der roten Kammer），788页，有译者序文，岛社1932年莱比锡版。节译本，约为原书十二分之五，主要故事用提要方法叙述完毕。书中男名译音，女名译意。受王际真译本的影响，如译贾赦为"Chia Shieh"，与王本同为山东口音，其显例也。

（四）荷兰文

13.《梦在红楼》：沃斯德曼译（De Droom in de Roode Kamer：Van Ad. Vorstman），克罗斯曼（Krusman）书店1946年海牙版，系从库恩的德文译本转译。（补录）

（五）法文

14.《梦在红楼》：葵尼译（Le Rêve dans le Pavillon Rouge：Armel Guerne），342页，前有序及改琦绣像七幅，居勒不刺公司1957年巴黎版。系从库恩之德文节译本又加节略译出。

15.《梦在红楼》（贾宝玉与林黛玉之戏剧性恋爱的故事）：徐仲年译，

载《现代中国文学选集》,巴拉丛书(Anthologie de la Littérature Chinoise des Origines à nos jours, Collection Pallas)第171、280～284、293～302、336～337页,德拉格拉夫图书公司1933年巴黎版。从原书第十七、二十七、二十八、三十二诸回中选译。

16.《红楼之梦》:鲍文蔚译(Le Rêve de là Chambre Rouge: Pao Wen-wei),载《法文研究》(Études Francaises)第四号,第67～80、149～161、224～237、306～317页,汉学研究所1943年北京版。从第五十七回译出,中法文对照。

17.《红楼之梦》:李治华译,浩然校订(Le Rêve du Pavillon Rouge: tr. par Li Tchehoua, révisé par André d'Hormon),有译者及艾颠泊尔二序,《东方文学》丛书,巴黎盖理玛图书社(尚未出版)。此为全书法文译本,前八十回用脂砚斋评本,后四十回用程乙本。

(六)意大利文

18.《红楼之梦》:波维罗、黎却奥同译(Ⅱ Songno della Camera Rossa:Clara Pirrone Bovero & Carla Riccio),692页,有马丁·培耐狄克特(Martin Benedikter)及库恩二序,改琦绣像二十五幅。爱诺地公司1958年多林诺(Torino)版。系从库恩德译本转译。

(七)匈牙利文

19.《红楼梦》:乔奇译(A VöRos SzoBA ÀLMA:LAzÀR GYöRGY),欧罗巴书局(公司?)出版,1962年布达佩斯版,系从库恩德文本转译。(补录)

Ⅱ.论著之部

(一)英文

20.《红楼梦或"梦在红楼"》:郭实猎著(Hung Lau mung or "Dreams in the Red Chamber":Karl A. F. Gützlaff),载《中国文库》(Chinese Repository)卷十一,第266～273页,1842年5月号,广州版。

21.《红楼梦,通常称为"红楼之梦"》:翟理斯著(Hung Lou Meng: Commonly Called "The Dream of the Red Chamber": Herbert A.

Giles)，载《皇家亚西亚学会华北分会会刊》(Journal of the North China Branch of the Royal Asiatic Society)新二十卷，第1～23、51～52页，1885年上海版。此文原为讲稿，介绍《红楼梦》中故事，未知原书作者。

22.《红楼梦》：前人著，在《中国文学史》(A History of Chinese Literature)内第八卷，第一章，第355～384页，威廉海涅门1901年伦敦版(最近纽约有翻版)。前半章论述此书，后半章为书中故事提要，至宝玉出家，在江边拜别贾政而止。

23.《红楼之秘密》：柯纳培著(The Secret of the "Red Chamber"：W. Arthur Cornaby)，载《新中国评论》1919年5月号，第329～339页，上海版(原书未见，据《红楼梦书录》。《书录》列入译文，疑是论文或提要)。

24.《论翻译中文》：魏纳著(The Translation of Chinese：Edward Chalmers Werner)，载《中国杂志》(The China Journal)卷六，第四期，第175～177页。1927年上海版。此文比较裘里和威妥玛(Sir Thomas F. Wade)两个英文译本的文字优劣，取材于《红楼梦》第一、第八两回。威氏译本未见，大概没有出版，故未列入本目。

25.《一个古老的故事》：赫德生作(An Old, Old Story：Elfrida Hudson)，载《中国杂志》卷八，第7～15页，1928年上海版。作者引言中自称此文一部分系从《红楼梦》原文中直接译出，但按其内容，全文是一篇黛玉、宝钗和宝玉的恋爱故事的提要，并非译文。所谓"直接译出"云云，只能骗骗不懂中文的洋人。

26.《曹霑》：房兆楹撰，在《清代名人传略》(Eminent Chinese of the Ch'ing Period)下册，第737～739页，美国政府印刷局1944年华盛顿版(参看《曹寅》，同书第740～742页)。

27.《中国文法上的新探检》：高本汉著(New Excursions in Chinese Grammar：Bernhand Karlgren)，载《远东古物博物馆刊》(Bulletin of the Museum of Far Eastern Antiquities)第20期，第53～80页，1954年瑞典斯笃克霍姆版。高氏在此文中用二十四个语词(大都是一两个字的)，来证明《红楼梦》前八十回与后四十后的作者"所用方言全同"，因此断为这两部分是一个人作的。他所用的本子是亚东图书馆排印本(他有有正书局的八十回本《石头记》,却故意不用),亦即前后两部分都经高鹗统一修改过的本子。所据前八十回既非雪芹原文,其结论当然靠不住。而欲从二十四个单语决定一部百万言大书的作者的方言,其方法尤其是不科学的。

28.《红楼之梦》:俞平伯原作(译者不详),载《人民中国》英文版 1954 年 5 月第 15 期,第 32～34 页,北京版。

29.《红楼之梦》:袁水拍作(译者不详),载英文《中国建设》卷四,第五期,第 20～23 页,1955 年 5 月北京版。论述从 1954 年起中国文化界对《红楼梦》大辩论的经过和此书的政治意义,附照片三幅,木刻插图二幅。

30.《清代人情小说》:鲁迅原作,杨宪益、戴乃迭英译,在英文《中国小说史略》第二十四章,第 298～316 页;又附录一,第 436～441 页。外文出版社 1959 年北京版。

31.《脂砚斋重评石头记》,《脂砚斋红楼梦辑评》(提要):吴世昌撰,载《汉学书录解题》(Revue Bibliographique de Sin'ologie)卷一,第 142～144 页,茂顿书店 1957 年巴黎—海牙联合版。

32.《红楼梦中若干问题》:前人撰(Some Problems in the Red Chamber Dream),载《第十二届青年汉学家会议报告》,第 1～9 页,1959 年剑桥大学印。原为作者在该会所读论文,从语言学观点批判瑞典高本汉氏以为前八十回与后四十回是一人所作之谬说。

33.《红楼梦探源》:前人撰(On The Red Chamber Dream)。分五卷,二十章,三附录,XXVI+391 页,1961 年牛津大学出版社版。此书论述《红楼梦》的抄本、评者、作者、本书,和高鹗的工作,从脂评和本书的内证批判"自传说"的错误,考证雪芹的生卒年、家世和他写作、修改历次稿本的过程;分析各抄本内容及其各种底本的年代,发现"脂评"中雪芹之弟曹棠村为初稿《风月定鉴》所写的"小序";最后分析高氏续作中可能有的雪芹原稿材料。

34.《论红楼梦》:何其芳原作(on The Dream of the Red Chamber),

英文《中国文学》1963 年 1 月号，第 65～86 页，系从 1957 年作者刊于《文学研究集刊》第五册的同题论文中节译（译者不详）。（补录）

35.《红楼梦的演变历史》：吴世昌撰（History of The Red Chamber Dream），同上，第 87～100 页。著者原作为英文，非由中文译出。（补录）

（二）俄文

36.《论红楼梦》：伐西立也甫（В. П. Васильев）著，在《中国文学史纲要》（Очерк Истории Китайской Литературы）第 159～160 页，1880 年圣彼德堡（今列宁格勒）版。这是俄国最早介绍《红楼梦》的文字，上文（9）路德门译文之前马玛也娃的引言中提到此书。又法国 G. Margoaliès《中国文学史》（Histoire de La Littérature Chinoise）散文之部第 1～2 页，引述此书为大学讲义石印本，并谓其中只论佛学及哲学，不及美文。又按法文所译书名，原著似为中国文学史资料，想系另一本；此出版于 1880 年者当为较后较全之书。

37.《论红楼梦》：波兹聂也娃（Л. Дмитрие вна Позднева）撰，原为王了一著《中国语法大纲》俄文译本的弁言，外文出版社 1954 年莫斯科版。

38.《鲁迅论红楼梦》（原无标题，暂加）：前人撰，在其所著《鲁迅》（Лу Синь）一书中，散见第 224～238、459～475 页。莫斯科大学出版社 1959 年版。文中论到在《红楼梦》大辩论中批评胡适、俞平伯的唯心主义思想及鲁迅对此书的评价。

（三）法文

39.《红楼梦研究》：李辰冬著（Hong-leou-mong Yen-kieou，Études sur le Songe du Pavilion Rouge：Lee Ghen-tong），151 页，巴黎大学博士论文，罗德斯丹书店 1934 年巴黎版。此书一部分由作者写成中文，刊于天津《国闻周报》和《北平晨报 · 北晨学园》（参见《红楼梦书录》第 288 页）。

40.《爱情小说——红楼梦——曹雪芹生平等》：吴益泰著（Roman Sentimentaux-Le Hong-leou-mong-La Vie de Ts'ao Siuets' in etc.'：Ou Itaï），在《中国小说》（Le Roman Chinois）第五章，第 63～78 页。有斯屈

夫斯基(Fortunat Strowski)序,维加书刊社 1935 年巴黎版。

41.《红楼梦论》(18 世纪中国著名小说):郭麟阁著(Essai sur le Hong Leou Mong〈Le Rêve dans le Pavilion Rouge, célèbre roman Chinois du ⅩⅧ e'siécle〉:Kou Lin-ke),176 页,里昂大学博士论文,波士兄弟公司 1936 年里昂版。

42.《红楼梦派的中国少女》:卢月化著(La Jeune Fille Chinoise d'après Hong-leou-mong:Lu Yueh-hua),160 页,巴黎大学博士论文,罗维敦公司 1936 年巴黎版。

(四)德文

43.《红楼梦的构成》:艾格德著(Die Entstehungsgeschichte des Hung-lou-mong:Heinrich Eggert),德国汉堡大学博士论文,1939 年(未见,参看下目)。

44.《有关红楼梦问题的新材料——评艾格德著〈红楼梦的构成〉》:普鲁显克撰(Neues Material zum Hung-lou-meng-Problem〈Bemerkungen zu H. Eggerts"Entstehungsgeschichte des Hung-lou-meng", Hamburg, 1939:Jagoslav Prüšek〉),载捷克东方研究所《东方文档》(Archiv Orientální)卷十三,第 270～277 页,1942 年布拉格版。此文引用脂砚评语,论述《红楼梦》的背景。

(五)意大利文

45.《红楼之梦引言》:培耐狄克特(题名及作者原名见前 18),载意大利学院中东极东研究所《中国》(China)卷五,第 1～4 页,1959 年罗马版。按即意文《红楼梦》译本之引言,另刊于此。

结语

从上面不完全的目录,我们可以知道,从事于翻译或研究《红楼梦》的,除了中国人以外,在欧美方面有英、美、法、德、荷、意、匈、瑞典、苏联、捷克各国学者;发表的文字在西文中有七种;出版的地点有中国和上述诸国的二十六个城市。此外,用无线电广播其中故事或论述此书的尚不在内(如1958年英国广播公司即有两次广播)。

以时间而论,从1842年直到现在,这些西文译著的陆续发表,已历时一百二十年之久。但也可以看出,在解放以前的一百多年中《红楼梦》在西文中只有三个不到原著一半的译本。由于从1954年起我国展开对于《红楼梦》问题的大辩论,才引起各国文化界的广泛注意。从1954年到现在这六年中,译本方面即增加了一个俄文全本,两个英文节本,一个法文节本,一个意文节本,一个匈牙利文节本,另一个法文全本(尚未出版)。即此一端,也可证明解放以来我国文艺政策的正确性及其深远的影响,并令人对于参加这场讨论的同志们深致敬意。

最后,应该指出,这个目录中所列各书及论文,虽然译著者付出了相当劳力,其中有许多也是很有价值的,但所有译文未必都正确,有些论著的观点是错误的,甚至荒谬的;也有一些很肤浅,无甚价值,在这里不必详述。总之,这个目录只能作为研究者参考之用,并不是其中一切文字都可随便引为论据;我们尤其不能因为某书原是什么大学的"博士论文",就迷信它一定有价值。有些博士的幼稚程度是非常可惊的。这个目录如有遗漏或错误之处,希望读者补充更正。

1961年1月15日寄自英国牛津大学

(原载《文学遗产增刊》第九辑,1962年6月)

后记

此目写于1961年初,基本上根据拙著英文本《红楼梦探源》所附西文书目。其中遗漏了一个荷兰文译本,当然也不可能列入1962年出版的匈牙利文译本,这两个译本现在已补人。此外,道光十年(1830)约翰·窦维斯(John Francis Davis)曾译《红楼梦》第三回中描写贾宝玉的两首《西江月》,载入他的《汉文诗解》(On the Poetry of Chinese, pp. 440～441),这当然要算是最早译出《红楼梦》中的文字,但译者意图显然不在介绍这部小说,而且仅仅把这两首词孤立来看也很少意义,所以在此目中也未列入。日本伊藤漱平于昭和三十八年(1963)出版的日文译本《红楼梦》下卷所附"欧文译本"目录(pp. 502～503)即抄自拙著英文本《探源》书末所附"目录 A"(pp. 359～362)。别人采用我调查研究的成果,我是欢迎的;但遗憾的是他没有说明他这一欧文译本目录的来源。因此,我在目录中遗漏了荷文译本,来不及列入匈文译本,他也照样遗漏了这两种译本,未免代我受过,为我分谤。

近年来《红楼梦》的译本方面有两个英文译本:(一)《红楼之梦》,杨宪益、戴乃迭译(A Dream of Red Mansions: tr. by Yang Hsien-yi and Gladys Yang),三卷插图本,第一卷,第一至第四十回,399 页;第二卷,第四十一至八十回,701 页,北京外文出版局 1978 年版。(二)《石头的故事》(The Story of the Stone),将由英国企鹅书店作为《企鹅古典丛书》分五册出版,其第一册包括第一至第二十六回,于 1973 年出版;第二册包括第二十七至五十三回,于 1977 年出版。译者霍克思(David Hawkes)曾任牛津大学中文系主任。据译者自己说,译文基本上根据脂评本,但有时参用程高删改本。此书男名用汉音拼音,女名用意译。

另外,美国方面对于《红楼梦》的研究,有普林斯敦大学中国文学副教授布赖克斯(A. H. Plaks)在 1976 年出版的《红楼梦中的原型与寓言》(Archetype and Allegory in the Dream of the Red Chamber)。1978 年他又主编《中国叙事文》(Chinese Narrative),其中第三章前面的三篇文章论《红楼梦》、《西游记》、《儒林外史》各书的"寓言"和"抒情"故事。作者为布赖克斯、王甘明和高玉公(译音)。

1978 年 4 月记

论王冈绘曹雪芹小像
——驳胡适谬论

前言

1961年2月，我在英国牛津，收到美国哥伦比亚大学蒋彝教授寄来有关《红楼梦》的一篇短文《所谓“曹雪芹小像”的谜》，作者胡适，登在号称“纽约出版”，而其实在香港印行的一个刊物《海外论坛》第一期(1961年1月)。胡适在文中说，“大陆上”出版的一些刊物中所说到的或附印的“曹雪芹小像”是假的。这个寡薄的月刊，在它浮夸的英文名称《World Forum》之下有一行小题：“留美学人讨论问题发表意见的刊物”。不消说，胡适在所谓“留美学人”中，在当时也还有一些偶像作用。因此，我不久又收到哈佛大学杨联陞教授来信，问我有否见到此文，对它有何意见。我当时即简略地复了一信，驳斥胡适文中一些谬论，并指出胡适作此文动机，完全出于妒忌。他自己搞了几十年“红学”，却未能利用此像；现在反而被共产党的书刊印行流传，那就非加以捣乱不可。他在文中自怨自艾地说，“我至今懊悔三十年前没有请祖韩把全卷题咏都抄一份给我做参考材料”。因此现在他只好写一点东西来扰乱《红楼梦》爱好者和研究者的视听，贬损“大陆上”研究工作的价值。我在结语中说，如果胡适今日也在北京躬与校印《石头记》抄本之事，此图便真而又真。现在此图由共产党出版物流通，他非加以捣乱不可！此人会说历史上并无屈原其人；他自己的《石头记》残本中明明有乾隆丁亥(1767)和甲午(1774)的年代，他却硬说这是“海内最早”的“甲戌”(1754)本。(这和说“明版康熙字典”差不多。)这位博士可以这样颠倒黑白，还有什么话他说不出口？

这是整整两年前的事，我当时曾想就胡适的谬论加以批判，写一短文，但因别的事搁置了。现在胡适虽然已经死了一年，但其“尸居余气”仍可能荡漾于某些角落里。偶然碰着他的徒子徒孙,仍可能借尸还魂,放出些邪气。则补作此文以肃视听,似乎仍有必要。

1963 年 3 月 5 日记于北京

胡适论曹雪芹小像的短文共三页。他在先引用了《红楼梦新证》、影印本《脂砚斋重评石头记》和《有关曹雪芹八种》各书所述曹雪芹小像的材料和图片后,便说周汝昌、文学古籍刊行社编辑部,和吴恩裕、俞平伯、张国淦是"三批受欺的一群人"。"欺者"是谁呢?照他的文字次序看来,是 1949 年向周汝昌报告此画的陶心如,为此画作"大段跋语"的叶公(原文)绰,为吴恩裕抄寄"曹雪芹画像照片附识"的人民文学出版社某君,以及原图收藏者上海李祖韩——因为他没有刊布画上的题咏。

在开完了"受欺者"和"欺者"的名单以后,这个以圣人自居的洋博士,居然摆出一副又神气、又慈悲的洋相:

> 可怜这些富于信心的人们,他们何不想想收藏这幅画像的李祖韩君,为什么始终不肯抄寄那许多乾隆朝名人的题咏呢!

他的意思是说,李君不肯抄寄题咏,显然是作伪。(下文他还说李"等于有心作伪"。)而那些"可怜"的"受欺者"又不肯用脑筋"想想"他这个"圣人"早已知道了的理由。应该指出,胡适这话是硬欺骗读者,是违反学术道德的行为。第一,他在这些话的上文引用了吴恩裕先生《有关曹雪芹八种》中《考稗小记》和《敦诚、敦敏与曹雪芹》两文中前后七段文字,最长的一段多至十行(吴书第 77～78 页,87～88 页)。而他所引用的吴氏原文中本有"陶心如先生云:此像已由藏主运往香港"(第 87 页)一句,这正说明李祖韩无法抄寄题咏的原因。但胡适在引用吴氏原文时却故意删去这关键性的一句,以便罗织李祖韩罪状。第二,胡适既把"俞平伯"也算在"第三批受欺的一群人"之内,证明他是看见了 1954 年 3 月 30 日俞氏在香港《大公报》发表的《读红楼梦随笔》中第二十八篇《曹雪芹画像》。俞氏在此文中引录李祖韩致叶遐庵原函说："曹雪芹像卷昔年曾经鸿题，后为友人久借不归，致无法抄录……近时又经樊樊山、朱彊村、冯煦、褚德彝、叶恭绰等题跋，尤为可贵。"胡适既已知道李祖韩无法抄寄画上题咏的原因是原画不在手头，他却故意从所引吴恩裕文中删去"此像……已运往香港"一句；并且只字不提俞氏之文及其所引李氏原函中所说"友人久借不归"之语，以便一方面蒙蔽读者，一方面讥讽那些"何不想想"的"可怜的人们"。同时又可诬蔑李祖韩"有心作伪"。他大概还以为这种下流手段是"一石打三鸟"的妙计。

其次，在"说明这幅画的真相"中，他说：(1)画中人别号"雪芹"又称"雪琴"，"但别无证件可以证明他姓曹"；(2)李祖韩买得此画在三十多年前；(3)这幅很长的手卷上题咏者不止吴恩裕氏书中所述钱大昕、谢墉、皇八子(宜园)等八人，他还记得有陈兆仑、秦大士和别的人；(4)他三十年前对画主人说："画中的雪芹大概是一位翰林前辈，可能还是'上书房'的皇子师傅，所以这画有皇八子的题咏。"下文他又说："这个人大概是一位翰林先生，大概还做过'上书房'的皇子师傅。"(第 4 页)

关于这些"真相"之(1)，"雪琴"之"琴"显系笔误，不能算作"又称"。吴氏所举八人题咏中，七人作"雪芹"，只有一人作"雪琴"。胡适自己在文中即把叶恭绰误作叶"公"绰，也不能说叶誉虎"又称公绰"。想用画中人"又称雪芹"来暗示或旁证他不是曹雪芹，是毫不足以取信的。至于说"别无证件可以证明他姓曹"，胡适自己难道"别有证件"可以证明他不姓曹？(2)李买此画在何时，详下文，这里从略。(3)这手卷上题咏者既不止八人，则与吴氏书中(第 87 页)所述相符。但吴氏书中说到张宜泉的《题芹溪居士》一诗，分明在《春柳堂诗稿》中。胡适对此未加称引，亦未能否认。吴氏考定此诗即为题王冈所画雪芹像，我以为其说可信。而张氏诗注，明明说："姓曹，名露，字梦沅，号芹溪居士，其人工诗善画。"(《诗稿》第四七页上)(4)胡适硬指画中人"大概是翰林前辈"，"可能还是'上书房'的皇子师傅"云云，则全是主观猜测之词。胡适四十年前搞"红学"，以反对蔡元培先生的"猜谜"索隐起家，而现在他自己也只能用猜测来"索"画中人之

“隐”。但他用一个“可能”，三个“大概”的“小心的假设”，造成了这样一个“大胆的结论”：

> 总而言之，这位(指画中人)掇高科，享清福的翰林公，决不是那位风尘碌碌，一事无成，晚年过那“蓬牖茅椽，绳床瓦灶”生活的《红楼梦》作者。

这简直是用相面算命的方法做考据文章。但相面尚须看见本人，算命也还得知道生辰八字，而这位洋博士却只凭一张画像，连八字也不要，居然能相出画中人有“掇高科”的好运，还算出他有做“翰林公”的洪福。上文的“可能”、“大概”，至此都变成了“事实”、“真相”。胡适以为做“皇子师傅”是“享清福”，而自谦为“风尘碌碌，一事无成”的“《红楼梦》作者”，便没有资格坐下来让人替他画像，自然也没有这“清福”可享。

胡适用一个“可能”、三个“大概”肯定了这位“雪芹”是“上书房”皇子“师傅”，“所以这画有皇八子的题咏”。他反对此画为《红楼梦》作者之像，老气横秋地问道：“难道‘皇八子’题‘曹雪芹小像’，上款也称‘兄’吗？”(第3页)我在两年前答复哈佛大学杨联陞教授说：“一个皇子对于一个世家子弟(哪怕已经没落)、诗人、画家、小说家，倒可以称‘兄’。但对于自己的师傅，即使是皇子，也决不能称‘兄’。世有对自己的师傅称‘兄’者，当自胡博士始。”我们平日若说胡适不懂中国的旧文化传统，必有人替他辩护，说未免言之过甚。但在这些地方，却完全暴露了他自己对中国文化修养之低，甚至远远低于别人对他从低的估计。

胡适说他第一次看见此像是民国十八年(1929)教育部在上海开的书画展览会上，还仔细读了那些题咏。他记得“那些题咏的‘口气’都是称赞一位翰林前辈的话。皇八子的题咏更是绝对不像题一个穷愁潦倒的文人小照的话”。胡适以前评冯友兰著《中国哲学史》中《道德经》的年代问题，说文体不能作为判断标准，曾举李商隐诗的一联“历览前贤国与家，成由勤俭败由奢”为证例。文体既不能作为判断标准，难道“口气”更能作判断标准吗？并且，一个皇子题一个文人的画像，为什么一定要描写他的“穷愁潦倒”？为什么别的名士的题咏，也一律不许称赞画中人，一称赞，他便变成了“翰林前辈”？曹雪芹不是翰林，却是贡生，而且当时已是近五十岁的人（据张宜泉诗注）；他不是“上书房”的皇子师傅，却是为皇室子弟设立的宗学的“司业”，则题他的小像之诗，如果有些“桃李峥嵘”、“化雨春风”，或自称“侯芭”，称他为“边让”之类颂赞师傅的客套语，也毫不足奇。而那些词句，也很可以被浅学之流如胡适博士也者认为是“称赞翰林前辈”的话。胡适当时虽然在搞“红学”，却并不知道曹雪芹是贡生，是宗学的“司业”，因此他见了题咏之中有些尊师词句，不免大惊小怪，以为一定是题“翰林公”的像，他便武断地告诉李祖韩道：“这个‘雪芹’不姓曹。”仿佛他方才亲口问过画中人“您贵姓”似的！

胡适又说他三十多年前看那画时，不记得画上有画家的签名和图章、年月。因为他自己“不记得”，这一切都成为别人“伪造”的罪状了。所以：

> 很可能（又是一个“可能”）的是他（指李祖韩）和他的朋友们……你来添上一行画家王冈的题名，他来添上两颗小印章，你又记得曹雪芹死在“壬午除夕”（这里用上了他自己的错误的考证），也不妨在画上添上“壬午春三月”五个字。

照他的说法，李祖韩的朋友们都是些造假古董的专家，害得俞平伯、吴恩裕这些“可怜的人们”至今“受欺”！我想，只有自己怀着鬼胎的人，才觉得别人都在作伪、欺人。一幅画的主人（即使画中的“雪芹”不姓曹而是一个“翰林公”），何至于让他的朋友们个个都伸出手来在画上耍些作伪的花样？这岂不是把一幅有十多个大名士题咏的珍贵手卷给白白地糟蹋了？而且，王冈并不是什么知名的大画家，远没有那些题咏者的名望显赫。李祖韩那些专长“作伪”的朋友，既要题假名，刻假印章，为什么不找一个名望大些的画家，把这幅画的身价抬得更高些，而却要冒充一个大不知名的王冈？

其次，关于李氏得此画的时间，胡适在这里又表现了一次他在学术上的不诚实。他说民国十八年(1929)他未见画上有画家之名。可是此画前面褚德彝的题签，明明用篆书写着“王南石写悼红轩小像”，下面楷书小字是：“左盦先生秘玩，甲子二月褚德彝〔题〕。”[①]“南石”是王冈之号，“左盦”即“祖韩”之字，“甲子”是1924年。褚德彝也精于鉴赏，他在1919年曾印行《金石录续补》二卷，《拾遗》一卷，补李遇孙、陆心源二书之未备，颇见学力。若以鉴别字画而论，他要比洋博士胡适高明得多。这且不说。现在的问题是：如果画上王冈的题名和印章均在1929年胡适看过之后由李祖韩的朋友们伪造加上，则褚德彝在甲子年(1924)岂能未卜先知五年以后有人要伪造王冈之名而预题此签？胡适在当时(1929)当然也见到了褚德彝这个题签，因为如果他没有见到，又要说连这个题签也是李氏那个“作伪团体”所伪造的了。但他故意不说这个题签及其年月，又是上述用隐瞒证据以欺蒙读者和诬蔑他人的老法子。如果说，这个自夸“有历史癖”的胡博士连“甲子”在“民国十八年”之前五年都算不出来，那是不能令人相信的。实则褚氏的题签即根据画家王冈自己的题名而来。其作画年月“壬午三月”亦为画家自题。褚氏在甲子年即已见到画家自题之名及年月，其时那个十六回残本《脂评石头记》尚未发现，他如何能未卜先知残本中记录脂评说雪芹卒于“壬午除夕”而预题此“壬午三月”？并且，据上文说到的俞平伯文中引李祖韩原画，褚德彝在卷后也有题跋，其题跋之前已经先有樊樊山、朱彊村、冯煦的题跋，可见褚氏题签是与其题跋同时，则樊、朱、冯诸人题跋更在1924年褚氏题签之前，更不可能预知若干年后会出现一个残本《脂评石头记》，其评语中有“壬午除夕”等以及胡适的考证诸后事。

其实胡适虽然绘影绘声地把李祖韩的朋友们怎样“作伪”无中生有地描写了一通，但他心里毕竟有点虚。在结论时，他不敢肯定说那幅像不是

---

① 影印本《脂砚斋重评石头记》附图及吴恩裕《有关曹雪芹八种》封面上此像均将褚氏题签略去不印。但原画是有题签的。在拙著《红楼梦探源》英文本卷首所附此像，即保存褚氏原有题签。

曹雪芹，只好希望李祖韩把不在他手头的画像上的题咏全部影印出来，“让大家有机会可以平心判断他们题咏的对象是不是《红楼梦》作者曹雪芹”。这一着退步之棋，他自以为表示了谦虚和谨慎的“学者风度”。但这些漂亮话接在上文痛斥李祖韩“有心作伪”之后，却显得他始则色厉，继而内荏，真是令人“如见其肺腑然”。他的全篇文字反复说这画不是曹雪芹像，末了却透露了真意：恐怕画中的雪芹毕竟还是姓曹。这样一篇东西，不是存心捣乱是什么？

现在要简单说一说我个人对于这幅画的意见。

我认为此画是王冈所绘曹雪芹像，毫无可疑。第一，手卷后有乾隆时名士题咏，其年代与作画之年“壬午”相符。第二，题咏现在既不可得，其内容即便如胡适所说，是一些称赞师傅的套语，也与曾为宗学“司业”的曹雪芹身份相符，不必武断为指某一“翰林公”。第三，雪芹之号并不普通，古往今来用此二字为名号者并不常见，怎能在乾隆年间同一时期，在北京这同一地点有此同号的两个知识分子，而此二人又都与当时的名士、诗人为友？用胡适自己的话：“天下哪有这样奇巧之事？”若此“雪芹”果为一“翰林前辈”、“上书房师傅”，其交往又都是当时大名士，其中三人（钱大昕、钱载、陈兆仑）又都是他“上书房”的先后“同事”，何以这样一位“掇高科”而字“雪芹”的“翰林公”，其姓名反而湮没无闻？

但是最重要的是这幅画像本身的客观证据，即画中人的形貌完全和裕瑞在《枣窗闲笔》（第二三页）所描写的曹雪芹容貌相符[①]。此点在上述俞氏文中已比我先说了，并且说：“可以帮助证明此画像的真实性。”但俞氏未指出裕瑞所谓“前辈姻戚有与之（雪芹）交好者”一语中的“前辈姻戚”是谁。实则裕瑞是指他的舅父明琳和明义。二人都是雪芹好友：明义曾有二十首绝句题雪芹给他的初稿《红楼梦》；明琳的“养石轩”是雪芹高谈

① 有人因画像有上髭，而裕瑞未说此点，也表示对此像有所怀疑。其实古人没有保安剃刀，不能经常刮脸，大都留有胡髭。但除非是美髯（大胡子）如陈其年者，一般描写都不及其髭。《红楼梦》中男人没有一个说到有髭，但不能以此证明贾家无人有髭。

拾叁　王冈绘曹雪芹小像原照

拾肆　李秋君摹曹像

痛饮之地。今按这幅画像，正是明义等所谓“身胖头广；其年龄四十余，不足五十”，亦正与雪芹另一好友张宜泉所记相符。

但我觉得此像的真实性，尚不仅在其形貌与年龄和明义等所述者相符，而尤其是画中人开朗、潇洒、豪爽、乐观的风度神情，与雪芹的好友们在诗文中所描写的大致相合。例如敦诚说他的神情：“接䍦倒着”[①]，“高谈雄辩”，“大笑称快哉”，“击石作歌声琅琅”；敦敏说他的性格：“卖画钱来付酒家”，“一醉酕醄白眼斜”，“隔院高谈”，“相见惊呼”；以及明义弟兄讲给他们的外甥裕瑞听的雪芹的风趣：“善谈吐，风雅游戏，触境生春”，“奇谈娓娓，令人终日不倦”。又引他的玩话说：“若有人欲快读我书，不难。唯日以南酒烧鸭享我，我即为之作书。”这些生动真实的记录，都表明雪芹并没有因穷困而现出愁苦的可怜相，或减少他的开朗、潇洒的气概，豪爽、诙谐的风趣。胡适以为只有“上书房”的“翰林公”，才有画中那种“享清福”的神气，一个穷困的小说家，便应该愁眉苦脸，连别人替他画像时也不许略带喜悦的神情！这种势利、庸俗、肤浅、幼稚的见解，除了令人齿冷以外，是既不值一驳，也不足为奇的：因为洋博士想象中的曹雪芹，当然不会和敦诚、敦敏、明义、明琳所熟悉的曹雪芹相同的。

据上四点，此图为王冈所绘悼红轩小像，毫无可疑。胡适虽存心捣乱，最后也不敢坚称不是曹雪芹之像。他的别的猜测之词都不可信，具如上述。

最后，还有两点须要解答。

第一，有人由于对雪芹的景仰，想象他一定是个清癯潇洒的人物，因而对于王冈画的广额丰颊的形象，主观地认为不是他理想中的雪芹；也就以此为理由，怀疑此幅所绘是否即《红楼梦》作者曹雪芹。其实这种想象之不合客观情况，看了裕瑞的记载即可了然。但此种凭想象以构造古人“理想形貌”，后来见了古人的画像形貌不同，便觉失望或怀疑的例子，也是“古已有之”的。司马迁以为善于用兵的张良，应该有“魁梧奇伟”的英

① 此用《晋书·山简传》故事，不是说雪芹当时真的戴那种头巾，并且倒过来戴，只是说他酒后不拘形迹、通脱任性的风度。

雄气概。“至见其图,状貌如妇人好女。”但司马迁毕竟是好样的,接着就作了自我批评,承认自己的主观错了,没有怀疑张良的图是谁“作伪”假造的(《史记·留侯世家》)。清初顾复在他的《生平壮观》(卷九)论元人王绎为倪云林画的小像,大为惊讶说:“云林高尚士也,诗、书、画皆绝烟火气,其形容必清癯古雅。兹图中所见,肥而且俗,殊未解也。”顾复毕竟不如司马迁,自己错了不肯立即承认,还要喧呶不休:“读其诗,窥其字,观其画,更闻其有洁癖,意其人必眉宇疏落,秀出天外,否则颧抓颐削,骨格清癯,无一点烟火气。及展其像,则盘其面,瓠其身,尘俗溢膧,有不可解者!”[①]实则顾氏所谓“不可解”,也没有什么难解之处,只是他自己的唯心主义先验论在作怪而已。王绎是有名的肖像画家,又是倪云林的好友,有时和云林合作画图。例如北京故宫博物院现藏的《杨竹西小像》,即为王、倪合作:王画肖像,倪补松石,王氏所画杨竹西,倒是清癯古雅,可见他画倪像“盘面瓠身”,确是写真,并非故意歪曲好友的形象。顾复也知道这一点,所以他虽然表示“不可解”,却并没有怀疑王绘倪像的真实性,硬说这画中人“不姓倪”。

第二,又有人从王冈画像的服装来表示怀疑,说这种没有领子的大褂(北京本地人所谓“二褡裢”),是嘉庆以后的服装。这条理由颇似专家的内行话,看来十分重要。其实这是靠不住的猜测,全与史实不符。嘉庆以前文人穿这样服装者很多,只消举两个例子就够了。1. 传世纳兰成德(1655—1685)的画像就是如此。2. 1963 年春天有人在郑州博物馆发现的一幅画像,上面有尹继善(1696—1771)的题诗,画中人穿的也是无领大褂“二褡裢”,与王冈画的服装相同,则所谓此种服装在嘉庆(1796—1820)以后才有云云,全是冒充内行的无稽之谈。

这里不妨顺便谈一下郑州博物馆的那幅画像中有关的材料。此像有画者陆厚信(艮生)题记,称画中人为“雪芹先生”,称此画为“小照”,形貌较为清瘦年轻,大概三十左右。像的另一边是乾隆时两江总督尹继善的

① 其实历来文人以为肥者俗而瘦者雅,所谓痴肥狂瘦,都是主观臆断,毫无科学根据,连“雅俗”这个概念也是不科学的。

两首七言绝句，其第二首云：

久住江城别亦难，秋风送我整归鞍。他时光景如相忆，好把新图一借看。

这位“雪芹先生”，据陆厚信题记，是“尹公督两江”时“罗致幕府”，专管“案牍”（即起草公文的所谓“师爷”）。尹继善自雍正九年（1731）起曾两次“署两江总督”，一次实授，但三次都不久，每次只在任年余。第四次任两江总督从乾隆二十一年到三十年（1756—1765），历时九年（《国朝先正事略》卷十六）。上引绝句他自己说“久住江城”，又说“秋风送我整归鞍”，正指他在乾隆三十年九月被召回京“充经筵讲官、国史馆总裁”等职，此诗是这年九月初六日在南京告别他的幕僚时所作。这一年（1765）已是曹雪芹卒后一年多，所以陆氏所画之像乃另外一人。此人在当时只三十左右，比曹雪芹小二十岁上下，而也别号“雪芹”，可知他也许仰慕《红楼梦》的作者而自号，正如司马长卿慕蔺相如而自名“相如”，不足为奇。尹继善题这幅画像的两首绝句收在《尹文端公诗集》卷十九，原题为《题俞楚江照》[①]，证明陆厚信所画的是俞雪芹[②]。

现在我们再回到王冈绘的曹雪芹像和题咏，还有一点须要解说。有人认为钱大昕和钱载的集子中并不见有题曹雪芹小像之诗，故对此画表示怀疑。今按钱大昕等在此画卷后面题了许多诗，则是事实；连胡适也不得不承认见过，且约略记得其内容大概，措辞“口气”。早年为此卷题长跋的叶恭绰，更可作证。今若因钱大昕集中未收其题此画之诗而表示怀疑，则应根本怀疑此画此诗之是否客观存在，而不应怀疑其画中人姓曹不姓

① 《随园诗话》卷十三：“绍兴布衣俞楚江，名瀚，久客京师，金少司农辉，荐与望山尹公，公称其诗有新意，卒无所遇，卖药虎丘而亡。”据尹诗，则尹离南京时未携俞同去，故至虎丘卖药而亡。

② 周汝昌先生认为此画是曹雪芹年轻时的画像，尹继善的诗不必指同一人（见香港《大公报》“艺林”1964年4月5日）。此说殊为牵强。因为曹雪芹即使在两江总督的“幕府”中，似乎也不至于管“案牍”。管案牍是熟读大清律和判例的专门职业。且尹诗内容为将离别久住的江南，其时曹雪芹已死一年多了，还要题他年轻时的画像吗？

曹，为小说家抑为"翰林公"，为宗学"司业"抑为"上书房师傅"。若此画果为某"翰林公"之像，并且是钱大昕在"上书房"的老同事，则他更有理由要在集中保存此题像之诗。故知钱大昕等不收此种应酬题像诗，完全是以诗的好坏为去取。而且这些名人学士，多半有西席先生(如近世秘书)，亲友慕名请他们题词，其应酬诗词、寿启、挽联、墓志、序跋之类，常由西席代笔，非其己作，自然不宜收入集中。诗人非有特别理由，一般都不愿在其集中收存应酬作品。但不能以此证明他不曾做过某些敷衍的应酬诗。即如高鹗的诗集《月小山房遗稿》中，并没有收高氏赠麟庆的那首七绝("终贾暂教迟侍从……")，我们也不能因此就怀疑麟庆的母亲恽珠说高鹗有诗赠其"大儿"是"作伪"[①]。何况在那些题咏之中，张宜泉的七律毕竟还收在他的《春柳堂诗稿》中。我们今日，至少还有一首题曹雪芹此像之诗——而且是一首比较有内容的诗——保存下来，使这幅画像更有意义。当然，从画像本身，看不出张氏诗中所谓"门外山川供绘画，堂前花鸟入吟讴"的情景，所以他觉得有必要在诗题下特别注明："其人工诗善画"。

1963年3月初稿

1972年9月重订

① 恽珠语见红香馆本《国朝闺秀正始集》卷二十页三上《高仪凤传》。

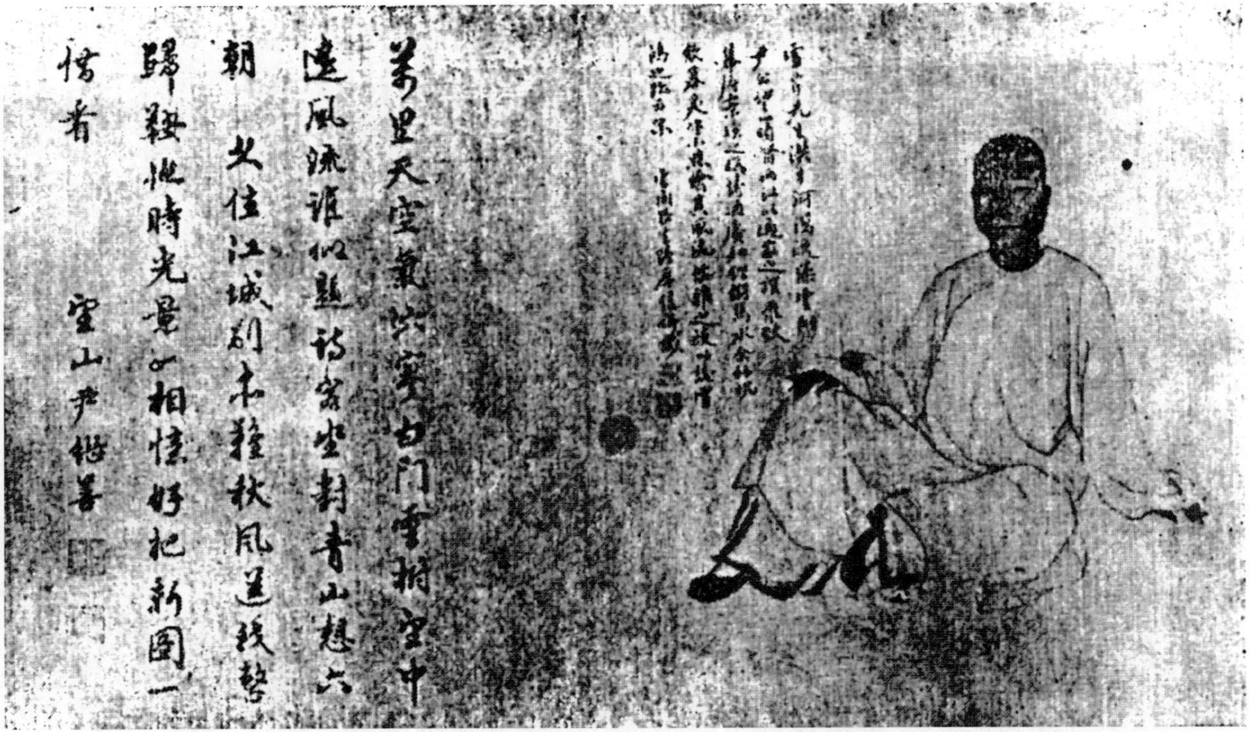

拾伍（甲） 被误作曹像的俞楚江像

拾伍（乙） 被误作曹像的俞楚江像封面

【附录】

王画余闻

魏绍昌

1974至1975年间，我与徐恭时同志为追查王冈所绘《独坐幽篁图》之下落，曾数次访问过原藏主李祖韩的长子李名正等。现将访谈和调查到的一些情况记录如下。

（一）李祖韩生前从未将原画出售，更没有托人带往国外。他放出这种空气，出于不欲示人、杜绝来访的意思。李祖韩当时曾对家里人讲过旧剧《一捧雪》的故事，说家藏宝贝弄不好是要惹出大祸来的。

（二）解放初，胡适任台湾国民党“驻美大使”时，曾几次让李祖法（时在香港，与胡适为“清华”同学）写信给国内的堂兄李祖韩，说胡适要李祖韩出让此画，征求其同意。李祖韩推说早已出售作答。李祖韩为此事还在家里发过一次脾气，骂祖法“这个时候还写这种信来，太糊涂了”。（按：胡适于1961年在港、台发表文章说王画不是曹雪芹像，却在此前欲高价收购此画，真是一只吃不到葡萄便说葡萄酸的狐狸！）

（三）此画连同李家其他藏画均在1966年运动初期“扫四旧”时失去。当时来“扫四旧”的有李名正的上海牙膏厂、其妻沈以祥的第五绣品厂，其未嫁的姑母（祖韩之妹）李秋君的上海国画院等各单位，此画不知道是哪一家拿去的。我在1975年请上海画院初步查过市的文物抄家物资，没有查到。第五绣品厂曾将抄到的李家书画多件转交上海画院，其中也无此画。

（四）据方行同志告我，说李秋君曾临摹过原画。1963年北京开纪念曹雪芹逝世二百周年展览会之际，她交给方行，由方行送北京齐燕铭同志处。后因画展未用，就还给李秋君了。当时李还有信给方，写自己如何临摹等事情，信已遗失。李之临本我已于1975年4月在上海画院查到，系一手卷，画心长五十九公分，高三十三点五公分(见照片)。可惜原画后面的题跋一篇也没有抄录。

(五)我将临本手卷请李名正过目，他不知道姑母生前临摹过此画，也从未见到过。其子李唯一也仔细察看了此一手卷，说他见到的原画，纸质较为黄旧，决无如此崭新。唯一记得自己在癸卯(1963)年开始学画，约在次年(1964)有一天从一本评红的书上(估计是吴恩裕《有关曹雪芹八种》)看到自家藏有曹雪芹画像，便向祖父问起此事，李祖韩便出示原画给他看过。

(六)李名正指着临本手卷说：李秋君摹画纪年戊子二月，即公元1948年3月，当时张大千、陈小蝶早已出国，即据此点，也可证明原画(一说由张带往美国，一说由陈带往法国)出国之说不确。李名正还说，原画的题跋，不但有已知者十余人，他记得还有蔡元培、胡适的题跋，因为蔡、胡两人均有红学著作，且与祖韩素识，所以他父亲也曾请他们在手卷中题写过的。

(七)李祖韩名光新，别号左盦，浙江镇海人，是五代居沪的富商。素好收藏书画，与张大千友善，张出蜀来沪，即居住李寓。祖韩妹李秋君从张习画。李祖韩生于1893年，卒于1964年。李秋君生于1899年，卒于1971年3月。祖韩有两子，次子患精神病，长子即李名正，生于1911年，上海牙膏厂资方，现已退休，他一贯经商，对书画无兴趣。其独子李唯一，生于1937年，现在上海益民食品四厂工作。

(八)王画原为清末山水画家顾若波藏物，画面左上角钤有“云壶”、“顾”两小印。顾号云壶，又号云浦，江苏吴县人，生于1835年，卒于1896年。身后家道中落，此画及其他书画多件，遂为李家购得。李得此画已在辛亥革命之后。顾若波之孙女顾青瑶，亦工山水，作画有“若波女孙”一印。顾青瑶在沪时与李秋君颇友好，且同为张大千弟子。顾家此画后归李家所有，顾青瑶必知其详，或者尚可记得画后之题跋等情。顾青瑶现还健在，但已是八旬老妇，且侨居加拿大，可惜难于当面请教了。

从马王堆汉墓出土的“羽毛贴花绢”到《红楼梦》中的“雀金裘”

《长沙马王堆一号汉墓发掘简报》说到内棺盖板上有“羽毛贴花绢”(第四页,图版肆:3.图版拾贰)。并且说:“这种用铺绒和羽毛贴花绢装饰的木棺,迄今还是第一次发现。”这一发现,其重要性不仅在于用这种丝织品装饰的木棺,尤其重要的,这是用鸟类毳毛结合绢绸织物而成的一种手工艺品最早的实物证据。

中国古代很早就利用鸟类羽毛以制成衣服。这方面的生活史料虽然还没有系统的记述,但散见于各种文献的零星材料也还不少。我以前曾因《红楼梦》中说到晴雯补雀金裘的故事,留意清初人著作中有关羽毛织物的记载,连类及于晋、唐和更早的文献材料。恰好这次长沙汉墓中发现的实物,正可证明古代劳动人民早就知道利用羽毛制成织物的技艺。虽然据《发掘简报》,汉墓中所见者是“贴花”而不是织,但恐怕在贴之前也要经过编理剪裁的功夫。从汉墓的羽毛贴花绢到日本正仓院藏唐代贴羽毛立女屏风,正可以看出中国古代贴羽工艺一脉相承的技术传统。而在其他资料中,则更有编织羽毛的制成品。现在我姑且以长沙汉墓羽毛贴花绢为上限,以《红楼梦》里的雀金裘为下限,把自西汉到清初这一段时间内所见到的有关材料,概述于后,也许可以供研究中国纺织和服装史料者做参考。

《周礼》这部书一般认为是汉人据较早材料编述的,其中已经说到有专管收集鸟羽的官吏。《地官·羽人》说:“羽人[1]掌以时征羽翮之政于山

[1] 这个“羽人”和《楚辞·远游》所谓“仍羽人于丹丘兮,留不死之旧乡”的“羽人”不同。《周礼》所说是官职名,《楚辞》所指是仙客道人之流,参看下引《汉书·郊祀志》条。又张华《博物志》卷九说:“羽民国:民有翼,飞不远。多鸾鸟,民食其卵。去九疑四万三千里。”即从《楚辞》“羽人”的神话中演变出来的。

泽之农，以当邦赋之政令。”《天官·司裘》说：“掌为大裘以供王祀天之服。仲秋献良裘，王乃行羽物。”“羽物”是什么呢？据《地官·大司徒》：“以土会之法，辨五地之物生：一曰山林……三曰丘陵，其动物宜羽物。”郑注：“羽物，翟雉之属。”按常理说，羽物应指一切鸟类，但郑玄在注中专以“翟雉”指羽物，这一点很重要，因为它与当时一种特殊的社会风尚有关，下面要说到。

《汉旧仪》是东汉卫宏所记，用的却是西汉的材料：“上林苑中广长三百里，置令，丞，左、右尉……佽飞具矰缴以射凫、雁，应给祭祀置酒。每射收得万头以上，给太官。”[①]这和上文《周礼》的记载可以互相印证，证明古代——至少西汉——确有专管鸟羽之官。至于上林苑中为什么养的是凫、雁，而不是别的羽物，也是一个可注意的问题。原来古代贵族在苑囿中养凫、雁是由来已久的传统。春秋时代的邹国是一个小国，也有专人饲养，而且数量不小：“邹穆公有令：‘食（饲）凫、雁必以秕，无得以粟。’于是仓无秕而求易于民，二石粟而得一石秕。”（刘向《新序》卷六）由此可见饲料需求之大与凫、雁数量之多。至于卫宏所记，着眼于作为副食品的鸟肉，但是一次射得万头以上的凫、雁，其羽毛的数量也可观，当然也不会随便扔了，自会有人加以利用；这可以从西汉的一次经济会议的记录《盐铁论》中的一段文字加以证明：“今富者鼲、貂、狐白、凫翁[②]，中者罽衣、金缕、燕貉、代黄。”（《散不足篇》二十九）这里讲的都是裘：“狐白”是狐腋下

---

① 据孙星衍平津馆辑本，卷下。

② “凫翁”原作“凫翥”，据孙诒让《札迻》校改。孙引《急就篇》“春草鸡翘凫翁濯”，颜注：“凫者水中之鸟；翁，颈上毛也。”其说精确。按宋人尚有此称。叶梦得《鹧鸪天》云：“天末残霞卷暮红，波间时见没凫翁。”谓浴凫以颈没入水中也。（参看《一切经音义》十六，“鸟头上毛曰翁”。）

的白毛部分[①]，“皃翁”是用皃雁颈毛制成的裘[②]。上文引《汉旧仪》说“射皃雁”，正是这里说到的富人所衣“皃翁裘”的材料来源。此外，《西京杂记》说司马相如和卓文君在成都穷愁潦倒，“以所著鹔鹴裘就市人阳昌贳酒，与文君为欢”。据《尔雅翼·释鸟》：“鹔鹴水鸟，盖雁属也。”高诱注《淮南子》，也说它“长颈绿色，其形似雁”。皃、雁、鹔鹴都是一类的水鸟，而其可以制裘的材料以颈毛（翁）为贵。这是西汉以鸟毛制裘的概况。

西汉还有一条关于鸟毛制衣的记载，却似乎与皃裘无关。《汉书·郊祀志》：“五利将军（栾大）亦衣羽衣，立白茅上受印，以视（示）不臣也。”颜注：“羽衣，以鸟羽为衣，取其神仙飞翔之意也。”这里所说的“羽衣”，既要表示飞翔之意，似乎仅仅是编缀些鸟翅上的羽翮而成（像羽扇那样），表示可成仙飞翔；而不是以水鸟毳毛制成的织物，因为那样反而不能显出飞翔之意了。栾大的服装，似乎正是《楚辞·远游》里那个“羽人”的一类[③]。

综上所述，西汉鸟毛制品似只限于用皃雁的颈毛制裘这一类。

东汉末年的郑玄为什么在《周礼》的注文中说“羽物”是“翟雉之属”呢？我想这大概与当时射雉之风逐渐流行有关。例如吴大帝的儿子孙休以帝王之尊，也“好射雉，至其时则晨去夕反（返）”。群臣谏止，他也不听（《世说新语·规箴》）。可知郑玄的注是根据当时客观的社会现象说的。当然，射雉之风，古已有之。《左传》即记录贾大夫恶“御以如皋，射雉获之，其妻始笑而言”的故事（昭公二十八年，公元前 514 年）。但因刘邦之

---

① “狐白”见《淮南子·精神训》：“文绣狐白，人之所好也；而尧布衣揜形，鹿裘御寒。”又《史记·孟尝君列传》裴骃《集解》引韦昭注：“以狐之白毛为裘，谓集狐腋之毛。”《汉书·匡衡传》：“是有狐白之裘，而反衣之也。”颜注：“狐白，谓狐腋下之皮，其毛纯白。”《周生烈子》：“居尧舜之位，而不行尧舜之政者，犹反衣狐白，步牵骡耳。”刘祥《连珠》第三首：“重炎灼体，不念狐白之温。”

② 孙诒让解释“皃翁”说：“此皃翁盖谓裘饰，与缯帛文同”，则缘颜注而误。颜指《急就》文，故曰“言织刺此象，以成锦绣缯帛之文也”。在《盐铁论》中“皃翁”顺沿“鼲、貂、狐白”而言，与前三者等列，不应前三者皆裘名而皃翁独为裘饰。王佩诤谓孙“考文是而释义非”。（见《华东师大学报》第三期《盐铁论散不足篇札朴百一录》，参看王著《盐铁论札记》第 119～120 页。）孙云“盖谓”，可见他自己对此说也不十分确信。

③ 参看王褒《九怀·通路》：“舒佩兮綝纚”，洪兴祖补注：“綝纚，衣裳毛羽垂貌。”

妻姓吕名雉，所以西汉讳言射雉。自东汉至南朝射雉之风特甚[①]。刘宋元徽中(473—477)，甚至设专官“射雉典事”(见《南齐书·吕文度传》)，射获的雉除了“尾饰镳而在服，肉登俎而永御”[②]以外，雉头之翁可以制裘，称为“雉头裘”，简称“雉头”。这里只举几条有代表性的记载：

(一)《晋书·武帝纪》：“咸宁四年(278年)……十一月辛巳，太医司马程据献雉头裘。帝以奇技异服，典礼所禁，焚之于殿前。甲申，敕内外敢有犯者罪之。”[③]但晋武帝的禁令似乎并不能严格执行，因为当时射雉之风既很盛行[④]，则雉毛当然要加以利用，不能白白丢了。

(二)“雉头”的流行成为当时贵族夸耀奢侈的风气，甚至传到北朝，使那里的王公也艳羡不止。《洛阳伽蓝记》(卷四“开善寺”)记后魏河间王琛对别人说：“晋世石崇，乃是庶姓，犹能雉头、狐腋、画卵、雕薪。况我大魏天王，不为华侈?”元琛心目中最羡慕的第一件讲究的衣服是“雉头”，这是当时南北贵族表示豪富的标帜。较后的徐陵《在北齐与宗室书》说到“熊衣雉制，青组朱旗”。“雉制”是用雉毛制成之衣，亦即雉裘，在北齐也是歆羡的对象。

(三)南齐东昏侯萧宝卷既多设“射雉场”，“又订出雉头、鹤氅、白鹭缞”。这些都是用鸟毛制成的衣物，但三者都不是他的发明。“雉头”已见前引晋代程据的故事；据后魏元琛说，石崇家里也有。“鹤氅”已见《晋书·王恭传》，王恭“尝被鹤氅裘涉雪而行，孟昶窥见之，叹曰：‘此真神仙

① 南齐诸帝亦好射雉，见《南齐书·萧景先传、竟陵文宣王传、袁彖传、王奂传附王缋传、张欣泰传》。

② 见《文选》潘岳《射雉赋》。

③ 《初学记》卷二十六引晋《咸宁起居注》稍有不同：“大司马程据上雉头裘一领。诏曰：‘据此裘非常服，消费功用，宜于殿前烧之。’”按《武帝纪》作“太医司马”，《惠贾皇后传》作“太医令”。《初学记》的“大司马”乃缘“太医司马”脱“医”字，作“太司马”。后人以为不辞，遂改为“大司马”。程据是医生当无可疑。似当时以雉肉为医药材料，故程据利用其毛羽制裘。

④ 参看潘岳《射雉赋》及《南齐书·东昏侯纪》：“置射雉场二百九十六处”之多。又张华《博物志》卷二讲“胎教之法”，说“妇人妊身，不欲令见……射雉。”可见当时射雉之风之盛，连妇女都可以随时看到。又《陈书·新安王伯固传》也说他“性好射雉”。

中人也。'"[①]至于所谓"白鹭缞"则不是衣服而是一种头巾。既是接䍦，又名睫欐[②]。

"雉头"流行了一时之后，被更为奢侈、更为漂亮的雀金裘所超过。《南齐书·文惠太子传》说："〔太子〕善制珍玩之物，织孔雀毛为裘，光彩金翠，过于雉头远矣。"[③]这里应该特别注意的是"织孔雀毛为裘"的"织"字。因为过去关于这类记载都不够明确，无法知道鸟毛制衣是怎么搞的。是仅仅如孙诒让所谓装饰品，"与缯帛文(纹)同"呢，还是像现在湖南的鸭绒背心那样，只把鸟毛做填絮用？是像汉墓里的"贴绢"呢，还是像五利将军栾大那样只是把鸟羽编缀起来挂在身上作为"羽化"成仙的骗人招牌？由《南齐书·文惠太子传》这条记载，证明至少孔雀裘(可能包括雉头)是把鸟毛织成呢绒一类东西，可见在5世纪我国纺织工艺技术已达到相当水平[④]。

但孔雀毛裘又何尝是文惠太子所发明制造的呢？封建时代的御用文人，为了讨好他们的主子，往往把劳动人民的智慧和功绩记在统治阶级的账上，这就是一个例子。难道身为太子的萧长懋，会自己跑到织室里亲自动手制造这些东西吗[⑤]？即以这些服装在文献上出现的时代而论，也远远在文惠太子之前。如果宋玉《讽赋》所谓"主人之女，翳承日之华，披翠云之裘"[⑥]，不能确定为翡翠或孔雀之裘，则至少从傅玄的乐府《豫章行》"轻裘缀孔翠，明珂曜珊瑚"，可以认为西晋已有孔雀毛制裘。至于制孔雀

---

① 《世说新语》卷下之上"企羡"记此事略异："孟昶未达时，家在京口，尝见王恭乘高舆，服鹤氅裘。于时微雪，昶于篱间窥之，叹曰：'此真神仙中人。'"

② 据《尔雅·释鸟》："鹭舂锄。"郭注："白鹭也。头、翅、背上皆有长翰毛。今江东人取以为睫欐，名之曰'白鹭缞'。"按睫欐一作接䍦。《晋书·山简传》记简醉后倒着接䍦，则为头巾。依郭说则"白鹭缞"不是衣服而是以鹭羽作帽饰而已。且远较东昏侯为早。

③ "远"字原缺，据《南史》卷四四本传，《太平御览》卷六九四、九二四引文校补。

④ 王嘉《拾遗记》说周昭王时即能"以青凤之毛为二裘：一曰燠质，一曰暄肌，常以御寒"，则以后世之事附会前代，全不可信。王嘉生当苻秦时(351—384)，正是晋人流行雉头、鹤氅等裘之时。

⑤ 古代织工都是妇女，《南齐书》卷五九《芮芮传》："芮芮王求医工等物(人)，世祖报曰：'南方治疾，与北土不同。织成锦工并女人，不堪远涉。'"此风自汉已然。汉文帝的母亲薄太后，就是织室的女工出身。文帝生活比较俭朴，可能与他母亲的出身有关。

⑥ 章樵注云："辑翠羽为裘"。见《古文苑》卷二。

裘的原料，则来自东南亚各地。例如《南齐书》卷五八说："交州……永明三年……献十二队纯银兜鍪及孔雀毦。"(《说文》："毦，羽毛饰也。")至于外商远来交易的，则不必见于记载。后来连北朝也有了。《北齐书·祖珽传》："诸人尝就珽宿，出山东大文绫并连珠孔雀罗等百余匹，令诸妪掷樗蒲赌之，以为戏乐。"孔雀罗是织有孔雀花纹的罗，还是用孔雀毛织的罗，尚无一致意见，不过孔雀毛既然可以织为厚实的裘，似应也可以织为较薄的罗。长沙汉墓中即有薄似尼龙的素纱禅衣(《发掘简报》图版陆·1)，可以证明后世织工也一定能织孔雀罗。但北朝不产孔雀，如果从交趾、印度等地进口，又为南朝所隔绝，因此，北朝能否自制"孔雀罗"是很可置疑的。祖珽家里的这些珍品，大概是从南朝弄去的。

晋朝还有所谓鹄氅裘的，亦见《世说新语》："谢万与安诣简文，着白纶巾、鹄氅。"[①]鹄，近世以为即是天鹅，在古书中则鹤、鹄二字音近通假；这个"鹄氅"疑与王恭所着的"鹤氅"为一类的服装[②]。自晋至六朝鸟毛制品虽有鹤氅、雀金裘、雉头等多种，但雉头似乎最流行。梁简文帝《谢东宫赐裘启》说："物华雉毳，名高燕羽。"可见作为豪华的服装，雉头裘有代表性，最为当时人所喜爱。这也由于雉较易得，制品较多之故。

用鸟兽羽毛制服饰，自六朝经隋至唐不绝。隋代虽享国不久，但当时的珍禽，并未因此而免于浩劫，织羽之术也未失传。《隋书》卷三《炀帝纪》："大业二年三月庚午……课州县送羽毛。百姓求捕之，网罗被水陆，禽兽有堪氅毦之用者，殆无遗类。""毦"除作"毛羽饰"解外，据《博雅》说："𣯛毲，罽[③]也。一曰绩羽为衣。"则《隋书》所谓"氅毦之用"，正是用毛羽织衣料。

---

① 此条据《初学记》卷二六引，今本《世说新语》无此条，可知今本不全，唐以来有脱文。

② 按《晋书》卷七九《谢安传·附万传》作"着白纶巾、鹄氅裘"。则谢安兄弟与王恭所服为同类之衣。参看吴玉搢《别雅订》卷五"鹄，鹤也"条。《尔雅翼》云，鹄即鹤音之转。淳于髡献鹄于楚，旧注即鹤。《庄子·天运》："鹄不日浴而白"。疏云："鹄，古鹤字。"又颜之推《观我生赋》："王凝坐而对寇……莫不变蝯而化鹄"。此用《抱朴子》："周穆王南征久而不归，一军尽化，君子为猿为鹤，小人为沙为虫。蝯与猿同，鹄与鹤同。"宋郑菊山《清隽集》鄂州南楼(即黄鹤楼)诗"费袆霞珮跨黄鹄"，可知古人以鹄为鹤之简笔字。

③ "罽"字解释详下文。

南朝用鸟毛织造之风，至唐更甚。《旧唐书·五行志》："中宗女安乐公主有尚方织成毛裙，合百鸟毛。正看为一色，旁看为一色，日中为一色，影中为一色。百鸟之状，并见裙中。凡造两腰：一献韦氏，计价百万。又令尚方取百兽毛为鞯面，视之各见本兽形。韦后又集鸟毛为鞯面……安乐公主作毛裙，百官之家多效之，江岭奇禽异兽毛羽采之殆尽。"①唐代又有集翠裘，"则天时南海郡献，珍丽异常。张昌宗侍侧，则天因以赐之"。后来狄仁杰与张昌宗打双陆，赌此裘，狄胜，以裘付其家奴②。上文所说的孔雀罗，唐代归女继续服用。张祜《感王将军柘枝妓殁》："鸳鸯钿带抛何处？孔雀罗衫付阿谁？"这和下文的"画鼓"、"锦靴"都是当时柘枝舞所用的具体实物。张祜在同类的诗中还说到"卷檐虚帽"、"碧排方裤"，都可与实物相印证。"孔雀罗"当然也是张祜所曾见的衣料。唐代其他羽毛织物，见于记载者，有米芾《唐文德皇后遗履图跋》："以丹羽织成，前后金叶裁云饰，长尺，底向上三寸许。"③

上文引傅玄诗中所谓"孔翠"是合指孔雀与翡翠④。用翡翠毛制衣六朝尚不多见，但安乐公主的毛裙中则肯定有它。宋代南方用翠毛织成锦缎。周去非的《岭外代答》⑤卷九"翡翠"条说："邕州右江产一等翡翠，其背毛悉是翠茸。穷侈者用以拈织。"稍后的赵汝适著《诸蕃志》⑥，卷下"翠毛"条抄自周书，但说得比较详细："邕州右江亦产一种翡翠，其背毛悉是翠茸。穷侈者多以拈织，如毛段(缎)然。"可知织鸟毛之风至南宋不减，而且织成绸缎一般，不再作为保暖的"裘"用，似乎更为细致。赵汝适接着说："比年官虽历禁，贵人家服用不废；故番商冒法贩鬻，多置布襦裤中。"赵在南宋时提举福建路市舶，相当于海关监督的官职，负责检查商货，所以连番商偷运的方法，他也知道。

---

① 此条亦见张鷟《朝野佥载》卷三，所记文字稍异。

② 《太平广记》卷四〇五，引《集异记》。

③ 见俞正燮《癸巳类稿》卷一三《唐书·舆服志》条，引明姚士麟《见只编》，刊于《盐邑志林》中。

④ 左思《蜀都赋》："孔翠群翔，犀象竞驰。"选臣注："孔，孔雀也；翠，翠鸟也。"李商隐《题鹅》："岂解将心怜孔翠"。

⑤ 此书自序作于淳熙戊戌(1178)。

⑥ 此书自序作于宝庆元年(1225)。

明代又有鹅罽，也是一种鸟毛织物。《明史》卷二二二《殷正茂传》："万历三年(1575)召为南京户部尚书。……而张居正以正茂所馈鹅罽转奉慈宁太后为坐褥。李幼孜与争宠，嗾言官詹沂等劾之。""罽"是什么东西呢？《汉书·高帝纪》颜注："罽，织毛，若今毼及氍毹之类也。"又《东方朔传》："狗马被缋罽"，颜注："罽，织毛也"。罽又称㲪毲。《后汉书·乌桓传》："妇人能刺韦(皮革)作文绣，织㲪毲。"李贤注："㲪毲，罽也。"罽又可制裘，杜牧《黄州偶见作》："朔风高紧掠河楼，白鼻䯄郎白罽裘。"可知罽肯定是织物，则鹅罽是用鹅的细毛织成如毛毯(氍毹)一类的东西，而不是现在的"鸭绒被"似的，只用鸭毛作为填絮而已。

《红楼梦》[1]中说到鸟毛制裘有两处：一处是贾母给宝琴的凫靥裘，即湘云所谓"野鸭子头上的毛作的"(四十九回)。这个凫靥裘，其祖先可以一直追溯到司马相如在成都卖掉的鹔鹴裘，另一处即贾母给宝玉的雀金裘[2]。贾母还说："这叫做'雀金呢'，这是哦啰斯国拿孔雀毛拈了线织的。"(五十二回)贾母对于各种丝织品，如"慧绣"、"软烟罗"等，确是见过世面的行家，但她说雀金呢是"哦啰斯国"织的，却是附会之谈。孔雀是热带飞禽，俄罗斯哪里会有？并且俄国的纺织业素不发达，织绣工艺也不高明，即使有孔雀毛这种原料，也织不出"雀金呢"来的。

但雀金呢这种织物清初确实是有的。明末诗人吴梅村的《望江南》十八首之十一云："江南好，机杼夺天工。孔翠装花云锦烂，冰蚕吐凤雾绡空。新样小团龙。"这是说把孔雀毛或翡翠毛织进锦缎中去作为各种龙凤花纹。据说，这种用孔雀羽毛织成云锦的花纹，在定陵(明神宗墓)出土的妆花缎中也有。可见梅村词中说的孔翠锦也是从明代传下来的。他又有一首《浣溪沙》说："一斛明珠孔雀罗，湘裙窣地锦文靴。""孔雀罗"已见上引《北齐书·祖珽传》，吴梅村在词中说清初女子以孔雀罗作为裙料，而〔一匹?〕孔雀罗的价格相当于"一斛明珠"。这当然是诗人夸张的说法，但

---

① 以下引《红楼梦》均据曹雪芹原文，即脂评本《石头记》。

② 第四十九回黛玉穿的"大红羽纱面白狐皮里的鹤氅"和宝钗的"洋线番羓丝的鹤氅"，似乎只是用此旧名，并非用鹤毛制成的东西。关于羽纱，另详下文。

也可见其原料之贵与工价之巨。监造江南织锦原是曹家历代祖传的本行专业，雪芹幼时一定自己见过孔雀毛线织成的珍品。晴雯在补裘时说："这是孔雀金线织成的。如今咱们也拿孔雀金线就像界线似的界密了，只怕还可以混得过去。"麝月道："孔雀线现成的。"这无疑也是当时真实生活中的情形。正因为曹家监造过梅村词中所谓"孔翠装花锦"和"孔雀罗"，所以家中才有"现成的""孔雀线"。否则作者造不出这样的故事来。

用鸟毛织造既然是中国劳动人民早已掌握了的工艺技术，而且据吴梅村词，江南织工就能以"孔翠装花"织成"云锦"，为什么曹雪芹要把雀金裘归之于"哦啰斯国"呢[①]？这在一方面，写小说固不妨引些海外奇谈以故神其说；另一方面，也因为清初确有从外国输入的鸟毛织物。《茶香室丛钞》引王士禛《香祖笔记》云："羽纱、羽缎出海外荷兰、暹罗诸国，康熙初入贡，止一二匹，盖缉百鸟氄毛织成。"俞樾接着说："按近世所谓羽纱、羽缎者，袭其名而非复是物矣。"曹雪芹知道清初有从海外输入的鸟羽织物，所以他在写到雀金裘的故事时，就随手安上一个外国名称，以引起读者的趣味和好奇心。

总结上文所引自汉至清初的材料，中国古代劳动人民利用鸟毛制成服装，有十多种，大都制成裘以御寒，也有织成罗、缎、锦等奢侈品，供上层统治阶级妇女做衣裙之用。采用的鸟类，汉代以水禽（凫、雁、鹈鹕）为主。凫取其翁（颈毛），即以"凫翁"名其裘。自汉末至六朝，射雉之风特盛，雉头裘大为流行。晋代贵族冬日衣鹤氅（或鹄氅），但似不普遍。晋代

---

① 曹雪芹对当时西洋事物特别有兴趣。如第六回从刘姥姥眼中描写凤姐房中自鸣钟。第四十回说："凤姐手里拿着西洋布手巾。"（西洋布之名见《明史》卷三二五《满剌加传》："所贡物有……白苾布、西洋布……之属。"）第四十一回刘姥姥在怡红院中发现"原来画儿有这样活凸出来的"，这便是用透视法绘的西洋画。又见"镜子原是西洋机括"，装有"消息"（暗扣）。第五十一回又说到自鸣钟。第五十二回晴雯病了嗅鼻烟，盒子"里面有西洋珐琅的黄发赤身女子，两肋又有肉翅，里面盛着些真正'汪恰'洋烟"。宝玉又向凤姐要西洋贴头痛的膏子，叫"依弗哪"，给晴雯贴。第五十七回说到"西洋自行船"。第七十回放风筝时用"西洋小银剪子"（高本删此段）。又有什么真真国的女子会做五言诗，等等。因此他把雀金呢归之于"哦啰斯国"了。但上引《旧唐书·五行志》的材料说"江岭奇禽毛羽采之殆尽"。江指长江，岭指庾岭，皆在南方温湿地带。《朝野佥载》记此条作"江南奇禽"，亦指华南，尚不及华北，则像俄罗斯这样寒冷地带，只有狗熊，更无珍禽也。

所谓“白鹭缞”，据郭璞说，即是白接羅，是用鹭羽制成的头巾。比较珍贵的孔雀、翡翠羽毛制品，可能早在战国即已有之（据《讽赋》），但彼时或许不是织成，而只是“贴绢”。晋人诗中也说到“孔翠裘”，亦不知其制作方法。所谓南齐文惠太子织孔雀毛为裘，大概是当时织工在流行已久的雉头裘的技术基础上加以改进，使之完善。这是鸟毛织品的一个大进步。以后隋代所网罗的水陆禽兽“有堪氅氈之用者”，大概仍旧沿用南朝工匠的技术，以羽毛织衣料。唐代的集翠裘和百鸟裙，宋代“拈织”的翠茸缎，明代用鹅毛织成的罽褥和“装花”的孔翠锦，乃至《红楼梦》里的“雀金呢”，都是继承前代的技巧，在这个“织孔雀毛”的基本功上发展出来的。

至于用鸟羽编成“羽衣”来假装神仙[①]，用鸟的毳毛当填絮用做棉袄或被褥，虽然也是利用鸟毛为服装，但不属于纺织范围，不必多说了。

（原载《文物》1973年9月号，收入本书时经过作者补充修改）

① 唐玄宗时制作的“霓裳羽衣”舞中的服饰，大概也用羽毛编缀为舞时的衣裳，和栾大祭祀时穿的是同一类。可注意的是唐诗人如白居易、鲍溶等均有《霓裳羽衣歌》说到舞者的“虹裳霞帔”、“步瑶”、“璎佩”、“金针天丝”、“珠贯长丝”，等等，却没有说到“羽衣”。张说的《道家四首奉敕撰》“落月衔仙窦，初霞拂羽衣”，韦渠牟的《步虚词》“羽袖挥丹凤，霞巾曳彩虹”，都泛指道士服装，未必指具体衣服。

新发现的曹雪芹佚诗[①]

一 诗人曹雪芹

《红楼梦》的作者曹雪芹不但是一个伟大的小说家，也是一个杰出的诗人。他在当时是以诗人和画家见知于世的。即以《红楼梦》小说本身而论，其中即包含诗、词、曲等韵文一百七十多首。他也借书中人物之口，发挥了对于诗创作的一些精辟的理论（第四十八回）。但小说中人物的诗词却并不能代表诗人曹雪芹自己的作品：因为那些篇什的"作者"，既要算是书中的少年男女，则其内容自须合乎书中人物的年龄、身份、性格、志趣、品德，等等，当然不可能与作者自己的作品相同。不能想象顽劣的贾环或幼稚的贾兰的"稚子口角"，也能算是代表雪芹的诗作。即如书中较为成熟的、像林黛玉那种伤感的长歌，也不足以代表曹雪芹自己的作品（虽然林黛玉对香菱谈到作诗的理论，也许可以算作《悼红轩诗话》的一部分）。如果十多岁女儿"为赋新词强说愁"的伤感作品也写得老练成熟，那就不是现实主义的作品，不足以取信于读者了。作为一个整体来看，《红楼梦》中一百多首的诗、词、歌、曲可以证明曹雪芹在韵文创作中多方面的才能，他代替志趣不同的许多少年男女拟作各种韵文，达到了惟妙惟肖、"不啻若自其口出"的境界。但若据此以论述曹雪芹自己的诗，那就对他太不公平了。

关于这一点，曹雪芹的朋友是很清楚的。他们激赏他的诗才，却不和

① 本文与徐恭时先生合作写成，发表时用二人姓名。

他的小说相提并论或提到小说里面的诗词[1]。敦诚推崇他说:"爱君诗笔有奇气,直追昌谷披篱樊。"[2]又说:"知君诗胆昔如铁,堪与刀颖交寒光。"[3]在另一诗中,敦诚追怀死后的雪芹,说他"诗追李昌谷","狂于阮步兵"。[4] 在他挽雪芹的诗中,也说"牛鬼遗文悲李贺"[5]。敦诚自己是诗人,他对雪芹的评价,再三说他的诗达到了唐代李贺的境界,甚至于还突破了李贺的范围("披篱樊")。李贺是唐诗人中一大家,和他同时的另一位诗人杜牧评价他及其作品说:

> 云烟绵联,不足为其态也。水之迢迢,不足为其情也。春之盎盎,不足为其和也。秋之明洁,不足为其格也。……时花美女,不足为其色也。……鲸吸鳌掷,牛鬼蛇神,不足为其虚荒诞幻也。
>
> (《李长吉歌诗叙》)

敦诚把李贺来比雪芹,他显然想到了当年杜牧对李贺歌诗的这些评语。为了说明雪芹的诗怎样"直追昌谷",敦诚举了一个具体的、令人信服的例子:

> 余昔为白香山《琵琶行》传奇一折,诸君题跋不下数十家。曹雪芹诗末云:"白傅诗灵应喜甚,定教蛮素鬼排场",亦新奇可诵。曹平生为诗,大类如此。竟坎坷以终。余挽诗有"牛鬼遗文悲李贺,鹿车荷锸葬刘伶"之句,亦"驴鸣吊"之意也[6]。

---

① 雪芹自己也嘲笑某些小说作者把自己的作品混充小说中的人物所作:"不过……要写出自己的两首情诗艳赋来,故假拟出男女二人名姓……且鬟婢开口,即'者、也、之、乎'非文即理。"(脂评本第一回)

② 《四松堂集》(指影印本,下文不再注)第二二页:《寄怀曹雪芹》。"披"抄本作"破"。"昌谷"是指唐诗人李贺,字长吉。

③ 这是指雪芹作长歌谢敦诚为他质刀买酒,即敦诚诗中所谓"曹子大笑称'快哉'! 击石作歌声琅琅"。见《佩刀质酒歌》,同上,第四八页。

④ 见吴恩裕《有关曹雪芹十种》第180页《四松堂集外诗辑》:《荇庄过草堂命酒联句……》。

⑤ 同上,第177页《挽曹雪芹》。

⑥ 《四松堂集》卷五,《鹪鹩庵笔麈》第二八五页。

从这里所引的两句雪芹佚诗，确实可以看出其风格堪与李贺歌诗相颉颃。这样的句子不仅是“新奇可诵”，简直是异想天开，从未经人道过。这一点也与李贺的许多作品相同[①]。只要比较一下当时别人在敦诚这折传奇上的题跋，就可以看出高低之别、雅俗之分、新奇与滥调之别、独创与平庸之分。无怪敦诚在“不下数十家”的“诸君题跋”之中，只提到雪芹一家。也许其余的那些应酬奉承之诗早已被他遗忘，只有雪芹的诗给他印象最深，所以在挽曹诗中还念念不忘他的“牛鬼遗文”。但如果需要作为比较的材料，我们还有敦诚之兄敦敏的两首七绝可引：

题敬亭《琵琶行》填词后二首

西园歌舞久荒凉，小部梨园作散场。
漫谱新声谁识得？商音别调断人肠。

红牙翠管写离愁，商妇琵琶溢浦秋。
读罢乐章频怅怅，青衫不独湿江州[②]。

尽管这里所引比雪芹的摘句多了四倍，但若就内容而论，则这两首全是些泛泛的应酬敷衍之语，了无新意，更谈不到有什么创见或想象力了。虽然曹诗也称赞敦诚的传奇，但不是用一般庸俗的陈词滥调，而竟是想入非非，说诗翁白居易在天之灵听到了演唱敦诚的《琵琶行》传奇一定高兴得教他的舞伎小蛮、歌女樊素在阴司里也要排演这一折戏文。

但可惜雪芹的题诗敦诚只记下这两句。这是《红楼梦》爱好者多少年来引为莫大憾事的。敦诚在文中已说明这是原诗的“末”两句。据此，我们可以从这一联的平仄，推知雪芹原诗是一首用七阳韵的平起的七律。

---

① 参看《李长吉歌诗叙》：“贺能探寻前事，所以深叹恨古今未尝经道者，如《金铜仙人辞汉歌》、《补梁庚肩吾宫体谣》……”（按：《补梁庚肩吾宫体谣》，今集中改题为《还自会稽歌》）。

② 影印本《懋斋诗钞》第八二页。“敬亭”是敦诚的字。

二　佚诗的发现

曹雪芹这首沉埋了二百多年的佚诗，在“文化大革命”中为北京一位《红楼梦》的爱好者所发现。但当它初出现时，有的人对它是将信将疑。因此，延误了它公之于世的时机，未能早日为广大读者所知所见。但是，真金的光彩绝不是疑云所能长久掩盖的。我们从这诗的思想性、艺术性，以及韵律、技巧等种种方面加以考察的结果，认为这是雪芹原作，绝无可疑。虽然这诗的收藏者现在尚不愿公开，但他愿意贡献此诗于《红楼梦》的爱好者和研究者之前，作为了解曹雪芹著作的重要补充资料，这是应该欢迎的。至于收藏者自己是否愿意公开，却与这诗本身的真实性完全是两回事，彼此可以毫不相关，则是常识范围内之事，不须多说。

原诗正如上文所推知的，是一首七律，全文如下：[①]

唾壶崩剥慨当慷，月荻江枫满画堂。
红粉真堪传栩栩，渌樽那靳感茫茫。
西轩歌板[②]心犹壮，北浦琵琶韵未荒。
白傅诗灵应喜甚，定教蛮素鬼排场。

这首佚诗，现在已在上海发表[③]。我们很高兴地看到，它终于能为《红楼梦》的爱好者和研究者所乐知乐见，增加他们对《红楼梦》作者的了解。同时，我们认为有必要对此诗加以较详细的笺释、论证和评价，并略述它在清初诗坛的地位。在下节，我们姑就浅见所及，试做初步的探讨。如有错误，希望读者指正。

① 按当时风气，题在别人书卷或手稿上的题跋诗词，照例无须加题目。如收入集子，则加标题，如上引敦敏的题诗。

② “歌板”或作“鼓板”。

③ 见《评〈红楼梦〉(参考资料)》第400页，上海人民出版社，1974年8月。

三 佚诗的考订与评价

在评价此诗之前，有的读者也许急于要知道这诗是否真是雪芹的作品。在见到原件之前，这样的审慎态度是可以理解的。判断一首诗是否为某人所作，虽然要结合各种条件，但最重要的当然是作品内容本身。其次要考察这首诗的内容是否与熟悉作者其他作品的朋友们的评价相符。掌握了这两个主要点以后，其他枝节问题就不难迎刃而解或成为无足轻重的了。

我们先看此诗的内容，从最基本的字句入手。

有的同志很早就见到此诗，但认为第一句中的"崩剥"二字用得生硬而且没有来历，所以不敢相信这是雪芹的诗。我们却认为：正因这"崩剥"二字，更可证明只有像曹雪芹这样的才情与气魄，才敢于用这两个寻常作者所不常用或不敢用的字眼。我们知道，在一般诗词中，凡是用"王敦击唾壶"这一典故的，习惯上只说"唾壶击破"或"敲缺"[①]。"唾壶"和"崩剥"连用，确实是罕见的。但这两个字眼倒也并非"全无来历"的"杜撰"。我们不必到《后汉书·董卓传》里去找"崩剥"一词的最初的用法，即在《琵琶行》的作者白居易自己的诗中，也有过这样一联："萧疏野生竹，崩剥多年石。"[②]比白居易早一代的韦应物，首先把这两字用在诗中："墙宇或崩剥，不见旧题名。"[③]雪芹起句便用王敦唾壶这个与他本家有关的典故，而且下文直接把曹操《短歌行》中"慨当以慷"这句原诗熔铸在一句之中，也是前人所不曾用过的手法。王敦的典故见《晋书》卷九十八本传[④]，据说他酒后"辄咏魏武帝乐府歌曰：'老骥伏枥，志在千里；烈士暮年，壮心不已。'以如意击唾壶，壶边尽缺"[⑤]。这个典故被人们用得太熟太滥了，雪芹便

① 如宋周邦彦《浪淘沙慢》："怨歌永，琼壶敲尽缺。"

② 《白氏长庆集》卷七，《题石门涧》。

③ 《韦苏州集》卷五，《答河南李士巽题香山寺》。

④ 《晋书》据晋裴启《语林》及宋刘义庆《世说新语·豪爽》。

⑤ 按：王敦所咏为曹操《碣石篇》中《龟虽寿》一解，雪芹所引则为曹操《短歌行》中的辞句。又：雪芹爱用曹家上世的典故，例如《红楼梦》第二回冷子兴追叙贾宝玉周岁时在盘中抓玩物，即反用曹彬抓周的故事，参看《宋史》卷二五八《曹彬传》。

把“崩剥”代替“敲缺”，不特措辞清新，而且把“敲缺”之意已包括在内。“崩剥”是“敲缺”后的情况，但比“敲缺”说得更具体，更形象化，而且就音调而论，这两个字念起来比“敲缺”或“击破”更加响亮。

下面紧接的“月荻江枫满画堂”，立即把当年白居易在浔阳江头的气氛——而且是秋夜，绝不是春夜或夏夜的气氛，好像电影似的，形象地展开在眼前；不但展开，还把这气氛带进了正在演唱这一折传奇的“画堂”。而带来这样气氛的“触媒”，却又不是像电影似的画面，而是用音乐的感染力传播开来的[①]，所以显得雪芹用的“满”字更为恰当而有力。这在下句有更好的说明。

“红粉真堪传栩栩”，作者不但追述了上联“月荻江枫”气氛之所从来，同时也向读者介绍了演唱这一折传奇的歌女。用“栩栩”来描绘她所传达出来的当年浔阳江上舟中商妇弹琵琶的景象，真是活灵活现，仿佛就在眼前，即所谓“栩栩如生”。这“栩栩”二字本来是借用“庄周梦为蝴蝶”时那种生动活泼的感觉，因此在显现形象气氛的同时，也含蓄地暗示：这不过是梦幻般的感觉而已。下面“渌樽”一句，结合上引曹操《短歌行》中的下文“何以解忧，唯有杜康”[②]，以及后世文人“借酒浇愁”、“酒浇块垒”等成语所代表的传统观念看来，雪芹在这里又发挥了一反传统的新意。“那靳感茫茫”，如果用正面的话来说，就是酒也并不吝惜给饮者以无穷的感慨——酒也抑制不了人们的感慨：酒浇不了愁。用“那靳”这个修辞上的反问词，使语气比正面的述说更有分量，同时也表达了无可奈何的心情。

这诗的后半是称许《琵琶行》传奇的作者敦诚，也指出了演唱这传奇的具体地点：即敦诚叔祖“定庵公”的西园中的“西轩”（即首联中的“画堂”）。敦氏兄弟也是当时不得意的没落贵族，经常凭仗酒旗“歌板”，消遣岁月。这句说他“心犹壮”，又照应到第一句中所含蓄的曹操的名句：“烈

① 从前贵族家庭常养有唱曲的歌女或女伶，例如《红楼梦》中的芳官、龄官等人。敦诚说他过继的叔祖“定庵公”爱好昆曲，“废爵后昼则行围（打猎）夜则征歌”。（《四松堂集》第二八四～二八五页）

② 杜康，相传是古代造酒者，用以代酒。

士暮年，壮心不已”，暗示敦诚也是一个“烈士”[1]。下句归到“琵琶”本题。白居易的《琵琶行序》说：“元和十年，予左迁（降官）九江郡司马。明年秋，送客湓浦口，闻舟中夜弹琵琶者。”“湓浦”是港名，“在九江府城西北半里”。“北接大江，深渊不测，昔为商旅泊舟处。”[2]“北浦”正是指湓浦北接大江之处，亦即商旅泊舟之处。“北浦琵琶”是当年江州司马听到的“有京都声”的名曲，虽已时隔千年，而其流风余韵，一经敦诚重谱，依稀又是当年“穆、曹二善才”指下的曲调，荡漾于月荻江枫的瑟瑟秋夜。白傅地下有知，当然要高兴得教小蛮、樊素在另一个世界中演奏此曲了。

古人论诗，认为律诗最难得是“浑成”。所谓“浑成”，是指全诗意境的一气呵成。许多号称名家的集子中也充斥着凑句凑韵篇章，其原因即在于作者对于某些题材并无真切的感受。只因或则奉命执笔，不能不作，或则偶得一二佳句，不忍舍弃，硬要凑成一篇，遂不免敷衍足成。这种作品，当然缺乏内容。此类硬凑的痕迹，陈词的堆砌，有时甚至在短短的绝句中也不免。尤其是这类为人题跋的应酬作品，更容易犯上述的毛病。我们看上引敦敏的两首绝句，就可见一斑。但在雪芹这样的大家，即使在这种应酬题跋诗中，他也注入了深切的感慨，绝无陈词滥调敷衍之语，不作人云亦云的无病呻吟。在艺术性方面，雪芹此诗整篇一气呵成，诗意连贯，组织严密，气韵生动，真正做到了“浑成”的地步。尤其值得注意的是：最后四句凝结成一体，丝毫没有斧凿痕迹。敦诚在《鹪鹩庵笔麈》中所引的末二句，上接佚诗的第三联，接得天衣无缝。雪芹此诗，是思想性和艺术性高度统一、浑成的优秀范例。

我们看了雪芹这首题敦诚《琵琶行》传奇的全诗以后，再来重读敦诚说雪芹的诗“直追昌谷”的评价，才知这并不是溢美之词。但要充分了解“直追昌谷”这句评语的意义，也许还得简略地谈谈曹雪芹时代的诗坛

---

① 古代所谓“烈士”，指有志节抱负之士，和现在所指为革命而献身的“烈士”不同。

② 见顾祖禹《读史方舆纪要》卷八五。按：此句与上句“西轩歌板”相对，一般作者必缘送客之事，用江淹《别赋》之“南浦”。雪芹独一反流俗，用湓浦接大江处之实况，名为“北浦”。以声律论，“北浦”比“南浦”对得更为工整，声调也更响亮。

背景。

雪芹生于王士禛（渔洋，1634—1711）死后四年，和沈德潜（1673—1769）、袁枚（1716—1797）约略同时。王士禛和雪芹的祖父曹寅（1658—1712）约略同时，是当时诗坛的主帅。他创立“神韵派”，主张作诗要做到“典、远、谐、丽”[①]，他自己的诗由唐入宋，又重返于唐。在康熙一代，神韵派可说执诗坛的牛耳。其作品有的虽清丽可咏，但往往流于空洞无物，令人有“水至清则无鱼”之感：既看不出作者的感情，也不反映时代的脉搏。王士禛自己的代表作《秋柳》四首，正是这种音调铿锵、辞藻绚丽而内容贫乏的典型例子。曹寅自己也是诗人，但在他的作品中就看不出丝毫“神韵派”的影响。和雪芹同时的沈德潜名义上主张“格调说”，实际上是倡导“温柔敦厚”的传统的儒家诗教的嫡派。他们俨然主持当时诗坛的“选政”：《古诗源》、《唐诗别裁》、《明诗别裁》、《国朝诗别裁》[②]等几部重要的选集都是体现这种诗教的范本。和他对立的袁枚则标榜“性灵说”，反对厚古薄今，反对尊唐崇宋，不信“温柔敦厚”，不信“诗有定格”。这些主张都是针对沈德潜的“格调说”而发的。但袁枚自己所主张的写个人的“性情遭际”，个人的“灵感”、“风趣”，也不免流于封建文人只顾发泄个人的情绪而忽略社会现实和民生疾苦，反而不如崇尚宋诗的查慎行和蒋士铨还能反映一些当时被压迫的人民的痛苦。在曹雪芹时代，“神韵派”的影响已经衰落，不在话下。正在风靡一时、互争雄长的“格调”、“性灵”两派，似乎也都不在雪芹的眼下。敦诚说他的诗“直追昌谷”，正是指他独往直前的气概，不顾当时风尚，不但越过了“神韵派”，也越过了明代的前后七子，越过了宋代的苏、黄、陈、杨，更不必说被他掉在后面的晚唐五代，“直追”到李贺的“云烟绵联”、“时花美女”，乃至“鲸吸鳌掷、牛鬼蛇神”。这便是曹雪芹和自清初至雍、乾时代的所有的诗人都不同的地方。而这首不平凡的佚诗正好充分证明了这一点。

---

① 王士禛《渔洋丙申诗自序》所举四条原则是：一曰典、次曰远、次曰谐音律、次曰丽以则。钱谦益序王诗举“其谈艺四言，曰典、曰远、曰谐、曰则”。按其第四条应标举为“丽”，若以第四条为“则”，则第三条应为“律”。

② 现已改名为《清诗别裁》。

四 余论

曹雪芹虽是诗人，却不常作诗。正如他的朋友张宜泉说的，“君诗曾未等闲吟”[①]。除了《红楼梦》中的韵文以外，我们现在只有这一首完整的七律，借以窥见他的诗的风格与造诣。也幸而存此一首久佚之诗，可以作为衡量别的相传是曹诗（如果还有的话）的尺度。在十六回脂残本《石头记》第一回之前，在当时书贾所编纂的所谓“凡例”之末，有一首标题诗如下：

> 浮生着甚苦奔忙？盛席华筵终散场。悲喜千般同幻渺，古今一梦尽荒唐。谩言红袖啼痕重，更有情痴抱恨长。字字看来皆是血，十年辛苦不寻常。

胡适把这个有“丁亥”(1767)和“甲午”(1774)年份的残本妄称为“甲戌”(1754)本[②]，又说上引七律是雪芹的诗。他在影印此残本《石头记》的书前加了一张扉页，还亲笔抄录此诗的最后两句，又加上“‘甲戌’本曹雪芹自题诗”的下款。果真如此，曹雪芹岂不变成了自吹自擂的无聊文人，夸耀他自己的“十年辛苦”，还要给自己加上“不寻常”的赞辞！只要先看一下这首诗本身，这样庸俗肤浅的腔调，也能被赞为“诗笔有奇气”，可以“直追昌谷”，甚至于还能“披昌谷之篱樊”吗？这一路的货色，也能当得起“知君诗胆昔如铁，堪与刀颖交寒光”的称誉吗？一个“诗胆如铁”、“直追昌谷”而且不肯“等闲吟”诗的人，竟会写出“字字看来皆是血”这种似通非通的句子，唱出“十年辛苦不寻常”这种自夸自赞的镗镗调吗？胡适这个洋博士对于中国旧诗词十分外行，这也不足为奇。但他在美国住久了，学会了资本主义社会为自己做广告的本领，因此“推己及人”，揣想曹雪芹也会

① 《春柳堂诗稿》第四六页上《和曹雪芹西郊信步憩废寺原韵》。

② 这正如以前三家村学究自夸有明版《康熙字典》的笑话。

做这样的“广告诗”。如果他仅仅是对于旧诗词缺乏修养，没有辨别优劣、判断作品的能力，那倒也不必深责。但他难道连脂砚斋的评语也看不懂吗？

这个脂评残本由他霸占了三十多年，他总不能推诿说，没有看到第一条评语。就在此本第一回“满纸荒唐言”这首五言绝句下面，有一条朱笔批注说：“此是第一首标题诗”。可见脂砚所见的雪芹原稿上，在这首五言绝句之前根本没有任何标题诗。如果后来的抄本上（例如这个残本）忽然多了标题诗或别的什么诗，那当然不是雪芹的作品，而是评者或后人添进去的。胡适当然见到过这条批注，但他还是要坚持说，在这五言绝句“第一首标题诗”之前的那首七律是“雪芹自题诗”，真是无耻的自欺欺人。不幸，国内有的“红学家”，也盲从地跟着胡适说这是雪芹自题诗[1]。俗语说：“不怕不识货，只怕货比货。”我们现在不妨把新发现的这首题敦诚《琵琶行》传奇的七律，拿来和脂残本第一回前的那首七律比较一下，看看不论在思想性或艺术性方面，两者的距离有多大！

（原载南京师范学院《文教资料简报》1974 年 8、9 月号
增刊，《哈尔滨师范学院学报》1975 年第 1 期转载）

① 例如《〈红楼梦〉简说》：“作者用了十年的工夫来写这本书。他自己说：‘字字看来皆是血，十年辛苦不寻常。’（‘皆’字误作‘都’，今改正）是的，不但是作者自己的血……”（《大公报》1953 年 12 月 19 日）。在《红楼梦八十回校本》中，又把此诗全文放在第一回正文之前，作为标题诗。

曹雪芹佚诗的来源与真伪

本文提要

本文解答有关曹雪芹佚诗的两个问题：一个是“来历”问题，一个是真“伪”问题。下面发表的周汝昌致吴恩裕同志的三封信，是周君最先传出此诗的“来历”。这三封信以前从未发表过，这是第一次“问世”。

至于真“伪”问题，最先传出此诗的周汝昌，本来也认为这诗是曹雪芹遗作，他并已写好文章，要在《文物》上介绍并解释此诗。本文作者至今保存着周氏第二次写给《文物》编辑部的《红楼梦与曹雪芹有关文物叙录一束》的“稿件概况”，分“题目：(暂定)”与“内容”两项。“内容”又分甲、乙，乙是“正文”，“拟分数项”，其第六为“遗诗”，第七为“附录”：“程伟元绘扇一件”。后来他改变主意，从《文物》撤回介绍“遗诗”之文。我还保存着周氏删稿后《文物》排版的清样。

“陈方”根据周氏订正版《新证》中指佚诗为“拟作”之说，以“来历”问题为借口，在“辨伪”的烟幕下，把“出现‘曹雪芹佚诗’之类的所谓新材料的时代背景”和“叛徒江青”“猖狂反对毛主席对《红楼梦》的崇高、科学的评价”，“卑劣无耻地影射攻击敬爱的周总理”联系起来。“陈方”的“辨伪”文章是学术讨论还是罗织罪状，读者一看便知。(参看《南京师院学报》1977 年第 4 期，83 页。)本文不拟深究“陈方”无限上纲的政治动机与目的，只就他所提出的“弄清来历”与真“伪”问题，加以分析，揭破其欺骗性与虚伪性，证明曹雪芹遗诗不伪；指出所谓“拟作”之说是别有用心的，对于保存我国文物不利。

同时，我们根据毛泽东同志给陈毅同志谈诗的信，补充说明曹雪芹在这首佚诗中成功地运用形象思维以达到预期的艺术效果。

一　前言

1974年秋，上海师范大学的徐恭时先生①，因见上海人民出版社编印的《评〈红楼梦〉（参考资料）》一书中发表的一首曹雪芹佚诗，来信问我有关此诗的一些问题。他对我的一些意见表示同意。后来他根据我们通信的内容，写了一篇文章，在题下写着我和他二人的姓名，准备联名发表。我因他对此事很热心，就他的原稿又补充了一些材料和意见，重新写了一遍，寄给他看。他同意改写后的文稿用我们二人名义，寄给南京师范学院的《文教资料简报》的编者，该文即于同年在该刊9月号增刊发表，引起了广大读者的注意与兴趣。因此，1975年第1期《哈尔滨师范学院学报》又把此文重刊一次，读者的反应也是积极的，并没有人对此佚诗提出怀疑。但后来竟有奇怪的事发生了。根据我们了解，就是当初最先传出此诗的周汝昌君却散布流言，说此诗是"时人拟补"的。

最近，又看到《南京师范学院学报》1977年第4期所载陈方《"曹雪芹佚诗"辨伪》一文，可以说是这一流言发展的顶点。陈方此文有几个特点：

第一，他否认此诗是曹雪芹所作，但对原诗的内容本身不作片言只字的分析或评论，对于我们文中对此佚诗的逐句逐词的详细分析、考证、比较和研究，他提不出半点不同意见，却摆出一副"权威"的架势，笼统地把它否定了。

第二，他否定此诗的唯一理由，即他所谓"基本的一条"，是说佚诗的"来历"不明。

第三，他明明知道《新发现的曹雪芹佚诗》一文是我和徐恭时先生合作写成，在两个刊物上都是联名发表的，但他每次提到此文，一律把"徐恭时"这名字取消，只用一个"等"字来代替②。

第四，在这篇文章的末了，陈方用叛徒江青的"猖狂反对毛主席对《红

① 我和徐先生直至今日从未晤面，并未相识。

② 在陈方的全文中，我的姓名被提到十二次，而徐恭时之名，则除引用南京大学的"编者按"原文时不便删去外，一次也没有提到，甚至于连第一次引述此文时，也避用徐恭时之名。虽前代避君亲之讳，无此谨严。此中奥妙，姑且存而不论，留待必要时再说。

楼梦》的崇高的、科学的评价”，“卑劣无耻地影射攻击敬爱的周总理”，作为“前几年出现‘曹雪芹佚诗’之类的所谓新材料的时代背景”[①]。这种无限上纲，是学术讨论，还是影射诬陷，本文不必说，因为广大读者自有评判能力，并做出结论。

二　曹雪芹佚诗的“来历”

现在先谈此诗“来历”问题，因为此点是陈方文中的基本论点，也是此诗的许多读者早想知道的。其实，在陈方自己，他对这问题本来是一清二楚的，因为他和最初传出此诗的周汝昌君同在一个单位工作。他现在把这“来历”问题郑重其事地提出来，无非要借它作为否定此诗的主要论据。那也好，我们就先谈谈此诗的来历。

我自己得知此诗的出现后，有两年多并不想为文介绍，我一直在期待周君自己发表介绍此诗之文，而且知道他确已写好此文初稿，引满未发[②]。若不是由于徐恭时先生的热心，我是不会写什么介绍此诗的文章的。

我得知此诗的事实经过是这样的：1972年春，吴恩裕先生来访，谈起此诗。我当时一无所知，承他录出如下：

> 唾壶崩剥慨当慷，月荻江枫满画堂。红粉真堪传栩栩，渌樽那靳感茫茫。西轩歌板心犹壮，北浦琵琶韵未荒。白傅诗灵应喜甚，定教蛮素鬼排场[③]。

他说这是流传出来的曹雪芹题敦诚《琵琶行》传奇的全诗，并问我对此诗的意见。我当时既不知此诗的“来历”，只能就诗论诗，认为此诗在思想性

① 《南京师范学院学报》1977年第4期，第83页，最末四行。

② 他曾把此文初稿托人转送《文物》编辑部，详见下文。

③ 末两句见敦诚《鷦鷯庵笔麈》引，第五句“歌板”或作“鼓板”。按：元稹诗“试问酒旗歌板地”，黄山谷诗“舞裙歌板尽清欢”，王彦泓诗“但是酒旗歌板地”，朱祖谋词“辜负酒旗歌板地”，均作“歌板”。疑以“歌板”为是。

和艺术性方面，在韵律和技巧方面，都达到一定的高度。此诗句句切题，无一句空泛之语。替朋友题画或题书、题文，本来是应酬文字，不容易写得出色，而此佚诗竟能写得这样超脱浑成，这在清人集子中是少见的。并且，前六句和末二句接得天衣无缝，绝不是别人（即使是比雪芹诗才更高的人）所能“拟补”的。因此，我认为此诗可信是雪芹原作，别人大概作不出来。恩裕也同意我的看法。后来我又在不同时候把此诗分别抄给一些老先生看，其中有我的同事王伯祥先生和历史研究所的顾颉刚先生等。他们都是八旬高龄的前辈，是当代有数的对古典作品修养极深的耆宿，对于鉴定古人诗文的识力，远比我高明正确。（顾颉刚先生尤其是国际知名的辨伪专家，他从五四运动时即从事于古史的辨伪工作，他的七大本《古史辨》是最好的证据。）他们一见此诗，毫不犹豫，不约而同地说：这是雪芹原诗无疑，别人是作不出来的。而且，如果说有人“伪造”，则此人既有这样好的诗才，为什么不作他自己的诗，却要伪造别人的作品？我听了这些前辈先生的意见后，一方面深幸前此所见不谬，另一方面更要知道此佚诗的来历。因此我自去访问恩裕先生，承他出示有关此佚诗的一些信件：

信件之一：1971 年 12 月 26 日，周汝昌自北京寄往皖北濉溪五铺镇吴恩裕收的一封。周在信中抄寄此诗全文，并且说：“此诗来历欠明，可靠与否，俱不可知。”

信件之二：1972 年 1 月 14 日，周汝昌回答吴恩裕查询此诗“来历”的信说：“至其来源，系人投赠。原录一纸，无头无尾，转托人送到，弟不在寓，亦未留他语。使弟一直闷闷，设法探访奇人，事实如此，原诗已奉目，弟无珍秘‘来路’之意，当荷见信。此与蜡石笔山照片之远投颁惠，同为异事，可为前后辉暎（原文如此——恩裕注）。”

信件之三：1972 年春，吴恩裕先生回京后，再去函问周君此诗情况。周氏回信说：“……埸韵七律，前六句确系时人之作。此诗当年惟写与二人：一为家兄，一即兄也。家兄一见亦甚惊奇。后设法探询，知为时人试补。其人原非作伪之意，不过因苦爱芹诗，恨不得其全，聊复自试，看能补到何等水平耳。其诗笔尚可，但内容甚空泛，此其破绽矣。（芹真诗必不如此!)”

看这几封信的措辞造语,字斟句酌,可谓煞费苦心——有时甚至斟酌太过,弄得文字欠亨:如“珍秘来路”、“奉目”、“一直闷闷”、“辉暎”,等等。但其目的则很明显:无非是要让读其信者弄不清真实情况而已。可是,如果我们稍加分析,还是可以看出一些“苗头”来的。

从上面的“信件之一”,可见周君对此诗的初步认识是疑信参半:“可靠与否,俱不可知”,即有一半可靠性,也有一半不可靠性,其所以有一半不可靠性,原因即“来历欠明”。这一点与陈方文中意见略同。但陈方比周氏跑得更远:认为若来历不明,即全不可靠,连一半可靠性也不存在了。

从上面“信件之二”的内容看来,周氏不再坚持“来历欠明”,而不自觉地透露了部分“来历”。信中说:“原录一纸”,即证明其所见佚诗并非原件而是过“录”本。信中又说,“无头无尾”,证明原件还有上下文,这个过录本抄时略去了上下文,变成“无头无尾”了。信中又透露:原件的收藏者没有亲自去访周氏,连这个录本也是“转托人送来”的。既云“托人送来”,而且是“转托人送来”,可见周汝昌确知原件的收藏者是谁,否则他何以知道送来者不是收藏者本人而是受“托”之人呢?周氏如果真的不知道收藏者是谁,真的没有遇见送诗的人,他就无法知道送诗者是受人“转托”的“诗差”,还是收藏者本人。从“转托人送来”这一句话,可见周汝昌是会见了这个送诗之人的,否则他何以知道来人不是藏主本人而是受人“转托”?周氏既已会见了送诗之人,当然要问他收藏此诗者是谁,此诗是抄在什么卷子上或本子上,或单抄一页,夹在什么书中,前后有无别人的诗或其他文字等问题。周氏想用“来历欠明”,“弟不在寓”,“未留他语”,“使弟一直闷闷”这些话来阻止别人去问他此诗“来历”,但他在不知不觉中用了“转托人”三字,已经泄漏了自己的底细:即送诗来时他确实“在寓”。可见他上文说不在寓是撒谎。

从上面的“信件之三”,可知他已告诉了恩裕先生,说此诗作者是“时人”。他在第二封信中说,送诗的来人只送他过录的诗,“无头无尾”,“亦未留他语”,他自己又不在寓,则他又何从知道此诗收藏者或“拟作”者的地址，而能够“设法探询”，并且居然找到了这个“补”诗的“时人”或“奇人”呢？这简直比美国的侦探小说还要神奇，无怪他在第二封信中说此诗来自“奇人”了。

周氏不但能够无中生有地探询到这个“试补”佚诗的“奇人”，而且还和他谈过心，才知道此人“原非作伪”，只“因苦爱芹诗”，所以，“聊复自试”，“看能补到何等水平”。周氏从这位补诗“奇人”那儿“探询”到了几乎是全部有关此诗的消息，和他谈得推心置腹，知己得很：一则曰“试补”，二则曰“聊复自试”。还为他洗刷：“原非作伪”。由这第三封信，也证明了他给吴恩裕先生的前两封信中所谓“来历欠明”，“原录一纸，无头无尾……亦未留他语”云云，都是些虚虚实实、藏头露尾的欺人之谈。

单就这三封信的内容看来，周汝昌在这首佚诗问题上所耍的花招，也就够瞧的了。但可怪可骇，令人惊诧的严重情况犹不止此。

三　雪芹“遗诗”怎样变成“时人”“拟作”

1973 年初，周汝昌交给吴恩裕先生一篇文章的提纲及初稿，题目（暂定）为《红楼梦与曹雪芹有关文物之叙录一束》，请吴转交《文物》编辑部。这篇文字原是恩裕先生代《文物》向周约的稿子，所以由吴转交。这是一篇由六个短篇杂凑起来的东西。在周氏的提纲及初稿中，第一个短篇就是介绍这首曹雪芹“遗诗”，并为全诗作了解释。在这里还须强调一点，即在周氏亲笔手写的此文“稿件概况”中，介绍此诗时不称“佚诗”而称“遗诗”，可证他当时毫不怀疑这诗是曹雪芹遗作。但 1973 年《文物》第 2 期排字校样送给我审阅时[①]，原有第一篇周氏解释“遗诗”的短文被取消了，把第二篇短文（谈一件假古董“笔山”）突击提升为第一篇短文。下面的次

① 当时因受“四人帮”干扰，《文物》经常脱期两个月，我在 3 月中才看到第 2 期校样。

序是：2. 画像[①]；3. 图章[②]；4. 砚石；5. 板本。另外把程伟元画扇作为"附录"充当末篇[③]。后来，我又见到周氏亲笔重写的"稿件概况"，其次序又改为：1. 笔山；2. 画像；3. 砚石；4. 图章；5. 板本；6. 遗诗；7. 附录。在"遗诗"后括弧内加了一句："（不拟再写了）"。但 1973 年第 2 期《文物》出版时刊出周文，这些古董的次序又变了，改为：1. 板本；2. 笔山；3. 图章；4. 砚石；5. 画像。最后仍把程伟元画扇作为"附录"[④]，并且文字也大有删改。如校样第 20 页开始第二段，从"这一方面的文物"到"古为今用的重要作用"共十六行近三百字全部删去。次页左栏第五行到十五行共二百多字也被全部删去。后来我见到周本人，问他为何取消了较为重要的雪芹"遗诗"，而代以谈程伟元的画扇之文以充篇幅？他支吾其词，没有直截了当回答我的问题，但承认其初稿第一短篇是介绍解释雪芹遗诗之文。有人告诉我，周汝昌本来认为这是曹诗无疑，后来又听人说，周认为第一句"唾壶崩剥慨当慷"中"崩剥"二字太生硬，前人没有用过，曹雪芹不会用，因此他怀疑此诗的可靠性[⑤]，"不拟再写了"。

现在的问题是：如果周氏原来认为此诗是雪芹遗作，而要在《文物》上介绍它，这是无可非议的。后来因为怀疑其中某些文句而撤回，尽管怀疑错了，也还是出于他的谨慎之心。但如果照他第三封信所说，此诗"确系时人""试补"，则他请吴恩裕先生交与《文物》准备发表的初稿第一个短篇竟是用六句"伪诗"冒充雪芹遗诗，这是学术界的什么风气？尤其严重的是：《文物》是一个向国外发行的学术性刊物，颇受国际学术界、考古界的重视，尤其是在日本和东南亚深受注意，它所刊载的文章有关我国学术界

---

① 即郑州河南博物馆藏一幅同名的画像，像旁尹继善题诗明明说是"《题俞楚江照》"（见《尹文端公诗集》卷九），周汝昌硬说是曹像。

② 一个任何人都可以刻的闲章：《快绿怡红》，连刻者的边款都没有，周汝昌因为是他玩的古董，也硬说是雪芹故物，以证明他是曹家文物的权威收藏者。

③ 我仍保存这校样的副本：即《文物》1973 年第 2 期，第 20～30 页。关于这些古董的真伪问题当另为文论之。

④ 由于这些古董的位置次序，经周氏再三的迁移安排，可见他对于它们的真伪轻重的看法，也时时在改变。上述周氏文稿的提纲，我也保存备查。

⑤ 其实"崩剥"二字白居易、韦应物诗中早已用过，也并不"生硬"。参看南京师范学院《文史资料简报》总 23 期，《哈尔滨师范学院学报》1975 年第 1 期有关文章。

的信誉。虽然后来为了别的原因而撤回了，但他当初在第一次交出去的提纲与初稿中竟有此文，则如果此诗确是“伪”补，而周汝昌犹不惜冒险一试，其动机与目的，无非是外骗国际友人，内欺《文物》读者，以夸耀他是收藏曹雪芹文物“遗”著的权威，试问将置国家信誉于何地？

周汝昌如果真的相信此遗诗“确系时人”“试补”，而且老气横秋地评为“内容甚空泛”，还煞有介事地冒充内行说，“芹真诗必不如此”，（仿佛他家中收藏了千百首“芹真诗”似的！）既然如此，为什么他要把它录存在他的增订本《红楼梦新证》里（750页），而且把它位置在敦城、敦敏各诗的中间？不但此也，《新证》录存此遗诗还有两个特点：其一，第四句首二字是“绿尊”而不是流传的“渌樽”。其二，是诗前有一个与众不同的题目：《题松堂〈琵琶行〉传奇》[①]。按敦敏的《敬亭小传》（《四松堂集》卷首）说：“敬亭，余仲弟也。名敦诚，别号松堂。”但他的同时人很少称他这个别号，敦敏的《懋斋诗钞》在四十八个诗题中有“敬亭”之称，还有七个诗题中称他为“二弟”，却没有一个诗题称他为“松堂”。在《懋斋诗钞》中，“松堂”或“松轩”专指敦诚的住处。其他如张宜泉、明义的集子中也不见“松堂”这别号。可见敦诚虽有此别号，他的哥哥和友人都不大用它。纪昀还为《四松堂集》写了序，也没有提到这个集子的作者即号“松堂”。可见敦诚这个别号知者不多，用者更少。但曹雪芹和敦敏、敦诚都是好友，他当然会知道敦诚有此别号，偶尔也会用一下，以表示亲密的友谊。可是20世纪70年代被周汝昌探询到的“试补”曹诗的“奇人”，怎么连敦诚的亲兄都不用的这个别号，他竟用在这首七律的诗题之中？这正是周汝昌在不知不觉之中，已经泄漏了曹雪芹“遗诗”的原题。但他还得要自圆其“拟补”之谎，于是只好挖空心思说，“有拟补之者，去真远矣”。既然是“去真远矣”，而且是“内容甚空泛”的“拟补”，为什么还要把它列在敦诚、敦敏题赠雪芹各诗的中间？周汝昌的回答是“聊资想象”。想象什么？当然是他所谓“甚空泛”的“内容”。“甚空泛”的“内容”，也要他的读者去“想象”吗？

---

① 影印本《懋斋诗钞》八二页，此题原文为：《题敬亭〈琵琶行〉填词后二首》，不用“松堂”这个别号。

凡是谎话，无论怎样千回百转、苦心焦虑去掩饰，终不免要捉襟见肘的。“有拟补之者，去真远矣”，正是这句貌似审慎克制而其实专横武断的批语，暴露了他的思想之不合逻辑。“拟作”去“真”既有“远”近可量，则其前提是：必须先有了“真作”X，才能使“拟作”A与X之间的距离量得出来。而且，“远”近乃是从比较而得，若说A离X“远”，则必有B或C离X“近”或“较近”。请问周汝昌：X在何处？B或C又在何处？你手中既没有X，怎能把A与它比较？（更不必说B与C了）。没有比较，怎能得出这“远”、近的距离来？既不能得出这“远”、近的距离，则“去真远矣”这句话既站不住，连上面“有拟补之者”这句话也一并被证明是假造出来的了。结果是：无情的逻辑辩证了这两句全是谎话。

周汝昌在其增订版《新证》中的这两句谎话影响极坏，流毒甚广，连一些“有识之士”也受他蒙蔽，以为雪芹这首佚诗真是什么人的“拟作”，甚至于还进一步传说“拟作”者即是他周汝昌[①]。这使人想起《晋书》里的一个故事。阮籍的侄孙阮瞻是不信鬼的。有一次，一个访客来和他辩论鬼神之事。来客辩不赢，“乃作色曰”，“即仆便是鬼”！（见《晋书》本传）你们不相信这首诗是“拟作”吗？“即仆便是拟作者”！他这一招真厉害：既可堵住别的嘴——“连拟作者自己都承认了，你们还争辩什么！”又可以表示自己的“诗才”，足以上比雪芹，下欺庸愚（如吴某、徐某等人）。

既然如此，我们倒要欣赏一下这位“拟作”者的诗才了。但可惜他虽然侈谈别人的诗的优劣，而他自己却似乎并没有多少诗作流传出来可以供人比较或衡量“远”、近。幸而他某年在“新正期间的厂甸摊上”，买了“最不足取”的一件程伟元画扇，于是“因此还作了一首七律纪事诗”[②]。

---

① 1976年春节后不久，他对美术出版社的一位同志说，这首诗是他和他令兄作的，“是我们哥儿俩的酒后戏笔”。后来他又否认说过此话。1977年8月有位青年去问他此事，他说美术出版社那位同志听错了，他只说那样的诗他哥儿俩也作得出来。但我问过美术出版社那位同志两次，他清楚记得有此事，并未听错。并且早在1973年即有人传说，前六句乃周自作。这个“传说”的来源，不问可知。又据说最近发现他当时写给已故世的某上级领导的信中，也自认这是他所“拟作”。

② 《新证》810页，据说这“最不足取”的程伟元画扇也并不是他的，而是出版社另一姓周的，那倒也不必深究。既然薛宝钗可以“借扇敲双玉”，周汝昌又何尝不可以借扇试七律呢？

但七律应该有八句五韵或四韵，而《新证》所收却只有六句四韵，而且还不合格律[①]。毛泽东同志给陈毅同志谈诗的一封信说："因律诗要讲平仄。不讲平仄，即非律诗。"周汝昌的"七律"第一句既是仄起平收（即"仄仄平平仄仄平"），则第五句（腹联上句）应当是仄起仄收（即"仄仄平平平仄仄"）。但这位自称能"拟作"曹雪芹"遗"诗的"奇人"，却作了这么一句妙诗："君恶能为《石头记》？"[②]即："平平平平仄平仄。"此句按律应该有四个仄声字，却有一半开了小差；只需要三个平声字，却来了五个，而且侵占了第二、第六两个仄声字的位置。即使《红楼梦》里最不成材的贾环，奉贾政之命在严父和宾客之前咏《姽婳将军》的应酬诗，也还作满了八句平仄和用韵都没有错的一首律诗。而这位新红学家，自己连最基本的格律都还没有过关，却要指手画脚，装腔作势地批评曹雪芹的"遗"诗"去真远矣"，"内容甚空泛"，"此其破绽矣"。难道他真的相信只会作作"君恶能为《石头记》"这样破句的作者，比起能作"月荻江枫满画堂"的作者更高明，更近"真"，更不"空泛"，更无"破绽"吗[③]！

我们在《新发现的曹雪芹佚诗》一文中曾说过这样的话：如果有人怀疑曹雪芹佚诗是否真作，则最好请他自己也试作六句，与传世的一联合在一起，看能否比得上佚诗的六句。陈方在他《辨伪》一文中说，他"不禁替周汝昌先生捏一把汗"。我们这话是对任何怀疑的人说的，为什么陈方只替"周汝昌先生"而不替别的怀疑者，包括他自己，"捏一把汗"呢？陈方还假定我如果请周先生"自己作六句……周汝昌先生该怎么办呢"？这一问题提得真好。我们写那篇文章时还没见过周先生的七律。现在《新证》订正本出版，总算有了四分之三首七律问世了，而且是他自选的题目，并非有谁出了刁钻古怪的难题"将他一军"。这一次他自我暴露了他的"诗

---

① 在古风或绝句中，格律较宽，但既是"律"诗，必须严守格律，绝句偶尔可以不管平仄，但律诗则决不可以。

② 此句"恶"字作疑问词，读屋呼切，虞韵，平声。第四字"为"是动词，"作为"之"为"，也读平声。全句只有"石"、"记"二字是仄声。

③ 就周诗内容而论，他责问程伟元的话是栽赃诬陷，因为程伟元从来没有自夸能为《石头记》。未庄的赵太爷责问阿Q："你那里配姓赵？"是因为阿Q在外扬言他姓赵。程伟元却并没有说他做过《石头记》，而周汝昌偏要责问他："君恶能为《石头记》？"

才”，陈方先生也可以借此开开眼界，且看还有多少人相信他的“真”、“伪”、“远”、“近”论。

四 “来历”不能决定真“伪”

陈方这篇“辨伪”文章是以“弄清来历”为其基本论点的。他一开始论及真伪问题时便说：“考辨材料的真伪，有种种方法，而基本的一条，是必须首先弄清它的来历……两首佚诗究竟是真是假，只要查一查它们的来历，人就可以明白。”我们首先要着重指出：这是似是而非，大言欺人的诡辩！“考辨”——应该说考证——任何材料，不论是古人的诗文或古器物的铭辞，最基本的一条，当然是要看诗文或铭辞的本身内容，决不能说，某诗从张三家这个“来历”传出，就是真的；某器从李四家这个“来历”传出，就是“伪”的。这是最基本的常识，只要解说清楚，连小学生都会理解的。“弄清来历”只能是考证材料之一助，绝不是“基本的一条”！若有人真的相信这是“基本的一条”，则是肤浅、幼稚乃至错误的看法。不知道一件材料的来历，在利用这件材料来论证某一有关的特殊问题时，可能受到限制，但丝毫不影响对于这件材料本身真伪的考证。辩证地说，从材料本身的内容考证出来的史实，有时还可以反过来推知原先不明白的“来历”。材料的真“伪”是“基本”上靠“来历”决定的吗？“只要查一查它们的来历就可以明白”其真“伪”吗？照陈方这个逻辑，“来历”明白就是真的，“来历”不明或欠明就是“伪”的。决定材料的真伪，不必看它本身情况，如果是铜器、瓷器，不必用科学方法加以化验或透视，只要问清是张家铺子或李家商店卖出来就可以知其真“伪”了。如果是诗文，不必分析其内容意义，“只要查一查”“它们的来历”，就可以决定其真“伪”了。天下有这样省事的“考辨”吗？

中国是全世界上保存古代文物数量最多，也是在这方面历史最悠久，经验最丰富的国家。早在东汉，许慎在《说文解字·叙》中就说：“郡国亦往往于山川得鼎彝，其铭即前代之古文。”这些鼎彝（铜器）铭文的来历素来就不明，照陈方的“基本的一条”，应该全部否定，亦即把传世的《说文解字》一书中所保存的“古文”、“籀文”全部废弃。宋代对于铜器的收集、保存和研究也有一定成绩，有一部分包括在乾隆十四年(1749)编的《西清古鉴》中。当时宫中所藏的数百件古铜器，有哪几件的真“伪”是可以“只要查一查”它们的“来历”就能决定的？即以近人编印的《三代吉金文存》而论，共收各类铜器铭文的拓本四千五百八十三件，短者二三字，长者数百字，是中国古史的重要资料，但其中有一大部分的“来历”是“欠明”的。照陈方的逻辑，这些材料也该统统否定。近数十年来中国的考古学家和历史学家根据这些材料以考定的中国古史，因为他们的材料“来历不明”，都要被一笔勾销，或落到第“三个估计”之中！

在这里，我们不妨举一个具体的实例：《西清古鉴》卷十三，第十二页所著录的《周毛伯彝》，即郭沫若同志在 1935 年收录在其所著《两周金文辞大系》里的《班毁》铭文。它的“来历”，数百年来不但无人知道，而且也没有谁见过原物。但在 1972 年 6 月，北京市物资回收公司在废铜中发现了这个古器的残余，经北京市文物管理处专家鉴定，确定为《班毁》无疑，已由国家文物机关收藏。对于此器的“来历”，郭沫若同志说：“原器不知何时出土，也不知出土于何地。”[①]专家们的鉴定只凭残器的一百九十多字的铭辞的残文内容，即周成王命毛公率领吴伯、吕伯征东国的纪事，却没有像陈方或其所崇拜的胡应麟那样，要追“查”其“来历”以定其真“伪”。若要认真问其“来历”，最确实可靠的只是废品物资回收公司(以前叫作“打鼓的”)。陈方如果知道这种情形，是不是也要大叫大嚷说，“这件破铜‘来历’不明，是件伪器”呢？甚至于别有用心地说，前几年发现这些“伪材料的时代背景”，正是某某“猖狂反对毛主席”，“恶毒攻击敬爱的周总理”等等罗织罪状的影射之词呢？

从上引《班毁》的例子，可证材料的真伪，只能从其本身内容来考证决定。只要它本身内容是有价值的，则即使是从破烂堆里捡出来的，也是真

① 见 1972 年《文物》第 9 期郭沫若著《〈班毁〉的再发现》一文。

的。问题是:你的文化水平和专业知识能否鉴别真伪好坏。可见陈方的"唯来历论"只是要否定中国的民族文化和历史材料的虚无主义而已,岂有它哉[①]!

至于陈方引胡应麟的话,想借以自壮声势,也是徒然的。胡氏只说"核之传者",没有说"核之来历"。即以此佚诗而论,凡曾发表过此佚诗的各种刊物都是"传者",而"来历"则只有周汝昌一处。胡应麟只说"以观其人",没有说"以观其文"或"以观其诗"。胡氏此话,正是提醒读者要警惕弄虚作假或大言欺人之"人"。如果陈方以为胡应麟的意思是说,只要材料的"传者"其人可信可靠,则其所传之诗文也就随之可信可靠,否则便不可信不可靠,那也只是一孔之见,客观情况未必尽然。因为不但作品,连作者本人也可能有"来历"问题。那么,是不是只好连人带书,一概否认呢?例如三国时孔融和祢衡是"尔汝之交"的密友,前者是孔子后人,"来历"大得很,而后者则虽然"逸才飙举",却"不知先所出"(《魏志》裴注引《文士传》),即连他自己的家庭出身都不知道。若照胡应麟"核之传者,以观其人"的说法,则祢衡自己先就"来历"不明,当然他的《鹦鹉赋》和别的作品都是他人"伪拟"的了。但即使胡应麟也不敢作此"大胆的假设"。可见这种主观的"唯来历论"会把人引导到怎样错误的结论上去,而自己思想不清的人,即使捧出古人的神主来,也帮不了他多少忙的[②]。

即使我们不谈远的,就拿陈方自己这篇"辨伪"文章而论,除了少数人外,对于大多数读者,这篇东西是"来历"不明的。因为第一,作者发表时不敢用真姓名;其次,发表时也没有注明作者的工作单位。因此,如果有

---

① 凡留心中国古代文物者,都知道以前出土的铜器、陶器、瓷器、金银器等古物,都是由盗墓者或私人暗中售与古董商,且常保密出土地点,甚至故意指东说西以防他人觊觎,所以大都"来历"不明。只是在全国解放以后,由于党和人民政府对于考古工作的重视,有计划地进行了科学的发掘,出土文物的"来历"才弄清楚。所以,如果因为以前文物的"来历"问题而加以否定,则解放以前的大部分重要文物,都可以被陈方斥为"伪"器。

② 其实,陈方所崇拜而引为知己的胡应麟"其人",如果"核之传者"——即《明史》,也不是一个十分光彩的人物。他应试"久不第",读书山中,孤陋寡闻,不得已投谒当时的名流王世贞。王称赞他几句,他便受宠若惊,不怕肉麻,竟吹捧王世贞为"尼父"(孔子)。这样无耻的谄媚,连《明史》馆臣也只好做出结论说:"其贡谀如此!"(校点本七三八二页)陈方奉这样的人为权威,其实并不能帮他多少忙。

些读者用陈方自己发明的“基本的一条”，认为这篇“来历不明”的《“曹雪芹佚诗”辨伪》是假的，是什么刊物的编委会伪造的，这种说法对不对呢？是否可信呢？我们认为不可信。理由很简单：判断一篇文字的真伪，不能凭主观的“唯来历论”，而要客观地看文章本身的内容，以及作者的动机和目的。任何编委会都没有理由要伪造这样一篇“辨伪”文章。可是，陈方还居然有勇气说：“科学的态度是实事求是。”请问陈方：什么是“实事求是”？毛泽东同志说：“‘实事’就是客观存在的一切事物。‘是’就是客观事物的内部联系，即规律性。‘求’就是我们去研究。”就这首诗而论，它的“实事”即是它客观存在的内容，即此诗的思想性、艺术性、韵律、技巧、风格、情调，以及作者的用字、造语、铸词、运典等等特点。对于这些“实事”我们在1974年发表于南师《文教资料简报》的文章，对佚诗逐句逐词地作了实事求是的分析与讨论。如果陈方真要“实事求是”，他首先应该“考辨”我们文中这些“实事”的“是”与非，求其“是”而辨其非。只有那样，才符合他自夸的所谓“实事求是”的“科学的态度”。但是陈方怎样“求”他的“是”呢？他对于我们详细分析佚诗内容，解释词句，以及其他考证佚诗真伪的种种具体问题，丝毫不感兴趣，因此毫无触及；却以十六开大本一整页以上的篇幅，罗列了与此诗本身内容无关的各地先后发表的年表，而在这样做的时候，为了歪曲“事”实，耍了不少不诚实的花招，也发了不少谬论。在下面一节里，我们让读者看看陈方是怎样“实事求是”的。

五　“辨伪”花招与谬论举例

例一：栽赃诬陷，贼喊捉贼。我们在介绍曹雪芹这首佚诗时，明明说“这首佚诗现在已在上海发表”[①]，但陈方却在引述我们此话时改为“吴先生等却说是正式的‘发表’这么轻轻一改，就又升了一级”[②]。这真是栽赃

① 见南京师范学院《文教资料简报》总23期，63页，十六行；《哈尔滨师范学院学报》哲学社会科学版，1975年第1期，79页，第六行。《南京师范学院学报》1977年第4期80页，第十四行，陈方引述我原文中语。（以下简称《南师学报》）

② 《南师学报》陈方文，80页，十六～十七行，重点是我加的，下同。

诬陷的一个“样板”例子。是谁“轻轻一改”，塞进了“正式的”三个字在别人的原文中去？若非栽赃诬陷，这种手法在学术讨论中是完全没有必要的，也是决不许可的。当然，在以前“梁效”、“初澜”、《学习与批判》的文字中，这种手法是常见的。但是在“四人帮”被揪出了一年多之后，这种帮气十足的下流文风是绝不能容忍的。

例二：颠倒时间，混淆是非。陈方引述了1974年12月南京大学《红楼梦评论》的“编者按语”说“前几年，北京有人发现全诗投送周汝昌同志”之后，陈方接着说，“同时，周汝昌先生的‘有拟补之者’这里变成‘前几年北京有人发现全诗投送周汝昌同志’”。今按：周汝昌“有拟补之者”这话见于其增订版《红楼梦新证》(750页)，出版于1976年。南京大学的“编者按语”发表在两年之前，而陈方反说是在周汝昌说了“有拟补之者”之后，南大编者“补充了‘投送周汝昌同志’这个细节”(同上80页，24～31行)。他为了要混淆读者心中的时间次序，不惜诬蔑南大编者两年前说的话，竟是“补充了”周氏两年后订正版《新证》中语，作为周氏书中的“细节”。南大编者竟未卜先知周书中将出现“有拟补之者”之语，所以在两年前即为周汝昌“补充了”“细节”。其实，从上引周汝昌给吴恩裕的三封信中，早已证明“投送周汝昌”这个“细节”发生在1971年，与周书中所谓“有拟补之者”相隔已有五年之久。怎么五年前发生之事，反而“补充了”五年之后的一句话呢？这就是陈方“实事求是”的“科学的态度”！

例三：欺骗读者，化三千字为“片词只语”。我们在介绍佚诗的第三节，用三千多字详细分析了佚诗的内容，比较了清初其他诗派的思想作风，这使陈方也不得不承认“思想，艺术，韵律，技巧未尝不能作为考辨材料真伪的根据”(同上，81页，27行)。“但是”，——他用这个“但是”来笔锋一转，竟公然欺骗读者，说我们只“根据片词只语，论定某诗非某古人写不出来”。于是凭他自己捏造的“证据”，大叫道：“那就压根儿是欺人之谈”(同上，82页，30～31行)，把三千多字的详细分析歪曲缩小为“片词只语”，究竟是谁在作“欺人之谈”?!

例四：用“玄虚”论否定中国诗有好坏之别。谁都知道，一首诗的本身内容应该是分析此诗好坏真伪的主要根据，这也即是列宁所指出的具体问题要作具体分析这一马列主义的原则在文艺批评上的应用。为了要彻底否定这一原则，陈方甚至不惜更进一步，全部否定中国诗有好坏之别。借此机会，陈方宣扬他的中国文化的虚无主义，发表了神秘的不可知论。他说什么“固然，诗的好不好本来就玄虚得很”(82 页，4 行)。因此，谁要是说某一古人的诗“好”，某一古人的诗“不好”或某些诗“还好”，就不是“本来”情况，不是“实事求是”，而是“师心自用”，“自误误人”(82 页，4、5 行)。在这里，陈方竟忍不住破口大骂了。毛泽东同志给陈毅同志谈诗的一封信中肯定了杜甫的《北征》，也指出韩愈的诗“如《山石》、《衡岳》、《八月十五酬张功曹》之类还是可以的”。毛泽东同志又说：“李贺诗很值得一读。”而陈方则公然宣扬：“诗的好不好本来就玄虚得很。”这岂不是说，毛泽东同志评价杜甫、韩愈、李贺的诗的这些话，在陈方看来只是些“玄虚”之谈吗?

在分析和讨论中国诗文的时候，我们绝不容许这种反马列主义、反毛泽东思想、反科学、反逻辑的谬论来毒害读者的思想，来否定我国古典作品的批评标准。

例五：隐瞒证据，为胡适辩护。陈方为什么要把常识范围内的“诗的好不好”问题用“玄虚”论来加以否定呢? 原来他要替胡适在一个问题上做辩护人。胡适旧藏的十六回残本脂评《石头记》第一回，在“满纸荒唐言”这首五言诗末句下面，有一条脂评说“此是第一首标题诗”，可证脂砚所见所评的抄本中，在这五言诗之前更没有任何标题诗。但这个残本的“编者”很不老实。不但在第一回之前杜撰了四条“凡例”，又把曹棠村写在第一回前面的“小序”窜改为第五条“凡例”[①]。在“凡例”之后，紧接着又杜撰了一首七律的“标题诗”，末联说“字字看来皆是血，十年辛苦不寻常”。这显然是另一人的口气在称赞这前八十回的《石头记》及其作者。但洋博士胡适却假装没有看见上引五绝下面的脂评，证明脂砚所见抄本

① 参看拙文《〈风月宝鉴〉的棠村序文钩沉与研究》，《郑州大学学报》哲学社会科学版，1977 年第 4 期。

无此七律，又不深究这首七律的内容水平，竟以为这是“曹雪芹自题诗”。胡适还亲笔抄录此诗末联，作为香港版影印残本的扉页题诗。我们在文中批判了胡适这种荒谬的说法，认为雪芹的诗友敦诚等人说他“诗笔有奇气”，“直追昌谷（李贺）”，称赞雪芹“知君诗胆昔如铁，堪与刀颖交寒光”，所以我们认为雪芹决不会作“十年辛苦不寻常”这种庸俗、肤浅、自我吹捧的广告诗。而这首佚诗的水平却正与敦诚、张宜泉等诗友的赞语相合。我们认为这首佚诗可以用来作为比较和衡量别的“曹诗”（如果有的话）的尺度。这本来是鉴定古人诗文、字画或其他文物最常用的方法。但我绝没有想到，因为批判了胡适博士，竟触痛了陈方先生！他虽然不便公然为胡适辩护，却用“爱屋及乌”的办法，为胡适所赞许的、认为是“雪芹自题”的那首广告诗直接辩护，也即是间接表示拥护胡适的谬说。

> 仅仅这一首诗（指佚诗），吴世昌等先生居然要用来作为衡量别的曹诗的尺度：论定《石头记》第一回“凡例”之末的标题诗为伪作。
>
> （《南师学报》82 页，1～2 行）

我们论定胡适旧藏残本“凡例”后的七律不是雪芹所作，不只是凭“仅仅这一首诗”，而是结合了各种客观证据，如：(1)脂评否认五绝之前又有“标题诗”这一条极重要的证据；(2)雪芹诗友敦诚等对雪芹诗作的鉴别标准、深刻估价与高度赞扬；(3)这首广告诗本身的庸俗低劣的水平。我们判断那首七律“标题诗”不是雪芹之诗而是后人所增，并不发生真“伪”问题。只有像胡适那样一口咬定这是雪芹之诗，那就逼得它“伪”起来了[①]。陈方既然认为这首广告诗是雪芹所作，当然是拥护胡适的说法。但他也和胡适一样懦怯，在这问题上没有勇气面对脂评这一重要证据（即五绝之前没有标题诗），却瞒着读者，反咬我一口，甚至破口大骂道：

① 参看周亮工《书影》卷十：“今人动作《明妃怨》，中间颇有似明妃自道者，亦将谓皆明妃自作？亦将谓后人伪撰耶？不辨明矣！”（266 页，中华书局，1958 年上海版。）

科学的态度容不得半点弄虚作假，我们这里反复引证，不过想说明师心自用的考证如何自误误人而已。

(同上 4、5 两行)

好大的权威口吻！什么“反复引证”啦，“科学的态度”啦，“弄虚作假”啦，“师心自用”啦，“自误误人”啦，好家伙！帽子满天飞，棍子遍地打！我们不禁要问陈方：

你隐瞒脂评的重要证据，是不是“弄虚作假”？

你把别人的三千多字的分析讨论，歪曲缩小为“片词只语”，是不是“弄虚作假”？

你把诗的“好不好”说成是“固然”“玄虚得很”，是不是“弄虚作假”？

你把两年前的南大“编者按语”说成是“补充了”两年后出版的书中的“细节”，是不是“弄虚作假”？

你捏造了别人没有说过的“正式的”三字，硬塞到别人文字中去，还诬赖别人“轻轻一改就又升了一级”，是不是“弄虚作假”？

正是这个自己最善于“弄虚作假”的人，反而摆出一副“训导长”的架势，教训别人：“容不得半点弄虚作假！”

六　曹雪芹的佚诗不“伪”

本来，我们 1974 年 9 月发表的《新发现的曹雪芹佚诗》之文，在第三节“佚诗的考定与评价”中即已指出考定诗文的两个原则：(1)“判断一诗是否为某人作品……最重要的当然是作品内容本身”；(2)“要考察这诗的内容是否与熟悉作者其他作品的朋友的评价相符”。我们对此佚诗的详细分析与讨论，都是根据这两个原则做出的。我们用无可争辩的事实，证明这首佚诗不论从其整体来看，或分析其中具体的每词每句，都符合雪芹的诗友平时对他的诗作的论述与评价。对于这些证明，陈方和帮他修改文章的朋友都不能做出一字一句的否定，只能夸夸其谈地扭住“来历”问题瞎缠账，希图以此为借口，怀疑一切，否定一切。至于我们考定佚诗所列举其他理由和证据，他一条也不能反驳，只好装作没有看见，避而不谈。对于这样低劣的“辨伪”批评文章，当然不必也无从加以理睬。同时也不须重复我们前已说过的理由和证据。

但在这里，我们愿意对于这佚诗的真实性，就形象思维这一问题补充一些意见。

当我们在四年前考定这首诗时，毛泽东同志给陈毅同志谈诗的信尚未发表。在当时“四人帮”控制之下谈论诗文是不能用“形象思维”这一提法的，而这首诗却几乎句句都显示出作者充分运用形象思维的艺术效果。在讨论佚诗最重要的第二句“月荻江枫满画堂”时，我们说作者“立即把当年白居易在浔阳江头的气氛——而且是秋夜，绝不是春夜或夏夜的气氛，好像电影似的，形象地展开在眼前”。下文讨论“红粉真堪传栩栩”时，我们也指出了雪芹用庄周梦为蝴蝶这个典故来描绘演唱这一折传奇的女伶用“栩栩如生”的形象传达出当年浔阳江上舟中商妇弹琵琶的景象：“在显现形象气氛的同时，也含蓄地暗示：这不过是梦幻般的感觉而已”（同上，65页）。也就是说，这“形象”不是具体的客观存在，而是用“思维”得出来的。在讨论雪芹这首佚诗的当时，我们既然不能用“形象思维”这个全词，就只能用“形象”来分析作者构思的过程。这是符合毛泽东同志给陈毅同志谈诗的信中的文艺思想的。

我们着重说明：雪芹在这首诗的前六句中，充分运用高度艺术性的形象思维，来试图再现一千多年前白居易在浔阳江头听商妇弹琵琶的那种气氛，来描绘在敦诚“西轩”中的女伶试图用音乐来创造浔阳江头的秋夜风景与惜别意境。这些都是在诗创作中运用形象思维比较成功的例子[①]。我们认为这些运用形象思维最好的例子，也可以作为证明这是雪芹之诗的坚强证据：因为敦诚在《鷦鷯庵笔麈》所引雪芹原诗的末联“白傅诗灵应喜甚，定教蛮素鬼排场”，也正是形象思维中最富于幻想而又最生

① 这样奇想异彩的例子，竟有只会做“君恶能为《石头记》”的“诗人”指为“内容甚空泛，此其破绽矣”！

动的例子。由这两句,可知雪芹的诗作中充满了高度优美或怪诞的形象。因而能像李贺那样写出从“时花美女”到“牛鬼蛇神”这样奇幻窈妙的另一种境界。而这佚诗的前六句,也正是用形象思维来配合末二句的——尤其是第二句先描绘了“月荻江枫”的形象,却用紧接而来的第三句来说明问题:原来第二句创造出来的浔阳江头的形象,乃是由下一句中扮演商妇的红妆美女这一形象再现出来的。作者的想象力在末二句达到了最高点。全诗虽然用当前情景与幻想气氛交织写成,但两者都运用了形象思维以达到艺术上预期的效果。

和别具肺腑的人相反,我们认为佚诗的前六句无一句空泛之语,几乎每句都焕发着作者丰富、强烈而又灵活、逼真的形象思维的光辉。而末联以高度的想象力用更具体的形象,更美妙的幻想,配合前六句,总结全诗。但若无此前六句,或其中有一二句空泛之语,或者出了韵,错了平仄[①],则末联也就为之减色了。所以,我们单就作者用形象思维来贯穿全诗八句这一事实而论,也可以充分证明前六句除了雪芹绝没有别人写得出来。而且,即使在雪芹自己写这诗时,也是一气呵成而不是先后零碎拼凑起来的,才有这样完整的形象。这是稍有写作旧诗词经验的人都能体会出来的。

我们判断这六句佚诗为雪芹原作的另一重要证据是雪芹的诗友如敦诚、张宜泉等对于芹诗的论述与评价,他们共同认为雪芹之诗可以上比李贺,在他生前死后都这样说,如:“直追昌谷披篱樊”,“牛鬼遗文悲李贺”,又说他“诗笔有奇气”,“诗胆如铁”,“堪与刀颖交寒光”。从这首佚诗全体看来,也正是属于李贺一派的作风,而迥乎不同“字字看来皆是血,十年辛苦不寻常”那种肤浅幼稚得近乎顺口溜的广告诗,或“君恶能为《石头记》?我曾何意米家山”这种不合平仄似通非通的破律诗。

毛泽东同志给陈毅同志谈诗的信中特别提到李贺,说他的诗“很值得一读”。敦诚等有幸读过雪芹许多诗的朋友称赞他的诗“直追昌谷”,这是

① 当然雪芹和他的诗友决不会出此洋相,其实封建文人大都不会出此类洋相。但今日出此洋相的人却居然自夸能“拟补”雪芹佚诗。

对曹诗很高的评价。我们读了毛泽东同志对李贺的赞许，更可以增加对于曹诗的认识与欣赏。而陈方却用“玄虚得很”来否定一切“诗的好不好”，则也就否定了历来用李贺来比曹诗，借以考定佚诗真伪的这一条重要标准。

当我们论此佚诗之文1974年发表于南京师范学院的内部刊物《文教资料简报》时，周汝昌对此诗的真实性没有提出怀疑意见。但当此文引起广大读者注意，半年之后为《哈尔滨师范学院学报》（1975年第1期）再次刊出后，周汝昌即去信该学报编辑委员会，说这不是雪芹之诗，批评该学报不应刊载此文。学报编委会未予置理。周汝昌似乎有这样一条原则：凡是经他先发表的东西，即使是明显的假古董，如印章大于所刻诗句的什么笔山，或毫无凭据、连边款也没有的闲章“快绿怡红”，都是货真价实的雪芹遗物；凡是别人先发现的文物，先发表的文章，都是假的，他概不承认。例如王冈绘雪芹像，他先已承认是真的，因为别人写文章肯定此画像，他就不惜否定自己前说，宁可归顺胡适的谬论，借以否定别人的结论（《新证》788页）。雪芹这首佚诗，本来是他最先传出，而且确信是真的，还称为“遗”诗，又写好了介绍文章准备交《文物》发表。但当他迟疑未发，别处先已刊出之后，他立即放出风声说：这不是真作而是“时人拟补”。这些都是假话，具详上文。因为如果此诗真是“拟补”之作，而他竟要冒充雪芹“遗诗”，发表于向国际发行的刊物上，那是犯罪的行为。我们相信周氏还不至于如此！而且有种种迹象，证明他当时是确信为真的。除上文已指出者外，这里还可以补充两点：

1. 他的《新证》中每处提到高鹗的后四十回，必斥之为“伪续”。但从未称此佚诗为“伪”作、“伪”补或“伪”拟。

2. 他在咏蒙古族人三多（六桥）氏旧藏百十回本《红楼梦》的一首《风入松》词中[①]，竟用上了此佚诗中的“月荻江枫”作为典故。虽然故作含糊之语，实已承认这首原来“零落”的“遗诗”中，雪芹“曾”经“题”过“月荻江

① 鉴于“君恶能为《石头记》”的客观情况，此词是他自作抑别人捉刀，待考，姑且认为是他自作以免枝节。

枫”字样。更可证他已承认“月荻江枫”正是雪芹之原文[①]。后来，只因上海、西安等处发表此诗，未用他的大名，他自己的介绍文章又迟疑未刊，别人先已介绍此诗，于是恼羞成怒，从“奇人投赠”变为“时人试补”了！

如果周氏确实找到了，并且公开介绍这位补诗的“奇人”，或此君自告奋勇，跑出来承认自己是此诗的“拟补”者，像阮瞻的访客似的，作色道：“即仆便是补者！”即使如此，我们也不会认为只要“来历”已明，一切问题便已解决了，因此，也就乖乖地承认他是诗人：“原来足下便是此诗的‘补’者，失敬，失敬！”不！看问题决不能这样简单。我们既无法证明此六句诗是不是你的大作，对不起，只有请你自己来证明了。怎样证明呢？最简单、最容易，也是最公平、最合理的办法是：请你再作一首或前六句同样的诗，让大家看看，在各方面是否够得上这首佚诗的水平？是不是你作的前六句可以和敦诚所引的原诗末联合成一首，而显得统首浑成圆融，无丝毫凑配之迹？但是，自称“拟补”此六句佚诗的阮瞻访客之流的幽灵，对于稍稍懂得一点律诗格律的读者是无所施其技的。“世有空青，人无瞽目”。靠造谣、“试拟”、算命、卜卦过日子的“奇人”们，还是另找出路罢。

最后，不妨谈谈“补文”的问题。本来，以中国文化之久，古籍之多，传世古书中偶有缺文是毫不足怪的。过去从事校勘工作的专家，经常根据别的古书中有关的引文以补订缺文，有时也以意校补。这是学术研究过程中的正常工作，并非不正当行为，用不着躲躲闪闪，避人耳目。即以与曹雪芹有关事项而论，他的好友敦诚的诗中有缺文，我在英时与吴恩裕同志通信讨论，曾以意拟补，后来他把我的补文收入其所著《有关曹雪芹十种》，并说明是谁所补（160 页）。我也曾试补过《庄子·秋水篇》缺文（见《社会科学战线》创刊号，127 页）。在中国文学史上自晋、宋以来，“拟古”、“杂拟”，乃至拟某人（如沈约、吴均）、某诗（如《四愁诗》、《三妇艳》、《行路难》）之风本极普通，无须讳言。如唐代李贺即曾有《补梁庾肩吾宫

---

① 见南京师范学院中文系资料室编《红楼梦版本论丛》第 245 页。对词有兴趣的读者还可以欣赏此词的一些“警句”如“不讶猢狲各散，最惊貂狗相蒙”之类。

体谣》。如果没有什么不可告人的目的，补诗的人为什么不公开站出来承认是他所作？正因为既撒了“拟补”之谎，又怕别人真的请他“补”时无能为此，只好采取吞吞吐吐、藏头露尾的行径以避免当场出丑。我们认为：学术界这种不诚实的风气必须严正批判，彻底肃清，不能任其自流，听其猖獗。

七　余论：为何把真诗说成假诗

读者也许会奇怪：以前只有把假的冒充真的，哪会有真的反而说成是假的？其实利欲所在，作为一种牟利的手段，这类事也不乏前例。30年代有一位画家，他自己不但画得很好，而且擅长摹绘古画，可以乱真。他是收藏、研究、临摹石涛的专家，别的藏家有石涛的画，常请他鉴定。他把画留在家里，用旧纸旧颜料将原画临摹下来，然后扬言说某人所藏石涛某画是假的，因为那幅真画在他收藏之中。他有许多迷惑人的说法，如云：那幅假石涛倒也是明画，被截去了边款，改署“石涛”之名。或者说，这是当时小名家“苦爱”石涛，故摹其杰作，并摹其款识，“并非存心作伪”。至于石涛原画，则在“舍间”，不信你可以来看。原藏者被他这个“权威”“鉴定”所藏为石涛的摹本而非原画，当然丧气，把它贱价卖了，他就设法弄来，反而把自己的摹本当真石涛重价卖出去。（当时日本一些收藏家是他的好主顾。）所以，既要把假的说成真的，必先把真的说成假的，谁说他不懂得辩证法？

周汝昌本来想发表此雪芹佚诗，其经过已详上文。后来他大概生怕如果此诗流传出去以后，对《红楼梦》有兴趣的或其他好事者——如新闻记者或文物机关的同志，会去了解此诗来源，探询有无其他文物同时发现，乃至有人会劝他捐献给国家机关，等等“后果”，使他越想越不妙，深悔当初不该流露出去。补救之道，只有扬言这不是雪芹原诗而是“时人试补”，以减少人们对它的重视与注意。然后希望再过一个时期，人们对此诗此事逐渐淡忘之后，他可以再作一次“惊人之笔”，提出新的证据来，说此诗还是雪芹"遗作"。"新证据"可以是录存此诗的卷子上尚有同时他人之诗，也可能是抄存此诗的同时文人的札记本之类；甚至可能是此诗原件的照片，或某一清人文集中引述此诗的全文，或夹藏此诗笺纸的本子可证是乾隆时物，等等。到了那时，这位红学家在"笔山"、"图章"、"砚石"、"画扇"之外，又是雪芹"遗诗"藏家的"权威"了。可恨的是，上海、西安、杭州等地未经他批准先已发表此诗，又有人为文介绍，剥夺了他的权威发表权，那就非宣布此诗是"伪作"不可。但又不能说得太死太"伪"，所以，暂时只好称它为"试拟"、"试补"或"拟补"，以留将来证明其不伪之余地。试看他每次批高鹗必曰"伪续"[①]，而对于此佚诗则从未用"伪"字，反而称之为"遗诗"，可见他早已有计划留此余地，以为他日作翻案文章的根据。但经这次公开辩论之后，周氏会不会索性毁掉有关此诗的证据以灭迹，我们不妨拭目以待。但这六句诗既然已流传出来，则即使毁了抄存原诗的笺纸、卷子或本子，诗的内容依然存在，而且已为许多读者所记诵，再也不能毁灭了。脂砚在评语中引当时的谚语说："金盆虽破分两(量)在"(二十四回)。一切不朽的作品都是如此。

1978年4月于北京

(原载《徐州师范学院学报》1978年12月)

① 其实高鹗从未自称是《红楼梦》全书的作者，周汝昌坚持骂他的后四十回为"伪续"，用以坐实高氏作"伪"之罪。

论曹雪芹佚诗 辟辨“伪”谬论

1979年第6期《七十年代》刊载了梅节一文，题为“曹雪芹‘佚诗’的真伪问题”。他一开始便引述香港《文汇报》“笔汇”3月31日宛平人的文章作为论据。《文汇报》的文章，尽管据说“执笔人即是个中人”，但因为作者还想保住貌似公正的第三者的面目，所以除了有一段全无必要的油腔滑调[①]的开场白之外，还没有做出太露骨的歪曲[②]。大体上还算是客观的报道。可是梅节却不同。一开头，在未提供任何证据之前，他就悍然下结论道：“诗本来就是假的。”接着说：宛平人所谓“‘疑案’不疑，应该叫作骗案”。又说这是“红学界的‘水门事件’”。在未谈案情之前，先下判决，意图很明显，梅节无非要先给读者一个完全错误的印象，然后再说“理由”。在夹叙夹议之中，梅节还颠倒时间次序，以便罗织罪状，再加人身攻击。凡此种种，且待下文再说。现在先谈梅节所谓佚诗“本来就是假的”之两条理由。

第一条，梅节认为佚诗第一句“唾壶崩剥慨当慷”“就露出破绽”。他认为：

> “慨当慷”、“慨以慷”、“慨而慷”……这种构词法，在古代诗词中是比较少见的。毛泽东之“虎踞龙蟠今胜昔，天翻地覆慨而慷”，实开其端。以后变例成正例，“慨而慷”之类的说法流行起来，成为风尚。

---

① 宛平人所提供的“妙不可酱油”之“油”中没有脂肪，所以他又加上一个“顺口溜”，才够油滑味儿。

② 宛平人为陈方原文辩护是显然的。例如他特意引述了陈方文中造谣诬谤的那一段，什么“师心自用”、“弄虚作假”、“自误误人”等等，其实是陈方的自供。参看《徐州师范学院学报》1978年第4期《曹雪芹佚诗的来源与真伪》“五 ‘辨伪’花招与谬论举例”。参看本书第315～338页。

> “曹雪芹”亦未能免俗，“慨当慷”三字，留下了时代的烙印（重点引者所加，下同）。

这条理由似乎很坚强。梅节把“慨当慷”这类“构词法”的发明权奉送给“毛泽东”，因为他“实开其端”。但这话与他上文“在古代诗词中是比较少见的”有点逻辑上的矛盾。“实开其端”者，第一个创立也。如果“古代诗词”中只是“比较少见”而已，并非绝对没有，则古人实已先“开其端”，“留下了”的“时代的烙印”，也就变成了古代的“烙印”，而不是毛泽东“时代的烙印”了。梅节既然认为这个“构词”是毛泽东“实开其端”，则在毛之前即从未有人这样用过，亦即从未见过，怎么能是“比较少见”呢？梅节似乎读了不少古书，所以能大胆下此结论。但是，“在古代诗词中比较少见”的“慨而慷”之类的构词，至少至少也得有一个吧？如果一个也没有，那就压根儿不见，不是“比较少见”了。而梅节却连一个例子也没有举，因为只要举一个，那么“毛泽东实开其端”啦，“时代的烙印”啦，“麒麟皮下的马脚”啦，统统变成打在他自己脸上的耳光了。因此，对于他的“略为考察分析”，我们也有必要略为考察分析。

古代诗词中果真缺少“慨而慷”这样的“构词法”吗？佚诗的作者曹雪芹是“魏武之子孙”的后人。他没有数典忘祖，连曹操的《短歌行》也忘光了。[①] 正是王敦一面用铁如意把唾壶敲得口沿崩剥，一面背诵着的那首四言诗，包含着“慨当慷”的最早用法：“对酒当歌，人生几何？……慨当以慷，忧思难忘。”请问梅节：是不是曹操这种“构词法”，也在“麒麟皮下露出了马脚”，盖上了毛泽东“时代的烙印”？如果梅节说“这个例子不合适，我说的是三个字的构词‘慨而慷’、‘慨以慷’、‘慨当慷’等等”，那也是强词夺理。因为谁都知道，这些三字词儿也完全是从曹操这句四言诗而来，而把古人的“慷慨”构成“慨……慷”的，也正是曹操这句诗。[②] 如果梅节还不

---

① 曹雪芹在《红楼梦》中有时也用曹家上世的典故，如第二回说宝玉周岁抓盘，即用宋初曹彬的故事而一反其意。参看《宋史》卷二五八本传。

② 按“慷慨”一词，见于《史记》中《项羽本纪》、《刺客列传》，亦作“忼忾”。梅节所谓正例大概指“慷慨”，变例指“慨……慷”。曹操为了押韵，造此变例。

服气，他不妨看看下面的例子：

一声拍板温而厉
三下渔阳慨以慷

（《桃花扇·听稗》）

请问梅节：曹雪芹佚诗第一句中的“慨当慷”，其“构词法”是取法乎他之前的孔尚任呢，还是“未能免俗”，取法乎二百年后毛泽东的诗句，以致盖上了“时代的烙印”？[①] 至于梅节所谓“正例”、“变例”，也与毛泽东的诗无关。如上文所举，曹操、孔尚任早已把“慷慨”变成“慨……慷”了。但如不需要押韵，则仍有人以“慷……慨”为构词的。如雪芹好友敦诚的《重游陶然亭记》就说：“把酒临风，慷当以慨；追忆故欢，恍如昨梦。”[②]可见“慷当慨”或“慨以慷”这个“变例”的“时代的烙印”，“实开其端”者并不是毛泽东而是曹操。而且在清初也已有人用过了。并不是曹雪芹“未能免俗”，也来赶 20 世纪的时髦。

其次，梅节以为“更重要的”第二条理由“是内容方面的问题”。（仿佛他谈了好久的“时代的烙印”等等不是内容！）他认为：

> 敦诚写作《琵琶行传奇》只是填词，并不是编脚本，从填词到演出是有很大一段距离的。……敦诚只是把填词让朋友们传阅，并没有彩排后招待大家看戏。

作为证据，梅节还引了敦敏题词两首七绝。但恰恰正是这两首诗，否定了他的“大胆的假设”。敦敏诗第一联说：“西园歌舞久荒凉，小部梨园作散

① 其实毛泽东的“慨而慷”，也还是从《桃花扇》这一联套来的，因为《桃花扇》的主题和他那首七律有相同之处：都是写南京小朝廷的灭亡。不过毛泽东亲自决策攻下了南京，所以他确乎有“天翻地覆慨而慷”的真切感。因此，他这一联的气魄当然要比孔尚任借剧中人口气唱出的句子豪迈得多。

② 见影印本《四松堂集》卷四，第二〇六页。

场。"上句说敦诚家中好久没有演戏了,下句说现在有一个小班来演奏一出新编的散套(折子戏)。诗中"梨园"即戏园的雅称。"部"也是戏剧界的行话,如云"雅部"、"花部"。[①] "场"是戏场的省称。古人称演奏为"作场",即做戏之意。陆放翁诗云"负鼓盲翁正作场"[②],则指盲人唱弹词(宋人称"陶真")。所以敦敏诗的"作散场",不是说演完了"散会",乃是说正在演一出散套。[③] 敦诚的《琵琶行传奇》只填了一出折子戏或几个散套,不是一部完整的杂剧,所以用不着请大班子,只要"小部"就够了。演唱的也只是片段的散场而不是整本的全场。敦诚不但填了词,还为所填的词"谱"了"新声"。敦敏说敦诚率意(漫)写的乐谱别人看不懂(谁识得),弹出来却是令人断肠的"商音别调"。若照梅节的说法,敦诚只是"传阅""填词",而不是演出,然则敦敏哪里会听到使他"断肠"的"商音别调"?哪里会有什么"小部梨园"?如果敦敏只是在"传阅"他老弟的"填词",而他居然眼中见到一个"小部梨园"正在演"散场"戏,耳中还听得琵琶弹出来的"商音别调",这不是他在活见鬼吗?敦敏的第一首诗交代得这样明白,描写的这样具体,而梅节却说:"拟补者……安排了一场有声有色的演出。"请问梅节:"拟补者"安排的演出,能使敦敏在二百多年前已预见了"小部园梨",预听了"商音别调"吗?

敦敏的第二首诗说得更清楚:

> 红牙翠管写离愁,商妇琵琶溢浦秋。读罢乐章频怅怅,青衫不独湿江州。

---

① 参看《扬州画舫录》卷五:"两淮盐务例蓄花、雅两部,以备大戏。雅部即昆山腔,花部为京腔、秦腔、戈阳腔、梆子腔……"

② 全诗见《剑南诗稿》卷三十三,《小舟游近村舍步归》:"斜阳古柳赵家庄,负鼓盲翁正作场。死后是非谁管得?满村听说蔡中郎。""作场"的"场"字即是"戏场"之"场",还保存在现代汉语中,如"逢场作戏"、"粉墨登场"、"当场出丑"、"开场锣鼓"、"走过场"、"好下场"、"排场"、"收场",等等,都是从"戏场"这一语源而来。

③ 散套是散曲之一种,故亦可称为散曲。它可以独立,也可构成杂剧或传奇的一部分。"散"是对比整本曲剧而言。"作散场"可以是演新编的散套,也可以是演奏前人名剧(如《牡丹亭》)的某一、二出(如《游园》、《惊梦》),即折子戏。

如果不是演唱,要“红牙”、“翠管”这些乐器来干吗?难道在“传阅”一折填词时,还要附带“传阅”红漆象牙的拍板,和装饰着翠羽的笛子吗?梅节因为看见第三句“读罢乐章”四个字,便一口咬定敦诚所写的只是“填词”而不是“脚本”。果真如此,敦敏在第一首诗中为什么说他“谱新声”?其实,既是写戏,每个脚本当然得有填词,没有词还成什么脚本?当时的“实情”是:看一新戏或听唱新词,都要同时读脚本中的填词,否则谁也听不懂唱些什么。清初尤侗题曹寅的《北红拂记》,说他“游越五日,倚舟脱稿,归授家伶演之,予从曲宴,得寓目焉。既复示余此本,则案头之书,场上之曲,两臻其妙”[①]。尤侗和曹寅都是剧作家,曹寅请尤侗喝酒听戏时还得同时请他读脚本,否则连内行也听不懂,不能“两臻其妙”。即使在今天,每当戏院上演一个新戏,其唱词也要用字幕映在墙上,否则观众很难听懂。梅节见一“读”字,立即像哥伦布发现新大陆似的嚷了起来,说敦诚写的不是脚本,只是“乐章”。殊不知哪个脚本不是供人“阅读”的?而“乐章”则正是有“乐”有“章”,亦即配着乐谱的“词章”。古人词集中以“乐章”名者,只有柳永的集子,因为他的词每一首都是为歌女写来演唱的。晏叔原集子中的词也是为他朋友家中的莲、鸿、苹、云四个歌女而写,供她们演唱的。他在跋文中说,当他填的词“每得一解,即以草授诸儿,吾三人持酒听之,为一笑乐”。姜白石的自度曲十七首都有自制的乐谱,附注字旁,以便奏乐歌唱。所以他说:“自作新词韵最娇,小红低唱我吹箫。”可见从填词到演唱,并没有梅节所幻想的“很大一段距离”。所以,“不了解实情的”,不是梅节假设的“拟补者”,而正是梅节自己。“拟补者”是压根儿没有的,尽管有人老着脸皮出来冒充。“小小的缺点”倒有一个,即自己连“乐章”二字都没有看懂,却要出来冒充行家,说三道四了。

敦诚的《琵琶行传奇》曾在西园演出,已由敦敏这两首题诗完全证明。梅节自己看不懂敦敏二诗的意义,硬说这折戏没有演出。又怕读者不服,只好抬出敦诚过继祖妣的神主来禁止敦诚和他的朋友来听戏。这位能背

① 见尤侗《艮斋倦稿》卷九《题北红拂记》。

《尚书》的老太太真的不爱听戏吗？过继孙子为她写行状，要怎样措辞才无损于她的崇高的形象呢？曰：

> 定庵公日征歌舞，母独不喜声乐，无奈公何，强为唱随而已[1]。

戏，她是要听的。这不大好。但是为了服从“夫唱妇随”这一古训，那就不但没有错，而且是“三从”之一的美德了。但即使是她真的不爱听戏吧，她能禁止得了从别房过继来的孙子听戏吗？

敦诚家中世代养着优伶，他从小就习惯于在家听戏。不但他的承继祖父定庵公“昼则行围（打猎），夜则征歌（听戏）”。“家有梨园，日征歌舞。”[2]他的伯父拙庵公也有家优，而且从小就鼓励他听戏。他的《感怀》十首之一自注说：

> 记戊辰己巳间（1748—1749），余年十五六，每归自宗黉，伯父便来召家优歌舞，使预末座。[3]

敦诚自己也养着歌童，有时填了词自己训练他们演唱。《鷦鷯庵笔麈》第二十九则，说到他自制的《劝酒词》五章，“预教小童习之，每当晚樽之际，令其歌吟于侧”。和他来往的戚友家中也有歌妓。同书第三十四则记录：“一日，宴集仰斋此君亭。主人出妓侑觞，余与嵩山即席皆有赠句。”这些赠妓的诗句他没有录下，却保存了他老兄敦敏的一篇描绘当时旖旎风光的四六骈文。

在这样的家庭气氛和社交环境中，梅节根据敦诚为他承继祖母所写的《行述》，竟武断说：他的《琵琶行传奇》只能“传阅”而不许演唱。又把他想象中的“拟补者”当靶子，说他想以此“欺世盗名”。奇怪的是这个“拟补

---

① 《四松堂集》卷四，第二三三页。

② 同上，卷五，第二八五页；卷四，第二三三页。

③ 同上，卷二，第一三八页。

者”当年传出此诗时并未透露自己的姓“名”，又怎能盗“名”呢？而且，盗“作伪”之名，是美名还是恶名呢？

梅节认为佚诗是“伪”诗。真诗是怎样的呢？他居然有勇气为曹雪芹出主意——自居于曹雪芹的诗学老师之列！他说“此诗前面部分应集中刻划、形容敦诚所作传奇之高妙”。为人题词而“集中刻划、形容”对方的文章如何“高妙”，这种厚颜贡谀的肉麻作风，庸俗无聊的拍马手段，即使在封建文人之中，稍知自爱者也不忍出此的。而梅节竟认为应该出之于傲骨嶙峋的曹雪芹笔下，才可鉴定为曹雪芹的真诗！

梅节文中还有这样一段：

> “四人帮”揪出后，原人民文学出版社一编辑却揭露此诗是假古董，暗示作者就是周汝昌本人。吴世昌明知此诗来源可疑，却抢先发表，乃蒙骗群众。

在这短短的几句话中，梅节所捏造的谎话之多，着实令人惊骇！最后两句，他公然栽赃诬陷，实已越出学术讨论的范围，构成诽谤罪(libel)。对此，受害人保留另行处分之权。

为了揭露梅节的谎话，兹将有关的真实情况说明如下：

(1)梅节所谓“原人民文学出版社一编辑揭露此诗是假古董”，乃指匿名攻击者“陈方”发表于《南京师范学院学报》1977 年第 4 期的所谓“辨伪”之文。此文除了说佚诗“来历不明”外，并未提供任何证据能证明它是“假古董”，甚至不敢用梅节所捏造的“假古董”字样。陈方该文目的并不在“揭露”什么，他要“辨”的远不止这一首佚诗，也没有说此诗“补作者就是周汝昌本人”。他只是要深文周内，罗织罪状，借“辨伪”之名来从政治上陷害别人，以表示他自己的“一贯正确”，虽然他也是在“四人帮”时代被“突击提升”的分子。陈方在他的文中把叛徒江青“猖狂反对毛主席对《红楼梦》的崇高的科学的评价”，“卑劣无耻地影射攻击敬爱的周总理”，作为

"前几年出现曹雪芹佚诗之类的所谓新材料的时代背景"[①]。这些话当然不是什么"揭露",而是赤裸裸的影射诬陷。至于陈方所谓"来历"问题,我在驳他的文中已有专节详论此事[②],指出"这是似是而非,大言欺人的诡辩"。梅节既已承认看到我的辨正,为何还假装不知,替陈方吹捧掩饰?

(2)梅节说我"明知来源可疑",则完全是捏造。我在文中明明说:此诗"来历则只有周汝昌一处"[③]。毫无可疑之处。梅节公然撒谎,全非事实。

(3)梅节从宛平人之文,"明知"此佚诗于1974年春先在上海人民出版社的《评〈红楼梦〉(参考资料)》一书中已发表,然后引起徐恭时的通信讨论,最后他和我合写之文才登在南京师范学院的内部刊物《文史资料简报》(总23期)的"增刊",并注明佚诗是根据上海人民出版社的文本。但梅节却谎言吴世昌[④]"却抢先发表,乃蒙骗群众"。这是故意颠倒时间次序[⑤],以便下句对我肆行诽谤:"乃蒙骗群众"。梅节的行为已越出学术讨论的范围,成为一个法律上的诽谤问题。

至于梅节用以否定佚诗的真实性的种种理由,以及他自以为俏皮的讽刺,我在上文已证明完全出于他自己的无知而捏造出来的——这本来是"四人帮"留在学术界的后遗症之一:越是无知越狂妄!

后遗症之二:是假借"辨伪"之名以求名。在五四运动以后不久,中国学术界曾有辨伪疑古的学风。那是在接受科学与民主的新思想以后对中国古代的文化和古籍重新加以估价的风气,是一种健康的、科学的(虽然有时也不免矫枉过正)作风,对于学术的争鸣和竞进是有益的。而且,当时主张疑古和辨伪的都是博览群书的诚实的学者,不是以此来哗众取宠的。当然,正如在一切事情中破坏总是比建设容易,在学术范围内也是"辨伪"容易认真难。例如本世纪初发现的甲骨文字是比较难认的。研究

---

① 见《南京师范学院学报》1977年第4期第83页最末四行。陈方文中又说另一首诗和《废艺斋集稿》都是"伪"的。

② 见《徐州师范学院学报》1978年第4期《曹雪芹佚诗的来历和真伪》第四节:"'来历'不能决定真'伪'"。

③ 同上,第45页。

④ 梅节和陈方一样,故意删去徐恭时之名。

⑤ 这个花招也是从陈方学来的。参看上引《徐州师范学院学报》第46页。

这门学问先要通《说文解字》和钟鼎铭文，还要懂中国古史，包括《三礼》中的典章制度、名物训诂。但有一些自称是“章太炎学生”的所谓“文字学家”，因为自己根本没有能力研究这门学问，就出来“辨伪”，硬说甲骨文字是假的，还著书立说，写了什么《甲骨文字理惑论》之类。这就不是什么“辨伪”，而是否定中国文化的虚无主义。学术、文化的建设首先要“认真”，即鉴定材料的真实性。但这是最难的工作：不但要有渊博的知识，还须具备真正懂行的、有经验的专业眼光和鉴别能力。中国古书如《易经》、《天问》、《山海经》中有些记载是两千多年来无人真切理解的。大多数认为只是些古代神话而已。但王国维在研究了大量甲骨文的卜辞材料以后，证明这些书中的故事人物都是夏、商两代的真实历史人物，可以和《史记》所记载的先公先王相印证的。又如1972年在废物堆中发现的几块破铜，如果不是郭老的考证，谁知道它是周成王时一件重要文献(《班毁》)[1]?

但“辨伪”对于某些人来说，是天下最容易的事。连胸无点墨的勇士，也可以“外行领导内行”，闭着眼睛，跟在别人屁股后面，人云亦云，乱嚷一顿，以表示“我比你眼光敏锐”！自己没有读过的书，没有见过的词句，就武断说，古人诗词中没有或“少见”此话。自己不懂的诗文，就古为“我”用，随心所欲地乱说一通，或装作没有看见。实在想不出任何理由，就大叫道：“来历不明，就是可疑。”即使连“来历”也不成问题，勇士们还是可以跟人一起乱嚷起哄，表示“我”比你高明，不受人欺。既然考试交白卷可以成为“状元”，“辨伪”无证据何尝不能成为“专家”？还可以博得比他更无知的人喝彩！

这种“四人帮”留下来的虚无主义后遗症，似乎不应当再受某些刊物的培养和鼓励了。

1979年7月写于北京

① 参看郭沫若：《〈班毁〉的再发现》，《文物》1972年第9期。

【附录】有关佚诗问题通信两则

(一)俞平伯先生致作者函(摘录)

世昌先生:

前复一书,言原存尊处之《红楼缥渺歌》稿可付刘(周)胡二君,在集刊发表,未知收到否?又惠示近著抽印本(指《徐师院学报》之文)亦已即转顾老。……印本致颉兄后,其反应颇有趣。新加坡有周颖南者颇重视文献,托我转请顾老写字。及至写好送来,则赫然此七律也。跋语中确定为雪芹遗作,以晚年得见之为幸。跋语原文,弟记忆不全而意甚明白。同时顾老附书云:"表示对吴世昌君一文之拥护,想周汝昌览之,必以我为结党矣。"其表态甚明,正如来书所言。吾兄得此支援,其他纤琐,殆不须介意。

认真比辨伪难,良信。(下略)

余不一一,即颂

著安

弟平伯　3月14日(1979)

(二)顾颉刚先生来函(摘录)

子臧我兄:

四月中奉上一函,即承将杨译本《红楼梦》一部见赠,又蒙将港印脂砚斋评本《石头记》及尊著关于《石头记》论文(自订本)等书见借,不胜感荷。

我想写的一篇论文,为《由于脂砚斋的封建思想而破坏了曹雪芹的写作技术》,兄以为如何?写成后当先奉正也。

雪芹题《琵琶行传奇》一律,我以为兄文绝对正确,亦当秉此旨意,写一短篇。届时请赐正!……问好!

顾颉刚　1979年7月18日

跋俞、顾二先生函

谁都知道，顾颉刚先生自五四运动以来即从事于古史的辨伪工作。在解放以前印行的七大本《古史辨》只是他工作的一小部分成果，但已经震动了国内外史学界，不少美国学者从那里汲取材料，写成论文，获得了博士学位。现在国内从事辨伪工作的当推顾先生为唯一的元老。他又是最早研究《红楼梦》的学者之一。早在20年代初，他就和俞平伯先生通信讨论《红楼梦》里的问题。《红楼梦辨》即是他们二人的通信集。我在1973年第一次抄此雪芹佚诗给他看时，这位辨伪了一生的专家一见即说这是雪芹原作无疑，别人决不能伪拟得出。去年3月有一次又谈起此诗，他斩钉截铁说："不怕谁来问我，我还是要说，这是曹雪芹的诗！"我曾对一些怀疑此诗的朋友说，在中国文学的各种体裁中，诗最不能作假。它有点像数学：不会做代数几何的，决不能解微分方程。

1979年7月28日

（原载香港《七十年代》月刊1979年9月号）

《红楼梦》原稿后半部若干情节的推测
——试论书中人物命名的意义和故事的关系

《红楼梦》作者为书中主要人物命名时，盖有所取义[①]。这不是说，以前蔡元培一派的“红学家”把这书中的人名用“影射”的方法附会清初的文人学士是对的。那样做只能把《红楼梦》研究倒退到20年代的幼稚状态中去，重复那些不科学的胡猜，当然不会有出路的。这里所谓命名的取义，乃指书中某一个人物的名字和他（或她）本人的性格、品德、活动有何明显的、相关的意义或象征的含蓄的暗示。这些意义或暗示，又和书中（尤其是后半部）故事的发展有何关系。因此，这里所谓命名的“取义”，只限于本书故事范围之内，不牵涉到任何题外的影射。

一个作者给他故事中的人物赋予有象征意义的名字，这是古今中外作品中常见的。例如《庄子》中许多寓言故事里的人物名称，其本身即含象征意义：如“罔两”（无二），“景”（影）（《齐物论》），“支离”（《人间世》），“浑沌”、“倏”“忽”（《应帝王》）等，其名字本身即已说明了作者所要阐发的意义。至于汉赋中的“乌有先生”、“亡是公”、“子虚”、“凭虚公子”、“安处先生”等名，则不但为人所习知，甚至已成为后世文学语汇的一部分了。如唐牛僧孺《玄怪录》中有“元无有”之名，即从“亡是公”、“乌有先生”等名化出。外国作品也有这样命名的例子。最明显的是英国17世纪作家约翰·本盈的宗教小说《天路历程》，其中每一个人物的名字都象征其本人的性格、品德及其活动的情形。比这早一些的，如14世纪意大利短篇小

---

① 本文暂不讨论作者用谐音方法暗示意义的人名，如脂评所指出贾氏四春——元、迎、探、惜，隐寓“原应叹息”之意；吴登新、戴良谐“无戥星”、“大量”，卜世仁谐“不是人”，等等。至于太明显的名字，其意义又不大者，亦从略。如大观园假山的设计人“山子野”（十六回），在园中管竹子的“祝妈”，种田的“田妈”等（五十六回）。作者用谐音字取名，盖沿前人小说旧例，如《金瓶梅词话》第三十四回的光棍姓名，车淡谐“扯淡”，游守、郝贤谐“游手好闲”等。

说作家薄伽丘的《十日谈》中，有时也故意用有含义的名字①。

曹雪芹有没有从当时的传教士那里得知像《天路历程》或《十日谈》这样的书，那很难说。但即使从中国古典作品像《庄子》、《文选》一类书中，他也可以得到启发，为他书中人物的命名赋以与故事有关的意义。书中男主角宝玉的命名，作者是有交代的。第二回《冷子兴演说荣国府》，介绍贾家人物时，说因为他"衔玉而生"，"就取名叫作宝玉"。"佩玉辟邪"是中国古已有之的迷信，至于所谓"衔玉而生"，当然只是骗小孩子的话，好叫他留心保存这佩玉，不可失去。小孩长得好看，为人喜爱，就取名"宝玉"，也是过去常有的风俗②。所以第十五回北静王初会宝玉时，称赞说："名不虚传，果然如宝如玉。"又如江南甄家的四个女仆到贾家时，贾母问他们："你这哥儿叫什么名字？"四人道："因老太太当作宝贝一样，他又生的白，老太太便叫他'宝玉'。"（第五十六回）这虽是说甄宝玉命名的意义，但贾宝玉既与之同名，这解释当然也可以用在他的名字上。这是当时富贵人家宠爱孩子常用的名称。但在《红楼梦》中，贾宝玉是"楔子"中女娲炼以补天的顽石下凡，也就是他所佩的通灵玉。至于林黛玉之名，作者在第三回曾借宝玉之口引《古今人物通考》上的解释，作为他送给她表字"颦颦"的理由。黛玉的名和字在雪芹原稿后四十回中可能与故事还有关系，但原稿既已失去，现在也就无从推测了。

下面我们只能就几个意义比较明显的名字，从它们在古典文学或文字学上常见的意义与本书故事的关系中试图探讨作者命名的原意。又凭

① 如第六日第十故事中的神父 Cipola，意为"洋葱头"，其仆人 Guccio，亦名 Balena，意为"鲸鱼"，又名 Imbratta，意为"污秽"，又名 Porco，意为"猪"。洋葱头自夸其所游之地，亦有含义。如 Truffia 为"欺哄乡"，Buffia 为"取笑国"，Menzoyna 为"诳骗州"，等等。关于这些地名，可比较《金瓶梅词话》第九十二回："这杨大郎……专一枭风卖雨，架谎凿空。他祖贯系没州脱空县，拐带村，无底乡人士，他父亲叫作杨不来……他师父是崆峒山，拖不洞，火龙庵精光道人那里学的谎。他浑家是没惊着小姐，生生吃谎唬死了。"这位兰陵笑笑生可能听说过当时意大利神父传入中国的《十日谈》中的故事。《红楼梦》第一回神话故事中的"大荒山无稽崖"，显然也是受这些地名的暗示而来的。当然，这也可能从《庄子·逍遥游》的"无何有之乡，广漠之野"联想起来的。

② 称爱子为"宝玉"，唐人已有此风。白居易和崔侍御生子诗之二云："爱惜肯将同宝玉，喜欢应胜得王侯。"（《白氏长庆集》后集卷六）

这些明白无误的意义，结合脂评和前八十回故事中的暗示，推究作者在后半部原稿中的某故事应该或可能是怎样发展的。

一　宝钗的下场

宝钗之名，凡是熟悉中国古典文学中有关这个名称的含义者，大概一见就会想到这不是个好兆。这二字最早见于东汉秦嘉《赠妇诗》："宝钗好耀首，明镜可鉴形。"原诗序文说："其妻徐淑，寝疾还家，不获面别，赠诗云尔。"从此，诗人常以"钗"为分离的象征。如梁朝陆罩[①]的《闺怨》说："自怜断带日，偏恨分钗时。"白居易《长恨歌》："钗留一股盒一扇，钗擘黄金盒分钿。"杜牧《送人》："明镜半边钗一股，此生何处不相逢?"情人告别时分钗破镜之风，至宋犹存，这里可以举一个具体的例子：

> 绍兴乙卯(1135)春日，诸友同游西湖，至普安寺，于窗户间得玉钗半股，青蚨半文，想是游人欢洽所分授，偶遗之者。各赋诗以记其事。……明清云："凄凉宝钿初分际，愁绝清光欲破时。"……俯仰今四十余年矣[②]。

分钗与破镜都是情人离别之征，但德昌公主的破镜有重圆之日，而杨玉环的分钗却无再合之时。可见宝钗之以钗为名，早已有生离之兆[③]。

---

① 陆罩字洞玄，吴郡人。仕梁，为太子中庶子。大同十年(544)因母老求去。母殁后，位终光禄卿。

② 王明清《玉照新志》卷四，见《丛书集成》本。这个故事中游人所遗为钗与钱，而明清的诗所咏仍为钗与镜，破钱只是代替破镜而已。

③ 因为钗是古代女子首饰中不可少之物，也常作象征美女的替代词。如陆游《自述》："华灯纵博声满楼，宝钗艳舞光照席。"晏叔原《六幺令》："宝钗瑶席，彩弦声里，拚作尊前未归客。"因此，"珠履三千，金钗十二"，通常用来描写贵客和美女的众多。(参看初唐长孙佐辅《宫怨》："三千玉貌休自夸，十二金钗独相向。")至于用作实物本义的，当然也有，那就不包含象征意义。如元稹《会真诗》："宝钗行彩凤，罗帔掩丹虹。"李贺《美人梳头歌》："翠滑宝钗簪不得。"《少年乐》："陆郎倚醉牵罗袂，夺得宝钗金翡翠。"魏承班《菩萨蛮》："宝钗摇翡翠，香惹芙蓉醉。"张泌《酒泉子》："咸阳沽酒宝钗空。"这类用法，不在本文讨论之列。

可以再举一些唐诗的例子。韩偓《寄恨》:“秦钗枉断长条玉,蜀纸空留小字红。”《才调集》卷十录无名氏《杂诗》十七首之十:“折钗破镜两无缘,鱼在深渊月在天。”这里所说不仅是分钗而竟至“断钗”、“折钗”。词中用宝钗故实者也常象征分离。辛弃疾那首著名的《祝英台近》,一开始便说:“宝钗分,桃叶渡,烟柳暗南浦。”三句皆指离别[①]。晏叔原《蝶恋花》:“分钿擘钗凉叶下……世间离恨何年罢?”这里用《长恨歌》中典故,末句仍归结到一般离恨。王沂孙《八六子》:“宝钗虫散,绣衾鸾破。”“虫散”即“凤散”[②]。凤散与鸾破相对,也正是分钗之意。

以上所举例子,都是用“宝钗”来象征生离死别,明言“分钗”、“擘钗”、“断钗”、“折钗”。但也有虽不明言,甚至在全诗中的象征意义也不显著,可是因作者用它来说明“独宿美人”或“居处无郎”的情况,所以仍是暗示离别的事物。这类例子,如何逊的《咏镜》:“宝钗如可间,金钿畏相逼。荡子行未归,啼妆坐相忆。”虽未明言分钗,却从末联可知全首重在咏分离。又如《才调集》卷末所录无名氏《杂诗》十三首,都是属于美人独宿或情人久别,或不能相见这一类闺怨诗。其第八首云:“翠羽帐中人梦觉,宝钗斜坠枕函声。”由上下各首的内容,知这个“宝钗”的主人也是个独宿的美人。又如许景先的长歌《折柳篇》第五联说:“宝钗新梳鬟鬓髻,锦带交垂连理襦。”乍看这两句,似乎只是白描女子妆饰服装,没有什么象征意义。但下

---

① “南浦”用江淹《别赋》语:“送君南浦,伤如之何。”据宋张端义《贵耳集》下,此词为吕正己之女作,“吕有女事稼轩,以微事触其怒,竟逐之”。

② 钗上的装饰常是凤凰鸟雀之类。故有“凤钗”、《钗头凤》之称。这里本应作“凤散”,与下句“鸾破”相对。但凤字去声,按律需用平声字,故改用“虫散”,“虫”即“鸟”。宋元人俗语讳言“鸟”字(因为鸟的同音字有猥亵意义),常用“鸟”字为骂人的话,故称鸟为“虫蚁”,这种俗语尚保存于话本小说之中。《水浒》第六十一回(旧本六十回)说燕青打鸟:“拿一张川弩,只用三枝箭,郊外落生。并不放空,箭到物落。晚间入城,少杀(至少)也有百十个虫蚁。”(1957年人民文学出版社排印本,第716页)同上第六十二回:“却说燕青为无下饭(副食品),拿了弩弓去近处寻几个虫蚁吃。”(第735页)《古今小说·宋四公大闹禁魂张》:“赵正吐那米和菜在头巾上……王秀除下头巾来,只道是虫蚁屎”(影印本卷三六,第二二页)。《金瓶梅词话》第二十四回,第六一八页,“你是城楼子上雀儿,好耐惊怕的虫蚁儿”。也可以简称鸟为“虫”,有时称“虫鹥”。《西游记》第三十二回说孙行者在猪八戒耳根后“又变作个啄木虫儿,正是:铁嘴尖尖红溜,翠羽艳艳光明……这虫鹥不大不小的,上秤称只有二三两重”。可知王沂孙词中的“虫散”,正谓“鸟散”,亦即“凤散”。当然,以虫称鸟的说法也很古,《周颂·小毖》即以“桃虫”称鹪鹩,《庄子·逍遥游》称蜩与莺鸠为“之二虫”。但普遍应用则起于宋代。

文接着说："自怜柳塞淹戎幕，银烛长啼愁梦着。"则上联戴宝钗之人，正是塞外征夫的思妇（原诗见《搜玉小集》）。又如周邦彦的《秋蕊香》："宝钗落枕梦魂远，帘影参差满院。"虽不明言离别，但从"梦魂远"三字，可知独宿情况。下句则借李商隐诗"更无人处帘垂地"之意而加以渲染，但不必也指悼亡。

《红楼梦》的作者犹恐读者也许未必熟悉"宝钗"这名词在诗词中的象征意义，那就不会了解他用这个名词来给书中一个重要女子命名之深意。因此，他特地借书中另外两个女子的对话，索性点明"宝钗"的含义。第六十二回大观园中因姑娘们寿辰设筵，行酒令时，宝钗出了个"射覆"题，覆了个"宝"字。宝玉因为想到宝钗是用"敲断玉钗红烛冷"这句诗，便射"钗"字。这已经够不祥了。湘云却说："这用时事，却使不得，两个人都该罚。"香菱出来给宝玉解围说："不止时事，这也有出处。"并且举出了具体的例子，对湘云说：

> 前日我读岑嘉州五言律，现有一句说："此乡多宝玉。"怎么你倒忘了[①]？后来又读李义山七言绝句，又有一句"宝钗无日不生尘"[②]。我还笑说他两个名字，都原来在唐诗上呢。

香菱引岑参和李商隐诗，把宝玉宝钗相提并论，这样提法的含义姑且按下不表。这里先要问：她引的有"宝钗"二字的那一句，究竟是什么意思？

要弄清这个问题，当然首先得弄清楚李义山这首绝句的确切意义。此诗题名《残花》，全文如下：

> 残花啼露莫留春，尖发（一作"髻"）谁非怨别人？若但掩关劳独梦，宝钗何日不生尘！

① 其实，李白相和歌《登高邱而望远海》就说："盗贼劫宝玉，精灵竟何能？"怎么香菱姐姐倒忘了？

② 唐诗中用宝钗者甚多，已见上文注引，香菱偏欲举李义山诗，亦有深意，详下文。

对于这首诗，历来注者都不得其解。冯浩只引了秦嘉与徐淑书及徐答书中所涉及的“宝钗”二字，对原诗意义毫无阐发。其实此诗并不难解。很显然，这也属于“闺怨”一类。首句谓春光将去，即使用残花的泪珠也留不住它（伤心也没有用）。第二句“尖发”（或“尖髻”）是当时流行的女子发型[①]。举此以代美人，正如以“蛾眉”、“红粉”代美人，乃修辞学上常见的以部分代全体的用法。“怨别”二字连读。“怨别人”不是说怨恨“别人”，而是说伤离“怨别”之“人”。此句谓那些年青时髦的妇女，哪一个不是怨恨〔与丈夫〕别离的人？所以第三句点明“独梦”。“独梦”是“同梦”的反面，是反用《诗经·齐风·鸡鸣》“甘与子同梦”的典故来衬托这里是“单栖”，不是“双宿”。既然她只能闭门（“掩关”）独自个儿劳魂役梦，平时还要什么妆饰呢？所以虽有宝钗，也无须“耀首”，天天弃而不用，当然要“生尘”了。

弄清楚了李义山原诗的意义，就更明白曹雪芹让香菱引这一句包含“宝钗”这名字在内的李诗是有深意的。香菱名义上是薛蟠之妾，实际上是宝钗的侍女和伴侣。雪芹用香菱来点明宝钗这名字在其所从出的诗中的原意，似乎也不是偶然的。

如果上文所引例子证明作者用宝钗来象征夫妇离别之说可以成立，那就不难理解雪芹用这二字来命名书中这样一个重要人物，正足以说明在作者全书计划中，她是注定要与书中的男主角先结婚而后离异的。

宝钗在后半部书中因宝玉出家而被遗弃，不仅可以从她的命名以见作者原来的计划，也可以从前八十回中的正文和脂评得到证明。第二十二回宝钗十五岁寿辰演戏，她自己点了一出“鲁智深醉闹五台山”，又把曲词念给宝玉听：“没缘法，转眼分离乍。”第二十一回脂评说到后文有“《悬崖撒手》一回”，这是因为宝玉有“世人莫忍为之毒”。“若他人得宝钗之

① 尖发是梳的怎样的发髻，现在当然很难想象。元稹《梦游春》诗：“丛梳百叶髻，金蹙重叠屦”，上句自注：“时势头”。下句自注：“踏殿样”。百叶髻可能就是用许多叶子形的“尖发”合成的，所以又称“尖髻”。

妻、麝月之婢，岂能弃而〔为〕僧哉！”剩下的问题是，宝玉出走以后，宝钗的结局如何？

当然，按照高鹗所补，宝钗已有了孕，所以宝玉“高魁”（中举人）以后，又有“贵子”。此子将来也会飞黄腾达（否则就不算“贵”了）。不消说，母以子贵，宝钗也会博得个诰封之类。但雪芹原作却并不如此。不但宝玉没有去应考，连袭人之嫁也与补作不同。宝钗有否怀孕，脂评既没有说，则“高魁、贵子”，似乎都没有什么根据。因此，宝玉为僧以后宝钗的下落仍待查明。不幸脂评在这问题上毫无消息，只好从别处去调查。

我们知道《红楼梦》第一回是全书带提示性的一回，虽然“真事隐”去，但既有“假语存”在，则后来的故事线索仍可追寻。当年甄士隐隔壁葫芦庙中的那个穷儒，“姓贾名化，表字时飞，别号雨村者”，后来靠贾政的奥援，飞黄腾达了起来，十分得意。但当年在庙中寄寓时，甄士隐在中秋晚上去邀他喝酒，听他高吟道：

玉在椟中求善价
钗于奁内待时飞

这一联的表面意义似乎是咏他自己的境遇与抱负，这是当时的甄士隐和今日的一般读者所了解的[①]。但我们知道《红楼梦》前半部的诗、词、谜语、歌曲、偈文乃至所演戏文名称，都有暗示后半部书中故事的含意，即所谓“伏线”，则这二句联语的意义似乎也不仅只表示雨村主观的抱负而已。贾雨村虽然不是荣、宁两府或大观园中的主要人物，却是全书中贯穿着一些重要故事的关键人物。但在全书中说到他的名和字，只此一次。在以下各回中，除第二回封肃谈起他女婿甄士隐时说到他的姓名一次外，凡是提到他时，经常只称他的别号（雨村），而不再提他的本名（化）。至于他的表字（时飞），则以后再也不提了。这是很可注意的。可见“时飞”之字，作

① 参看人民文学出版社 1957 年版《红楼梦》第一回末注⑤。

者只是为了要用在这一联语之中才造出来的。因为作者既定此人之名为"化",又称他为"雨村",显然是用《孟子·尽心上》的成语"有如时雨化之者"。则其人的表字中应该有"时"或"雨",而"飞"却用不上,现在为了要把"时飞"二字作为其表字,嵌在联语之中,以为下文伏线,反而把《孟子》典故中的主要名词"雨"字掉了,因此只好再给他一个"别号雨村",才算与本人之名"化"字挂上了钩,使表字的"时"也有了着落。可见作者为此人的名字和号,确是煞费苦心,刻意安排。

至于他所吟联语的含意,在这回书中也没有说明或交代。如果照一般的了解,以为这联的上下两句都是指吟者自己的抱负,则是不符合联语在中国古典文学中的习惯用法的。因为凡是联语,不论是单独的或用在律诗中,上下句照例分指两事:如对方和自己,时和地,景和情,古和今,等等;即指同类之物,也必为二事,如桃和柳,风和雨,等等。因为既是"对联",上下句必须相对,否则就不"对"了。故雨村所吟之联,上下二句不会同指他一个人的抱负;而且,如果下句也是指他自己,则以男人而自比于"钗",也是决不会有的事①。再就文字本身而论,上下联相对的字应该名词对名词,动词对动词。如果照一般的解释,此联下句是说奁内之钗正在等待一个时机飞上天去,则"飞"字是动词,而上句末二字"善价"的"价"字是名词,也不能相"对"。只有把"时飞"作为一个名词用,才能与上句的"善价"相对。而上下句的第五字"求"和"待",则都是以动词相对,各领下面的两个名词:"善价"与"时飞"。很显然,雪芹写这一故事是他整个计划的一部分。贾雨村在第一回中的"亮相"和他所吟的联语,只是作为下文的伏线,其意义要在后半部的故事中才透露出来。但我们不妨先把这联语加以分析。

首先,这两句联语都是双关语。就字面看,"时飞"是他自己的表字。

---

① 古人以"弁"(古代男子的一种礼帽)指男子,"钗"指女子;以"须眉"指男子,"裙钗"指女子;"珠履三千"指男子,"金钗十二"指女子,从无用"钗"指男子的。

这句末二字隐藏他的字，显而易见，不须多说[1]。其次，这两句首字为“玉”与“钗”，以钗名者只宝钗一人，以玉名者则至少有三人，即宝玉、黛玉、妙玉。上句可能指三玉中的任何一人，下句则只能指宝钗。但下句又有“时飞”，即雨村。“钗于奁内待时飞”，岂不是说，宝钗所期待的正是像时飞一样的达官贵人？换句话说，在宝玉出家以后，宝钗最后的归宿，岂不是嫁了贾时飞？

贾雨村和薛宝钗在后半部书中会有密切的关系，这在脂评中也有透露：第三回说贾政为雨村谋补了金陵应天府之缺，雨村“拜辞了贾政，择日到任去了”。在此句旁脂评说：“因宝钗故及之。”这是一条极可怪的批语。雨村补了官，与宝钗又有什么相干？为什么“因宝钗”才要谈“及”雨村赴任之事？而且，书到第三回时，尚未说到薛家任何人，怎么挨得上宝钗？如果说，雨村到任与第四回薛家打死人有关，则批语应该说，“因薛蟠故及之”，或“因香菱故及之”，或“因葫芦案故及之”，无论如何也挨不上宝钗。只能因为批者深知后半部书中雨村与宝钗会有密切的关系，才有这一条伏线于千里之外的批语。

本来，《红楼梦》“开宗明义”第一回就以贾雨村为回目下联；在开始四回中，回回提到他，而且第二回和第四回全部都是贾雨村的故事。这样一

---

[1] 把人的姓名藏在诗句中，前人有此用法。远的如汉末孔融的《离合诗》不用说，宋代叶梦得的《石林诗话》引王荆公诗：“老景春可惜，无花可留得。莫嫌柳浑青，终恨李太白。”《苕溪渔隐丛话》前集卷三六引唐权德舆诗：“藩宣秉戎寄，衡石崇势位。年纪信不留，弛张良自愧。樵苏则为惬，瓜李斯可畏。不顾荣官尊，每陈丰亩利……”全诗二十句，每句藏一古人名。亦有在句中藏当时人名和事情者，《东皋杂录》记苏轼自杭被召还朝，过京口，林子中做郡守，宴客，座中营伎出牒：郑容求落籍，高莹求从良。子中命呈牒东坡，坡题《减字木兰花》云：“郑庄好客，容我尊前先堕帻。落笔生风，籍籍声名不负公。高山白早，莹骨冰肤那解老。从此南徐，良夜清风月满湖。”句首藏“郑容落籍，高莹从良”八字。（见《词林纪事》卷五）又如杨无咎《好事近》赠黄琼：“花里爱姚黄，琼苑旧曾相识。”《殢人娇》赠李莹：“偏怜处，爱他秾李，莹然风骨，占十分春意。”（叶申芗《本事词》卷下）赵师侠《浣溪沙》赠段云轻：“断云轻逐浣风归，西山南浦画屏开。”宋人词中此类例子多不胜举，可参看李调元《东府侍儿小名》所辑资料。小说中用这种方法隐藏姓名和事情者如《水浒》第六十一回吴用哄卢俊义题反诗，每句首字藏自己的姓名，这是大家所熟悉的。又如30年代国民党政府派罗家伦为清华大学校长。罗所著书名《科学与玄学》，请该校教授陈寅恪题词，陈素鄙其不学无术，给他题了一联：“不成家数，科学玄学。语无伦次，中文西文。”把作者名字和书名都藏在联内。

个关键性的人物，如果在全书总结时再也没有什么重要的故事把他和书中别的主要人物联系起来，则在全书结构上未免有失平衡。所以，从全书故事的完整性来看，宝钗最后嫁给雨村，不但极有可能，而且几乎断不可少。再从全书结构和故事组织的严密性来看，香菱的结局必然要与她父亲甄士隐的故友贾雨村有关。而雨村之所以能最后见到香菱，也只有通过他与宝钗结合的关系，才有可能。也只有这样安排香菱的结局，在故事的发展上才能使读者初看似乎变幻莫测，而细思却又合情合理，才不显得牵强凑合。

这样推测宝钗在宝玉出家以后的结局，有些读者一定会不同意，认为故事这样发展，未免太杀风景，曹雪芹不会把宝钗写得如此不堪。但是且慢，我们知道这位皇商的妹妹，其实也不是什么十分幽娴贞静的圣女。她从小“也是个淘气的”，就爱“偷背着他们看”“诸如《西厢》、《琵琶》，以及《元人百种》”这些不是“正经书”的“杂学”。这是她自己向黛玉坦白交代的(第四十二回)。她的随机应变的本领，从她偷听小红的私情话又嫁祸于黛玉(第二十七回)这些事情上，也表现得非常充分。如果说，她再嫁雨村未免太失身份，那倒也未必。因为雨村彼时已经飞黄腾达，而宝钗自己却已到了“好知运败金无彩”[①]的可怜地步，不再那么富贵，也不发生什么“身份”问题了。而且宝钗是个重实际而不尚理想，精通世故而又“随分从时”的人，嫁给雨村又有什么不好呢？她被宝玉遗弃时还那么年轻，只要不是道学先生，也不必认为再嫁又有什么不对。关于这一点，棠村在小序中就已指出：雪芹“明写宝钗非拘拘然一迂女夫子”(脂京本第二十七回前附页)。我们又何必倒替素性豁达大度的宝姑娘“迂”起来呢？至于嫁什么人，更不成问题。她和贾雨村虽然处境不同，但他们在思想上、在感情上却有许多共同之处：二人都是老谋深算，奸诈成性，一旦成为眷属，定能如鱼得水。所以若就思想性格而论，宝钗配雨村远远比配宝玉更为合适。譬如说，“宝姑娘”如果在雨村面前谈起“仕途经济的学问”，他决不会像宝

① 第八回作者借“后人有诗嘲”宝钗所佩金锁之句。脂残本在此句旁夹批云：“又夹入宝钗，不是虚图对的工。二语虽粗，本是真情。”

玉似的“不管人脸上过的去过不去，就咳了一声，拿起脚来走了”（第三十二回）。所以仔细想来，宝钗如果配了雨村，实在是天造地设的“佳偶”，真所谓：“得其所哉！得其所哉！”定有夫唱妇随之乐。可知第一回中“钗于奁内待时飞”一语，并不是泛泛的点缀，而正是脂砚所谓千里外的伏笔。

也许还会有人提出这样的意见：宝玉出家在他婚后不久，则宝钗年龄不会太大，至多只有二十多岁，而雨村当时至少已近五十岁[①]，和宝钗年龄相差一倍以上，未免太不相称[②]。其次，雨村早年即已娶甄士隐家丫头娇杏为妾，后来其原配死后即把娇杏扶正为妻，则雨村家中已有妻，不必再娶宝钗。

如果要合理地解决这些矛盾，在故事的发展上有两种可能的处理方法：（一）在这以前娇杏已死，雨村娶宝钗为续弦；（二）娇杏没有死，雨村娶宝钗为妾——在旧社会中娶妾照例要年轻的。

上述第二种处理方法，大概有些读者又不能同意，认为那样太委屈了宝钗。但据作者预定的计划，一方面在第八回中已写下了“好知运败金无彩”的伏笔；另一方面，贾雨村后来“补授了大司马，协理军机，参赞朝政”（第五十三回）。在后四十回中即使不再升官，其地位已远在贾政等之上。可见贾家“运败”之后宝钗嫁作雨村之妾比作为他的续弦夫人似乎更符合作者的原定计划[③]。再就宝钗而论，薛蟠当初打死冯渊，夺取香菱，原该抵罪。是雨村徇情枉法，放纵了凶犯，即她哥哥薛蟠，全家才能平安进京，在荣国府过了若干年富贵生活。为了感恩报德，她再嫁雨村也是应该的。其次，从故事发展的需要而论，娇杏不能死得太早，因为她在后半部书中

① 关于雨村的年龄，书中没有明文。第一回他寄居甄家隔壁葫芦庙中时，假定在三十岁以前，第四回他做了官审问冯渊命案时，据门子说“已隔了七八年”，假定他为三十五六岁。从薛蟠打死冯渊以后带香菱进京到贾家至宝玉结婚，婚后出家，假定相隔十二三年，则雨村已近五十岁。

② 其实过去老夫续弦娶少女的也是常有的，如高鹗娶张问陶的妹妹张筠时，他已年过五十，而张筠仅十八岁。见本书《从高鹗生平论其作品思想》一文。

③ 凡不同意或不愿意宝钗后来嫁雨村为妾的观点，其实与“自传说”有关，相信“自传说”的人下意识中还认为宝玉即是作者自己，他怎么能使自己的遗妻嫁给一个坏官僚做妾呢。破除了“自传说”的残留观念，就不会有那样的顾虑了。

还得和她以前主人家的小姐甄英莲（即后来的“香菱”）相晤，才能使全书故事的前后脉络有联系，有照应。香菱之死，按照警幻仙子的册子上所说，是受了薛蟠之妻夏金桂的磨折①。但她未死之前大概跟宝钗过活，正如宝钗未嫁之前在大观园中香菱也跟她住在一起（第四十八回至七十四回），第八十回已说到香菱因“屈受贪夫棒”，薛姨妈要把她卖了，因此由宝钗领去，从此不与薛蟠夏金桂在一起。第八十回回目早期各脂本也不同，《红楼梦稿》下联“美香菱病入膏肓”是七言，显系较早的本子，有正本改为上联，且不说病入膏肓，可知原稿经修改，不能让她死得太早，以便有机会使宝钗带她去会娇杏。宝钗再嫁时薛蟠可能因旧罪被控，或已下狱，或已处刑，以致香菱也已成了孤鬼了。也可能因宝钗嫁后请香菱去做客，或香菱不堪夏金桂的虐待，自去宝钗处诉苦，使娇杏有机会再一次会见她旧主人家里早年丢失了的姑娘。

上面这些设想，当然只是有关宝钗、香菱、雨村、娇杏这几个人的最后结局的一种可能的写法。这些设想的情节，不仅在全书结构的完整性上有其必要，而且在美学上有其重要的悲剧价值。因为这样的故事发展包括双重的对比：一个是雨村的从贫贱到富贵对比着宝钗的从富贵到“运败”，另一个是娇杏的从婢女到贵夫人对比着英莲（香菱）的从小姐到婢妾，以至夭亡。这两个强烈的对比，不但有助于全书结构的完整，也增加了《红楼梦》全部悲剧的壮美感。由于宝钗再嫁为雨村之妾，使香菱又见到她幼时家中的侍女而现在已成宝钗的主母的娇杏，这也增添了在封建社会中人们在生活上的无情讽刺与沧桑幻梦之感②。这种主仆易位，人事沧桑的写法，以前小说中也有过，如《金瓶梅词话》中的春梅本来是主妇吴月娘的丫头，在西门庆死后她被月娘卖与周守备为妾，生了个儿子，周妻死后春梅扶正，变成了守备夫人。后来月娘又请春梅到家中，却称她为“大德周老夫人”（第九十六回）。又如《古今小说》中的《蒋兴哥重会珍珠

---

① 第五回香菱的册子上题词：“自从两地生孤木，致使香魂返故乡。”

② 即在《红楼梦》中雪芹也善于写这样的沧桑变化，来衬托今昔对比。在他原计划的后半部书中凤姐和平儿也是妻妾易位，这里不能详述。参看拙著英文本《红楼梦探源》第175～178页。

衫》,原来是蒋正妻的三巧儿因与陈大郎通奸被休,再嫁吴太守,蒋因命案将判重刑,其故妻求吴营救,吴发现二人原为夫妇后将巧儿遣还。但因彼时蒋兴哥已另娶陈大郎寡妇为妻,巧儿反退居妾位。

至于贾雨村自己,在娶了宝钗之后,故事似乎也没有就此了结。由于薛蟠旧案的追究,自然也揭露了雨村徇情枉法、故纵凶犯的罪恶。而这凶犯,后来又成了他的"大舅子"。并且,当年被他"远远充发了"的深知案情的门子,也就是他寄居葫芦庙时的"贫贱之交","原来是故人"的小沙弥,又一次出现作证,和他当面对质。这才是第四回脂评所谓"起用'葫芦'字样,收用'葫芦'字样"的"又伏下千里伏线"[①]的真实内容。其次,使雨村罪恶彰露的另一案件是为了替贾赦夺取石呆子的扇子,非法逮捕扇主,锻炼冤狱,害死良民,这里面也牵涉到雨村所最佩服"有作为大本领的"古董商人冷子兴(第二回)。而冷子兴却是王夫人陪房周瑞家的之女婿(第七回)。雨村最后"东窗事发",当然不会有好下场,自然也连累了娇杏、宝钗等人。第五回警幻仙子的册子上所谓"金钗雪里埋",除了"雪""薛"谐音以外不知是否还有其他意义。例如说,雨村处刑后家属充军,宝钗路毙,埋于雪中,等等,作为结束这个悲剧的具体内容。按第五回警幻仙子的正册上第一页"画着两株枯木,木上悬着一围玉带。又有一堆雪,雪下一股金钗"。上句指黛玉憔悴(枯)而死,下句指宝钗的下场。可是钗必须有两股,以便夹住头发。册子上说"一股",可见已拆散。白居易《长恨歌》所谓"钗留一股盒一扇,钗擘黄金盒分钿",正象征夫妇分离的情形。可见宝钗最后被埋雪中时,也只剩下她一个孤鬼了。

我们根据前半部书中的一些线索和脂评,设想雪芹在原稿中可能把宝钗的最后结局描绘成上述的大体轮廓,其中也包括雨村、娇杏、香菱等几个次要人物的下场。可以看出,即使是这样粗略的大纲,如果写成故事,也要包含若干久别重逢、悲欢离合的场面,经历多少世态炎凉、沧桑变幻的酸辛。要把这些错综复杂的情节,写成哀感顽艳的故事,其间穿插接

---

① 见脂残本《石头记》第四回第八页上朱笔夹批。

榫，要安排得乍看似突然而可惊可愕，细思却自然而入情入理，这确实不是容易的事。在雪芹的原有计划中，因为他早已胸有成竹，这些故事当然了若指掌。而在高鹗的笔下，则不独因为他思想庸俗，见不到此；即使有线索可寻，残稿可据，他也无此魄力与匠心来完成这一大悲剧中哪怕是一小部分的结局。他那热中、庸俗的头脑，只能把宝钗写成抚养"贵子"以便将来功名顺利，母以子贵；把香菱写成继夏金桂而被"提升"为薛蟠的正妻，公然把警幻仙子册子中有关香菱结果的原案翻过来，把她的悲剧的结局写成一个小小的喜剧的终场。

既然上文所重建的宝钗的下场是根据第一回中雨村所吟联语的下句，则读者必然要问：联语的上句"玉在椟中求善价"又暗示书中何人何事呢？

上面已经说到，《红楼梦》重要人物中以"玉"名者共有三人：除宝玉外，十二钗中占两人，即黛玉与妙玉。要解答这一问题，先要考察两点：其一，这句联语的确切含义是什么？其二，在以"玉"为名的三人中，根据前八十回中故事的发展趋势和线索，哪一人与这联语所暗示的情节较其余二人为适合？换句话说，三人中必有二人，由其前八十回中的故事情节，推测其在后四十回的发展结果，势必与这联语的含义不能相符，则此联语必指其余的一人。

在封建时代，一个男子学了什么本领，准备出而用世，往往比作商贾准备了货物等好价格而出卖，即所谓"待价而沽"。这句话源出于《论语·子罕》："子贡曰：'有美玉于斯，韫椟而藏诸(之乎)？求善贾(价)而沽诸？'"后世所谓"学成文武艺，货与帝王家"也是这个意思。由此引申，在封建时代买卖婚姻制度下，女子出家也可以称为出售。例如刘向《列女传》卷六："钟离春行年四十，炫嫁不售。……乃拂拭短褐，自诣宣王，谓谒者曰：'妾，齐之不售女也。'"沈约《丽人赋》："狭邪才女，铜街丽人……凝情待价，思尚衣巾。"因此，所谓"待字闺中"的女子也可说是"待价而沽"。

在前八十回中，宝玉对于"待贾(价)而沽"的人物如贾雨村之流是深恶痛绝，经常骂他们为“国贼禄蠹”的。在八十回以后，从前八十回曹雪芹原作的种种伏线以及故事发展看来，宝玉也绝不会走“学而优则仕”的孔孟之“道”。即使是热中利禄的高鹗在他补作的后四十回中让宝玉“两番入家塾”，考中了举人，但也没有让他做官，就出家为僧。因此，我们可以肯定说，“玉在椟中求善价”这句话，绝不可能暗示宝玉在后四十回中的故事情节。

其次，我们来看这句话是否适用于黛玉。很可能有人认为“贾”和“价”本来是一个字，“价”借用为“贾”，而在贾家子弟中，宝玉是最“善”的。所以，“玉在椟中求善价”，是指黛玉“待字闺中”，期待宝玉来娶她。这一说法乍看很合适，其实不能成立。因为第一，所谓“待价而沽”通常不问买者为谁，只问谁能出最高价钱。其次，如果一个买者不能出“善价”，沽者是可以不同意出售的。这两种情况都不适用于宝玉和黛玉的关系。首先，宝玉黛玉从小“耳鬓厮磨”，情投意合，黛玉根本不须“期待”，因此，即使“善价”是指贾宝玉，对于黛玉来说，早已是既成事实，根本不是“待”不待的问题。所谓“待价”，本来有“选择”一个最善价格的意义。对黛玉而言，她早已选中了宝玉。这一结论，不但她自己，连前八十回的读者，都认为早已定局。至于八十回后的故事，高氏续作虽有许多与雪芹原意不符，但在处理宝玉婚事与黛玉死去这一问题上，大致与原作相符。“玉在椟中求善价”这句话既是指八十回后的情节，显然与黛玉的结局不符。总之，黛玉对宝玉之爱，完全由于思想上志趣上的共同性，绝对不是“待价而沽”的封建社会买卖婚姻的关系所可比拟的。因此，此句与黛玉无关。

剩下来以“玉”为名的重要人物只有妙玉了。据警幻仙子册子上的题词，宝钗的称“金钗”，黛玉的称“玉带”（带字谐“黛”字音），单用“玉”字的，正是妙玉册子上的题词。但是妙玉既然是个出家人——或者，照她自己的说法，是个“槛外人”，怎么会“在椟中求善价”呢？其实，曹雪芹对于这位“太高人愈妒，过洁世同嫌”的“妙公”，早已看穿了她的变态心理。而此人的结局，在第五回警幻仙子的画册与曲子中，也早已安排得确切无疑：“可怜金玉质，终陷淖泥中。”在曲子中说得更明白：

可叹这青灯古殿人将老，辜负了红粉朱楼春色阑。到头来，依旧是风尘肮脏违心愿，好一似无瑕白玉遭泥陷，又何须王孙公子叹无缘？（第五回）

从雪芹原著前八十回的故事中，尚看不出妙玉的下场何以会如此之惨。唯一可以看出"妙公"的"云空未必空"的苗头是她对宝玉的矛盾的心理状态。一方面，她在栊翠庵中对宝玉那样矫情撇清（第四十一回）；另一方面，在宝玉的生日，她竟给他下了个"僧不僧，俗不俗，女不女，男不男"（邢岫烟语）的自称"槛外人"的寿帖（第六十三回），这正是"云空未必空"的最好注解。按理说，既然是出家人，就应该万缘皆空，与世无争。然而据她的老邻居邢岫烟说，她当初在苏州玄墓蟠香寺修炼时，"因不合时宜，权势不容"，才"投到这里来"（第六十三回）。这就说明她在苏州曾一度"待价"，没有结果，才到贾府来卖弄她的"高""洁"。她在大观园的栊翠庵中，对于常见的十二钗中的才女和后来加入的宝琴、李氏姊妹、邢岫烟、香菱等能诗"慕雅"的女子，都不在她眼下，甚至于连最为清心寡欲、与世无竞的李纨，也说"可厌妙玉为人，我不理他"。但她知道妙玉对宝玉却还肯赏脸，所以想要栊翠庵的红梅，还得派宝玉去才弄得来，尽管"也不知费了"他"多少精神"。而宝玉的《访妙玉乞红梅》诗，称栊翠庵为蓬莱，称妙玉为"嫦娥"，又称梅花离开庵中为"入世"（第五十回），表明他对于妙玉的心境也是有所了解的。这位善作西昆艳体的少年公子，显然想到了李商隐的"嫦娥应悔偷灵药，碧海青天夜夜心"那种寂寞情味。宝玉也知道妙玉也赏识他"是个些微有知识的"——换句话说，是了解她的心境的，才赏他一页寿帖。邢岫烟听了这话，又"细细打量了"宝玉一番，也恍然大悟道："怪不得妙玉竟下这帖子给你，又怪不得上年竟给你那些梅花。"（第六十三回）

这些都是前八十回中的情节，已经可以隐隐约约看出"宝"、"黛"、"妙"三"玉"之中，究竟是谁"在椟中求善价"。但这一联所暗示的情节显然是在八十回以后。因此，句中的“善价”究何所指，“待”的实际情况如何，仅就现有材料，都无法求得“悬解”。我们只知道她的结局是极惨的：“欲洁何曾洁……终陷淖泥中”，“到头来依旧是风尘肮脏违心愿”。“待善价”的结果如此，从她的曲子《世难容》的末句“又何须王孙公子叹无缘”来看，似乎在这“待善价”的过程中，曾有过一些王孙公子向她求亲，遭她拒绝。如果如此，则其事应在贾家败落，栊翠庵被焚或被封，她被迫还俗或流寓他处之后。而所谓“风尘肮脏”，应该是说她“堕落风尘”。这话在旧社会中的意义是沦为娼妓，所以说她是“白玉遭泥陷”，这当然要比被“王孙公子”娶去不幸得多。雪芹写这位表面上冰清玉洁、高雅无比的才尼，其实是一个矫揉造作、虚伪矛盾的变态心理的典型。以“风尘肮脏”来结束这个“嫦娥”的故事，又是雪芹全书中大大小小的无数今昔对比、盛衰悬殊的例子之一。妙玉故事的首尾都有了轮廓，只有她“在椟中求善价”这一段情节，以及怎么在这一过程中会流落为妓，这一故事无从重建。是否有这样的可能：她还俗以后有许多王孙公子向她求婚，她却高不成、低不就，都看不上眼，最后她挑中了的(或有大势力者迫她出嫁的)，却是个流氓坏人，不久把她卖入“烟花巷”。这当然比嫁给任何王孙公子坏得多，所以曲子的结论是：“又何须王孙公子叹无缘？”

雪芹无疑知道，明末许多沦为名妓的才女如卞玉京、马如玉、柳如是等后来都削发为尼或嫁后又削发。前人小说中也有许多女主角因身世不幸而遁入空门的故事。妙玉则先已遁入空门，却又待价而沽，末了又堕落风尘。雪芹这种一反旧传统的写法，不但是前所未有的创造，也讽刺了“色空”观念的虚伪性。

本节附记

脂评十六回残本第一回在“玉在匮[①]中求善价，钗于奁内待时飞”两句之间加夹批云：

---

① 按应作“匵”，乃用《论语》文字，残本作“匮”，显然是错的。

表过黛玉则紧接上宝钗。

在这句批语下面空两三字以后又批道：

前用二玉合传，今用二宝合传，自是书中正眼。

这里所谓“二玉合传”，乃指上文神话故事中绛珠仙草（黛玉）与神瑛侍者（宝玉）的故事。而所谓“二宝合传”，则是认为此联各句上的第一字“玉”与“钗”乃是指“宝”玉与“宝”钗。这两条批语是自相矛盾的。前一条说上句“玉在椟中”如果是说黛玉，则下一条“二宝合传”一语又明明把上联“玉在椟中”的玉指宝玉。至于前一条批说，“表过黛玉则紧接上宝钗”，也不可索解。第一回中只“表过”黛玉的前生绛珠仙草，并未说到黛玉；而宝钗则任何地方也没有说到，更不用说“紧接上”了。如果说这条批语中的“黛玉”、“宝钗”即分指此一联的上下句，则不但与下条“二宝合传”明指上句为“宝玉”相矛盾，而且黛玉不可能有“在椟中”待价而沽的故事，已如上述。因此，我们认为这上一条批语，可能是评别处之文误录在此，或《风月宝鉴》初稿中有适用此条批语的文字，雪芹重写时已删去，以致批得不对头了。这个残本的第一回中别处也有批得不对头的情形，如甄士隐对《好了歌》的注解，批语把“如何两鬓又成霜”指为“黛（原误作‘贷’）玉、晴雯一干人”，而谁都知道书中这两人死得最年轻，都不到二十岁，如何能说“两鬓成霜”？又如前面第八页下面眉批都不在所指正文之上，“若云雪芹披阅增删……”一条，应在第八页上面；“甲午八月泪笔”一条眉批，则竟写到下页去了。可知此残本批语内容虽可贵，但因过录时位置错误，或原文已有删改而与原批所指情节不同，在应用脂评时亦不可拘泥。如果批语与正文内容有歧异或矛盾，则当然要以正文为准。其歧异或矛盾的原因可能说明原文增删改变的经过，则是属于版本学上的另一种问题。有的矛盾则仅仅是由于过录时抄错了文字或放错了地位，那是可以用校勘学来解决的。

二　袭人

——怡红院中两派斗争的主角，王夫人的特务

在怡红院的侍女之中，最重要的是袭人和晴雯，其次是麝月。袭人、晴雯并见于第五回警幻仙子的画册和题词中，其意义和她们的终生结果，都已略有暗示。在宝玉的日常生活中，袭人和他接触最多最久，似乎她比晴雯重要。但以人品而论，以宝玉所钟情的对象而论，则晴雯远在袭人之上。所以在警幻的《又副册》中，晴雯的画幅和题词在袭人之前。晴雯二字声谐“情文”。《世说新语・文学》记孙子荆除妇服作诗，以示王武子，王曰：“未知文生于情，情生于文？览之凄然，增伉俪之重。”宝玉为晴雯所作《芙蓉女儿诔》是全书韵文中最重要的一篇，远远超过孙楚追悼其妇的《除服诗》①。诔晴雯而暗用“增伉俪之重”的典故，可见作者对于晴雯的重视，不同婢妾。麝月在后半部书中也很重要，仅次于袭人，当另为文论之。但在第五回警幻的册子中则并未透露。

袭人命名之由来，早在第三回她初次“亮相”时，作者已有了交代：她本名珍珠，原是贾母的丫头。给了宝玉以后，“宝玉因知他本姓花，又曾见前人诗句有‘花气袭人’之句，遂回明贾母，即更名袭人”。第二十三回贾政也问起过：“是谁这样刁钻，起这样的名字？”宝玉便解说道：因见前人有“花气袭人知昼暖”之句，“这个丫头姓花，便随口起了这个”名字。这个解说当然可信，但也可以从这二字看出此女之性格。“袭人”者，乘人不备时暗中对人袭击也。其实，花气固然可以袭人，恶狗也可以袭人，因为它也往往从后面袭来，令人防不胜防。

《红楼梦》的读者，早在第六回中就看到，在宝玉所有的侍女之中，只有袭人和他有男女关系。正因为她自己暗中做了这些不干不净的事，越是心中有鬼，在这些事上也就越敏感，越妒忌。所以她以己度人，猜疑别

① 《世说》注引《孙楚集》云：“妇胡母氏也，诗曰：‘时迈不停，日月电流。神爽登遐，忽已一周。礼制有叙，告除灵丘。临祠感痛，中心若抽。’”

人也和她一样下流，一有机会就贼喊捉贼，诬害别人。她乘宝玉被贾政毒打受伤，王夫人痛惜儿子的机会，调唆王夫人令宝玉搬出大观园。理由是：

> 如今二爷(宝玉)也大了，里头姑娘们也大了。况且林姑娘、宝姑娘又是两姨姑表姊妹，虽说是姊妹们，到底是男女之分……由不得叫人悬心。……倘或不防前后，错了一点半点……二爷一生的声名品行岂不完了？(第三十四回)

这里她虽也提到“宝姑娘”，却只是陪衬，主要的攻击对象是“林姑娘”——其实连所谓让宝玉搬出大观园，也只是一个借口，借以发挥她毁谤黛玉的主要意图。袭人最恨宝玉和黛玉相好，在第二十一回中已表露出来。一天早上宝玉去看黛玉，恰好宝钗来到宝玉房中，问起宝玉那儿去了，袭人便说：

> 姊妹们和气也有个分寸礼节！也没个黑夜白日，闹的……[①]凭人怎么劝，都是耳旁风。

宝钗抓住了这个机会，起意勾结这个“听他说话，倒有些见识”，“言语志量，深可敬爱”的丫头。脂评本在这一段下有评语，说宝钗和袭人从此“渐成知己”。可以证明上文所引袭人挑拨王夫人的谈话中，其攻击对象只是黛玉一人，和她早已成了“知己”的宝姑娘，只是借以陪衬而已。袭人在这一段话中所欲暗示的是什么，再也明白不过了。因此，吓得王夫人“如雷轰电掣一般，正触动了金钏儿之事，心内越发感爱袭人不尽”。作者在这里写王夫人“触动了金钏儿之事”，也是一个讽刺的对比。金钏儿不过和

① 这里袭人故意把这句话的下面半句吞下去了，否则大概是“太不像样”、“太不成体统”之类。现行许多本子的标点把“白日闹的”连在一起作一句，后面不加省略号，不但把文字弄得不通了，而且把袭人说话时故意吞吞吐吐的神情也抹煞了。各本“黑夜”均作“黑家”，此句成为：“也没个黑家白日闹的！”意义不明，唯王雪香据程甲本作“黑夜白日，闹的……”，改对了。

宝玉玩笑说“你往东院子里拿环哥同彩云去”(第三十回),王夫人把她打了还不够,立刻叫她妈来,把她撵走,逼得她跳井自杀。然而对于早已和宝玉试过“云雨情”的袭人,听了她几句旁敲侧击的毁谤别人的话,王夫人竟感动得对袭人说出这样不伦不类的又肉麻又愚蠢的话来:

> 难为你成全我娘儿两个名声体面。真真我竟不知道你这样好。……你今既说了这样的话,我就把他交给你了。

这个愚蠢可怜而又刚愎的女人,自己被袭人骗得成了她的俘虏,还要把宝玉“交给”她,使她变成他的监视者。作为报酬,王夫人每月从她自己的月钱内分出二两银子给袭人,与赵姨娘、周姨娘一样待遇(第三十六回),这明明是把袭人当作宝玉之妾了。

王夫人自从有了这个埋伏在怡红院的女特务之后,对于宝玉日常生活中的一举一动便了如指掌。后来她亲自到大观园中查人,可以对四儿夸口说:“可知道我身子虽不大来,我的心耳神意时时都在这里?”(第七十七回)她的“心耳神意”,其实即袭人。

在前八十回中明白记录袭人为王夫人立的“功劳”,最重要的当然是因她的告密而使王夫人把害重病的晴雯撵出去死在外面。宝玉在晴雯去后质问过袭人:“咱们私自顽话,怎么〔王夫人〕也知道了?又没外人走风的,这可奇怪!”袭人还想把这事赖在宝玉身上,说可能是他自己不小心漏出口的。宝玉便追问说:“怎么人人(指晴雯、芳官、四儿等)的不是太太都知道,单不挑出你和麝月、秋纹来?”这一问问得她“心内一动,低头半日,无可回答”(第七十七回)。从这一段话中,也可知怡红院中的侍女早就分为两派:袭人、麝月、秋纹,以及大概还有一些次要人物,都是袭人“陶冶教育”出来的,而且通过袭人,得到王夫人的信任,又和薛宝钗勾结在一起,是走王夫人路线的“当权派”。晴雯、芳官、四儿等比较聪明伶俐,长得模样儿好些,而为宝玉所喜欢的,是受嫉妒、监视、排挤、毁谤的另一派。这一派口舌尖刻而胸无城府,为当权派所深忌,为当权派所暗算告密而茫无所知。连宝玉都没有想到袭人等对她们的仇恨之深。直到她们被撵出大观园之后,宝玉才如梦初醒,认识了袭人等当权派的真面目,但已太迟了。晴雯死后,宝玉在祭她的《芙蓉女儿诔》中说:"钳诐奴之口,讨岂从宽?剖悍妇之心,忿犹未释。"这里指的也正是他所讥讽为"头一个出了名的至善至贤之人"花姑娘和她的同党王善保家的之类(第七十七回)。

袭人知道宝玉属意黛玉,而黛玉精明尖刻,不好对付;也知道薛宝钗"貌厚情深"(庄子语),虽不为宝玉所爱,却是二王(王夫人、凤姐)所属意的人。她的战略是一方面在背地里旁敲侧击地毁谤黛玉,引起王夫人对她的猜疑;一方面则竭力拉拢宝钗,使她成为自己的同党。宝钗也觉察到以袭人在怡红院的地位,可以在宝玉的婚姻问题上起一定的作用,所以也不惜降低身份,和袭人交好,甚至于在睡着的宝玉身旁代袭人刺绣(第三十六回)。可知在后来宝玉的婚姻问题上,王夫人、凤姐等决定取宝钗而舍黛玉,在雪芹后半部的原稿中也肯定与袭人的特务工作有关。

袭人这一只安插在怡红院的看家狗,尽管她在紧要关口是善于从背后袭来咬人的,但平时却显得是一匹无害而逗人喜欢的哈巴狗。这在前八十回中也是有明文记录在案的。第三十七回:秋纹因为王夫人给了她衣服而十分得意,晴雯便说她不稀罕给了别人剩下来的东西。秋纹说,"那怕给这屋里的狗剩下的,我只领太太的恩典"。下文接着说:

> 众人听了都笑道:"骂的巧,可不是给了那西洋花点子哈吧儿了!"袭人笑道:"你们这起烂了嘴的,得了空,就拿我取笑打牙儿。一个个不知怎么死呢!"秋纹笑道:"原来姐姐得了,我实在不知道。我赔个不是罢。"

这虽然是开玩笑的话,可见这个姓"花"的是一条王夫人的忠实走狗,是怡红院中"众人"皆知,连她自己也承认了的"哈吧儿"。

警幻仙子的《又副册》上袭人的判词说:"堪羡优伶有福,谁知公子无缘。"在高鹗所续的百二十回本中,袭人是在宝玉出家以后才嫁给蒋玉菡的。但脂砚斋所见的雪芹后四十回原稿却并不如此。第二十回脂评说："故袭人出嫁后云：'好歹留着麝月'，宝玉便依从此话。"可见在宝玉尚未出家，但已穷困时，花姑娘已另有所欢，别抱琵琶了。这里有一个问题：即袭人之嫁，是她自己因见"二爷"穷了，下堂求去，还是宝玉恨她陷害晴雯，破坏黛玉的婚姻，因而不愿再留她在身边？这两种可能都是有的。凡是狗，不管是忠实的看家狗，或好玩的哈吧儿，都有"饥来就食，饱则远飏"的特性。这只当年在怡红院全盛时代当权的"西洋花点子哈吧儿"，作者在第三回初次介绍她时便作了绝妙的刻画："这袭人亦有些痴处：伏侍贾母时，心中眼中只有一个贾母。今与了宝玉，心中眼中又只有一个宝玉。"可以想象，后来她嫁了蒋玉菡，心中眼中当然又只有一个蒋玉菡了。宝玉后来穷得"寒冬噎酸齑，雪夜围破毡"[①]，这位"温柔和顺、似桂如兰"的花姑娘，怎么受得了呢？当然终于不免落得个"公子无缘，优伶有福"了。但如果是因为宝玉衔恨她对晴雯被逐和破坏黛玉婚姻之事所起的作用，所以不愿再留她，则在原稿后四十回中，她还要更充分地表演从背地里"袭人"的伎俩：即在晴雯被逐这一事上，她以前暗中曾向王夫人挑拨调唆的事情可能在后半部的故事中还会有更多的透露。在破坏黛玉婚姻这一事上，她所起的作用可能是决定性的。在后半部书中有关袭人的这些重要故事，正好和茜雪、小红在"狱神庙慰宝玉"的故事（详下文），成为强烈的有讽刺性的对比。其讽刺性在于：袭人是宝玉从小就亲近信赖的实际上的侍妾，而茜雪、小红却和宝玉只是一般主仆关系，而且是早已离开怡红院的女子。

贾政奇怪为什么"袭人"这名字起得这样"刁钻"，他不知道这个人比她的名字更为刁钻。

---

① 见脂京本《石头记》第十九回评文引雪芹原作后半部稿回目残文。

三　麝月

——唯心主义的反映

上文论袭人时，曾引宝玉质问她的话，为什么王夫人不挑袭人、麝月和秋纹的错。又说麝月、秋纹是袭人"陶冶教育"出来的。袭人、麝月二人往往并举。如第七十四回王夫人说到宝玉房中丫头，"只有袭人、麝月这两个笨笨的倒好"。后来派人去叫晴雯时，她又说，"留下袭人、麝月伏侍宝玉不必来"。晴雯来了，回王夫人的话，说宝玉的事"只问袭人、麝月两个"，又说，"至于宝玉饮食起居，上一层有老奶奶、老妈妈们，下一层有袭人、麝月、秋纹几个人"。第七十七回王夫人查园到怡红院时，"因又吩咐袭人、麝月等人"。可见宝玉虽然喜欢晴雯，而实际上在怡红院中掌权的，袭人以下便是麝月。据脂评，在雪芹原作后半部的计划中，袭人嫁后，麝月仍留着侍候宝玉夫妇。但麝月二字又何所取义呢？

《红楼梦》第二十回记元宵节晚上袭人病了，宝玉房中别的丫头都出去赌钱了，只有麝月不放心，要留着看家，不肯出去。宝玉便说，有他在家，她可以去顽(赌钱)。麝月说："你既在这里，越发不用去了，咱们两个说话顽笑岂不好？"(脂评："全是袭人口气，所以后来代任。"再看下文脂评，知道这里所谓"后来"，指袭人出嫁以后；所谓"代任"，指代袭人而为宝玉之侍妾。)不久晴雯赌输了回来拿钱，见宝玉正在替麝月梳头，晴雯冷笑道："哦，交杯盏还没有吃，倒上头了。"[①]作者写这一故事，着重的是从镜中反映出来的活动：

> 宝玉在麝月身后，麝月对镜，二人在镜内相视，宝玉便向镜内笑

---

① 吃"交杯"酒和"上头"(梳头妆饰)都是封建时代婚前仪式的一部分。上头，男女均有，即古代的冠礼和笄礼。《南齐书·孝义传》："华宝，晋陵无锡人也。父豪，义熙末戍长安，宝年八岁。临别，谓宝曰：'须我还，当为汝上头。'长安陷虏，豪殁。宝年至七十，不婚冠。"此指男子。韩偓《香奁集》卷下《新上头》诗云："学梳蝉鬓试新裙，消息佳期在此春。"花蕊夫人《宫词》云："年初十五最风流，新赐云鬟使上头。"此指女子。陶宗仪《辍耕录》卷十四"上头入月"条云："今世女子之笄曰上头"，并引花蕊《宫词》为证。

道："满屋里就只是他磨牙。"麝月听说，忙也向镜中摆手，宝玉会意。

在这一段前面，写了袭人生病，后面还有一些晴雯与麝月开玩笑的话，但脂评却说：

闲闲一段儿女口舌，却〔只〕写麝月一人。在[1]袭人出嫁之后，宝玉宝钗身边还有一人……故袭人出嫁后云(有?)"好歹留着麝月"一语。宝玉便依从此话。

从这两条脂评，可知雪芹在后半部原稿中，并不是像高鹗续书那样，宝玉出家后袭人才嫁蒋玉菡，而是在宝玉出家前，袭人已先离宝玉而去。而在昔日一大群丫头中，最后留在宝玉身边的，只有麝月一人。上文所引第二十回中这几段小故事，若非脂评明白指出，读者决不会想到这些都是作者预埋的伏笔。但一经指出，则后半部这些故事的轮廓便十分清楚，无可歪曲。所以像高鹗那样硬把袭人留到宝玉出家以后才嫁蒋玉菡，而麝月则毫无下落，完全是无视《红楼梦》作者的原意，随心所欲地写他自己的故事。

但脂评所说，也只是简略的轮廓而已。麝月的下场如何？她侍候宝玉究竟到什么时候？在宝玉出家以后她如何生活？还是在宝玉出家以前就离去了？这些问题，除非靠将来发现雪芹原稿，否则将永远无法解答。但有几点可以研究一下：为什么在宝玉身边的许多丫头之中，作者单单留下一个麝月？麝月这个名字又有什么意义？为什么上引麝月的故事，主要是与宝玉相对于镜中？我们不妨再引一段麝月和宝玉有关的插曲。

第五十六回记宝玉因在大镜子前的床上睡着，梦到另一个大观园，遇见另一些丫环，把他自己"涂毒"(侮辱)了一顿。梦中又见另一个宝玉，自己一身化而为二。梦中的另一个宝玉大叫："宝玉快回来，快回来！"袭人

---

① 脂评过录时"在"字讹作"有"字。这样讹伪尚有其他例子。参看本书《残本脂评〈石头记〉的底本及其年代》，第94页注②。

听他梦中自唤，忙把他推醒。麝月便说："怪道老太太常嘱咐说，'小人屋里不可多有镜子。人小魂不全，有镜子照多了，睡觉惊恐作胡梦。'……自然是先躺下照着影儿顽的。一时合上眼，自然是胡梦颠倒，不然，如何得看着自己，叫自己的名字？不如明儿挪进床来是正经。"

这里又是从镜子上生出许多文章，到头来却是一场梦境，而最后还是麝月出主意改变环境，把镜子和床分开，免得再引起宝玉的"胡梦"。

麝月似乎与镜有缘，但这二字又何所取义？

在中国古典文学中最早出现这两个字的，大概是徐陵的《玉台新咏》序："金星将婺女争华，麝月与常娥竞爽。"[①]"婺女"是星[②]，"常娥"是月。古代镜子都是圆的，常以比月。徐序既以"婺女"代星，"常娥"代月，而"金星"指灯[③]，则"麝月"显然指镜。上句说，错落的灯光与明星争华，则下句正谓团圞的妆镜与满月争明。二句均指美人晚妆时的情景[④]。古人以镜比月，甚至于咏镜台的诗中也可以证明。如谢朓诗云："对凤临清水，垂龙挂明月。"陈叔达咏空镜台诗云："姮娥与明月，相共落关山。"这是说照镜的美人和镜子都不在了。李白《赠嵩山焦炼师》："萝月挂朝镜，松风鸣夜弦。"白居易《以镜赠别》："人言似明月，我道胜明月。"（《白氏长庆集》卷十，第四页）

前人词中用此名词者，如宋周密《天香》"咏龙涎香"："麝月双心，凤云百和，宝钏佩环争巧。"这里用"麝月"、"争巧"等语，显然是受徐序的暗示。"双心"似指美人对镜，也许是从温庭筠的"照花前后镜"一句联想出来的。清初李雯《风流子》说："芳心谢，锦梭停旧织，麝月懒新妆。""新妆"必须对镜，所以这句中的"麝月"正以代镜。李舒章是替多尔衮起草《答史可法书》的大名家，他的词雪芹不会不熟悉。比李雯略后的彭孙遹的《鹧鸪天》说："麝月才分一寸弯，长颦短晕浅深间。""一寸弯"是从周邦彦的《南乡

① 爽即明。如云"昧爽"，即天色将明未明之际。

② 婺女即女宿，见《礼记·月令》"孟夏之月"及《史记·天官书》。

③ 古代贵族用的灯一干上有许多分枝，每枝上各有一盏灯，故称"九微灯"或"九华灯"（"九"是许多之意，见汪中《释三九》），远望如群星灿烂。

④ 参看庾信《镜赋》："临水则池中月出。"正谓镜可当月。

子》"两点春山满镜愁"一语化出，亦指临镜画眉，以"麝月"代镜。即以《红楼梦》本书而论，第二十三回宝玉的《夏夜即事》诗说："窗明麝月开宫镜，室霭檀云品御香。"这二句如果用杜牧《阿房宫赋》的笔调改成散文"窗明麝月，开宫镜也；室霭檀云，品御香也"，意义就更加清楚。下句"檀云"就是御香缥缈之状，可证上句"麝月"即指宫镜灿烂之形。又第七十八回的《芙蓉女儿诔》说："愁开麝月之奁。""麝月"之奁就是镜奁[①]。这是作者自己把麝月当作镜子的证据。可见麝月是镜的别名，殆无疑义[②]。

据上文所引脂评，可以推知在雪芹后半部的原稿中，袭人嫁后宝玉要把所有丫头都解放出去，只因袭人的劝告，才最后留下一个麝月。宝玉要解放她们，这主意他早就打定了。第六十回一开始，春燕就对她妈说：

> 宝玉常说，将来这屋里的人——无论家里外头的一应我们这些人——他都要回太太，全放出去与本人父母自便呢。你只说这一件，可好不好？

这些话，可以与脂砚所见雪芹后半部原稿的有关部分互相印证。

原稿第二十二回是残缺的或未写完的一回。脂砚斋在回末的一条眉批说："此后破失俟再补。"[③]在一百二十回本中此回末了有宝玉自制的一个谜语："南面而坐，北面而朝。象忧亦忧，象喜亦喜。"谜底是镜。（这个谜语从文字和思想上看，都可能是雪芹残稿中的原作。）《石头记》本来是从《风月宝鉴》改写发展出来的，而"鉴"即是镜，作为书中主角（宝玉）的象征（谜语）是镜，他的不愿要的妻子是宝钗，他最后留着的唯一侍女是麝月——镜的别名（或代称）。但脂砚却说：

---

① 奁即匳字，《说文》匳字条，桂馥《义证》："《一切经音义》引《仓颉篇》：'盛镜器曰匳，谓方底者。'《三苍》：'盛镜器名也'。"《后汉书》卷十上《和帝阴皇后纪》："帝视太后镜奁中物。"已写作"镜奁"。

② 按古代铸镜以月为象，《黄帝内传》说帝与王母善，"乃铸大镜十二面，随月用之"（《事物纪原》卷八引）。可知每镜正代表一月。

③ 影印脂京本第五一〇页。

> 宝玉之情，今古无人可比，固矣。然宝玉有情极之毒，亦世人莫忍为者，看至后半部则洞明矣。……宝玉有(原误作“看”)此世人莫忍为之毒，故后文方能〔有〕《悬崖撒手》一回，若他人得宝钗之妻、麝月之婢，岂能弃而〔为〕僧哉[①]！

但宝玉终于弃宝钗、麝月而为僧。这真是所谓“折钗破镜两无缘”。麝月若不是镜，即无从破。既是镜矣，则即使不破，而以镜对镜，其中纵有无穷影像，也只是虚影空像，如梦似幻而已。一旦悟彻梦幻，便什么都不存在了。既不存在，便无所执著；无所执著，即是“撒手”。也即是黛玉所谓“无立足境，方是干净”(第二十二回)。——这是宝玉因受佛教思想影响而得出的唯心主义的解脱方法。

宝玉和麝月的故事，最初是“镜中相对”。最后呢，似乎应该是“以镜对镜”，因之而悟彻梦幻，“悬崖撒手”。“镜中相对”是真实情节，写来亲切动人。“以镜对镜”是象征的比况，它会引导到什么样的故事结局？袭人临去时虽曾劝告宝玉说，“好歹留着麝月”，而宝钗则早在二十二回就借惠能的偈语预言说：“菩提本非树，明镜亦非台。”因此，即使留下了麝月，也挡不住他“弃而为僧”。

四　狱神庙

——贾芸、小红、茜雪后传

《红楼梦》后半部书中有一重要故事，即“狱神庙”，脂砚斋曾见到，但不久即为借阅者迷失。《红楼梦》中有一重要人物，不在大观园内，而为作者所精心设计极力描写者，即书中主角宝玉的“义子”贾芸。曹雪芹写贾芸，一出场就同时写两个极不相同的人物给他作陪：一个是他的邻居，破落户、泼皮、醉金刚倪二；一个是先在怡红院，后来被凤姐看中了，向宝玉

---

① 影印脂京本第四七二页。评中〔有〕字〔为〕字原缺，今以意校补。

要去的大丫头红玉(即小红)。第二十四回竟可以看作《贾芸、倪二、小红列传》。这一回中的其他人物只起陪衬、联络的作用,可以说,都是为这三个人服务的[①]。

作者写贾芸,开始时是宝玉无意中与他在路上邂逅相逢,但立即引起了宝玉的注意:"这人容长脸,长挑身材……生得着实斯文清秀。"宝玉看得如此忘情,竟顺口说,"倒像我的儿子"。作者又说贾芸"最伶俐乖觉"。接着写他向其舅卜世仁赊买香料不成,无意中撞着醉金刚倪二,后者自动借给他十五两银子。作者又从贾芸心中,估量倪二之为人:"素日倪二虽然是泼皮无赖,却因人而施,颇颇的有义侠之名。"倪二怪贾芸平日不屑与之交友,贾芸便申辩说:"我见你所相与交结的,都是些有胆量的,有作为的人。像我们这等无能无为的,你倒不理我。"这些话都是和作者后半部原稿中故事大有关系的线索。脂京本在第二十四回前面有棠村小序说:"夹写醉金刚"是"书中必不可少之文,必不可少之人。今写在市井俗人身上,又加一'侠'字,则大有深意存焉"!在贾芸辞别卜世仁出来一段,脂评赞他"有志气,有果断","有知识有果断人,自是不同"。在倪二称他为"贾二爷"一句旁脂评说:"如此称呼,可知芸哥素日行止,是'金盆虽破分量在'也。"这是说贾芸虽穷,但平日行止正直,能为邻居——甚至流氓泼皮——所尊敬,是很不容易的。贾芸回家后不肯告知他母亲他舅舅对他如何刻薄,怕他母亲难过。脂评说:"孝子可敬!此人后来荣府事败,必有一番作为。"这是指明在第二十四回中着力写贾芸,正是为后文伏笔。

脂砚对倪二的为人也有好评。当倪二听了贾芸说卜世仁对他如何刻薄,便说:"要不是令舅,我便骂不出好话来。"脂评说:"仗义人岂有不知礼者乎?何尝是破落户?冤杀金刚了!"又在作者叙述时说倪二有"义侠之名"句下,脂评说:"四字的评。难得难得,非豪杰不可当。"脂砚所了解的贾芸和倪二是这样两个正面人物,——这也是符合曹雪芹在整部书中的计划的。而在高鹗的续书中,贾芸竟被写成阴谋出卖巧姐的大坏蛋;倪二

① 当然,贾芸等三人的故事,第二十四回所叙述的远远没有完,这一回只能算他们的列传卷上,还有卷中、卷下放在后半部书中,看下文自明。

则因为自己下狱后贾芸没有设法救他，他便迁怒于整个荣国府，暗中使人告发，以致贾家被抄。高鹗认为：凡是穷人，都是坏蛋。

至于红玉[①]，读者大概都记得，正因为她很能干，才被凤姐看中调去。她本来有心侍候宝玉，却被秋纹、碧痕等人所排挤，巴结不上，宝玉也看不到她。作者写宝玉第一次碰见她，就把她作为一个重要人物，着意描绘："一头黑鬒鬒的好头发，挽着个纂。容长脸面，细巧身材。却十分俏丽干净。"[②]第二十五回又写宝玉第二天早上还惦记着她，一早就出房去找她，"装着看花儿"，正发现小红倚在游廊栏杆上出神，"却恨有一株海棠花遮着，看不真切"。脂砚在这儿引用了一句《西厢记》的曲文来评道："此非'隔花人远天涯近'乎？"用这样一个"特写镜头"来突出小红，当然也不是脂砚对她的偏好，而是因为他知道在雪芹后半部的故事中，她是一个重要的正面人物。但在宝钗眼中她却是一个"头等刁钻古怪的东西"[③]。

过去的所谓"红学家"们，也注意到作者在第二十四回极力写小红，后文必有发展，但他们只对于她和贾芸的儿女私情方面有兴趣。至于那个泼皮无赖醉金刚倪二，谁也不认为他对贾家会有什么帮助，更没有想到贾芸和倪二之间的关系在后文的故事中有什么发展。但若果真如此，则雪芹在第二十四回中这样极力写倪二，岂不是浪费笔墨？脂砚在评语中常说《石头记》无闲文闲笔。雪芹文字前后均有照应，组织严密，伏线在千里之外，等等。不仅脂砚，棠村在第二十四回的小序中也指明倪二以"市井俗人"而作者誉之为"侠"，"大有深意存焉"。脂评又盛赞倪二为"仗义人"、"义侠"、"豪杰"，可知在雪芹原稿中，不但小红、贾芸，就是这个醉金

① 红玉姓林，与林黛玉全名只差一字，第二十四回末了说："只因'玉'字犯了林黛玉、宝玉，便都把这个字隐起来，便叫她小红。""红玉"二字见《西京杂记》"赵飞燕"条："赵后体轻腰弱（按：也是'细巧身材'）……女弟昭仪弱骨丰肌……二人并色如红玉。"以前女子以"红"名者，有红拂、红线、红娘、红儿（《比红儿》一百首中的歌咏对象）。名"小红"者有姜白石的歌女，白石所谓"小红低唱我吹箫"是也。白石死前小红已出嫁，所以苏泂吊白石诗云："赖是小红渠已嫁，不然啼碎马塍花。"马塍是白石葬地。

② 比较上文所引作者关于贾芸的描写："这人容长脸，长挑身材……生得着实斯文清秀。"

③ 第二十七回，宝钗偷听了小红与坠儿在滴翠亭中的对话，又嫁祸于黛玉，故意使小红了解是黛玉偷听，让小红恨黛玉，而她自己却把小红当作"头等刁钻古怪的东西"。由此亦可见宝钗品格。

刚，也必然要在下文故事中大显身手，起重要作用。在全书的完整计划和严密组织中，倪二的故事也必然有它的特殊地位。正因为在下文的重要故事中小红、贾芸、倪二都是活跃分子，所以作者先在第二十四回中给他们三人写了“合传”，使读者在心理上有所准备。

关于后半部《石头记》中有红玉、贾芸、倪二等共同参加的这个重要故事，雪芹本已写了一些初稿，评者也曾看到。我们可以从下引的评语中推知一些梗概。

第二十回宝玉的乳母李嬷嬷说到茜雪从怡红院出去一段，眉批说：“茜雪至《狱神庙》方呈正文。”又说：“余只见有一次誊清时，与《狱神庙慰宝玉》等五六稿，被借阅者迷失，叹叹！”第二十六回眉批又说：“《狱神庙》有茜雪、红玉（即小红）一大回文字，惜迷失无稿，叹叹！”红玉在第二十七回已被凤姐调用，怎么她后来又和茜雪去“慰宝玉”呢？第二十七回末的一条“总评”（其实是棠村小序的残文）说：

> 凤姐用小红，可知晴雯等[①]埋没其人久矣，无怪〔其〕有私心私情。且红玉后有宝玉大得力处，此于千里外伏线也[②]。

由此可知小红跟凤姐去，是有关后半部书中一个重要故事的转折点，所以脂砚又把这事联系到“狱神庙”：脂残本第二十七回的一条评语提到小红跟凤姐去这一事，说：“且系本心本意，《狱神庙》回内〔方见〕。”[③]脂京本同回又有一条眉批指小红为“奸邪婢”，但接着赶紧补加一条，用抱歉的口气解释道：“此系未见《抄没》、《狱神庙》诸事，故有是批。”把这几条和上引各条评语及棠村小序所谓“红玉后有宝玉大得力处”联系起来看，可以想见这一重要故事的一部分轮廓。同时也可以解释为什么在第二十七回以后，第八十回之前，再也不提起小红、茜雪等人；而这暂不提起，并非表

① 按第二十四回叙事，嫉妒小红者为秋纹、碧痕，与晴雯无关。

② 影印脂残本，第二二三页下。

③ 参看：《残本脂评〈石头记〉的底本及其年代》，1964年《文学研究集刊》第一册第255～256页注①。见本书第115页注①。

明以后就没有她们的作用了，正是要作为以后更重要的故事的悬记。

这里有一点须要说明：小红既已早跟凤姐去了，怎么下文又说她去“狱神庙慰宝玉”？可以设想凤姐必然也在狱中，小红去探监只能以凤姐的丫头身份去看她女主人，而不能以别人的丫头身份去探一个以前的男主人宝玉。所以上引脂评说她跟凤姐去后，要到《狱神庙》回内方见。但要了解这个故事，必须先弄清楚狱神庙是怎么回事。

封建时代的监狱中有狱神庙，起源甚古，到清代还保存着。庙里供的祖师爷（狱神）是萧何[1]，所以狱神庙又称“萧王堂”。据熟悉掌故的前辈说：封建时代重要监犯刚押入狱中，狱吏就叫他祭狱神。这是一种变相的剥削。流刑在启程（起解）之前，死囚在被处刑的前夕，都要祭狱神。狱吏在得到这笔贿赂之后，可以使犯人在被解途中，死囚在被杀以前，少受些痛苦。其实囚犯一进狱就得祭狱神，这也是古已有之的风气。《后汉书·范滂传》说：

> 滂至狱，狱吏谓曰：“凡坐系者，皆祭皋陶。”滂曰：“皋陶贤者，古之直臣，知臣无罪，将理之于帝（指天帝）。如其有罪，祭之何益？”众人由此亦止。

据此则东汉已有此恶风。又如《水浒》第四十回写江州“劫法场”的故事，说到宋江、戴宗被判斩刑。临刑之前把二人“驱至青面圣者神案前，各与了一碗‘长休饭’、‘永别酒’。吃罢，辞了神案”。这个“青面圣者”显然是当时的狱神。但他又是谁呢？从他的脸色看来，正是皋陶。荀子在《非相》篇中描绘了十八个古人的相貌，只有“皋陶之状，色如削瓜”。杨倞注：“如削皮之瓜，青绿色。”难怪后世不熟悉古史的人，看了他的塑像或画像，就称他为“青面圣者”。上引《后汉书·范滂传》证明初入狱时要祭狱神，《水浒》这一条说明死囚被杀前要祭狱神。

---

① 萧何是汉高祖的丞相，相传汉代法律是他订制的，所以有“萧何造律”这一传说。陈穆衡《水浒传注略》三十九回，以青面圣者为萧何，盖未读《范滂传》。

由上述二事，可知自东汉至宋代或《水浒》成书的明代，狱神一直是皋陶。后来萧何接任，大概已在清初。旧京戏《玉堂春》苏三起解前辞别“萧王堂”，即辞狱神。清代雍正时，御史谢济世因劾河东总督田文镜而下狱。他的《次东坡狱中寄子由韵寄从弟佩苍》一诗说：“敢愁弓剑趋戎幕，已免锒铛礼狱神。”[①]可见清初祭狱神的罪犯犹带刑具铁链。

既然小红和茜雪是在狱神庙中会见宝玉（凤姐）的，可知在雪芹的后半部原稿中，不但在“荣府事败”（脂评语）之后有许多人被捕入狱，而且宝玉和凤姐竟被判了死刑（或流刑）。小红、茜雪去探监是在临刑之前借“祭狱神”的名义去贿赂狱吏，所以能和宝玉等在狱神庙相见。但为什么她们在狱神庙会见宝玉是在第二次而不是在第一次初入狱时呢？这是因为在初入狱时，小红等未必已经知道门路，结识狱吏，以进入狱神庙与宝玉等相会，所以假定在第二次祭狱神时，即临刑（或起解）前夕，设法进入庙中，较为符合情理。如果如此，则在雪芹原稿中，宝玉已被判死刑（或流刑），所以有再祭狱神的必要[②]。或问宝玉等何至于被判这样重刑，则此中可能包含复杂的情节；但主要原因，作者在第四回中早有交代，即贾、薛、王、史“四家皆连络有亲，一损皆损，一荣俱荣”。脂评所谓：“总因子弟不肖，招接匪人……从此放胆，必[③]破家灭族不已。”宝玉下狱可能受妻兄薛蟠杀人之累，也可能受贾环从匪之累[④]。而王熙凤则她自己手上就有好几条命案，贾赦为夺取石呆子的扇子，勾结雨村，也有命案。这些都是在前八十回中早已说到了的。

但是小红、茜雪又有什么办法能进狱神庙呢？这就不能不令人想到为什么在第二十四至第二十六回中，作者要极力写小红与贾芸的私情和贾芸与倪二的友谊了。照这些故事发展下去，小红肯定会嫁贾芸。因此，

---

① 谢诗见《随园诗话》卷八引。

② 关于此点，下文论到茜雪的命名的含义和第十八回脂评指出的伏线时还要详细说明。

③ “必”似应作“不至”。

④ 参看第一回《好了歌注》：“训有方，保不定日后作强梁。”上句指贾政，下句指贾环。“作强梁”即“招接匪人”。参看第四回末：“虽说贾政训子有方……子弟们竟可以放意畅怀的闹。”参看上文354页注①引李白诗：“盗贼劫宝玉，精灵竟何能？”

也就不难理解小红、茜雪之所以能探监，是通过贾芸的侠义朋友倪二——因为他"所相与交结的，都是些有胆量的、有作为的人"。这其中也包括狱吏刽子手之类——甚至倪二后来可能自己做了狱吏，也不稀奇。宝玉、凤姐（也许还有别人）后来居然还能出狱，一个去做和尚（"悬崖撒手"），一个被休回娘家（"哭向金陵"），则可见被判之刑没有执行，他们设法逃出来了。果真如此，又是谁帮他们设法越狱呢？当然又只有"义侠"、"豪杰"的醉金刚和他的"有胆量的、有作为的""相与结交"之人，例如狱神庙的狱吏、禁子之类[①]。茜雪是一个早已从宝玉屋子里出去的侍女[②]，小红是被怡红院当权派的丫头们所排挤的人。而在"荣府事败"，宝玉、凤姐都已进了狱神庙的时候，却是她们二人冒了很大的危险入监慰问她们旧日的主人；又通过市井豪侠和有胆量的狱吏之类，把他们从监中救出。这中间的关键人物是宝玉的"义子"贾芸。而作者在第二十七回把小红从怡红院调到凤姐那儿去，其用意也直到《狱神庙》这一回才显露出来。脂评说红玉"身在怡红，不能遂志，看官勿错认为芸儿害相思也"。正是说她是有大志的人，与芸儿的"私情"不过是为她将来"遂志"的导线而已。如果没有下半部贾芸在救宝玉、凤姐于狱神庙这一大事中所起的作用，则上半部书中有关贾芸和宝玉的故事[③]都成为"闲文"废话了。所以脂砚对于贾芸真是倾倒备至，赞不绝口，说"此人后来荣府事败，必有一番作为"。这些当然都是脂砚所见过而后来"迷失"的雪芹原稿中故事，与高鹗续作丝毫没有共同之处。

贾芸在后半部书中既然这样重要，作者在开始把这人物写入书中之时，有没有考虑到为他命名的象征意义呢？我以为是有的。

---

① 宝玉等出狱，当然也有可能是由于在临刑前有人代他们说情，或临期减刑，或经赦免。但似乎他们设法逃出来的可能性大些，否则倪二和他的"有胆量的、有作为的"朋友的作用就不能发挥出来了。所以宝玉出家，也不能排除逃刑这一原因（以前有因逃刑而出家者，我知道有具体的例子）。

② 茜雪在第八回离怡红院后，也有可能嫁了一个"有胆量的、有作为的"什么人物，所以她也能设法进狱神庙。

③ 如第二十五回宝玉病中，贾芸被派坐更守夜，第二十六回贾芸到怡红院探访宝玉，第三十七回贾芸送宝玉两盆白海棠。

《说文解字》在“芸”字下引淮南王说：“芸草可以死复生。”段玉裁注：“淮南王，刘安也。‘可以死复生’，谓可以使死者复生。盖出《万毕术》、《鸿宝》等书，今失其传矣。”

关于段注，需要说明两点：其一，这位乾嘉大师解说许君原文，说“可以使死者复生”，大意虽没有错，但犯了乾嘉大师们所最忌的“增字为训”的禁例。其实，段氏对许君原文也只通其大意，并没有逐字了解。他把原文的“可以”二字连读，当作一个词。殊不知“可”即后世的“可以”，古人但说“可”，不说“可以”[①]。“可”字和下面的“以”字要分开，“以”是动词，用也[②]。其次，段玉裁不知在汉代“死”字当作名词用，即“屍首”的“屍”字[③]，不是生死之死，所以不能也不必解作“死者”。《汉书·酷吏尹赏传》引民歌：“安所求子死？垣东少年场。”[④]上句谓：“哪儿去找儿子的屍首？”可证“死”即“屍”字。这位文字学家甚至忘了“葬”字从“死”而不从“尸”，“死”在茻（莽）中为“葬”，则“死”即后世“屍”字。所以许君原文：“芸草可以死复生”，只是说，“芸草可用屍首来恢复生命”，或“芸草可借屍还魂”，“芸草有起屍体而使之复活之效”。最后，还须指出，《说文解字》的作者许慎引刘安的话是有根据的，因为他本来是东汉研究《淮南子》的专家。他的《说文解字》序文说苍颉造字使“天雨粟，鬼夜哭”，即是用《淮南子·本经训》“昔者苍颉作书，而天雨粟，鬼夜哭”的神话。《隋书·经籍志》著录：“《淮南子》二十一卷，许慎注。”《宋史·艺文志》也有同样的记载。可知许慎注的《淮南子》到宋代还存在。所在许慎关于芸草的说法，必有所根据。

---

① 如《论语·八佾》：“是可忍也，孰不可忍也？”不说：“是可以忍也，孰不可以忍也？”

② 如《史记·项羽本纪》“以舒屠六”，谓用舒城之兵去屠杀六安之敌。同上《韩非传》：“以为儒者用文乱法，而侠者以武犯禁。”可证“用”、“以”互文，意义全同。

③ “屍”字后世简写为“尸”。其实“尸”字在古代是指活人，不是屍首。“尸”是人斜卧形，甲骨文“后”字从“尸”从倒“子”（王国维说），可证。在周代“尸”作名词用，是祭祀时装作被祭鬼神的神主。《庄子·逍遥游》“尸祝不越樽俎而代之矣”的“尸”，则为职业的装神主的巫。《仪礼·士虞礼》“祝迎尸”的“尸”，则是孝子的亲属装的。“尸”字作动词用则是占据的意思，《尚书·五子之歌》“太康尸位”、《汉书·朱云传》“皆尸位素餐”的“尸”字，即此用法。

④ 《汉书》卷九十《尹赏传》颜师古注：“安犹‘焉’也，‘死’谓‘屍’也。”又《景十三王传·广川王去传》：“与〔陶〕都死并付其母。”“求〔其〕死”。师古注此两“死”字，并云：“死者‘尸’也。”

"芸草可以死复生。"许慎所引刘安旧说也许只是汉代的迷信①,但雪芹用"芸"字为宝玉的"义子"命名,却因为此人在"荣府事败"之后,对宝玉等人有救命之恩,有"起死回生"之功。且不说茜雪、小红、贾芸在"被借阅者迷失"的雪芹原稿中有怎样动人心弦的故事,单就这命名所透露的曹雪芹的博学,似乎也不是后世俭腹的"红学家"所能设想的。

《狱神庙》回故事中须得有小红、贾芸,这是因为前者是凤姐的侍女,后者是倪二的朋友;必须通过这二人,才能和"有胆量的、有作为的"人联系起来,入监探视。但何以又需要有茜雪?而且脂评第二十六回眉批说:"《狱神庙》有茜雪、红玉一大回文字。"把茜雪放在红玉之前,似乎在这一回故事中,茜雪的作用比小红更为重要。第二十回脂评说,"茜雪至《狱神庙》方呈正文"。又说《狱神庙慰宝玉》有"五六稿"之多,可见茜雪在书中的主要活动在狱神庙,这一故事以茜雪为主角。小红当然也在内,但她是去探望凤姐的,或以探凤姐为名而进监的。作者在前半部书中写茜雪,只是为后半部《狱神庙》故事预下伏笔,所以着墨不多。一共只有三处,每处只有寥寥几笔:

1. 第七回周瑞家的从薛姨妈处去宝玉房中,说起宝钗病了。宝玉说他自己从学里回来,也着了凉,问谁能代他去问宝钗之病,"茜雪便答应去了"。这个故事中有黛玉在宝玉房中,所以他不愿离开她而去看宝钗;当时袭人、麝月等没有答应去,所以茜雪答应去了。作者着墨不多,却有深意。

2. 第八回宝玉从薛姨妈家半醉归来,要早上沏的枫露茶喝,茜雪说已给他的乳母李嬷嬷喝了。宝玉本来已生乳母的气,听说她又喝了他的茶,就把手里的茶碗打碎,"泼了茜雪一裙子的茶",还要撵走他乳母,为袭人

① 《淮南万毕术》有孙冯翼和茆泮林两个辑本,在《问经堂丛书》和《十种古逸书》中。但两本都未收许慎所引这一条。《万毕术》中有些条文是有科学根据的,如:"削冰令圆,举以向日,以艾承其影(焦点),则生火。"(《御览》七三六引)"慈石提棋"(同上)。"慈石拒棋"(同上九八八)。"乾翚一名鸜鹆,断舌可使言语。"(《艺文类聚》九一)芸草在医药方面有何作用,尚待试验。不知它是否像人参一样有强心的作用,可以在人临死时增强心脏的搏动以延长生命。

劝止。

3. 第二十回追述茜雪离开宝玉，只从生气的乳母李嬷嬷口中附带说到一下："将当日吃茶，茜雪出去，与昨日酥酪等事，唠唠叨叨，说个不清。"第四十六回鸳鸯也追叙"去了的茜雪"。

从此以后，作者再不提起茜雪，一直要到《狱神庙慰宝玉》这一回中才写她的"正文"。

仅仅为了一盏茶，茜雪怎么就得离开宝玉而去，这是不容易解说的。是不是和她上回自动答应代表宝玉去问宝钗的病有关，因而引起袭人的嫉妒，变个法儿把她弄走[①]？第八回中宝玉生气，只说要撵走乳母，没有说要撵走茜雪。第二十回中李嬷嬷也只说"茜雪出去"，没有说她被"撵走"，可知她的出去另有原因，作者故意存此疑案，以便后文补叙。如果上文说得太呆了，下文故事的发展便受了一定限制，失去叙述的自由了。但读者却因此更不容易推测茜雪后来是怎么去狱神庙安慰宝玉的。

上文谈到贾芸之名时，我们知道雪芹用了有"起死回生"之功的芸草的意义，借以暗示贾芸在后半部书中的重要作用。同一故事中的另一重要人物茜雪之名是不是也有特殊的含义呢？"茜雪"二字连用，有一个现成的例子。南宋词人周密的《清平乐》说："一树缃桃飞茜雪，红豆相思渐结。"这仅以"落花如雪"状暮春的景物，无甚深意，似乎也不是雪芹采用此名的来历。茜草以前用作红色染料，有一定的经济价值。所以《史记·货殖列传》谈到"素封"之家时说："若千亩卮茜，千畦薑韭，此其人皆与千户侯等。"又说："若卮茜千石……此亦千乘之家。"关于"茜"字的意义，《说文》也有一些颇不平常的说法。茜即蒨字，茜草又名茅蒐、茹藘。许君解说此字道："人血所生，可以染绛。"[②]"人血所生"一句，除段注外，历来无

① 宝玉为了茜雪给李嬷嬷喝茶而闹事，很可能被袭人作为借口，说她不会侍候宝玉，惹他生气，挑拨王夫人把茜雪弄走。

② 二徐本《说文》此八字在"蒐"字条下，云："蒐，茅蒐、茹藘。人血所生，可以染绛。""蒐"下即"茜"字，文曰："茜，茅蒐也。"按慧琳《一切经音义》卷五十八、玄应《众经音义》卷十五及《玉篇》引《说文》，"人血所生，可以染绛"八字皆在"茜"字条下，可证二徐本次第显误。桂馥《说文义证》也说此八字当在"茜"字条下。

解说。段氏以为这是解说“蒐”字，“所以从‘鬼’也”，则完全是望文生义。而且许君原文是“人血”而不是鬼血，这个“义”也“生”错了，只落得个穿凿附会[①]。茜草古名“茹藘”，见于经籍者如《诗·郑风·东门》：“东门之墠，茹藘在阪。”[②]墠是古代“除地以祭”的场所，《左传》中说到“用人”之祭，则墠也可用作杀人的刑场。墠旁之阪生茜（茹藘），正足以说明它是“人血所生”。由于茜草可以染绛，也使人想到血色，所以又名“地血”。虽然说起人血有点怕人，但由于它作为染料的实用价值，前人仍把茜草当作“嘉草”[③]。段注《说文》又引陈藏器说：“茜与蘘荷皆《周礼》攻蛊嘉草之最。”[④]段氏未言陈氏之说见于何书。今按这是《证类本草》所引[⑤]。茜草除了可以染色以外，还能“攻蛊”解毒，与蘘荷同为“嘉草之最”，则可知茜雪之命名亦有所取义，而其义中所攻之蛊当亦有所指。

茜草（茹藘）可以出现在用人以祭的墠旁之阪，故有“人血所生”的传说。茜雪出现于狱神庙，是否也与“人血”有关？

至于宝玉之所以下狱，当然有一些可能的原因。其中之一是为贾环所牵连。贾环自己，虽然有个“训子有方”的父亲贾政（第四回），但也“保不定日后作强梁”（《好了歌注》）。宝玉为贾环所劫持，他的通灵玉也帮不了他的忙，正如李白的诗所谓“盗贼劫宝玉，精灵竟何能”！第二十五回脂评说，“通灵玉除邪，全部只此一见”，可证以后它再也不灵了。至于劫宝玉的盗贼为什么是贾环而不是别的什么人，则也显而易见：一则他和宝玉最接近，也最仇恨宝玉。这可以从他想用滚烫的蜡烛油烫瞎宝玉的眼睛

① 许君说：“蒐，从艸，从鬼。”桂馥《说文义证》说：“从鬼者，当云‘鬼声’。”王筠《说文句读》同意这一说法。朱骏声《说文通训定声》也说，“此字从艸，鬼声”。其实，按照《说文》解说形声字的体例，应该说，“从艸，从鬼，鬼亦声”，段注因“从鬼”以解“人血”，全是附会之谈。

② 陆德明《释文》解释“茹藘”说：“蒨艸也。”孔颖达疏：“茅蒐，一名茜。”又《尔雅·释艸》：“茹藘，茅蒐。”郭注：“今之蒨也。”《释文》：“蒨，本或作‘茜’。”

③ 如清初陈淏子《花镜》在引《货殖传》中的话之后，接着说，“则诚嘉草也”（卷五，藤蔓类考，“茜草”条）。

④ 见《周礼·秋官司寇》“庶氏”条，“庶氏掌除毒蛊，以攻说禬之（用祈神的话除祟），嘉草攻之。凡驱蛊则令之比之”。参看“翦氏”条。

⑤ 关于蘘荷能解蛊毒，见《神农本草经》：“白蘘荷主中蛊。”又见干宝《搜神记》：“今世攻蛊多用蘘荷根，往往验。”

一事即可以看出来(第二十五回)。二则据贾赦预言,将来荣府中"世袭的前程",竟落在贾环身上(第七十五回)。他夺了荣府的权,当然可以为所欲为了。脂砚在第二回的一条评语说:

> 盖作者实因鹡鸰之悲,棠棣之威,故撰此闺阁庭帏之传。(脂残本第二回,第一一页下,眉批)

"棠棣"和"鹡鸰"都是指兄弟,见《诗经·小雅·棠棣》。"棠棣之威"就是指受兄弟的威胁。这也可以说明宝玉之被劫持,正是素日仇恨他的兄弟贾环。因此宝玉入狱,最大可能是受贾环的陷害。

狱神庙这个故事相当复杂。单看其中出场的人物,除了宝玉、凤姐等已在狱中之人以外,有"荣府事败,必有一番作为"的贾芸,起着"可以死(尸)复生"的作用;有早已见到"千里搭长棚,没有个不散的筵席"的红玉(小红);有以"人血所生,可以染绛"、又能"攻蛊"的嘉草命名的茜雪;有"颇颇有侠义之名"的"仗义人"、"豪杰",绰号醉金刚的泼皮无赖破落户倪二,以及他的"有胆量的、有作为的"而我们不知其名的朋友。——生、旦、净、丑、副、末似乎色色俱全了,但这出戏到底是怎样演出的呢?

这使人想到《红楼梦》里在别处演出的戏和它所提供的线索。第十八回元春省亲时点了四出戏:第一出是《豪宴》,脂评在戏名之下注道:"〔在〕《一捧雪》中,伏贾家之败。"《豪宴》不过是《一捧雪》全剧中前面的一出,正如同元春省亲也正是《红楼梦》前半部中登峰造极的豪华气象,但脂砚却说"伏贾家之败",则显然是指后半部书中的故事有和《一捧雪》中的结局相似之处。《一捧雪》中主角莫怀古因为舍不得他的无价之宝名叫"一捧雪"的白玉杯,当豪家恃势强夺时,他的仆人莫成出主意另外仿制一杯献给豪家,被奸徒汤某指出不是原杯,因此得罪。莫怀古被判死刑。临刑前莫成通过狱吏,把自己乔装成莫怀古,代主受刑[①]。莫怀古一家因贪爱古

① "义仆代死"这种封建社会中压迫奴仆的野蛮道德,是《一捧雪》这类旧戏剧中最恶劣的糟粕,应该严格批判,这里只用以说明问题,不是要肯定它。

玩而弄得败家破产，赖义仆代死而幸存逃亡。《红楼梦》的读者却记得贾赦为了要强夺石呆子的名人字画扇子，不惜通过贾雨村陷害石呆子下狱，把他的扇子没入官产，送与贾赦(第四十八回)。

但是，贾雨村夺取石呆子扇子的事，只是从平儿口中叙述贾琏被打的原因时才说到。至于贾赦从何得知石呆子有这些扇子，平儿当然不会知道，所以在第四十八回中也就无法说明，但在后半部有关的故事发展中必须补叙。按情理推测，《一捧雪》故事中陷害莫怀古的小人是识古董的汤某，《红楼梦》中也正有这样一个人物：他是做古董生意的冷子兴，正是雨村旧日在都的老朋友，被雨村赞为"是个有作为大本领的人"(第二回)，又是对于贾家荣、宁两府的情形十分熟悉的"冷眼旁观人"。他的丈母娘是王夫人的伴房周瑞家的。有一次"因多吃了两杯酒，和人分争起来，不知怎的被人放了一把邪火，说他来历不明，告到衙门里，要递解还乡"。急得他老婆——周瑞女儿找她妈觅人求情。但在周瑞家的眼里，这又有"什么大不了的"，"这没有什么忙的"(第七回)，可见这个"来历不明"的古董商人，自有他的靠山。这样的人之所以能回旋于达官贵人之间，就靠他的古董知识：不仅认得古董的真伪好坏，而且知道谁家有些什么珍玩，他可以向豪家富户通风报信，以便有权势者强取豪夺。莫怀古的玉杯，石呆子的扇子，就是因有这类小人从中拨弄，才造成悲剧①。"将来荣府事败"而许多人下狱，会不会和当年石呆子的扇子有关呢？本书作者早在第十八回就从《一捧雪》这个剧本中挑出《豪宴》这一出来象征贾家全盛时代最豪华最热闹的一个场面，却只是用这场面来对比莫怀古后来的悲惨结局，借以暗示贾家后来的结局也是这样悲惨的。所以脂砚在《豪宴》的戏名之下注明"伏贾家之败"。这岂不是明白无误地指出《红楼梦》后半部的"狱神庙"

① 在前八十回中，冷子兴这人只出场一次，即第二回在酒店中向革了职的贾雨村介绍宁荣两府的男女人物。除此以外，他的名字只在第七回中又出现一次，作者介绍他就是周瑞的女婿，因卖古董和人打官司，叫他老婆来贾家求情帮他，以后即再未出现。但他是个坏蛋，则可以从脂评中看出来。第二回中他阿谀贾雨村说："荣国府贾府中，可也不玷辱了先生的门楣了？"脂评说："刳小人之心肺，闻小人之口角。"(第六页上)下文他自夸和江南甄家有来往，脂评说："说大话之走狗毕真。"(第十页下)可知脂砚深知此人，恨极此人，则一定因为脂砚知道后半部原文中，此人于贾府之败也是主要祸根之一。

故事正是属于《一捧雪》这一类型的悲剧吗？这岂不是暗示雨村的好友，“有作为大本领”的冷子兴要在造成这《一捧雪》型的悲剧的过程中大显身手，发挥作用么？但是，必须指出，茜雪、红玉的探监，和莫成的“代主受刑”是不能相提并论的。而且，就脂评所透露的《狱神庙慰宝玉》这一回目残文看来，似乎茜雪或小红也不可能像莫成那样代主而死。曹雪芹也不会在全书最后极重要的情节中重复前人已写过的故事。可是所谓“人血所生”这一“茜”字的含义又该怎样理解呢？

从作者在第十八回中用《一捧雪》中故事预埋的伏线以及贾芸、茜雪命名的含义看来，《狱神庙》这一回的内容是惊险、恐怖、悲壮、惨切而又凄婉、细腻、缠绵、熨帖的。有这样回肠荡气、动人心魄的故事而又令人无从想象其情节于万一，恨不得起雪芹、脂砚于九泉而问之！

此外，还有元春、王熙凤等人在后半部原稿中的遭遇，也和高鹗续书的故事不同，当另为文论之。

《红楼梦》百二十回本中的问题

本文提要

曹雪芹著《红楼梦》是我国古典小说中一部反对道学八股，批判封建统治，揭露阶级斗争的形象历史，也是一部生动的、封建社会的百科全书。在大量发行此书时，应该采用反儒教反封建的曹雪芹原著，还是采用经儒家信徒高鹗所删除窜改的本子？这不仅是一个学术性的版本问题，而且是一个思想路线的问题。

在"文化大革命"以前的1957年，人民文学出版社就采用了被高鹗改得最厉害的"程乙本"为大量重印发行的底本。这个本子是胡适所收藏，因此他把它吹捧为"最好"的本子。

本文根据接近曹雪芹原著的乾隆抄本（主要是用北大藏七十八回脂砚斋评本，简称脂京本），对照"程乙本"（主要用1957年人民文学出版社横排本）列举高鹗删并、窜改、歪曲、增添的大量例子，证明他是怎样改变原著内容，为封建统治阶级服务，以达到其为正在没落的封建统治加以巩固的目的。

本文分两部分：第一部分揭露高鹗在前八十回中的删改，初步列举为十二种。第二部分揭露后四十回中高鹗删改"程甲本"的内容和有关的问题，包括其中可能有雪芹原著残稿被删改的问题。

前八十回中的被删改问题

现在流行的《红楼梦》有两种本子：八十回本和百二十回本。前者是乾隆五十七年壬子（1792）以前流行的一种抄本，比较接近曹雪芹原著，当时称为《石头记》，上面有或多或少的脂砚斋评语，一般称为"脂评本"。后者是经过高鹗几次删改，并续作了后四十回，凑成一百二十回的《红楼梦》。这个本子由程伟元用活字排印两次：第一次在乾隆五十六年辛亥(1791)，一般称为“程甲本”；第二次在下一年，一般称为“程乙本”。程甲本改动原文较少，程乙本则把曹雪芹原著改得很多。现在通行的百二十回本《红楼梦》是1957年北京人民文学出版社根据程乙本加以校订的本子。1973年人民文学出版社“第十次印刷”出版的四卷直排本，1974年重印的横排本，其正文仍是1957年采用的程乙本。

至于前八十回的脂评《石头记》，现在有1955年文学古籍刊行社影印的七十八回抄本《脂砚斋重评石头记》和1975年北京人民文学出版社的重印本。另有最近影印的有戚蓼生(1732—1792)序的清末有正书局大字本《石头记》。前者所缺第六十四、六十七两回，则用别的旧抄本补抄配足。后者曾于1958年排印，作为《红楼梦八十回校本》。另有一个十六回残本的脂评《石头记》，1975年上海人民出版社也有影印本。

经高鹗续写、编辑和程伟元排印发行的百二十回本《红楼梦》，对于这部伟大作品的推广流行，曾起过一定作用。但是由于当时的政治原因，他们曾大量删改曹雪芹原作前八十回的内容；高鹗续作的后四十回中，也窜改了曹雪芹原来为后半部定的设计，乃至完全改变雪芹残存原稿中的一些故事。他们这种窜改，以前的广大读者，除了极少数藏有旧抄本《石头记》者外，是根本不知道的；只是在近数十年中，一些前八十回的脂评旧抄本《石头记》和这些抄本中的评语陆续出现以后，才逐渐为读者所知。高鹗删改的目的，是要减少雪芹原著中对封建统治的批判和对孔孟之道的蔑视，并从而歪曲书中正面人物的形象和思想。在后四十回中，高鹗使正在崩溃的封建统治大家族免于灭亡，用“沐皇恩”“延世泽”的故事大举复辟。在程甲、程乙两本中，程乙本的窜改和歪曲更加厉害、更加露骨，也即是在客观上更加合乎封建统治者的需要，并为后来的资产阶级所利用。所以，早在1921年胡适写《〈红楼梦〉考证》时，他明明知道“‘程甲本’为外间各种《红楼梦》版本的底本”，却硬要说“乙本远胜于甲本”。他明明知道戚序本是“乾隆时无数转辗传抄本之中幸而保存的一种”，则当然是时代更早，更接近曹著原本；但他硬要说"可见已是很晚的抄本"，"决不是原本"，"'国初抄本'四个字自然是大错的"[①]。因此，当时亚东图书馆已排印了程甲本，他以学阀的权势，迫使亚东老板汪原放，重排他收藏的程乙本。本来，在解放以后重印这部反封建反儒教的伟大作品，前八十回理应采用接近原著的抄本（例如北大藏本）为底本。但胡适虽然已跑了，而他的影响却还在。在有关《红楼梦》的许多问题上，仍有人对胡适佩服得五体投地，唯命是听[②]。因此以前的出版机构，把胡适旧藏的程乙本作为重印《红楼梦》的底本，大量翻印普及，使曹雪芹原著中反封建反儒教的思想，尽量在读者之中减少到最低限度。在"四人帮"控制全国宣传机构时期，他们号称批孔反儒，但在翻印《红楼梦》时所用本子，仍是高鹗窜改的尊孔崇儒的"程乙本"，以致直到最近几年，除了少数研究《红楼梦》的专家和收藏家外，一般读者所能见到的，也还是这个离曹著原书最远的、胡适旧藏的那个宝贝的"程乙本"的翻版！

下面列举在程乙本中高鹗窜改、删除、歪曲、增益雪芹原著的证例，即用 1957 年人民文学出版社横排本《红楼梦》，对照 1955 年文学古籍刊行社影印本《脂砚斋重评石头记》。至于后四十回中文字和情节的改动，则用程甲、程乙两种本子互相对勘。程乙即据上述横排本，程甲则用道光十二年壬辰（1832）王希廉（雪香）评本（因王本以程甲为底本）。

高鹗对于前八十回原著内容的窜改，据初步考察，约可列举下述十二种：

（一）窜改本书政治性的主题思想；

（二）删改原著中反儒教、反封建的故事；

（三）丑化或歪曲书中正面人物的形象与品格；

（四）美化反面人物或减轻其罪恶；

（五）把原著文字改成不通；

---

① 胡适：《红楼梦考证》，人民文学出版社 1973 年北京版《红楼梦研究参考资料选辑》第一辑第 30 页。

② 关于在《红楼梦》的其他一系列问题上信奉胡适谬论的具体情况，当另为文论之。

(六)把原著的典故改错;

(七)妄改原著人物名字;

(八)改换关键文字,掩盖书中故事背景;

(九)因不懂方言而妄改原著;

(十)删去有关文化知识的材料;

(十一)删去原著中作者的"台词";

(十二)为复辟封建家族而删改原著情节。

这十二种窜改也不是互相孤立的。有时初看仅仅是文字的修饰或书中次要人物名字的改动,看来无关紧要,却可以牵动前后故事的结构脉络,或改变重要思想内容。为了论述方便计,姑且列为上述十二项。其中因删改而牵涉到原著重要意义之处,则随文解说。

一　窜改本书政治性的主题思想

曹雪芹著《红楼梦》,本来有他的政治性和社会性的意义。这一点在第一回"楔子"中已有明文交代,"楔子"开始时说到石头上所记故事的来历,雪芹原文说:

> 原来就是无材补天,幻形入世,蒙茫茫大士、渺渺真人携入红尘,历尽离合悲欢,炎凉世态的一段故事。
>
> (第一一～一二页,指影印本,下同)

这一段文字,被高鹗删去了加重点的十五字,改为"……携入红尘,引登彼岸的一块顽石"(第二页,指横排本,下同)。很明显,高鹗一开始就把雪芹把此书作为社会历史小说的主题阉割了,又蒙上了一层佛教迷信的色彩以欺骗读者。至于曹雪芹为什么要用小说的体裁写成此书,他也借用"空空道人"与"石兄"对话的形式,说得很清楚。当时空空道人在青埂峰下见了石上所记故事,怪它一则无朝代地舆可考,二则无"理朝廷治风俗的善政”，怕“抄去恐世人不爱看呢”(第一二页)，石头便解释道：

> 市井俗人喜看理治之书者甚少，爱适趣闲文者特多……今之人贫者日为衣食所累，富者又怀不足之心，纵然一时稍闲，又有贪淫、恋色、好货、寻愁之事，那里有工夫看那理治[①]之书？所以我这一段故事，也不愿世人称奇道妙，也不定要世人喜悦检书(读)，只愿你们当那醉淫饱卧之时，或避事去愁之际，把此一玩……却也省了口舌是非之害，腿脚奔忙之苦。再者亦令世人换新眼目，不比那些胡牵乱扯，忽离忽遇，满纸才人、淑女、子建、文君、红娘、小玉等通共熟套之旧稿。空空道人……因见上面虽有些指奸、责佞、贬恶、诛邪之语，亦非伤时骂世之旨。……虽其中大旨谈情……又非假拟妄称，一味淫邀、艳约、私讨(订)[②]、偷盟之可比。因毫不干涉时世……(第一三～一四页)

这段文字共二百五十多字，正是作者表白本书主题的重要宣言。作者明白告诉读者，这是一部“指奸、责佞、贬恶、诛邪”，批判封建统治阶级的书。为了更好地教育那些“爱看适趣闲文”的“市井俗人”，教育那些“那里有工夫去看那理治之书”的“贫者”与“富者”，作者不采取空空道人所谓“大贤、大忠，理朝廷、治风俗”的“理治之书”的方式，而用“适趣闲文”的小说体裁，用潜移默化的说“话”方法发挥它的教育作用。至于“其中大旨谈情”，也不过是写“适趣闲文”的一种手法，无非是要借此把“真事隐”去。这样明白无误的宣言，高鹗当然是看得清的，所以他把上面所引文字全部删去，只保留原文中“大旨谈情”一句，还把它改为“大旨不过谈情”(第一三页)。高鹗插入“不过”二字，使读者有全书除了“谈情”更无他事的印象，把书中的人命血案、阶级压迫、思想斗争、叛逆反抗，等等，轻轻遮掩过去

① 脂残本、戚本均作“理治”。脂京本原抄漏“治”字，后人添入“道”字，显误。

② 各本皆作“私讨”，显然是“私订”之误，当时才子佳人小说中一个公式是：“私订终身后花园，落难公子中状元。”这也正是作者所批判的“通共熟套之旧稿”。“私订”是男女私自订婚。故与上文“淫邀、艳约”，下文“偷盟”是一类的事。“私讨”二字无意义，也不像话。

了。联系到高鹗在上文的删改(即“引登彼岸……”),他不但把这故事染上了宣扬佛教的色彩,而且把爱情的纠缠和宗教的解脱联结起来,用宿命论来麻醉读者,使他们看不到现实的斗争,而幻想在宗教迷信中求解脱。在全书的末了,高鹗还借空空道人之口,说这一部书“不过游戏笔墨,陶情适性而已”。

高鹗对于全书主题思想的这一窜改达到了一定程度的成功。自一百二十回本通行以后,一般读者受它的“陶情适性”自不必说。后世如王国维等人因此书而求人生痛苦用“出世”来“解脱”,或把此书作为“消夏良方”的“闲书”,对这书的研究“不当称为历史的或科学的,只是趣味的研究”。种种错误的说法之所以产生,除了他们自己的立场和世界观起了主要作用之外,高鹗的窜改工作要负一部分责任,而所以使高鹗的工作起到作用,施加影响,则是采用程乙本的直接效果!

高鹗的窜改当然远不止此。作为一个正在求功名、往上爬的封建文人,他对于曹雪芹的反儒反封建的思想有一整套修改的方案,包括删去书中反儒的情节或字句,歪曲或贬损书中正面人物的形象,美化反面人物或减轻其罪行。《红楼梦》百二十回本经高鹗这样有目的、有计划、有系统的窜改以后,给读者的印象当然不同于雪芹原著所希望给予读者的印象,使这部本来是通过言情故事来反理学的伟大著作,在百二十回本通行以后,大大减少了其中的“违碍”字句,减少了它对封建统治阶级的严厉批判,使其斗争性的客观效果大为减色。

二　删改原著中反儒教、反封建的故事

曹雪芹是18世纪反对儒家的一个旗手,这在《红楼梦》所表现的作者思想中非常清楚,也非常突出。在清初,从北宋至和二年(1055)立孔丘后人为“衍圣公”,熙宁四年(1071)设科举,以孔孟之道的经义取士算起,已经有了六七百年尊孔崇儒的传统,在其影响之下,反儒的思想家当然不可能像现在这样直指孔老二来批判,而只能采用旁敲侧击的手法:1.反对儒

家的代表人物“理学家”(又称“道学家”)的方式;2. 反对维护儒家的统治制度(例如八股文、举业等)的方式;3. 反对儒家所标榜的道德(例如“饿死事小,失节事大”等)的方式;而对孔孟之道本身,则往往避而不批,以免受封建统治者的鹰犬的迫害。——自王夫之、黄宗羲、顾炎武以至后来的纪昀、戴震、吴敬梓,莫不如此。曹雪芹借他自己所塑造的正面人物贾宝玉来反对儒家,痛斥那些做八股文求功名的儒生为“国贼禄鬼”。在第三十六回,雪芹原著说到宝玉因“宝钗有时劝导,反生起气来”,把宝钗等也斥为“沽名钓誉,入了国贼禄鬼之流”。“因此祸延古人,除《四书》外,竟将别的书焚了”(第八一八页)。这里所谓“别的书”,当然不是指《牡丹亭》一类戏曲,因为就在本回下文,他还“想起《牡丹亭》曲子来,自己看了两遍”(第八三〇～八三一页);也不会是指一般诗词,因为就在下两回,他和姊妹们还忙着结社作诗。他所焚的,正是儒家的经典八股制艺之类求功名的“干禄”之书。这一点高鹗知道得最清楚,也最痛恨,所以把“焚书”这一重要情节删去了(第三六八页)。

有人认为《红楼梦》第四回是全书总纲,《护官符》又是第四回的焦点。雪芹写此回,一开始便暴露了四大家族的罪恶。薛蟠打死了人,便像“没事人一般”,扬长而去,“并非为此些微小事,值得他一逃”。曹雪芹借门子的话,由薛蟠谈到四大家族:“这四家皆连络有亲:一损皆损,一荣俱荣,扶持遮饰,皆有照应的。”(第八七页)这句话在程甲本中还保存原文,连后来的王希廉也看出了这话的重要性,在下面注道:“全书总领”。但在程乙本中,高鹗把这句话中关键性的九个字“扶持遮饰,皆有照应的”完全删去;这就把他们互相勾结,狼狈为奸,包庇作恶,隐瞒罪行的实质完全掩灭了。删后剩下“一损皆损,一荣俱荣”八个字,只能给读者留下“六亲共命”、“休戚相关”的一般印象,无从知道他们在“扶持遮饰”的黑幕后面的种种罪恶了。

这一回文字,从《护官符》到门子的劝告,雨村的徇情枉法,包庇杀人犯薛蟠,借此向贾、王两家献媚市恩,以求将来在官场中广为牵线,等等,说来说去,无非是为《孟子》书中的一句话作注解。这句话是:“为政不难:

不得罪于巨室。"(《孟子·离娄上》)不消说,四大家族正是"巨室"。雨村熟读"圣贤"书,对门子的话自然深有体会。前人说孟轲此语是"儒家干禄精义"[①],真是一语破的。高鹗深知此中诀窍,他删去了上述九个字,不但帮了薛蟠、雨村和贾、王两府的大忙,连孟轲这话的势利本质,也不显得太刺眼了。高鹗真不愧是儒家的孝子贤孙。

三 丑化或歪曲书中正面人物的形象与品格

在本节中,我暂举两个为高鹗窜改的重要故事为例:一是第十五回宝玉在农村的一段插曲,二是第七十七回晴雯被逐后宝玉去探病以及贾母为晴雯辩护的情节。

(一)窜改宝玉在农村的插曲

贾宝玉是一个性格比较复杂的多方面的人物。除了对于封建社会的种种制度他是一个无情的批判者,对于他自己的阶级是一个叛逆者外,作者还指出了他所痛恨的封建家族衰亡以后的出路。这在原著后半部书中本来已有成稿(详下文),但即使在前八十回中,也早有暗示。第十五回宝玉与凤姐等送秦可卿之丧路过农村休息时,有较长的一段故事,雪芹原作被高鹗删改得面目全非,把正面人物的形象歪曲、丑化得不堪入目。在这段文字的开始,当凤姐等初入农庄时,原文只说:"那些村姑庄妇见了凤姐、宝玉、秦钟的人品、衣服、礼数、款段,岂有不爱看的。"(第三一〇页)高鹗却把这句改成:"那些村姑野妇,见了凤姐、宝玉、秦钟的人品、衣服,几疑天人下降。"把农村妇女描绘得无知自卑,全非原著本意。下面写宝玉在乡村中各处游玩:

> 凡庄农动用之物,皆不曾见过。宝玉一见了锹、镢、锄、犁等物,皆以为奇,不知何项所使,其名为何。小厮在旁一一的告诉了名色,

① 见吴虞《秋水集》第二九页下,《辛亥杂诗》自注。吴虞是"五四"时代提出"打倒孔家店"口号的人。"四人帮"贪天之功,自封为批孔的先驱,真是无耻。

说明原委。宝玉听了,因点头叹道:"怪道古人诗上说,'谁知盘中餐,粒粒皆辛苦',正为此也。"一面说,一面又至一间房前。只见炕上有个纺车,宝玉又问小厮们,"这又是什么?"小厮们又告诉他原委。宝玉听说,便上来拧转作耍,自为有趣。只见一个约有十七八岁的村庄丫头,跑了来乱嚷:"别动坏了!"众小厮忙断喝拦阻。宝玉忙丢开手,陪笑说道:"我因为没见过这个,所以试他一试。"那丫头道:"你们那里会弄这个?站开了!我纺与你瞧。"(第三一一页)

这段文字中凡加重点的字句,都被高鹗删除或窜改。高举人先把他所讨厌的"锹、镢、锄、犁等物"删去,然后把宝玉"点头叹道"的"叹"字删去。原文此句的主要意思是叹息农事的辛苦,点头只是叹前的沉思,删去"叹"字便失去了主要意义。下文删去了宝玉又问小厮的话,使小厮的答语变成无的放矢。高鹗认为像宝玉这样的公子少爷向小厮(奴仆)请教农具的用处是有失身份的。下面宝玉"上来拧转作耍,自为有趣",被删成"上炕摇转"。高举人不知道纺线只要拧转纺车,用不着去"摇"它。下面又把原文"跑了来乱嚷"改为"走来说道"。高鹗认为:农村丫头怎敢对宝玉一般"天人"乱嚷呢!下面小厮们对村姑的"断喝拦阻",高鹗改为"上来吆喝",以增威风。原文"忙丢开手"改为"也住了手",又删去下文"陪笑"二字。宝玉"忙丢开手"表示他自认不该乱动,下文"陪笑"表示歉意。高鹗却认为贵公子对村姑"陪笑"有失身份,当然要删去。下文宝玉说"试他一试"是真想学纺纱;高鹗改成"试一试玩儿",认为宝玉弄纺车只能出于好玩,并无深意。末了,他把村姑的话:"你们那里会弄这个?站开了!我纺与你瞧",改为"你不会转,等我转给你瞧"。原文用"你们",正表示这个农村姑娘把城里来的公子哥儿(包括秦钟)看成与自己不同阶级的一类人物,不只宝玉一个人而已。从她的语气,也可以看出她很瞧不起"你们"这些四体不勤、五谷不分的剥削阶级,哪里会知道生产技术!她在宝玉面前丝毫没有自卑感,她命令宝玉:"站开了!"看她教他怎么纺线。高举人却认为一个村姑竟敢对"天人一般"的宝玉如此不敬,那还了得!所以必须把她的话改得合乎孔孟之道的尊卑上下的身份。

在离开农庄之前，宝玉留心看那些前来领赏的村妇中，“并无二丫头”。原文接着说：

> 一时上了车出来，走不多远，只见迎头二丫头怀里抱着他小兄弟，同着几个小女孩子说笑而来。宝玉恨不得下车跟了他（她）去，料是众人不依的，少不得以目相送。争奈车轻马快，一时展眼无踪。（第三一二页）

高鹗却把这段文字改为：

> ……并不见纺线之女。走不多远，却见这二丫头，怀里抱着个小孩子，同着两个小女孩子在村头站着瞅他。宝玉情不自禁，然身在车上，只得眼角留情而已。一时电卷风驰，回头已无踪迹了。（第一四二页）

雪芹原文说二丫头抱的是“小兄弟”，高鹗改为“小孩子”，让读者想她已经是个母亲了。原文说她“同着几个小女孩子说笑而来”，根本没有注意宝玉，高鹗却改成她已预先出去，“在村头站着瞅他（宝玉）”。原文说宝玉想“下车跟了他（她）去”，乃是为后半部书中故事伏线（详下文），高鹗改此句为“宝玉情不自禁”，竟把他写成见一个女孩子爱一个的“滥情人”了。下文高鹗又改“以目相送”为“眼角留情”，用以配合上文他所改的她“在村头站着瞅他”。这样一改，竟把这一故事弄成村姑与宝玉互相调情的不堪形象了。

原来雪芹写这一故事是有深意的。看过后半部原稿的脂砚斋，在宝玉正要和村姑说话时被老婆子叫去这一句下，有评语道："处处'点睛'[①]。又伏下一段后文。"（第三一二页）又在上文写宝玉询问"锹、镢、锄、犁等物"的用处时，脂评说："凡膏粱子弟，齐来着眼。"（第三一一页）接着宝玉引古人诗"谁知盘中餐，粒粒皆辛苦"。在这句下脂评说："聪明人自是一喝[②]即悟。"在这一行的上端又有一条眉批说："写玉兄正文总于（在）此等处，作者[用心]良苦。壬午季春。"[③]从这些脂评，可知在后半部书中，作者已苦心安排宝玉有一个时期要到农村去使用他曾经"着眼"的"锹、镢、锄、犁等物"——这才是脂砚所理解的"玉兄正文"。

在后半部书中，宝玉可能再遇到纺线的村姑教他干各种农活，所以在第十五回中"恨不得下车跟了他（她）去"。高鹗这个儒家的忠实信徒早已准备宝玉将来要和他一样去考举人，怎么能让他到农村去呢？如果宝玉与农村姑娘有什么交往，在高鹗心目中，一定是轻薄的调情。从高鹗删改的心计手法，可以看出他的思想、品格，真是"如见其腑肺然"。

（二）窜改晴雯被迫害的故事

雪芹写晴雯的被迫害以至夭卒是全书一个重要故事。不但《芙蓉女儿诔》是全书最重要的一篇韵文，而且在写晴雯之死的情节时，作者采用了前人遗产中的三个故事，古为今用，加工改造，使它们融合成为一个新的故事。晴雯病中与宝玉换衣穿，是采用唐人小说苏紫劳与谢耽的故事[④]。晴雯把指甲剪下给宝玉，是用宋代王幼玉和柳富的故事[⑤]。原著又说晴雯知道宝玉舍不得离开她，"遂用被蒙头总不理他，宝玉方出来"（第

---

① "睛"，原抄手误作'情'。"点睛"是评者习惯用语，是"画龙点睛"一语之省文。参看脂残本"凡例"："此三名皆书中曾已点睛（又误作'晴'，下同）……此《红楼梦》之点睛……此则《风月宝鉴》之点睛……此则《石头记》之点睛处。"脂残本第二回开始："那些公人道：'我们也不知什么真假。'"脂评："点睛妙笔。"

② "喝"字原误作"唱"，据脂残本校正。这是佛教禅门临济宗的术语，即"当头棒喝"之"喝"。"当头棒喝"是说警醒世人的痴迷。

③ 这条批语是作者生时所写，可知得作者同意。

④ 见朱揆《钗小志》"谢郎衣"条："苏紫劳爱谢耽，咫尺万里，靡由得亲。遣侍儿假耽恒著小衫，昼则服于内，夜则拥之而寝。耽知之，寄以诗曰：'苏娘一别梦魂稀，来借青衫慰渴饥。若使《闲情》重作赋，也应愿作谢郎衣。'谢亦取女袙服衷之。后为夫妇。"按：陶潜《闲情赋》云："愿在衣而为领，承华首之余芳。……愿在裳而为带，束窈窕之纤身。……"谢诗后两句本此。

⑤ 见刘斧《青琐高议》前集卷十三《王幼玉》条，录自柳师尹《王幼玉记》。

一八八八页)。这是用李夫人重病时拒见汉武帝的故事[1]。

高鹗对于晴雯之死这一重要故事大加删削窜改,弄得面目全非。在上述雪芹采用改写的三个故事中,他删去晴雯蒙被劝宝玉回去的情节。在他儒家的观念中,大概认为以李夫人比晴雯,未免太抬高了这个丫头的身份,所以非删不可。其实,李夫人病中不肯见武帝是为了要武帝照顾她兄弟这一自私目的。晴雯临死之前当然极愿多见一会儿宝玉,但她怕他待久了会被王夫人发现而遭责,这才忍痛蒙被以逼他回去。所以,即使这两个故事的情况有类似之处,雪芹所写晴雯的品格也比李夫人要高尚得多。

高鹗在这一回的篡改中,也把晴雯的表嫂的形象歪曲了。她虽然在私生活方面很随便,但还是没有像高鹗描写的那么恶劣。在雪芹的原著中,她见宝玉来探晴雯之病,虽然开始时想乘机引诱他,但经宝玉解说央求后,她不但克制了自己,还说她方才在房外偷听宝玉晴雯的谈话,发现:

> 你两个竟还是各不相扰。可知天下委屈事也不少。如今我反后悔,错怪了你们。既然如此,你但放心,以后你只管来,我也不罗唣你。(第一八八七页)

宝玉在嘱咐她照顾晴雯以后,还有机会再去和晴雯从容告别。

但在"程乙本"中,高鹗先把上引晴雯表嫂证明晴雯一生清白、受冤屈

---

① 见《汉书》卷九七上《外戚李夫人传》。李夫人病重时汉武帝去看她,她蒙被不肯见帝。事后她的姊妹怪她为什么不借此机会嘱托武帝照顾她的兄弟。她说,不让武帝见她难看的病容,使他保住往常她美貌的印象,才能使他照顾她的兄弟。按:《汉书·外戚传》二十六人的传中,只有李夫人死后有武帝为她作赋哀悼。晴雯死后宝玉为她作《芙蓉女儿诔》,可能是受汉武帝为李夫人作赋的暗示。可见宝玉对晴雯的重视。由此,也可证明雪芹用李夫人病榻的情况来对比晴雯与宝玉的最后一面,也不是偶然的。高鹗删去晴雯蒙被这一情节,使原文故事的暗示性被取消了。又按:就文体而论,《芙蓉女儿诔》是仿李煜(李后主)的《昭惠周后诔》。前者全文一三七一字,前序后诔。序文八七五字,用四六骈体;诔用骚体。《昭惠周后诔》全文一〇六五字,亦为前序后诔。序文八百余字,从头至尾是四字句,诔文亦为骚体。可见雪芹仿李煜作此诔,而不为李序文体所拘,改为四六骈文,摇曳多姿,有青出于蓝之妙。(李诔见马令《南唐书》卷六,陆游《南唐书》删此诔文,仅记其事。)

的话一起删了。在高鹗自己改写的故事中,晴雯表嫂先是恐吓宝玉,逼他与她通奸。高鹗觉得原文不够露骨,竟加上这样一句:"(把宝玉拉在怀中),紧紧的将两条腿夹住。"(第八七一页)在高鹗的改本中,她还恐吓宝玉说:"你要不依我,我就嚷起来,叫里头太太听见,我看你怎么样!"宝玉一直在和这女人挣扎,直到柳五儿和她妈奉袭人之命给晴雯送衣服来,晴雯表嫂才只好放手,宝玉趁机赶紧逃回去,再也不见晴雯了(第八七一页)。

在原著中,柳五儿早已死了。她妈妈根本没有来看过晴雯,袭人也没有派任何人给晴雯送什么衣服来。宝玉好好地从里屋出来,还有机会再一次和晴雯相会。知道他舍不得离开她,晴雯最后以被蒙头,宝玉才被迫离去。高鹗删去宝玉第二次和晴雯相会的情节,以便让柳五儿和她妈来时,她表嫂还纠缠着宝玉不放,把她写得更坏更不堪,用以对比袭人给晴雯送衣服的"仁政"。

晴雯被逐,照袭人的说法,是王夫人"只嫌他生的太好……深知这样美人似的人,不能安净(静),所以恨嫌他(她)"(第一八七五页)。王夫人尽知怡红院里日常的谈话,宝玉向袭人追究为什么晴雯会被逐,很明显这都是袭人向王夫人告密的结果。这个阴险、妒忌、淫荡、伪善的"大丫头",是怡红院中唯一与宝玉有男女关系的女人,然而却正是她向王夫人告密,暗示黛玉和晴雯等对宝玉有可虑之处(第七八一页),使得那个愚蠢而刚愎的主妇感动得自己掏腰包把二两银子一吊钱给袭人作月钱,凡事与赵姨娘、周姨娘一样,把她提升为宝玉事实上的侍妾(第三十六回第八三二页)。在向王夫人告密这一段文字中,高鹗删去原著中袭人所说的许多毁谤宝玉和黛玉的话:说他和黛玉等常在一处不方便,"便是外人看着,也不像一家子的事"。若有人说宝玉一个不好字,"太太也难见老爷。俗语又说,'君子防未然'"。又说她自己日夜为此事操心,"又不好说与人,唯有灯知道罢了"(第七八一页)。王夫人听了这些话,"如雷轰电掣一般"对袭人感爱不尽,竟说:"难为你成全我娘儿两个名声体面,真真我竟不知道你这样好!"从此她把宝玉交给袭人,还说,"保全了他,就是保全了我"(第七八二页)。

上面凡是引号内的文句,高鹗全部删去(第三五一页)。

很显然,高鹗是站在袭人一边的。但他也知道,袭人这些话,虽然合乎王夫人的口味,使她坠入计中,但毕竟太阴险恶毒了,若不删去,袭人的恶迹就太显著了。至于王夫人那些不伦不类的蠢话,若不删去,也太不堪了,有损这位贵族太太的形象。雪芹写这一故事,本来要暴露在晴雯被逐、黛玉婚姻这些情节上,袭人和王夫人狼狈为奸的阴谋。高鹗要"为贤者讳",不愿读者知道在这些问题上袭人所起的作用。

王夫人听信袭人的诬告,冤枉晴雯是引诱宝玉的"狐狸精",却要由晴雯的表嫂来证明晴雯和宝玉其实"各不相扰"。这样辛辣的讽刺文字也是高鹗举人所看不下去的。因此他把七十七回这个故事重新改写,把袭人写得更为贤惠,巴巴的派人给晴雯送衣服;把晴雯的表嫂写得更为下流,用腿夹住了宝玉不放!

在这以前,原著还有关于晴雯的一段简短的历史:

> 这晴雯当日系赖大家用银子买的。那时晴雯才得十岁,尚未留头。因常跟赖嬷嬷进来,贾母见她生得伶俐标致,十分喜爱,故此赖嬷嬷就孝敬了贾母使唤。后来所以到了宝玉房里。这晴雯进来时也不记得家乡父母,只知有个姑舅哥哥,专能庖宰,也沦落在外,故又求了赖家的收买进来吃工食。赖家的见晴雯虽在贾母跟前千伶百俐,嘴尖,为人却到还不忘旧。故又将他姑舅哥哥收买进来,〔把〕家里一个女孩子配了他。(第一八八一页)

脂砚斋在晴雯"却到还不忘旧"一句下评道:"只此一句,便是晴雯正传。可知晴雯为聪明风流,可无害也。[①] 一篇为晴雯写传,是哭晴雯也。非哭晴雯,乃哭风流也。"高鹗却把上引原文中凡加重点之字句全部删去。全

① 此句原文作"可知无晴雯为聪明风流可害也"。文字错乱,姑校改如上。

段一百六十四字，被删去一百二十八字（第八六八页）。上文删去对袭人、王夫人不利的字句，这里删去对晴雯有利的字句，高鹗站在哪一边，再清楚不过了。

晴雯在病炕上对宝主说的话中，抗议王夫人诬蔑她是“狐狸精”，冤枉她“勾引”宝玉：

> 我虽生得比别人略好些，并没有私情密意勾引你怎么样，如何一口死咬定了我是个狐狸精！我太不服！今日既已耽了虚名，而且就要死了，不是我说一句后悔的话，早知如此，当日也另有个道理。不料痴心傻意，只说大家横竖是在一处。不想平空生出这一节话来，有冤无处诉！（第一八八四～一八八五页）

高鹗对于这个受冤屈、被迫害的女奴在临死前微弱的抗议，也不许留下来，把上引有重点的字句，全部删去（第八七〇页）。

后来晴雯要与宝玉互换衣穿，又说：

> 快把你穿的袄儿脱下来我穿。我将来在棺材内独自躺着，也就像还在怡红院的一样了。论理不该如此。只是耽了虚名，我可也是无可如何了。（第一八八五页）

宝玉换了衣服，晴雯又哭道：

> 回去他们看见了要问，不必撒谎，就说是我的。既耽了虚名，索性如此，也不过是这样。（第一八八六页）

上面这两段话，要点是说她自己“耽了虚名”。这就是控诉王夫人对她的诬谤。高鹗为了“保全”王夫人的名誉，把这两段文字也全部删去，还连带改动了故事的情节（第八七〇～八七一页）。

晴雯一生清白，被王夫人诬蔑为勾引宝玉的“狐狸精”，完全是莫须有的罪名，连晴雯的表嫂这个“淫妇”都“后悔错怪了你们”。对比之下，王夫人还不如她有点是非之心。晴雯的表嫂对于晴雯的行为清白，不仅是非分明，还承认了自己以前误信别人诬蔑她的话而冤屈了她和宝玉。而王夫人则完全相反，她深信袭人的毁谤诬告，颠倒是非，一口咬定晴雯对宝玉有不正当行为。这正好说明了她们的阶级属性，因为晴雯的表嫂也是贫穷出身，与晴雯同属于一个女奴阶级。而王夫人则是封建贵族的统治阶级头目之一。袭人则不仅是背叛了自己的阶级，正在向上爬的投降派，而且是王夫人派驻怡红院的情报特务。高鹗在这故事上的种种删改，处处卫护王夫人与袭人而贬损晴雯，也明白无误地反映了这位举人的阶级属性。不但如此，王夫人后来把撵走晴雯、芳官等事向贾母汇报，连贾母也深觉诧异：

> 但晴雯那丫头，我看他甚好。怎么就这样[①]起来？我的意思，这些丫头们(包括袭人)，那模样儿，言谈针线，多不及他。将来只他还可以给宝玉使唤得。谁知变了？(第一八九六页)

这个把晴雯从小带大来的老太君，对于晴雯的评价在别的丫头(包括王夫人所赏识的袭人)之上，而且她也不相信晴雯和宝玉有什么不正当的行为。为了证明这一点，贾母又从宝玉的角度分析他平时对女孩子们的态度：

> ……也从未见过这样的孩子：别的淘气都是应该。只他这种和丫头们好，更叫人难懂。我为此也耽心，每每的冷眼查看：他和丫头们顽闹，必是人大心大，知道男女的事了，所以爱亲近他们。及至细细查试，究竟不是为此，岂不奇怪？(第一八九七～一八九八页)

---

① “这样”二字，暗示王夫人向贾母报告时捏造的许多晴雯的罪行，连贾母也不相信的罪行。

这一段也是用贾母的话证明宝玉和那些女孩子们(除了袭人)并无不正当的关系。富有讽刺意味的是:这位受全家尊敬的老太君对于晴雯的看法,竟和被认为“淫妇”的晴雯表嫂的看法并无不同,都认为晴雯和宝玉并无不正当关系。因此高鹗不但删去了前文晴雯表嫂证明晴雯无辜受屈的话,连这一段一百五十多字贾母的话也删除了。在高鹗的笔下,连贾母也没有为晴雯辩护的言论自由。

高鹗的目的很显然:正因为晴雯在女奴之中最有反抗性,不像袭人那样早已背叛了自己的阶级,变成了剥削阶级的王夫人的特务,一心要往上爬(这一点和高鹗是一样的),所以为了维护封建统治的秩序,必须删去原著中说到晴雯的优点和无辜受害的话,也要删去袭人在王夫人面前说的一些最阴险的挑拨调唆的话,用以减少袭人和王夫人迫害这个叛逆女奴的罪恶。

四　美化反面人物或减轻其罪恶

上文说到高鹗删改有利于正面人物晴雯的原文,同时也删去不利于反面人物袭人的原文。这二事有时不免要相辅而行。当然,《红楼梦》中数一数二的反面人物是王熙凤,因为她不但最阴险狠毒,而且也是权势最大的统治者。原文中对这个反面人物有许多不利于她的描写,高鹗在紧要关头删改一些字句,可以在读者对她的印象中,直接减轻她的罪恶,也就能间接减少对封建统治阶级的仇恨。

王熙凤滥用权力是从协理秦可卿丧事开始的。贾珍来请她协理宁国府时,王夫人对这个内侄女能不能办这样大事是不放心的:“怕她料理不清,惹人耻笑。”但精明的凤姐却从这件事上看出了这正是她卖弄才能、树立权威的难得机会。原文说她:

> 虽然当家妥当,也因未办过婚丧大事,恐人还不服,巴不得遇见这事。今见贾珍如此一来,他(她)心中早已欢喜。先见王夫人不允,

后见贾珍说的情真，王夫人有活动之意……（十三回，第二八六页）

这一段表明她渴望抓权的心理，在程乙本中被高鹗删改成这样两句："今见贾珍如此央他，心中早已允了。"（第一三〇页）

一旦稳坐了宁国府的交椅之后，王熙凤揪出了一个迟到的女仆来发施她的下马威。她喝命众人把这女仆带出去打二十板子，又掷下宁国府对牌出去革她一月银米。在这里雪芹原文生动地描绘了她是怎样树立威势的：

众人听说，又见凤姐眉立，知是恼了，不敢怠慢：拖人的出去拖人，执牌传谕的忙去传谕。那人身不由已，已拖出去挨了二十大板，还要进来叩谢。凤姐道："明日再有误的，打四十；后日的，六十。有要挨打的，只管误。"（第二九六页）

王熙凤是善于放债的。即使在打仆人板子的时候，她也没有忘记利上加利。至于"打了屁股还要向青天大老爷谢恩"，倒也并不是王熙凤的新发明，而是当时衙门里的常规，她不过是援例照办而已。雪芹这一段描写，暴露了封建统治者怎样对劳动人民在肉体上伤害之后再加以精神上的伤害——这是过去司空见惯，无人非议，然而难得记录下来的罪恶历史。在渴望自己也爬上去做"青天大老爷"的高鹗看来，这种描写太刺目了，因此上面引的一大段有关凤姐大施威风的妙文，在程乙本全被删除了（第一三五页）。这么一删，不但王熙凤不显得那么凶恶，读者也不会联想到当时衙门里的黑暗残暴了。

说到放债，王熙凤是连她丈夫也瞒着的。有一次旺儿给她送利钱来，正好贾琏在家，平儿出去遮掩过去，不让他听见。后来王熙凤问平儿，她说起"奶奶的利钱银子"。高鹗把"奶奶的"三字删了，改为"那项利银"（十六回，第一五一页）。下文又删去"二爷倘或问奶奶……少不得照实告诉二爷"一段三十多字。

第十五回中说到秦可卿停灵(棺材)的铁槛寺,原是贾氏上世修造以便停灵和送灵人暂时寄宿之用。原文说:

> 有那家业艰难安分的便住在这里了。有那尚排场有钱势的,只说这里不方便,一定另外——或村庄、或尼庵——寻个下处,为事毕晏退之所。即今秦氏之丧,族中诸人皆权在铁槛寺下榻。独有凤姐嫌不方便,因而早遣人来和馒头庵的姑子净虚说了,腾出两间房子来作下处。(第三一四页)

这段文字很重要,作者特写"独有凤姐"离开"皆权在铁槛寺下榻"的"族中诸人"而另行住到馒头庵中,因而在那里和尼姑净虚搞成了一笔肮脏交易,贪了三千两银子的贿赂,害死了一对青年男女。

高鹗窜改这一段文字,手法比较巧妙:不是大段整句的删去,而是改动几个关键字眼,使读者的印象完全改观。上引原文第一句有"安分的"三字用以衬托不住铁槛寺的是"不安分的",这正指下文住到馒头庵去的凤姐。因此,高鹗先把"安分的"三字删去。下面说到"即今秦氏之丧",原文说族中诸人皆住铁槛寺,独有凤姐住馒头庵,以便暗中作恶。高鹗把此句改为:

> 族中诸人,也有在铁槛寺的,也有别寻下处的。凤姐也嫌不方便,因遣人来和馒头庵的姑子静虚说了……(第一四三页)

这样,他把"族中诸人"分为两派:一派住铁槛寺,一派住馒头庵。凤姐不过是后一派中一分子而已,而且也并非"不安分的"。这就使读者大大改善了对凤姐的印象。但实际上除了凤姐和她带在身边的宝玉、秦钟外,贾氏族中再也没有"别寻下处"而住在"馒头庵"的任何人。高鹗改了这里,忘了那里,暴露了他为了减轻凤姐罪恶而捏造的也住馒头庵的另一派"族中诸人",并不存在,反而把文字改得前后矛盾了。下文说到宝玉要求凤姐在庵中多住一天，她计算“顺了宝玉的心，贾母听见，岂不欢喜”（第三二一页）。可见她答应宝玉再住一天，乃是从讨好贾母这个战略上考虑，并非真心顺宝玉之意。高鹗删去“贾母听见，岂不欢喜”八字，使读者认为凤姐真是为照顾宝玉而多住一天。同时也遮掩了她谄上的卑劣心理。

王熙凤放债是来旺经手的。来旺老婆是凤姐出嫁时的陪房。来旺的儿子看中了王夫人的丫头彩霞，彩霞自己和她父母因嫌那小子又丑又不成材，都不愿意这头亲事。来旺老婆却来求凤姐。凤姐要来旺替她放债，便用势逼婚。贾琏为此事派林之孝去女家劝说，林之孝不肯去，反而劝贾琏“别管这事”，因为大家知道这小子不成材：

> 岂止吃酒赌钱！在外头无所不为。我们看他是奶奶（指王熙凤）的人，也只见一半不见一半罢了。
>
> 贾琏道：“我竟不知道这些事。”（第一七三五页）

这一段，连同其他一些细节，在程乙本中全被高鹗删了（第八〇七页）。最后凤姐把彩霞的妈叫来，要她把女儿许给那个小流氓。高鹗删去的上文不但暴露了“奶奶的人”怎样无法无天，也透露了荣府奴仆们对于这位“奶奶”的看法，使她在这头亲事上的独裁行为更令人痛恶。高鹗删去上引文字，为王熙凤开脱了她在这件事上的罪行。

第六十九回王熙凤用借刀杀人法害死了尤二姐，贾琏回来哭她说：“你死的不明。”贾蓉“向南指大观园的界墙”。贾琏会意，说，“终究对出来，我替你（尤二姐）报仇”（第一六六三页）。高鹗全删此段一百多字（第七七三页），不但掩盖了凤姐的罪恶，也使后半部书中贾琏报仇的故事失去了联系上文的脉络线索。

王熙凤是《红楼梦》女主人中作恶最多、血债累累，手上有好几条人命的反面人物，而高鹗为她删去细节，开脱罪行，真是无微不至，煞费苦心。高鹗这种作风，我们并不奇怪。因为他是封建统治阶级中的正统儒家，当然同情贾家的所有统治者。奇怪的是解放以后（1957）还有人主张用高鹗改过的“程乙本”，而不用雪芹原本的《红楼梦》作为一般的普及本。

在曹雪芹的前八十回《红楼梦》书中，除了元春省亲这一故事外，很少提到当今“皇上”。作者甚至于还借林黛玉拒收宝玉转送给她的蓁苓香串一事，间接地把当今“圣上”包括在“什么臭男人”之内(第十五回，第三〇八页；第十六回，第三二七～三二八页)。其实，全书主题在写封建大家族的衰亡，并没有什么谈到“皇上”的必要。但在高鹗的修正本中，只要谈起贾政做官，便加上一些称颂皇上的谀辞。例如第三十七回开始，原文只有一句话：“这年贾政又点了学差。”(第八三九页)作者写这一句，无非是要把贾政支使出去，让宝玉和姐妹们可以在园子里生活得自在些，以便结社作诗，不受这伪君子假道学的干扰[①]。可是高鹗抓住这个机会，不但大做其“颂圣”献媚文章，而且尽力美化贾政这个荣府的“圣人”，添上这样一段不怕肉麻的文字：

> 且说贾政自元妃归省之后，居官更加勤慎，以期仰答皇恩。皇上见他人品端方，风声清肃，虽非科第出身，却是书香世代；因特将他点了学差，也无非是选拔真才之意。这贾政只得奉了旨……(第三七九页)

第七十一回贾政回家，在雪芹原书中也不过照例一笔带过：“话说贾政回京之后，诸事完毕，赐假一月，在家歇息。”(第一六八九页)高鹗却把这句话拉扯成两段文字，共有十行二百五十字之多，而且两段文字意义重复，又自相矛盾。第一段说贾政回来先到“贾母房中”，由“贾母处两个小丫头，匆匆忙忙来找宝玉”，告诉他“老爷家来了”。“宝玉听了，又喜又愁”。但下一段却说：

> 贾政回京复命，因系学差，不敢先到家中。珍、琏、宝玉头一天便

① 从第三十七回贾政出去到第七十一回他回来，书中只字未提他在外面有何活动，即可证明此点。

迎出一站去，接见了。……便命“都回家伺候”。(第七八五页)

这是说贾政未到家时宝玉头一天已见了，怎么还有上文“两个丫头”来告知，“宝玉听了又喜又愁”的情景？这分明是说宝玉此时才知道贾政回来，那么他“头一天”“迎出一站去”，把他和珍、琏“接见了”的，岂不是另外一个“贾政”？在这第二段中，高鹗为什么又添入这段文字，以致弄得上下文自相矛盾？原来他又要让贾政“次日面圣。诸事完毕，才回家来”。

从上面举的例子中，可以看出高鹗不但急于删改原文，而且在他认为必要时，还会在反儒反封建的雪芹原著中，匆匆忙忙塞进一些尊儒颂圣的私货去，以致弄得自相矛盾。

这里还须指出：在曹著原书八十回中，作者从不提起小说中任何人有“面圣”之事，甚至于连元春也没有提到过“面圣”。她和“皇上”的关系，只凭她的含糊的头衔中一个“妃”字的暗示，从未有过明文记录。高鹗一再要贾政“面圣”，无非要通过贾政的“君君臣臣”的孔孟之道，借以减少宝玉平日反儒叛道的气氛。如果把上文第一节高鹗对于本书主题思想的篡改，结合本节所举许多删改和掺入的例子一起考查，他之所以这么干的动机和目的就更加清楚了。

五　把原著文字改成不通

曹雪芹所写的《红楼梦》在文字和语言的运用方面表现了高度的艺术性。高鹗举人在这方面远远不如雪芹，但他却要给他的前辈改卷子，即他和程伟元的《红楼梦引言》所谓“其间或有增损数字处，意在便于披阅，非敢争胜前人也”。这最后一句不是谦虚而是强辩，因为他们所谓“增损数字”，其实是大段删削，已如上文所举。至于修辞方面的改动，则很明显是要“争胜前人”，而才力短绌，往往改得文理不通，弄巧成拙，颇不“便于披阅”。这方面的例子真是举不胜举。试以第十九回宝玉到袭人家里访问一事为例。

我们知道雪芹用北京话写书中人物的谈话，而高鹗则并不懂得北京话中一些习惯的用法，却要不懂装懂，擅改雪芹的原文。即如北京话中有的语词在语尾加“儿”，有的却不加。在改写雪芹原著时，高鹗常常在原文没有“儿”字的语尾上加上“儿”字。例如原文中的“偷空”、“热闹”、“地方”、“悄悄”、“尽力”、“宝贝”下面都没有“儿”字（第四〇九、四一五、四一六页），在“程乙本”中全被高鹗改成“偷空儿”、“热闹儿”、“地方儿”、“悄悄儿”、“尽力儿”、“宝贝儿”（第一八五、一八七、一九〇页）。这些例子，在“脂戚本”中也没有“儿”字语尾。高鹗这么一改，把书中人物谈话的语气变得做作而不自然。有的例子证明高鹗根本不懂原文而无知妄作：例如把原文“乍着胆子”（第四〇九页）改为“大着胆子”（第一八五页）。“乍着胆子”是小心翼翼地鼓起勇气，与“大着胆子”不同。把原文的“岁属”（第四一〇页）改为“岁数”（第一八五页）。“岁属”是一个人生年所属的生肖（如属牛、属羊之类），“岁数”则只指年岁多大。

原文写宝玉进屋子，袭人的表姐妹们“都低了头，羞惭惭的”（第四一三页）。这是女孩子见了陌生男人的正常现象。但是这个高举人，不知他自己想着了什么事，却让她们“羞的脸上通红”（第一八六页）。后来宝玉劝袭人回去，袭人说：“悄悄的！叫他们听着什么意思？”（第四一五页）高鹗改为：“悄悄儿的罢！叫他们听着作什么？”（第一八七页）

回家以后，袭人骗宝玉说：“我妈和哥哥商议，教我再耐烦一年，明年他们上来就赎我出去的呢。”宝玉听了这话，“越发怔了”。袭人又说她家住在别处，“独我一个人在这里，怎么是个了局？”（第四二二页）高鹗把这段文字中的“耐烦”改为“耐”，“怔了”改为“忙了”，“了局”改为“了手呢”（第一九〇页）。这些改动，只要把它们两两对比，不必再加评论，读者即可一目了然：高鹗改作的低劣是由于他不懂原文的意义。例如“怔了”是惊奇得呆了。因上文宝玉听袭人话中有因，已吃了一惊，所以下文说“越发怔了”。高鹗改成“忙了”，可谓毫无意义，文理不通。宝玉本来没有什么可忙的，怎么会“越发忙了”？“了局”和“了手”意义上相差也很远。

原著说，宝玉要回家时，袭人“命她哥哥去或雇一乘小轿，或雇一辆小车送宝玉回去”（第四一六页）。高鹗删去“或雇……”两句，改为“去雇一辆干干净净、严严紧紧的车”。下文凡遇“轿”字一律改为“车”字：“看着上轿，放下轿帘”改为“看着上车，放下车帘”（第一八七页），下文“住轿”、“抱出轿来”改为“住车”，“抱下车来”。上文袭人怪茗烟不该带宝玉上街，说“街上人挤车蹦，马轿纷纷的”（第四一三页），被改为“街上人挤马碰”（第一八六页）。高鹗到处删去“轿”字[①]，大概以为作为交通工具，北京街上很少用轿。这倒也是对的。但他忘记了第十四回来吊秦可卿之丧的客人就有“十来顶大轿，三四十小轿，连家下大小轿、车辆不下百余十乘”（第三〇三页），哪里删得完这些大小“轿”字呢？实际情况是：雪芹写这些故事时，他脑中的故事背景在南京，而轿子是当时南京街上常见的交通工具[②]，正如大观园里有些花木果品（桂花树、梧桐、芭蕉、梅花、鲜荔枝、鲜菱等）只有南方才有。高鹗删改这些字眼，看似无关紧要，却为研究《红楼梦》故事背景、作者行谊等问题，造成不必要的困难。

但高鹗最大的本领，还不仅能变轿为车，而且能赋予茗烟以孙行者般的神通，能化一身为二人。当宝玉回家时，雪芹原文是“花、茗二人牵马跟随”（第四一六页）。“花”是袭人之兄花自芳，“茗”是宝玉的书童茗烟。但在程乙本中，竟被改为“茗烟二人牵马跟随”（第一八七页）。“茗烟”一身竟化为“二人”。这样不通的文字，一经洋博士吹嘘，数十年来熟视无睹，还以为包含这样“妙文”的“程乙本”是《红楼梦》最好的本子，以致谬种流传，至今不绝！

高鹗不但改雪芹的散文，他尤其爱改雪芹的韵文。第五回警幻仙子出场时作者仿《洛神赋》写她的状貌，全文才短短的二百四十七字，竟被高鹗改动了七十来字。有的虽然无损原意，有的却因高鹗自己的无知，被改得不通了。例如原文“珠翠之辉辉兮，满额鹅黄”（第一〇八页），这是用古代美人额上施“约黄”的典故（正如后世用粉），高鹗不懂这典故，妄改为“鸭绿鹅黄”（第四七页），这使“绿”“黄”二色都变成“珠翠”的形容词了。

---

① 第五十一回请太医来看晴雯的病，给他“轿马钱”（第一二〇二页），在程乙本中被改为“马钱”，删去“轿”字（第五五一页）。

② 当时江南城市多用轿，因为南方多小河，石桥有石级，不便行车，近代筑路改石级为斜坡，始能行车。

"珠翠"没有鹅黄之色，鹅黄也不能有"鸭绿"。原文又有"应惭西子，实愧王嫱"一联，被改为"远惭西子，近愧王嫱"。若以时间为远近，则王嫱是西汉人，也不能算"近"。若以空间为远近，则西子、王嫱又岂能同时在一地出现？原文用"应惭"、"实愧"，都是虚拟之词，借作比方。高鹗一定要用具体的"远"、"近"来坐实，反而弄巧成拙了。

尤其不通的是高鹗擅改第七十八回的《芙蓉女儿诔》序文。雪芹原文只说宝玉"又备了四样晴雯所喜之物"。这四样物事在诔文说明是"群花之蕊、冰鲛之縠、沁芳之泉、枫露之茗"(第一九二五页)。但高鹗却改为"又备了晴雯素喜的四样吃食"(第八八六页)。可是诔文中列举的"蕊、縠"等物却没有改，于是这四样都变成"吃食"了。不知晴雯素日是怎样"吃"花蕊和鲛縠的！

六　把原著的典故改错

高鹗自己读书不多，但好妄改别人的文章，以致改错典故或典故的出处，改得文理不通。如果没有脂评抄本为证，读者可能会冤枉雪芹弄错了典故或其出处。一个突出的例子是第三十七回结诗社取别号时，探春自称"蕉下客"。黛玉笑道，"古人曾云'蕉叶覆鹿'，他自称'蕉下客'，可不是一只鹿了？"(第八四三页)女孩子们开玩笑，不是搞考据，原不必引证书名，只说"古人"就够了。但高举人却要卖弄他的"学问"，把黛玉的话改为"庄子说的'蕉叶覆鹿'"(第三八一页)。这一卖弄就露出了马脚，因为"蕉叶覆鹿"的典故见于《列子·周穆王》，与《庄子》无关。

高鹗在别处也卖弄过他的《庄子》。例如在他自补的第一百十三回，宝玉听见妙玉被劫，"想到《庄子》上的话:'虚无缥缈'，'人生在世，难免风流云散'，不觉的大哭起来"(第一二五六页)。《庄子》上根本没有这些话。"虚无缥缈"大概是从白居易《长恨歌》"山在虚无缥缈间"一句中截下来的；因为在第一百零九回高鹗还引了《长恨歌》中的两句:"悠悠生死别经年，魂魄不曾来入梦。"(第一二〇四页)下面的"风流云散"也与《庄子》无关。这本来是三国时王粲的诗句，但流传后世，已变成人民大众日常生活中的用语了。

第三十七回探春给宝玉写信提议建立诗社，末了说："若蒙棹[①]雪而来，妹则扫花以待。"（第八四〇页）"棹雪"是用王徽之雪夜乘棹到剡溪访戴逵，"乘兴而来，兴尽而返"的典故[②]。后世用此典，非真谓雪夜访友，只是说"乘兴而来"。高举人又不懂得"棹雪"的典故，把此句改为"若蒙造雪而来，敢请扫花以俟"（第三八〇页）。"造雪"意谓踏雪造访。探春此信写于中秋后不久，哪里有雪？高举人连《晋书》都没看过，实在令人惊诧。

又如《芙蓉女儿诔》的序文说："直烈遭危，巾帼惨于羽野。"（第一九二七页）高鹗看不懂"羽野"二字，把此句改为"贞烈遭危，巾帼惨于雁塞"（第八八七页）。他只记得"昭君出塞"的故事，而不知雪芹原文是用《离骚》中的典故："女媭之婵媛兮，申申其詈予：曰'鲧婞直以亡身兮，终然夭乎羽之野。'"作者用婞直的鲧来比刚直反抗的晴雯，所以上文说"直烈"，下句说"惨于羽野"。晴雯之死完全不同于王昭君的故事，用"雁塞"这个典故根本错了。

《芙蓉女儿诔》的序文有一联说："委金钿于草莽，拾翠匐于尘埃。"金钿和翠匐都是古代女子的首饰，前者用金箔制成花鸟的形状，贴在额上或两靥；后者即匐叶或匐彩，"妇人髻饰花也"（《广韵》）。杜甫《丽人行》："头上何所有？翠微匐叶垂鬓唇。"雪芹为了骈文的字句整齐，省作"翠匐"。高鹗不认得"匐"字，竟改"翠匐"为"翠盒"（第八八七页）。女人在髻上或鬓边挂一个"盒子"，有什么好看？高举人连杜诗也没有读过，还要硬充雪芹的"老师"，替他改文，真是越没有知识越狂妄。现存脂京、脂戚各本均作"翠匐"。《红楼梦稿》本原作"翠匐"，被涂改为"翠盒"（第七十八回，第

---

① "棹"，原误抄为"掉"，显系笔误，"棹"即"櫂"，是一种用桨划的小船。脂戚本改"棹雪"为"绰云"，更误。但也有人为"绰云"辩护，因为江青是赞成戚本的。

② 见《晋书·王徽之传》，亦见《世说新语》。

六页上)。就在此本下一页,有朱笔写的“兰墅阅过”四字,这是高鹗妄改的铁证。

又如第十八回元妃省亲,宝玉作诗,要用“绿蜡”的典故而不知出处。宝钗告诉他唐人钱翊的咏芭蕉诗有“冷烛无烟绿蜡干”之句(第三九八页)。在横排本中钱翊被改为“韩翃”(第一八〇页)。其实此诗最初见于唐人韦縠所选的《才调集》(卷一),原题为《未展芭蕉》,作者正作“钱翊”。高鹗妄改为“韩翊”,后人又把他改为“韩翃”,更是以讹传讹了[①]。

从上面举的几个例子,可见高鹗之空疏俭腹,而又“好为人师”,爱改别人的文章。

七　妄改原著人物名字

高鹗还有一个坏习惯是喜欢改变原著中人物的名字。先举几个一般的例子:第三回中说袭人本名“珍珠”(第七七页),高鹗改为“蕊珠”(第三二页);第八回秦钟的父亲“秦业”(第一九九页),被改为“秦邦业”(第八九页);第十四回宁国府的总管家“来昇”(第二八九页),被改为“赖升”(第一三二页);北静王“水溶”(第三〇三页),被改为“世荣”(第一三八页);第十六回太监“夏守忠”(第三二四页),被改为“夏秉忠”(第一四八页);第七十三回怡红院的“金星玻璃”(第一七四三页),被改为“春燕、秋纹”(第八一〇页)。高鹗这种孔家店里的“正名”主义,不但毫无必要,而且很易引起混乱。原著中荣府管家是赖大,宁府管家之名,作者故意定为来昇,以免混杂。高鹗却偏要使他改姓“赖”。

高鹗删改原文,有时太兴头了,竟把原文中对话人物调了个儿。第七十一回为两个婆子骂街事,传林之孝家的进园,事后她出来遇见赵姨娘。林和赵有一段对话。原文说:

① 按:洪迈《唐人万首绝句》(卷五十五)又作钱珝,《全唐诗》同,兹不详论。

> 林之孝家的听了笑道:“原来是这事,也值一个屁!开恩呢,就不理论;心窄些儿,也不过打几下子就完了。”赵姨娘道:“我的嫂子,事虽不大,可见他们太张狂了些。巴巴的传你进来,明明戏弄你顽呢。你快歇歇去……”[①](第一七〇一页)

高鹗把这段文字改成:

> 赵姨娘便说:“这事也值一个屁!开恩呢,就不理论;心窄些儿,也不过打几下就完了。也值得的叫你进来!你快歇歇去……”(第七九一页)

高鹗不但删去了赵姨娘下面的挑拨林之孝家的一些话,还把原来是林之孝家的所说的,改为赵姨娘的话。

改变人物名字,看来无关宏旨。但很不必要,且易引起误解,甚至破坏原著前后的脉络和完整。高鹗不但要对雪芹书中的人物实行“正名”,有时还嫌不足,硬要创造新的人物来代替原有的人物,有时则又把原文中已经死了的人物返魂复活,再和读者相见。即如上文说到的宝玉探晴雯病的故事中,高鹗在程乙本中让已死的柳五儿替袭人给晴雯送衣服来。又把晴雯的表兄,绰号多浑虫的,改名为“吴贵”。她的表嫂本来是第二十一回中的灯姑娘,又名多姑娘(第一八八二页),也被改为“吴贵”的媳妇。高鹗一定自以为很聪明:吴贵是“乌龟”的谐音。但这么一改,这个故事不但与上文第二十一回贾琏与灯姑娘的故事断了线,而且上文贾琏从平儿手中抢得灯姑娘的头发(第四八〇页),后来引起贾琏与王熙凤大吵闹的情节,也与第七十八回这一故事断了联系[②]。在原著中这三个故事本来是遥相呼应,暗通脉络的,被高鹗改了其中人物名字,斩为三个互不相关

① 此段文字脂京本抄错的字,如:理“伦”、“爬爬”的,据脂戚本改正。

② 第二十一回贾琏抢去平儿手中拿着的灯姑娘的头发。脂评说:“妙。设使平儿收了,再不致泄漏。故仍用贾琏抢回,后文遗失,方能穿插过脉也。”(第四八〇页,误字漏字据脂戚本校正。)

的片段，破坏了全书组织的严密性。

八　改换关键文字，掩盖书中故事背景

高鹗改动原著中的某些个别字眼，初看好像只是一二字的修饰，其实是他精心策划的重大窜改，可以影响原著的全书结构和故事背景。试以元春省亲这一故事为例。

雪芹原文只称元春为“贾妃”(第三八二页)，并无其他尊号，高鹗改称她为“贵妃”(第一七四页)。她省亲来时路上用“细乐”前导(第三八五页)，高鹗改为“鼓乐”(第一七五页)。原著说她坐的是“版舆”(第三八五页)，高鹗改为“鸾舆”(第一七五页)。原本元春“命”薛姨妈免行国礼(第三九一页)，高鹗改为“降旨”(第一七七页)。后来姊妹们作诗祝贺，林黛玉的五律首句是：“名园筑何处?”(第三九七页)表明只是泛泛的应酬敷衍之语。高鹗改此句为“宸游增悦豫”(第一八〇页)，以抬高元春的身份。其实“宸”只用于有关帝王之事，如帝居曰“宸居”，御诗曰“宸章”，君听曰“宸聪”，君位曰“宸扆”。把“宸游”用在元春身上显然是不恰当的。并且林诗末句是“宫车过往频”，首句如再用“宸游”就与之意义重复。只有深通世故、善于献媚的薛宝钗，才会写出“文风已著宸游夕”这样肉麻的谀辞来。高鹗这么一改，使林薛二人同用“宸游”，也不像话。况原文明说林黛玉今夜“只胡乱作一首五言律应景罢了”。可见原诗第一句“名园筑何处”是有意写的敷衍之句，绝不可改为宝钗式的谀辞。下文宝钗对宝玉说话时指元春说“他因不喜‘红香绿玉’四字”(第三九八页)，高鹗改“他”为“贵人”。这些改动，目的是要抬高元春身份为“贵妃”，即帝王之妃。其实雪芹写元春省亲故事，是借用曹寅之女出嫁给讷尔苏郡王为“王妃”这一事实，作为书中故事的背景，所以雪芹有意只把元春写成“王妃”的身份。试看第六十三回怡红院夜宴行酒令抽签时，探春抽得的签上说“必得贵婿”。大家说：“我们家已有了个王妃，难道你也是王妃不成?”(第一四九八页)上一个“王妃”即指元春。雪芹有意点明：贾妃只是王妃，并非“贵”妃。

高鹗这么一改，抬高了元春在封建统治阶层中的地位，却掩盖了雪芹刻意安排的从故事中透露出来的书中背景和人物的模特儿。

九　因不懂方言而妄改原著

程乙本中有的改动是由于高鹗不懂原著所用方言而妄改。雪芹写《红楼梦》中人物的对话，主要是用北京方言，但他有时也偶尔用些江南方言中的单词只句，以透露书中故事素材的背景。这对于研究《红楼梦》本书的取材与创作经过以及作者的身世经历都是有用的参考资料。高鹗的妄改，不仅有损本书的内容，也妨碍了研究工作。现在且举两个例子。

第八回宝玉在薛姨妈家做客。林黛玉和宝玉斗嘴，宝玉说："我多早晚儿[①]说要去了？"（第一八九页）"多早晚"是"什么时候"，不仅北京方言中有此语，连古人诗文中也常用此语[②]。高鹗不懂这话意义，竟把它改为："我何曾说要去？"（第八九页）接着李嬷嬷说："天又下雪，也好早晚的了。"这是说："是什么时候了！"意即天已不早了。高鹗改此句为"也要看时候儿"，则更不通。下文宝玉说起"珍大嫂子的好鹅掌、鸭信"，高鹗因不懂什么是"鸭信"[③]，索性把它删了。这一回中说到宝玉喝酒，原著有意用江南方言"吃酒"[④]，透露这故事的背景。高鹗把上文十来个"吃"字改为

---

① 按："儿"字疑是衍文。戚本、《梦稿》本作"多早晚"，无"儿"字。其他小说亦无"儿"字。如《儿女英雄传》第二十一回："这个白斋可吃到多早晚才是了手呢？"（第四页）又第三十九回："只问人家多早晚还瞧他来。"（第九页下）

② 古人诗文省作"早晚"。陶潜《问来使》："尔从山中来，早晚发天目？"《北史万宝常传》记王令言听见他儿子弹《安公子》琵琶曲，急问他："此曲兴自早晚？"李白《长干行》："早晚发三巴，预将书报家。"（此虽非问句，"早晚"亦"何时"之意。）令狐楚《远别离》："春来消息断，早晚是归时？"李商隐《重有感》："昼号夜哭兼幽显，早晚星关雪涕收？"（桐城派古文家方东树不解"早晚"二字意义，指此句为"饤饾僻晦"。见《昭昧詹言》卷十九本条。）敦煌写经《唐太宗入冥记》："卿早晚放朕归去？"又《父母恩重经文》："动经千劫万劫，不知早晚复人身？"晏殊《蝶恋花》："消息未知归早晚，斜阳只送平波远。"（按上句即用令狐楚诗，"早晚"意义如李白诗。）《清平山堂话本·简帖和尚》引诗对："尘随马足何年尽？事系人心早晚休？""多早晚"亦作"多咱"、"多昝"、"多儹"，皆因"早晚"急读成一字，方言写法不同，旧小说中多有此例。

③ 动物的舌称信子，"鸭信"即鸭舌，蛇舌亦称"蛇信子"。

④ 脂京本（第一九〇～一九三页），脂戚本作"吃酒"，脂残本作"喫酒"。

"喝"(第八四页),下文十来个"吃"字却懒得再改(第八五～八六页)。读者如果不见原著,会错怪雪芹何以行文这样不一致。

第五十四回袭人的母亲死了。她对鸳鸯说:"我也想不到能够看父母回首。"(第一二六五页)高鹗又不懂"回首"是佛教称俗人死亡的婉辞(僧人死亡称圆寂)。其实小说中用这话的例子尽有。如《古今小说》卷三十七《梁武帝累修成佛》:"今夜与你们别了,各要回首……各在佛前礼拜,一对儿坐化了。"(第八页下)又《儒林外史》第二十回叙牛布衣死后,老和尚说:"牛先生是个异乡人,今日回首在这里,一些什么也没有。"《禅真逸史》第四十回:"林澹然笑道:'明日午时,俺的大限已到,何能挽留?今夜与诸君相叙一宵,便当回首。'"(第一一页上)高鹗把袭人的话改为:"我也想不到能够看着父母殡殓。"其实就在脂砚斋的评语中,也还用了这"回首"二字来形容王熙凤死时的"惨痛之态"(第三二四页)。

十 删去有关文化知识的材料

《红楼梦》是一部生动的封建社会的百科全书。曹雪芹在这部书中反映了封建统治阶级对人民的残酷压迫和剥削,封建官僚的互相勾结、违法乱纪,以致平民被豪门暴徒打死了也无法申冤,无处控诉。另一方面,贵族巨室以其剥削来的财富,过着豪华的生活。因此,作者也记录了有关当时社会的典章制度、风俗礼仪以及上层建筑之中文化艺术的各个方面,包括谈禅、说医、演戏、打醮、诗词理论、绘画方法,乃至刺绣、织补、烹饪、饮食、斗草、风筝、赌博、游戏,几乎应有尽有,无所不包。这是清初康、雍、乾三朝封建大家族社会生活的一个横剖面,所以它不但是一部小说,也是一部百科全书,一部生动的、形象的封建社会的历史——尽管是日趋没落的历史。曹雪芹在这书中所透露的各方面的知识是非常丰富的,除了上文所列举者外,他还记录了当时社会上的手工艺品和资本主义萌芽时期由外国传入的商品,因此反映了当时我国对外贸易的一些侧影。

但是,很难理解是什么原因,高鹗对于这些材料也看不顺眼,或不愿意让读者知道，竟也擅加删削。试举两个突出的例子。

第五十三回记荣国府元宵夜宴，贾母在花厅上设席，原文详叙各样家具陈设："……又有小洋漆茶盘内放着旧窑茶杯并十锦小茶盅，里面泡着上等名茶。"（第一二五一页）高鹗删改此句为"又有小洋漆茶盘放着旧窑十锦小茶杯"。取消了"茶盅"和泡的茶，不知要茶杯何用？下面原文说到透绣的璎珞：

> 一色皆是紫檀透雕[①]，嵌着大红纱透绣花卉并草字诗词的璎珞。原来绣这璎珞的，也是个姑苏女子，名唤慧娘。因他亦是书香宦门之家，他原精于书画，不过偶然绣一两件针线作耍，并非市卖之物。凡这屏上所绣之花卉，皆仿的是唐、宋、元、明各名家的折枝花卉，故其格式配色皆从雅本而来，非一味浓艳匠工可比。每一枝花侧，皆用古人题此花之旧句，或诗词歌赋不一，皆用黑绒绣出草字来。且字迹勾踢、转折、轻重、连断，皆与笔草无异，亦不比市绣字迹板强可恨。他不仗此技获利，所以天下虽知，得者甚少……当今便称为慧绣……[②]（第一二五一～一二五二页）

这段文字，连上面引时已节略的，共二页四百多字，全被高鹗删去。此文前后描写精致的家具用品，原著文字也被删去（第五七五～五七六页）。

另外一段被高鹗大量删削的文字在第七十回。雪芹用六百多字仔细描写放风筝的技巧和宝玉等七八人放风筝的情形，还提到紫鹃从"雪雁手中接过一把西洋小银剪子来，齐籰子根下寸丝不留，咯噔一声铰断"。高鹗把这节文字（第一六八四～一六八六页）六百多字全部删去。在这以上有关放风筝细节的文字也经他删削，弄得上下文义不接（第七八二～七八三页），有的风筝不知是从哪儿来的。雪芹在书中常常说到从西洋进口的

① 按："紫檀透雕"指下文所说的"十六扇"嵌这透绣的屏风，此句上原文似漏了一句"又有十六扇屏风"。"透绣"大概即现在苏州的两面绣。

② 关于明清以来苏州著名女子丝绣名画书法的实物记载，可参看朱启钤著《存素堂丝绣录》第四十至五十二页；清顾禄（铁卿）著《桐桥倚棹录》卷八，名媛"柳伴月"条。

物事。即如第五十二回晴雯病时，宝玉给她嗅鼻烟，“盒里面盛着些真正汪恰洋烟”。脂砚斋还在这句下特别加注道：“‘汪恰’，西洋一等宝烟也。”（第一二一二页）高鹗偏要把“汪恰洋烟”改为“上等洋烟”（第五五六页）。这和上文删去“西洋小银剪子”，似乎都可以说明当时顽固的封建士大夫对于“舶来”的商品的反感。而对于“慧绣”的删除，也只能解释为正统的儒家反对“奇技淫巧”、“玩物丧志”这种阻碍技术进步的思想在作怪①。这些有关文化艺术和对外贸易资料的删除，不消说，有损于《红楼梦》作为“百科全书”的内容。

十一　删去原著中作者的“台词”

毛泽东同志曾说过：“我们不应当割断历史。”“中国现时的新文化也是从古代的旧文化发展而来。”“我们必须继承一切优秀的文学艺术遗产。”这些意见，在今天看来，对于从事文艺工作的人，仍有参考价值。

《红楼梦》作者曹雪芹是继承了当时他所能见到的优秀的文学艺术遗产，吸收了其中有益的东西，才能有如此伟大的成就。在文学方面，他所继承的主要遗产是明代传下来的长篇小说如《水浒》、《西游记》等，短篇小说如《三言》、《二拍》②等。这些小说又继承了宋代的“话本”小说，所以鲁迅先生称之为“拟话本”。“话本”本来是宋代茶馆或瓦子里说话人用的故事脚本。这些本子有它传统的作风，为当时和后世“话本”作者所沿用。我们称古典小说为“章回小说”，因为它分“回”，称为第几“回”而不称为第几章或第几篇，这个“回”字便是说话人在茶馆中讲一“回”的传统。较早的话本中常有说话人插口和读者交谈的文字③。有时两个说话的插话时

① 本文作者以前曾指出，在旧中国“自然科学之所以不发达，以儒教为标准的教育观念是一个很大的原因。……‘玩物丧志’是儒家所深戒的，‘奇技淫巧’尤为儒家所深恶痛疾”。见拙著《中国文化与现代化问题》一文，载《学识》创刊号，1947年5月1日，南京。

② 《三言》指冯梦龙编著的《喻世明言》（即《古今小说》）、《警世通言》、《醒世恒言》。《二拍》指凌蒙初著作的《初刻拍案惊奇》和《二刻拍案惊奇》。

③ 例如《初刻拍案惊奇》卷一：“说话的，你说错了，那国里银子这样不值钱？……”“看官有所不知，那国里见了绫罗等物，都是以货交兑。”

互相对答，好像后世的“相声”①。后世小说中只剩下每回末了“欲知后事如何，且听下回分解”这两句说话人直接对听众说话的遗迹。有的长篇小说每回前后有诗、词或诗对（如《金瓶梅词话》），也是话本之中“诗话”或“词话”一类作品所遗留下来的痕迹。从一些脂评本，我们知道《红楼梦》作者原著中还保存当时说话人传统的风气，有时作者向“看官”直接说话。在有些回前，原著本有题诗②。有些回后原著有诗对③。《红楼梦》是作者没有写完的书，所以大部分回前回后还没有题诗和诗对，有的已经写好的因故事改写而废弃，如第四回和第十一回前的五绝。这些题诗和诗对被高鹗和程伟元在他们的“编辑”工作中全部删除。这是可以理解的，因为他们既没有才力补齐，又不愿让读者知道此书仍是残缺不全，所以只好删除，使每一回前后都一清二白。

《红楼梦》的作者继承了历代说话人和听众（或读者）直接对话的传统，有些回中甚至用书中“石头”的口气与读者攀谈。再举几个例子。

第六回说起刘姥姥第一次进荣国府，作者向读者发话道：

> 你道这一家姓甚名谁，又与荣府有甚瓜葛？诸公若嫌琐碎粗鄙呢，则快掷下此书，另觅好书去醒目。若谓聊可破闷时，待蠢物逐细言来……④。

第十七回说元春来省亲时的景象：“说不尽这太平气象，富贵风流。”下面接着又用“石头”的口气作了一番自白，很像舞台上的剧中人站在台边对着观众自言自语：

---

① 参看《古今小说》卷三：“说话的，你说那戒色欲则甚？”“自家今日说一个青年弟子，只因不把色欲警戒，去恋着一个妇人，险些儿坏了堂堂六尺之躯……变成一本风流说话。”上面第一句假设一个说话人的助手插口质问，以下为说话者本人解说原委，并且继续说下去。

② 如第二回第四回（《梦稿》本）、第五回（脂戚本）、第六回（各本）、第七回（脂残本、脂戚本）、第八回（同上）、第十一回（脂京本录存）。

③ 如第五回（脂京、脂残、脂戚）、第六回（各本）、第七回（各本）、第九回（各本）等。

④ 此据脂残本第六回第二页下。脂京本在“瓜葛”以下只“且听细讲”四字。脂戚本同脂残本。

> 此时自己回想当初在大荒山中青埂峰下那等凄凉寂寞，若不亏癞僧跛道二人携来到此，又安能得见这般世面？本欲作一篇《灯月赋》、《省亲颂》以志今日之事，但又恐入了别书的俗套。按此时之景，即作一赋一赞，也不能形容得尽其妙。即不作赋赞，其豪华富丽，观者诸公亦可想而知矣。所以到是省了这工夫纸墨，且说正经的为是。（第三八五～三八六页）

下面还有一段更奇怪的文字，是假定有读者批评大观园中的匾额题词竟用宝玉所撰，而不用名公题咏，这不像诗书旧家，而像暴发新荣之家。作者又借"石头"来回答道："诸公不知。待蠢物将原委说明，大家方知。"下面即叙元春未入宫前曾教宝玉读书等事。脂砚斋在"蠢物"下注云："石兄自谦，妙。"在贾妃曾教宝玉数千字句旁，批道：

> 批书人领至（到）此教。故批至此竟放声大哭："俺先姊先（仙）逝太早，不然，余何得为废人耶！"（第三八七页）

由此批知"批书人"即"元春"之弟"宝玉"，亦即"石头"，即脂砚斋①。而上引书中正文插话者自称"蠢物"，也即是"石头"②，可证那段文字亦是脂砚所写。从这段插话与批语中，可以看出第十七回最初原稿中有脂砚所写的部分，后来经雪芹删改重写，故第一回中有"曹雪芹于悼红轩中披阅十载，增删五次"之语。本来，元春省亲故事是曹寅之女嫁与讷尔苏郡王和康熙驻跸曹寅的织造府花园二事的合写；而此二事的发生都在雪芹生前，所以这些故事的素材是脂砚记录下来的，亦即"石头"所"记"。从上面所引的文字和批语，更可证明此点。

高鹗把上引原著中的作者自白和插话全删了，使原文中作者和读者

---

① 参看本书《我怎样写〈红楼梦探源〉》一文中有关章节。

② 参看脂残本第一回第四页下，石头不得已乃口吐人言，向僧道说："弟子蠢物，不能见礼了。""蠢物"二字旁有脂批云："岂敢，岂敢！"

亲切对话的气氛失去了。同时也堵塞了对于《红楼梦》成书过程的研究工作。

第七十八回作者写宝玉在考虑作《芙蓉女儿诔》之前的思想活动，乘机批评了“今之人全惑于‘功名’二字”。说他们文章写不好是由于“恐不合时宜，于‘功名’有碍之故”（第一九二四页）。此段共有三百多字，也被正热中于“功名二字”的高举人统统删除。

十二　为复辟封建家族而删改原著情节

曹雪芹写《红楼梦》，本来是为了要写封建家族的没落衰亡。从一开始，作者便借“宁荣二公之灵”对警幻仙子说他家“奈运终数尽，不可挽回”。像探春这样“才自清明志自高”的人物，因为“生于末世”，也无能为力，终于要使整个家族“家亡人散各奔腾”。到末了是“落了片白茫茫大地真干净”。

但是高鹗却并不甘心于作为封建统治阶级象征的贾府垮台。尽管“石头”感叹“无材可去补苍天”，他却努力要补这封建社会摇摇欲坠的“奈何天”。关于他怎样用“沐皇恩”、“延世泽”的手段来复辟这个行将没落的贾府，这是后四十回的读者都知道的，不必多谈。不过原著既已安排了“运终数尽”的趋势，则和他所要写的复辟重兴当然要有矛盾。要解除这一矛盾，最简单的办法是删去原著中若干最显著的“不合时宜”的情节。上文所引他删去宝玉“焚书”是一个例子，删去四大家族“扶持遮饰，皆有照应”的包庇作恶是又一个例子。但是最大的麻烦是书中主角宝玉的叛逆性格，尤其是表现在他痛恨、鄙视做八股以取功名这一“劣根性”方面，必须把宝玉这一性格改变过来，才能使他在后四十回中乖乖地念八股，考举人。但不幸在雪芹书中，连贾政到后来也不得不自己承认在他和宝玉长期的思想斗争中已经失败，只好不再逼宝玉去做八股文，反而由他去作诗填词，不再干涉：

……近日贾政年迈,名利大灰。然起初天性也是个诗酒放诞之人。因在子侄辈中,少不得规以正路。近见宝玉虽不读书,竟颇能解此(指作诗),细评起来,也还不算十分玷辱了祖宗。就思及祖宗们各各亦皆如此。虽有深精举业的,也不曾发迹过一个。看来此亦贾门之数。况母亲溺爱,遂也不强以举业逼他了。所以近日是这等待他。又要环、兰二人举业之余,怎得亦能同宝玉才好。(第一九一四~一九一五页)

这段文字,连前后略去未引的,共有四百多字,全被高举人删去。宝玉痛恨八股文,连贾政都已放过了他,不再逼他做了,而高鹗则比贾政还要厉害,偏不放过。这是因为这里贾政"也不强以举业逼他了",和高鹗所续第八十一回的"两番入家塾"完全相反。如果保存此原文不动,高鹗是做不下去的。在高鹗的补作中,贾政对宝玉说:"自今日起,再不许做诗做对的了,单要习学八股文章。限你一年,若毫无长进,你也不用念书了,我也不愿有你这样的儿子了。"(第九一五页)这些话和上文所引雪芹原著句句相反,是一百八十度的大转弯。高鹗为了使宝玉入学中举,以便复兴贾府,重振家声,维持朝不保夕的封建统治,不至于"树倒猢狲散",那就必须删去上引之文。

曹雪芹在这一节文字中,还对于会做八股文的贾环和贾兰(实际专对贾环)加以无情的讽刺,说他们二人虽也能诗,

但第一件他两个终是别路。若论举业一道,似高过宝玉,若论杂学则远不能及。第二件他二人才思滞钝,不及宝玉空灵娟逸,每作诗亦如八股之法,未免拘板庸涩。(第一九一四页)

这些话对于念念不忘八股文和试帖诗的高举人,也是刺心之语;尤其是把恶劣的贾环也归入能做"举业一道"的人物之中,太使高举人难堪了。因此,这种文字更非删不可。也只有删去此节,才能把"高中第七名乡魁"

的“荣誉”，归之于书中主角贾宝玉，使他成为高鹗的“我辈中人”。

结论

由上述对于《红楼梦》前八十回两种本子的初步、不全面的考察，发现程乙本经高鹗多次删改，对曹雪芹原著损害不小。上举十二种窜改情形，只是极粗浅的考察，已经可以看出高鹗为了要复辟封建大家族的恶势力，维护孔孟之道的旧秩序，不惜对这部伟大著作加以歪曲、阉割、窜改、搀入，有的部分弄得面目全非，文字不通。过去采用程乙本作为普及发行的底本，是错误的。今后似应用脂评系统的，接近于雪芹原著的本子作为前八十回的底本。这可以脂京本（北大藏七十八回本）为底本，再以其他脂本校正讹伪脱漏之文。

（附记：上面引证的材料，一部分采用拙著英文本《红楼梦探源》第五卷第十七章：《高鹗在前八十回中的窜改》。）

1974 年 12 月写于北京，1977 年 3 月改定

（原载《郑州大学学报》1977 年第二期）

论《石头记》的"旧稿"问题

一 引言

1962年秋,我自英国回到北京,当时文化界有些同志正忙于筹备曹雪芹逝世二百周年的纪念。次年春,《人民日报》编辑部约我写一篇重点纪念文章。我相信雪芹卒于癸未除夕,纪念应在1964年2月初举行,但我认为即使早一年撰文纪念,也没有多大关系。因此,我到报社约会主管文艺的负责同志,和他先说一下我计划要写的文章内容。我当时认为,自从50年代以来,研究《红楼梦》及其作者的文章已发表了不少,许多重要问题都已论及,但有的文章内容不免大同小异,有的则甚至于陈陈相因,雷同重复。《人民日报》是我国第一个主要报纸,既要隆重纪念曹雪芹逝世二百周年,其所刊载的,自应是有创见有分量的重要论文,而不是敷衍应景之作。我历年以来曾长久怀疑《红楼梦》的前身——《石头记》或《风月宝鉴》不可能是雪芹作品,但还没有工夫详细论证这一重要问题。因此,想趁此纪念的机会写出此文,并把主要的证据和论点向那位同志说了,征求他的意见。他没等我说完,就面有难色,接着他严肃地对我说:"吴先生,你知道,去年为了大观园的地址问题,引起不少争论,闹得满城风雨,后来又为了曹雪芹的卒年问题,争论更大,直到现在还没有完。现在你再提出这个《红楼梦》前身的作者问题来,肯定会引起更大更广泛的争论,《人民日报》不能带头挑起又一场论战,我坦白地说,编辑部恐怕不会同意发表这样的文章。请你最好另外想一个题目来写。"

我对于他的为难情形,完全了解,当时答应再想想别的题目,但还是放不开这个缠了我好几年的问题。同时,中国新闻社也为了纪念雪芹,约我为海外刊物写一篇稿子,要通俗一点,不能太专门,太学术性。我就写了《曹雪芹与〈红楼梦〉的创作》一文，后来刊于香港《文艺世纪》，又收在香港建文书局出的《散论红楼梦》一书中。而为《人民日报》要写的文章，因为别的事情多，没有写成，很对不起那位约稿的同志。这原故，也还因为我在那篇文章中已经把上述的问题约略提了一下，就不感觉需要详细论证的迫切性了。并且，当时的纪念文章大都属于颂赞雪芹的一类性质，像我这样谈专门问题的论文，反而显得有点“不合时宜”了。

在那篇最先发表于香港而后来在内地转载的文章中[①]，我说：

> 我在别的地方早已指出，贾宝玉并不是作者自己的写照，而是以其叔父脂砚斋为模特儿[②]。因为脂砚斋在他的评语中屡次公开承认“批书人”即书中宝玉。我们也有许多证据，知道有关贾宝玉的许多故事的素材，其发生的时间远在曹雪芹生前八九年，而这些素材，有极大可能是脂砚斋记录下来供给作者的。（《散论》第53页）
>
> 既然书中有些故事的素材发生在雪芹生前的曹家，由脂砚记录，则单就那些故事而论，若说雪芹在这稿子上作了些“披阅增删”的加工，是与事实相符的。当然，并不是全书都有成稿，雪芹仅作加工。……《石头记》前二十多回中有些回可能原出于脂砚的初稿，其中还有些夹文夹白的写法，未经雪芹删净。例如在脂残本第十六回前有一段棠村的小序说：“借‘省亲’事写‘南巡’，出脱心中多少忆昔感今！”康熙最后一次南巡在1707年，即雪芹生前八年，他当然不能“忆”南巡之“昔”，故此文必为脂砚所写。这个初稿，也正是第一回“楔子”中空空道人向石头说的：
>
> “石兄，你这一段故事，据你自己说，有些趣味，故编写在此，意欲问世传奇。”今既知“石兄”即书中宝玉，而其模特儿则为“批书人”脂砚，则在雪芹未增删改写以前的一些原稿出于“石兄”脂砚之手，自极可能。但雪芹对于石兄所写的这些材料，又何至要“披阅十年”之久，

① 即《曹雪芹与〈红楼梦〉的创作》，见扬州师范学院中文系编《红楼梦研究参考资料选编》。

② 见英文本《红楼梦探源》，第89～97页。

“增删五次”之多？这就可见他并不仅仅是加工，而是几乎全部改写。（第55～56页）

这是我在1963年为中国新闻社写的稿子里的话。此文初稿题名《〈红楼梦〉的创作过程》，在发出之前，曾将一个副本送给茅盾同志，后来他在刊于《文艺报》(1963年第12期)的《关于曹雪芹》一文中曾加称引。

但这并不是我第一次发表对于这个问题的见解。早在1961年，我在英国写《我怎样写〈红楼梦探源〉》一文中就指出上述棠村序中说作者“借‘省亲’事写‘南巡’”这一关键性故事。“省亲”故事是曹寅长女(即雪芹姑母)嫁与讷尔苏郡王和康熙南巡二事的合写，而此二事发生在1706年和1707年，即在雪芹生前八九年，雪芹均未亲见，他决不能想象当时的豪华、堂皇的富贵气象。追忆、记录并供给这些材料与雪芹的，即“石兄”脂砚。——换句话说，这段故事的初稿出于脂砚之手，脂砚又在评语中称书中“元春”为“先姊”，又自认为“批书人”，则证明书中宝玉即以他为模特儿(《新华月报》1962年6月号第124页)。

当然，即使上文所述，也还不是我第一次说到此事。早在1956年我写英文本《红楼梦探源》第二卷时就已指出：记录康熙驻跸曹家与寅女出嫁的场面的是脂砚，“忆昔感今”者正是批书人脂砚自己(《探源》第89～90页)。不过当时说得很简略，还没有提出《红楼梦》前身的初稿问题。

不算我最初用英文发表这些看法的时间，即使从1963年为中国新闻社写的《曹雪芹与〈红楼梦〉的创作》算起，我提出这个问题和对这问题的初步看法，至今也已有十多年了。在这十多年中，谈《红》论“曹”之文，真可说是“云蒸霞蔚”，“令人应接不暇”。但有的是发议论，很少提出问题、分析问题、解决问题之作。在“半个红学家”和“理论权威”指导之下，谈《红》也变成了八股，动不动是“几十条人命”。(哪有这么多?)但对于这个《红楼梦》前身及其作者问题，却很少有人注意，对于我上述的一些看法，既没有人同意，也不见有人反对，真如呐喊于广阔的沙漠之中，连回声也听不到。因此，当我听说戴不凡君新近也提出了这么个问题，还假定了

《红楼梦》前身初稿的作者也是“石兄”，这真令人有《庄子》所谓“逃空山者闻人足音跫然而喜”的感觉。

二　方言与作者

戴君的文章发表于哈尔滨出版的《北方论丛》1979 年第 1 期。他的主要结论是：曹雪芹是在一部旧稿《风月宝鉴》上加工改写成《红楼梦》的。这部旧稿的作者是谁呢？戴君没有指明，只用一个代号“石兄”。“石兄”又是谁呢？这代号又何从而来呢？实际上，我在上引各篇拙著中早已指明：他就是“批书人”脂砚斋，曾领“先姊”元春“此教”的宝玉。戴君采用“石兄”之名，却隐瞒了他的真实身份：脂砚斋，即雪芹的叔父。如果他认为别人研究错了，“石兄”不是脂砚斋，他可以提出不同意见的理由，予以更正。他在别处常常把别人没有错的地方，故意歪曲以求错。例如他批评我的一篇文章中“一不”这样，“二不”那样，仿佛我写文章先得向他请示“一写什么”，“二写什么”。我解释脂评说到棠村小序时有“故仍因之”一语，“因”乃“因袭”即保存沿用之意，并在注文中引明人杂剧《中郎女》第一出“章程制度，因者因，创者创，已略略可观”为证。他说我不该把“因之”释为“因袭”①。这是歪曲。我只说“因”是“因袭”，怎么会把动词带宾语的“因之”释为因袭”？

他又造谣说，我“还到国外撰文去和一位……日本汉学家大事争论”。我在此正式声明：我自 1962 年秋天自英回国后，至 1979 年终从未再“到国外”，戴不凡捏造谣言，用以引出他下文对我的人身攻击：“这在研究方法上未免有失”。（45 页底注）

---

① 他硬把“因”字说成是“用”字之误。“因”为“因袭”，今人也仍如此用。如俞平伯说《红楼梦》“有所因，有所本，并不足以损他底声价”（《红楼梦辨》200 页，1973 年重印本）。至于古人把“因”字作此解者，如“因依”、“因仍”、“因革”，等等，毫不足奇。难道这些成语都是“用仍”、“用依”、“用革”之误？最早的用法如《论语》中的“殷因于夏礼”、“因不失其亲”；阮籍的《咏怀》诗“寒鸟相因依”；刘歆的《移太常博士书》“法度无所因袭”；《宋书·武帝纪》所谓“因革殊事”；元人诗中所谓“卮跸岁因仍”——难道这些“因”字从孔夫子到脂砚斋全“用”错了？

但也必须肯定，除了不必要的打击别人以抬高自己之外，戴君在这篇四万字的长文中，确也在别人研究成果的基础上，继续做了不少工作。不过他有一个习惯，即使由于别人指出的方向而做深入研究，他也要把别人否定以表示他自己的高明之处。例如《红楼梦》里人物对话不纯粹是北京方言，也有吴语，这本来是我在一篇论及人物对话的文中指出来的。他也只好承认：

> 吴世昌先生认为"雪芹写《红楼梦》中人物的对话"主要是用北京方言。但他有时也偶尔用些江南方言中的单词只句，以透露故事的素材背景。

他引用我上面这些话并不是要表示他胸怀坦白，承认别人的研究成果，而是要"证明"我这些话"未必全合事实"。因为我只谈"对话"而没有像他那样也谈"叙述"中的吴语。我很惭愧，五年前写那篇文章时，只是为了要说明高鹗的删改，没有能未卜先知戴君心目中要谈些什么，所以颇不全面，使他有"未必全合事实"之遗憾！

至于戴君自己所举的大量吴语，虽然有些是错的(如"闹黄了"、"才刚"等北方话中也有)，但作为研究《红楼梦》中方言的资料，是有用的。但如果要用一本书中同时出现两种方言这一事实，来证明此书为二人所著，则是不科学的。尽管这书也许真是二人的作品，则应该有别的更好的证明。理由很简单：一个能说两种或三种四种方言的人，其所著书中的人物可能说三四种方言，但绝不能因此就武断说，此书必出于三四人之手。并且，口中不会说另一种方言的作者，其作品中仍可出现几种不同方言，因为他可以从阅读到的材料中不知不觉地吸收了许多方言词汇，写作时自然而然辐凑笔下。有时则有意用不同的方言以说明某些问题。例如在鲁迅的小说中，描写人物时第三身代词，女的用"伊"，男的用"他"，"伊"是江南方言。如果有人据此以证明用"伊"者为鲁迅，用"他"者为另一作者，其为荒谬，岂待辩论？我们尽管有别的更好证据说明《红楼梦》的初稿的作者不是曹雪芹，也不能认为戴君的考证方法是科学的。

《红楼梦》里的方言确是大可研究，但不必像戴君那样只用以证明出于另一作者的手笔。而且戴君所举远远不够全面。我本来也收集了此书中一些江南方言，作为另外的专题研究之用，现在戴君既已提出了这个方言问题，不妨也录下若干他所未举的例子。但并不是为了借此以证明说这些话的人决非雪芹——雪芹在江南从小生活了十三四年，为什么就不记得这些词句呢？为节省篇幅，下面只举单词，不附例句（括弧内中文数字是回数，阿拉伯数字：前面是页数，小数点以后是行数，用1958年人民文学出版社的《红楼梦八十回校本》）：

①面善：即面熟，似曾相识（一、13.12；三、33.1；二四、238.6；七二、811.8）

②老宅：北语为老屋（二、17.13；七四，831.12）

③标致：美貌，漂亮（三、37.5；六、20.10；十九、187.10；198.9；二六、267.3；三九、416.5；七七、878.5）

④布让：南京方言，给客人夹菜（三、31.6；四一、434.7）

⑤生意：职业，不一定指商业（四、37.10）

⑥现世：出丑，丢人（六、61.12）

⑦先不先：首先（六、61.12）

⑧寒毛：身上的毛，“汗毛”之音转（六、61.11）

⑨煞事：即啥事（六、68.4）

⑩后生：青年，小伙子（七、76.16；77.4）

⑪巴巴的：勤快，热心，巴结人（八、87.14；二二、218.3；219.4；三五、364.4；五二、569.6）

⑫偏生：偏偏的，不凑巧（九、94.2；十二、121.8；二四、247.3；二五、253.2；二九、309.16等）

⑬风光些：体面些，光荣些，好看些（十三、129.14）

⑭契弟：（广东话）男的同性恋爱者（九、96.3）

⑮打太平拳：别人打架时顺手打几下冷拳（九、99.9）

⑯巴不得:正中下怀,但愿如此(十三、132.8;十四、137.3)

⑰横竖:反正,终于(十四、135.11;二五、252.16;二八、290.2;二九、311.16;三六、374.8)

⑱有一搭没一搭:信口开河,无目的乱说(十九、197.8)

⑲医生:(不说“大夫”)(二一、213.9;12;七七、870.1)

⑳宽衣:脱衣(二一、214.6;六三、696.11)

㉑现世现报:当场出丑,立刻受报应(三五、368.6)

㉒掰:扳开,把别人捏紧的手指扳开(二一、214.15;三八、399.16;400.15)

㉓使眼色:对人动眼示意(二二、221.4;四十、427.14;四二、450.15;四四、474.5;四六、489.14;四七、502.13;七三、824.7)

㉔撺掇:怂恿,鼓励,教唆(二二、227.13)

㉕好歹:好坏,反正,不论如何(十六、154.11;二三、229.2;二四、240.10;二六、265.9;二九、309.4;七四、826.10)

㉖戏文:演奏的戏剧(二三、235.11;二五、251.13)

㉗留头:女孩十多岁时蓄发,准备梳髻(二六、264.13)

㉘筛酒:斟酒(二八、295.7;六三、696.9)

㉙甩(guai):抛掷(二八、300.8)

㉚养的:生的(三四、355.8)

㉛旧年:去年(三一、328.6;三二、336.7;三五、364.11)

㉜文风不动:丝毫不动,不理人(二九、310.13;三六、380.4)

㉝兴头头:兴致十足,一团高兴(三六、380.11;三九、418.5;六二、677.6、7)

㉞作兴:发起、鼓动,许可的(相反,“不作兴”是不许可的,不能做)(三七、385.3;五三、573.3;七一、797.13)

㉟彩头:吉兆,利市(三七、391.13)

㊱烦难:困难,麻烦(三七、395.15)

㊲出气:发泄怒气(四四、470.6)

㊳端:双手持物(三八、401.2)

㊴疏头:僧道向人募化的“缘起”启事(三九、417.16)

㊵打抽丰:向人告贷(不还的)(三九、412.10)

㊶作养:作惜,爱护(四四、471.15)

㊷折福:损害一个人的福气,因为做了过分之事,如浪费食物(四五、478.10)

㊸关厢:原为城门口外围墙之内的部分,引申为近城门口的街道(四七、508.10)

㊹劻:用肩扛物(五〇、539.13)

㊺年近岁逼:岁暮,近年底(七〇、780.5)

㊻小器:气量窄小(五〇、551.13)

㊼划拳:北语为“猜拳”(六二、683.14、16;684.10～11;686.67;六三、696.13;697.2)

㊽潮:润湿,渗水。陕北亦有此语(六二、687.10)

㊾停食:不消化(六三、695.10)

㊿意意思思:略表心意,象征性的动作,亦省作“意思”,“意思吃点”,即略尝一下(六五、732.2)

51对过:对面(七四、837.8)

52换:如云“三十换”,南方商行中行话,银两单位,“三十换”即三十两银子一两〔的人参〕(七七、870.3)

53拐:骗得,“拐了许多东西”,骗得了许多东西(七八、888.10)

54绞家星:家里的破坏者,扰乱者(八〇、918.6)

55狗不识:不易认得的东西,骂人的话(七三、819～820)

56气头儿上:正在生气的时候(七五、844.6)

57宾住了:应作“秉”,去声,勉强忍住不采取行动以观情况有无变化(七四、781.11)

58分斤拨两:斤斤计较(五四、476.1)

59少奶奶:这是南方称呼,即年轻的女主人,儿媳妇(七四、839.14)

⑥规矩:照例,本来(三八、398.7)

以上所举如合戴君文中的例子共计之,也有近百条的吴语词汇。但就《红楼梦》全书而论,则前八十回即有六七十万字,这些每条二三字的近百条吴语词汇在全书中比例只占万分之三,实在微不足道。但即使全书有一半吴语,一半京音,也可能仍是一人而通两种方言者所写。戴君所摘录的材料尽管很丰富,也很有趣,可是在逻辑上就是不能用来证明此书初稿作者为另一人。当然,这也并不是说初稿作者即最后的定稿者,但如果要证明初稿出于另一作者,必须另找在逻辑上无懈可击、无可歧解的证据。

三　吴语以外的江南资料

除了上引的一些吴语词汇外,前八十回书中还有不少有关江南生活的风俗习惯和地方资料,但我们不妨先看看书中故事所发生的地理环境。在这方面戴君有专节论"雪芹将贾府从南京'搬家'到北京",收录的材料也相当丰富。其中有些是俞平伯先生早在20年代的《红楼梦辨》中就已指出的,如潇湘馆的竹子,路上的青苔(滑倒刘姥姥),等等。俞平伯先生在《红楼梦辨》中有专节(九)论"《红楼梦》底地点问题",也指出主张南京或北京者各有若干证据。他虽然未作最后结论,但愿意把这问题的困难、矛盾之点"聚集拢来",供以后的参考。戴君也提出了这些困难、矛盾之点,却只字未提俞先生在这方面的开路工作。至于戴君所收集的故事中有关南北矛盾的材料,也有不少重要的遗漏。例如:

(一)在自然景物方面,除了竹子、红梅、桂花树等常被论及者外,还有北京决不能生长而书中屡次叙及的水中的菱和园里的梧桐与芭蕉。迎春住在"紫菱洲"(十八、180.11;三七、386.4),靠近"藕香榭"和蓼溆(即"花溆")(四十、423.14),藕香榭柱上对子的下联说"菱藕香深写竹桥"(三八、399.1)。园中人秋天坐船经过"花溆",见"两滩上衰草残菱,更助秋情"(四〇、428.9)。袭人打发宋嬷嬷给湘云送东西,"装的是红菱和鸡头两样鲜果”，还嘱咐她说：“这都是今年咱们园里新结的果子”（三七、392.15～16）。宝玉凭吊迎春故居的诗说：“蓼花菱叶不胜愁”（七九、906.10）。黛玉的老婆子手中都拿着菱藕瓜果之类（六四、713.10）。可见“紫菱洲”不是一个好听的空名，而是在滩边确实种着菱，而且还可以采来送礼。惜春的谜语有“不听菱歌听佛经”之句（二二、226.11），正是大家熟悉的本地风光（北方只有“秧歌”而无“菱歌”）。桂花树不能生长在北京院子里，但小树可种在大木盆中，现在的香山公园和颐和园都有盆桂。而梧桐则连盆子里也没有人培养的。可是《红楼梦》里常说到梧桐：大观园的四字匾额中就有“桐剪秋风”（十八、180.1.1），宝玉的《秋夜即事》诗“井飘桐露湿栖鸦”（二三、233.2），宝钗的螃蟹诗“桂霭桐阴坐举觞”（三八、408.5），探春秋爽斋后院“廊檐下的梧桐也好了，只是细些”（四〇、427.9），都说明梧桐正是本园风光。芭蕉也不是能在北方院子里过冬的植物，矮小的美人蕉也得种在盆中以便冬天可以移置室内。可是在大观园中则不仅怡红院中“蕉棠两植”（十七、170.14；171.6），而且潇湘馆的“后院，有大株梨花兼着芭蕉”（64.11）。害得黛玉“听见窗外竹梢蕉叶之上雨声淅沥……又滴下泪来”（四五、486.7），而且，当初修园时还特造了一个“芭蕉坞”（十七、167.12），湘云的雪诗又有“难堆破叶蕉”之句——这些都不是盆栽的美人蕉，而是院子里过冬的大芭蕉。

许多亚热带的植物不能在北京室外过冬，因冬季地冻，会把它们的根冻坏的。这也令人联想到另一现象：北京冬天的大小湖水全要冻冰，至少三个月。像北海、什刹海、昆明湖这样大湖也不免，大观园中的小湖如果在北方，元春在正月中回家省亲，正是最冷的季节，怎能有不冻的湖水，可以撑船呢？这是说冬天的气候。再看夏天的情形：五月初四日宝玉进入园里，“只见赤日当空，树阴合地；满耳蝉声，静无人语”（三十、319.6）。十六字写尽江南盛暑。若在北方则要到六月才有蝉声，五月决无此现象。这些物候学上的证据，科学性最强，说明大观园的自然环境不可能在北方。那些“踏破铁鞋”去寻觅“京华何处大观园”的“看官”们，若不是“被作者蒙蔽了去”，便是忽略了这些自然界现象。试问京华何处名园中，种得耐冬的梧桐、芭蕉和菱？而且在元宵佳节湖中有一带清流，可以行舟？这些地理学上的、气象学上的、物候学上的材料，恰恰否定了戴君所提出的“雪芹将贾府从南京‘搬家’到北京”的说法。大观园好好地仍在南京，否则哪里来这些江南的树木果品？试问：北京哪个园中可以采得新鲜的红菱？北京园子里手指粗的竹子，能产生供馔的笋子吗？不但地理环境，连大观园中的家具都证明没有搬家，下文要说大观园中潇湘馆、稻香村各处都不用炕而用床，正好说明此点。

（二）关于生活情况部门，可以分建筑、用具和风俗各方面来考察。《红楼梦》人物所住的屋子里有炕，墙壁用纸糊，窗上用纱等风俗，顾颉刚先生据以断为雪芹所写是北京的住屋[①]。但另一方面，也有是南方房屋的迹象，如戴君指出贾府院宇结构中“穿堂”，只有南方房屋才有（55页）。此外，第七回说到“花墙”（73.15），十七回说到潇湘馆后院“有两间小小退步”（164.11），刘姥姥在大观园中所见“一带竹篱”（四一、440.9），都是南方常见，而北方即使有，也不常见的。至于“贾氏宗祠”的“五间大门”在“黑油栅栏内”（五三、578.2～3），则完全是南方祠堂的通常格式，北方的房屋门外从无“黑油栅栏”。再如荣国府元宵夜宴，“贾母便在大花厅上命摆几席酒”。下文又说：“这边贾母花厅之上共摆了十来席”（五三、581.2、6）。“花厅”是江南花园之中游赏宴会之屋，不是住房。四面多不用墙壁而用精雕的长窗或栏杆上再安短窗，室内也用雕成图案的暖窗隔开。里外窗户必要时均可卸下。所以下文说：“窗隔门户一齐摘下，全挂彩穗各种宫灯”（582.13～14）。可以“摘下”窗户的“花厅”完全是南方建筑。若在北方，冬天室内照例要生火，正月里在夜中摘下窗户，会冻死人。北方也从来没有这样构造的厅屋。这所“花厅”在五十三回之前未见过，以后也不见再用。戴君如果发现了这条“内证”，大概又要说是曹雪芹从南方把花厅搬来过节，用完就搬回去了。

另一个只有南方才有的别致的建筑物是竹桥：藕香榭“后面又有曲折

---

① 见《红楼梦辨》第113～114页引顾致俞平伯函。

的竹桥暗接”(三八、398.6)。因为南方多竹,南人充分利用它来制成种种生活用品,诸如竹篱、竹桥乃至竹楼,北方视为罕物,南人习见无奇。大观园中竹制品还有藕香榭栏杆外的“竹案”(398.9),贾母坐的“竹椅小轿”(四二、443.1),又名“小竹椅”(439.11)、“小竹轿”(541.12)、“竹椅轿”(542.9),以及摘花专用的“竹剪”(四四、471.11)。

其他动用家具之中,常见的有“手炉”和“脚炉”。第八回雪雁给黛玉送手炉到薛姨妈家中(87.9)。宝玉上学也准备了“手炉、脚炉”(九、93.11)。宝玉到袭人家中,她“用自己的脚炉垫了脚”,“又将自己的手炉掀开焚上”(十九、189.4～5)。贾母饭后李纨给她“捧过手炉来”(五〇、542.12)。袭人娘死了回家,凤姐吩咐“手炉也要拿好”(551.5),周瑞家的给她拿“手炉与衣包”(551.7)。宝玉的雀金裘,给“手炉的火迸上了”,烧了一个眼(570.5)。荣国府祭完宗祠以后,贾母受礼,当地放着“流金珐琅大火盆”(579.6),“盆内焚着松柏香百合草”(580.5)。这是北京故宫等处可以见到的东西,但在“每一张椅下一个大铜脚炉”(579.9),则又是南方用具。怡红院里用火盆,用“熟炭”煨着素香,是做薰炉用的,怡红院里还有“火箱”(566.3),这都是因为南方屋子里没有取暖设备,只好用烧炭的手炉、脚炉、火盆、火箱这些用具。煮茶烫酒用“风炉”(三八、398.8～9)。

宝玉挨打后,凤姐命人把“春凳”抬来,把宝玉放在凳上抬走,这“春凳”和床一般高,是放在床边的家具:约一尺宽五尺长、可坐可睡。北方睡炕就用不着它。上文已经说过了王夫人、薛姨妈、王熙凤屋里,乃至晴雯临死睡的都是炕,但贾母的“正房,配上大箱、大柜、大桌子、大床、果然威武”(四〇、423.9),却没有炕。在大观园中,怡红院里只有外面正屋有炕,宝玉睡的却是床(四一、441.9)。潇湘馆里“三间房舍,一明两暗,里面都是合着地步打就的床、几、椅、案”(十七、164.10～11),也没有炕。稻香村里“纸窗木榻,富贵气象一洗皆尽”(166.16)。炕也让位给木榻了。蘅芜院里宝钗“床上只吊着青纱帐幔”(428.13),也没有炕。秋爽斋的“三间屋子并不曾隔断……东首便设着卧榻,拔步床上悬着葱绿双绣花卉草虫的纱帐”(四〇、427.6)。

据此看来，荣国府内除贾母正房外都有炕，而大观园内各处则除怡红院正屋外，都没有炕。是不是曹雪芹只把荣国府从南京搬到北京，而大观园内各处房屋及其院中花木则没有搬来？

（三）关于风俗方面的描写，作者一开头便从苏州写起，其中有关的风俗习惯，不言而喻是江南的。这里只举几个典型的例子：(1)过会。第一回楔子说甄士隐带女儿到街前，“看那过会的热闹”（一、7.8）。“过会”亦即“赛会”，全称应该是“迎神赛会”，是旧社会的一种宗教活动。例如久旱不雨，就抬出“龙王爷”在街上游行，游行队伍有彩旗、乐队或扮演旧戏中角色，招摇过市，颇为热闹。江南多迷信，有的地方庙宇中的神佛每年在他的“生日”要“过会”一次。(2)做“七”。南方死了人做佛事道场，有许多仪轨，以七日为一期。到第五个“七”为最高峰，满第七个“七”停止，称为“断七”。秦可卿之丧，作者特别叙述“五‘七’正五日上”种种活动：如开方破狱（地狱），传灯照亡，参阎君，拘都鬼，等等（十四、136.15）。这种繁复的佛教仪轨，是北地所无的。(3)陪哭。这天凤姐来哭可卿时，“早有人端过一张大圈椅来，放在灵前，凤姐坐了放声大哭。于是里外男女上下，见凤姐出声，都忙忙接声嚎哭”（136.13）。江南丧事规矩，有女客来吊时便在灵前哭，丧家妇女陪哭，但丧家如没有妇女或因事不暇陪哭，则往往雇用职业的陪哭妇女代丧家妇女陪吊客之哭。这里但说“里外男女上下”，未指家属名字，盖泛指家中男女仆人陪凤姐哭。此外，又如(4)过端阳节的风俗（三一、323.16）。(5)瞽目先生说书的风俗（三九、415.14），亦即陆放翁诗中所说蔡中郎故事的“负鼓盲翁”。直到解放前，广东还有唱曲的盲女。(6)撑船“夹泥的驾娘”（五八、641.4），“夹泥”是江南妇女用两根竹杆下端附着的竹箕从河底夹起烂泥来做肥料，同时也起到疏浚的作用。(7)张道士给巧姐儿的“寄名符儿”（二九、306.3），宝玉的“寄名符儿”（七四、834.16）。当时一种迷信：把孩子给神佛做“寄儿”，给他或她一个神佛之寄名，可以“养得大”。这些都是北京所无的江南风物。但我们即使再找出更多的材料来，能不能像戴君那样把它们作为“内证”，证明《红楼梦》的初稿是另一作者写的呢？

我以为要假定《石头记》初稿(或《风月宝鉴》)为雪芹以前另一作家所写是完全可以的,也是合乎情理的。上文已说到,我在十多年前即已提出这一说法。但戴君所收集的四项“内证”,虽然材料很丰富,恰恰不能证明他所要达到的结论。上文已说明,他的“内证之一”,书中有许多吴语词汇,这也可以证明一个作家擅长两种方言:北京话和吴语。但不能证明必须有两个作家才能在一部书中用两种方言。尽管这部书碰巧确是两个作家所写,也不是用戴君的方法所能证明的。他的“内证之二”指书中写的地理背景是南北皆有,吃的东西和其他花木只生在江南,房屋结构是南方格式,等等,也不能用以证明此书为两个作家所写。理由很简单:一个作家可以到过两个地方,熟悉两地情形,在小说中兼写两地。如果因为书中兼写南北,便认为出于二人之手,那么《孽海花》中傅彩云的故事,其背景有时在苏州,有时在北京,有时在德国,有时在俄国,谁能因此证明此书是三个国籍的四个作家所写吗?戴君这项“内证之二”之不能证《红楼梦》为二人所写,其理由正与“内证之一”相同。

戴君还有“内证之三:时序倒流”,和“内证之四:‘大宝玉’与‘小宝玉’”两项证据。前者指书中情节发生的时间次序不合理,后者指宝玉的年龄在有些情节中或大或小。这两种缺点以前也已有人指出过。在长篇巨制中人物众多,故事纷繁,有时不免出现这种缺点,俞平伯曾指出:

> 《红楼梦》有许多脱枝失节处……如第十二回说林如海冬底染病,来唤黛玉,则昭儿所谓九月初三死的,应当是第二年了……同年之中,冬底染病,秋末死了,这算怎么一回事?
>
> 又如第二十六回,薛蟠说,明儿五月初三是我的生日……到第二十七回,却说次日乃是四月二十六日。不但今天是五月初三,明天是四月二十六,本说不通,即非明日,亦说不通,因为二三页书,决不会在中间有一年之隔。……其余类此等的自然还有,不过这两点尤著明而已。(《红楼梦辨》新版207页)

俞先生认为“这种疏漏”，鉴于第一回所谓“荒唐言”、“假语村言”，“则似乎是有意如此写得颠颠倒倒，使真事得以隐去”。戴君则认为这些矛盾正是雪芹改旧稿未尽而遗留下来的。这当然也是可能的。但一个作家的作品中也未始不可能有这些“疏漏”。因此，前一种可能仍不能用以证明此书乃两人作品——这里是讲逻辑，不是讲实际情况。至于戴君的“内证之四”，即宝玉年龄时大时小问题，他还因此塑造了“大宝玉”和“小宝玉”这两个形象来说明他的问题，似乎很生动。但作为两个宝玉由两个作者写在两本稿子中而后归并在《红楼梦》一部书中这一论证，也没有说服力。宝玉年龄虽有差别，但巧姐的年龄在后四十回中差别更大[①]。除非戴君认为后四十回也是已有“旧稿”，高鹗只是做些加工删改工作。如果我们认为后四十回基本上是高氏续作，则可证一个作者写书中人物年龄也可能有“疏漏”。

由此看来，戴君所列四项内证，虽然材料丰富，议论风生，但要作为科学性的证据是不能成立的，在逻辑上是讲不通的，因此，没有说服力，不能取信于人。这并不是说，旧稿《风月宝鉴》和新稿《石头记》出于雪芹一人之手，而是说，要证明二书不出于一人之手，必须找科学上过硬的证据。像戴君所列举的这四种所谓“内证”，即使再增加几百条，也照样不能证明作者的人数。反对者仍可以说：雪芹生于南京，十三四岁才离南京北上[②]，所以说得一口吴侬软语（答“内证”一）。雪芹把江南的风土、习俗、建筑、草木写入书中，以示怀念旧日之情（答“内证”二）。像别的作家一样，书中有时把时间弄错了，人物的年龄错乱了，也是常情（答“内证”三、四）。所以若要证明《石头记》以前的旧稿确是另有作者，必须另找无可辩驳的、科学性的证据，例如我以前不止一次指出的一条棠村序文中语：

---

① 见俞平伯《红楼梦研究》第63～66页，他指出“巧姐年纪，忽大忽小”（第八四、八八、九二、一〇一、一一七回）：（甲）奶子抱着巧姐儿；（乙）巧姐见了贾芸，便哇的一声哭了；（丙）巧姐已念了《女孝经》、《列女传》；（丁）巧姐儿哭了，李妈拧了她一下，大哭了；（戊）巧姐儿有十三四岁了，被人卖作外藩之妾。

② 这是认为雪芹生于1715年。周汝昌定其生年为1724，大错。果尔，则他北上时只四岁，如何能记得“秦淮风月”、“扬州旧梦”（二敦赠诗中语）？

借"省亲"事写南巡,出脱心中多少忆惜(昔)感今!

康熙末次南巡,驻跸曹家在1707年,即雪芹生前八年,所以"省亲"故事决非雪芹所写。只有这样坚强的证据,即使只有一条,也比戴君的几十条更能取信于人。当然我们还可以举一些类似的证据。但这里不妨顺便说一下戴君的某些文风。请看下列文字:

> ——关于《风月宝鉴》旧稿问题,某些红学家们也是承认的。例如俞平伯先生认为《风月宝鉴》是《红楼梦》的雏形和旧稿;吴世昌先生还认为《风月宝鉴》旧稿是"百回之大书",等等。他们也承认雪芹是在这部旧稿上改写成书的。可是,他们的立论纯粹是从推想、假设或猜测而得的,并误以为新、旧两稿同出于雪芹一人之手。和本文从大量材料的收集、爬梳、整理中所揭示的结论,性质是根本不同的。
>
> (《北方论丛》1979第1期第69页,6~11行)

戴君既然看到我论《风月宝鉴》旧稿之文,当然看到我论此稿的主要证据——即"借省亲事写南巡"这句话。但他却故意向读者隐瞒我所提出的这条重要无比的证据,进而在下文说我"立论纯粹是从推想、假设或猜测而得的"。我正是因为脂砚写"省亲"的故事在雪芹生前七八年,所以才提出他另有旧稿这一命题。戴君把我的结论拿过去,改头换面,把"脂砚斋"换成"石兄"(这名称我也用过),把棠村序文中明白无误的证据以及我在书中找到的其他证据[①],统统抹杀,以夸示他"所揭示的结论,性质是根本不同的"。其实戴君"结论"的"不同"之点,上文已指出,就是完全没有逻辑性、不足以取信于人的主观猜测。他之所以要向读者隐瞒我所提出的"省亲故事"出于脂砚之笔这一重要证据,无非要证明他是第一个提出旧稿另有作者"石兄",诬我"误以为新旧两稿同出于雪芹一人之手"。

① 见《〈风月宝鉴〉的棠村序文钩沉与研究》,《郑州大学学报》1977年第4期。

四　省亲故事的作者问题

“《红楼梦》本由《风月宝鉴》改写”，是俞先生在《红楼梦研究》中首先提出来的(200 页)。但他并没有提供证据，他用“本由”二字，即有把此事视为当然，无须多说之意。他没有说旧稿《风月宝鉴》是谁所作，也没有说明据何资料作此断语，但大概是据残本《石头记》第一回脂评“雪芹旧有《风月宝鉴》之书，乃其弟棠村序也”一语。脂砚“旧有”二字说得含糊，初看似乎是说雪芹有一部旧稿《风月宝鉴》。如果这样理解，雪芹就变成这部旧稿的作者了。但仔细推敲，又并不如此。因如上文所说，旧稿中的“省亲故事”即非雪芹所能写。并且，如果雪芹是旧稿的作者，脂砚为什么不说他“旧著”、“旧作”、“曾作”①，而故意用这含糊的“旧有”二字？“有”与“作”或“著”或“写”大有区别。一个收藏家可以有周鼎、汉碑、唐俑、宋画，但这些文物都不是他制作的。然则雪芹“旧有”某书，这书就是他所著作的吗？这是一条极端重要的脂批，尤其是因为它是有关《红楼梦》有“旧稿”的主要证据。戴君全文既是要证明此书有过旧稿，按理说，这条脂评对他有极大帮助，然而他偏偏不在正文中引用此批，只是无可奈何地在脚注中引述一下，还故意说它“批不对文”。他自己看不懂“故仍因之”这句话，却说这话“十分别扭”(44 页，底注)。其实这条脂批正是研究《红楼梦》成书过程的关键，戴君之所以能“发现”《红楼梦》有“石兄”的旧稿，即根据此批语，然而他偏要贬低它的重要性，不仅把它放在底注里，还说它“批不对文”、“十分别扭”。上海《文汇报》的记者在谈到戴君大作时说，从他长达几万字的字里行间：

> 可以看到目前存在学术研究领域里一个较为普遍的问题：这就是如何看待别人的业绩？在进行学术讨论时，是否有必要把人家的劳动成果一笔抹掉，才能摆清楚自己的观点？②

① 参看姜白石《除夜自石湖归苕溪》十首之九：“旧时曾作《梅花赋》，研墨于今亦自香。”

② 见上海《文汇报》1979 年 3 月 21 日第四版。

戴君的问题还不仅是“如何看待别人的业绩”，而是如何看待自己论证的来源与价值。

《石头记》有“新”、“旧”二稿，这是脂评说得明明白白的。并不是谁的什么“新发现”。脂砚斋是批书人，而“批书人”在第十八回中自认是书中“宝玉”。称“元春”为“先姊”，说他自己曾受“先姊此教”。脂砚是雪芹之叔，这是裕瑞听他舅父明琳和明义说的。这二人都是雪芹好友，其语当然可信[①]。批书人有时称宝玉为“石兄”或“蠢物”，这是“夫子自道”。如脂残本第一回第四页下说石头“口吐人言，向那僧道说道：‘弟子蠢物，不能见礼了……弟子质虽粗蠢，性却稍通’”。脂砚在“蠢物”二字旁批云：“岂敢！岂敢！”又在“性却稍通”四字旁批云：“岂敢！岂敢！”[②]可证批者即以书中“蠢物”自居，亦即“石头”。又如脂京本第十八回元春省亲故事中有一段说：

> 此时自己回想当初在大荒山中青埂峰下那等凄凉寂寞，若不亏癞僧跛道二人携来到此，又安能得见这一般世面？本欲做一篇《灯月赋》、《省亲颂》以志今日之事，但又恐入了别书的俗套……且说正经的为是。

这段下有双行小字墨评说：“自‘此时’以下皆石头之语，真是千奇百怪之文。”上端又有朱笔眉批说：“忽用石兄自语截住，是何笔力！令人安得不拍案叫绝？是〔试?〕阅历来诸小说中，有如此章法乎?”[③]可见“石兄”即书中宝玉，联系到上引“批书人”自认即“元春”“口传教授了几本书数千字”的“宝玉”，以及上文作者对看官解说为什么大观园中用宝玉所拟匾联说“诸公不知，待蠢物将原委说明，大家方知”，“蠢物”二字下又有双行小字

---

① 雪芹曾在明琳的“养石轩”中饮酒高谈，见《懋斋诗钞》，又曾把《红楼梦》的稿本给明义，明义作了二十首诗咏书中人物，见《绿烟琐窗集》。

② “岂敢”即自己承认的谦辞。

③ 人民文学出版社1975年影印本，第三八一～三八二页。

墨批说："石兄自谦，妙！可代答云：'岂敢'！"读者不难看出，在这段文字中：

批书人＝"元春"之弟＝宝玉＝脂砚

蠢物＝作者＝石头＝石兄

而"批书人"有时又自认是"蠢物"，即在"蠢物"二字旁自称："岂敢！岂敢！"可证他亦即是"石头"，并且，在正文中"蠢物"又向读者"诸公"说明"原委"，则显然是正文的作者。把上列两个公式连在一起看，可知在这回书中，作者即蠢物石头，亦即宝玉，亦即批书人脂砚。省亲故事以康熙南巡驻跸曹家为蓝本，其时雪芹未生，当然不会是他写的；这故事中的元春到家不久，即又离去，实又以曹寅之女嫁讷尔苏郡王（1706）为蓝本。"贾妃"和贾母与王夫人相见时"心里皆有许多话只是俱说不出，只管呜咽对泣"。下面双行评语说："《石头记》得力擅长，全是此等地方。"但更重要的是上端一条朱笔眉批："非经历过如何写得出！"这条眉批既说明了上引描写是纪实，指出这是1706年躬逢其事者所写，也即指出这故事不是尚未生下的雪芹所能"写得出"的。此回书的作者既是石头，即脂砚，而批书人又即是"宝玉"，则实际上是自写自批，批语实即自注，向"看官"介绍书中要点。这样的材料，才是说明此书"旧稿"不是雪芹所作的过硬证据，绝不能因为书中人物有时说些吴语，就嚷嚷说，这是雪芹以外另一作者所写旧稿。

当然，脂评本《石头记》中还有许多重要内证可以证明它确曾有过一部旧稿，经雪芹"批阅十载，增删五次"，而且还遗留下许多尚未改尽的痕迹，足以说明此书早期的情况，因而透露了《红楼梦》的成书过程。这些痕迹，大都保存在棠村为《风月宝鉴》所写的旧序残文之中，而棠村的序文，也幸而为脂砚所保存下来（"故仍因之"）了。我们现在，只有根据棠村序文所透露的旧稿《风月宝鉴》不同于新稿《石头记》的某些具体情节，根据二稿回数的歧异，根据旧稿中雪芹所未见的故事背景，才能证明在新稿

《石头记》之前确曾有过一部旧稿《风月宝鉴》，才能证明旧稿作者不是雪芹而是曹家及见南巡的上一辈的人。

五　由棠村序文看旧稿内容

棠村在他为《风月宝鉴》所作序文中透露了些什么情况，我已在五篇专论中分别指出、讨论过[①]。现在只就他的序文中足以为旧稿提供证据者择要叙述如下：

1. 第六回的序文说："借刘妪入阿凤正文，'送宫花'写'金玉初聚'为引。"说明旧稿中上列三事均在第六回中，在现有本子中则已分隶于第六、第七、第八这三回之中。

2. 可卿之死在今本第十三回，而棠村序文（并题诗）则在第十一回之前。可证旧稿中可卿死于第十一回。其推后原因为前面第六回已扩充为三回之故。

3. 贾瑞的故事在旧稿中必占重要地位，此可由其所照"风月宝鉴"即用为全书之名见之。它和后文必有关系。今本中此故事除描写凤姐的恶毒外，与前后其他情节故事全无联系，纯粹为孤立的插曲，可知在旧稿中与此故事有关的部分在新稿已被删去。

4. "借'省亲'事写南巡，出脱多少忆惜（昔）感今！"这不但证明了旧稿中"省亲"故事决非没有出世的雪芹所写，而且也证明这十五字绝不是脂砚的"总评"。因为若是脂砚之评，则他又是评雪芹之文，说雪芹"忆"南巡之"昔"了。这是违反历史事实的。因此，这十五字只能是棠村的序文。其中所指"忆昔感今"者，正是曾见"南巡"的脂砚，亦即旧稿的作者。

5. 第二十八回棠村序文说："自闻曲回以后回回写药方，是白描颦儿

---

① 参看下列各篇有关章节：(1)《新华月报》1962年6月号《我怎样写〈红楼梦探源〉》；(2)《曹雪芹与〈红楼梦〉的创作》，原刊香港建文书局《散论红楼梦》一书中，有关引文已见上文；(3)《残本脂评〈石头记〉的底本及其年代》，《文学研究集刊》第一册，第242～258页；(4)《〈风月宝鉴〉的棠村序文钩沉与研究》，见《郑州大学学报》1977年第4期；(5)《论〈石头记〉中的棠村序文》，"《东京支那学报》"1964年6月号。

添病也。”今本自第二十三回闻曲以后至第二十八回这五回中，一回也没有写颦儿的药方，可见旧稿中的黛玉更比今本多病，因而早死。雪芹改写的新稿删去所有的“药方”，使黛玉活得长些，有机会发挥她的才能。

6. 旧稿中有一个极荒谬的故事，即第四十二回的棠村序文所透露的所谓“幻笔”：“钗、玉名虽二个，人却一身，此幻笔也。……故写是回，使二人合而为一。”这是极荒唐怪诞的神话，哪里像现实主义的小说？棠村也知道读者会认为这样写得太“谬”，但他提出为自己辩护的证据，即旧稿中“黛玉逝后宝钗之文字”，他要求读者看那篇文字，“便知余言不‘谬’矣”。原来黛玉在旧稿中不久就要“逝”去，无怪上文要有五回书中“回回写药方”，白描她“添病”。在黛玉未死之前，还要“使二人合而为一”。怎样“合”法？现在已不可知。推想其根据，大概不外乎如第五回宝玉梦游太虚幻境时所遇警幻仙子之妹兼美：“其鲜妍妩媚有似宝钗，其袅娜风流则又如黛玉。”这大概也就是旧稿第三十八回（今本《石头记》第四十二回）所以要写“使二人合而为一”的理由。但这些荒谬的情节全为雪芹删去，林黛玉的生命也延长到八十回以后了①。

7. 第四十九回棠村序文说：“此回系大观园集十二正钗之文。”按这回大观园中来了许多新客：李纹、李绮、邢岫烟、薛宝琴，都是能作诗的才女，其中宝琴尤为突出。但“十二正钗”的名单，在第五回警幻的《红楼梦》曲子中早已内定，即林、薛、元、探、湘、妙、迎、惜、凤、巧、纨、秦。照棠序所述，则似乎新来的二李、邢、琴四人更有资格归十二正钗之列，而第五回原有名单之中的凤姐不通文墨，巧姐太小，可卿很早就死了，妙玉毕竟是出家人，且与贾氏无亲戚关系，而且直到第四十九回尚未见她作过诗，所以除此四人以补入二李、邢、琴，似乎也并非不合理②。但由此可见新旧二稿的歧异不少，而且也不是出于一人之手。

---

① 参看《〈风月宝鉴〉的棠村序文的钩沉与研究》，《郑州大学学报》1977 年第 4 期，第 56 页。即本书第十一篇。

② 按元春在宫中，不在大观园内，则妙玉仍须列入。

六　《风月宝鉴》中的风月故事

《红楼梦》确有一部旧稿，名为《风月宝鉴》，所叙多为一个大家族的“风月”之事。当时所谓“风月”，实即两性关系，且大都是不正常的关系。自明季以来，小说中这类描写几乎成为风气：短篇如《三言》、《二拍》，长篇如《金瓶梅词话》，以及后世流传较少的李渔的小说，均属此类。《风月宝鉴》和它们不同的是作者有劝世为善的教导意义，但书名既以“风月”为题，自然不免要写些“风月”故事。在雪芹“披阅十载，增删五次”的过程中，虽然已经大量删芟，但仍有不少明写或暗示的“风月故事”被保存在前二十回中①。而从今本二十一回以后，即不再有此类故事。可以推想，从二十几回起，旧稿被雪芹删改较多，而在二十回以前则保存旧稿的风月故事较多。试看下列证例：

第五回　宝玉梦游太虚幻境，警幻将其妹“乳名兼美，字可卿者，许配”与他。“宝玉……未免有些儿女之事。”②这里点明可卿，实即秦可卿，且宝玉午睡即在秦氏房中，尤为明显③。

第六回　宝玉与袭人“初试云雨情”。

第七回　“贾琏戏熙凤”，残本脂评云：“阿凤之为人，岂有不着意于‘风月’二字之理哉！若直以明笔写之，不但唐突阿凤声价，亦且无妙文可赏。若不写之，又万万不可。故只用‘柳藏鹦鹉语方知’之法略一皴染……”这是双行小字朱批。上端又有眉批：“余素所藏仇十洲画《幽窗听莺暗春图》，其心思笔墨，已是无双，今见此阿凤一传，则觉画工太板。”

第九回　借顽童闹学堂的故事，透露一些不正常的关系，也属于所谓“风月”笔墨。

第十二回　贾瑞在镜中(实即梦中)“与凤姐云雨一番”……“凤姐还招手叫他，他又进去，如此三四次”。

---

① 旧稿第六回已扩充为六、七、八，三回。旧稿前二十回约相当于今本十八回。

② 此据脂京本，残本作“未免有阳台巫峡之会”。

③ 昔人以梦境写男女关系，始见于元稹《梦游春》诗，以后王次回的《疑雨集》、孙原湘《天真阁外集》中亦有之。

第十三回　即旧稿第十一回中，秦可卿原是"淫丧天香楼"。第五回警幻的册子上"画着高楼大厦，有一美人悬梁自缢"。在雪芹未改以前，必然也写了可卿与贾珍的暧昧关系，故焦大有"爬灰"之骂。这是前人已讨论很久的例子。

第十五回　秦钟与尼姑智能在馒头庵宣淫，被宝玉拿住。

第十九回　茗烟和万儿在空屋中"干那警幻所训之事"，为宝玉发现。他还答应万儿："我不会告诉人的。"

第二十一回　即旧稿第十九回，贾琏与多姑娘儿私通，"两个……自此后遂成相契"。

以上在旧稿的前十九回中，可以举出至少九个"风月故事"，平均每两回即有一个。但自今本二十一回以后，这类故事就几乎绝迹了，即有也写得蕴藉含蓄。如三十一回晴雯笑话碧痕与宝玉洗浴，四十四回贾琏和鲍二家的关系，书中只记他们批评凤姐的话。七十一回司棋和潘又安的关系，写得也很含蓄。可见雪芹痛恨"更有一种风月笔墨，其淫污秽臭，荼毒笔墨，坏人子弟"，所以尽量删去旧稿中的风月文字。雪芹又借僧道的议论，批评"大半风月故事，不过偷香窃玉，暗约私奔而已，并不曾将儿女之真情发泄一二"。所以他在二十几回以后直至八十回中，尽量不写风月故事而从事于"将儿女之真情发泄一二"。因此旧有《风月宝鉴》这书名也不能不抛弃了。

七　"真事"与"假事"

在第七十一回说到江南甄家送围屏的事，脂砚评道："好一提甄事。盖真事欲显，假事将尽。"[①]这条评语非常重要，暗示从二十几回到七十一回多半是雪芹的创作（"假事"），七十一回以后他又把曹家（江南"甄家"）的一些事情（"真事"）逐渐编述进去（可惜八十回后的原稿丢了，我们无从

① 人民文学出版社1975年重印本，第一七三九页。俞平伯《脂砚斋红楼梦辑评》1955年上海版不录此条，可谓"网漏吞舟"，1960年版已补入。

知道了)。但雪芹创作的“假事”,其“将尽”的下限虽因有上引的脂评而可以比较明确地定下来,即到七十一回;而它的上限究竟应如何断定,即在上半部书中,哪一回之前算作“真事”,从哪一回起算作“真事将尽,假事欲显”?脂评对此问题并无具体说明,因此我们无从确指。但我们可以说,以“南巡”为蓝本的“省亲”故事,应该属于“真事”范围之内,则在《石头记》中第十九回以前的故事大抵是“真事”(当然除去前面的神话部分)。但我们也没有直接的证据说明十八回或十九回是区分故事真假的绝对界限,而十九回以后可能仍有一些情节是属于“真事”范围,或从“真事”发展出来的,或用象征方法暗示“真事”。可以假定,凡是批书人知道的、有“真事”作“蓝本”的情节,他就批得多些;凡是纯粹出于作者创造的、或把他所听到的新闻或从古典作品中读到的旧闻加以改造的故事(这也等于创作),脂砚就不评或评得少些。准此,我们可以推想:前半部书中的“真事”大概到二十八回为止,从二十九回起是雪芹的创作。还可以推测:二十九回以前的“真事”的文字,旧稿的作者写得多些,雪芹只是加工修改而已;二十九回以后的文字,旧稿比较简单,雪芹创作的比重大为增加。这可以从两方面看出来。其一,前半部的文字比较“老式”,有许多半文半白的对话,如林如海与贾雨村的谈话;又有旧话本小说的传统作风,如警幻仙子出场时用赋体来介绍她的美貌与风韵,贾瑞初遇凤姐时用骈文来描写会芳园的风景,而尤其显著的是,上文已经说到,头二十回中平均每两回就有一个“风月”故事。这也是继承明代小说的旧传统。其二,第二十九回以前各回脂评特别多,从二十九回起突然减少。试以俞氏的再版《辑评》为约略计算标准:第一回到二十八回占四百十一页,平均每回 14.9 页。从二十九回到七十回共四十二回只有八十六页,平均每回二页。最后十回占四十页,平均每回四页。实际上,从第二十九回到三十二回没有一条脂评,三十三、三十四回各一条,三十五回两条,三十六回三条。从三十七回起开始增多:三十七回有三十六条、三十八回有二十条、三十九回有十四条。从四十回起又减少:四十回只有二条、四十一回有五条、四十二回有二条。以后每回或多或少，详见下表①。

回　次	脂评数量(条)	回　次	脂评数量(条)
第四十一回	5	第六十一回	1
第四十二回	2	第六十二回	1
第四十三回	31	第六十三回	7
第四十四回	19	第六十四回	2
第四十五回	14	第六十五回	7
第四十六回	12	第六十六回	8
第四十七回	2	第六十七回	缺
第四十八回	10	第六十八回	0
第四十九回	7	第六十九回	0
第五十回	7	第七十回	3
第五十一回	5	第七十一回	14
第五十二回	14	第七十二回	14
第五十三回	8	第七十三回	25
第五十四回	1	第七十四回	43
第五十五回	4	第七十五回	20
第五十六回	9	第七十六回	16
第五十七回	6	第七十七回	18
第五十八回	12	第七十八回	42
第五十九回	0	第七十九回	21
第六十回	4	第八十回	26

由上文及上表统计可见第二十八回以后脂评突减，似乎说明他对于雪芹的某些创作故事，因无共同经验，不能赞一词。换句话说，脂砚只对

① 据俞氏《脂砚斋红楼梦辑评》统计。

于“真事”有兴趣，能评述，对“假事”则除了姑娘们的诗词以外，很少话可说。因此，可以推测：书中评语较少，甚至没有的那些回，其故事多半是“假事”，即雪芹的创作。全书从二十九回起脂评减少到没有。所以“假事”开始的上限就可以假定从第二十九回开始，到第七十一回“将尽”，共计约有四十三回。当然，也并不是说这四十三回之中便绝无“真事”，不过在故事情节中所占比重较小罢了。例如第四十六回贾赦要娶鸳鸯事，棠村的序文：“此回亦有本而笔，非泛泛之笔也。”又如第六十三回贾蓉和尤二姐的丫头胡闹时，丫头抗议说：“知道的说是顽……”脂评说：“此语余亦亲闻者，非编有也。”可知尤二姐的故事在曹家也有“蓝本”。至于七十一回以后的“真事”，脂砚说得更确实具体。例如七十四回鸳鸯偷借贾母的东西给凤姐，贾母装作不知道。脂评说：“盖此等事作者曾经，批者曾经，实系一写往是(事)，非特造出，故弄新笔。”(新版 1806 页)又如七十七回王夫人查大观园要宝玉明年搬出去，脂砚有一段长评，其中说：“况此亦此(是)余旧日目睹亲闻，作者身历之现成文字，非搜造而成者，故迥不与小说之离合悲欢窠臼相对。”(1906 页)脂评说这是“作者身历之现成文字”，是不是指“旧稿”？若是旧稿，则其“作者”是谁？这些“真事”当然发生在“江南甄家”，即未被抄家前的曹家。彼时雪芹只十一二岁，是否是他“身历”？是否是他写出了这些故事的“现成文字”？据此推论，则《石头记》中“真事”恐怕大多即是“旧稿”的内容，不是雪芹所记。正如省亲故事之不可能出于雪芹之手。二十八回的棠村序文说《风月宝鉴》“自闻曲回”(今廿三回)起“回回写药方”，“白描颦儿添病”。看来旧稿在二十八回以后不久黛玉就会死去，则以后的故事就写不下去了。雪芹为了要使黛玉继续活动，当然只有删去“药方”和她添病的白描，以及她的夭卒。看来二十九回及下面一些回的旧稿被雪芹删去不少，所以从二十九回到三十二回没有一条脂评，可能这几回经雪芹完全重写了。细看这四回，正是雪芹一反在第一回中他所批评的“风月故事”，而要“将儿女之真情发泄一二”的最好例子。像二十九回中分析宝玉和黛玉各人对于对方恋爱心理的试探与猜疑；三十回写龄官对于贾蔷的痴心和宝玉自己对龄官的关心；三十一回写宝玉娇纵晴雯；三十二回写宝玉对黛玉倾吐他的心事，以及黛玉的领悟，都不是旧稿《风月宝鉴》的作者所能写得出来的心理分析。中间又穿插王夫人逼死金钏儿，袭人听见宝玉误把她当作黛玉而说的情话，因而存心想破坏二人的爱情，这些显然都是雪芹的创作，正是全书言情部分的精华。从这些回的文笔和故事情节与旧稿的不同看来，二稿出于不同的手笔是很显然的。

八　总结

《石头记》的前身是《风月宝鉴》，脂评说得很明白。从棠村序文所透露出来这旧稿中的故事素材看来，它不是雪芹所作。书中故事有的是曹家在南京时发生的，其时间上限可至1706年和1707年，即曹寅嫁女和康熙南巡之年。这些事情的经过大概由脂砚记录，应该是曹氏“家史”的一部分。可是他又把家族中发生的其他事情编写成小说，曾用《风月宝鉴》和《石头记》等书名。这些旧稿后来由雪芹“披阅十载，增删五次，纂成目录，分出章回”，最后定名为《红楼梦》，流传至今。

小说中的人物活动的地点在荣国府、宁国府和大观园。这些房屋园林坐落在南京，但作者又把它们写得似乎在北京。书中人物基本上讲北京话，但有时也夹杂些吴语词汇。小说的前八十回即有六七十万字，其中有一百来条吴语词汇是微不足道的。有人说是“大量”吴语，那是夸张。作者偶尔用吴语是出于怀旧之情。又因书中故事繁复，作者增删改动多次，所以在人物的年龄和时间的次序方面有些错乱是可以理解的。现今传世的前八十回，作者卒时也未完全改毕，还有一些缺漏之处。戴不凡同志根据上述情况，认为此书是前后二人的作品：前一作者讲吴语，后一作者讲京语；前一作者把故事背景写在南京，后一作者把贾府“搬家”到北京；前一作者写一个“小宝玉”，后一作者写一个“大宝玉”，如此等等，造成现在《红楼梦》中许多矛盾的现象。他的文章中收集了许多材料作为论证，以证明小说有两个作者这一结论。他收集的材料很有用，但恰恰用不到他的结论上去。因为一个作者说两种以上的方言是常事，他可以在书中同时用京语吴语。小说中故事发生在两个城市或国家也是常事：从来没有人认为狄更斯的《双城记》写了巴黎、伦敦两地发生的事而考证出狄更斯前另有法国作者写了有关法国革命的《双城记》的“前身”旧稿。至于时序错误、年龄大小这类纰漏是小说中常见的。巧姐在后四十回中的年龄比宝玉的年龄忽大忽小得更厉害，俞平伯先生早已指出，但也没有人认为后四十回有两个作者：一个写“小巧姐”，另一个写“大巧姐”。所以戴君提出的四项“内证”，没有一项能证明《石头记》的旧稿《风月宝鉴》乃雪芹以外另一作者所写。戴君虽然掌握了不少材料，却没有掌握逻辑。他的材料在别方面可以很有价值，例如作为《红楼梦》方言研究的证例，但就是用不到他所要达到的结论上来。他的结论如果单独地看，也没有错，即《红楼梦》旧稿确是出于另一人之手（管他叫“石兄”、“脂兄”都可以），但就是不能用他的材料和考证方法来证明此书为两人所写。

《石头记》的旧稿，不可能成于雪芹之手，我在十多年前凭棠村序文中的一句话“借省亲事写南巡”，即已证明了这一点。现在从传世脂评《石头记》的材料，包括脂砚所保存下来的棠村为《风月宝鉴》所写的序文，还可以提出一些合乎逻辑的证据来说明这一点。脂砚在七十一回评语中说“真事欲显，假事将尽”，即七十一回之前的故事情节皆是“假事”，七十一回以后，又用“真事”接上。“假事”开始大概从二十九回起，雪芹在删去二十三回起至二十八回这五回中的蘡儿“药方”以后，使她恢复在大观园的活动。从二十九回到七十一回这四十三回书中没有多少脂评，证明这一段的“假事”是雪芹的创造，脂砚无法插嘴。当然，也并不是说这四十三回“假事”部分之中即绝对没有“真事”或伪装、掩盖起来的“真事”，而在七十一回以后，二十九回以前的这两部分“真事”中，也并不是说绝无虚构的情节，例如“太虚幻境”等神话故事。脂评所谓“真事”，大概是指将曹家及其戚友之中所发生过的事情，加以剪裁化装，写入书中。若要举具体的、符合历史的例子，我们仍只能以曹寅嫁女给讷尔苏郡王和康熙南巡驻跸曹家二事合写为“元春省亲”这一大场面为最恰当的说明。类此的故事可能还有一些改写后保存在书中，但"红楼"之外"文献无征"，我们也就无从引证。元春省亲这一故事既是为了反映上述二事的"殊荣"而创造出来，包括她被选入宫中，"晋封为凤藻宫尚书，加封贤德妃"等都是化装或虚构。但在这化装后面，曹家确有一女嫁作王"妃"，所以"省亲"故事还是可以认为是写"真事"。但若有人因此而要搜查康、雍、乾三朝宫中有无姓曹的妃子或"福晋"，那当然只能成为笑柄而已。

从思想的角度，也可看出《风月宝鉴》的原作者和雪芹有显著的区别。从遗留在今本《石头记》前二十一回中的许多"风月故事"看，这位作者似乎未能摆脱明季文人好谈闺帏秽闻的恶习。比起后面雪芹所写纯洁的爱情故事来，相差很远。当然前面的风月故事可能已经过雪芹的修改加工，否则大概还要露骨如二十一回贾琏与多姑娘的一段。

总之，《红楼梦》演变到现在的内容形式，曾经历了一个漫长的过程。它最初的原稿，根据曹氏家史中的资料，写成《风月宝鉴》，脂砚又把它交与曹雪芹加工删增。中间曾有雪芹之弟棠村在每回之前写的一些短序，其性质是"本回解题"之类。读者因而得知旧稿的分回及若干故事的情况。而脂砚则就其所知书中故事与曹氏家世有关者，或与雪芹有关者加以评注。雪芹重写了《石头记》中部自二十九回至七十一回，脂砚称之为"假事"部分，其他部分与曹家故事有关者，雪芹为之加工增删，这些故事分布在二十九回之前和七十一回之后，脂砚称之为"真事"。雪芹有一部较早的《红楼梦》手稿给明义看，后者为他题了二十首七绝称咏书中女子，其中故事与今本《红楼梦》似乎有些出入。足证那部手稿是雪芹"增删五次"的过程中初期的一个较短的稿本。当雪芹修改《风月宝鉴》时，有没有把那部较短的《红楼梦》初稿合并写在一起？这是另一个尚待探讨的问题。雪芹十三岁迁到北京，其幼年所习吴语当然终生不会忘记，则书中偶有吴语词汇当然可能。为了忆旧的感念，大观园中的花木果品是江南旧物，地理气候也属南方，可见雪芹并未把贾府"搬家"到北京。

1979 年 5 月 17 日初稿写于北京

宁荣两府“不过是个屠宰场而已”吗？
——论《红楼梦》英译本的“出版说明”

1979年5月8日，《人民日报》刊载新华社的一条消息，报道《红楼梦》英译本已译成，由外文出版局分三册陆续出版，并介绍了译者杨宪益同志和他夫人英国专家戴乃迭对于这一工作认真严肃的态度。为了挑选接近曹雪芹原著的版本，“经过慎重研究，译本前八十回依据北京图书馆珍藏的抄本‘脂京本’，后四十回依据‘程甲本’(即1791年初排本)……”

这一报道，除了“北京图书馆”应作“北大图书馆”外，基本上是正确的。新华社的消息采自译者本人，当然可靠，只是在记录时错了一个字，或漏了“大学”二字。

但是，英译本第一册卷首的一篇冠冕堂皇的“出版说明”最后一段讲到所用版本，却作了如下完全不同的“说明”：

> 这部小说的版本可分为两类：八十回的早期手抄本和一百二十回的排字本。我们的前八十回是用北京人民文学出版社1975年9月影印上海有正书局大约1911年的石印本；……后四十回则用北京人民文学出版社1959年据1792年活字本(按即程乙本)的重印本……(p. ix)

这就怪了。译者明明告诉新华社记者说，他们根据北大图书馆的“脂京本”译出前八十回，而出版者却偏偏说是用“有正本”的复制本译出前八十回。译者明明说，后四十回是据“程甲本”译出，而“出版说明”偏偏说是据“程乙本”。读者不免要问：究竟谁说的对？很显然，“出版说明”的作者不是译者，他所指的版本是他主观愿望所赞成的版本，不是译者放在桌上据以翻译的本子。英译本的读者如果根据“出版说明”，用“有正本”对照译文，他会发现很多不同的段落（因为“有正本”文字有不少删改），因此会责怪译文不忠实；[①]这样，不但有损于译者的名誉，也连累出版者的名誉同受损害。“出版说明”的作者对此应负法律责任。

不但此也。“出版说明”还告诉国外的英文读者说，“这书是中国封建时代阶级矛盾和阶级斗争的产品”。甚至说：

> 这部小说描写了四大家族对于劳动群众的野蛮的政治压迫。贾府外面，他们通过地方官把人民追逐至死。贾府之内，连奴隶也不如的丫头们一个一个被踩在脚下活活弄死。……这个被称为花柳繁华之地，快乐光荣之家，不过是一个屠宰场而已！（p. v）

我不知道这位“出版说明”的作者是不是认为《红楼梦》的外国读者只读他的大作“说明”而不读小说本身，真的会相信宁荣两府“不过是一个屠宰场而已”，因此，他可以借此机会宣传阶级斗争，借以输出“革命”？

这位“出版说明”的作者又说：

> 在〔荣宁两府的〕围墙之内，他们自己的奴隶们造他们的反，使他们的男主人、女主人不得安宁。

我虽然也读过几遍《红楼梦》，也许由于我的警惕性不高，却还没有发现宁荣两府中有哪一个小厮或丫头贴过谁的大字报，造过谁的反。是鸳鸯造了贾母的反，还是平儿造了凤姐的反？是紫鹃揭发了黛玉的罪行，还是茗烟贴了宝玉的大字报？我想英译本的读者也很难在任何一回中发现这样的故事。

---

① 我曾把前八十回的译稿对照“脂京本”逐句逐字审核过。我敢说这是目前几个英译本中最完备最正确的译本。我也曾把“有正本”和“脂京本”互校，发现“有正本”改动不少，将另为文讨论，此处不赘。

这位"出版说明"的作者不但评论《红楼梦》，还给英译本的读者补中国历史课，他说康、雍、乾三朝的文字狱，为的是要

> 虐待和杀害有进步思想的封建知识分子。同时，假装编辑《四库全书》，借以查禁较早的反对封建统治的书籍。(p. ii，重点为笔者所加)

这真是千古奇闻。康、雍、乾三朝之前，竟有"反对封建统治的书籍"，以致引起清代皇帝要查禁这些书。这位先生讲的是哪一国的历史？关于清初的文字狱，除了这位"出版说明"的作者外，谁都知道是为了要根除汉人反对清朝统治的民族思想，所以要禁止有这类思想的书籍和言论。借编集《四库全书》而检查前代史书中有无反对少数民族统治的思想，也是其动机之一端，如宋人著作中反金反元的文字往往被删改，也是有的。但清廷这些措施，决不是查禁什么"反对封建统治的书籍"。封建时代的知识分子，在当时的条件下，怎么会写出反对本阶级统治的书籍来呢？文字狱的目的是要杀害"有进步思想的封建知识分子"吗？清初三朝有不少文字狱，试举一个较早的例子：康熙二年(1663)庄廷鑨的《明史辑略》案，因书中用南明的年号，被人告发，不但庄氏一家，凡写序者，列名参订参校者，刻印传播者，购藏者，知情不报者——所有这些人家，男子十五岁以上一律处斩，妇女小孩充发满族家中为奴，共杀七十多人。这些人与"进步思想"有什么关系？这部《明史辑略》当然已被禁毁，没有流传下来；但它的节本《明史钞略》(据说是吕葆中抄本)却保存在《四部丛刊》三编中，不妨看看其中有无"反对封建统治"的"进步思想"，以致引起七十多人被斩首的文字狱。我们这位革命的"出版说明"的作者自己不了解清初文字狱的情况，还假定英译本的读者和他一样无知，一片好心地要为他们补课。殊不知对《红楼梦》有兴趣的外国读者也许比他更了解清初的历史。例如关于文字狱的问题，我们很难在国内找到一本扼要的专著，但美国的汉学家

顾立奇（L. C. Goodrich）早在1935年就发表了他的《乾隆的文字狱》一书[①]，对于这一问题的了解远比这位“出版说明”的作者清楚。

这篇“出版说明”虽然不太长，但诸如此类的谬论却层出不穷，而且前后文字自相矛盾。例如，上一段说：

> 康熙（1662—1722）最后的几十年统治期间，不但农业已恢复，并且相当兴旺。同时在雍正（1723—1735）和乾隆的最后统治年份中，不但在农业方面，并且在矿产、纺织、陶瓷、印刷和其他工业方面，都有了新的进展，实际上超过了16世纪工业的最高点。商业和对外贸易也发展了。

但就在接着的下一段，却叙述了劳动人民怎样困苦，“结果是人民反攻，拒不付税，夺取了土地来耕种”。

这些说法——农、矿、工、商业都有发展以后人民反而困苦得起来造反夺地——是否符合历史事实是另一问题，我们不想在这里讨论。只要指出一点：农民“夺取”来的“土地”，封建统治的地主阶级能容许他们长久保住、耕种吗？

这篇“出版说明”显然是“四人帮”统治时代写的，也可能是由“四人帮”授意这样写的。例如关于版本问题，据说江青就“指示”过外文局要用“有正本”作为英译的底本。但早在“四人帮”被揪出来之前，译者已改用“脂京本”为底本，而“出版说明”的作者，根本不理会译者的工作状况，直到此书英译本第一册在1978年初印行时，这位仁兄的耳畔还缭绕着江青“指示”的袅袅余音，而不问译者所用是什么本子。甚至于在1978年初有人看了样本指出这一错误时，当事人仍拒绝改正。

即使在“四人帮”最猖獗的时代，土八股、洋八股、党八股、帮八股 一直发展到红楼八股，也不过说说什么“四大家族的兴衰史、罪恶史”啦，“几

① 此书内容不限于乾隆一代，兼及康、雍两朝。

十条人命”啦，等等，却还没有“飞跃”到把宁荣两府描绘成“不过是个屠宰场而已”这样的极“左”革命高度。

尤其令人惊诧的是这个“出版说明”出版的时间。如果这是1976年或更早时期内出版的，虽然“说明”中迎合“四人帮”的谬论照样令人看了恶心、齿冷，但犹可说是当时风气使然。可是，英译本第一册的样本是1978年初印出来的。我在1978年1月7日收到此书样本，看完“出版说明”以后，立即写一信给译者杨宪益同志，用朋友间闲谈的方式，问他：

> “出版说明”是谁的大笔？其实这样的文章，随便把初澜、梁效、柏青或《学习与批判》中有关《红楼》的文章翻翻，是谁都可以拼凑起来的……红楼八股。
>
> “出版说明”变成了“撒谎说明”，外国读者会作何感想？这个译本不是给公社书记、车间主任、中小学教师看的，这是对国外读者的宣传品。在F.格林的来信当作文件传达以后，在去年10月11日耿飚同志对全国新华社分社负责人讲话以后，居然会出现这样的“出版说明”，作者究竟注意不注意中央的政策？照这个“出版说明”，此书应改名为《红楼罪恶史》才切题。
>
> “说明”末了又把戚本吹捧一顿，还说前八十回据戚本译出。这是当初“半个红学家”的“指示”，现在还要遵守她的“指示”吗？“四人帮”揪出后我有信给H.Y.（或W.T.T.）同志，在说明采用版本问题上引起他们注意，看来他们很不在乎。其实你们的译文所据已不是戚本而是“脂京本”。例如第三回凤姐出场时的佩玉是“双衡皆玫瑰珮”（脂京、梦稿同。“上有双衡，下有双璜”，见《大戴礼记·保傅篇》。“衡”即“珩”字），而戚本妄改为“双鱼比目玫瑰珮”。尊译采用“脂京”，不听“半个红学家”的“指示”用戚本，则“出版说明”何必颠倒是非乎？……

杨宪益同志收到我这封信后看出它的重要性，立即转给英文组。我当时考虑到,如果我直接去信外文局英文组的负责人指出这些错误,未免使他们难堪,所以采用和宪益朋友之间通信闲谈的方式,使他转达此意,也许可以使他们不太难堪而乐于改正。但是我错了。他们看到我给宪益同志的信以后的反应是:"已经印好了,再版时再说罢。"

当时的形势是,国内:"四人帮"揪出后已过十四个月,人心振奋,对于"四人帮"颠倒是非、陷害忠良的罪行,人人痛恨。一场批判"四人帮"的大是大非的辩论正在全国范围内进入高潮。国外:苏修在越南的傀儡已拉下面具,公然反华,用以换取苏修的"嗟来"之食。苏修和它在东方的古巴正联合反华,在国际上对我肆意诬谤,而我国则因为被"四人帮"封闭了十多年,对国际宣传情况全不了解,往往只凭教条主义的主观推测作为对外宣传的主要论点,以致结果正如格林信中所说,甚至于像"珍宝岛事件"这样明显的苏修对我的侵略,也由于我们宣传方法之拙劣,使英国观众竟相信苏修电影的宣传,而不信我们放映的电影。当时我国在国际范围内正在三方面的论坛上和对方展开辩论:

1. 中苏之间长久的论战;

2. 中越之间爆发不久的辩论;

3. 中阿(阿尔巴尼亚)之间在意识形态上的争论。

这些论战或辩论都是敌对性的,不但要陈述自己的理由,还要揭露和批驳对方的虚伪、夸张、歪曲、谎骗等,才能在国际上取得信服。如果争论的一方自己先犯了夸张、歪曲等错误,怎么还能证明自己理由之正确,驳斥对方,取信于人呢?不难想象,当时苏修和越霸所最渴望、最急需的在论坛上用的"军火",正是我们可能犯的任何错误——这种错误,他们既可用以证明他们有理,又可用以证明我们的不可信,可以说是对付我们的致命武器。

不幸,《红楼梦》英译本的"出版说明"正好为苏修越霸出色地完成了供给他们这种"军火"的任务!这篇"出版说明"真正是上帝赐给他们的最好礼物。他们可以指着这篇妙文对全世界人民说:

> 请你们看看,中国官方的宣传有几分可信?我们不必说,请看他们自己的表演罢。这部《红楼梦》已流传了两百多年,是中国人民最爱读、最熟悉的小说;外国译本也有不少,书中故事是众所周知的。但是现在中国的官方"说明"告诉读者说:这部言情小说里面所叙述描写的,原来不是爱情故事而是"一个屠宰场"里"阶级斗争的产品"。中国官方对于他们自己的伟大作品,尚且如此诬蔑歪曲、谎话连篇,可见他们平时反苏反越的宣传,有几分真实,有几分可信?

不要以为上文是空想出来的耸听的危言。笔者在外国十多年,什么亲华反华或亲苏反苏的言论没有听过见过!而如果是反华言论,则往往是我们自己拙劣的宣传授人以柄。在"文化大革命"期间"四人帮"搞的丑剧、闹剧,干的蠢事、脏事,《真理报》往往一字不改,也不加评语,原文照登,当作"趣闻",以博读者一笑。[①] 但是这篇"出版说明"却不是笑料,而是供给敌人反攻我们的军火弹药。在国际范围内发表这样的"文件",用李斯的话说,这叫作"藉寇兵而赍盗粮"。亦即装备敌人来攻击自己,自己挨饿去养胖盗贼。

或问:既然这篇"出版说明"如此荒唐,译者怎么把它照译,不加更正呢?

回答是,这不是自由职业者的自由选择。根据制度,中文由"上级"定稿后,译者只有一字不改地照译的义务,却丝毫没有表示异议的发言权。他是领工资的雇员,无权参与"上级"的大计。说得更明白一点,他是有血肉的一架翻译机器或电脑。即使是绝对违反事实的文字(如所据以翻译的版本问题),译者也只能眼睁睁看着它错到底,绝对无权改正,只能作"违心之译"。

另一方面,英文读者最注意的作者的年代、家庭状况、生活情形、亲朋交游等情报,"出版说明"一清二白,只字不提,甚至于连作者的生卒年

---

① 见英国最近出版:Kolakowski 著《马克思主义的主流》(Main Currents of Marxism)第三卷,有关中国部分。此书第一卷为 Founders,第二卷为 Golden Age,第三卷为 Break Down。

也没有。因为“说明”的作者忙于阶级斗争，输出革命，哪里顾得到这些在他看来无足轻重的空话呢！

最后，除了“出版说明”以外，这个英译本的出版者(?)在第一卷扉页上书名下面标明著者姓名道：

第一卷

曹雪芹和高鹗

读者不禁要问：高鹗在这第一卷四十回中写了哪几回？这个可笑的、令人难于置信的错误又在第二卷的扉页上重复一次。然而，“出版说明”却讲到“小说的后四十回是高鹗的作品”(p. vii)，这岂不是又和头两卷扉页上标明的著者闹矛盾吗？

(原载《读书》1980年第2期)